EMMA COOPER

Der Klang unserer Herzen

GOLDMANN
Lesen erleben

Emma Cooper

Der Klang unserer Herzen

Roman

Aus dem Englischen
von Stefanie Retterbush

GOLDMANN

Die englische Originalausgabe erschien 2018 unter dem Titel »The Songs of us« bei Headline Publishing Group.

1. Auflage
Deutsche Erstveröffentlichung April 2019

Umschlaggestaltung: www.buerosued.de
Redaktion: Friederike Arnold
MR · Herstellung: kw
Satz: KompetenzCenter, Mönchengladbach
Druck und Bindung: GGP Media GmbH, Pößneck
Printed in Germany
ISBN: 978-3-442-48789-9
www.goldmann-verlag.de

1

Melody

Unser Leben – ganz gleich, was in dessen Verlauf auch passiert – beginnt und endet mit einem Herzschlag: Es ist unser eigener persönlicher Rhythmus, unser eigenes Lied. Ein Lied kann sich heben und senken wie ein Atemzug. Es kann mit einem einzelnen Ton beginnen und zu einer Sinfonie werden: eine große, glückliche Familie aus Tönen und Klängen. Für mich allerdings haben Lieder eine noch viel tiefere Bedeutung.

»Das macht dann siebenundachtzig Pfund und sechsundsechzig Pence, bitte«, sagt die Supermarktkassiererin, und mir wird angst und bange.

Ich kann verstehen, wenn Ihnen das nicht unbedingt wie eine Schreckensnachricht vorkommt. Eigentlich ein ganz normaler Preis für den Wocheneinkauf einer dreiköpfigen Familie. Schließlich hat die maskulin wirkende Supermarktmitarbeiterin mir ja nicht gerade eröffnet, ich hätte nur noch eine Woche zu leben oder dass ich mir versehentlich den Rock in die Unterhose gestopft habe. Das Problem ist mein Kontostand. Ich weiß nämlich, dass heute, am 21. Februar, mein Konto prekär am Abgrund von ziemlich genau acht Pfund Bareinlage balanciert.

Ich höre die ersten Takte von *Can't Buy Me Love* von den Beatles. Was zunächst recht undramatisch klingt. Überall auf der Welt läuft in Supermärkten Musik zur Hintergrundbeschallung, damit die Kunden in Kauflaune kommen. Ein etwas flotteres Tempo soll die schlafwandelnden Zombie-Kunden mit den leeren, toten Augen auf Trab bringen. Aber ich verrate Ihnen, warum die Worte der Kassiererin mich zum Schwitzen bringen: Ich versuche, ihr mein Cashflow-Dilemma zu erklären.

»Wie bitte?«, fragt die Kassiererin mit dem teigigen Gesicht verdattert, was ich ihr nicht verdenken kann. Sie müssen wissen, ich erläutere meine Zwangslage nicht etwa mit hängenden Schultern und »Das Leben ist nicht fair«-Leichenbittermiene.

Nein. Ich höre nicht nur den altbekannten Beatles-Klassiker, sondern habe angefangen mitzusingen – lauthals und mit dem Brustton der Überzeugung. Sie werden sich vielleicht wundern, warum ich der Kassiererin derart inbrünstig einen Beatles-Song entgegenschmettere. Tja, die Antwort darauf lautet, ich weiß es leider selbst nicht. Tatsächlich bin ich in den vergangenen zwei Jahren bei verschiedenen Ärzten gewesen, von denen es mir auch keiner sagen konnte. Genauso wenig wie die Gutachter, Spezialisten und Psychiater (von denen es so einige gab).

Aber ich sage Ihnen, was ich weiß.

Eines stürmischen, kalten Januarmorgens wachte ich auf – so weit erst mal nichts Ungewöhnliches. Es war auch nichts Besonderes daran, dass es Graue-Tonne-Tag war oder dass ich in Gummistiefeln und marshmallowrosa Morgenmantel, den ich fest um den fülligen Weihnachtsbauch geschlungen hatte, draußen stand und versuchte, besagte Tonne die steile Einfahrt vor dem Haus hochzuzerren. Ich sage, daran war nichts Besonderes, weil mein Leben schon damals ziemlich chaotisch war. Unorganisiert. Ein einziges großes Durcheinander. Wäre ich ein ordentlicher, organisierter Mensch, der zu werden ich mir jedes Silvester aufs Neue fest vornahm, dann hätte die Tonne längst vor dem Haus gestanden wie ein tapferer kleiner Soldat, der wacker den Elementen trotzt und mit entschlossenem Stolz seiner bevorstehenden Ausweidung entgegensieht. Wäre ich so ein Mensch, wäre mir nicht einen Tag vorher der Enteiser ausgegangen, weshalb ich die Autoscheiben mit heißem Wasser vom Eis befreien musste. Und dann wäre da auch keine gefrorene Glatteispfütze gleich neben dem Bordstein gewesen. Ich wäre nicht ausgerutscht und rückwärts hingeschlagen und mit dem Kopf aufs Pflaster geknallt. Meine elfjährige Tochter hätte nicht geschrien wie am Spieß, als sie mich zwanzig Minuten später blutüberströmt und bewusstlos auf der Straße liegen sah. Mein völlig verstörter Sohn hätte nicht in Panik versuchen müssen, unbeholfen seine Pfadfinderkenntnisse an mir anzuwenden, um meinen schwachen Puls zu ertasten, und ich hätte – natürlich – nicht in meinem eigenen Urin gelegen, der schon anfing, an meinen Beinen festzufrieren, während meine Kinder eine gefühlte Ewigkeit auf den Rettungswagen warteten und ihre schlaksigen jungen Körper von Tränen, Angst und viel zu viel Verantwortung geschüttelt wurden und sie verängstigt darüber diskutierten, wie oft sie bei der Herzmassage auf meinen Brustkorb drücken mussten.

Aber wie dem auch sei, hier im Supermarkt komme ich gerade richtig in Fahrt und zähle der Kassiererin alles auf, was man mit Geld nicht kaufen kann, und meine Stimme schickt Schockwellen des Unbehagens durch den ganzen

Laden. Ich sehe – wie schon so oft – die verächtlichen Gesichter, in denen sich erst Erstaunen spiegelt, dann Missfallen und schließlich Belustigung. Seien Sie mal ehrlich: Wie würden Sie sich verhalten? Würden Sie weggucken? Mit dem Finger auf mich zeigen und mich unverhohlen anglotzen? Stellen Sie sich vor, Sie stünden in der Schlange hinter mir. An einem ganz gewöhnlichen Dienstag zur besten Mittagspausenzeit steht da eine zierliche Brünette Mitte dreißig an der Kasse und singt aus voller Kehle *Can't Buy Me Love*. Nicht nur ist sie keine begnadete Sängerin – obwohl sie immerhin nicht komplett schief singt – nein, dazu gestikuliert sie auch noch wie eine zweitklassige Musical-Darstellerin und reißt den Mund auf, als sänge sie eine Oper! Ich bitte Sie, sagen Sie mir nicht, Sie würden nicht mit offenem Mund hinstarren, oder? Doch, das würden Sie! Würde ich auch. Schauen Sie mich nur mal an! Wie kann man die Augen nur so weit aufreißen, dass es aussieht, als würden sie einem jeden Moment aus dem Kopf fallen und in all ihrer glitschig-schleimigen Pracht wie glibberige Litschis auf den schmuddeligen Fliesen landen? Oh, und wie ich nicht müde werde zu betonen, dass die materiellen Dinge im Leben mir schnurzpiepegal sind, weil ich mir damit keine Zuneigung erkaufen kann. Haben Sie gesehen, dass mein ausladendes Hinterteil dabei hin- und herschwingt wie ein Pendel? Und sehen Sie meinen Zeigefinger, mit dem ich vor dem schwabbeligen Gesicht der Kassiererin herumfuchtele? Ist Ihnen aufgefallen, wie rot sie geworden ist? Schauen Sie sie nur an, wie sie sich auf ihrem Hocker windet und verzweifelt auf den Notknopf drückt, damit ihr irgendwer zu Hilfe eilt und ihr endlich diese unberechenbare Irre vom Hals schafft. Man sollte doch meinen, mit so einem beeindruckenden Oberlippenbart hätte sie ein bisschen mehr

Verständnis für Sonderlinge. Hat sie noch nie was von Enthaarungscreme gehört? Ach herrje, mache ich jetzt auch noch eine Pirouette? Japp, schon geht's los, die Hände ausgestreckt wie ein wahnsinniger Verkehrspolizist, während ich mich um die eigene Achse drehe und … habe ich etwa gerade …? Ja. Ich habe die Faust in die Luft gereckt. Haben Sie das gesehen? Ich habe tatsächlich die Faust triumphierend gen Himmel gereckt, während ich den letzten Ton schmettere.

Totenstille. Nicht mal ein leiser Pieps von einem trotzigen Kind. Nicht mal das Piepsen eines Scanners. Ich höre nur meine Selbstachtung klirrend in abertausend winzige Splitter zerspringen.

Einundzwanzig, zweiundzwanzig, dreiundzwanzig. Und schon sind wir so weit. Drei Sekunden, mehr braucht es nicht, bis die britische Öffentlichkeit sich blind, taub und dumm stellt und wieder zur Tagesordnung übergeht. Aber ich weiß, dass sie dastehen und hinter vorgehaltener Hand hämisch kichern und ihren Freunden schreiben und Videos von mir auf YouTube hochladen (ja, das hat es alles schon gegeben – neunzehn Mal war der neueste Stand, als meine technikaffinen Kinder das letzte Mal nachgesehen haben) und sich glucksend vornehmen, ihren Freunden morgen Abend bei ein paar Drinks die ganze groteske Geschichte bis ins kleinste Detail brühwarm zu erzählen.

Heftig atmend krame ich in meiner Handtasche und versuche, mit zitternder Hand – sicher vom vielen Fingerwackeln – meine Kreditkarte herauszuholen.

»Entschuldigung«, murmele ich, »ich nehme den Rinderbraten doch nicht. Ich … ähm …«, atmen, »glaube, die Karte wird sonst …« Beruhige. Dich.

Aus unerfindlichen Gründen, die das medizinische

Fachpersonal unseres Landes nicht erklären kann, scheint mein »Zustand« durch Stress ausgelöst zu werden. Will heißen, ich singe und tanze nicht den lieben langen Tag. Als die Symptome damals erstmals auftraten – zuerst in Form von *I Will Survive* von Gloria Gaynor, dicht gefolgt von *Crazy* von Patsy Cline –, habe ich gar nicht dazu getanzt. Meine Stimme war ein gefangenes Raubtier, das sich mit Klauen und Zähnen zu befreien versuchte und verzweifelt gehört werden, verzweifelt entkommen, verzweifelt zerstören wollte. Die Tanzerei ist erst vor nicht allzu langer Zeit dazugekommen. Dr. Ashley meinte, das könnte ein Versuch meines Unterbewusstseins sein, eine unkontrollierbare Situation wieder unter Kontrolle zu bringen, indem es meine spontanen Ausbrüche in regelrechte »Showeinlagen« verwandelt und sie damit gesellschaftlich akzeptabler macht. Wie allerdings eine hüftwackelnde, poschwingende Tanzeinlage zu *Boom! Shake the Room* in der Umkleidekabine des Freizeitzentrums gesellschaftlich akzeptabler sein sollte, will mir nicht einleuchten. Meistens bin ich eigentlich ganz normal.

Ich lächele, so gut ich eben kann – mein Blick geht zu ihrem Namensschild –, »Sue« beruhigend zu.

Peinlich berührt nickt sie langsam, nimmt das Rindfleisch aus der Einkaufstüte und lässt mich dabei die ganze Zeit nicht aus den Augen, als hätte ich gerade eine geladene Waffe gezogen und nicht John und Paul aus tiefstem Herzen meine Verehrung entgegengejodelt. Ruhig bleiben. Atmen. Sie sieht aus wie ein Mann, und sie heißt Sue. Gab es da nicht einen Song … Ach, verflixt und zugenäht. Denk jetzt bloß nicht an Johnny Cash, bleib ganz ruhig. Alles ist gut, wenn nichts weiter passiert. Atme. Denk an was anderes. Ich reiche ihr meine Kreditkarte und spüre förmlich die

Fragezeichen in der Luft hängen und höre die gedämpft gemurmelten Kommentare: »Freak.« Und: »Bekloppte.« Ich spüre, wie es in mir zu pulsieren beginnt: dieser unwiderstehliche Drang – die Erlösung, nach der mein kaputter Körper verlangt. Denk nicht dran, denk nicht dran. Ich schließe kurz die Augen und konzentriere mich auf meine Atmung. Alles gut. Solange ich nicht an dieses Lied denke, ist alles gut. Siehst du, wie schön du dich wieder beruhigst? Wenn ich nur an was anderes denke, bin ich gleich hier raus und auf dem Heimweg. Und mein Leiden ist nur noch eine Geschichte, die die amüsierten Augenzeugen genüsslich sezieren können.

»Echt jetzt?« Grinsend schaut sie rüber zu den anderen Kunden. »Melody? Sie heißen wirklich Melody?«

»Mm.«

Ich weiß. Die Ironie des Ganzen entgeht mir nicht. Etliche Psychiater, die ich aufgesucht habe, haben den Verdacht geäußert, es könne womöglich eine Verbindung bestehen zwischen meinem Unterbewusstsein und meinem »Zustand«. Ein weiteres herablassend-süffisantes »Da müssen wir jetzt wohl durch«-Grinsen ihrerseits führt mich auf gefährlich dünnes Eis, aber ich atme tapfer weiter. Denk nur daran, was es gleich zu essen gibt, und Sue ist bald nur noch eine ferne Erinnerung. Sue. Sue. Sue.

»Karte oder Cash?«

Ach, Scheißdreck.

»Mum?!«

Ich spähe durch den Duschvorhang, den Kopf noch voller Seifenschaum und durchdringend nach Äpfeln duftend.

»Ich bin unter der Dusche!«, rufe ich, woraufhin das laute Bumm-bumm, mit dem meine Tochter Rose die Treppe hochstürmt, meinen blühenden, dampfenden Apfelhain erschüttert.

Schwungvoll wird die Tür aufgerissen.

»Warum duschst du? Es ist halb vier nachmittags.«

»Spucke«, erwidere ich und bleibe noch einen Moment unter dem brühend heißen Wasser stehen.

»Ach. Im Bus?«

»Supermarkt.«

»Autsch. Volles Programm oder bloß eine Strophe?«

Ich stelle das Wasser ab und strecke die Hand nach einem Handtuch aus. Rose reicht mir das in Veilchenlila, dem eine Wäsche auch nicht schaden könnte. Trotzdem wickele ich es mir um und trete dann auf das schiefergraue Linoleum.

»Zwei.«

Zerknirscht gucke ich sie an, meinen hübschen Rotschopf.

»Zwei Strophen? Das ist doch halb so wild.«

»Lieder.«

Sie zuckt merklich zusammen.

»War jemand dabei, den wir kennen?« Ich nehme mir ein weiteres Handtuch und rubbele mir damit die kurzen Haare trocken.

»Glaube nicht.«

»Warum Spucke?«

»*A Boy Named Sue*.«

»Kenne ich nicht.«

»Es geht um einen Jungen, der von seinem Vater Sue genannt wird, um ihn abzuhärten. Was nicht weiter schlimm gewesen wäre, hätte die Kassiererin nicht Sue geheißen und eine unübersehbare Oberlippenbehaarung und die offensichtliche Abneigung gehabt, sie zu entfernen.«

»Verstehe. Stil?«

»Country.«

»Ach herrje. Tanzeinlagen?«

Ich höre kurz auf, mir die Haare zu frottieren. Wie bei einem Igel stehen meine Haare in alle Richtungen vom Kopf ab. Nachdenklich kaue ich auf der Unterlippe herum, während ich an die peinliche Szene denke. Rose' Blick ist ausdruckslos. Sie überlegt wohl gerade, was sie eigentlich über Countrymusik weiß.

»O nein. Du hast doch nicht etwa, Mum? Du hast Line Dance gemacht?«

»Ich wusste nicht mal, dass ich das kann.« Ich lasse das Handtuch auf den Boden fallen. »Echt abgefahren.« Ich schnappe mir die Bürste und fahre mir energisch durch die Haare. »Ich hatte alle möglichen Schritte drauf, die ich vor hundert Jahren mal auf der Highschool gelernt habe. Ich hatte ganz vergessen, wie viel Spaß es macht, so zu tun, als würde man ein Lasso werfen. Ich habe es gegoogelt, und wie es aussieht, habe ich wohl einen Apple Jack gemacht, mehrere Ball Changes und einen Duck Walk.«

»Heiliges Kanonenrohr.«

»Du sollst nicht fluchen.«

»›Heiliges Kanonenrohr‹ ist nicht geflucht. ›Scheiße‹ ist geflucht.«

»Stimmt.«

Die Tür unten schlägt zu, und ein stetes, durch Kopfhörer gedämpftes Heavy-Metal-Tst-Tst-Tst ist zu hören. Mein Sohn Flynn ist nach Hause gekommen. Dann knallt noch eine Tür, und er ist in seinem Zimmer verschwunden. Erwartungsvoll schaue ich Rose an.

»Wie geht's ihm? Hast du ihn heute in der Schule gesehen?« Sie entdeckt auf einer weißen Fliese etwas, das aussieht wie ein eingetrockneter Joghurtfleck, und hat plötzlich nur noch dafür Augen. »Rose?«

»Vielleicht holst du schon mal was zum Desinfizieren«, murmelt sie schließlich als Antwort. Na toll. Er hat sich schon wieder geprügelt.

An dieser Stelle würde ich gerne betonen, dass ich keine schlechte Mum bin. Bestimmt gibt es unter Ihnen Mütter, die absolut mustergültige Kinder haben, die nicht mal im Traum daran denken würden, »Scheiße« zu sagen oder eine Prügelei anzufangen. Diejenigen unter Ihnen, die – Hand aufs Herz – von sich behaupten können, dass ihre Kinder dazu erzogen wurden, alle Lebewesen gleich zu respektieren, und zweifelsfrei den Unterschied zwischen Richtig und Falsch kennen, die im Alter von zwei Jahren die »Stille Treppe« eingeführt haben, die eine Belohnungstabelle für gutes Verhalten haben und die Sonntage mit Monopoly und Disneyfilmen verbringen, gestatten Sie mir, wenn ich darf, etwas zu meiner Verteidigung vorzubringen. Meine Kinder haben Dinge durchgemacht, die die meisten Menschen erst sehr viel später erleben, und Gefühle ertragen müssen, die vielen Menschen ein Leben lang erspart bleiben. Beginnen wir mit Angst und Schrecken. Dem reinen, unverfälschten, puren Horror.

Als Rose zwei war und Flynn fünf, ist Dev – mein Mann – eines Tages mit ihnen in den Zoo in Chester gefahren. Ich selbst blieb an dem Tag zu Hause. Unsere Waschmaschine war kaputt, und ich wollte auf den Handwerker warten, der vorbeikommen sollte, um sie zu reparieren. Auf dem Nachhauseweg hielten sie kurz an, weil Dev Schmerztabletten besorgen wollte – er hatte am Abend vorher beim Rugby-Gucken ein paar Bier zu viel getrunken – und eine Cola und Chips für Flynn. Dev ließ sich von Flynn einen Schluck Cola geben, um die Tabletten runterzuspülen, legte für Rose ein paar Kinderlieder zum Mitsingen ein, und dann fuhren sie schnell wieder los, damit Rose pünktlich zu ihrer Schlafenszeit um sieben zu Hause war. Aber sie waren nicht pünktlich zur Schlafenszeit zurück, denn um sieben Uhr wurde Flynn mit schweren Kopf- und Gesichtsverletzungen in einen Rettungshubschrauber gehoben. Dev stand da mit Rose an der Hand, die ganz durcheinander war, übermüdet und verstört – während sie mit ansehen mussten, wie Flynn auf der Krankentrage in der einsetzenden Märzdämmerung abtransportiert wurde. Rose war unverletzt, sie war gut geschützt in ihrem Kindersitz gewesen, und Dev hatte nur einen kleinen Schnitt über dem rechten Auge von einer Scherbe der zerschmetterten Windschutzscheibe. Aber Flynn … Flynn hatte sich nicht wieder angeschnallt, nachdem er Dev die Cola gegeben hatte. Und als Dev einen Wimpernschlag lang abgelenkt war, um für Rose noch mal *Twinkle Twinkle Little Star* zu spielen, hatte er die scharfe Rechtskurve vor der dicken Eiche übersehen. Er wusste nicht, dass Flynn mit über fünfundfünfzig Stundenkilometer nach vorne katapultiert wurde, und er wusste nicht, dass sein Sohn für den Rest seines Lebens auf einem Auge blind sein und eine Narbe quer über der Wange haben würde, die er bei jeder Gelegenheit zu verstecken versuchte.

Oder wie wäre es mit Trostlosigkeit? Wie viele von Ihnen können absolut aufrichtig von sich behaupten, schon einmal im Leben vollkommen und absolut untröstlich gewesen zu sein? Wenn zum Beispiel der eigene Vater urplötzlich verschwindet. Und zwar spurlos.

Das Jahr nach dem Unfall war das schlimmste überhaupt. Dev hatte ständig Albträume, und wir stritten uns über die nichtigsten Kleinigkeiten. Die Kosten für Krankenhausfahrten, die Parkgebühr für den Krankenhausparkplatz, Kleinkindertrotzanfälle. Ganz gleich, was es auch war, wir haben uns gestritten. Aber es gab auch Augenblicke ausgesuchtester Seelenpein, wenn unsere Verzweiflung in unendliche Liebe umschlug, so stark, dass sie uns ganz vereinnahmte und wir uns die ganze Nacht eng umschlungen in den Armen lagen und uns Liebesbekundungen und Koseworte zuflüsterten, wieder und wieder, als könnten wir einander mit unserer Liebe wieder heil machen. Und dann war er eines Tages einfach nicht mehr da. Puff. Verschwunden. Wie Keyser Söze.

Oder nehmen wir die Scham. Stellen Sie sich vor, Sie müssten mit ansehen, wie Ihre Mum beim Elternabend *Baby Got Back* singt. Habe ich gemacht. Ich habe Rose' rundlicher Lehrerin unverblümt »mitgeteilt«, dass ich auf dicke Hinterteile stehe und es nicht verhehlen kann. Wie gesagt. Scham.

Zögerlich klopfte ich an Flynns Tür.

»Darf ich reinkommen?«

»Nicht wenn du mir wieder auf die Eier gehst.«

»Sag nicht Eier«, erwidere ich und öffne die Tür. Er sitzt gegen das metallene Kopfende seines Bettes gelehnt, Kopfhörer in einem Ohr. Die leicht gelockten braunen Haare fallen ihm ins Gesicht, das halb dahinter verschwindet, und wie immer trägt er von Kopf bis Fuß angesagtes Schwarz.

»Lass mal sehen.« Ich stakse durch die typische Teenager-Trümmerlandschaft aus Chipstüten und Schmutzwäsche und greife nach seiner Hand. »Ach, Flynn.« Die Knöchel seiner rechten Hand sind aufgeschürft. »Was ist denn passiert?« Er zuckt die Achseln.

»Das Übliche. Rob hat mich Quasimodo genannt, und ich habe dem Wichser eine gekachelt.«

»Du sollst nicht Wichser sagen.«

»Okay. Ich habe ihm eine verpasst, dem Arsch.« Ich schüttele den Kopf, und ein kleines Lächeln huscht über sein Gesicht.

»Ich habe im Asda Line Dance gemacht.«

»Cool.«

»Ich hab 'ne richtige Nummer abgezogen.«

»Das klingt irgendwie komisch.«

»Geschoben?«

»Mum, das ist ja noch viel schlimmer.«

»MUUUUUUUUUUM!« Wir drehen uns beide um. Rose stürmt mit wehenden flammend roten Haaren ins Zimmer. »Ich war auf der Webseite und habe jemanden gefunden, der auf Dads Beschreibung passt!«

»Rose«, unterbreche ich sie. Wir haben das alles schon unzählige Male durchgemacht: die Hoffnung, die Zuversicht, die Sehnsucht, das Irreparable irgendwie doch noch reparieren zu können. »Beruhige dich, denk daran, es gibt viele Menschen, die auf Dads Beschreibung passen.«

»Aber diesmal ist es anders.«

Wie soll ich es ihnen sagen? Wie soll ich ihnen sagen, dass Dev nicht wiederkommt? Dass er tot ist? Wo ich doch der einzige Mensch bin, der das weiß.

2

Rose

21. Februar

Also gut, ich habe beschlossen, Tagebuch zu führen. Ist es okay, wenn ich einfach mitten im Monat anfange? Denke schon. Schließlich bin ich die Einzige, die es liest. Meine »Vertrauenslehrerin« meinte, das könnte helfen, meine Gedanken zu sortieren, und ein Versuch kann ja nicht schaden. Ich verstehe nicht, warum Mum nicht viel aufgeregter ist. Ich weiß, wir haben schon öfter gedacht, wir hätten Dad gefunden, aber diesmal ist es anders.

Megan versteht zwar, dass ich meinen Dad ausfindig machen will (sollte sie auch, schließlich sind wir beste Freundinnen, seit wir beide drei Jahre alt waren), aber ich weiß, dass sie mich komisch findet, und ich kann das gut nachvollziehen. Während die meisten anderen aus unserer Klasse in den Pausen auf Instagram sind, gehe ich auf www.mymissingfamily.co.uk, wo man vermisste Familienangehörige suchen kann. Und ich verstehe das. Wirklich. Ich habe gehört, wie Becca Grimstone Ben Stone (der immer in der Nase bohrt und seine eigenen Popel frisst, wenn er denkt, dass niemand es sieht – Igitt!) gesagt hat, ich wäre ein rothaariger Freak mit einem morbiden Faible für tote

Menschen. Blöde Kuh. Mum meint, dass Menschen, die schlimme Sachen über andere sagen, eigentlich nur neidisch sind. Ja, genau. Ich bin mir sicher, dass Becca, die jetzt schon C-Körbchen trägt, ein perfektes Gesicht hat und zu den Coolsten in der ganzen Klasse gehört, total neidisch auf mich ist. Ich habe rote Haare und bin klüger als alle anderen in der Klasse. Das soll jetzt nicht eingebildet klingen, ist aber so … Meine Mathelehrerin hat beim letzten Elternabend geheult und gesagt, sie hat das Gefühl, bei mir »zu versagen«, weil sie mir keine anspruchsvolleren Aufgaben stellt. Was die Förderung begabter Schüler angeht, muss die Regierung sich viele Fragen gefallen lassen. Mrs Turners emotionale Stabilität hängt an einem seidenen Faden, wenn man mich fragt, und ICH bin diejenige, die zur psychologischen Beratung geht?! Mum hat viel Verständnis geäußert für sie und die enorme »Belastung«, der sie hier tagtäglich ausgesetzt ist. Sprich, sie hat *Nine to Five* von Dolly irgendwas gesungen. Ein Glück, dass wir nach dem *Baby-Got-Back*-Zwischenfall sowieso einen Privattermin bekommen hatten. Außer der Lehrerin war also niemand da, der es mitbekommen hätte. Über was habe ich gerade gesprochen? Ach ja, außerdem bin ich auch noch die Schwester des – wie er selbst sagt – asozialsten Jungen der Schule. UND Becca weiß, dass Dad abgehauen ist, und meine Mum … na ja, lassen wir das einfach, ja?

Die Nächte werden immer schlimmer. Wie sollen wir ihr erklären, dass wir nicht so übermüdet sind, weil wir die ganze Nacht auf unseren Tablets rumdaddeln, sondern weil sie uns jede Nacht mit dem Soundtrack ihrer Träume den Schlaf raubt? Nehmen wir letzte Nacht. Erst fing es ganz leise an mit *Shake it off*. Vielleicht wollte sie den ganzen beschissenen Tag einfach abschütteln mit dem Song.

Swifty gehört nicht unbedingt zu meinen Lieblingssängerinnen, vor allem nicht um halb zwei morgens. Manchmal sind es auch nur Songfetzen, die einander genauso schnell abwechseln wie ihre Träume. Wenn sie Albträume hat, schmettert sie immer *Wake Me Up Before You Go-Go,* als wollte sie, dass wir sie aufwecken. Am schlimmsten ist es aber, wenn sie wieder und wieder dasselbe Lied singt. Wie letzte Nacht. Zwischen zwei und fünf hat sie ununterbrochen *Don't Stop Believin* gegrölt. Da bin ich fast vom Glauben abgefallen. Dreimal sind mein Bruder und ich uns auf dem Treppenabsatz begegnet, mit verstrubbelten Haaren und entnervt vor uns hin murmelnd. Mittlerweile ist das schon fast Alltag geworden, und wir versuchen, sie möglichst unauffällig gerade so viel zu stören, dass sie aufschreckt und endlich die Klappe hält. Wenn einer von uns am nächsten Tag eine Arbeit schreiben muss oder so, schlafen wir abwechselnd unten auf dem Sofa. Funktioniert eigentlich ganz gut, aber dann müssen wir uns den Wecker auf halb sieben stellen, damit wir vor Mum wach sind.

Als die nächtliche Singerei anfing, hat Flynn Mum erzählt, er sei zu müde, um in die Schule zu gehen, weil sie die ganze Nacht so laut *Sweet Dreams (Are Made of This)* gesungen hat, was ihm die süßen Träume gründlich verleidet hat. Mum war so durch den Wind, dass sie den ganzen Morgen nur noch geheult hat und so stinkwütend auf sich wurde, dass sie sich in einen Eminem-Mashup reingesteigert hat. Wirklich sehr unschön. Wenn sie die Songs nicht kennt, macht es das nur noch schlimmer. Denn dann denkt sie sich den Text dazu einfach aus. Und weil sie nicht gerade der größte Eminem-Fan ist, war der Text so verdreht und falsch, dass sie klang wie eine mittelalte Gangsta-Mum mit Tourettesyndrom.

Egal, zurück zu Dad. Es scheint vielleicht komisch, dass ich so besessen davon bin, ihn aufzuspüren, obwohl ich mich kaum an ihn erinnern kann. Aber irgendwie eben doch. Ich habe das unbestimmte Gefühl, ihn zu kennen. Mum redet ständig über ihn, und es gibt Videos von ihm, die ich bestimmt schon hundert Mal gesehen habe. In denen sieht Mum ganz anders aus. Sie hat die Fingernägel immer tiefrot lackiert und hat lange Haare (fast bis zum Po), die sie ständig über die Schulter wirft, und ist sehr hübsch. Hübsch ist sie eigentlich immer noch, auch mit dem asymmetrischen Bob, den sie jetzt trägt. Sie ist so anders als Megans Mum mit ihrer Fake-Sonnenstudiobräune und den Markenklamotten. Mum wirkt immer natürlich und trotzdem hübsch. Ihr Make-up ist sehr dezent, und sie hat eine seltsame Augenfarbe, irgendwas zwischen Grün und Grau, und ihre Augen stehen weit auseinander, ein bisschen wie bei einem Alien, aber es sieht interessant aus. Und Dad sieht auch nicht schlecht aus, würde ich sagen. Er hat so ein Grübchen am Kinn. Mum hat immer gesagt, er hat ein Poritzenkinn. Er hatte schulterlange rotbraune (das schreibt Mum jedenfalls immer in die Vermisstenanzeigen) lockige Haare. Von seinen Haaren hat Mum jedes Mal geschwärmt, wenn ich in den Vermisstenanzeigen gestöbert habe, die sie alle aufgehoben hat. Ernsthaft, sie hat so altmodische Aktenschränke in der Garage, vollgestopft mit Formularen und Berichten und allem. Echt abgefahrenes Zeug. Er war ziemlich groß, über eins zweiundachtzig, und schlank.

Sie waren schockverliebt. Mum und Dad. Das sieht man in den Videos. Immer hat er sie zum Lachen gebracht, und STÄNDIG haben sie sich berührt. Nicht eklig, nur so, Händchen halten oder eine Hand aufs Knie legen oder über den Arm streichen. So was halt. UND sie haben andauernd getanzt. Gran meinte, als er damals verschwunden ist, hat Mum monatelang ununterbrochen nach ihm gesucht. Sie war in jeder Vermisstenstelle und hat sogar einen Privatdetektiv angeheuert. Gran hat erzählt, die Polizei war irgendwann ziemlich genervt, weil sie mindestens zweimal am Tag angerufen hat, um sich zu erkundigen, ob sie ihn endlich gefunden haben. Sie wollte und wollte nicht aufgeben. Ich weiß noch, wie sie mich damals, ich muss wohl sechs gewesen sein, in meinen Kindersitz geschnallt hat und eine gefühlte Ewigkeit mit uns nach London gegurkt ist, um bei den Obdachlosen nach ihm zu suchen. Ich weiß noch, dass ich ein bisschen Angst hatte. Vor Mum genauso wie vor den Obdachlosen. Und dann hörte es auf. Schlagartig. Als hätte sie alle Hoffnung aufgegeben. Weshalb ich nicht verstehe, warum sie jetzt so gleichgültig ist. Er hatte an der linken Schulter eine Tätowierung mit drei Schwalben, die für uns drei standen, wie Mum uns erklärt hat… und dieser Mann – der auf missingfamily.co.uk – hat genauso ein Tattoo.

Aber egal. Das reicht für heute Abend, morgen muss ich im Netz bei Shoehome nach neuen Schulschuhen suchen. Mum will mit mir in den Schuhladen gehen (Horror!), und ich möchte einfach nur rein und raus, bevor sie wieder total gestresst ist und anfängt, *The Hills Are Alive* aus *The Sound of Music* zu singen, so wie beim letzten Mal.

3

Melody

»Halbschuhe? Sind die nicht ein bisschen … du weißt schon … altmodisch?« Innerlich winde ich mich unter dem vernichtenden Blick meiner Tochter. Ich muss auf unerfindliche Weise als Mutter versagt haben … mal wieder.

Erinnern Sie sich noch an einen dieser wundersamen Augenblicke, wenn etwas eigentlich vollkommen Belangloses – wie ein kleiner rosa Streifen – einen anlächelt? Dieser schmale rosa Streifen, der von Bedeutsamem kündet, das erst langsam ins Bewusstsein sickert. Ein Puzzlespiel aus Vergangenheit, Gegenwart und Zukunft, ein Universum elektrischer Leitungen, die Gedanken und Gefühle miteinander verschmelzen, während das Bild dieses winzig kleinen Dings einen vollkommen verschluckt. Der Verstand ist nur noch eine einzige Kollage aus winzigen Fingerchen, winzigen Zehen, winzigen Härchen, winzigen Problemchen, die unaufhaltsam immer weiterwachsen, während man selbst – und die Welt um einen herum – sich ausdehnt und man sich fragt, ob man je stark genug sein wird, diese unendliche, überwältigende Liebe auszuhalten. Wehmütig lasse ich die Erinnerung vorüberziehen, während die kleine rosa Linie sich die Haare zurückstreicht, sie zu einem Knoten zusammendreht und entnervt aufseufzt.

»Können wir die einfach nehmen und wieder gehen? Das sind die Einzigen im ganzen Laden, die mir gefallen«, erklärt sie, während ich mich bücke und die schwarzen Lederschuhe begutachte, die denen, die ihr mittlerweile zu klein geworden sind, verblüffend ähneln. Ich richte mich wieder auf und sehe, wie sie sich unauffällig umschaut und die Umgebung nach potentiellen Bedrohungen absucht – allerdings nicht etwa in Form von fremden Männern im Trenchcoat oder Taschendieben, oh nein. Meine kleine rote Rose schätzt die Gefahrenlage ab und überlegt, wie sie unerkannt entkommen kann. Die Gefahr bin ich: eine ständige Bedrohung ihrer heiligen Anonymität.

Langsam entfaltet sich die aufgedrehte Knospe, und das Samenkorn bricht auf. Sie pocht in meinem Magen und reckt sich den Strahlen meiner nervösen Anspannung entgegen, und da geht mir auf, weshalb Rose sich so unerwartet schnell für ein bestimmtes Paar Schuhe entschieden hat: Sie hat sie längst ausgesucht. Ich höre ein Kirchenorgel-Intro durch meinen Körper wummern und muss einsehen, dass es längst zu spät ist. Panisch schaue ich Rose an, und sie wird kreidebleich. Sie weiß, was jetzt kommt.

»Oh nein, Mum, nicht jetzt.« Hilflos muss ich mit ansehen, wie meine blühende rote Rose erblasst. Ihr Blick geht zu dem Grüppchen Jugendlicher, das vor der Ladentür steht und sich gegenseitig anstupst.

Lauf, lauf, LAUF. Ich sage mir das Wort ein paar Mal stumm vor, bevor der Stängel seine Dornen in mein Unterbewusstsein stechen kann.

»Lauf.« Erleichtert spucke ich das Wort aus, um dann den Mund wieder fest zusammenzupressen, durch die

Nase einzuatmen und krampfhaft zu versuchen, die Luft durch den Mund auszupusten, die Lippen wie zum Pfeifen gespitzt, und mich irgendwie wieder zu beruhigen. Aber es hat alles keinen Zweck. Ich höre die letzten Takte des Intros. Rose lässt die Haare über die Schulter fallen, um ihr Gesicht zu verbergen, während sie nach ihrem Jeansrucksack greift und ihn sich über die Schulter wirft.

»Und wanderteeeeen … in jener Zeit,
Seine Füße frei durch die-ses Land …«

Meine Stimme posaunt die Worte heraus und verschafft mir köstliche Erleichterung, nur getrübt von dem peinlich berührten, entsetzten Blick auf dem Gesicht meiner Tochter, in dem sich, als sie kurz über die Schulter zurückschaut, Schreck, Mitleid und brennende Scham spiegeln. Währenddessen stehe ich kerzengerade da, in der Hand noch den schwarzen Mädchenschuh – den ich jetzt wie einen Taktstock schwinge und mit dem ich munter hin und her wedele wie der Dirigent in einem Harry-Potter-Film. Mit der freien Hand male ich sachte liegende Achten in die Luft, Daumen und Zeigefinger zusammengelegt, um – wie mein Unterbewusstsein wohl meint – an dieser Stelle die Streicher einzuführen.

»Und ward das heil-ge Gotteslamm
Auf Englands Weiden je erkannt?«

Meine Unterlippe fängt an zu zittern, als ich mit ansehen muss, unter welchen Seelenqualen meine kleine Rose mit langen Schritten zum Ausgang rennt, wo die anderen Jugendlichen zusammenstehen.

»Und schien uns Got-tes An-ge-sicht,
Wie Sonnenlicht, so hell und klar?«

Ein Rippenstoß, ein Kichern und allgemeines Köpferecken.

»Ward hier Jerusalem erbaut?
Inmitten dieses finst'ren Tals?«

Als ich gesanglich meinen Bogen aus brennendem Gold gespannt und die Pfeile meiner Begier aus dem Köcher geholt hatte, war Rose schon beinahe aus dem Laden. Bittere Tränen liefen mir über das Gesicht, während ich meinen Lackledertaktstock schwinge und immer mehr Orchesterinstrumente einsetzen.

»Nicht kampfesmüüüüüde will ich sein,
Das Schwert beeeeereit in meiner Hand!«

Ich bemerke den Jungen, mit dem Rose seit der Kita in eine Klasse geht. Er hat ihr den Spitznamen »Goldfisch« verpasst, der sich – natürlich – auf ihre flammend goldroten Haare und die vollen Lippen bezieht. Pikiert muss ich feststellen, dass aus ihm ein ansehnlicher junger Mann geworden ist: schiefes Grinsen, strahlend blaue Augen und so eine perfekt frisierte Tolle, wie sie momentan anscheinend angesagt sind. Breit grinsend guckt er sie an und versetzt seinem nicht ganz so gut aussehenden, pickligen Kumpel einen Stoß in die Rippen.

Rose rückt ihren Rucksack zurecht und drückt sich mit eingezogenem Kopf an ihnen vorbei, vorbei an den heruntergesetzten schwarzen Plastikpumps, und ist schon fast zur Tür hinaus.

»Bis ich gebauuuuuut …«

Ich kneife die Augen zusammen.

»Je-ru-sa-lem!«

Arm nach hinten.

»In Englands grüüüüünem, schööö-neeeem Land.«

Und mit dem letzten gut gesetzten Ton schleudere ich meinen Taktstock gezielt quer durch den Laden, vorbei an den nachgemachten Designerstiefeln, wo er zwischen zwei blitzenden, staunend aufgerissenen strahlend blauen Augen landet.

Mit der Grandezza eines wahren Maestro verbeuge ich mich, ernte dafür aber leider keinen Rosenregen, sondern nur einen hasserfüllten Blick von meiner Teenie-Tochter, die sich grob den Weg durch die Jugendlichen freirempelt und kopfüber in der Flut der samstäglichen Einkäufer untertaucht.

Samstagabend, und was mache ich? Ich sitze in meinem Schlafzimmer, in einem alten Fleece-Pyjama mit Scooby-Doo-Muster, trinke Tee und spiele an meinem Laptop herum. Ich doppelklicke auf die Information, die Rose in helle Aufregung versetzt hat, und starre ein weiteres Mal auf die Angaben.

Geschlecht: männlich
Alter: 30-40
Hautfarbe: weiß

Größe: 1,88 m, schlank
Gesichtet: am 20.02.16 um 16 Uhr vor dem Einkaufszentrum in Taunton zusammengebrochen. Später aus Musgrove Park Hospital verschwunden. Angeblicher Name: Tom. Trug ein nicht näher bezeichnetes silbernes Armband.
Haare: dunkel, kurz, etwa 2 cm lang
Augenfarbe: grün
Besondere Kennzeichen: Tätowierung – linkes Schulterblatt – 3 Schwalben, dunkelblau schraffiert
Bekleidung: graue Wollmütze – graue, dunkelbraune Jacke mit Logo auf der rechten Brust, grün kariertes Hemd, dunkelbraune, saubere Jeans, braune Boots
Persönliche Gegenstände: Ein Zehn-Pfund-Schein, 2 Zwei-Pfund-Scheine.

20.02.16, Polizei von Avon and Somerset.

Die Augenfarbe ist verkehrt, das kann er nicht sein ... wobei, wenn er sehr müde war oder geweint hatte, waren sie eher meergrün als graublau. Graublau. Ich bin es gewohnt, ihn so zu beschreiben. Wie frustrierend es ist, ein Formular nach dem anderen ausfüllen zu müssen, immer und immer wieder. Man kann ja nicht schreiben, die Augen des geliebten Menschen ähneln der Farbe des Meers an der walisischen Küste an einem schönen Sommertag oder bekommen Lachfältchen an den Seiten, wenn er dich ins Zimmer kommen sieht, oder dass er sie immer halb zumacht, wenn er was Leckeres isst, oder dass sie feucht werden, sobald jemand King Kong erwähnt. Graublau. Ich kratze mich am Hinterkopf und frage mich, wo zum Kuckuck Taunton wohl liegt, als es an meine Tür klopft. Was mache ich hier bloß? Er ist tot. Aber trotzdem spüre ich das vertraute Ziehen im Herzen, die Hoffnung, die sich wie ein Seil darumlegt und an dem ich so lange gehangen habe, dass es mich meine Freunde gekostet hat und letztendlich, zumindest kurzzeitig, sogar meinen gesunden Menschenverstand. An diesem Seil habe ich gebaumelt, schlaflos und ruhelos, es zog mich in die düstere, trostlose Welt aus Vermissten, Genehmigungsschreiben und Tagen mit vergessenen Turnbeuteln und liegen gebliebenen Lunchboxen. Viele Bekannte, hauptsächlich die Eltern von Flynns Freunden, distanzierten sich immer mehr, je ungepflegter und unberechenbarer ich wurde.

Die engen Freunde, Freundinnen, mit denen ich mich das erste Mal betrunken habe – mit Tia Maria, den wir Paulines Oma geklaut hatten –, Freundinnen, denen ich von meinem ersten Kuss und meinem ersten Liebeskummer erzählt und mit denen ich nervös auf die Zeugnisnoten geguckt habe, hielten zu mir, aber sowohl Pauline als auch Emily leben inzwischen am anderen Ende der Insel und haben nicht so hautnah miterlebt, was zwischenzeitlich aus mir geworden war.

Trotzdem blieben wir in Kontakt und schrieben uns regelmäßig Nachrichten: *Hoffe, es ist alles okay. Ben macht gerade die ersten Schritte. Ich bin wieder schwanger. Wir müssen uns bald mal wieder treffen. Ach herrje, echt? Alles okay? Lasst uns demnächst unbedingt treffen …* Und das haben wir dann gemacht. Wir haben uns zum Essen getroffen und zu ein paar Drinks. Aber ich war so aufgeregt, weil wir uns so lange nicht gesehen hatten, dass ich die gesamte Titelmelodie von *Friends* geträllert habe, noch während wir an der Bar saßen und unseren Aperitif tranken. Pauline hatte immer schon Probleme mit ihrem Gewicht, und ehe ich mich versah, fing ich an, *Fat Bottomed Girls* von Queen zu schmettern, die

Hymne auf füllige Frauen. Sie bemühte sich, so zu tun, als machte es ihr nichts aus, aber als ich dann auch noch *Whole Lotta Rosie* anstimmte, was in dieselbe Kerbe schlug, wusste ich, es wäre besser, schleunigst zu gehen. Es war ihnen gegenüber einfach nicht fair. Ich konnte es schon kaum ertragen, wie sie sich peinlich berührt in der Bar umschauten. Aber viel schlimmer war, dass ich es nicht ertragen konnte, meine besten Freundinnen derart zu kränken. Ich wusste, dass es das Beste wäre, wenn wir uns nicht mehr sahen, also reagierte ich nicht mehr auf ihre Nachrichten und nannte sie auch nicht mehr meine Freundinnen.

»Mum?«

Ich klappe den Laptop zu und schiebe ihn hastig unter das Bett.

»Komm rein. Wieso bist du denn noch auf, Flynn? Es ist halb zwölf.«

»Du hast … öhm …« Er macht eine Kopfbewegung in meine Richtung, und ich runzele fragend die Stirn.

»Was?«

Da erst merke ich, dass ich eine trockene Kehle habe und mir der Hals wehtut. Ich habe wieder gesungen. Das kommt manchmal vor. Dann bin ich so abgelenkt, dass ich es nicht merke. Wie kann man so was nicht merken?, höre ich Sie fragen. Eigentlich ganz einfach. Es ist genau wie bei einem Ohrwurm. Denken Sie nur an das Lied von Kylie Minogue, *Can't Get You Out of My Head*. Hören Sie es schon, mit allem Tamtam und Tschingarassabumm? Gut. Und nun achten Sie mal darauf, Sie sitzen immer noch entspannt da, atmen stetig ein und aus. Ich vermute, Sie haben in der Zwischenzeit ein paar Mal geblinzelt, stimmt's? Sehen Sie? Es ist ganz leicht, weiter zu funktionieren, selbst wenn irgendwo im Hippocampus ein Kylie-Roboter singt und tanzt. Sie hören es, es nervt, aber Sie funktionieren immer noch, den ganzen lieben langen Tag, ohne dass irgendwer um Sie herum etwas davon mitbekommt. Bei mir ist es genauso, nur dass ich laut mitsinge. Blöde Kylie. Jetzt kriege ich die auch nicht mehr aus dem Kopf.

»Entschuldigung. Ich mache mir mal einen Kamillentee.« Ich strecke mich und lächele meinen Jungen an. »Alles okay?« Er zuckt die Schultern, lehnt sich gegen den Türrahmen und kaut am Daumennagel. Ich lege den Kopf schief und klopfe neben mir auf das Laken. Ungelenk schleicht er zu mir rüber und lässt sich in einem Durcheinander aus spitzen Ellbogen, hüpfendem Adamsapfel und Axe-Wolke aufs Bett fallen.

»Was ist los?«

»Ich …«, setzt er an, und seine tiefe Stimmbruchstimme hat Schwierigkeiten, den Satz herauszubringen, »wir … ähm … wir müssen am Montagmorgen zu einem Termin in der Schule.«

»Okay.«

»Das wird sicher unangenehm, also solltest du vielleicht … du weißt schon, was von dem Zeug nehmen.«

Mit »dem Zeug« meint er meine »Medikamente«. Ich experimentiere mit verschiedenen angstlösenden Wirkstoffen. Bisher habe ich es mit Selleriesaat, Mutterkraut und Baldrian versucht, um nur ein paar zu nennen. Die harten Sachen vom Arzt nehme ich schon lange nicht mehr. Wenn ich das Zeug genommen habe, war ich dauerabwesend, immer kurz vorm Einschlafen und immer nur dabei, nie mittendrin im Leben. Manchmal nehme ich ein paar Rescue-Tropfen, wenn ich vorher weiß, dass es stressig werden könnte. Das scheint zu helfen. Als ich das letzte Mal beim Gasanbieter anrufen musste, habe ich nur den Anfang von

Jumping Jack Flash gesungen und nicht *You're the One That I Want*, mit dem ich die Elektrizitätswerke bei meinem letzten Anruf beglückt habe.

»Okay. Wäre es dir lieber, wenn wir das telefonisch machen?«

»Nö, ist mir ziemlich Latte. Weißt du doch.« Er grinst mich schief an. »Ich bin sowieso schon ein Freak. Wenn überhaupt, dann bist du die Bekloppte, neben der ich noch relativ normal wirke.« Ich boxe ihn leicht, und er rappelt sich auf.

»Neulich hat mich dein neuer Vertrauenslehrer angerufen. Er meinte, er könnte dir dabei helfen, dass du ein bisschen runterkommst. Ist es deswegen?« Er zuckt die Achseln – um dann schnell das Thema zu wechseln.

»Ach ja, Gran hat sich vorhin gemeldet. Wollte, dass du sie zurückrufst, weil sie sich nicht entscheiden kann, ob sie die rot karierten Gardinen aufhängen soll oder die ...« Er guckt hoch und kann sich wohl nicht mehr erinnern, was die andere Alternative gewesen wäre. »Grün? Nein. Lila? Weiß auch nicht. Jedenfalls irgend so was.«

Meine Mum und ich könnten gegensätzlicher nicht sein. Ihr Haus ist immer wie geleckt, meins chaotisch. Sie hat Dutzende Freunde, ich überhaupt keine. Sie läuft, ich sitze. Ihr Leben hat sich immer schon um sie gedreht; selbst als ich noch klein war, waren Mums Bedürfnisse immer wichtiger als meine. Sie war – *ist* – keine schlechte Mutter. Ich hatte immer saubere Klamotten und Schuhe von Clarks. Ich war höflich. Ich habe mich geliebt gefühlt, hatte nie das Gefühl, dass sie nicht für mich da ist, und habe mich immer geborgen und sicher gefühlt. Aber. Bei meiner ersten Schultheateraufführung half Mum einer Freundin beim Umzug. Als ich den ersten Liebeskummer hatte, musste Mum unbedingt zur Neueröffnung einer Bibliothek, und überhaupt, das wird schon wieder, andere Mütter haben auch schöne Söhne. Meine Verlobungsfeier, natürlich komme ich vorbei, aber ich habe Reverend Daniel versprochen, ihm ausgerechnet an dem Abend beim Bingo zu helfen. Sie liebt mich, aber es ist, als sei ein Kind zu bekommen nur ein Punkt auf der To-do-Liste ihres Lebens gewesen, den sie nach mir dann abhaken konnte. Verlässlichen älteren Mann finden – abgehakt. Kind bekommen – abgehakt. Mitglied beim Women's Institute werden – abgehakt.

Mein Dad war weit über fünfzig, als sie mich bekamen. Ich erinnere mich kaum noch an ihn, abgesehen von einem eher nichtssagenden, langweiligen Mann, der immer leicht enttäuscht wirkte vom Leben. Irgendwann wurde er dement und verschwand aus meinem Leben und kam in ein Pflegeheim. Ich kann nicht behaupten, dass ich das als besonders dramatisch empfunden habe. Ich hatte vielmehr das Gefühl, für ihn war ich so was wie ein Haustier. Ein kurzes Tätscheln auf den Kopf, wenn ich brav war, ein böser Blick, wenn ich ihm auf die Nerven ging.

Nur in einem sind Mum und ich uns einig, und das sind meine Kinder. Flynn und Rose sind ihre Engel. Geburtstags- und Weihnachtsgeschenke sind immer sehr liebevoll ausgewählt und passen perfekt. Sie verwöhnt die beiden nach Strich und Faden und entschuldigt jegliches schlechtes Verhalten, das sie stattdessen wahlweise der Schule anlastet, dem Schlafmangel oder dem Wetter. Und die beiden lieben sie genauso abgöttisch. Stundenlang spielen sie zusammen Karten oder puzzeln, was meine Mum mit mir nie gemacht hat, und alle drei halten zusammen wie Pech und Schwefel.

Nach einer gemeinschaftlich geleerten Flasche Wein gestand sie mir eines Abends: »Mit Enkelkindern ist es ganz anders, weißt du? Wenn man Fehler macht, ist es halb so wild, weil sie nach dem Wochenende wieder nach Hause gehen.« Manchmal frage ich mich, ob sie solchen Bammel davor hatte, nicht die perfekte Mutter zu sein, dass sie deshalb keine perfekte Mutter *war*.

»Okay, dann rufe ich morgen da an.« Ich lächele ihm zu, als er zur Tür rausgeht und sie leise hinter sich schließt.

»Mrs King?« Der kinnlose Schuldirektor Mr Smythe begrüßt mich mit einem laschen Händedruck. Ehrlich jetzt, das ist alles?, hätte ich ihn am liebsten gefragt. Wenn ein Fisch einem die Hand geben würde, dann würde es sich so ungefähr anfühlen. Wie schwer kann es bitte sein, seinem Gegenüber die Hand zu geben? Und nicht nur, dass dieser lasche Händedruck sich anfühlt wie welker Spinat, so ein untertäniger, feuchter Handschlag ist bestimmt auch keine gute Referenz für einen Mann, in dessen klammen Händen die Verantwortung für die schulische Bildung unserer Kinder gelegt wurde. Ich setze ein falsches Lächeln auf und schaue ihm in die glasigen, dumm glotzenden Augen und merke, dass er irgendwie ein richtiges Fischgesicht hat. Der schlaffe Mund steht offen, und die ausdruckslosen Augen stehen so weit auseinander, dass sie ihm etwas Froschartiges verleihen. Ich ziehe meine Hand aus seiner klammen Flosse und wende mich dem anderen Mann zu, der wohl der Klassenleiter sein muss. Mr Greene ergreift meine Hand und schüttelt sie energisch. Ein Handschlag, der mich für ihn einnehmen soll, der sagt: »Hey, altes Haus, lange nicht gesehen.« Aber ich bin nicht sein altes Haus und will es auch nicht sein. Er ist groß, drahtig und hat gelbe Schweißflecken unter den Achseln des blau karierten

Hemds. Ich schaue mich in dem graublauen Raum um und gehe rüber zu den beiden Stühlen, die vor einem selbst zusammengebauten Schreibtisch in Birke Natur stehen.

»Nehmen Sie doch bitte Platz«, sagt er. Flynn ist das ganze förmliche Begrüßungsritual schnuppe. Er seufzt, als er seinen schlaksigen Körper in den Stuhl neben mir faltet.

»Also«, beginnt Mr Greene und stellt sich kurz auf die Zehenspitzen, die Hände in den Hosentaschen, bevor er sich neben Fischgesicht setzt, und ich frage mich, wer von den beiden hier eigentlich das Sagen hat.

»Also«, entgegne ich schmallippig.

»Sie wissen sicher, weshalb wir Sie hergebeten haben. Es geht um Flynns Verhalten.« Ich höre es leise klicken, als die Tür hinter mir aufgeht und wieder geschlossen wird und eine weitere Person den Raum betritt. Es macht mich ganz kirre, dass jemand zu unserem kleinen Tête-à-Tête gestoßen ist, den ich nicht sehen kann.

Ich muss an die »Quasimodo«-Hänseleien denken und schürze die Lippen.

»Flynns Verhalten?«, frage ich mit hochgezogenen Augenbrauen.

»Ich weiß ja nicht, ob Sie es wussten, Mrs King, aber Ihr Sohn hat einen unserer herausragenden Schüler attackiert.«

»Herausragenden Schüler?«, frage ich verdutzt.

»Ja. Rob Hunt. Er ist einer unserer verlässlichsten Schüler.«

»Verlässlich?«

»Ja. Er hat eine außergewöhnlich verheißungsvolle Zukunft vor sich, und leider … könnte das aggressive Verhalten Ihres Sohnes ihm gegenüber seine Chancen geschmälert haben, für den nächsten Star-Wars-Film ausgewählt zu werden.«

»Wie bitte?« Ich merke, wie mein ganzer Körper zu vibrieren beginnt und eine einzige Raserei aus Crescendos, Powerballaden und Aerobic-Melodien in mir explodiert. Jazz und Blues-Fetzen schießen mir durch den Kopf und verklingen wieder, weil mein Gehirn einfach keine Note an die andere hängen kann.

»Star Wars?« Ich lege den Kopf schief. »Star Wars?«, wiederhole ich, ein bisschen aggressiver diesmal. Mr Greene ist aufgestanden und wippt wieder auf den Fußballen, und Fischgesicht sitzt da und blinzelt.

»Ein Film von George Lucas«, erklärt er.

»Disney, wenn man's genau nimmt«, korrigiert die körperlose Stimme ihn hinter mir. Zu wütend, den Blick von Greene loszureißen, beteilige ich mich nicht an dieser Diskussion.

»Sie haben mich hergebeten, weil Sie mit mir darüber reden wollen, dass mein Sohn jemandem die Chance vermasselt haben könnte, ein Stormtrooper zu werden?«

»Für einen Stormtrooper ist er zu klein«, mischt Flynn sich ein.

»Stimmt«, bestätigt die Stimme. Flynn kichert schadenfroh.

»Können wir bitte aufhören, über Stormtrooper zu reden?«, frage ich leicht hysterisch.

»Mrs King. Tatsache ist, Ihrem Sohn«, Greene bedenkt mich mit einem herablassenden Blick, »scheint es an den nötigen grundlegenden Fähigkeiten zu mangeln, die es ihm ermöglichen, den Unterschied zwischen Richtig und Falsch klar zu erkennen.«

»Tja, er ist ja auch auf einem Auge blind«, wirft die körperlose Stimme hinter mir ein. Verdattert sehe ich, wie Flynn die Hand über die linke Schulter hebt und sich mit dem anderen, der hinter uns steht, abklatscht. Die Geste ist so lässig, so selbstverständlich, dass ich baff bin. Diese Seite meines Sohnes kenne ich überhaupt nicht. Fischgesicht und Greene gucken sich wieder entnervt und ziemlich unentspannt an.

Angespornt von diesem neu entdeckten Selbstbewusstsein bei Flynn, klammere ich mich an das kleine Fitzelchen Kontrolle, das ich noch habe, bevor das melodische Durcheinander in meinem Kopf einen Fuß in die Tür bekommt.

»Mr Greene, ich sage Ihnen jetzt mal was über das Verhalten meines Sohnes.«

Wieder dieser herablassende Blick. Was stimmt bloß nicht mit dem Kerl? »Fangen wir doch einfach morgens an … Sein Tag beginnt damit, dass er sich Vaseline auf die Narbe im Gesicht schmiert, um den Spannungsschmerz ein bisschen zu lindern, der über Nacht schlimmer geworden ist. Gefolgt von der aufwendigen Prozedur, sich die Haare so zu frisieren, dass sie über die linke Gesichtshälfte fallen und sie, so gut es geht, verdecken. Und dann sein Verhalten nach der Schule: Er hilft beim Rasenmähen, spült das Geschirr oder repariert Sachen, an die ich nicht drankomme, weil er gezwungenermaßen der Mann im Haus ist. Und wie hat er sich verhalten, als seine Mutter vor versammelter Klasse spontan *I Bet You Look Good on the Dancefloor* von den Arctic Monkeys zum Besten gegeben hat?«

»Cooler Song«, bemerkt die körperlose Stimme. Ich rede unbeirrt weiter.

»Er ist nicht etwa vor Scham gestorben und hat mich bitterböse angestarrt und sich gewünscht, der Boden würde sich auftun und mich verschlucken. Nein, er hat gelächelt und gewunken, obwohl seine Mitschüler ihn laut ausgelacht und sich über ihn lustig gemacht haben. Oder was ist beispielsweise mit dem unschönen Zwischenfall, als er mit gerade mal dreizehn Jahren den Krankenwagen rufen und seine bewusstlose Mutter in die stabile Seitenlage bringen musste?«

»Mum …« Ich hebe die Hand, Flynn soll sich nicht einmischen.

»Sie erwähnten Ihren ›herausragenden Schüler‹? Mein Sohn hat bisher acht Operationen über sich ergehen lassen müssen. Acht. Sein Augapfel ist in die Augenhöhle gedrückt worden. Er hat einen gebrochenen Wangenknochen überlebt sowie tiefe Schnittwunden und großflächige Narben. Hatten Sie schon mal eine Narbe, die so schlimm gejuckt hat, dass Sie sich die eigene Haut vom Leib ziehen wollten, Mr Greene?«

»Nein.«

»Mein Sohn war fünf Jahre alt. Das alles hat er mit gerade mal fünf Jahren durchgemacht. Das würde ich persönlich ziemlich herausragend nennen, meinen Sie nicht auch? Wissen Sie, wie schwierig ganz einfache Dinge werden, wie beispielsweise die Straße zu überqueren, wenn man auf einem Auge blind ist, Mr Smythe?« Sein fischiges Gesicht blinzelt verneinend.

»Man sieht Dinge nicht, bis sie schon fast an einem vorbei sind, wenn man den Kopf nicht um ganze fünfundvierzig Grad dreht. Das ist nur ein Beispiel dafür, wie schwierig das Leben meines Sohnes war, ist und immer bleiben wird. Sie meinen, mein Sohn hätte einen anderen Schüler ernsthaft verletzt? Wissen Sie, wie oft Flynn sich hat beschimpfen lassen müssen? Wissen Sie, wie oft er seine Mitschüler verteidigt – weil er meint, sie würden doch bloß Witze machen? Haben Sie auch nur den blassesten Schimmer, wie sehr das meinen Sohn *verletzt*? Und dann reden Sie von

Ihrem sogenannten ›herausragenden Schüler‹ …« Ich schaue Flynn an, weil mir der Name nicht einfällt.

»Rob C. Hunt.«

»Echt jetzt?«, frage ich. Hinter mir höre ich es glucksen, während ich die Stirn krausziehe. »Wo war ich stehen geblieben? Ach ja, Rob C. Hunt, der Ihrer eigenen Aussage zufolge eine verheißungsvolle Zukunft vor sich hat. Ich möchte darauf hinweisen, dass der ›herausragendste‹ und originellste Beitrag seinerseits ›Quasimodo‹ war … was wir zufälligerweise dieses Jahr bestimmt schon sechs Mal gehört haben.«

»Sieben«, korrigiert Flynn mich.

»Sieben Mal. Ich würde mir an Ihrer Stelle lieber Gedanken darüber machen, wie Sie herausfinden, wer die wirklich herausragenden Schüler dieser Schule sind, statt all Ihre Hoffnungen auf den nächsten Luke Skydiver zu setzen.«

»Walker«, korrigieren Flynn und die Stimme mich im Chor. Und wieder ein High Five.

Flynn hat eine besondere Beziehung zu diesem Jemand. Flynn traut diesem Jemand. Dieser Jemand kennt meinen Sohn. Dieser Jemand könnte ihm helfen. Ich versuche, tief durchzuatmen, weil ein tiefer Ton in mir aufsteigen will. Dieser Jemand – ich stehe auf und schaue mich um –, dieser Jemand ist … verdammt heiß.

»Ich denke, das wäre dann alles«, quietsche ich.

Ich packe Flynn am Arm und presse die Lippen fest zusammen, und er merkt, dass ich kurz davor bin, die Beherrschung zu verlieren.

»Mrs King, wir haben noch gar nicht darüber gesprochen …«

Ich höre gerade noch, wie dieser Jemand sagt: »Sie haben

die Dame gehört, meine Herren, sie hat gesagt, das wäre alles«, bevor das Saxophon-Intro losdudelt und in meinem Kopf nur noch Platz ist für Tom Jones' rotierende Hüften. Flynn schiebt mich nach draußen und schließt rasch die Tür hinter uns, just als es aus mir herausplatzt: *Sex Bomb.* Ich schaue ihn an, meinen hübschen Sohn, wie er entsetzt dasteht, während ich mit tiefer, rauer Stimme erkläre, dass er meinen Knopf drücken soll. Er lacht und brummt: »Ekelhaft«, und dann wirft er sich den Rucksack über die Schulter und stiefelt kopfschüttelnd rüber zum Jungenklo.

»Dam-dam, dam-dam … you are a dam-dam …«, singe ich, während ich den grauen Korridor mit der abblätternden Farbe entlang auf die Flügeltür zugehe, wobei ich immer wieder kurz stehen bleibe und mit den Hüften wackele und sämtliche arglosen Passanten – einschließlich der sechzigjährigen Vorzimmerdame mit den stahlgrauen Haaren – darüber in Kenntnis setze, dass sie hochexplosiv sind und dazu in der Lage wären, mich höchstwahrlich außerordentlich glücklich zu machen.

4

Flynn

Meine Mum ist der Hammer. Ich weiß, eigentlich erwartet man nicht, dass ein stinknormaler Jugendlicher so was sagt, aber ich bin ja auch kein stinknormaler Jugendlicher. Sie hat so einen Tick, wie soll ich sagen, einen Tick, dass sie immer laut singen muss, womit sie sich total zum Affen macht. Ich meine, so wie der Star-Wars-Junge auf YouTube. Der, der so tut, als wäre er ein Jedi mit einem Besenstiel als Lichtschwert. Der Kerl wurde in der Schule fertiggemacht, und sein Video hatte dreißig Millionen Klicks oder so. Der Typ ist für den Rest seines Lebens in Therapie. Aber Mum? Die macht fast jeden zweiten Tag so was Oberpeinliches, UND es landet auf YouTube. Ständig. Okay, kleines Beispiel. Mein Kumpel Josh hat seinen Geburtstag in einer Pizzeria gefeiert (Mum wollte mich nur absetzen, sie kann es nämlich nicht ausstehen, mich in Verlegenheit zu bringen, also meidet sie sämtliche Situationen, in denen das potentiell passieren könnte. Aber wie stressig kann denn Pizza essen schon sein?), also hat sie mich hingebracht, und ich bin ausgestiegen, aber dann habe ich Depp die Geburtstagskarte im Auto vergessen. Deshalb ist sie mir hinterhergelaufen, ist kurz reingekommen und hat mit der Karte gewunken. Ich bin aufgestanden und wollte sie schnell holen. Und dann meinte mein anderer Kumpel Jacob (mit dem lautesten Flüstern, das man sich vorstellen kann): »Alter, deine Mum ist echt heiß«, also okay, widerlich, das sagt man einfach nicht, nie, aber Mum hat es gehört. Ich glaube, irgendwie hat es ihr geschmeichelt, aber gleichzeitig sah ich all die kleinen verräterischen Anzeichen: Sie fing an, so ein komisches Gesicht zu ziehen, als müsste sie dringend Pipi, und hat die Lippen ganz fest zusammengepresst. Ich bin zu ihr hin, so schnell ich konnte, aber da hatte sie schon losgelegt und sang so einen ollen Song aus den Achtzigern, mit dem sie Jacob quasi musikalisch gesagt hat, wenn er sie sexy findet und sie will, dann soll er es ihr einfach sagen, wissen Sie? Der Song war von … wie hieß er noch … Rod Stewart, glaube ich … wie gesagt, voll oll. Okay, man kann sich also vorstellen, dass es von außen betrachtet ziemlich witzig war, vor allem, weil sie dazu auch noch einen Striptease mit ihrer Strickjacke hingelegt hat, in der sie mit dem Arm hängen geblieben ist, weil sich das Uhrenband am Bündchen verheddert hat. Und je fahriger sie wurde, desto lauter hat sie gesungen und desto mehr ging der Text durcheinander. Als sie ihn schließlich als ihren kleinen Süßstoffspender bezeichnete, waren sicher mindestens fünfzehn Handys auf sie gerichtet. Als ich das letzte Mal nachgesehen habe, hatte dieses kleine Spektakel 2154 Aufrufe. Wie gesagt, totpeinlich. Aber im Gegensatz zu dem Star-Wars-Loser ist sie nicht in Therapie. Klar, manchmal weint sie, aber sie hat ihre eigene Art, mit der ganzen Sache umzugehen. Sie meint, als Dad damals verschwunden ist, ist das Schlimmste, was ihr passieren kann – mal abgesehen davon, dass mir oder Rose was zustößt –, schon passiert.

Ein paar Erinnerungen habe ich noch an meinen Dad:

Vor dem Unfall war er immer sehr lustig. Ich weiß noch, wie ich stundenlang mit ihm Lego gespielt habe. Wir haben alles Mögliche damit gebaut, wie einen Turm, der bis unter die Decke ging. Und dann lagen wir auf dem Wohnzimmerteppich und mussten Mum rufen, damit sie uns hilft, den bunten Turm anzuheben und nachzuschauen, ob er schon hoch genug war. Ich weiß noch, wie Mum einmal wegmusste, über Nacht, und Dad darauf bestand, dass ich mich an den Tisch setze und ein Banner male, auf dem stand: »Willkommen zu Hause, Mum«. Ein DIN-A4-Blatt für jeden Buchstaben, und wir haben jeden Buchstaben mit einem anderen Muster ausgemalt. Es hat ewig gedauert, aber Dad hat es irgendwie geschafft, dass es trotzdem Spaß machte, weil er so Sachen sagte wie: »Mal sehen, ob du mehr Kreise in deine Buchstaben malen kannst als ich. Ich wette, das kriegst du hin.« Bei ihm war alles immer ein Spiel. »Ich wette, ich kann die Verpackung in den Mülleimer werfen, bevor du hingelaufen bist und deine reingetan hast.« Am Weihnachtsmorgen mussten wir immer vor der Tür zum Wohnzimmer warten, und er ging rein und meinte dann: »Nein, noch nichts … alle wieder ins Bett«, aber wir wussten immer, dass er schwindelte. Ich weiß noch, wie Mum gelacht hat. Sie hat viel gelacht. Ich habe nie ganz verstanden, was Dad so Lustiges gesagt hat, aber sie wohl schon.

Ich erinnere mich auch daran, wie wir in den Zoo gegangen sind. Wie wir bis zum anderen Ende gelaufen sind, weil Rose unbedingt die Flamingos sehen wollte. Sie hatte sogar einen Flamingo-Anhänger für den Weihnachtsbaum aus dem Andenkenladen. Ich hatte einen Pinguin in einer Schneekugel. Ich weiß noch, dass ich bleiben und bei der Fütterung der Pinguine zusehen wollte, aber der Tierpfleger kam zu spät, und wir mussten los. Ich frage mich oft, ob mein Leben vielleicht anders verlaufen wäre, wenn der Tierpfleger pünktlich gewesen wäre. Wäre er auf dem Weg zum Pinguingehege vielleicht nicht von einem Besucher nach dem Weg gefragt worden, wäre womöglich alles anders gekommen. Ich muss ungefähr sieben gewesen sein, da habe ich abends, wenn ich ins Bett ging, die Augen fest zugemacht und versucht, den Tierpfleger dazu zu bringen, dass er durch den Zoo rennt, damit er pünktlich bei den Pinguinen ist. Ich stellte mir vor, wie er mit einem Eimer Fisch den Weg entlangsprintete. »Tut mir leid, kann nicht stehen bleiben, muss die Pinguine füttern!« Und dann würde er lächeln und weiterlaufen, während das Wasser aus seinem Fischeimer schwappte. Aber wenn ich dann ganz langsam das linke Auge aufmachte und das rechte zuließ, war immer noch alles schwarz.

Ich erinnere mich an den Unfall. Ich erinnere mich an das Geräusch, wie das lang gezogene Wiehern eines Pferdes. Und ich erinnere mich daran, wie ich durch die Luft geschleudert wurde und mich taub und schwerelos fühlte, aber den Teil bilde ich mir vielleicht auch nur ein.

Ich erinnere mich an Dad, nach dem Unfall. Mum hat nicht mehr viel gelacht. Sie haben sich nicht mehr so angesehen wie vorher. Ich weiß noch, dass ich Angst hatte, ich hätte was falsch gemacht, weswegen Dad jetzt sauer auf mich war. Er hat mich immer mit so einem komischen Blick angesehen, als könnte er meinen entstellten Anblick nicht ertragen. Einmal habe ich ihn nachts schreien gehört. Ich fing auch an zu schreien, weil ich nicht wusste, was das für ein Geräusch war, von dem ich aufgewacht war. Mum hat mich wieder mit meiner Superheldenbettwäsche zugedeckt und mir erklärt, dass manchmal selbst Erwachsene Albträume haben. Sie hat mir über den Kopf gestreichelt und mir *Can't Help Fallin in Love with You* von Elvis vorgesungen, bis ich schließlich wieder eingenickt bin. Trotzdem habe ich Dad im Hintergrund leise vor sich hin wimmern gehört. Am meisten Angst hatte ich allerdings nicht, als wir den Unfall hatten oder als ich gelernt habe, dass auch Erwachsene manchmal Albträume haben, sondern als Rose mit hoher, schriller Stimme von draußen nach mir schrie und ich Mum bewusstlos mit dem Kopf in ihrem eigenen Blut liegen sah, das ihr in den Haaren klebte. Noch nie im Leben hatte ich so viel Angst wie in diesem Augenblick – und ich glaube, mir wird auch nie wieder etwas solche Angst machen.

Was ich damit sagen will, ist, okay, sechzehn zu sein ist ätzend, und verstehen Sie mich nicht falsch, mein Leben ist alles andere als perfekt. Aber ich finde, wenn ich mein Leben bis jetzt überlebt habe, dann stehen die Chancen ganz gut, dass aus mir mal was wird. Auch wenn Wichser wie Rob sich manchmal an mir abreagieren, komme ich schon irgendwie damit klar, weil ich weiß, dass ich mit dem Leben klarkomme. Das Leben hat mir schon ordentlich eins drüber gegeben, und trotzdem bin ich cool damit. Als Rose sich immer weiter in diese Vermisste-Personen-Geschichte reingesteigert und schließlich den Mann mit den Tattoos gefunden hat, habe ich auf einmal was Neues gefühlt. Ich bin plötzlich, wie soll ich sagen, so niedergeschlagen. Als käme ich mit so ziemlich allem zurecht, was man mir vor die Füße wirft, aber dieser Blick? Dieser Blick, mit dem Dad mich immer angeguckt hat. Ich glaube, damit käme ich nicht klar. Und wenn ich damit nicht klarkomme … wer soll sich dann um Mum und Rose kümmern?

5

Melody

Himmel, was ist denn jetzt schon wieder?

Ich komme gerade aus dem kleinen Laden an der Ecke und habe beide Arme voll mit dem Nötigsten für diese Woche – seit wann Rotwein und Pringles zum Grundbedarf gehören, weiß ich allerdings selbst nicht so genau. Mit der Schulter drücke ich die Haustür auf, als drinnen Festnetztelefon und Handy gleichzeitig anfangen zu klingeln. Hastig und doch vorsichtig stelle ich die Tüten auf den Boden, knalle die Tür mit meinem jeansbekleideten Hinterteil zu und eile atemlos zu dem schwarzen Telefon an der Wand, das auch in einem Retro-Laden nicht fehl am Platz wirken würde.

»Mrs … King?«

»Ja?«

»Hallo, hier spricht die Summerfell Academy. Ich rufe an wegen Rose.«

Rose? Ich bin es ja gewohnt, wegen Flynn angerufen zu werden, aber wegen Rose? Das ist neu.

»Ach, geht es ihr nicht gut?«, frage ich, während mein Handy immer noch läutet.

»Ähm, nein.«

Ach, ich wette, es geht um den Wettbewerb, an dem sie teilnehmen soll. Sie war richtig sauer deswegen. Das ist so ein Ding für Hochbegabte, zu dem sie schon letztes Jahr fahren musste, aber diesmal soll sie mit einer Mitschülerin hin, die ganz ekelhaft zu ihr ist. Sie hat mich förmlich angefleht, die Schule anzurufen und zu sagen, dass sie nicht hingeht, aber die waren nicht besonders entgegenkommend und haben im Grunde genommen gesagt, da müsse sie jetzt durch. »Sie, Rose, also, ich bin von unserem Schuldirektor Mr Smythe gebeten worden, Sie anzurufen und Ihnen zu sagen, Sie möchten bitte herkommen, weil er Sie dringend sprechen möchte. Wenn möglich heute noch.«

»Ach, ähm, okay ...« Ich könnte mir in den Allerwertesten treten, dass ich nicht daran gedacht habe, ein neues Fläschchen Rescue Remedy zu besorgen. Aber ich habe ja noch Kalms-Tabletten im Badezimmerschränkchen.

»Danke, dann um drei Uhr?«

»Oh, öhm, ja, um drei.« Ich lege auf und schnappe mir das Handy, das unablässig klingelt. Ich wische über das Display, während ich die Treppe hoch ins Badezimmer haste.

»Ja?« Ich fühle, wie mein Herzschlag sich beschleunigt, sich meine Muskeln hardcoremäßig zu Electro-Blues verkrampfen, Blue Grass in Kammermusik gepumpt wird und hinten als Prog-Rock wieder rauskommt, während das stetig steigende Upbeat-Tempo mit Ska droht.

»Hallo, Mrs King?«

»Mmhmm.« Ich presse die Lippen fest zusammen und öffne das Schränkchen, das Handy zwischen Schulter und Ohr geklemmt.

»Hier ist Mr Greene, wir haben uns neulich kennengelernt. Es geht um Flynn. Da wir den Termin vor ein paar Tagen frühzeitig abbrechen mussten ...« Gönnerhafter

Lackaffe, ich kann die gerunzelte Stirn förmlich vor mir sehen und den herablassenden Blick.

»Hmmmm«, entgegne ich und versuche, mit einer Hand den Deckel der Tablettenflasche abzubekommen.

»Nun, wir hatten gerade ein Verantwortlichengespräch, und ich muss Ihnen leider mitteilen, dass uns keine andere Wahl bleibt, als Flynn vom Unterricht auszuschließen – für zwei Tage. Könnten Sie ihn bitte gleich abholen?«

»Fnnnt.«

»Wie bitte?«

»Okay«, presse ich mühsam mit zusammengebissenen Zähnen heraus, dann wische ich über das Display und serviere den selbstgefälligen Mr Greene ab. Ich sinke auf den Wannenrand und singe den Refrain von *School's Out* und frage mich, wie ich dieses Problem lösen soll. Das ist nicht bloß ein kleiner Klaps auf die Finger. Das könnte Flynns Chancen zunichtemachen, am College angenommen zu werden, geschweige denn, später einen Studienplatz zu bekommen – und was zum Kuckuck hat Rose bloß ausgefressen? Ohne es zu merken, habe ich das Genre gewechselt und stolpere in *Beauty School Dropout*. Lautstark verkünde ich, dass meine Geschichte zu traurig ist, um sie zu erzählen, ich armer Teenie, auweia, und dabei stehe ich auf – werfe mir zwei Kalms in den Mund – und dann geht es mit »la, la, la, la, la, la« und »doo-woop« schnurstracks zurück auf die Highschool. Während die letzten, sich endlos wiederholenden, gut gemeinten Ratschläge, doch um Himmels willen wieder auf die Schule zu gehen, langsam verhallen, gleitet mein Blick zum Handy, das wieder klingelt. Da ich die Nummer nicht kenne, gehe ich nicht dran, sondern wische mir stattdessen die sorgenvollen Tränen aus dem Gesicht und genieße mein vorübergehendes Schweigen.

Das dringliche Vibrieren meines Handys in der Tasche geflissentlich ignorierend, schlage ich die Autotür zu, höre das beruhigende Brummen, als sie sich verschließt, und rücke mir den marineblauen Blazer zurecht. Ich sehe hoch zu der Fensterfront der steil aufragenden Festung vor mir und frage mich, wie viele Eltern schon das gleiche Schicksal ereilt hat. Unschuldig spiegelt sich der kobaltblaue Himmel, durchsetzt mit kittfarbenen Wolken, in den Fenstern und erinnert mich daran, dass es zwar noch nicht Frühling ist, aber die narzissenwarmen Tage nicht mehr fern sind. Tief und langsam atme ich ein und sauge kühle, klare Luft und ruhige Gelassenheit in meine Lunge, um dann Sorgen und Ängste wieder auszuatmen. Ich schließe die Augen und stelle mir vor, wie ich selbstbewusst und beherrscht in das Büro marschiere, ganz ohne Songs und Scham. Entschlossenen Schrittes gehe ich durch die mächtig quietschende Eingangstür und sehe meinen hübschen Jungen am Daumennagel kauen, die dunklen lockigen Haare zur Tarnung halb vor dem Gesicht, und alle eingeatmete Ruhe verfliegt und verwandelt sich in rasenden Zorn. Wie können sie es wagen, ihn wie auf dem Präsentierteller dort hinzusetzen und zur Zielscheibe des Spottes seiner Mitschüler zu machen? Wie können sie so ignorant sein und nicht bemerken, was für eine Demütigung das für ihn ist, als wäre er ein Verbrecher am Pranger, den der wütende Mob mit fauligem Gemüse bewirft? Ich schaue mich um, während der durchdringende Geruch nach Hormonen, Unsicherheit und Herzschmerz mich benebelt. Er guckt hoch, sieht mich und grinst schief, dann zuckt er die Achseln und reckt resigniert beide Daumen hoch. Ich grabe die Fingernägel in die Handflächen, und der jähe Schmerz bringt mich wieder zurück auf den Boden. Ich setze mich neben ihn auf einen der blauen Stühle, die denen vorbehalten sind, die ihres Schicksals vor dem Tribunal der Erziehungsbeauftragten harren.

»Hey.«

»Was ist passiert?«

»Nix.«

»Wie, nix?«

»Nö. Seit letztem Mal gar nix. Ich hatte gerade Kunst, da haben sie mich rausgerufen und mir gesagt, ich soll mich hier hinsetzen.«

»Ach. Ich dachte schon, es sei wieder was vorgefallen. Wie lange sitzt du schon hier?«

»'ne Stunde ungefähr …«

»Eine Stunde?! Haben sie dir gesagt, dass sie dich vom Unterricht ausschließen wollen?«

»Was?« Sein Gesichtsausdruck changiert irgendwo zwischen Entsetzen und Belustigung. »Soll das ein Witz sein? Dylan hat Brandon letzte Woche mit einem Messer bedroht, und nicht mal der ist vom Unterricht ausgeschlossen worden. Das kann doch nicht sein. Hast du, du weißt schon, dich sehr aufgeregt, als sie es dir gesagt haben? Hast du dich vielleicht verhört?«

»Na ja, ich habe mich aufgeregt, aber nicht *so*, wie du meinst. Mr Greene hat sich sehr unmissverständlich ausgedrückt. Zwei Tage, hat er gesagt.«

»Scheiße.« Er schüttelt den Kopf.

»Allerdings«, stimme ich ihm zu. »Weißt du, was mit Rose ist?«

»Mit Miss Oberstreberin? Nein, wieso?«

»Mr Smythe möchte mich ihretwegen sprechen.«

»Bestimmt hat sie wieder irgendeinen Preis gewonnen oder so.«

»Hmm.« Ich kratze mich am Hinterkopf. »Vielleicht, aber, ach, ich weiß auch nicht … es klang mehr, als würden sie mich wegen dir anrufen.« Er stupst mich in die Seite. »Entschuldige, aber du weißt, was ich meine. Ich gehe noch schnell aufs Klo, bevor wir reingehen. Wo sind die Toiletten?«

»Den Gang runter, neben dem Lehrerzimmer.«

»Bin gleich wieder da, schlucke nur noch schnell ein paar Kräuterpillen.«

»Junkie«, murmelt er aus dem Mundwinkel.

»Intensivtäter«, gebe ich grinsend zurück.

Ich wasche mir die Hände, streiche mir die Haare glatt und trage ein bisschen Lipgloss auf, und dann muss ich lächeln, als ich die Liebesbekundungen an eine der derzeit angesagtesten Boybands an den Kabinenwänden lese. Ich schlinge meine Handtasche über die Schulter und gehe zur Tür. Ich weiß nicht, wieso ich mit der Hand an der klebrigen Klinke kurz innehalte – vielleicht weil ich die angeborene Fähigkeit besitze, den eigenen Namen trotz des kakofonischen Schullärms zu hören –, jedenfalls bleibe ich wie angewurzelt stehen.

»Rose King … nicht zufällig verwandt mit Flynn King? Der mit der singenden Mum?«, fragt eine weibliche Stimme. Im Hintergrund vernehme ich das Stimmengewirr aus dem Lehrerzimmer; die Tür steht wohl offen.

»Ja«, kommt die gedämpfte Antwort, und es erklingt lautes Lachen. Ich schnappe noch *The Hills Are Alive* auf.

»Was gibt's?«, fragt eine andere Stimme, näher an der Tür und männlich.

»Hast du es noch nicht gehört?«

Weitere gedämpfte Stimmen aus dem Lehrerzimmer.

»Smythe wollte sie vom Unterricht ausschließen, aber es

steht ja demnächst der Hochbegabtenwettbewerb der neunten Klasse an …«

»Ach ja, stimmt. Dieses Jahr mit ganz guten Chancen, habe ich mir sagen lassen. Der alte Smythe will den Bibliothekspreis, seit es ihn gibt. Ist sie wirklich so clever?«

»Sagen wir es mal so, Jim Boyle beschäftigt sie mit kniffeligen Fortgeschrittenen-Aufgaben, damit sie ihn nicht auf die Ungereimtheiten in seinem Unterricht hinweist.« Beide lachen.

»Ich hole mir nur eben …« Den Rest des Satzes kann ich nicht verstehen, weil jemand die Tür zumacht.

Rose? Vom Unterricht ausgeschlossen? Was ist denn hier los? Zögerlich öffne ich die Tür und gehe rüber zu Flynn. Seufzend setze ich mich zu ihm, ziehe ungeduldig das Handy aus der Tasche und sehe, dass ich sieben verpasste Anrufe von einer unbekannten Nummer habe. Eine Textnachricht von derselben Nummer erscheint oben in der Anzeige. Ich überfliege die Nachricht und bleibe an dem Wort »Verhaltenskodex« hängen, als die Vorzimmerdame mich aufruft und Flynn und ich uns erheben wie Angeklagte vor dem hohen Gericht.

»Nur Sie, Mrs King, fürs Erste.« Flynn lümmelt sich wieder auf den Sitz.

»Ach, aber ich dachte …«

»Wenn wir zunächst über die Sache mit Rose reden könnten? Flynn, wir rufen dich dann gleich dazu.« Ihr Tonfall verrät, dass weder ich noch mein Sohn ihrer Aufmerksamkeit würdig sind. Meine Augen werden schmal, denn allmählich komme ich zu dem Schluss, dass ich diese Frau nicht mag und mein Angebot von neulich gerne zurücknehmen möchte, als ich ihr angeboten habe, mich mit ihrem Tom-Jones-Sprengsatz zu beglücken. Trotzdem folge ich ihrer stoischen Gestalt den Gang hinunter – vorbei an den Ausstellungsstücken der Kunstwoche und grinsenden, pickeligen Sportlergesichtern auf gerahmten Fotos – bis um die Ecke zum Büro des Schulleiters. Sie klopft an die Tür, macht auf und winkt mich hinein. Drinnen erwartet mich meine in Tränen aufgelöste Tochter. Teenie-Tränen gemischt mit Wimperntusche laufen ihr über die Wangen auf die Schulbluse, deren Enden sie wieder und wieder um den Finger knüllt.

»Mum, ich …« Verzweifelt und schuldbewusst schaut sie mich an, dann wird ihr ganzer Körper von lautlosem Schluchzen geschüttelt. Die Tür schließt sich leise hinter mir. Fischgesicht weist auf denselben Stuhl, auf dem ich schon vor zwei Tagen gesessen habe.

»Mrs King, ich habe leider schlechte Nachrichten für Sie.« Rose macht ein Geräusch irgendwo zwischen einem Stöhnen und dem Pft-pft-pft eines alten Autos, das man an einem kalten Wintermorgen zu starten versucht.

Ach, Grundgütiger.

»Sie ist schwanger?«, frage ich leicht hysterisch. Kurz erkenne ich meine Tochter wieder, als sie mich mit einem missfälligen Blick bedenkt. »Echt jetzt, Mum?«, schnaubt sie, und ihr steht ins verheulte Gesicht geschrieben, wie lächerlich sie diese Frage findet. Soweit ich weiß, hat sie noch nie einen Jungen geküsst.

»Ähm, nein, nein. Leider ist es ernster als das.«

»Drogen?«, frage ich, schon ein bisschen hoffnungsvoller. Drogenabhängigkeit lässt sich recht gut behandeln. Babys machen einen viel abhängiger und sind eine deutlich langwierigere Angelegenheit.

»Ähm, nein, nein, nichts Derartiges, aber in den Augen unserer Schule genauso gravierend.«

»Du willst doch nicht etwa …«, ich schaue sie an, und in

meinem wirren Blick spiegelt sich ihre eigene Verwirrtheit wider, »... durchbrennen und dich den Dschihadisten anschließen, oder?« Ich schlucke und stelle mir vor, wie Rose ihren Pass in der Schultasche aus dem Haus schmuggelt. Das kommt doch momentan ständig in den Nachrichten: junge Mädchen, die sich vom Reiz ferner Länder locken lassen, um dann der Radikalisierung anheimzufallen. Rose lässt die Schultern hängen, und einen Augenblick lang nehme ich den altbekannten Ausdruck der Enttäuschung in ihrem hübschen Gesicht wahr.

»Du hast doch keine Affäre mit deinem Mathelehrer, oder?«

»Mum!«, unterbricht sie mich. »Ich habe geklaut.«

Weiter nichts?

Kleinen Moment mal, geklaut? Ich schließe kurz die Augen. Kühle, saubere Luft rein (wobei die Luft in diesem Raum alles andere als kühl und sauber ist – es riecht furchtbar nach abgestandenem Kaffee und Basketbällen), Sorgen und Ängste raus. Geklaut. Stickige Kaffee-Basketball-Luft rein. Vielleicht nur ein paar Bleistifte oder so? Bürden und Ballast raus. Ich mache die Augen wieder auf und schlucke *I Shot the Sheriff* herunter.

»Geklaut?« Rose' Unterlippe fängt an zu zittern, und sie schaut beschämt zu Boden. Geflissentlich weicht sie meinem Blick aus. Es bricht mir das Herz, sie so zu sehen. Mein kluges, sensibles, kleines Mädchen. Ich wende mich wieder Smythe zu. »Was genau hat sie denn geklaut?«

»Die Sache ist die, Mrs King: Wie Sie wissen, ist Ihre Tochter eine fleißige, zuverlässige und vertrauenswürdige Schülerin. Als sie eine Spendensammlung initiieren wollte, haben die Lehrkräfte das rückhaltlos befürwortet. Wir waren alle einverstanden, dass sie in den Pausen ihren Spendentisch aufbauen darf, und waren uns einig, dass ihre Bemühungen absolut begrüßens- und unterstützenswert sind. Erst vergangene Woche hat sie dafür den Preis des Schuldirektors verliehen bekommen.«

»Spendentisch?«

»Ja, letzte Woche war es beispielsweise ein Ratespiel, für zwanzig Pence pro Versuch. Diese Woche war es ein Mal Nägel lackieren für ein Pfund. Das kam bei den Schülerinnen erwartungsgemäß sehr gut an. Und gestern hatten wir ›Lehrer mit dem nassen Schwamm bewerfen‹ für zwei Pfund pro Wurf … ein durchschlagender Erfolg.«

»Okay … und wofür war die Spendensammlung gedacht?«

»Für die Obdachlosenhilfe«, wispert Rose. Flehentlich schaut sie mich an, während ich versuche, mit meinen Gedanken hinterherzukommen.

»Tut mir leid, Mr Smythe, ich bin ein bisschen verwirrt. Meine Tochter sammelt Spenden für einen guten Zweck, aber Sie sind der Meinung, sie hätte das Geld geklaut?«

»Rose hatte das Pech, dass einer der Lehrer zufällig hörte, wie sie einer Freundin erzählte, sie bräuchte das Geld, um einen Privatdetektiv zu engagieren, der ihren Vater ausfindig machen soll. Als ihr Klassenlehrer sie aufforderte, das gesammelte Geld herauszugeben, sagte sie, das könnte sie nicht, weil sie es bereits gespendet habe. Aber als wir sie nach den Einzelheiten fragten, wann und wo sie es gespendet hat, nun … wurde die Sache sehr schnell klar. Rose hat schließlich alles zugegeben.«

»Es stimmt nicht, das war nicht gelogen, Mum. Hätte ich nicht genug für einen Privatdetektiv zusammenbekommen, hätte ich es wirklich der Obdachlosenhilfe gespendet. Und Dad endlich zu finden, würde ihm doch auch helfen, von der Straße wegzukommen, oder? Also war es eigentlich gar kein Betrug.«

Betrug?!

»Es … es tut mir sehr leid«, setze ich an und schürze die Lippen, »könnten Sie, hm … mich kurz einen Moment …« Mit einem entschuldigenden Blick zu Rose springe ich auf und stürze aus dem Raum, vorbei am verdatterten Flynn, und sprinte zur Toilette. Ich schaffe es gerade noch, mich in einer grafittibekritzelten Kabine zu verbarrikadieren und den Riegel vorzulegen, bevor ich *Gold Digger* von Kanye West erbreche, diesen Song über geldgeile Frauen. Als ich schließlich tänzerisch »down, way down« gehe, wie sängerisch gefordert (was in Anbetracht der räumlichen Enge meines Tanzbereichs gar nicht so einfach ist), habe ich das Gefühl, mich langsam wieder unter Kontrolle zu haben. Ich mache die Tür auf, ignoriere die eindeutigen Hinweise auf meine schweißtreibenden Aktivitäten im Spiegel und spaziere ruhig zurück zum Büro.

Dort drängen sich deutlich mehr Menschen als eben noch, unter anderem Flynn, Mr Greene und der heiße Typ von neulich. Flynn hat mir erzählt, das sei der zuständige Sozialarbeiter. Irgendwie guckt er mich komisch an, fast als wartete er auf die Antwort auf eine Frage, die er mir nicht gestellt hat. Er hat kurze, dunkle, leicht verstrubbelte Haare und ist größer, als ich zuerst dachte, bestimmt eins fünfundachtzig. Er trägt Jeans, weißes T-Shirt und Tweedjackett. Irgendwie hat er was von James McAvoy.

Ich bücke mich zu Rose und streiche ihr aufmunternd über die Oberarme.

»Entschuldige, ich musste nur eben … Alles wird gut, Rose. Wir kriegen das hin.« Langsam richte ich mich wieder auf und lehne mich gegen die Wand. Ich habe es satt, immer zu allen aufschauen zu müssen. Flynn und der heiße Sozialarbeiter setzen sich, und Greene nimmt wie beim letzten Mal seinen angestammten Platz neben Mr Smythe ein.

»Mrs King, das ist …«, Mr Greene macht eine abfällige Handbewegung, »… Shane Thomas. Flynns zuständiger Sozialarbeiter. Er hat angeregt, wir sollten uns doch alle mal zusammensetzen.« Seinem Tonfall entnehme ich, dass Shane das wohl eher verlangt als angeregt hat.

»Machen wir da weiter, wo wir eben stehen geblieben sind«, sagt Mr Smythe, und aus seinem Fischmaul klingt das unsagbar gelangweilt, »Rose hat einen schweren Fehler begangen, und das kann nicht unbestraft bleiben. Allerdings zeigt sie sich reumütig und einsichtig. Deshalb halten wir es für angemessen, wenn sie in der nächsten Woche die Pausen allein im Klassenraum verbringt und das Geld natürlich der ursprünglich angedachten Organisation zukommen lässt.«

Nun, das klingt in der Tat, ähm, angemessen. Um ehrlich zu sein, hat man uns hier wohl gerade glimpflich von einem ziemlich großen Haken gelassen. Mir fällt ein Stein vom Herzen, und ich lächele Rose zu, die genauso fassungslos ist wie ich. Sie grinst, um dann schnell wieder eine schuldbewusste Miene aufzusetzen.

»Was Flynn angeht, können wir allerdings leider nicht so nachsichtig sein.«

Mist, verdammter.

»Wie bereits am Telefon besprochen«, mischt Greene sich ein, »sind wir zu dem Entschluss gekommen, dass ein zweitägiger Schulausschluss die einzige uns verbleibende Möglichkeit ist.«

»Wenn ich vielleicht auch etwas dazu sagen dürfte?«

Shane spricht mit einem sanften englischen Akzent. Nicht Londoner Hipster oder Prinz Harry, aber irgendwas dazwischen. »Wie soll ein Schulausschluss Flynn oder seiner Familie weiterhelfen? Ich würde vorschlagen, dass wir einen Aktionsplan ausarbeiten, in und mit der Schule, und ihn schnellstmöglich umsetzen. Damit man ihn frühzeitig aus Trigger-Situationen herausholen kann. Und als Schule sollten wir uns etwas eingehender mit der Anmerkung von Mrs King vom letzten Mal befassen, als sie glaubhaft versicherte, dass Flynn das Opfer anhaltender verbaler Verunglimpfungen ist.«

Ein kleines Lächeln spielt um Flynns Mund. Bestimmt war er in diesen Plan eingeweiht.

»Ähm … also nein. Wir …«, Greene weist von sich auf Smythe, »die Schule als Ganzes hat seine Ausbrüche lange genug tatenlos hingenommen, und wir haben eine Verpflichtung gegenüber den Eltern der übrigen Schüler sicherzustellen, dass ihre Kinder bei uns einen geschützten, sicheren Raum vorfinden.«

»Ach, ich bitte Sie«, fällt Shane ihm ins Wort. »Er stellt doch keine ernsthafte Gefahr für Außenstehende dar. Er hat einen anderen Jungen geboxt, der ihn mehrfach wüst beschimpft hat! Er stellt keinerlei Gefahr dar, wenn wir ihn dabei unterstützen, damit die ganze Situation nicht entgleist.« In meinem Kopf dreht sich alles. Es ist lange her, dass sich jemand dermaßen für meine Belange eingesetzt hat.

»Das ist ja alles gut und schön, und natürlich werden wir Flynn unterstützen, wenn er wieder zurückkommt, aber wie gesagt, wir haben eine Verantwortung gegenüber den …«

»… Eltern der anderen Schüler. Ja, schon kapiert. Vor allem, wenn der Vater des betreffenden Schülers zufällig

Elternvertreter ist.« Er zieht die perfekt gebogenen Augenbrauen hoch (zupft der die etwa?, frage ich mich) und lächelt schmallippig.

Bei mir schrillen plötzlich alle Alarmglocken. Wie wollen sie es rechtfertigen, Rose mit einer handfesten Betrügerei davonkommen zu lassen, und einen der anderen Schüler, der sogar ein Messer gezückt hat, aber Flynn nicht? Ich muss an die Nachricht denken, die ich nur überflogen habe, die mit dem »Verhaltenskodex«, das Lehrerzimmergespräch über den Wettbewerb, und jetzt das … das kleine Schwein, das Flynn so piesackt, ist der Sohn eines Elternbeirats. Ich versuche, mich an die Regeln des Kodex zu erinnern.

Ich bekam die Verhaltensregeln überreicht, nachdem Flynn zum ersten Mal einen anderen Jungen, der ein Jahr über ihm war, gegen die Mülltonnen geschubst hatte – James irgendwas. Ich weiß noch, dass es zwei Wochen gedauert hat, bis ich aus Flynn rausgekriegt habe, worum es eigentlich ging. Flynn hat ihn geschubst, weil dieser James ihn gefragt hatte, ob er ein Foto von ihm machen dürfte, um damit an Halloween seinen kleinen Bruder zu erschrecken. Meines Wissens nach hat die Mutter von James diese Verhaltensregeln nicht in die Hand gedrückt bekommen. Und schon ist es wieder da, das altbekannte Gefühl, gerade schreiend ungerecht behandelt zu werden, das mir durch Mark und Bein geht und mich mit einem »Test, Test, eins, zwei, drei« in das Mikro in meinem Kopf ganz kirre macht. Ich atme tief durch, konzentriere mich auf die Bilder an der Wand, das Zertifikat, das Mr Smythe Kenntnisse in erster Hilfe attestiert, schiebe mich unauffällig ein bisschen an der Wand entlang und konzentriere mich auf das kleine Kugelstoßpendel in Silber und Marmor (circa 1980) auf dem Schreibtisch. Was soll ich nur sagen?

»Ich möchte mich nur eben …« Tick, tick, tick … Ich beobachte die kleinen Kugeln hochkonzentriert, »… vergewissern, dass wir uns nicht missverstehen. Ihrem Verhaltenskodex nach sollte jeder Zwischenfall mit körperlicher Gewalt innerhalb der Schule …« Ich hole wieder tief Luft und richte meine ganze Aufmerksamkeit auf das rhythmische Klackern der Stahlkugeln, die fortwährend aneinanderschlagen, »… in irgendeiner Weise dokumentiert werden, richtig? Passiert es häufiger als viermal, bekommen die Eltern einen Brief, richtig?« Ich schaue auf und bemerke, wie sich auf Greenes Wangen kleine rötliche Flecken bilden. Smythe blinzelt nur dümmlich. Mein Blick fällt auf ein Foto von Fischgesicht und seiner Frau. Herrje, das ist aber mal wirklich ein optisch bedauernswertes Wesen. Ich reiße mich von dem verunglückten Strandschnappschuss los und betrachte wieder das Pendel. »Und wenn es einen weiteren Vorfall gibt, werden die Eltern zu einem persönlichen Gespräch einbestellt.« Ich wage es nicht, woanders hinzuschauen. Ich führe weiter aus, dass, wenn ich mich nicht irre, schwerere Vergehen wie Diebstahl unweigerlich einen sofortigen Unterrichtsausschluss nach sich ziehen. Reihum schaue ich dabei jeden der Anwesenden an. Flynn lächelt, während Rose ehrlich entsetzt wirkt. Was nicht anders zu erwarten war. Schließlich werfe ich sie gerade den Löwen zum Fraß vor. »Und von diesen allgemeingültigen Regelungen können Sie doch ganz sicher nicht derart abweichen. Elternbeirat und Schulbehörde würden das sicher sehr kritisch sehen.« Angespornt von Flynns und Shanes lächelnden Gesichtern spinne ich meine Argumentation weiter und stelle fest, dass es dieser Schule offensichtlich an einem grundlegenden Verständnis für die schwierige Lage meiner Kinder mangelt. Rose wollte nicht zu dem Wettbewerb für Hochbegabte, und als ich dieses Thema angesprochen habe, erntete ich von der Schule nichts als Unverständnis. Der eklatante Mangel an Mitgefühl für meine Familie ist einfach nicht hinnehmbar.

Ich hole tief Luft, mir wird langsam heiß, und ich bin ganz außer Atem. Rose kaut auf der Unterlippe herum und guckt peinlich berührt zu Boden. Sie kann es nicht ausstehen, wenn ich ihretwegen Beschwerde einlegen muss, weil sie sonst eine Überfliegerin ist. Aber ich glaube, das hier ist einer jener Augenblicke, die alle Eltern hassen, weil ich nämlich etwas tun muss, das zu ihrem eigenen Besten ist. Als ich sie wieder anschaue, geht mir auf, dass hier irgendwas ganz und gar nicht stimmt. Sie steht nämlich kopf. Ich versuche, mich zusammenzureißen, und merke, dass ich mir mit der Hand verführerisch über das Bein streiche, und stelle dann mit Entsetzen fest, dass ich mich nach vorne gebeugt habe und durch die gespreizten Beine nach hinten schaue. Ich reiße den Kopf hoch und sehe die verdutzten und leicht amüsierten Blicke der anwesenden Lehrer. Ich verlagere mein Gewicht auf die rechte Seite, fahre mir mit der Hand am Bein entlang nach oben und lehne mich anzüglich gegen die Wand. Und erst da geht mir auf, dass ich, als ich hüftwackelnd auf Mr Smythe' lüstern grinsende Grimasse zustolziere, meinen Gedanken mittels *Don't Cha* von den Pussycat Dolls Ausdruck verleihe. Während ich ihn frage, ob er sich nicht insgeheim wünscht, seine Frau wäre so rattenscharf wie ich, verschränke ich die Hände hinter dem Kopf und mache ein paar suggestive Hüftstöße. Und mit jedem weiteren lasziven Stoß kann ich förmlich fühlen, wie meine Argumente weggelacht werden. Endlich beruhigt sich mein Herzschlag wieder ein wenig, und ich fahre mit dem Zeigefinger über seinen Schreibtisch. Ein Gefühl der Normalität kehrt langsam zurück, und ich beende meinen Spottgesang auf Mrs Smythe mit einem heiseren, zustimmungsheischenden »*Don't you?*« und kehre an meinen Platz an der Wand zurück.

»Ich glaube«, sagt Shane und sieht mich an, und in seinen Augen spiegelt sich meine eigene Scham, »was Mrs King damit sagen wollte, ist, dass das eine eindeutige Verletzung Ihres Verhaltenskodexes darstellt, weshalb es reichlich unklug wäre, Flynn vom Unterricht auszuschließen.« Ich lächele, und meine Gedanken ordnen sich wieder, mein Herzschlag verlangsamt sich zu einer entspannten Rumba, um dann schließlich die Beine zu strecken und einen kleinen Tango zu versuchen. »Mrs King?«

Unendlich erleichtert atme ich auf und entgegne: »Ähm, ja. Genau das wollte ich damit sagen.«

Als Shane seinen Vorschlag für Flynn umreißt – einen etwas abgewandelten Lehrplan, damit er täglich einige Zeit außerhalb der Klasse lernen kann –, blicke ich zu meiner kleinen hochroten Rose und muss an das Undenkbare denken, über das wir eben gesprochen haben. Mein kleines Mädchen, das in seiner ganzen Schulzeit noch nie aus der Reihe getanzt ist, mein Mädchen, das sich im Kino immer in der richtigen Schlange anstellt, mein Mädchen, das nicht mal eine Limo in der Tasche mit hineinschmuggeln will, aus Angst, dabei erwischt zu werden, hat Geld gestohlen. Geld gestohlen, um seinen Vater zu finden. Ich muss meinen Kindern helfen. Ich muss ihnen irgendwie die Hoffnung auf Normalität vermitteln.

»Entschuldigung, ich möchte Sie ja nicht unterbrechen, das klingt wirklich alles sehr ermutigend«, sage ich nickend zu Shane, »aber in Anbetracht der Vorfälle und meiner Zweifel an der Art und Weise, wie die Schule damit umgeht …«, ich schnappe nach Luft und beginne, an meinem gesunden Menschenverstand zu zweifeln, »… bräuchten meine Kinder wohl eine kleine Auszeit. Von der Schule. Für eine Woche.« Rose guckt mich an, als hätte ich vollends den Verstand verloren.

»Mrs King, aufgrund der von der Regierung vorgenommenen Regeländerungen …«, Mr Smythe hebt die Arme, als wolle er damit ausdrücken, dass die Sache nicht in seiner Hand liegt, »… können wir während des laufenden Schuljahrs keine zusätzlichen Ferientage genehmigen.«

»Verstehe. Nun, dann sind es eben ungenehmigte Ferientage. Es sei denn, natürlich, Sie möchten riskieren, dass Rose ausgerechnet in der Woche des Begabtenwettbewerbs krank wird.« Mr Smythe hüstelt und räuspert sich.

»Vielleicht, ja, ja«, erwidert er nickend, als sei das alles seine Idee gewesen. »Eine kleine Auszeit ist womöglich genau das Richtige. Ja, wir werden Ihrer Bitte nachkommen.«

»Wunderbar.« Lächelnd drücke ich Mr Smythe und Mr Greene fest die Hand. Ich grinse meine Kinder und Shane verschwörerisch an, nehme meine Handtasche und gehe zur Tür.

»Kinder?«, rufe ich ihnen über die Schulter zu, und die beiden springen auf. »Danke, dass Sie sich die Zeit genommen haben«, sind meine letzten Worte, bevor ich die Tür hinter uns schließe.

»Gottverdammt, Mum«, ruft Rose.

»Sag nicht Gottverdammt.«

»Entschuldige. Wirklich, ernsthaft? Du nimmst uns für eine Woche aus dem Unterricht?«, fragt sie, als wir durch den durchdringend nach Kohl müffelnden Gang nach draußen gehen.

»Japp.«

»Warum«, fragt sie und muss fast rennen, um mit mir Schritt zu halten.

Ich bleibe stehen und drehe mich zu ihr um. Sanft streiche ich ihr über das Gesicht. »Um euren Dad zu suchen.«

»Echt jetzt?«

Ich nicke mit sentimentaler Entschlossenheit.

Sie lächelt mich schüchtern durch die hellen Wimpern an. Ich nicke wieder, drücke sie kurz und gehe weiter.

»Ähm, Mum?«, fragt Flynn, als wir auf den Türöffner drücken.

»Hmm?«

»Dir ist schon klar, dass ich deinetwegen noch schwul werde, oder?« Ich gebe ihm einen Stoß in die Rippen, und er grinst, und dann marschieren wir nach draußen, wo uns ein verheißungsvoller, undeutbarer Himmel empfängt.

6

Melody

»Essen ist da!« Flynn und Rose hopsen von der Couch. Ich ergreife das Portemonnaie und genieße das gemütliche, heimelige Gefühl, das Essen bestellen immer noch für mich hat. Das machen wir nämlich nur zu besonderen Anlässen: an einem Geburtstag, am Ende einer langen, anstrengenden Arbeitswoche oder einfach nur, weil das Leben zu kurz und zu kostbar ist, um es mit Kochen zu verplempern. An der Haustür nehme ich die braune Papiertüte von unserem polnischen Kurierfahrer entgegen, der langsam eine Glatze bekommt, sage danke und gebe ihm das Geld. In der Zwischenzeit erledigen die Kinder ihre jeweiligen Aufgaben: Flynn legt Besteck auf den Tisch, während Rose die Teller holt und Gläser mit Cola light vom Discounter füllt. Ich muss lächeln, so tröstlich ist dieser vertraute Ablauf, eine unaufgeregte Abfolge belangloser Dinge, aber zusammengenommen sind sie wie eine warme, weiche, haltgebende Kuscheldecke. Man stelle sich nur vor, ein kleines Teil davon würde unversehens herausgerissen: ohne Essen Hunger, ohne Haus keine Wärme, ohne Kinder keine Liebe. Ohne Ehemann und Vater ein klaffendes Loch im Leben.

»Gib mal den Reis rüber.«

»Bitte.« Ich zeige mit den Essstäbchen auf Flynn.

»Gib mal bitte den Reis rüber«, brummt er, und Rose reicht ihm die Aluschale.

»Und«, frage ich betont munter, und die falsche Fröhlichkeit klingelt mir in den Ohren, »habt ihr schon überlegt, was ihr einpackt? Denkt dran, nehmt nicht zu viel mit. Wenn wir Bus und Bahn fahren, müssen wir alles selbst schleppen.«

»Warum fahren wir nicht einfach mit dem Auto?«, fragt Rose und tunkt ihr paniertes Hühnerklößchen in die süßsaure Soße.

»Weil das nicht geht, Süße. Was, wenn ich unterwegs anfange, den *Cha Cha Slide* zu singen und dazu tanze und nach links und nach rechts hüpfe?« Kopfschüttelnd stecke ich mir ein Stückchen Ente mit grüner Paprika und Schwarze-Bohnen-Soße in den Mund. »Viel zu riskant.«

»Aber ich hasse Busfahren. Alle starren mich immer an«, klagt Flynn, nimmt die Tüte mit den Pommes und kippt den Inhalt auf seinen ohnehin schon übervollen Teller, der unter dem Gewicht zu ächzen scheint.

»Weil du so hübsch bist, mein Schatz.«

»Mum, das hat schon nicht funktioniert, als ich sieben war. Meinst du wirklich, ich kaufe dir das irgendwann im Leben noch ab?«

»Tja, *ich* schaue dich jedenfalls an, weil du so hübsch bist.« Ich grinse, und mir läuft ein bisschen Soße aus dem Mund.

»Wie stilvoll.« Kopfschüttelnd sieht Flynn mich an.

»Könnte schlimmer sein«, meint Rose. »Du könntest auch rote Haare haben.« Worüber wir alle lachen müssen, während sie sich verlegen eine Haarsträhne hinters Ohr streicht.

»Oder du könntest ein richtiger Freak sein, der in den unmöglichsten Situationen plötzlich anfängt zu singen und zu tanzen.« Ich spieße ein Stück roter Paprika mit meinem Essstäbchen auf.

»*Und* rote Haare haben«, fügt Flynn hinzu. Rose streckt ihm die Zunge raus, und er bewirft sie dafür mit einem Krabbenchip.

»Vielleicht sollten wir alle ab jetzt bekloppte knallbunte Klamotten und viel zu viel Schmuck tragen?«, schlage ich vor. »Das lenkt vielleicht ein bisschen ab, und die Leute merken gar nicht, dass unsere Familie nur aus Freaks besteht.« Ich schaufele mir Reis auf einen Krabbenchip. »Wir könnten knallbunte Kaftane anziehen oder mitten im Winter in Shorts rumlaufen.«

»Genau«, stimmt Rose mir grinsend zu. »Und Flynn lässt sich das ganze Gesicht piercen, dann sieht man nicht mehr, was für eine hässliche Visage er hat.«

»Dann solltest du das wohl auch machen«, schießt er zurück. »Außerdem, ich trage keinen Schmuck. Ist nicht mein Ding.«

»Dein Dad hat auch nie Schmuck getragen.« Ich säe einen ersten Samen des Zweifels an der Mission, zu der wir bald aufbrechen werden.

»Ich dachte, er hätte immer ein Armband angehabt?«, fragt Rose mit hochgezogener Augenbraue. »Du hast mir mal gesagt, das hätte er nie ausgezogen.«

»Ach, das. Es war kein richtiges Armband aus Edelmetall oder so. Es war nur ein Stückchen weinrotes Stickgarn, das ich mir ins Haar geflochten hatte.«

»Echt?«, fragt Flynn erstaunt.

»Ja, ich war auch mal cool.« Ich ziehe die Augenbrauen hoch und sauge die Wangen ein und nicke nachdrücklich.

»Farblich passend zu meinen hohen Stiefeln.« Ich werfe die Haare nach hinten und schaue sehnsuchtsvoll in die Ferne. »Aber irgendwann musste ich es rausschneiden, das Glöckchen hat sich immer in meinen Haaren verfangen.«

»Glöckchen?«

»Ja, das Stickgarn hatte ein Glöckchen dran ... ich habe doch gesagt, ich war cool.« Ich lache, als ich ihre fassungslosen Gesichter sehe. »Wie dem auch sei, euer Dad hat es sich ums Handgelenk gebunden. So wusste ich immer genau, wo er gerade war. Und er meinte, er hätte seine Melody immer bei sich«, erkläre ich wehmütig. Mein verträumter Blick verschwindet augenblicklich, als die Kinder Kotzgeräusche machen und tun, als müssten sie sich übergeben. »Na ja, ich fand das jedenfalls sehr romantisch«, sage ich verschnupft.

Ich stapele den letzten Teller im Abtropfgestell und seufze. Was mache ich hier bloß? Ich wische mir die Hände am Geschirrtuch ab, gehe wieder ins Wohnzimmer, lehne mich gegen den Türrahmen und schaue den beiden zu: Die Köpfe zur Seite gelegt, sind sie ganz auf den Fernseher konzentriert und lachen gerade über einen Witz bei *The Big Bang Theory*. Ich habe sie aus der Schule genommen, schleppe sie mit auf eine lange, langweilige (hoffe ich zumindest) Reise auf der (vergeblichen) Suche nach einem Vater, obwohl ich weiß, dass es ein aussichtsloses Unterfangen ist. Mache ich ihnen womöglich falsche Hoffnungen? Rose scheint das irgendwie zu brauchen, aber was ist mit Flynn? Er redet kaum über Dev, ganz gleich, zu wie vielen Therapeuten ich ihn auch schleppe. Wahrscheinlich macht er Dev für den Unfall mitverantwortlich, auch wenn er das so nie gesagt hat.

Als Dev verschwunden ist, war es, als hätte Flynn die Tür zu sämtlichen Gefühlen und Gedanken verrammelt, die mit seinem Vater zu tun haben. Früher hat er ihn vergöttert, und ich habe mich immer ein bisschen ausgeschlossen gefühlt, wenn die beiden wieder die Köpfe zusammensteckten. Zwei wie aus einem Ei.

Wieder lachen die beiden, und Flynn schiebt Rose' Fuß vom Sofaende. Sie funkelt ihn böse an, dann legt sie den Fuß noch näher an seinen. Einen Augenblick hält sie inne, bevor sie seinen Fuß mit einem gezielten, schnellen Tritt vom Sofa befördert. Grinsend guckt sie ihn an, während er unwillig brummt, aber offensichtlich hat er seine Lektion gelernt, denn er setzt sich mit seinen langen Beinen im Schneidersitz hin. Im Vorbeigehen strubbele ich ihm durch die Haare. Am Laptop, der auf der anderen Seite des Raums auf dem Esstisch steht, gehe ich noch einmal unsere Reiseroute durch. Die Zugfahrt von Telford nach Birmingham dauert nur ungefähr eine Stunde, und dann nehmen wir den Zug nach Taunton. Wenn nichts dazwischenkommt, kommen wir nach drei Stunden Fahrt gegen Mittag dort an. Wieder gehe ich auf mytrainticket.co.uk, die Ticketbuchungsseite der Bahn, und der Mauszeiger verharrt über dem »Kaufen«-Button. Ich schaue meine Kinder an und versuche, sie mit schierer Willenskraft dazu zu bewegen, irgendwas zu sagen, was meine Pläne entweder bestätigt oder zunichtemacht, als ich Rose leise zu Flynn sagen höre:

»Meinst du, er erkennt uns noch? Dad? Wenn wir ihn wiederfinden?«

»Er müsste ja blöd sein, wenn er uns nicht mehr erkennt. Wie viele Sechzehnjährige haben schon so eine Narbe?« Rose legt den Kopf schief, und sie schauen einander an. Man sieht ja ständig irgendwelche Leute an. Im Café, wenn wir gefragt werden, ob wir einen kleinen oder großen Kaffee möchten, oder wenn wir die Rechnung verlangen. Aber wenn man uns fragen würde, welche Augenfarbe die betreffende Person hat, wüssten wir es dann? Ein Blinzeln, und schon hat man es vergessen. Aber ich habe beobachtet, wie meine Kinder sich *ansehen* und all ihre Geheimnisse und Träume unverhüllt voreinander offenlegen. Der Bann wird erst gebrochen, als Flynn Rose' Bein wieder von der Couch schubst und sie leise »Blödmann« murmelt.

Will ich das wirklich? Will ich sie wirklich in dem Glauben lassen, er könne irgendwo da draußen sein, obwohl es nicht so ist? Was, wenn sie die Enttäuschung nicht verkraften? Wieder sehe ich Rose an. Schon als kleines Kind hat Rose nie aufgegeben und keine Ruhe gelassen, bis auch das letzte Puzzleteilchen gefunden, das letzte freie Feld im Malbuch ausgemalt war und sie die größtmögliche Seifenblase gepustet hatte. Ganz im Gegensatz zu Flynn, der es gänzlich gelassen hinnahm, dass die Seifenblasen manchmal einfach nicht größer wurden. Stattdessen pustete er, so fest er konnte, bis seine kleine Welt voller schillernder Seifenblasen war, um sie dann zerplatzen zu lassen und zuzuschauen, wie sie davonflogen, mit einem seligen Zahnlückenlächeln, glücklich und zufrieden. Wohingegen Rose es bis zum letzten Tropfen Seifenlauge wieder und wieder versuchte und bei jedem Eintunken ein kugelrundes Ebenbild ihres hochkonzentrierten kleinen Mädchengesichts aufblies, größer und immer größer, bis es früher oder später unweigerlich zerplatzte. Woraufhin sie den kleinen Zauberstab abermals geduldig in das blaue Röhrchen tauchte, um wieder eine Blase zu pusten, noch beeindruckender, größer und beständiger als die davor. Bis sie eines Tages das Fläschchen nicht mehr anrührte. Mit traurigem, niedergeschlagenem Gesicht reichte sie es Flynn. Als ich sie fragte, warum, sagte sie: »Ich habe die größte Blase gemacht, größer werden sie nicht.« Und dann ist sie zu Flynn nach draußen in den Garten gegangen und ist mit ihm zusammen herumgelaufen und hat versucht, so viele Seifenblasen wie möglich zu erwischen und es ihm gleichzutun und einfach das Beste daraus zu machen.

Wenn wir das jetzt nicht durchziehen, hört Rose nie auf zu suchen, bis sie eine Antwort bekommt.

Ich weiß noch, wie ich sie mitgeschleppt habe, als ich mir so sicher war, Dev unter den Obdachlosen zu finden. Wie Rose mit weit aufgerissenen Augen staunend und verängstigt das unübersehbare Elend auf den Straßen anstarrte; wie Flynn die Enttäuschung herunterschluckte, als wir ihn nicht gefunden haben – genauso, wie er sich damit abfand, dass wir es uns nicht leisten konnten, zu McDonald's zu gehen. Aber da waren beide noch klein. Die Gefühle, mit denen sie sich heute herumschlagen, sind ungleich größer als die Enttäuschung, die sie damals empfunden haben müssen. Heute geht ihnen das viel näher, und ich habe Angst, dass die Realität ihnen einen schlimmen Dämpfer versetzen könnte. Aber wenn wir das jetzt nicht machen, könnte Rose' Drang, das unvollständige Puzzle zusammensetzen zu wollen, ihr ganzes Leben zerstören. Wenn ich ihr aber zeige, dass der brauchbarste Hinweis bisher – die größte Seifenblase – noch immer nicht die Antwort ist, könnte sie sich vielleicht ein Beispiel an Flynn nehmen und einfach das Beste aus dem machen, was ist.

Und trotzdem schnürt es mir fast die Kehle zu, als ich daran denke, was ich meinen Kindern da zumute. Ich wende mich wieder dem Bildschirm zu und summe leise *Leaving on a Jet Plane*, ein Song übers Abschiednehmen und

Weggehen. Ich hole tief Luft, beiße mir auf die Unterlippe und klicke auf »Kaufen«.

Es ist zu ihrem eigenen Besten, sage ich mir.

Ich reibe mir die Hände, um mein Blut zu animieren, bis in die eiskalten Fingerspitzen zu fließen. Um mich zu vergewissern, dass der Bus auch bestimmt pünktlich kommt, schaue ich auf die Uhr. Flynn zieht sich die schwarze Wollmütze tiefer in die Stirn, während das unablässige Ts, ts, ts aus den Kopfhörern dringt.

Rose wickelt sich ihren smaragdgrünen Schal fester um den Hals. Ihr ist es bestimmt nicht aufgefallen, aber er hat genau dieselbe Farbe wie ihre strahlenden Katzenaugen. Mit behandschuhten Händen fährt sie über ihr Handy, dann kämpft sie wieder mit dem Schal. Ungeduldig stoße ich ein Atemwölkchen aus.

Ach, jetzt komm schon.

Endlich biegt der Bus um die Ecke. Er blinkt und bremst im frostigen Morgennebel. Aufregung und ein bisschen Angst mischen sich in meinem trockenen Mund, als ich den Kindern ein wenig gezwungen verschwörerisch zulächele. Rose' Augen strahlen eiskalte Zuversicht aus, Flynn dagegen wirkt eher unbeteiligt. Es ist noch früh, und wir steigen ein und suchen uns einen Platz in der Mitte des Busses. Meine Gedanken wandern zu dem, was uns heute erwartet und wie wir mit der ernüchternden Nachricht umgehen werden, wenn wir in das Krankenhaus kommen, das die vermisste Person gemeldet hat. Ich muss sie darauf vorbereiten. Ganz besonders Rose. Ich wünsche mir so, dass sie dann mit der ganzen Sache abschließen kann, aber momentan wirkt sie so hoffnungsfroh. Was, wenn alles nur noch schlimmer wird und sie auf eigene Faust nach weiteren

Hinweisen sucht, wie unbedeutend sie auch sein mögen? Ich male ein Herz mit einer gezackten Linie mittendurch an das beschlagene Fenster. Wer dieser Mann im Krankenhaus wohl wirklich war? Wie würde er sich fühlen, wenn er wüsste, dass wir drei Pechvögel wegen ihm kreuz und quer durchs ganze Land gurken? Als Erstes gehen wir zur Polizei. Rose und Flynn sollen begreifen, dass sie einem Phantom nachjagen. Jemanden zu suchen, der seit elf Jahren spurlos verschwunden ist, ist ein aussichtsloses Unterfangen. Und danach gehen wir ins Krankenhaus, um weitere Informationen zu bekommen. Ich hoffe, wir werden auf etwas stoßen, das diesem Spuk ein Ende bereitet. Irgendeinen handfesten Beweis, der uns ein für alle Male die fixe Idee austreiben wird, Dev könnte noch leben.

»Mum?«

»Hmmm?« Ich schaue auf meine Hände und merke, dass ich die Ellbogen vor der Brust habe und mit den Unterarmen hin und her wische. Es dauert einen Moment, bevor mir aufgeht, dass ich *Die Räder vom Bus* singe und dabei die Scheibenwischer imitiere, die wisch, wisch, wisch machen.

Ach du heiliger Bimbam. Und das wird jetzt den ganzen Tag so gehen. Stuuuuundenlang.

Das sanfte Schaukeln im Takt des ratternden Zugs ist sehr beruhigend verglichen mit dem Unwetter, das sich in mir zusammenbraut. Während ich die kahlen Bäume betrachte, die im allmählich verdunstenden Nebel verschwinden, schweifen meine Gedanken ab zu einem früheren kalten Märzmorgen vor vielen Jahren, als ich in den Kursraum im College stürzte. Die Hände rau und rot von der Kälte, hielt ich meine Schultasche fest umklammert: ein khakifarbener

Rucksack, verziert mit Bandnamen und Logos, an dem ich schwer zu schleppen hatte. Ich muss den Kopf schütteln, als ich daran denke, wie ich polternd in den Kunstkurs platzte und ungeschickt über einen verirrten Malkasten stolperte und dabei eine Staffelei umriss. Entschuldigungen murmelnd schlich ich unter hämischem Gekicher zu einem freien Platz, während unsere durchdringend nach Patschuli duftende Kursleiterin begeistert einen örtlichen Bildhauer vorstellte. Ich hatte noch gar nicht nach vorne geschaut, weil ich so beschäftigt damit war, Bleistift, Kaugummi und Cola-Flasche herauszukramen und endlich meinen Skizzenblock aufzuschlagen. Erst dann guckte ich schließlich hoch. Zuallererst blieb mein Blick an seinen Händen hängen. Er hatte lange, geschickte Finger, mit denen er aus Draht verschlungene Formen drehte; im Handumdrehen verwandelte sich der leblose, schnurgerade Stahl in eine Taube. Eine blaue Murmel verschwand in einem silbernen Käfig; das Vogelauge, mit dem sie in die Welt hinausschaute. Hin und wieder war ich etwas abgelenkt, weil ihr Schöpfer sich die dunklen rotbraunen Locken, die ihm immer wieder in die Augen fielen, hinter das Ohr strich. Lange dunkle Wimpern, hinter denen eindringliche, meergrüne Augen blitzten. Ich erinnere mich noch daran, wie wir das erste Mal miteinander geredet haben. Ich stand an der Bushaltestelle vor dem College.

»Es regnet«, stellte er fest. »Ja«, entgegnete ich und knöpfte mir den Mantel zu. Ich war sehr aufgeregt, weil ich, seit ich ihm eine Woche zuvor beim Drahtbiegen zugesehen hatte, an nichts anderes mehr hatte denken können als an ihn. Es war, als hätte ein Teil von mir sich wie ein Tentakel suchend ausgestreckt, um ihn zu erreichen. Kleine Energiefunken, die verzweifelt nach einem Halt suchten, an dem sie andocken, sich festmachen, einklinken konnten. Als er die Hand nach meiner Kapuze ausstreckte und sie mir herunterzog, fühlte es sich an, als hätte mein Körper endlich gefunden, wonach er so lange Ausschau gehalten hatte. Alles an ihm, seine Stimme, sein Duft, seine Bewegungen, schien mich mit einer tiefen Ruhe zu erfüllen. Es war, als hätten wir einander seit unserer Geburt über Raum und Zeit hinweg gesucht.

Der Zug kommt zischend und ruckelnd an einem Bahnhof zum Stehen und reißt mich unsanft aus meinen Gedanken. Ich recke und strecke mich und krame in meiner Tasche nach etwas zu trinken. Die Kinder werfen sich einen vielsagenden Blick zu, und ich frage mich, ob mein Mund trocken ist, weil ich Durst oder die morgendlichen Berufspendler auf dem Weg nach Birmingham musikalisch unterhalten habe.

»Habe ich wieder?«, wispere ich Rose zu.

»Nein, nur ein bisschen gesummt, weiter nichts.«

Ich nehme eine Packung Schokokekse raus und reiche sie ihr. Sie guckt von ihrem Handy hoch und hört auf zu tippen. Flynn zieht einen Stöpsel aus dem Ohr.

»Wie lange noch?«

»Ungefähr anderthalb Stunden, schätze ich.«

»Ich habe Taunton gegoogelt, Mum. Sieht gar nicht so übel aus.« Rose knabbert an ihrem Keks. Flynn hat seinen schon mit zwei gierigen Bissen verschlungen. »Ein paar hübsche Parks und so, und im Museum ist der Eintritt frei. Ach ja, und Tauchen kann man auch.«

»Tauchen?«

»Ja.« Sie nickt, als sei es das Selbstverständlichste auf der Welt, nach einem Spaziergang im Park und einem Bummel durchs Museum noch tauchen zu gehen.

»Na dann«, sage ich lächelnd, »können wir uns ja einfach einen schönen Tag machen. Also, falls sich nichts ergibt, meine ich.« Rose wischt die Krümel weg und guckt wieder auf ihr Handy, während der Zug weiterrattert.

Eine Stunde fliegt am Fenster vorbei, die grauen Betonknochen der Stadt durch endlose Wäscheleinen miteinander verbunden wie Adern, die sich bis zu den schwarzweißen Autobahnen ziehen, deren Bäuche mit Straßenlaternen durchlöchert sind: fremdartige Wachmänner mit leuchtenden Augen, die sich durch den morgendlichen Smog bohren. Kleine grüne Flecken tauchen auf, braune, arthritische Finger strecken sich hungrig der Sonne entgegen und versuchen, ihre Strahlen zu erhaschen, die Invasion bulliger Pylonen ignorierend, die breitbeinig dastehen und ihre Drähte über die Landschaft spannen wie Spinnweben.

Wir halten wieder, und zwei Teenie-Mädels steigen in den Zug. Die beiden Mädchen – die eine blond und süß, die andere dunkelhaarig und missmutig – mustern Flynn im Vorbeigehen. Er lehnt am Fenster, und seine linke Gesichtshälfte ist hinter den Haaren nicht zu erkennen. Sie setzen sich an einen Tisch nur eine Reihe weiter, ein einziges Durcheinander aus Kichern und Stupsen, Lipgloss und zerzausten Locken. Flynn bekommt von alldem nichts mit, er spielt an seinem Handy herum und sucht gerade eine andere Playlist heraus. Ich nutze die seltene Gelegenheit, ihn mir ein bisschen genauer anzusehen, und habe wieder das altbekannte Ziehen im Herzen, elterlicher Stolz gemischt mit Angst, dieses so weitverbreitete und doch scheue Wesen großzuziehen, das halb Mann, halb kleiner Junge ist.

Die Mädchen schauen ganz unverhohlen zu ihm rüber, Haare werden nach hinten geworfen, es wird geflüstert und mit den Wimpern geklimpert. Er schaut hoch und fragt mich nach was zu trinken. Meine mütterliche Liebe vervielfacht sich schlagartig, als die Mädchen seine linke Gesichtshälfte sehen. Aus ungeniertem Flirten werden erschrockene, mitleidige Blicke. Mitleid ist am schlimmsten. Mitleid widerspricht seiner eigenen Definition. Statt Kameradschaftlichkeit und Unterstützung zu vermitteln, verursacht es nichts als Schmerz und suggeriert ein eigenartiges Überlegenheitsgefühl. Mitleid wird meist begleitet von einer gequälten Miene, einem traurigen, hoffnungsvollen Lächeln, einem aufmunternden Armtätscheln. Mitleid. Ich drehe und wende das Wort abfällig in alle Richtungen, während ich zusehe, wie es die Gesichter der Mädchen infiziert. Und in diesem Moment bemerkt er ihre mitleidigen Blicke. Sie treffen ihn wie ein Dolch, den er unbeeindruckt packt und mit einem Ruck herauszieht und verächtlich fallen lässt. Das passiert ihm nicht das erste Mal. Obwohl er Narben des Mitleids davongetragen hat, lebt er. Ohne eine Schramme abbekommen zu haben, öffnet er die Coladose. Sein nachdenklicher Blick wandert zu den Mädchen. Dann schluckt er den ganzen Zwischenfall mitsamt dem zuckrigen Blubberwasser einfach runter.

Ich empfinde irgendwas zwischen Stolz und Trauer, ein Gefühl, für das es noch keinen Namen gibt. Was wohl in seinem Kopf vorgeht? Hat er resigniert, oder macht es ihm wirklich nichts aus?

Der Zug hält wieder an, und wir warten. Mein Gesicht wird ganz heiß, und die Frustration liegt fast greifbar in der Luft.

Der Schaffner mit der Halbglatze kommt herein und sagt in einem genervten Tonfall, weil er wahrscheinlich die Nase genauso gestrichen voll hat wie sämtliche Fahrgäste: »Die Abfahrt des Zuges wird sich leider verzögern, da es ein kleines Problem bei der Toilettenbetankung gibt.« Weder weiß ich, was Toilettenbetankung ist, noch will ich es wissen. Im Wagen wird es immer heißer und stickiger, und ungeduldiges, unwirsches Gemurmel ist zu hören. Zurückhaltende Fremde verbünden sich unversehens gegen den gemeinsamen Feind, das öffentliche britische Personenbeförderungssystem.

Ich werde unruhig und zapple herum, streiche mir die Jeans glatt und wippe mit dem Fuß.

Alles kein Problem, wenn wir nicht allzu lange festsitzen. Wir kommen noch rechtzeitig an. Wir werden den Anschlusszug nicht verpassen.

Mein Magen zieht sich zusammen, als verlange er Aufmerksamkeit. In meinen Ohren werden Instrumente gestimmt. Das Dumm, dumm, dumm einer Bassgitarre, gefolgt vom Bumf, bumf, bumf einer Basstrommel, Pedal gegen straff gespanntes Fell, und dann das Hssss-sst der Hi-Hat.

Flynn streicht mir beruhigend über den Rücken, damit ich wieder runterkomme, und ich kneife den Mund zusammen, während mein Hals verzweifelt versucht, die Tonleiter zu singen, la-la-la-la-la-la-la-la, und sich auf das Lied einzustimmen.

Langsam einatmen.

Langsam ausatmen.

Doch noch während ich mir das sage, weiß ich schon, der Kampf ist längst verloren. Mein Magen krampft sich derart zusammen, dass ich befürchte, vor Schmerz laut loszuschreien. Ich habe das Gefühl, gleich Galle zu spucken.

»Mum, möchtest du …« Rose bringt den Satz nicht zu Ende. Erschrocken reißt sie die Augen auf, als sie mich ansieht, und richtet die Rolle mit den Schokokeksen auf mich, die dann – antiklimatisch – matt herabsinkt, genau wie ihre Schultern, als sie meinen glasigen, leeren Blick bemerkt.

Ich lasse den Kopf hängen und beginne leise einen der großartigsten Songs zu singen, die Queen je geschrieben haben: *Don't Stop Me Now*. Lauter und immer lauter teile ich den anderen Fahrgästen mit, dass ich heute Spaß haben werde und mich so lebendig fühle wie nie:

»A-ii-i-hi-hiiii …«, und immer lauter werdend, dass die ganze Welt kopfsteht. Während meine Stimme am Falsett kratzt, teile ich meinen Mitreisenden mit, dass ich »in Emphase herumschwebe« … Ohne irgendwas dagegen tun zu können, springe ich dramatisch auf, und mein Hirn kramt verzweifelt nach dem Songtext, findet ihn aber bedauerlicherweise nirgends. Also wiederhole ich noch mal die erste Zeile und singe den schwabbeligen Mann im Jogginganzug gegenüber an. In kurzen, schrillen F-Dur-Salven lasse ich ihn wissen, dass er lieber nicht versuchen solle, mich aufzuhalten – und erkläre den anderen Passagieren, dass ich Spaß, so viel Spaß habe. Um dann theatralisch zu verkünden, ich flöge durch die Wolken und ignoriere alle Gesetze der Lächerlichkeit!

Rose krümmt sich in ihrem Sitz und wird immer kleiner, als der Schaffner (verwirrt, belustigt, irritiert) auf uns zukommt. In einer eigenartigen Mischung aus Panik und Hochgefühl tänzele ich rückwärts den Gang hinunter und bleibe nur zwischendurch kurz stehen, um einem Trupp Rugby-Fans mitzuteilen, dass ich »ein Flugauto bin mit Überschallgeschwindigkeit wie Lady Biiiiienenkooooorb«! Peinlich berührt ziehe ich den Kopf ein, denn die Dame gleich neben mir hat tatsächlich eine beeindruckende Bienenkorbfrisur. Ich lasse auch sie wissen, dass sie mich unter keinen Umständen aufhalten soll, denn »ich rase wie ein

Knallbonbon mitten durch das Ei, ja, mit einhundertachtzig Stundenkilometer«, und sie sollten mich »Mr Kugelbaaauuuch!« nennen, womit ich im Vorbeigehen auch noch den dickbäuchigen Herrn neben der Bienenkönigin beleidige. »Ich rausch vorbei mit Nichtgeschwindigkeeeeeeit! Ich fliege rückwärts durch Klo und Zeit!« Langsam weiche ich vor dem immer näher kommenden Schaffner zurück, und als ich schließlich am Ende des Wagens angekommen bin, zeige ich mit dem Arm quer über die Brust nach rechts. In dieser eindrucksvollen Pose verharre ich kurz, dann strecke ich den Arm nach vorne aus und drehe mich um hundertachtzig Grad, um sämtliche verdatterten Zuschauer in meine Darbietung einzubinden, wobei ich jetzt erst merke, dass einige bereits in den Song mit eingestimmt haben. Ich erkläre der sonnenbankgebräunten Mama mit dem stämmige, engelslockigen Kind auf dem Arm, sie solle mir nicht den Spaß verderben: »Yeah! Yeah! Yeah!«

»Ooh-hoo-hooooo!«, schallt es von ihr zurück, und ich gebe ihr ein High Five.

Rose ist inzwischen aufgestanden und winkt verzweifelt dem Schaffner zu, der rot im Gesicht geworden ist, während Flynn beide Daumen hochreckt. Er zeigt nach draußen auf den Bahnsteig, wo andere Reisende in den »Ooh-hoo-hoo«-Chor einstimmen.

Konzentriert lausche ich auf das nervöse Lachen und den schief intonierenden Chor, der anscheinend genauso »wie ein Knallbonbon durch Eier rast« wie ich. Um meinem Verfolger zu entkommen, klettere ich über leere Sitzreihen und hetze wie ein Hase über den Gang und habe dabei immer noch »Spaß, Spaß, Spaß«. Beim Gitarrensolo angekommen singen meine Bandkollegen aus voller Kehle »Bauunns bumm, bau, uuh wauwaui-aui-au!« Flynn spielt dazu mit ausholenden Bewegungen Luftgitarre, und Rose versucht, ihr Grinsen über diese an Absurdität nicht mehr zu überbietende Darbietung hinter vorgehaltener Hand zu verstecken.

»Miss, wenn Sie bitte aufhören würden ...« Der Schaffner will mich mit strenger Miene aufhalten, aber ich entgegne nur, dass ich immer noch »wie ein Knallbonbon durch Eier rase« ... »Yeah!«

Ich bin beinahe einmal durch den ganzen Wagen gelaufen und schon fast wieder bei meinen Kindern angelangt, während ich den Himmel brennen und mich »Mr Kugelbauch« nennen lasse, womit dem armen Kerl keine andere Möglichkeit mehr bleibt, als die Türen aufzureißen und sich auf mich zu stürzen. Er packt mich und schlingt beide Arme um meine Taille und zieht und zerrt ein paar Mal recht rigoros (ich glaube, er hat unterschätzt, wie stabil ich gebaut bin) und befördert mich aus dem Wagen. Währenddessen (man stelle sich bitte bildlich vor, wie ich mich, noch immer singend, mit wie ein Seestern ausgebreiteten Armen und Beinen spidermanmäßig gegen den Türrahmen stemme) streicht sich mein Sohn, von einem Ohr zum anderen grinsend, die Haare aus dem Gesicht und zwinkert dem blonden Mädel von eben zu. Dann wirft er sich den Rucksack über die Schulter und legt den beiden im Vorbeigehen einen kleinen Zettel – vermutlich mit seiner Telefonnummer – auf den Tisch. Um mich herum hört man Menschen buhen und klatschen, während der Schaffner über Regel vierundfünfzig der Beförderungsbibel schwadroniert. Mit großer Geste und ebenso viel Nachdruck betätigt er den Türöffner und weist theatralisch auf den Bahnsteig, um mir unmissverständlich klarzumachen, dass ich umgehend den Zug zu verlassen habe. Gesenkten Hauptes mache ich mich bereit, mich in Schimpf und Schande hinausjagen zu lassen, als ich aus den Augenwinkeln sehe, wie Flynns Frechheit siegt und das Mädchen mit einem künstlichen Fingernagel den bekritzelten Zettel zu sich heranzieht. Sie schaut ihm nach, und ein verschämtes Lächeln spielt um ihre Lippen.

7

Rose

7. März

Okay, heute ist nicht alles ganz nach Plan gelaufen. Wir haben es nicht mal bis Taunton geschafft, weil Mum während der Zugfahrt zu Freddie Mercury mutiert ist. Flynn meint, diesmal hätte der Text rein gar nichts mehr mit dem Original zu tun gehabt. Ich glaube, es wird immer schlimmer. Wir saßen eine Ewigkeit in Bristol in der Temple Meads Station fest, weil der Typ aus dem Zug Mum mit ins Büro geschleift hat, wo eine Frau im schäbigen Hosenanzug (die aussah wie eine lebensechte Ursula aus *Die kleine Meerjungfrau*) sie zusammenfaltete, weil sie angeblich den reibungslosen Ablauf des Bahnverkehrs gestört hat. Ich habe durch die Glasscheibe in der Tür alles beobachtet. Sie tat mir so leid – immer wollte sie etwas zu ihrer Verteidigung sagen, aber irgendwann hat sie es aufgegeben. Sie saß da wie ein ungezogenes Schulmädchen, dem die Direktorin einen ordentlichen Einlauf verpasst. Kleinlaut hat sie am Daumennagel gekaut und mit den billigen Uggs über den Boden gescharrt. Dabei hat sie eigentlich gar keinen Ärger gemacht. Die meisten anderen Passagiere haben sogar mitgesungen. Bestimmt besser als dieser Cliff Rich-irgendwas, der in Wimbledon spontan angefangen hat zu singen, weil es zu nass war zum Tennisspielen (unsere Musiklehrerin hat uns das erzählt und gesagt, mit Gesang könnte man sogar schlechtes Wetter vertreiben). Finde ich nicht. In der Pause haben wir Cliff gegoogelt. Uns wäre es ehrlich gesagt lieber gewesen, es hätte einfach weitergeregnet. Jedenfalls ist Flynn irgendwann ins Büro gestürmt und hat ihnen die Meinung gegeigt. Ich habe mein Spiegelbild in der Glastür gesehen, als da drin die Post abging. Ich kann es nicht ausstehen, mich so unerwartet selbst zu sehen, weil ich dann immer aussehe wie ein verdutzter Goldfisch. Ganz egal, wie oft ich sie mit Lippenbalsam eincreme, meine Lippen sehen immer rot und geschwollen aus, und ich bin so blass, als wäre ich permanent in einem Schockzustand – was ja eigentlich passend ist, wenn man sich meine Familie so anschaut. Durch mein mit Fingerabdrücken zertatschtes Spiegelbild musste ich mit ansehen, wie Mum beruhigend auf Flynn einredete, ihn am Ärmel zupfte und sich umständlich bei Ursula entschuldigte. Das war der Moment, als ich (nach einem vergeblichen Versuch, mir einen Bauernzopf zu flechten) meinen Rucksack schulterte und sie unterbrochen habe, weil der Zug ohne uns weitergefahren war.

Als wir schließlich aus dem Bahnhof kamen (der übrigens von außen aussieht wie ein Mini-Big-Ben), mussten wir ewig lange warten, bis Mum »Tante Gugl« befragt hatte. Sie findet das total witzig. Ist es aber nicht. Es ist einfach bescheuert. Sie hat uns die billigste Pension in der ganzen Gegend rausgesucht, weil der nächste Zug erst Stunden später fuhr und wir kurz vor Mitternacht in Taunton gewesen wären, und was hätten wir dann da machen sollen? Flynn hatte die ganze Zeit seine Kopfhörerstöpsel in den Ohren, und ich musste Mums gespielt fröhliche Versuche über mich ergehen lassen, so zu tun, als wäre das Ganze hier ein lustiger Familienausflug, ein großes, aufregendes Abenteuer. Dann mussten wir ewig lange marschieren, bis wir endlich zu der Pension kamen, Welshback Waterfront hieß sie, weil wir uns wegen der zusätzlichen Übernachtungskosten kein Taxi leisten konnten. Eigentlich ganz hübsch hier. Ich mag die Aussicht auf den Fluss und die Brückenbögen, die man vom Fenster aus sieht. Der letzte gemeinsame Ausflug, an den ich mich erinnern kann, ist schon so lange her. Ich war noch klein, und Mum ist mit mir nach London gefahren. Der reinste Horrortrip. Ich weiß noch, wie wir durch Camden Market gelaufen sind und ich mich total panisch an Mums Hand geklammert habe, während wir uns durch die Menschenmassen quetschten. Wenn ich heute mit ihr über diesen Tag rede, sagt sie immer, das sei das letzte Mal gewesen, dass sie nach ihm gesucht habe. Es war ein Schuss ins Blaue. Eine Polizistin hatte ihr geraten, es doch mal in den größeren Städten zu versuchen, weil die meisten Vermissten irgendwann da stranden. Mum meint, sie ist zwar hingefahren, hätte aber eigentlich schon vorher gewusst, dass sie ihn da nicht finden würde. Sie hatte es gewusst, aber sie hatte es einfach versuchen müssen, ein allerletztes Mal, weil es ihr sonst keine Ruhe gelassen hätte. Ich weiß noch, wie verängstigt ich war, als ich mich krampfhaft an ihre Hand klammerte. Überall waren Menschen, und es roch so seltsam. An den Geruch erinnere ich mich am deutlichsten, verschiedene Kochdünste alle paar Meter, während wir uns an Essensständen vorbeischoben, und jeder Geruch verbunden mit seiner eigenen Musik und fremden Akzenten. Eine Bude verkaufte nur Pulpo; an die dampfende Garküche, den durchdringenden Meeresgeruch und das gruselige Gemälde eines Kraken kann ich mich auch noch gut erinnern und an das Gefühl, wie Mum meine Hand ganz fest hielt und mit sorgenvollem Gesicht die vorbeigehenden Menschen anschaute.

Sie denkt gerade viel an ihn. Wir wissen das, weil sie wieder angefangen hat, dieses Lied zu summen. Das eine, in dem es heißt, man könne ohne den anderen nicht leben. *Can't Live If Living is Without You* oder so? Manchmal steigert sie sich richtig rein, vor allem an der Stelle, als sie sein Gesicht beim Abschied sieht ... und dass die Sache nun mal so läuft. Das sagen wir ihr aber nicht, weil sie immer weint, wenn sie es singt, und dann ist sie erschrocken, wenn ihr Gesicht pitschnass ist. Einmal hat sie es wieder und wieder gesungen, während sie den Backofen geschrubbt hat, und sie hat überhaupt nicht gemerkt, dass sie weint, bis sie schließlich fertig war. Ich kam in die Küche und sah sie da stehen, den Backofenreiniger in der Hand, wie sie mit zusammengekniffenen Augen das Kleingedruckte hinten auf der Dose las. Sie wollte sich beim Hersteller beschweren, weil das Zeug eigentlich umweltschonend und biologisch abbaubar sein sollte, aber warum bekam sie davon dann Halsschmerzen, und warum tränten ihr die Augen? Flynn hat gelacht und ihr mit so einer bescheuerten Hippie-Stimme gesagt: »Ganz locker und entspannt, Peace-Mama«, und da musste sie lachen und hat mit dem Geschirrtuch nach ihm geworfen, und er kreischte theatralisch rum: »Meine Augen! Meine Augen!« Er hat es wirklich drauf, sie abzulenken, damit sie wieder runterkommt. Schade nur, dass das bei ihm selbst nicht funktioniert, wenn er sich aufregt. Dann steht er wie in einem blutroten Nebel und verliert komplett die Beherrschung. Er macht einem richtig Angst. Todesangst. Ich kann verstehen, warum er ständig Ärger kriegt. Dabei meint er es gar nicht böse. Er kommt nur einfach mit manchen Sachen nicht so gut klar.

Aber egal, ich muss Schluss machen. Flynn ist endlich aus dem Badezimmer gekommen, und wenn ich mich beeile, schaffe ich es noch, bevor Mum von ihrem Spaziergang zurückkommt.

8

Melody

Herrje, der Hügel ist steiler, als ich dachte. Ich kann meinen eigenen Atem sehen, der in kleinen Dampfwölkchen aus meinen Nasenlöchern quillt, während ich wie Puff, der Zauberdrache, den frostigen Hügel hinaufschnaufe, dem Gipfel entgegen. Okay, Gipfel ist ein bisschen übertrieben – eigentlich ist es mehr ein steiler Hang hinter dem Biergarten bei der Pension, aber die Dame an der Rezeption sagte, von oben habe man eine schöne Aussicht, und ich brauche ein bisschen Zeit für mich, um mich zu beruhigen und wieder geradeaus denken zu können. Die Zugfahrt war eigentlich halb so wild – wenn auch etwas peinlich –, aber die Sache im Bahnbüro war sehr unangenehm. Flynn. Ich mache mir ständig Sorgen um ihn. Ich glaube, es hätte nicht viel gefehlt und er hätte der Frau eine gekachelt. Sein ganzer Körper, jeder Muskel war zum Zerreißen gespannt, und die Ader an seinem Hals hat gepocht, als er ihr sagte, er werde ihr »die fette hässliche Visage« polieren. Allein beim Gedanken daran wird mir schon wieder schlecht. Und wie er sie angeblafft hat, ich hätte eine diagnostizierte Störung, von der sie »nicht den Hauch einer Ahnung« hätte. Ich habe nach draußen zu Rose geschaut. Sie sah aus, als sei sie unversehens in einem Horrorfilm gelandet, und hatte das Gesicht so angewidert verzogen, dass ich, wie ich zu meiner Schande gestehen muss, schnell weggucken musste. Wir hätten einfach zu Hause bleiben sollen. Ich bleibe kurz stehen, um zu Atem zu kommen, und schlage wegen dem starken Wind den Kragen hoch. Dann ziehe ich die Stiefel hoch, die immer wieder runterrutschen.

Ich kann mich noch gut daran erinnern, als Flynn noch ein Baby war und wir im Bett lagen, dieses winzige, wunderbare, vollkommene Wesen zwischen mir und Dev, und wie wir beide nicht fassen konnten, dass wir etwas so Schönes zustande gebracht hatten. Das erste Morgenlicht fiel ins Zimmer, und man hörte nur unseren Atem und das sachte Ticken der Zeit, die ganz langsam verging. Zeit, von der wir immer mehr brauchen, Zeit, die wir nie haben, Zeit, der wir nachjagen wie einem mythologischen Schatz, obwohl wir sie jeden Tag in Hülle und Fülle geschenkt bekommen. Wir haben kein Wort gesagt, wir haben einfach nur gelebt, wir drei, zusammen, eingehüllt in diesen vollkommenen Moment wie in eine weiße, weiche Decke. Aber vorhin in dem Büro gab es nichts Vollkommenes, nichts Weiches, nur Rot und Lila und ein harsches Auseinanderbrechen, und tausend Scherben, in die die Zeit um mich herum zersprang.

Ich stehe oben am Hang und schaue über das Flüsschen Avon, das auf seinen sanften Wellen den Tag davonträgt, während sich der Sonnenuntergang darauf spiegelt und die schäumenden Ufer in Grellorange und Neonpink taucht und die kostbare, verlorene Zeit, die sich im unablässigen Auf und Ab verliert, mitreißt und davonspült. Das erste Eigenheim, das man kauft, das aufregende Geräusch, wenn man mit dem Schlüssel die Tür zur Zukunft aufschließt und zum ersten Mal einen Schritt über die eigene Schwelle tut. Unsere erste gemeinsame kleine Wohnung lag über dem Chinesen an der Ecke – lachend waren wir die lange Treppe hinaufgestürmt und hatten uns glucksend auf den schmuddeligen Boden im Wohnzimmer fallen gelassen. Auf dem Rücken liegend hatten wir uns an den Händen gehalten und den Duft von Chow Mein und Freiheit eingeatmet. Wir hatten die Collage aus Tapetenabkratzen und Farbspritzergekicher durchgespielt und uns nach dem ersten Streit unter Tränen und mit Schokoladenriegeln wieder versöhnt. Das Gefühl von Zusammengehörigkeit wurde immer greifbarer mit jedem Wochenendausflug in die Stadt, die Übernachtungstasche gefüllt mit billigem Alkohol, den wir in drittklassigen Hotels aus angeschlagenen Tassen tranken. Das Gefühl wurde verstärkt durch einen Krankenhausaufenthalt nach einem glimpflich verlaufenen Autounfall, zarte Küsse auf die geschundene Stirn, sanftes Streicheln fest umklammerter Hände und sorgenvoll geflüsterte Liebeserklärungen, die so konkret und echt waren, dass wir irgendwann merkten: Wir hatten uns ein Zuhause geschaffen.

Wie in einem Daumenkino fliegen die Erinnerungen vorbei … der Antrag, der Junggesellinnenabschied mit dem rosa Schleier und dem »Fahranfänger«-Aufkleber, das Kleid, das Lächeln, das Eheversprechen, die Ansprachen, die Flitterwochen – wie wir mit Handtüchern über dem Kopf durch den Regen liefen – die Rechnungen, die Sorgen, die Magen-Darm-Infekte, die Einkäufe, das Badezimmer in Avocadogrün, die mitternächtlichen Streicheleinheiten, der Schwangerschaftstest, die Übelkeit, die Rückenmassagen, die Latzhose, die geschwollenen Füße, der tränenverschwommene Blick beim Ultraschall, der Schmerz, die

Seligkeit, das Füttern mitten in der Nacht, die ersten Schritte, das neue Haus, die Weihnachtsmorgen, die Streitereien, das Türenknallen, die Liebe, das Lachen … der große Knall.

Ich atme immer schneller, und mein Gedankenkarussell wird langsamer, und Rose singt mit fünf – in kleinen Kringeln fallen ihr die langen roten Haare auf den Rücken – in der ersten Reihe des Schulchors, und ich beruhige mich wieder, als ich einen einsamen Vogel über den roten, zerfetzten Himmel schwirren sehe, während ich zu meiner Erinnerung singe.

»Oh Gna-deeee Gottes wunderbar …«, keuche ich, und meine Stimme wird immer lauter, während ich mir die Tränen wegwische, die mir über das Gesicht laufen, und meine nassen Wangen durch den Wind eisig kalt werden. »Hast du erretteeet miiiiiiich …« Der Wind weht mir die Haare wirr um den Kopf, aber ich singe unbeirrt weiter: »Ich war verloren ganz und gar, war blind, jetzt sehe iiiiiiich.« Ich lächele, hole ein Taschentuch heraus, tupfe mir die Augen ab und putze mir die Nase. Dann straffe ich die Schultern, klappe das Daumenkino zu und schlage eine neue, unbeschriebene Seite auf.

Zum vierten Mal drehe ich mich um und lausche auf das vertraute Schnarchen meiner Kinder, das das fremde Zimmer erfüllt. Der Schlaf entwindet sich mir und entwischt immer wieder meinem Zugriff und versteckt sich listig in Sorgenritzen und Angstecken. Ich schlage die frisch gestärkten, weißen Laken zurück, schlüpfe in die Stiefel, schnappe mir die schwarze Strickjacke und schleiche auf Zehenspitzen ins Badezimmer. Mein Mund ist trocken von einer Tüte fieser Billig-Chips und zwei überteuerten Gläsern Weißwein. Ich fülle den Plastikbecher mit Leitungswasser und trinke gierig das kühle, klare Wasser, während ich auf dem Wannenrand hocke. Mein Plan für morgen ist ganz einfach. Ich werde ihnen die Gelegenheit geben, selbst zu erleben, wie es wirklich ist, einen vermissten Menschen zu suchen – jetzt, da sie alt genug sind, um es zu verstehen.

Fragen Sie sich selbst, wie es wäre, einen geliebten Menschen zu verlieren. Verlieren. Wenn wir einen geliebten Menschen verlieren, heißt es oft, dass er gestorben ist. Aber bei einer vermissten Person bedeutet es genau das. Man hat denjenigen verloren. Verlegt wie einen Schlüsselbund. Man geht zurück, überlegt, was an dem Tag passiert ist, als er verschwunden ist. Was für eine Hose hatte man an? Wo hat man ihn zuletzt gesehen? An was für einem Tag? Es muss ein Sonntag gewesen sein, im Ofen schmorte nämlich ein Lammbraten. Man wird panisch. Was, wenn man ihn nie wiederfindet? Was soll man ohne ihn machen? Er ist unersetzlich. Man wird wütend. Wenn dies oder jenes nicht passiert wäre, wäre man nicht so abgelenkt gewesen. Wie erleichtert man ist, wenn einem einfällt, dass man an dem Tag eine andere Handtasche dabeihatte. Da muss er sein! Und dann die Enttäuschung, wenn man sie aufmacht und sie leer ist. Auf und ab, wie auf einer Achterbahn, wie Wellen, die einen mit hochreißen und dann zerschmettern. Eine Reise ohne Ende, nichts als Aufruhr und Unwetter, unterbrochen nur von gelegentlich trügerisch ruhiger See.

Ich möchte, dass Rose damit abschließen kann. Dass sie einem glaubhaften Hinweis gefolgt ist und nun den Beweis hat, den sie braucht, um endlich zu begreifen, dass ihr Vater tot ist. Fort. Mehr noch … Sie soll wissen, dass sie ihn nicht braucht für ein erfülltes Leben. Ein Leben voller Freude, voller Liebe, voller … ich unterbreche mich mitten in diesem Gedanken und bücke mich. Neben dem Papierkorb gleich bei der Toilette ist ein roter Blutfleck auf dem Boden. Das Badezimmer ist anscheinend nicht gründlich geputzt worden. Angewidert verziehe ich das Gesicht und wische den Fleck mit einem zusammengeknüllten Stück Klopapier weg, das ich in den Abfalleimer werfe. Ich knipse das Licht aus und stolpere zurück ins Bett und in einen unruhigen Schlaf.

Wir beginnen den Tag mit einem üppigen, typisch englischen Frühstück, bestehend aus Eiern, Speck, Bohnen und Toast und einer guten Portion Optimismus. Der Zug ist pünktlich und fährt ohne Hintergrundmusik. Nach einem schnellen Erfrischungsgetränk in einem Café lassen wir uns von Google den Weg zur nächstgelegenen Polizeiwache weisen und haben das vage Gefühl, schon etwas erreicht zu haben, was uns ein bisschen stolz das Kinn recken lässt. Die ersten übereifrigen Narzissen nicken im Takt zu unseren Schritten, bevor Starbucks und Ladenkassen in der geschäftigen Stadt vor uns auftauchen. Vor der Polizeiwache bleiben wir stehen und kommen uns klein und bedeutungslos vor angesichts der Worte über der Tür, die uns ebenso anziehen wie abstoßen. Ich kämpfe verbissen gegen den Drang an, *I Fought the Law* von The Clash zu singen.

»Seid ihr so weit?«, frage ich.

»Ja«, entgegnet Rose. Flynn schnaubt zustimmend, woraufhin ich die Türen aufdrücke und hineingehe. Bürogeräusche sind zu hören, Telefone klingeln, und Gespräche werden angenommen, ein Fotokopierer summt, und Schubladen schlagen zu. Es riecht nach Pulverkaffee und Desinfektionsmittel. Wir gehen zum Schalter und warten geduldig, während zwei Polizisten – ein jüngerer mit gerötetem eifrigem Gesicht und ein älterer, abgeklärt, aber freundlich – leise und ernst miteinander reden, ehe sie laut lachend auseinandergehen.

»Kann ich Ihnen weiterhelfen?«, fragt der Jüngere.

»Ähm, ja … nein, ich meine, ja, ich hoffe.« Er legt den Kopf mit den perfekt frisierten dunklen Haaren schief und setzt ein sorgfältig einstudiertes, hilfsbereites, offenes Lächeln auf. Aber eigentlich bedeutet es: »Sehen Sie nicht, dass ich beschäftigt bin und keine Zeit habe für Frauen mittleren Alters und ihre albernen Beschwerden?«

»Wir … wir kommen wegen einer vermissten Person«, stammele ich. Wie habe ich das früher nur tagtäglich ausgehalten? Mit beschämender Regelmäßigkeit habe ich die Beamten meiner örtlichen Polizeiwache damals zur Schnecke gemacht. Irgendwann sagte man mir in aller Deutlichkeit, wenn ich nicht aufhören würde, meinen Frust lautstark und asozial zu äußern, könne ich in Zukunft Anfragen nur noch in schriftlicher Form einreichen. Wie gesagt, hochnotpeinlich.

»Hmmm. Und wird die betreffende Person schon länger vermisst?« Sein Blick geht zur Uhr.

»Nein, ich meine, ja.«

»Um eine Person als vermisst zu melden«, er malt mit den Fingern kleine Gänsefüßchen in die Luft, »muss die betreffende Person länger als vierundzwanzig Stunden verschwunden sein.«

»Ja, ich weiß, aber das ist …«

»Solche Geschichten lösen sich meistens ganz von selbst.«

»Tatsächlich?«, entgegne ich und habe schon völlig vergessen, was ich eigentlich fragen wollte. Ein Klassiker aus den Achtzigern vom King of Pop fängt irgendwo an zu kribbeln. Ich beiße mir innen auf die Wange.

»Mmhmm.« Er lächelt, nickt und rückt einen Stapel Papier auf dem Schreibtisch zurecht.

»Wenn natürlich Ihr …«

»Ehemann.« Ich mache kurz die Augen zu, aber ich sehe einen weißen Anzug, dunkles Hemd, weißer Hut, in unverwechselbarer Pose vornübergebeugt.

Oh nein.

»Ach ja«, er lächelt vielsagend und denkt sich augenscheinlich, mein Ehemann sei mit seinem Sportpartner auf einer ausgedehnten Spritztour. »Aber wenn er nicht binnen vierundzwanzig Stunden wieder auftaucht«, er streicht über den Tresen und lächelt mir zu, »können Sie gerne noch mal vorbeikommen, und wir schauen, was wir machen können.« Der King of Pop fängt an, mit den Fingern zu schnippen und mit dem Kopf zu nicken, kurz und präzise.

»Ach, ähm, aber …«

Nicht, Jacko, bitteeeeee.

»Mein Vater wird seit 2004 vermisst«, mischt Rose sich ein, »er dürfte also die …«, sie macht die Gänsefüßchengeste des Polizisten nach, »… Kriterien für eine vermisste Person erfüllen.«

»Oh. Ach so. Aber ist es nicht ein bisschen spät, ihn jetzt erst als vermisst zu melden?«

Mit gesenktem Kopf starre ich unverwandt auf das blaue Linoleum, meine Finger gehorchen mir nicht mehr. Ich schnippe mit der rechten Hand … während meine linke sich gefährlich meinem Schritt nähert.

»Sir, ich möchte wirklich nicht unhöflich sein«, höre ich Rose' Stimme, die mein inneres Radio übertönt, »aber wir haben nicht gesagt, dass wir eine Vermisstenmeldung aufgeben möchten. Wir sind hier, weil wir gehört haben, dass ein Mann, auf den Dads Beschreibung passt, hier in Ihrem Bezirk aufgegriffen wurde.«

Gütiger Himmel! Ich kann nichts dagegen tun – *Smooth Criminal* sucht und findet einen Weg nach draußen.

Leise murmele ich etwas über einen Eindringling, der ein Geräusch macht, das nach »Schendo« klingt, um dann mit einem eindeutig zweideutigen Hüftstoß zu erklären, wie der Fleck auf den Teppich kam.

Ich höre noch, wie Flynn »Na toll« stöhnt, und sehe, wie er sich die Kopfhörer ins Ohr stopft und zu der Reihe Plastiksitze schlurft, während ich quer durch den Raum moonwalke und jede Strophe mit einem Jacko-esken »He, hee!« betone, unterstrichen durch eine Zehenspitzenpose.

»Bitte entschuldigen Sie, meine Mutter hat eine psychische Störung«, erklärt Rose entnervt, als ein weiterer uniformierter Kopf zu uns herüberstarrt. »Wir sind hier wegen …« Sie unterbricht sich, weil der Gesichtsausdruck des Polizisten unmissverständlich zu verstehen gibt, dass meine Vorstellung viel zu gut ist, um sie einfach zu ignorieren. Gerade erkundige ich mich ziemlich lautstark, ob es einer Frau namens Annie gut geht, und verlange, sie solle uns sagen, ob alles in Ordnung ist.

Ein Glück, dass ich, im Falsett eines Todesqualen leidenden Mannes angekommen und unter Zugabe eines weiteren Jacko-»Ooooh!« moonwalkend und beinzuckend aus dem Raum in einem Korridor gelandet bin. Atemlos und erschöpft sinke ich auf einen Stuhl. Wer hätte gedacht, dass ich einen Moonwalk hinkriege?

Flynn macht die Tür auf und setzt sich leise grummelnd neben mich, die Kopfhörer noch in den Ohren. Er reicht mir eine lauwarme Cola aus seinem Rucksack und lehnt sich mit geschlossenen Augen gegen die Wand. Ich sitze da und lausche auf das gedämpfte Treiben der Polizeiwache, ordne meine Gedanken und versuche, meine innere Pop-Prinzessin zu beruhigen.

»Hätte schlimmer sein können …«, murmele ich mit einem Blick zu Flynn. »Ich hätte auch *Thriller* singen können. Die Tanzschritte habe ich damals in der Mittelstufe gelernt, und das wäre eine wesentlich längere Performance geworden.« Er schnaubt. »Ich gehe gleich wieder rein, könntest du schon mal nach Rose sehen?«

Er nickt, streckt sich und steht auf und geht unter der Last seines Rucksacks gebeugt hinein. Ich konzentriere mich darauf, meine Atmung unter Kontrolle zu bringen, so gut ich kann, als er wieder zurückkommt, mit dem Anflug eines Lächelns im Gesicht.

»Was?«

»Was?«, erwidert er.

»Was ist denn so witzig?«

»Nichts, sie hat bloß … Mann, die ist schon echt 'ne Nummer«, meint er kopfschüttelnd, »sie scheucht da drinnen alle rum wie ein kleiner feuerroter Admiral.« Er holt den Kopfhörer aus der Tasche, und ich richte mich auf und gehe wieder zum Schalter zurück.

»Kommst du?«, frage ich ihn.

»Nee … ich bleibe lieber hier, wenn du nichts dagegen hast.«

Rose sitzt – kerzengerade – mit einer Polizistin in einer Ecke des Raums und starrt auf einen Bildschirm. Der junge Polizist ist nirgends zu sehen, aber der ältere steht neben Rose und bietet ihr gerade sehr höflich eine Tasse Tee an, als handele es sich um ein Mitglied der königlichen Familie. Ich gehe an der Absperrung vorbei zu ihnen.

»Das ist leider alles, was wir wissen, Miss King.« Die

Polizistin schaut zu mir auf, die dunklen Augen mitfühlend und müde. Sie streicht eine Strähne ihrer hellbraunen Haare hinters Ohr. »Ich habe Ihrer Tochter gerade erklärt, Mrs King, dass wir leider nicht mehr Informationen haben als die Beschreibung, die wir auf der Webseite für vermisste Personen gepostet haben.«

»Wäre es vielleicht möglich herauszufinden, wer ihn vor dem Einkaufszentrum gefunden hat?«, fragt Rose mit einer Bestimmtheit, die ich bei ihr noch nie erlebt habe.

»Diese Informationen dürfen wir leider nicht herausgeben, aber vielleicht versuchen Sie es mal im Krankenhaus? Vielleicht erinnert sich einer der Mitarbeiter dort noch an ihn.«

»Ja, ich glaube, das machen wir als Nächstes«, sagt Rose nickend zu der Polizistin. »Haben Sie Zeit, PC Davis?«, fragt sie dann. »Ich bin mir sicher, Ihre Uniform kann mehr ausrichten, als wenn wir drei da ganz alleine hingehen.« Ich lächele. Es ist herrlich zu sehen, wie meine sonst stets ein wenig linkische Tochter das Heft in die Hand nimmt.

»Ähm, ja«, entgegnet sie nickend. »Ich könnte mitkommen, kleinen Augenblick, ich muss nur eben ein paar Sachen organisieren. Ich drucke das schnell aus …«

Ich drehe mich halb zu Flynn um, der neben mir steht.

»Ich habe es immer gewusst, irgendwann sitze ich auf dem Rücksitz eines Polizeiwagens«, flüstert er mir zu.

»Pscht.« Ich lächele PC Davis etwas gezwungen zu, als sie mit der Vermisstenanzeige zurückkommt. Ihre strenge Uniform verströmt eine Aura von Tüchtigkeit und Mitgefühl.

Wir gehen die Treppe hinauf, und mir ist nicht ganz wohl. Michael Jackson ist lange her, und Elgars schwermütiges

Cellokonzert vibriert tief in mir. Es gibt sich damit zufrieden, in seinem Versteck zu bleiben, nur ein sanftes Zucken an meinem Zentralnerven-Sound-System. Manchmal verwandelt die Musik sich in etwas anderes als Gesang. Jetzt gerade lässt sie all meine Sinne beben; so muss es sich vielleicht für einen gehörlosen Menschen anfühlen, in ein Konzert zu spazieren, wo die Musik so laut ist, dass man das Auf und Ab der Emotionen in den Vibrationen spüren kann, die durch den ganzen Körper laufen. Ich habe mal gelesen, dass der Teil des Gehirns, das Vibrationen erkennt, auch dafür zuständig ist, Musik zu verarbeiten, weshalb hörende und gehörlose Menschen dasselbe empfinden können. Ich glaube das nur zu gerne. Ich kenne dieses Gefühl. Der Bass, der durch die Füße wummert. Das Pochen in den Ohren, das Zittern in den Fingerspitzen, wenn man einen Lautsprecher berührt … man könnte nur anhand der Schwingungen erkennen, ob die Musik heiter ist oder traurig. Gerade erfüllt meine innere Playlist mich mit solchen Schwingungen, und die düsteren, selbstverliebten Streicher bohren ihre Stachel in mein Fleisch.

Wir passieren die sacht klickenden automatischen Schiebetüren und betreten den betriebsamen Kosmos der Kranken und der Gesunden. Ich schaue in die wartenden Gesichter – gelbe Angst, gelangweiltes Blau und kränklich grüner Kummer –, mit jeder Minute ein ganzer Regenbogen an Emotionen.

Ich hake mich bei Flynn unter, und wir folgen Rose und PC Davis durch die Ambulanz in den stationären Bereich und auf den Hauptkorridor. Die tiefen, schmerzlichen Töne des Cellos zerschneiden mich von innen, die langsame Melodie nimmt mich mit durch ihre eigene Welt aus Trauer und Verlust. Das Tempo wird schneller, als wir um die Ecke biegen, und die Schwingungen heftiger. Die Melodie erhebt sich in schwindelerregende Höhen, um dann unvermittelt in die Tiefe zu stürzen.

Ich richte meine ganze Aufmerksamkeit darauf, einen Schritt vor den anderen zu setzen; der grüne, grobkörnige Boden ist alles, was ich noch sehe, während die Höhen und Tiefen durch meinen Körper wirbeln. Die Harmonie zerrt und piekt, durchbohrt mich und tröstet meine Seele, während sie mich mit auf die Reise nimmt. Endlich stehen wir vor einem kleinen Büro. Es hat ein Schiebeglasfenster, Poster warnen vor übermäßigem Alkoholkonsum, und sie haben ein grässliches Anti-Raucherkampagnen-Bild aufgehängt.

»Guten Tag, ich bin Police Constable Davis.« Sie lächelt freundlich, während ich versuche, die Lautstärke in mir herunterzuregeln. »Wir haben gehofft, Ihre Mitarbeiter könnten uns einige Fragen zu einem unserer Vermisstenfälle beantworten. Hier wurde ein Mann eingeliefert, der vor einem Einkaufszentrum kollabiert ist, und zwar am ...« Sie stockt und schlägt die ausgedruckte Kopie des Berichts auf.

»Zwanzigsten Februar«, wirft Rose ein. »Er hat dunkle Haare, grüne Augen und eine Tätowierung auf der linken Schulter mit drei Schwalben. Er trug eine graue Mütze, eine dunkelbraune Lederjacke, ein grün kariertes Hemd und Stiefel.«

»Klingt nach einem Holzfäller«, murmelt Flynn.

»Er war zwischen dreißig und vierzig«, fährt Rose fort, »und trug ein silbernes Armband mit dem Namen Tom darauf.« Die Musik schwillt wieder an, und ich kann die Worte, die hinter der gläsernen Trennscheibe gesagt werden, kaum noch verstehen. Tiefe, herzergreifende Töne führen nach unten, ins tiefe Dunkel, und nehmen mich mit. Ich spüre Kummer und Leid, und ich sehne mich nach einem Kopfsatz, der mich zum Gipfel der Erzählung führt. Die tiefen Basstöne dröhnen in meinen Muskeln, ich spüre, wie mir die Beine zittern und wie sie gegen den unsichtbaren Sog der Musik ankämpfen. Ich höre kein Wort mehr von dem, was um mich herum gesagt wird. Ich sehe, wie die Schwester auf einen Mann Ende fünfzig zeigt, der wohl der Portier sein muss. Ich sehe, wie die drei sich bei der Krankenschwester bedanken und zu ihm hinübergehen.

Ich zupfe Flynn am Arm, damit er stehen bleibt. Ich fühle mich wie ein Kind auf dem Rücksitz eines Autos, das gegen die aufsteigende Übelkeit ankämpft. Mit jeder Kurve, jeder Biegung der Straße rückt der unappetitliche Ausbruch der Reisekrankheit näher, der den großen Familienausflug unweigerlich zu ruinieren droht.

»Mum?« Ich schaue in sein besorgtes Gesicht.

»Cellokonzert.«

»Tempo?«

»Aber hallo. Ich habe gehofft, es wäre nur der erste Satz ... wenn es das ganze Ding ist, weiß ich nicht, ob ich es schaffe ...«

»Rose!«, ruft Flynn. Rose dreht sich um, und ich sehe ihr an, dass ich schlimmer aussehe als nur ein bisschen grün um die Nase.

»Geht schon«, japse ich, als die Noten sich in die Höhe schwingen und mein ganzer Körper sich anfühlt, als schwebe er und fliege in glücklicher, schmerzerfüllter Seligkeit davon. Eine euphorische Übelkeit überkommt mich, dann nimmt die Musik mich mit zum Höhepunkt, bis das glatte, kalte Plastik eines Stuhls mich schließlich auffängt. Rose kniet vor mir, und PC Davis winkt nach einer Schwester.

»Geht schon«, keuche ich, während die letzten, langen,

verzweifelten Noten an mir zerren. Eine zierliche kleine Krankenschwester mit geröteten Wangen dreht sich um und läuft auf mich zu, wobei sie einen Pappkarton fallen lässt, den sie einer aufgewühlten Mutter und ihrer tränenüberströmten kleinen Tochter hingehalten hatte. Die Schlussnote hängt noch schwer an meinem Herzen, als der Inhalt des Kartons auf den Boden fällt, und mein Blick bleibt an dem verstreuten Krimskrams hängen. Das kleine Mädchen kreischt hocherfreut und fischt einen lädierten Plüschelefanten aus dem Durcheinander. Die Erleichterung ist der Mutter anzusehen und erfasst auch die übrigen wartenden Patienten wie eine sanfte kühle Brise an einem heißen Sommertag. Die letzte Vibration flaut sachte ab, und dann sehe ich es. Ich schiebe den Wasserbecher unwirsch beiseite, den man mir reicht, überhöre den gut gemeinten Rat, lieber noch ein bisschen sitzen zu bleiben, ignoriere die besorgten Gesichter meiner Kinder und stehe auf, stolpere, taumele und falle, auf den Boden, neben den Karton, und meine Hände wühlen sich durch die Ringe, Portemonnaies und Mobiltelefone, bis ich es zu fassen bekomme. Rose und Flynn stehen neben mir, und ich richte mich auf und wage nicht, die geschlossene Hand zu öffnen. Mein Herz, meinen Verstand dieser schieren Unmöglichkeit zu öffnen.

»Mum?«, fragt Rose.

»Mum? Was ist denn? Was ist los?«

»Das ...« Ich schüttele den Kopf. »Das kann nicht sein.« Ich sehe in ihre sorgenvollen Gesichter und weiß nicht, was ich tun soll.

»Mach die Hand auf, Mum«, befiehlt Flynn.

»Mum ... mach sie auf.«

9

Melody

Das kann nicht sein. Wie kann etwas Unmögliches möglich sein? Ich versuche, irgendeine plausible Erklärung dafür zu finden, während ich langsam die Hand öffne, in der ein burgunderroter Stickfaden zum Vorschein kommt, der den letzten Rest meines gesunden Menschenverstands zunichtezumachen droht. Das Glöckchen ist angelaufen, aber zweifellos dasselbe, das schon zu Teenie-Zeiten in meinen Haaren und später an Devs Handgelenk geklingelt hat. Das ist unmöglich. Aber haben die Leute das nicht auch über die Mondlandung gesagt? Es sei unmöglich, hieß es, einen Menschen ins All zu schießen. Und doch haben wir es gemacht. Früher war es unmöglich, dass Menschen fliegen. Und doch haben wir es gemacht. Oder ein Stück von einem Schweineherzen in einen menschlichen Körper zu transplantieren? Unmöglich, stimmt's? Es hat funktioniert. Das Herz eines Fremden im Körper eines anderen Menschen, das Blut, Leben, Energie durch die Adern pumpt, als sei es immer da gewesen. Es wurde alles möglich. Ich schaue meinen Kindern ins Gesicht, denen rasch aufgeht, was ich da in der Hand halte. Rose strahlt und nickt, als hätte sie immer schon gewusst, dass wir ihn eines Tages finden werden. Flynns Gesichtsausdruck ist schwerer zu deuten. Er schaut zu mir auf und legt den Kopf schief, als suchte er bei mir die Antwort auf eine unausgesprochene Frage.

Das kann nicht sein. Dev ist tot.

Er muss tot sein.

Denn die einzige andere Erklärung wäre, dass er ... freiwillig gegangen ist ... etwas, von dem ich immer schon wusste, dass es ... unmöglich ist.

Mit großen Schritten gehe ich zu der Krankenschwester und packe sie am Arm.

»Wo haben Sie das her?«, frage ich sie eindringlich. Irritiert und augenscheinlich nicht gerade angetan von meinem Tonfall schaut sie mich an. Ich schlucke schwer. »Bitte«, sage ich erzwungen höflich. »Das ...«, fahre ich fort und halte ihr das Armband unter die Nase, dessen sachtes Klingeln meine Erinnerungen Schicht für Schicht freilegt wie ein vergrabenes Fossil, »... gehörte meinem Mann, der seit Jahren vermisst wird.« Ich höre das Zittern in meiner Stimme, die jeden Augenblick zu brechen droht. »Ich dachte, er sei tot, aber ein Mann, auf den seine Beschreibung passt, wurde hier in der Nähe gefunden.«

»Tut mir leid«, sagt sie mit einem herzlichen Lächeln. »Das weiß ich nicht. Das sind nur die Fundsachen von dieser Station. Jeder unserer Mitarbeiter könnte es da reingelegt haben.«

»Aber Sie müssen doch irgendwas wissen«, entgegne ich fast flehentlich.

»Es tut mir leid, aber ich kann Ihnen da nicht weiterhelfen.«

»Aber dafür werden Sie doch bezahlt!«, kreische ich aufgebracht. »Menschen zu helfen!« Flynn legt mir die Hand auf die Schulter.

»Entschuldigen Sie.« Er tritt vor und schiebt mich beiseite. »Wie Sie sehen, ist das alles ein bisschen zu viel für meine Mutter. Könnten Sie vielleicht versuchen herauszufinden, wer hier Dienst hatte am …?«

»Zwanzigsten Februar«, ergänzt PC Davis. Ich hatte schon ganz vergessen, dass sie auch noch da ist. »Das würde uns sehr bei den Ermittlungen helfen«, erklärt sie amtlich.

»Natürlich«, stammelt die Schwester. »Aber das ist nicht so einfach. Es gibt jeden Tag mehrere Schichtwechsel – Büroangestellte, Stationsärzte, Pflegepersonal, Fachärzte, Ehrenamtler. Das dauert eine Weile, und eigentlich sollte ich gerade …« Sie wird rot und wedelt mit den Händen.

»Schon verstanden. Könnten Sie uns sagen, wo wir die Oberschwester finden?«

Es gibt eine kleine Diskussion über offizielle Dienstwege und inoffizielle Ermittlungen, und ich höre gedämpftes Getuschel, ob es nicht das Beste wäre, wenn PC Davis die Oberschwester allein befragt, während wir draußen warten. Ich werde an Betten vorbei und einen weiteren Gang hinuntergezogen, gezerrt und geschoben. Meine Füße verfangen sich in Wut und Verwirrung, Unsicherheit hängt mir wie ein Klotz am Bein, und ich habe das Gefühl, als kämpfte ich mich durch einen dichten Mangrovensumpf, der alles Licht verschluckt und mir die Luft nimmt, bis ich nicht mehr klar denken kann.

Er ist tot.

Das habe ich als Tatsache zu akzeptieren gelernt.

Er ist tot.

Ein Trost in den Jahren nach dem Unfall. Der Satz, der mich aus dem unendlichen Labyrinth zahlloser »Was, wenn …«-Spekulationen befreite. Ich habe alle fünf Stufen der Trauer durchlaufen. Monatelang habe ich alles verdrängt und geleugnet und alle Hebel in Gang gesetzt, um ihn zu finden. Ich habe mich von gemeinsamen Freunden zurückgezogen, deren mitfühlendes Armtätscheln und ach so taktvolle, angestrengte Gespräche mich umso mehr abstießen, als meine Verdrängungstaktik allmählich in rasende Wut umschlug. Wut reagiert schnell, sie sieht Verdrängung als Bedrohung, greift sie an, schiebt sie beiseite … Und dann beginnt das Verhandeln. Die erniedrigendste Phase überhaupt. Man fängt an, an Gott zu glauben, an eine Familie, die es längst nicht mehr gibt, an die Sterne, an ein zusammengeknülltes Papiertaschentuch … »Wenn ich es schaffe, das Taschentuch von hier in den Mülleimer zu werfen, dann finde ich ihn.« Dann überkommt einen die Depression. Man heult, setzt aber noch immer alles Vertrauen in das Taschentuch. Man reißt es in Stücke, schreit die Pappschachtel an, krallt sich hinein … starrt es stundenlang an, bis der ganze Körper stocksteif ist und schmerzt und man gar nicht mehr weiß, wie lange man das bescheuerte Taschentuch schon in der Hand hat. Bis man es schließlich ein letztes Mal probiert, ein allerletzter verzweifelter Versuch, das allerletzte Taschentuch aus der Schachtel zieht und hilflos mit ansehen muss, wie es auf den Boden fällt, und endgültig einsieht, dass es niemals im Mülleimer landen wird. Es war von Anfang an aussichtslos. Man steht auf und geht zum Schauplatz der verlorenen Schlacht, und unterwegs sammelt man die Trümmer ein und wirft alles in den Abfalleimer und knallt den Deckel zu.

Einmal hatte die Trauer mich mit Haut und Haaren verschlungen und war zu einem dumpfen, grollenden Hintergrundgeräusch in meinem Leben geworden, während Erinnerungsfetzen immer wieder meinen Alltag durchdrangen: Wie er alte Star-Wars-Figürchen in den Frühstücksflocken versteckt hat, in meiner Unterwäschenschublade oder unter den Bettbezügen. Die Frühstücksflockenpackung, die Schublade, die Laken – Souvenirs meines früheren Lebens – sind nun leer und betteln um Vergebung.

Wenn ich mich zwang, zum Einkaufen aus dem Haus zu gehen, trafen mich die Erinnerungen wie ein Schlag: wie er sich hinten auf den Einkaufswagen gestellt hat und wie ein Kind auf einem Roller durch den Laden gerollt ist. Traurig schiebe ich den Wagen durch den Laden und fülle ihn – ganz besorgte Mutti – mit gesunden Lebensmitteln, um dann, an der Kasse angekommen, verwundert festzustellen, dass keine Schätze darunter verborgen sind. Keine Gummibärchen, die er hineingeschmuggelt hat, kein Zitronencreme-Aufstrich, der immer aus seinen Sandwichs quoll, keine versteckten Überraschungen für mich, die er mir später am Abend mit einer Tasse Tee auf der Couch servierte.

Einen Augenblick später finde ich mich in der Krankenhauskantine wieder, wo es nach verkochter Lasagne riecht und das Schrappen der Stühle mich auf den Boden der Tatsachen zurückholt. Ich nippe an einem Kaffeebecher und beobachte Flynns Knie in der zerrissenen Jeans, das hektisch auf und ab wippt wie ein Presslufthammer. Rose redet aufgeregt auf ihn ein und gestikuliert wie wild. Ich nippe wieder am Kaffee.

»Mum?« Ich merke, dass sie mit mir redet.

»Hmmmm?«

»Sobald PC Davis weiß, wer an dem Tag Dienst hatte, befragt sie den Betreffenden, ja?«

»Ähm, ja … ich denke schon.«

»Und ich würde wetten, irgendwer kann uns was sagen, das uns weiterhilft … ich bin schon so aufgeregt.«

»Rose«, warnt Flynn sie.

»Was denn?« Sie lehnt sich zurück und verschränkt abwehrend die Arme vor der Brust. »Was ist nur los mit euch beiden?« Verzweifelt schlägt sie die Hände über dem Kopf zusammen. »Wir waren noch nie so nahe dran, ihn zu finden. Hast du das alles schon vergessen, Mum? Die endlose, monatelange Suche? Die unzähligen Besuche auf der Polizeiwache? Die Fahrt nach London, Herrgott noch mal? Obdachlose gucken, Mum! Obdachlose gucken! Und jetzt sind wir so nahe dran«, sie legt Daumen und Zeigefinger zusammen, »und ihr beiden wollt nicht mal darüber reden? Himmel!«

»Dafür, dass du so intelligent bist, kannst du manchmal ganz schön blöd sein«, stöhnt Flynn entnervt. Sie runzelt die Stirn und blinzelt mich fragend an.

»Du hast ja recht, Rose«, entgegne ich und ringe mir mühsam ein Lächeln ab. »Wir sind bloß gerade ein bisschen überrumpelt, weiter nichts. Unfassbar, was wir alles erfahren haben, oder?« Ich nicke Flynn zu. »Wir müssen uns nur erst mal an den Gedanken gewöhnen, mehr nicht. Du weißt schon, dass er vielleicht«, ich muss mich räuspern, »noch lebt … nach all der … langen … Zeit.« Tränen verschleiern meinen Blick, und ich blinzele sie fort. »Habt ihr was dagegen, wenn ich ein bisschen spazieren gehe?« Ich krame in meiner Tasche nach dem Portemonnaie. »Ihr beiden besorgt euch in der Zwischenzeit was zum Mittagessen, ihr müsst ja völlig verhungert sein. Die Lasagne sieht lecker aus.«

»Mum.« Flynn nimmt hastig meine Hand, und ich drücke seine kurz.

»Alles gut, ich brauche nur ein wenig frische Luft.« Der Stuhl schrappt über den Boden, als ich aufstehe. Ich lächele ihnen zu. Rose erwidert finster meinen Blick. Ich werfe mir die Tasche über die Schulter, und im Weggehen höre ich noch, wie Flynn Rose den Teil des Puzzles erklärt, der ihr bisher wohl entgangen ist.

»Wenn er noch lebt, du Dumpfbacke, dann heißt das … er ist freiwillig gegangen, Rose.«

Ausnahmsweise ist das Lied in mir mal still. Nachdem Elgar mich auf seine erschütternde, hinreißende Reise mitgenommen hat, scheint das Cello Soft- und Hardrock ins House geprügelt und das Garage mit Metal verbarrikadiert zu haben und wie in Trance hiphoppend verschwunden zu sein. Ich haste den Korridor entlang, um die Ecke, bis der Haupteingang mit den automatischen Schiebetüren in Sicht kommt. Himmel, wie ich mir wünschte, ich würde noch rauchen. Fast da. Ich spüre, wie meine Lunge sich bläht, wie beim Unterwasserschwimmen in der Schule, noch ein bisschen durchhalten, dann bekomme ich das Tauchabzeichen … fast … fast … aber am Ende habe ich es dann doch nicht geschafft. Ich halte inne, als eine ältliche Dame unsicher auf ihren Gehstock gestützt meinen Weg kreuzt und wankend stehen bleibt. Ich versuche, sie zu übersehen und mir einzureden, dass einer der vielen anderen Menschen ringsum sich ihrer annehmen wird, aber sie scheinen alle viel zu beschäftigt. Zu beschäftigt mit ihren Handys, viel zu beschäftigt mit ihrem eigenen Kram, um diese zerbrechliche, verzweifelte alte Dame zu bemerken, die offensichtlich dringend Hilfe braucht. Verwirrt schaut sie sich um: eine beige, leicht nach Lavendel duftende Seele, verloren ohne Begleiter. Mit der freien Hand kramt sie hilflos in ihrer Handtasche. Blinkend öffnen sich die Türen und schließen sich wieder, genau wie ihre wasserblauen Augen. Sie starrt mich an, und ich zögere kurz, dann gehe ich zu ihr.

»Kann ich Ihnen vielleicht irgendwie helfen?«, höre ich mich fragen. Sie legt die kalte Hand mit der papierdünnen Pergamenthaut auf meinen Unterarm und stützt sich auf mich.

»Mein Mann, er hatte einen Unfall. Ich habe ihm gesagt, er soll die Fenster nicht putzen, aber ...«, ihre Stimme zittert, »... überall war Blut auf dem Fenstersims, es ist sogar auf die Rosen getropft.«

»Ach herrje.« Ich winde mich unbehaglich. Was Besseres fällt mir dazu nicht ein? »Wissen Sie, auf welcher Station er ist?«

»Ach ... ähm ... nein, ich musste mir ein Taxi nehmen. Im Krankenwagen durfte ich nicht mitfahren. Wegen der Versicherung oder so etwas.«

»Ach du lieber Himmel! Also, dann dürfte er wohl in der Notaufnahme sein. Möchten Sie, dass ich mitkomme?« Sie hat plötzlich Tränen in den Augen, und ich habe Angst, sie könnte zusammenbrechen. Ich weiß gar nicht, wie sie es schafft, sich aufrecht zu halten. Ich spüre fast ihre Erschöpfung, und ihr federleichter Griff macht mir Sorge. Sie nickt und erstickt ein Schluchzen, während wir langsam ins Krankenhaus hineingehen.

»Meinen Sie, er hat einen Hirnschaden erlitten?«, fragt sie, als wir auf die Anmeldung zusteuern.

»Ich ... ähm ... warten wir doch erst mal ab, was die Ärzte sagen, meinen Sie nicht?« Ich erkläre der Schwester, was passiert ist, sage ihr, dass wir zu Derek Summer wollen, und dann führe ich die alte Dame, die, wie ich erfahren habe, Edith heißt, zu einer Reihe kalter, unbequemer Plastikstühle. Wir setzen uns und warten.

»Ich kenne ihn seit meinem elften Lebensjahr.«

»Wow, da sind Sie aber schon lange zusammen.«

»Oh, damals sind wir natürlich noch lange kein Paar gewesen!«, erklärt sie glucksend. »Mein Vater, Gott hab ihn selig, hätte da das eine oder andere dagegen zu sagen gehabt! Er war ein kleiner Angeber, wissen Sie? Immer ist er pfeifend herumstolziert in seinen feinen Sachen wie ein eitler Pfau. Achtzehn war er da und ein rechter Gockel. Aber selbst damals … Ich konnte mich kaum an ihm sattsehen.«

»Mrs Summer?« Eine große, bleistiftdünne Krankenschwester lächelt uns zu, und wir rappeln uns mühsam auf und folgen ihr im Takt von stetem Piepsen und entschlossenen Schritten. Der blaue Vorhang vor einem Krankenbett wird zurückgezogen. Dahinter geht es zu wie in einem Bienenstock.

Mr Summer wird gerade eine rote Halskrause abgenommen, und ein fast kahlköpfiger, sonnengebräunter Arzt beugt sich über ihn, während eine Krankenschwester sich eine Plastikschürze umbindet.

Edith bleibt wie angewurzelt stehen, gebeugt und verängstigt. Ihre knochigen Finger krallen sich in meinen Arm.

»Haben Sie Schmerzen in der Brust?«, fragt der braun gebrannte Arzt. Ich frage mich, wo er wohl in Urlaub war. Zwei Wochen braucht man mindestens für so eine Bräune, es sei denn, er war auf der Sonnenbank oder benutzt Selbstbräuner. Wobei er mir nicht der Typ dafür zu sein scheint … zu bodenständig.

»Nein«, entgegnet eine überraschend kräftige Stimme. Ihr Klammergriff entspannt sich ein wenig.

»Schwindel oder Unterbauchschmerzen? Halten Sie bitte einen Moment still.«

»Ein bisschen atemlos.«

»Nun, was erwartest du denn? In deinem Alter die oberen Fenster zu putzen!«, wirft Edith empört ein.

»Ich habe Ihnen doch gesagt, dass ich Ärger kriege, Doc.« Der Arzt sieht auf und lächelt ihr zu.

»Ihr Mann hat erzählt, Sie waren eine famose Tänzerin.«

»Pfft, er war der Tänzer, er hat mich herumgewirbelt wie ein Püppchen. Aufgeblasener Angeber. Immer schon gewesen. Wird sich auch nicht mehr ändern.«

Der Arzt wendet sich wieder Mr Summer zu und dann der Schwester.

»Könnten Sie bitte ein CT machen lassen, und zwar vom Kopf bis zu den Hüften?«

»Wozu denn das?«, fragt Edith, der das Lachen wieder vergeht.

»Wir wollen nur sichergehen, dass er keine inneren Verletzungen erlitten hat, Mrs Summer. Ihr Mann hat ziemlich was abbekommen, aber ich bin mir sicher, es gibt keine schwerwiegenderen Verletzungen der Wirbelsäule, dazu reagiert er zu gut auf unser Gepiekse und Geschubse.« Er lächelt und weist auf einen Stuhl neben dem Bett. »Setzen Sie sich doch, Mrs Summer. Ich bin gleich wieder da.« Und dann ist er verschwunden und mit ihm der Koffeinduft und der Nachtschichtbartschatten.

Hingerissen sehe ich zu, wie die beiden Summers sich aneinanderschmiegen. Jahre werden plötzlich bedeutungslos, als sie einander in die Augen schauen. Ein ganzes Leben voller Liebe, Verlust und Verständnis in einem einzigen Blick.

»Schinken und Tomate«, wispert sie.

»Käse und Gürkchen«, entgegnet er.

Geheime Koseworte, ein entschuldigendes Lächeln, ein erleichtertes Wangentätscheln. Die Kraft einer Beziehung, unübersehbar in drei kleinen Gesten. Manchmal im Leben hat man das Glück, wahre Liebe mitzuerleben. Wahre Liebe zeigt sich nicht in roten Rosen am Valentinstag. Und auch nicht in der sündhaft teuren Hochzeit, den sorgfältig vorbereiteten Eheversprechen und der geschmackvollen Tischdeko. Wahre Liebe ist ganz einfach und unverschnörkelt. Sie zeigt sich in kleinen Post-it-Zetteln, in der Tasse Tee am Morgen. Wenn man sich streitet und keine fünf Minuten später wieder zusammen lachen kann. In dem Bad, das man dem anderen am Ende eines langen Tages einlässt. Wahre Liebe ist selbstlos … oder nicht? Es gibt keine größere Freude, als den Menschen, den man liebt, froh und glücklich zu sehen. Vielleicht liegt die Antwort in dem Wort selbst. Selbstsüchtig oder selbstlos. Wenn man wirklich, aufrichtig liebt … ist das Wort »selbst« dann nicht irgendwann obsolet?

Wie ich so dastehe und diese berückende Szene beobachte, die sich auch in einem Nicholas-Sparks-Roman gut gemacht hätte, und über die Natur der wahren Liebe nachsinne, wird mir plötzlich übel … Habe ich je wahre Liebe erfahren? Diese Frage habe ich mir vorher nie gestellt. Ich wusste immer, dass das, was ich und Dev hatten, wahr und echt war. Darum wusste ich auch mit unerschütterlicher Sicherheit, dass Dev tot sein musste, denn unsere Liebe zueinander, durch dick und dünn, hat uns immer begleitet … Aber jetzt? Wenn er noch lebt? Wenn er einfach gegangen ist? Dann war es vielleicht doch nicht die wahre, die große Liebe.

Ich wünsche den Summers alles Gute und gehe im weiten Bogen zurück zum anderen Flügel des Krankenhauses. Dort sinke ich erschöpft auf einen Stuhl und beäuge die traurigen Überreste des Krankenhausmittagessens. Flynn schaut von seinem Handy auf, Rose ebenso.

»Also«, Ohrenstöpsel werden herausgezogen und Facebook-Statusaktualisierungen kurzzeitig aufgeschoben, »gibt's was Neues von PC Davis?«

»Sie war vorhin da und hat mit uns geredet und gesagt, sie meldet sich, sobald sie mit den Leuten gesprochen hat, die an dem Tag Dienst hatten. Ach ja, und sie hat deine Nummer.«

»Gut. Ich glaube, wir werden wohl noch eine Nacht hierbleiben müssen, was meint ihr?« Rose lächelt und nickt, nicht mehr ganz so begeistert wie zuvor, aber trotzdem eifrig. Flynn zuckt die Achseln und nickt dann einmal kurz und zackig. »Gut. Also dann, gehen wir. Ich rieche langsam selbst schon nach Krankenhaus. Vielleicht gehen wir mal zu dem Einkaufszentrum, vor dem er gefunden wurde. Man weiß ja nie, womöglich bringt es was.« Ich stopfe mir ein paar labberige Pommes in den Mund und spüle sie mit meinem kalten Kaffee herunter.

»Mum?«, fragt Flynn, als er aufsteht und die langen Glieder entfaltet.

»Mhm?«

»Was, wenn wir ihn finden? Was dann?«

»Ich weiß es nicht. Herausfinden, warum, vermutlich. Und ihn fragen, na ja, wo zum Teufel er die letzten elf Jahre gesteckt hat.«

»Aber er wird uns doch sehen wollen, oder, Mum?« Ich ziehe gerade meinen Mantel an und halte kurz inne. »Mum?«

»Ich weiß es nicht, Rose. Ich hoffe es. Der Mann, den ich gekannt habe, hätte nichts zwischen sich und seine Kinder kommen lassen.« Ich lächele ihr beruhigend zu und behalte den Rest für mich.

Wenn er noch lebt … dann weiß ich nicht, ob ich ihn je gekannt habe.

Ohne weitere erwähnenswerte Zwischenfälle stehen wir kurz darauf vor dem Einkaufszentrum und schauen uns verwirrt um. Es gibt mehrere Ladeneingänge und einen Haupteingang, und es wimmelt nur so vor Menschen.

»Das ist ja irre!« Flynn hebt hilflos die Hände. »Es könnte überall gewesen sein. Bist du dir ganz sicher, dass in dem Bericht nichts davon stand, wo genau er gefunden wurde?«

Rose wirkt irritiert.

»Nein, da stand nur draußen.«

»Na toll.« Er stopft sich die Kopfhörer wieder in die Ohren und setzt sich auf eine Bank.

»Wichser.«

»Rose!«

»'tschuldigung«, murmelt sie, »aber er ist einer, Mum, sieh ihn dir doch bloß mal an!« Ich folge ihrem Blick und sehe, wie er die Haare ins Gesicht fallen lässt und sich die Kapuze überzieht. »Warum ist der bloß so? Will er Dad denn gar nicht finden? Er ist unser DAD, verdammt noch mal!«

»Schätzchen, das ist für uns alle ein großes Ding, und jeder von uns geht ein bisschen anders damit um. Lass ihm etwas Zeit, er kriegt sich schon wieder ein.«

Ich setze mich zu ihm und halte ihm eine Flasche Cola hin. Er nimmt sie mit einem leisen Dankeschön. Ich stoße ihn an.

»Und«, sagt er und zieht einen Stöpsel heraus, »was jetzt? Verteilen wir Flugblätter? Zeigen den Leuten an der Straßenecke unsere Familienalben?«

»Flynn … eins nach dem anderen. Wir sind alle müde, aber wir sind schon so weit gekommen … da wäre es doch dumm, nicht wenigstens zu versuchen, ihn zu finden, meinst du nicht?«

Er zuckt die Achseln.

»Er hat ja auch nicht versucht, uns zu finden, oder? Wir wohnen ja sogar noch im selben Haus, verdammt.«

»Hey!«

Er verdreht die Augen.

»Verflixt und zugenäht?«

»Besser.«

»Hör zu, wir wissen ja nicht mal, ob er es wirklich war. Fragen wir einfach in ein paar Läden nach und schauen mal, ob sich jemand an einen Mann erinnern kann, der hier zusammengebrochen ist. Und dann machen wir Schluss für heute, gehen zurück zur Pension, und du kannst YouTube gucken, solange du willst.«

»Also gut ... ich fange drüben im Game an. Wollte sowieso gucken, ob *Call of Duty* schon draußen ist.«

»Abgemacht. Du fängst da an, Rose nimmt die Reihe mit Body Shop ganz vorne und ich die da drüben von Marks and Sparks bis Waterstones.«

Der Duft, der mich im Buchladen empfängt, ist so anheimelnd und tröstlich wie das Lieblingspaar flauschiger Kuschelsocken, das alle Wehwehchen lindert und die eiskalten Zehen wärmt. Ich atme den vertrauten Geruch ein und fahre mit den Fingerspitzen über die Buchrücken der Bestseller ... ob er auch hier war? Ob er in der Krimi-Ecke geschmökert hat wie damals, als die Kinder noch klein waren? Ich bin dann immer schnurstracks zu den Nackenbeißern gegangen, Dev war ein großer Fan des klassischen Whodunnit-Krimis ... Für Thriller fehlt mir die Geduld, aber versetzt man mich an den Hof von Heinrich VIII., und ich kann mich stundenlang vollkommen in diese andere Welt versenken. Ich greife nach dem neuesten Chicklit-Hit, *No Wonder*, türkisblauer Einband mit einem Wohnmobil vorne drauf, und marschiere damit zielstrebig zur Kasse.

»Ooh, das Buch ist wirklich gut«, gurrt die fönfrisierte Dame hinter dem Tresen, deren Namensschildchen sie als »Anita« ausweist, und strahlt mich fröhlich an. »Ist das alles?« Sie scannt das Buch ein, und ich verziehe das Gesicht, als der Preis in der Anzeige erscheint.

»Ähm ... ja ... nein ... also, ich habe gehofft, dass Sie mir vielleicht weiterhelfen könnten? Ich suche einen Mann.«

»Ach!« Sie scheint etwas verblüfft, nickt dann aber verständnisvoll in Richtung eines sehr haarigen, stämmigen Mannes in einem T-Shirt von Waterstones, der die Peppa-Wutz-Auslage neu ordnet. »Brian da drüben ist ganz entzückend, ein wirklich reizender Mann.«

Zuerst bin ich etwas verdattert, aber wahrscheinlich arbeitet Brian schon länger hier und kann mir womöglich sachdienliche Hinweise geben.

»Soll ich ihn vielleicht fragen?«

»Das wäre wunderbar!« Aufgeregt klatscht sie in die Hände. »Er hat in letzter Zeit ein bisschen Pech gehabt, der Ärmste. Aber, na ja, man weiß ja nie, wann man die große Liebe findet.«

»Genau die suche ich gerade.« Ich nicke nachdrücklich.

»Möchten Sie, dass ich ihn herhole? Ich kann ihn auch gerne für Sie fragen, wenn Sie zu aufgeregt sind.«

»Ähm ... ja, bitte, wenn es Ihnen keine Umstände macht.« Mir wird ein bisschen mulmig, als ich Brian auf uns zuwatscheln sehe.

»Brian, diese nette Dame«, sie lächelt mir zu, »sucht einen Freund.« Ein Hauch von Brians reizender Persönlichkeit weht zu mir herüber, und sie ist alles andere als entzückend. Ich gebe mir alle Mühe, nicht das Gesicht zu verziehen, als ich sehe, dass in seinem Mosesbart noch Essensreste kleben.

»Ja, ich …«

»Brian könnte sich gleich nachher mit Ihnen treffen, er hat heute Abend frei … Der neue Italiener um die Ecke soll wirklich gut sein, ein lauschiges Plätzchen für eine erste Verabredung.« Wieder klatscht sie in die Hände. Ich möchte sie am liebsten packen.

Dreck, verdammter.

Endlich fällt der Groschen, und ein altes Lied aus Kindertagen fängt im Hintergrund an zu dudeln.

»Ich glaube, das ist ein Missverständnis«, murmele ich noch, dann tröte ich den Refrain eines alten Achtzigerjahre-Hits aus dem Film *Die unendliche Geschichte*.

»Ouh-wie-oh-ouhwie-oh-ouhwie-oh …«

»Mum!« Betreten drehe ich mich um zu Flynn und Rose, die mit großen Schritten auf mich zukommen. »Wir sind auf der falschen Seite des Einkaufszentrums.«

»Ach.« Rose bleibt wie angewurzelt stehen und schaut sich fragend um. Das Klatschen hat aufgehört, und Anita wirkt peinlich berührt, als ich meine unendliche Geschichte unüberhörbar weiter herausposaune: »Never ending story … oh-ey-oh-ouhwie-oh-ouhwie-oh!!!!«

»Entschuldigen Sie bitte, sie hat eine Störung«, erklärt Flynn, während er sich bei mir unterhakt und grinst. Ich winke derweil den beiden zu, die mich fassungslos anstarren. Ein Glück, dass ich längst außer Reichweite bin, als ich höre, wie Brian Anita für ihren miserablen Geschmack abkanzelt: So was wie ich sei doch keine geeignete Kandidatin. So verzweifelt sei er nun wirklich noch nicht.

Echt reizend.

Kurz darauf stehen wir vor einem wesentlich ansprechenderen Eingang zum Einkaufszentrum. Hier gibt es nur einen Durchgang, der zu einem idyllischen quadratischen Innenhof führt. Der kopfsteingepflasterte Platz ist umgeben von Souvenirläden, einer altmodisch-hippen Teestube und verschiedenen originell-verschroben gestalteten Schaufenstern. Als wir vor dem Retro Shop stehen, kommt mir unversehens der Gedanke, wie weh es tun muss, auf dem Kopfsteinpflaster zusammenzubrechen. Mir fällt eine kleine Apotheke ins Auge, die offenkundig in Familienbesitz ist. Ich werde mir nachher Rescue Remedy und ein Schmerzmittel gegen die Migräne besorgen, die seit meiner letzten musikalischen Darbietung drohend im Hinterkopf lauert.

»Der Typ im Game meinte, er kann sich noch erinnern, dass vor ein paar Wochen ein Krankenwagen durch den schmalen Durchgang gefahren ist, also muss es irgendwo hier gewesen sein.«

»Okay, dann also dasselbe wie eben, aber vorher besorgen wir noch schnell was zu trinken. Nach dem Eighties-Schmusesong-Buchladen-Debakel brauche ich eine kleine Pause. Und ein Stückchen Kuchen könnte auch nicht schaden.« Mit dem Kinn weise ich auf das dicke Stück Schokoladenkuchen im Schaufenster der Teestube und reibe mir kurz die Schläfe.

»So schlimm war es nun auch nicht«, widerspricht Rose, als wir zum Eingang des Cafés gehen.

»Echt jetzt? Von Brian einen Korb zu bekommen war nicht so schlimm? Er war der Mann meiner Träume!« Wir beide müssen kichern, und Flynn stöhnt entnervt auf.

Die Teestube ist kleiner als mein Wohnzimmer und von oben bis unten mit Cath-Kidston-Wohnaccessoires dekoriert. Ich bestelle für jeden von uns ein Stück Orangen-Schoko-Kuchen und eine Kanne Tee und muss lächeln, weil die Glasglocken, unter denen die delikaten Köstlichkeiten präsentiert werden, das Licht in Regenbogenfarben reflektieren. Wir sitzen still da, unterbrochen nur von gelegentlichem verzücktem Stöhnen bei jedem Gäbelchen des köstlichen Kuchens. Das einzige andere Geräusch ist ein sanftes Klirren wie von einem Windspiel und das gedämpfte Gemurmel ringsum. Beim Gedanken daran, was die kurze Reise mich schon gekostet hat, ermahne ich mich stumm, dass dieser kleine Luxus die letzte Extravaganz gewesen ist, bevor es wieder nach Hause geht. Eine weitere Nacht war in meinem Budget nicht vorgesehen, weshalb wir nächste Woche notgedrungen ein paar »Bohnen auf Toast«-Tage werden einlegen müssen. Nach Abzug der Fahrt- und der zusätzlichen Kosten für eine weitere Nacht in der Pension bleiben mir nur noch – das Klimpern des Windspiels unterbricht meine Berechnungen, und ich bin etwas entnervt – plus … ich klappe mein Portemonnaie auf und zähle das Kleingeld … da, schon wieder, klingelingeling. Ich stecke das Portemonnaie wieder in meine Handtasche und hole das Handy heraus. Ich wische zur Kalenderfunktion und überlege, wann das Kindergeld kommt. Zuletzt kam es immer … klingelingeling … am 17., also müsste es wieder … klingelingeling. Entnervt lege ich das Handy weg und betrachte den blauen Lichtsplitter, der sich auf unserem weißen Tischtuch dreht und wendet. Ich schaue auf, drehe mich um und sehe, worin das Sonnenlicht sich bricht. Ein Funkeln. Ein Zwinkern. Und ich bin mir sicher.

Ich bin mir sicher, dass Dev noch lebt. Denn hinter uns, gleich über einem kleinen offenen Fenster neben der Theke, hängt eine kunstvoll geformte Taube, und das Geklingel, das mir gerade den letzten Nerv geraubt hat, stammt von den Glöckchen, die daran hängen. Eine Taube mit einer blauen Murmel als Auge, gehalten von zwei Silberdrähten.

Dem ungelernten Betrachter würden die beiden Silberstränge sicher wie ein Durcheinander aus Spiralen und Knoten vorkommen, aber jemand, der mit eigenen Augen gesehen hat, wie zwei scheinbar chaotische Einzelteile von Hand zu einer unverwechselbaren dreidimensionalen Unterschrift verbogen wurden, der weiß auf Anhieb, dass sie so einzigartig ist wie der Fingerabdruck des Künstlers, der sie erschaffen hat. Aber die Initialen, die er auf seine ersten Bilder in der Schule gekritzelt hätte, die Initialen, die er immer benutzte, wenn er im Supermarkt unterschrieb, sind nicht dieselben.

10

Melody

Wie hypnotisiert schaue ich zu, wie die Taube sich in konzentrischen Kreisen um sich selber dreht, erst nach rechts segelt, um dann in die entgegengesetzte Richtung zu kreiseln, schwerelos zwischen zwei unsichtbaren Fäden gespannt. Das sanfte Klirren von Stahl auf Stahl klingelt mir in den Ohren, während ich zu begreifen versuche, was ich da sehe. Was ich jetzt weiß. In mir spüre ich einen Club mit schummriger Beleuchtung, Schwaden von Zigarettenrauch und eine E-Gitarre, die gestimmt wird. Aber ungeachtet des Unvermeidlichen starre ich weiter wie gebannt auf die Taube. Wussten Sie, dass gewöhnliche Stadttauben mit Turteltauben verwandt sind? Und trotzdem sind diese beiden Vögel in unserer Wahrnehmung so grundverschieden. Turteltäubchen: rein, romantisch, makellos … Liebesboten, Friedensbringer. Stadttauben dagegen sind für die meisten Menschen eine Plage, Schädlinge, fliegende Ratten, die unseren Alltag zu infizieren drohen, während sie in weggeworfenen Pommestüten und Schokoladenpapierchen nach etwas Fressbarem picken. Dabei sind sie sich äußerlich sehr ähnlich: schmaler Schnabel, hübsches, zierliches Köpfchen und rundlicher Körper. Sie haben beide schmale Flügel, und ihr Ruf klingt ähnlich. Wenn Turteltäubchen gurren, lächeln wir und stoßen strahlend mit Prosecco auf Braut und Bräutigam an. Wenn Stadttauben gurren, nervt uns das, und wir verscheuchen sie. Wie schnell wir vergessen, dass solche Tauben Leben gerettet haben, mit den Nachrichten, die sie überbrachten, und den Informationen, die sie in ihrem dicken Gefieder versteckten. Ich frage mich, als ich aufstehe und darauf lausche, wie die elektrische Gitarre die Tonleiter erklimmt: Ist das wohl eine Turteltaube? Oder eine Stadttaube? Ich schließe die Augen und sehe Prince in all seiner Pracht und Herrlichkeit dastehen, in einem seiner verrückten Achtzigerjahre-Outfits mit Mozartrüschen und eckiger Gitarre. Ich bin so verloren in meinen Gedanken und dem Gefühl der Erleichterung, dass ich mich diesmal nicht dafür schäme, sondern mich mit Haut und Haaren hingebe, mit den Fingern schnippe und mit den Schultern zucke und einen absoluten Pop-Klassiker anstimme: *When Doves Cry*. Wenn Tauben weinen.

Mit einem schiefen Grinsen schaue ich meine Kinder an und sage ihnen, sie sollen sich vorstellen, wie ich verschwitzt und überhitzt einen Fremden küsse. Rose wird wortwörtlich weiß wie die Wand, und selbst ihre Sommersprossen verblassen – und ich frage sie:

»Meine Engel? Wisst ihr, was ich male?«

Als ich anfange, von der stetig steigenden Temperatur zwischen mir und dem Fremden zu erzählen, geht mir auf, dass meine Textkenntnisse in diesem speziellen Fall womöglich nicht die allerbesten sind. Na ja, da kann man nichts machen. Ich schulterschüttele noch ein bisschen und frage unverblümt:

»Wie kannst du mich einfach so verlassen?
Gefangen in einer Herde so alt?
Baby, ich will nur Komparsen
Baby, ich will zu meinem Bruder ... im Wald?«

Meine Stimme schießt eine Oktave in die Höhe.

»Baby, ich will doch kein Luder ...
Sie hat ein großes Gerät!
Hey, Babys schreien nach Futter,
Himmel, ist es wirklich so spät ...?«

Grinsend singe ich den Refrain und tänzele durch den Raum, garniert mit einigen schrillen »Wihieees!« und »Huuhuuus!«. Ich brauche zwei ganze Runden durch das kleine Café, bis ich diesen zeitlosen Klassiker heruntergenudelt habe. Endlich wieder an unserem Tisch angekommen, bin ich total geschafft. Rose schaut sich verlegen um, und Flynn wirkt einfach nur perplex.

»Was zum Teufel war das?«

»Prince.«

»Harry?«, fragt Rose hoffnungsvoll. Ich glaube, sie hat eine kleine Schwäche für ihn, vielleicht weil er auch rote Haare hat. Flynn schnaubt.

»YouTube den mal.« Flynns Finger sind für einen Moment fast comic-mäßig unscharf, so schnell hat er sich die Kopfhörer wieder in die Ohren gesteckt. Ich stürze meinen Tee herunter und versuche, das unbehagliche Gemurmel um mich herum zu überhören. Ein paar Minuten später zieht Flynn die Ohrstöpsel wieder raus.

»Ist dir eigentlich klar, dass fast jedes einzelne Wort, das du gesungen hast, falsch war, Mum?«

»Nein, ich …«

»Sogar ich weiß das, Mum. Es sei denn, dein Prince ist ein absoluter Analphabet.«

»Was soll das denn heißen?«

Rose reicht mir ihr Telefon, und ich sehe mich herumhopsen. Wobei man sagen muss, dass ich dabei eigentlich eine ganz passable Figur mache. Ich sollte mir unbedingt noch so eine Jeans zulegen, mein Hintern sieht darin gar nicht so übel aus. Oh. Aber … Wo er recht hat … »Ich will nur Komparsen?«

»Aber ich kenne doch fast den ganzen Text.«

»Du magst ihn kennen, gesungen hast du ihn jedenfalls nicht.«

»Hmmm. Vielleicht hatte das mit meinem Stresslevel zu tun?«

»Wie gestresst kannst du bitte gerade sein? Wir sitzen gemütlich bei Tee und Kuchen zusammen.«

Ich atme tief durch und schaue von einem bildhübschen Gesicht zum anderen.

»Er lebt.«

»Woher willst du das wissen?«, fragt Flynn skeptisch.

»Herrje, du hast doch wohl nicht …« Rose weist mit einem Nicken auf meine Tasse.

»Was?«

»In den Teeblättern gelesen, oder?«

»Was? Nein! Ich bin doch nicht irre.« Wir halten alle kurz die Luft an, als uns die Absurdität dieser Aussage aufgeht, um dann in schallendes Gelächter auszubrechen. Was die Menschen um uns herum wohl denken? Ich habe gerade hüftschwingend den absurdesten Nonsens-Text zu einem Prince-Klassiker gegrölt, und statt schamesrot und gesenkten Hauptes wie ein geprügelter Hund aus dem Café zu schleichen, sitze ich hier und mache mit meinen Kindern ganz ungeniert primitive Grunzlaute.

Als wir uns wieder beruhigt haben, zeige ich auf die Taube. Ich warte einen Augenblick und kann förmlich zusehen, wie ihnen ein Licht aufgeht.

»Vielleicht hat jemand das vor langer Zeit gekauft, als er noch lebte?«

»Nein. Schau dir mal die Signatur an.« Flynn steht auf und geht rüber zu der Skulptur. Er hält die Taube fest und sieht ihr eindringlich ins gläserne Auge. Mit gerunzelter Stirn dreht er sie langsam um die eigene Achse und nimmt sie unter die Lupe. Jeden Knick, jeden Kringel. Die pummelige Dame mit der Blümchenschürze hinter der Theke mustert ihn misstrauisch und leicht beunruhigt. Behutsam dreht er die Taube noch einmal um, dann lässt er sie sachte wieder los.

»Ich kann es nicht entziffern …«, brummt er, als er sich wieder zu uns setzt.

»Was, diesen seltsamen Schnörkel im Metall, den er da reingebogen hat?«, fragt Rose. »Ich konnte nicht mal seine Initialen an der Skulptur entziffern, die in meinem Zimmer hängt, und ich hatte jahrelang Zeit, sie mir anzusehen.«

»Man muss quasi von unten draufschauen«, erklärt Flynn ihr. »Es sieht irgendwie nach drei Buchstaben aus, und keiner davon ist ein D oder ein K.«

Noch ehe ich sie mir selbst anschauen kann, ist Rose zu der etwas nervös wirkenden Frau gegangen, die gerade Karottenkuchenstücke auf verschiedene Teller platziert. Sie spricht leise und schaut scheu unter ihren hellen Wimpern hervor.

»Entschuldigen Sie bitte die Störung …« Ich entdecke

eine ungewohnte Selbstsicherheit in der Art, wie meine Tochter dasteht, die Haare lässig zu einem losen Pferdeschwanz zusammennimmt und ihn sich über die rechte Schulter legt. »... aber könnten Sie uns vielleicht sagen, wo Sie diese Taube herhaben? Wissen Sie«, sie senkt die Stimme noch etwas mehr, »sie ist ... ähm ... psychisch etwas labil, und die Taube scheint sie zu beruhigen.« Ich bemühe mich um einen psychisch labilen Gesichtsausdruck, aber mir geht auf, dass das nach meiner kleinen Prince-Einlage gar nicht mehr nötig ist. Trotzdem und nur, um dieser Behauptung ein bisschen Nachdruck zu verleihen, nehme ich einen der schokoladenbekrümelten Teller und lecke ihn ab.

»Du bist echt unglaublich«, zischt Flynn.

»Mmmmhmmm«, entgegne ich und versuche, so zu tun, als hätte ich den mitleidigen Blick der Frau nicht bemerkt.

»Wir sind ihre Vormünder, wissen Sie.« Rose schnieft leicht. »Und das kann«, sie presst die Lippen zusammen, »manchmal etwas anstrengend sein.«

»Das kann ich mir vorstellen.« Sie geht zu der Taube und nimmt sie vorsichtig vom Haken. »Die haben wir aus dem kleinen Laden auf der anderen Seite des Platzes ... The Little Shop of Everything. Ich finde sie so schön, weil das Gefieder aussieht, als wäre es ganz weich, obwohl die Federn eigentlich kalt und hart sind.« Liebevoll streicht sie darüber. »Sie ist einfach wunderschön.«

»Wann haben Sie sie gekauft, wissen Sie das noch? Wir würden sehr gerne eine für unsere Mum haben. Sie sehen ja, sie ist ganz fasziniert davon.«

Ich starre die Taube an und lecke währenddessen weiter den Teller ab. Rose und die Frau mustern mich mit sichtlichem Unbehagen.

»Ach, erst letzten Monat, glaube ich, aber ich weiß nicht, ob es noch weitere gibt. Ich bin richtig vernarrt in sie.«

»Ja, sie ist wirklich schön. Hätten Sie was dagegen, wenn Mum, na ja, sie ganz kurz in die Hand nimmt, bevor wir gehen? Es würde ihr sehr helfen, wie soll ich sagen, ruhig zu bleiben … zumindest für eine Weile.« Rose ringt sich ein tapferes Lächeln ab.

»Ach, ich … ähm … ja, ich denke nicht … sie ist ziemlich zerbrechlich, obwohl sie so stabil wirkt.«

»Wir passen auf«, verspricht Rose. Sie kommt zu uns rüber und streckt im Mundwinkel leicht die Zungenspitze raus – ein kleiner Riss in ihrer ach-so-aufrichtigen Fassade. »Bitte schön, Mum …« Sie verdreht die Augen und tätschelt mir die Schulter.

»Gut gemacht«, bemerkt Flynn mit hörbarem Stolz in der Stimme, »obwohl ich sie bestimmt dazu gekriegt hätte, sie uns zu schenken.«

»Pssst.« Ich halte mir die Taube dicht vors Gesicht und studiere mit zusammengekniffenen Augen die Schnörkel und Schlaufen um das Auge, und mir fällt auf, dass die Signatur eckiger wirkt als in seinen früheren Arbeiten. Flynn hat recht. Das sieht tatsächlich nach drei Buchstaben aus. Ich fahre mit dem kleinen Finger in die Augenhöhle und schließe die Augen und ertaste die Form. Ich sehe, wie er konzentriert den Draht abkneift und die Haare, die ihm in die Stirn fallen, ungeduldig zur Seite streicht. Kam ich in den Raum, schaute er auf, noch immer ganz bei der Sache, aber mit einem kleinen verschmitzten Lächeln, und ich stellte ihm den Tee – stark, zwei Stück Zucker – hin und ging wieder. Meine Finger tasten sich bis zum ersten Buchstaben zurück.

»Das ist ein T.«

»T wie Tom?« Rose' Stimme stockt ein wenig. Ich nicke.

»T wie Totalschaden«, ergänzt Flynn.

»Flynn!« Seine Frustration ist wie eine sich langsam herausdrehende Schraube, die die Seetüchtigkeit unseres Bootes zu gefährden droht. Das eigentlich gut im Wasser liegende Heck schlägt leck, und wir kippen zur Seite und beginnen zu kentern.

»Dann ist er es also?« Ich nicke, weil ich nicht weiß, ob ich einen Ton herausbekäme. »Aber warum sollte er seinen Namen ändern?« Rose' Stimme ist nur noch ein Piepsen, und der Druck von außen verbiegt allmählich die stabilen, stählernen Schiffwände.

»Zumindest bedeutet es, dass er noch am Leben ist, Rose«, erkläre ich und versuche verzweifelt, die rostigen Schrauben wieder festzuziehen. »Er lebt, und wir können ihn finden. Wir können herausfinden, warum oder was mit ihm passiert ist.« Entschlossen drehe ich den Schraubenzieher, und fürs Erste hält es. Die Gefahr zu sinken ist abgewendet.

»Aber was, wenn er uns nicht mehr wollte, Mum?«, fragt sie, während das trübe, schlammige Wasser sich einen Weg um die rostigen Schrauben herum sucht und unaufhaltsam eindringt.

»Dann wollen wir ihn auch nicht mehr«, entgegnet Flynn, und wir stehen auf, geben die Taube zurück, bedanken uns und verlassen die Teestube.

Draußen hat es angefangen zu regnen. Die bleiernen Wolken sind aufgeplatzt und feuern stahlgraue Regentropfen gegen die wehrlosen Schaufensterscheiben. Die Tröpfchen hängen phlegmatisch an unseren Kapuzen, als wir über den Platz hasten und in The Little Shop of Everything stolpern. Wir putzen uns die Schuhe am dicken Kokosfaserteppich ab und atmen den schweren Räucherstäbchenduft ein, der wie Nebelschwaden in der Luft hängt. Dann ziehen wir die Kapuzen herunter und sehen uns wortlos in dem Laden um, der seinem Namen alle Ehre macht. Hier gibt es wirklich alles. Es ist ein üppiges, überbordendes Vier-Gänge-Menü an Farben und Formen. Ein Festmahl, um sich daran sattzusehen, sich hineinzuwühlen mit den Fingern und einfach den primitivsten Urinstinkten zu folgen, die alle gesellschaftlichen Benimmregeln außer Kraft setzen. Wir greifen nach diesem und jenem, stürzen uns begierig auf die Auslagen – manchmal mit grinsenden Grimassen, manchmal vollkommen verdattert – und versuchen, die exotische Herkunft der Gegenstände zu erraten, bevor wir sie wieder in die überquellenden Regale zurückstellen. Ich gehe nach hinten, vorbei an scharfkantigen kleinen Spiegelchen – ein kleiner optischer Gaumenputzer –, um mich an den luxuriösen Kunstwerken gütlich zu tun, die dort von den Wänden tropfen und von der Decke hängen. Ich lasse mir die Sonnenuntergangslandschaften und die Brücken aus längst vergangenen Zeiten auf der Zunge zergehen und verschlinge die kräftigen Pinselstriche und eigenartigen Texturen der modernen Kunstwerke.

»Mum?« Ich drehe mich um zu Flynn und Rose, die in einem Wirbel aus weichem rosa Stoff stehen, garniert mit Schleifchen und kursiven Schrifttypen, eingerahmt von weißen Körbchen: eine pastellfarbene Palette kuschelweicher Accessoires und Kurzwaren, die nur darauf warten, wie Blumen im Garten gepflückt zu werden. Rechts davon drängen sich in einem Erker allerlei Skulpturen. Skulpturen, die ich noch nie zuvor gesehen habe und die mir doch so eigenartig vertraut sind, wie der Schmerz auch die Freude kennt.

Schwer zu beschreiben, was ich in diesem Augenblick empfinde. Ich klammere mich an die Erleichterung, als ich eine seiner abstrakteren Arbeiten in die Hand nehme, eine Frau mit einem Kind, verschlungen in den Ästen eines Baums. Doch die Erleichterung entgleitet mir, und es ist so viel einfacher, sich an der Wut festzuhalten. Ich stelle die Baumskulptur wieder zurück und greife nach einer anderen, auch die mit derselben verschlungenen Signatur in ihrem Inneren. Es ist ein surrealistischer Dolch, der mit einem Pfirsich verschmilzt, beinahe als sei das Metall des Dolches weich wie Butter. Wann er den wohl gemacht hat?, frage ich mich. Bevor Flynn anfing, sich ständig zu prügeln? Vielleicht als ich bewusstlos vor dem Haus lag oder im Krankenhaus? Ich greife nach einer etwas klassischeren Arbeit. Eine Frau und ein Mann, gemeinsam unter einem Regenschirm. Ob er es gemacht hat, als Rose sich bei ihrem Elternabend in Grund und Boden geschämt hat oder als ich das Teeservice meiner Großmutter verscherbeln musste, um Flynns neuen Laptop zu bezahlen? Groll und Verbitterung überkommen mich, als ich mir die Preise anschaue, die an den Skulpturen hängen.

Rose legt mir die Hand auf den Arm, und ich schaue in ihre besorgten Augen.

»Ich … ich kenne das gar nicht«, sagt Flynn unsicher.

Sie sieht ihn an und zuckt die Achseln, und erst da geht mir auf, dass ich gerade *Torn* von Natalie Imbruglia singe und erzähle, dass ich mal einen Mann gekannt habe, der klug und freundlich war und mir beigebracht hat zu weinen. Singend nehme ich die Skulptur mit den beiden Kindern, die mit dem Rücken zueinander stehen und doch untrennbar miteinander verbunden sind. Ich schüttele sie und sehe meine Kinder an, flehe sie an, sage ihnen, dass ich nicht mehr vertrauen kann, dass ich nichts für meine Gefühle kann – nackt und kalt liege ich am Boden. Während ich anfange, mich langsam auszuziehen – um meiner Behauptung Nachdruck zu verleihen, wie entblößt ich mir vorkomme –, habe ich das Gefühl, über eine Eisfläche zu rutschen. Der Text sprudelt aus mir heraus, und ich scheine über einen zugefrorenen See zu schlittern. Knackend und knirschend bricht unter mir das Eis. Rose greift nach meiner Handtasche, die ich von der Schulter habe gleiten lassen, und kramt hektisch darin herum. Flynn nimmt mir die Skulptur aus der Hand und hält mich am Handgelenk fest. Ich röhre, dass »Wahnsinn niemals vergeht«, und versuche, die Arme zu heben und zu erklären, dass »ein wertloser Himmel geboren« wurde. Rose sagt mir – ihre Stimme nur ein Echo wie von einer Background-Sängerin –, ich solle den Mund aufmachen, was ich brav befolge. Gerade als ich meine Jeans öffnen will und in die tiefe, eiskalte Gletscherspalte zu stürzen drohe, sage ich ihr, dass sie zu spät kommt, weil ich schon so weit bin, und als ich den Mund aufmache, um den Refrain noch mal zu wiederholen, spritzt sie mir Rescue Remedy in den Rachen, und meine Ode an die australische Schönheit kommt zu einem abrupten Ende, weil ich heftig würgen und husten muss. Rettung und Heilmittel in einem, wie der Name schon sagt.

Dröhnende Kopfschmerzen hämmern in meinem Schädel, und ich schlucke brav die beiden Paracetamol, die Rose ganz unten aus meiner Handtasche gekramt hat, und versuche, mich zur Ruhe zu zwingen. Ich hocke hinten im Laden auf einem Baumstumpf, dessen aufgemaltes kubistisches Muster unter meinem Hinterteil verschwindet.

»Ganz tief durchatmen, Mum.« Rose streicht mir über den Rücken.

»Entschuldige … ein Glück, dass ihr mich aufgehalten habt. Ich konnte nichts mehr machen, ich wollte mir nur noch alle Kleider vom Leib reißen und mich auf den Boden werfen.«

»Vergessen wir das lieber ganz schnell«, meint Flynn und schüttelt sich.

»Gerne. Mein BH passt nicht zum Höschen, und beide haben schon bessere Tage gesehen, wenn ich ehrlich bin.«

Flynn hebt abwehrend die Hand, um mir zu verstehen zu geben, dass er lieber keine weiteren Details über meine Unterwäsche erfahren möchte.

»Wir müssen mit der Ladeninhaberin reden«, sage ich leise. »Ich muss rauskriegen, warum er das gemacht hat.«

»Ich übernehme das.« Flynn streckt sich. »Aber ihr beiden müsst mitkommen. Wenn ihr hinter mir steht, sehe ich vertrauenswürdiger aus und nicht wie ein bezahlter Schläger.«

»Du siehst doch nicht aus wie ein bezahlter Schläger!«, rufe ich empört.

»Wie du meinst«, brummt er. »Wollen wir?«

Gemeinsam gehen wir zu der Frau Mitte zwanzig mit den grelllila Haaren, die in Schürzenkleid und Strickjacke an der Kasse steht.

»Hey«, begrüßt Flynn sie, was neuerdings der angesagte Gruß unter hippen Jugendlichen zu sein scheint. »Wir interessieren uns sehr für die Skulpturen, die ihr da drüben habt«, sagt er.

»Ah, okay, für welche denn genau?«

»Oh … öhm … also … eigentlich interessieren wir uns mehr für den Künstler.«

»Ach so, darf ich fragen, warum? Ich meine«, sie streicht sich die splissigen, schulterlangen Haare hinter die Ohren, »seine Arbeiten sind unglaublich, aber warum möchtet ihr lieber was über den Künstler wissen, statt einfach nur eine seiner Arbeiten zu kaufen?«

»Ähm … weil … also.« Verzweifelt hebt er die Hände. »Weil wir glauben, dass er unser Dad sein könnte. Er wird seit … ich weiß nicht … Ewigkeiten vermisst, und er hat solche Skulpturen gemacht.«

»O-kay …« Über Flynns Schulter schaut sie zu mir.

»Sind Sie seine Mum?«

»Nein, nein, so alt bin ich nicht. Ich hatte nur ein bisschen Stress die letzte Zeit und bin nicht dazu gekommen, mir den Ansatz nachzufärben«, erkläre ich entschuldigend. Herrje, ein paar graue Haare, und schon wird man für zwanzig Jahre älter gehalten.

Sie beißt sich innen auf die Wange, und Flynn dreht sich um, sieht mich verdattert an und schüttelt den Kopf.

»Sie meint Flynn, Mum, nicht den Künstler. Herrje«, seufzt Rose.

»Oh, ach so, ja. Ja, die bin ich.«

»Okay, also gut. Er heißt Tom P. Simmonds. Ich habe seine Adresse, aber, na ja, die kann ich nicht so einfach rausgeben, das werden Sie sicher verstehen. Ich will ja nicht …«, sie wedelt mit den Händen, »… in ein Familiendrama reingezogen werden. Aber ich kann ihm gerne Ihre Kontaktdaten zukommen lassen, wenn Sie möchten.«

»Oh, ja, bitte. Ich schreibe Ihnen meine Mobilnummer auf, und Sie können ihm ja sagen …« Sie schiebt einen Notizblock und einen blauen Kugelschreiber über die Theke. »Ach, danke. Wenn Sie ihm einfach sagen würden …«

Ja, was genau? Ich denke an die Gebete, die ich gesprochen habe, die Worte, die ich ihm noch sagen und was ich ihm alles erzählen wollte. Wie stolz er beispielsweise gewesen wäre, als Rose zum ersten Mal ihren Namen in Schreibschrift geschrieben hat. Oder dass Flynn immer bereitwillig den Rasen mäht, ohne dass ich ihn ständig dazu anhalten oder bestechen muss, ganz anders als seine Klassenkameraden. Dass Rose und ich immer auf dem Sofa hocken und im Takt mit dem Fuß zur Melodie des Samstagabendprogramms wippen. Dass wir freitagabends immer noch Pizza und Cheesecake essen wie damals, als er noch lebte. Wie ich nach meinem Unfall, als ich nachts wach wurde, so getan habe, als sei er noch da. Wie ich in sein blaues Fleece-Shirt geheult und ihn angefleht habe, mir zu helfen, mir doch nur ein Zeichen zu geben, dass alles gut wird. Aber ich kann ihm nicht sagen, wie stolz er auf unsere Kinder wäre oder dass ich die letzten elf Jahre nur ein halbes Leben gelebt habe, weil meine andere Hälfte fehlte.

»Sie könnten ihm sagen, dass … dass … dass ich mich sehr freuen würde, wenn er sich bei mir meldet, und dass ich Melody heiße.«

Ich öffne die Tür zu unserem Pensionszimmer, und wir poltern in den engen Raum. Ich fülle den weißen Wasserkocher im Badezimmer und schalte ihn ein. Dann krame ich in den Papiertütchen mit den Teebeuteln und den Zuckerpäckchen und dem Kaffee und entscheide mich für einen koffeinfreien, um danach ins Bett zu fallen.

»Shane sagt liebe Grüße.«

»Was?« Ich setze mich aufrecht hin und gucke mich um, als erwartete ich, dass er jeden Augenblick die Bettdecke zurückschlägt und laut »Überraschung!« brüllt.

»Shane … hat mir gerade geschrieben? Liebe Grüße.«

»Ach so.« Schnell streiche ich mir die Haare glatt und straffe die Schultern, lege den Kopf zur Seite und lächele: »Sag ihm auch liebe Grüße.«

»Er kann dich nicht sehen, Mum«, meint Flynn feixend.

»Das weiß ich!«

Ich werfe ein Kissen nach ihm, und er duckt sich weg, dann klimpert er mit den Wimpern und äfft mich mit affektierter Mädchenstimme nach: »Sag ihm auch liebe Grüße.« Rose macht Würgegeräusche, während Flynns Finger über das Display flattern und Nachrichten tippen und den WLAN-Zugang suchen.

»Ist er … also, weshalb schreibt er denn?«, frage ich nonchalant.

»Er wollte sich nur mal melden und fragen, ob es, du weißt schon, okay ist, wenn ich nächste Woche wieder in die Schule muss.«

»Ach.«

Sein Telefon pingt, und ich tue, als interessierte es mich nicht, ob die Nachricht auch wieder von Shane ist. Reiß dich mal zusammen, sage ich mir, als das Wasser im Kocher gurgelnd zu sieden beginnt. Ich rappele mich vom Bett auf und bemühe mich, Flynn nicht weiter zu beachten, der auf einmal belustigt schnaubt.

»Gibt's nicht!«

»Hmmm?«, frage ich beiläufig.

»Er ist bei einem Lehrgang und gerade mal eine halbe Stunde von hier entfernt.«

»Die Welt ist ein Dorf.« Hochkonzentriert widme ich mich dem Kaffeeumrühren. Eine gute Tasse Kaffee ist fast eine eigene Kunstform.

»Yes! Endlich ordentlicher Empfang.«

»Du hattest doch unten im Ort auch Empfang.«

»Ja, aber da habe ich meinen letzten Rest Datenvolumen für das Prince-Video aufgebraucht.«

»Ach. Na ja, du solltest ein bisschen sparsamer damit umgehen.«

»Hast du eine Ahnung, wie schnell man fünfhundert Megabyte verbraten hat? Ich habe den schlechtesten Handy-Tarif aller Zeiten.« Er wirft sich aufs Bett, steckt sich die Kopfhörer in die Ohren und entzieht sich jeglicher sozialer Interaktion.

»Mum?«

»Autsch!« Ich fluche, weil ich gedankenverloren am brühend heißen Kaffee genippt habe, und als ich aufschaue, sehe ich in Rose' blasses, besorgtes Gesicht und ihre in Tränen schwimmenden eisblauen Augen.

»Rose, was ist denn los?« Ich stelle die Tasse ab und laufe zur Badezimmertür. Sie hält ihr iPad fest umklammert, und ihr schmaler Körper zittert, als ich ihr über die Arme streiche.

»Ich habe ihn gefunden … er hat eine Facebook-Seite.«

»Er hat eine Facebook-Seite?« Flynn zieht sich die Stöpsel aus den Ohren und schaut zu uns rüber.

»Dad. Ich meine, Tom P. Simmonds.«

»Er ist bei Facebook?« Ich kann den hysterischen Unterton in meiner Stimme nicht unterdrücken. »FACEBOOK?!« Tränen laufen Rose über das Gesicht, und Flynns Kiefer zuckt, als ich ihr das Tablet aus den zitternden Händen nehme.

Er. Ist. Bei. Facebook.

Ich schaue mir Toms Simmonds' Webseite mit seinen Kunstwerken an und klicke auf den »Fotos«-Button. Ich überfliege die Fotos von Skulpturen, Exponaten und Ausstellungen, bis ich ihn schließlich gefunden habe. Die achthundert Pixel lassen keinen Zweifel. Dev. Älter. Mit sehr kurzen Haaren, fast schon kahl geschorenem Schädel. Aber unverwechselbar er. Ich schlucke schwer und habe plötzlich den Geschmack von Galle und Verrat im Mund. Aufgebracht schaue ich mir die Fotos seiner Arbeiten an, und die Bilder wirbeln nur so an mir vorbei. Schneller und immer schneller fliegen sie an meinen weit aufgerissenen, tränenden Augen vorbei, hochaufgelöste Farbfotos, gelegentlich durchsetzt mit weich gezeichneten Schwarzweiß-Skizzen, eins nach dem anderen, wie ein Daumenkino seines Lebens, seit er verschwunden ist. Und plötzlich trifft es mich wie ein Schlag, und mir bleibt die Luft weg. A-ha stimmen *Take On Me* an, während ich auf das Tablet starre. Eine Frau, jünger als ich, schaut lächelnd zu ihm auf. Er hat den Arm lässig um ihre schmalen Schultern gelegt. Alles an ihr schreit nach Fitnessstudio und Kosmetiksalon. Eine bildschöne, elegante, gepflegte Frau. Augenbrauen perfekt gezupft, makelloses, dezentes Make-up und gekonnt verwuschelte blonde Löckchen … Ich weiß nicht, was ich sagen soll, sage es aber trotzdem, lasse das Tablet aufs Bett fallen und zeige jedes Mal, wenn der Backgroundchor den Titel wiederholt, auf Flynn und Rose. Rose dreht ihren Haargummi mit dem Bommel wieder und wieder in den Händen und guckt angestrengt auf die Tagesdecke, während ich singe, dass ich in ein, zwei Tagen weg sein werde. Zum Schluss, nachdem ich ihnen mehrfach versichert habe, schon irgendwie zurechtzukommen, schließe ich mit dem guten Rat – und einem Schulterzucken –, dass es richtig war hierherzukommen: Lieber ein Mal zu viel als ein Mal zu wenig. Rose kauert sich auf die Bettdecke, und Flynn lehnt sich an sie: Meine Schützlinge beschützen sich gegenseitig.

»Komm, wir fahren nach Hause, Mum«, sagt Flynn mit stiller Entschlossenheit. Rose schaut zu ihm auf, die kleine Himmelfahrtsnase ganz rot vor Aufregung, und nickt ihm langsam und kaum merklich zu.

»Okay … fahren wir nach Hause«, murmele ich.

11

Rose

17. Mai

Ich weiß, ich habe seit einer Ewigkeit nichts mehr geschrieben, aber mir war irgendwie nicht danach. Was soll ich auch schreiben, wenn nichts passiert, das sich lohnen würde, aufzuschreiben? Neulich musste ich zur Schulpsychologin, die mich dauernd gefragt hat: »Und, wie hast du dich dabei gefühlt?« Als würde ich einem wildfremden Menschen irgendwas über mein Leben erzählen, vor allem einer Schrulle, die aussieht, als wäre sie über achtzig, und die kein Deo benutzt. Wieso bekommt Flynn Shane, und ich kriege Mrs Doubtfire, verdammt noch mal? In letzter Zeit sehe ich Flynn viel öfter in der Schule. Er scheint ganz gut klarzukommen, zumindest hat er seit einer ganzen Weile keine Schlägereien mehr angezettelt. Soweit ich das beurteilen kann, sitzt er die meiste Zeit im Container und hat Extra-Kunstunterricht, während der Rest der Klasse sich durch eine Doppelstunde Französisch quälen muss. Miss Knowles, die Hilfslehrerin, ist die Einzige, mit der es sich an der Schule überhaupt zu reden lohnt. Sie ist die Einzige, die immer noch nett zu mir ist. Sogar Megan ist neuerdings ganz komisch. Immer hat sie irgendwelche Ausreden, wenn ich sie frage, ob wir was zusammen machen wollen, wie nach der Schule zu KFC zu gehen oder so. Früher sind wir jeden Dienstag da hingegangen, und anschließend sind wir in den Park hinter dem alten Gemeindezentrum und haben zusammen abgehangen, aber jetzt kommt sie immer mit fadenscheinigen Ausreden. Aber hey, was soll's? Ich meine, ich kann ja verstehen, dass sie nicht mit mir gesehen werden will, weil alle anderen mich sowieso schon schneiden.

Irgendwie kommt es mir vor, als würden alle das persönlich nehmen. Als wäre ich bei ihnen zu Hause eingebrochen und hätte ihre wertvollsten Sachen geklaut. Dabei waren es bloß ein paar Pfund – höchstens, und das Geld habe ich gespendet, weil ich ja aufgeflogen bin. Ich hatte alles ganz genau geplant, ich wollte die Geschichte an eine Boulevardzeitschrift verkaufen, so eine mit Klatschgeschichten und Kreuzworträtseln, oder an eine Zeitung, Sie wissen schon, so eine »Bitte komm zurück!«-Tränendrüsen-Familiengeschichte. Aber das ist jetzt eh alles egal. Weil ich jetzt weiß, dass er freiwillig gegangen ist. Wer würde das schon lesen wollen? Ist ja nicht so außergewöhnlich, dass ein Mann sich aus dem Staub macht. Da braucht man nur mal nachmittags die Jeremy-Kyle-Show im Fernsehen zu gucken, dann weiß man, dass das jeden Tag passiert. Lisa meint, die Mädchen in meinem Jahrgang sind es eh nicht wert, sich mit ihnen abzugeben. Sie denkt, was ich gemacht habe, ist eigentlich kein großes Ding. Sie ist in der Zehnten. Ich habe sie kennengelernt, als ich vor Mr Greenes Büro warten musste. Sie hat mich gefragt, ob ich wirklich das ganze Geld aus meiner Pausen-Spendenaktion eingesackt habe, und als ich ja gesagt habe, meinte sie nur: »Cool.« Ihre Freundinnen mag ich nicht besonders, die versuchen echt alles, um irgendwie anders zu sein. Und sehen dabei alle gleich aus: aufgemalte Augenbrauen, knallroter Lippenstift und rabenschwarze Haare. Aber Lisa ist anders, ohne dass sie sich sonderlich viel Mühe geben muss. Sie ist eher still, was ich gut finde, weil ich eh nicht so gerne rede. Aber wenn sie was sagt, dann meistens was Kluges, was einen zum Denken bringt, darüber, wie verkorkst die Welt eigentlich ist. Bald ist der Hochbegabten-Wettbewerb, und am liebsten würde ich absichtlich alles vermasseln, aber ich weiß, das werde ich nicht tun. Ich bin zu schwach – Flynn meint, das ist einfach meine Art – und will immer die Gute sein. Er zieht mich auf und sagt, dass ich immer noch eine hoffnungslose Streberin bin, selbst wenn ich gelegentlich gegen die Regeln verstoße. Lisa redet viel über ihn; ich finde es echt nett, dass sie sich so für meine Loser-Familie interessiert. Flynn mag es aber nicht, wenn ich mit ihr abhänge. Er nennt sie immer die Todesschwadrone. Was irgendwie lustig ist, weil er aussieht wie ihr älterer Bruder.

Manchmal kommt es mir so vor, als hätte ich überhaupt keine Kontrolle mehr über mein Leben. Wissen Sie, vor drei Monaten – vor unserer Reise – hatte ich ein Ziel vor Augen. Die Suche nach Dad war eine Aufgabe. Eine zu bewältigende Aufgabe. Aber jetzt habe ich das Gefühl, als hätte ich alles in den Sand gesetzt. Flynn meint, das sei keine große Sache, und anscheinend kratzt es ihn auch wirklich nicht so, aber Mum? Lieber Himmel, was habe ich Mum bloß angetan? Die nächtlichen Gesangseinlagen werden immer grotesker und konfuser … Eine ganze Woche lang hat sie jede Nacht *Pray* von Kodaline gesungen. Was echt ätzend ist, weil ich den Song mal sehr mochte. Aber in letzter Zeit weint sie dabei die ganze Zeit, was noch schlimmer ist, weil ihre Stimme immer wieder bricht. Viele Lieder kenne ich nicht, aber meistens sind sie entweder traurig oder wütend. Flynn verschläft das meiste, er hat eine App auf dem Handy mit Hintergrundgeräuschen. Diese Woche ist es Meeresrauschen, und das ist wirklich sehr beruhigend, bis Mum dann loslegt. Manchmal gehe ich morgens in die Schule und habe das Gefühl, durch dichten Nebel zu waten, und oft ist mir kotzschlecht. Ich wünschte bloß, ich könnte schlafen. Richtig lebendig fühle ich mich nur, wenn ich die Tür zum Badezimmer hinter mir zumache, das Wasser aufdrehe und beobachte, wie die dunkelroten Tropfen den Abfluss im Waschbecken runterwirbeln – dann denke ich an die glücklichen Partikel von mir, denen die Flucht gelungen ist.

12

Melody

Ich wische mir den tropisch-frischen Dampf aus dem Gesicht und stelle das Bügeleisen wieder auf seine Metallplatte. Ich nehme die Seidenbluse, die bestimmt genauso viel gekostet hat wie meine gesamte Garderobe, und hoffe inständig entgegen aller Wahrscheinlichkeit, dass ich kein schwarz verkohltes Dreiecksbrandzeichen auf ihrer makellosen Haut hinterlasse. Mit einem Wispern gleitet sie über das Brett und neckt mich mit einem Perlmuttzwinkern. Ich greife zu dem schnittigen, topmodernen Bügeleisen und frage mich, seit wann die Dinger eigentlich aussehen, als gehörten sie eher in einen Hangar für Weltraumgleiter als in einen Katalog für Haushaltsgeräte. Schnittig, minimalistisch, ausgeklügelt. Was ist eigentlich aus den althergebrachten Geräten geworden, die von Heim und Herd kündeten? Den Metallpfannen, die mit glühenden Kohlen gefüllt wurden und gleichzeitig Brot gebacken oder Wasser erhitzt haben? In Indien verbrennt man Kokosschalen statt Kohle – laut *QI* –, weil es dort so häufig zu Stromausfällen kommt. Ich besprühe die Seide und lausche auf das sachte Zischen des Eisens und verweise die selbstgefällige Glätte der Seide mit einem tropischen Dampfstoß in ihre Schranken, beseitige die Reste der Spülsaumkanten und Wellenfalten und hinterlasse nichts als strahlend rosa-weißen Sandstrand.

»Hallöchen! Himmel, Herrgott noch mal, ist das heiß hier.« Der sanfte walisische Akzent zerschneidet den rubinroten Chanel-Lippenstift. Joanna – meine Arbeitgeberin, wenn man so will – kommt in einer Wolke aus teurem Parfum, Zigarettenrauch und Stress in die Küche gefegt. Sie wirft die schulterlangen kastanienbraunen Haare nach hinten, lässt die Waitrose-Einkaufstüten auf den Tisch fallen und kramt in ihrer Mulberry-Handtasche nach einer Schachtel Marlboro lights, während sie aus der winterweißen Jacke schlüpft und die Jimmy Choos von den pedikürten Füßen schleudert.

»Scheiße, ist es schon so spät?«, fragt sie mit zusammengebissenen, strahlend weißen Zähnen, zwischen die sie sich einen Zigarettenstummel geklemmt hat. Ich schaue auf die weiße Vintage-Wanduhr von Laura Ashley und nicke durch meinen karibischen Dunst. Es klingelt an der Tür, als ich die Bluse auf einen gepolsterten Kleiderbügel hänge.

»Verdammt, sie sind schon da. Sind Sie so nett und holen ein paar Flaschen Blubberbrause aus dem Kühlschrank und stellen dafür die hier kalt?« Nickend weist sie auf die Waitrose-Tüten. Wieder läutet es ungeduldig an der Tür. »Immer schön lächeln«, flötet sie und grinst manisch, dann drückt sie die Zigarette im funkelnden Glasaschenbecher aus und verschwindet in den glasgefliesten Flur, der gut doppelt so groß ist wie mein Wohnzimmer. Ich mache den Kühlschrank auf und versuche, das schrille Kreischen an der Haustür zu ignorieren, als alle sich gegenseitig versichern, wie fabelhaft sie wieder aussehen und dass sie unbedingt den Namen des Designers wissen müssen, von dem ich noch nie gehört habe, mit seiner neuen Dingsbums-Kollektion. Auf Zehenspitzen angele ich die »Blubberbrause« heraus und stelle wie gewünscht die drei Flaschen aus der Einkaufstasche in den Kühlschrank. Zwei deponiere ich auf die Arbeitsplatte und mache wieder den Kühlschrank auf und muss mich zusammenreißen, um nicht vor Neid zu wimmern beim Anblick von Räucherlachs und Käsespezialitäten, die meinen verarmten Magen mit höhnischem Reiche-Leute-Grinsen auslachen. Also knalle ich ihnen die schweren Doppeltüren des gigantischen amerikanischen Kühlschranks ins feiste Wohlstandsgesicht. Joanna kommt wieder hereinspaziert. Verschwunden ist das hektische Gestakse von eben, stattdessen schreitet sie majestätisch wie eine Königin daher. Sie stellt die Flaschen auf ein Tablett, auf dem sie außerdem eine kleine Glasvase mit einer weißen Zwergorchidee drapiert, Champagnerkelche aus Kristallglas und eine Kristallglasschüssel mit frischen Himbeeren.

Sie verdreht die Augen, als gäbe es nichts Schlimmeres, als den Nachmittag mit ihren Freundinnen zu verbringen, und verschwindet wieder in den güldenen, glitzernden Salon und eine Welt hinter verschlossenen Türen, zu der ich nie gehören werde. Aus einigen wenigen Gesprächsfetzen weiß ich, dass Joanna Einzelkind und in einem kleinen Dorf irgendwo mitten in Wales aufgewachsen ist. Nach ihrem Studium an der Keele University ist sie hierher nach Shropshire gezogen, zusammen mit ihrem damaligen Freund, ihrem zukünftigen Exmann. Sie macht irgendwas, das mit Stadtentwicklung zu tun hat, kann keine Kinder bekommen und scheint ständig von einer Society-Veranstaltung zur nächsten zu hetzen. Ich schaue mich in der traumhaften weißen Hochglanzküche um und frage mich … würde ich mit ihr tauschen wollen?

Behutsam lege ich die schwarze Donna-Karan-Hose auf das Bügelbrett. Ein Leben ohne Kinder. Ein Leben ohne Lieder. Ein Leben mit Geld, aber ohne Zeit. Ich sprühe die Hose ein und drehe die Temperatur am Bügeleisen hoch. Ein Leben ohne meine Kinder … ein Leben ohne das andauernde schlechte Gewissen, das untrennbar zum Muttersein dazugehört. Sie bekommen bei mir zu viel Junkfood; sie bekommen bei mir nicht genug Junkfood. Die Pizza vom Bringdienst ist zu teuer; die Kinder dürfen sie bestellen, wann immer sie wollen. Ich habe zu viel zu tun, um was mit ihnen zu unternehmen; ich klebe zu sehr an ihnen, enge ich sie ein? Ich lasse ihnen nicht genug Freiheit; ich lasse ihnen zu viele Freiheiten, sollte ich ihre Handys kontrollieren? Sollte ich überhaupt darüber nachdenken, ihre Handys zu kontrollieren? Was wäre ich denn für eine Mutter, wenn ich ihre Privatsphäre derart missachten würde? Was bin ich für eine Mutter, wenn ich es nicht tue? Ich knibbele an dem Gedanken an ein Leben ohne Kinder wie an einer gerade verheilten Schürfwunde. Man weiß, man sollte die Finger davon lassen, aber irgendwie will man ständig den Schorf abkratzen.

Ein Leben ohne Lieder … das wiederum würde ich, ohne mit der Wimper zu zucken, ändern. Dieser Gedanke ist eigentlich so fundamental, so unverrückbar, dass ich ganz erschrocken bin, als ich merke, wie ich ins Wanken gerate. Die Vorstellung, ohne die, nun ja, Höhepunkte leben zu müssen, die sie mir schenken. Würde ich wirklich darauf verzichten wollen? Das Gefühl, wenn die Musik mir durch den ganzen Körper fährt. Als könnte man sich endlich an der Stelle kratzen, wo es so schrecklich juckt. Der Klang und die Vibrationen tief drinnen, wenn der Song anfängt – manchmal finde ich dort eine solche Schönheit und Freude, dass ich – ich schüttele den Kopf und drehe die Hosenbeine um –, na ja, dass ich mir nicht sicher bin, ob ich das aufgeben wollen würde, trotz der Peinlichkeit, der Kopfschmerzen und der Erschöpfung. Herrje, ich klinge ja fast wie ein Junkie.

Ein Leben mit Geld? Das ist einfach. Natürlich will ich ein Leben mit Geld. Nicht Geld im Sinne von Bargeld – obwohl die Vorstellung, in einen Laden gehen und dem Verkäufer meine Kreditkarte geben zu können in dem beruhigenden Wissen, dass sie mehr als ausreichend gedeckt ist, natürlich mehr als verlockend wäre –, sondern mehr im abstrakten Sinne. Die Energie, die es jeden Tag kostet, nie genug Geld zu haben: ständig nach Angeboten Ausschau zu halten, billigere Marken zu suchen, die wichtigen Rechnungen zuerst zu bezahlen und mit den Weihnachtseinkäufen schon im September anzufangen, um günstig bei eBay shoppen zu können und genug Zeit zu haben, weil es einen Monat dauert, bis die Sachen aus China ankommen. Ich fädele die Hose auf den Hänger und bemühe mich, die verbitterte Stimme in meinem Kopf zu ignorieren, die mir zuraunt, dass allein diese Hose so teuer gewesen ist, dass ich damit dieses Jahr sämtliche Weihnachtsgeschenke für Rose bezahlen könnte.

Beschämt bremse ich mich und sage mir wieder, dass sie mir diesen Job gegeben hat, ohne meine »Störung« weiter zu hinterfragen, obwohl sie mich bei einer meiner Showeinlagen erlebt hat, live und in Farbe, als ich bei Marks and Spencer gerade ans Ende der Warteschlange für das Sparmenü vorgerückt war und aus voller Kehle erklärte, ich täte es *My Way*. Ich weiß noch genau, wie sie mich angeschaut hat, offen und neugierig, und eine andere Kundin böse anfunkelte, als die mich filmen wollte, ganz unverhohlen. In der Woche darauf waren wir uns zufällig wiederbegegnet, als ich gerade vor dem Parkscheinautomaten mein Wechselgeld fallen gelassen habe. Ich habe mich bedankt, nachdem sie mir geholfen hatte, die heruntergekullerten Münzen einzusammeln, und als ich ohne Big Band im Hintergrund den Mund aufmachte, schien sie verwundert, dass ich so, nun ja, normal war. Wir gingen dann beide in dieselbe Richtung zu unseren geparkten Autos. Ich war schrecklich in Eile, weil ich Rose pünktlich von ihrem Wissenschaftsclub in der Schule abholen wollte, weshalb ich in etwa dasselbe stramme Tempo draufhatte wie sie. Sie hatte es nämlich ebenfalls eilig. Sie fragte mich, ob ich im Stadtzentrum arbeite, und ich antwortete ihr, aufgrund meiner »Störung« sei es für mich nicht so leicht, eine Stelle zu finden, vor allem weil ich kaum Berufserfahrung vorzuweisen hätte. Abgesehen von ein paar Kellnerjobs hatte ich eigentlich die meiste Zeit meines Erwachsenenlebens als Devs Assistentin gearbeitet und war Hausfrau und Mutter gewesen. Sie erkundigte sich genauer nach meiner Störung, und ich erklärte es ihr. Daraufhin bot sie mir einen Job zweimal die Woche als Bügelhilfe bei ihr zu Hause an. Manchmal bittet sie mich auch, dies und das im Haus zu erledigen, ist dabei aber nie herablassend. Es kommt mir fast vor, als fände sie es unverschämt, mich darum zu bitten. Als sei es ein Zeichen von Schwäche, wenn sie es nicht selber macht.

Während die Designer-Label-Insassen des Weidenbügelwäschekorbs allmählich schwinden, werden das Gekicher und die fassungslosen Schnappatmer aus dem Salon immer lauter, bis sich schließlich, als ich das Kabel um den Fuß des Bügeleisens wickele und das Brett zusammenklappe, alle in einem großen Geflatter aus Bussi-Bussi-Luftküsschen und guten Wünschen wieder verabschieden. Joanna kommt zu mir. Ihre ruhige Fassade bröckelt, und dahinter kommt ein etwas mitgenommenes, aber erleichtertes Gesicht zum Vorschein.

»Wissen Sie was, ich glaube, ich lasse mir ein Bad ein.« Sie streckt sich wie jemand, der frühmorgens spielend einen kleinen Abstecher ins Fitnessstudio einschiebt und sich dann bei Starbucks einen Skinny Latte holt und zum Büro powerwalkt, während der gewöhnliche Pöbel noch mit verschlafenen, halb offenen Augen in der Küche steht und Pausenbrote schmiert.

Sie nickt kurz, als erteilte sie sich selbst die Erlaubnis dazu, und tappt lautlos die hellbeigen Stufen hinauf. Ich stelle Bügeleisen und Bügelwasser beiseite und gehe nach oben, um ihre Sachen in den Schrank mit der »Arbeitsgarderobe« zu hängen. Arbeit, Anlass, Freizeit, für alles gibt es einen eigenen Schrank, und einen nur für Dessous. Ich folge dem süßen, blumigen Duft und betrete das Ankleidezimmer, als das Telefon läutet. Bis hierher kann ich sie seufzen hören.

»Hi, Dad, ich ...« Ich schließe die Tür, damit sie ungestört telefonieren kann, und räume ihre Sachen farblich sortiert und mit alle Kleiderbügel in eine Richtung zeigender Präzision ein. Die Tür fliegt auf, und sie steht da, aschfahl im Gesicht.

»Joanna? Was ist denn?«

»Meine Mum, sie hatte, sie ...« Ich nehme sie an die Hand und führe sie zu der Liege vor dem Fenster mit den gerafften Vorhängen. »Sie ... Scheiße, ich brauch eine Zigarette.« Sie schlägt die Hand vor den Mund. »Sie hatte einen Herzinfarkt.« Ihre Augen füllen sich mit Tränen, aber sie redet weiter. »Es geht ihr gut. Ich meine ... Scheiße ... nicht gut, aber sie ist nicht tot. Sie ist auf der Intensivstation. Ich muss hin. Ich muss packen.« Sie steht auf und zieht wahllos Kleider aus dem Schrank. Ich halte ihre Hände fest.

»Rauchen Sie eine Zigarette. Ich packe für Sie.«

»Nein, ich kann das selbst, ich muss nur …« Ich nehme ihr ein Kleidungsstück aus der Hand, ein bodenlanges blaues Abendkleid mit Strasssteinchen am Ausschnitt, und halte es ihr unter die Nase. Sie blinzelt zweimal, dann lächelt sie schwach.

»Ich glaube nicht, dass das dieses Jahr der angesagte Look fürs Krankenzimmer ist, oder?« Sie schüttelt den Kopf, umarmt mich kurz und rennt die Treppe hinunter in die Küche, wo sie auf der Suche nach einem Feuerzeug mit den Schranktüren knallt.

»Schublade neben dem Geschirrspüler«, rufe ich nach unten. Dem Danke, das sie durch zusammengebissene Zähne herauspresst, entnehme ich, dass sie es gefunden hat.

Eine halbe Stunde später habe ich ihre Tasche gepackt, sie dazu gebracht, ein paar Gläser Wasser zu trinken, ihr ein Zugticket gebucht und ihr ein Taxi bestellt, das sie zum Bahnhof bringt. Joanna ihrerseits war die ganze Zeit am Telefon und hat hektisch Termine und Lieferungen verschoben und wild gestikulierend die Dringlichkeit ihrer Zwangslage geschildert.

Das Taxi hupt vor dem Haus, und sie knallt das Telefon hin und fragt den Hörer aufgebracht, wie jemand so Inkompetentes die rechte Hand eines Anwalts sein kann, der für seine Arbeit einen derart astronomischen Stundensatz berechnet.

»Das Taxi ist da.«

»Aber ich …« Sie wedelt aufgeregt mit den Händen. »Verdammt! Ich habe die Blaupausen vergessen!« Sie nimmt meine Hände in ihre. »Ich muss hier sein, wenn sie kommen. Ich muss persönlich unterschreiben, sie dürfen sie niemand anderem übergeben.«

»Na ja, dann muss das halt warten.«

»*Sie* müssen ich sein!« Aufgeregt packt sie mich an den Schultern.

»Was?«

»Bitte?« Sie schaut über die Schulter zur Haustür, wo der ungeduldige Taxifahrer auf die Hupe drückt.

»Hier ...« Sie kramt in ihrer Handtasche und kritzelt ihre Unterschrift auf ein Stück Papier, das so dick ist wie meine Bettdecke. »Machen Sie einfach auf«, sie mustert meine Primark-Jeans und das chlorfleckige schwarze T-Shirt mit kaum verhohlener Abneigung, »bedienen Sie sich an meinem Kleiderschank und fälschen Sie meine Unterschrift.«

»Wäre das nicht Urkundenfälschung?«

»Na ja, schon, aber eigentlich nicht ... Sie tun es ja in meinem Auftrag, und niemand wird je davon erfahren. Ich würde Sie nicht darum bitten, aber ...« Das Taxi lässt draußen den Motor aufheulen. Sie marschiert über die Glasfliesen, reißt die Tür auf und befiehlt dem Fahrer mit erhobenem Zeigefinger zu warten. »Hören Sie«, sagt sie, streift sich die papierdünne weiße Jacke über und nimmt ihr Ted-Baker-Gepäck. »Der Bote kommt erst gegen fünf, Sie haben also noch ein paar Stündchen Zeit. Ach! Nehmen Sie doch stattdessen einfach das Bad! Der Badeschaum ist von Jo Malone!«

Und dann ist sie weg.

Ich stehe einen Moment regungslos in der weitläufigen, hochglänzenden Diele. Behutsam betaste ich die weißen Lilien, die in der makellosen Kristallglasvase stehen. Dann gehe ich in die Küche und schaue auf mein brummendes

Handy und muss lächeln, als ich die Nachricht lese. Ich solle mir doch den Rest vom Champagner genehmigen und alles, was ich im Kühlschrank finde. Mit einem Blick auf die Uhr stelle ich fest, dass mir noch mindestens drei Stunden bleiben, bis die angekündigte Lieferung kommt. Wieso also nicht einfach bis dahin die unverhoffte Auszeit in dieser Oase der Ruhe genießen? Neugierig öffne ich die Tür zum Salon und komme mir vor wie ein Eindringling, als ich mit der Hand über den luxuriösen Bezug des milchkaffeefarbenen Sofas und der weichen weißen Decke streiche. Ich hocke mich auf eine Ecke und betrachte den Fünfundfünfzig-Zoll-Flachbildschirm an der Wand über dem Kamin, der über den blütenweißen Steinen orange flackert. Kein klobiges TV-Möbel, keine herumliegenden leeren DVD-Hüllen. Auf der gänzlich unverschmierten Glasplatte des Couchtischs stehen die Reste des nachmittäglichen Picknicks. Ich nehme die Flasche aus dem schimmernden, schiefergrauen Weinkühler, die immer noch eiskalt ist, und stelle grinsend fest, dass sie beinahe halb voll ist. Ich komme mir vor wie ein ungezogenes Schulmädchen, als ich mir einen Glaskelch nehme, einschenke und dann gemütlich im Sofa versinke, während das kühle, prickelnde Nass genüsslich in meiner Kehle kribbelt.

Beim zweiten Glas entspanne ich mich langsam und finde allmählich Gefallen an meiner Rolle als Hochstaplerin für einen Tag. Als ich schließlich mit dem Glas in der Hand die Treppe hinaufgehe und mit den Fingern über die Sachen im »Anlass«-Schrank fahre, komme ich mir vor wie Melanie Griffith in *Die Waffen der Frauen.* Mein Blick fällt auf eine Dockingstation auf der Kommode gleich neben der Tür, und ich drücke auf Play. Adeles glockenheller Gesang schallt durch den Raum, und während sie Straßenpflastern nachjagt, hole ich ein lachsfarbenes Seidenkleid heraus. Es ist rückenfrei und mit einem beinahe unsichtbaren Pelzsaum besetzt. Ich halte es mir an und ziehe den Kleiderbügel über den Kopf. Ich blicke in den Spiegel, stelle mich auf die Zehenspitzen und nehme meine Haare zusammen. Dann lächele ich mir schief zu. Wie viel einfacher es ist, umwerfend auszusehen, wenn man einen ganzen Kleiderschrank voller umwerfender Sachen hat. Ich befreie mich von dem Bügel, lasse die Haare wieder zu einem langweiligen Bob herunterfallen und hänge das Kleid zurück. Mit einem Schluck trinke ich mein Glas aus und schlendere hinüber ins herrlich duftende Badezimmer, wo ich mich auf den Rand der frei stehenden Wanne mit den viktorianischen Löwenfüßen hocke. Ich tauche die Fingerspitzen ins Wasser, drehe das heiße Wasser auf und sprinte rasch nach unten, um das Glas noch mal nachzufüllen. Kurz frage ich mich, ob es wirklich so gut ist, noch eins zu trinken, aber die Bedenken verfliegen schnell, als ich mich hier so umschaue. Wie oft komme ich wohl in solch eine Situation, die dem alltäglichen Chaos so entrückt ist wie diese Wohnung meinem verrümpelten Alltagsleben, um entspannt ein alkoholisches Kaltgetränk zu mir zu nehmen?

Kurz darauf tauche ich ein in den samtweichen, duftenden Schaum. Ein genüssliches Seufzen entfährt meinen Lippen, als ich mich zurücklehne und mich tiefer ins Wasser gleiten lasse. Über mir schwebt ein kleiner, geschmackvoller Kristalllüster, weit und breit keine Spinnwebe zu sehen, keine grauen Fugen, die nach Chlorbleiche und Zahnbürste schreien, nur reinweiße Linien, so weit das Auge reicht. Während Adele am Regen zündelt, lasse ich langsam die letzten Monate passieren. Es tut immer noch genauso weh wie an dem Tag, als ich herausgefunden habe, dass Dev noch lebt. Ich habe alle Fragen, die sich mir aufdrängen wollten, ganz weit weggeschoben und sie in einen Safe gesteckt mit einem dicken Betonklotz davor. Adeles Hände bleiben stark, und ich öffne die schwere Panzertür zum Tresorraum. Ein schmaler Lichtstreifen fällt auf die grauen Wände. Mit klopfendem Herzen steige ich die tristen Stufen hinunter. Einen nach dem anderen entriegele ich die schweren Bolzen, die klackend zurückgleiten. Als Adele beim Refrain angekommen ist und Flammen vom Himmel regnen, drehe ich die Nummernscheibe zwei Klicks nach rechts, drei nach links und drehe dann den Griff, der die Tür entriegelt. Ich trinke noch einen Schluck und lasse Tränen aufsteigen und meine Augen unter Wasser setzen, während ich den Tresorraum betrete und die Facebook-Fotos betrachte und den Schmerz in Rose' Gesicht sehe, als ihr aufging, dass ihr Vater nicht das unfehlbare mythische Fabelwesen ist, das sie sich in ihrer Fantasie ausgemalt hat. Er ist nicht der strahlende Held, der zu unserer Rettung kommt. Er ist bloß ein gewöhnlicher Feigling. Adele singt im Hintergrund über eine Seite an einem Menschen, die man womöglich nicht kennt, und ein Spiel, das man womöglich nie gewinnt, und ich schließe die Augen und sehe den verächtlichen Blick in Flynns Gesicht, den Hass, der unter der Oberfläche brodelte, als er auf das Display schaute, von dem uns Devs lächelndes Gesicht und sein Erfolg in tausend winzigen Pixeln entgegenstrahlten.

Während Adele inmitten der herabfallenden Funken den Regen entzündet, denke ich an das letzte Mal, als ich Dev gesehen habe. Lebendig, sozusagen. Ich war auf dem Sofa eingeschlafen. Er hatte mich sanft an der Schulter gerüttelt, mir die Haare aus den Augen gestrichen und mich ins Bett getragen, und ich hatte versucht, in dieser wunderbaren Schwebe, diesem Niemandsland irgendwo zwischen Wachen und Träumen zu bleiben. Ich spürte seinen federleichten Kuss auf der Stirn und das leise Klicken der Schlafzimmertür, dann bin ich wieder eingeschlafen. Während das Orchester mit verzweifelten Tönen, die ein Inferno ankündigen, den Höhepunkt erreicht, sprühen Funken von der Decke des Safes, und ich gehe weiter, fort von den Erinnerungen, knalle die Tür hinter mir zu, stelle das Zahlenschloss neu ein, steige die Betontreppe hinauf. Ich bleibe einen Moment stehen, bevor ich die schwere Tür hinter mir zumache. Die Playlist ist zu Ende, und ich schließe die Augen und gleite langsam unter den Seifenschaum, und das Wasser rauscht mir in den Ohren und erfüllt mich mit flüssiger Harmonie. Ich halte den Atem an, solange ich kann, dann tauche ich in einem Schwall aus Seifenblasen und Wasser wieder auf. Mein Gesicht sieht aus wie eine Schneewehe, und ich taste hektisch am Wannenrand nach einem Handtuch, aber noch ehe ich mir den Schaum aus den Augen wischen kann, höre ich einen Schrei.

»Ahhhhhhhhhhhhhh!«, ertönt eine männliche Stimme.

»Ahhhhhhhhhhhhhh!«, entgegne ich schrill und versuche, mir die Seifenblasen aus den Augen zu wischen und meine Preziosen unter dem Schaum zu verstecken. Panisch greife ich nach der erstbesten Waffe, die ich blindes Huhn zu fassen bekomme, eine schwere Seifenschale aus Granit, und schleudere sie blindlings in Richtung der Stimme.

»Ahhhhhhhhhhhhhh!«, schallt es mir entgegen, und man hört den Aufprall meines Wurfgeschosses. Ich mache die Augen auf und sehe eine vertraute Gestalt in der Tür stehen, die sich das Schienbein reibt.

»Ahhhhhhhhhhhhhhhhhhhh … gaaaaaaaaaahhh …

Nein! Nein! Nein!« Er schaut auf, während ich pantomimisch eine Ananas irgendwo hinschubse und einen Baum schüttele. Gekonnt schubse ich weiter Ananas und mahle Kaffee. Was alles nicht so schlimm wäre, denn seien wir mal ehrlich, wer hat noch nicht bei Trash-Pop-Bands wie Black Lace mitgesungen und dazu getanzt, bei einer Weihnachtsfeier oder einer Hochzeit? Also bitte, geben wir es zu, wir haben alle schon mal ein bisschen metaphorisch Kaffee gemahlen … ich wette, Sie haben auch schon so getan, als seien Sie Superman, und sich die Haare gekämmt, ehe Sie sich die Achselhöhlen einsprühten. Nein, kein Grund, sich zu schämen für ein bisschen Spaß-Pop bei passender Gelegenheit, aber in meiner gegenwärtigen Zwangslage ist es hochnotpeinlich, denn ich mahle gerade Kaffee, pudelnackt in meiner ganzen dehnungsgestreiften Mittdreißiger-Pracht-und-Herrlichkeit.

Shane reißt ein Handtuch von der Haltestange an der Heizung und wirft es mir mit weit aufgerissenen, staunenden Augen zu, aber leider wirft er es nach rechts, während ich nach links schwinge, dann wirft er noch eins, aber ich tänzele nach rechts. Ich steige aus der Wanne, und die beiden Handtücher versinken in den lauwarmen Jo-Malone-Fluten. Als ich schließlich lustig herumhopse und die Hände auf den Knien überkreuze, kann man wohl mit Fug und Recht behaupten, Shane und ich kennen uns inzwischen wesentlich besser als beim letzten familientherapeutischen Gesprächstermin in der Schule.

»Bitte hier unterschreiben.« Meine Zungenspitze guckt zum Mundwinkel raus, als ich Joannas Unterschrift auf ein schwarzes elektronisches Pad kritzele, und ich bin insgeheim heilfroh, dass jede Unterschrift auf diesen Dingern aussieht wie unleserliches Kindergekrakel. Vor Gericht hätte das als Beweis keinen Bestand. Mit einem erleichterten Seufzen schließe ich die Tür, streiche die schwarzen Leggings aus der »Freizeit«-Garderobe glatt und krempele die Ärmel des grau karierten Hemds hoch. Ich atme tief durch und gehe in die Küche, wo Shane gerade mit größter Selbstverständlichkeit die schweren, selbst schließenden Schubladen auf- und zumacht. Er fischt eine Cracker-Auswahl aus dem richtigen Küchenschrank, und mir wird ein bisschen unwohl, als er einen weiteren Schrank öffnet und ohne Zögern oder Unsicherheit ein Käsebrett herausholt.

»So«, rufe ich mit aufgesetzter Heiterkeit.

»Hi! Ich dachte, Sie haben vielleicht Hunger?«, fragt er, und die Röte kriecht ihm den Hals hinauf, während er Trauben und eine kleine Käseauswahl auf dem Brett arrangiert und zur kleinen Küchenbar trägt.

»Oh … ähm … ja, habe ich.« Fix ist er wieder am Kühlschrank, nimmt eine Flasche Prosecco heraus und winkt fragend damit. Ich nicke zustimmend. Wieder öffnet er die richtige Schublade, nimmt ein weißes Geschirrtuch heraus (welcher normale Mensch hat denn weiße Geschirrtücher?), legt es um den Flaschenhals und öffnet sie mit einem gedämpften *Plöck*.

In betretenem Schweigen, das nur unterbrochen wird vom Gluckern des Weins beim Einschenken und dem Ticken der Uhr, setzen wir uns an den Tisch.

Wir trinken beide einen großen Schluck und prusten gleichzeitig los vor Lachen.

»Das ist mir so peinlich«, platze ich heraus und wische mir die Lachtränen aus den Augen. »Was müssen Sie sich bloß gedacht haben?«

»Ich wusste nicht, was ich tun sollte, außer Ihnen ein

Handtuch zuzuwerfen, aber dann sind Sie nach links getanzt, und dann …«

»Nach rechts …« Wieder müssen wir beide lachen. Jetzt, da wir nicht mehr wie Katzen um den heißen Brei herumschleichen, machen wir uns hungrig über den Käse her, der so reif ist, dass er auch selbst hätte vom Brettchen spazieren können.

»Also … darf ich fragen, was Sie in meinem Badezimmer machen?«, fragt er und schneidet eine Traube durch, um sie auf einem mit Stilton beladenen Mehrkorncracker zu platzieren.

»*Ihrem* Badezimmer?« Mit einem Cracker zwischen Tisch und Mund halte ich wie versteinert inne.

»Streng genommen ja … bis die Scheidung offiziell ist, genauer gesagt.« Ich stopfe mir den Snack mit dem teuren Molkereiprodukt in den Mund und kaue nachdenklich, bis ich die überraschende Information verdaut habe, dass Shane Joannas zukünftiger Exmann ist.

»Ich bin Joannas Bügelfrau Schrägstrich Postabfängerin«, erkläre ich. »Sie hat mich gebeten, hierzubleiben und ein paar Blaupausen entgegenzunehmen.« Plötzlich schlage ich die Hand vor den Mund, als mir aufgeht, dass er natürlich ihre Mum kennen muss. Ich schlucke schwer. »Ihre Mum ist wohl leider sehr krank.« Er hört auf zu kauen und schaut mich an. »Sie … sie hatte wohl einen Herzinfarkt.«

»Mist.«

»Kann man wohl sagen.« Er kramt aus der Tasche sein Handy hervor.

»Entschuldigen Sie mich bitte einen Augenblick?« Er wirkt nervös, als er aufsteht, und fährt sich mit den Fingern durch die Haare, während er hektisch auf dem Display herumtippt. Ich schaufele weiter die Käsespezialitäten in mich hinein – verdammt, dieser Roquefort ist wirklich zu gut – und höre im Hintergrund die tiefe, gedämpfte Stimme einer einseitigen Unterhaltung. Er kommt wieder herein, lächelt mich verkrampft an und trinkt seinen Prosecco in einem Zug aus, stößt hinter vorgehaltener Hand leise auf und füllt das Glas wieder. Dann setzt er sich, öffnet ein Glas Kalamata-Oliven, spießt eine mit der Gabel auf, die aussieht, als wäre sie eigens und ausschließlich zum Zwecke des Olivenaufspießens entworfen worden, und steckt sich die Olive nachdenklich in den Mund.

»Wie gut kennen Sie Jo?«

»Ähm, nicht besonders gut, ehrlich gesagt. Sie war nur so nett, mir einen Job anzubieten, obwohl sie Bescheid weiß über mein spezielles … Problem. Sie scheint sehr freundlich, ist aber immer beschäftigt. Sehr beschäftigt.« Er schnaubt.

»›Beschäftigt‹ ist das einzige Wort, auf das wir uns einigen können.« Er trinkt noch einen Schluck und schaut auf, als überlegte er, ob er weiterreden soll. »Sie ist immer so …« Er seufzt. »Ihre Mutter ist krank, schwerkrank, und trotzdem zerbricht sie sich den Kopf, ob ihre Blaupausen rechtzeitig ankommen? Was muss man für ein Mensch sein, um auch nur einen Gedanken daran zu verschwenden?«

»Copingstrategie?«

»Das würde ich gerne glauben, aber aus eigener Erfahrung bezweifele ich das.«

»Sie würden sich wundern, was Menschen in Stresssituationen alles tun und sagen.« Nachdenklich futtern wir weiter.

»Flynn hat mir erzählt, was in der Woche passiert ist, als Sie die Kinder aus der Schule genommen haben.«

Ich nippe an meinem Glas. »Hat er das?« Er nickt. »Und?«

»Und … ich kann Ihnen nicht verraten, was er gesagt hat.«

»Was?!« Ich schlage leicht mit dem Geschirrtuch nach ihm, und er hebt abwehrend die Hände.

»Verschwiegenheitspflicht!«

Ich verdrehe die Augen. »Und warum fangen Sie dann damit an?«

Er zuckt die Schultern und grinst. »Er macht sich wirklich gut, wissen Sie? Seine Arbeiten können sich sehen lassen.«

Mir wird ganz warm ums Herz vor mütterlichem Stolz. »Ich mag ihn sehr. In meinem Job arbeite ich ständig mit Kindern und Jugendlichen, die, Sie wissen schon, so weit vom Weg abgekommen sind, dass man sich anstrengen kann, wie man will, man erreicht sie einfach nicht mehr.« Er schüttelt den Kopf. »Aber Ihr Sohn ist was Besonderes.«

»Ich weiß.« Ich ziele auf eine Olive. »Er hat es nicht leicht gehabt.«

»Sie haben es auch nicht leicht gehabt.« Er zeigt mit seinem Glas auf mich.

»Wir alle.« Ich schiebe meinen Teller ein wenig von mir weg, während Shane mein Glas noch mal auffüllen will. Ich halte die Hand darüber, weil ich merke, dass ich ein kleines bisschen beschwipst bin.

»Ach, ich bitte Sie. Ich käme mir furchtbar unhöflich vor, wenn ich alleine weitertrinken müsste, und offen gestanden stehe ich immer noch ein wenig unter Schock, weil ich so unerwartet einen Eindringling in meinem Badezimmer hatte.« Er kaut auf der Unterlippe, von der ich den Blick nicht losreißen kann, und grinst schief. Langsam nehme ich die Hand weg.

»Aber nur noch eins.« Ich schaue auf die Uhr. »Flynn kommt bald nach Hause, ich muss los.« Er schüttelt den Kopf.

»Schauen Sie mal aufs Handy.«

»Wie bitte?«

»Er kommt heute nicht vor acht nach Hause. Offener Abend an der Schule, und er ist gebeten worden, im Kunstraum zu bleiben.«

»Wirklich?«, frage ich, zugleich stolz und verdattert. Ich gleite vom Hocker und muss aufpassen, nicht das Gleichgewicht zu verlieren. Ich gehe in den Flur und hole meine Handtasche. Tatsächlich, ich habe eine Nachricht von Flynn, in der er schreibt, dass es heute später wird, und eine von Rose, die mich daran erinnert, dass sie nach der Schule noch mit zu Lisa geht.

Shane kommt mit den Gläsern in der Hand in den Flur und weist auf den Salon. Ich folge ihm und denke benebelt, dass ich mich eigentlich verabschieden und verschwinden sollte. Aber irgendwie kann ich mich weder dazu aufraffen noch die richtigen Worte finden. Er macht den Fernseher an und schaltet auf einen Radiosender, und der Bildschirm wird schwarz, und die sanfte Stimme von Ella Fitzgerald schwebt durch den Raum. Ich setze mich auf die Couch. Unbefangen unterhalten wir uns über Flynns künstlerisches Talent, über Mr Greene und dass wir ihn beide nicht ausstehen können. Ich frage ihn, wo er Joanna kennengelernt hat, und er erzählt mir, dass sie sich auf der Uni begegnet sind und wie ehrgeizig sie damals schon war. Und während ihm seine Arbeit und die Kinder, mit denen er zu tun hatte, immer am wichtigsten waren, legte sie viel mehr Wert auf ihre Karriere und die teuren Dinge des Lebens. Ich erzähle ihm von dem Unfall. Wie Dev gegangen ist und wie verliebt wir beide waren. Und wie ich ihn unverhofft wiedergefunden habe.

»Warum sind Sie so sang- und klanglos wieder nach Hause gefahren? Ich mag mir gar nicht vorstellen, wie Sie sich gefühlt haben müssen, als Sie das Foto von ihm gesehen haben, erfolgreich und mit einer anderen Frau im Arm, aber …« Er schüttelt den Kopf und gießt den Rest aus der Flasche in unsere Gläser. »Ich glaube, ich hätte nicht wieder fahren können, ohne ihn zur Rede zu stellen und ihn zu fragen, warum er das getan hat.«

»Warum er abgehauen ist?«

Er nickt und lehnt sich wieder zurück.

»Ich hätte es nicht verkraftet, den Kindern das zuzumuten. Rose … sie … na ja, sie hat sich an diese Idealvorstellung geklammert, und …« Ich schüttele den Kopf. »Was sie jeden Tag mitmachen müssen. Mit Flynn ist es was anderes, er kommt mit meinem Problem zurecht, aber Rose? Manchmal, wenn es passiert, schämt sie sich in Grund und Boden. Ich konnte ihnen einfach nicht noch mehr aufbürden. Wenn sie ihn irgendwann sehen wollen, ist das ihre eigene Entscheidung. Aber fürs Erste muss ich sie schützen, so gut ich kann, und für mich hieß das in dieser Situation, nach Hause zu fahren und keine schlafenden Hunde zu wecken.« Ich presse die Lippen zusammen, und meine Zungenspitze guckt aus dem Mundwinkel. Habe ich vielleicht zu viel gesagt? Shane hat den Kopf auf die Hand gestützt und schaut mich merkwürdig an. Sein Gesichtsausdruck irgendwo zwischen amüsiert und aufgebracht.

»Was?«

»Ich mag es, wie Sie die Zungenspitze rausstrecken, wenn Sie sich konzentrieren.«

»Ach.« Ich bin mir nicht sicher, ob ich die Zunge noch ein

bisschen weiter rausstrecken oder sie lieber im Mund lassen soll. Ich beschließe, nichts auf seine Bemerkung und ihre verwirrende Wirkung auf mich zu geben, und strecke die Zunge wie Goofy seitlich aus dem Mund, was, wie ich hoffe, bescheuert und doch irgendwie süß aussieht. Es hat allerdings nicht die erhoffte Wirkung, weil ich merke, wie mir der Sabber übers Kinn läuft. Er lacht laut, und ich wünsche mir, der Boden würde sich unter mir auftun und mich verschlucken. Ich schnappe mir ein Taschentuch und wische mir nervös kichernd das Kinn ab. Just in diesem Augenblick klingelt mein Handy und plärrt: *Don't Stop Me Now.* Flynn muss mal wieder an meinem Klingelton herumgespielt haben.

Mit einem entschuldigenden Lächeln, das Shane einfach wegwedelt, nehme ich den Anruf an. Ich streiche mir die Haare hinter die Ohren und setze mich wieder neben Shane aufs Sofa – ein ganz klein wenig näher als eben.

»Hallo?« Es trifft mich wie ein Schwinger in den Magen, und ich spüre förmlich, wie mir alle Farbe aus dem Gesicht weicht. Mein Körper stellt schlagartig alle höheren Funktionen ein und konzentriert sich nur noch darauf, dass mein Herz weiterschlägt und meine Lunge weiteratmet. Shane beugt sich nach vorne und stellt mit besorgtem Blick das Glas auf den Tisch.

»Hallo?«, meldet die Stimme sich wieder. »Spreche ich mit Melody? Melody King?«

»Am Apparat«, flüstere ich.

»Hi, hier ist Tom. Tom Simmonds. Entschuldigen Sie, dass ich mich jetzt erst melde, ich war unterwegs …« Und dann lasse ich das Handy fallen und sehe, wie die Welt plötzlich kippt, und fühle, wie ich hintenüberfalle.

13

Melody

»Mum!« Ich bewege den schmerzenden Kopf in die Richtung, aus der Flynns Stimme kommt. Er rüttelt mich an der Schulter. »Mum?« Ich löse die festgepappte Zunge von meinem Gaumen. Sie schlängelt sich über meine Lippen wie ein Sandsturm in der Wüste. Vage erinnere ich mich, mal eine Dokumentation gesehen zu haben über den Wind in der Sahara, den Scirocco, der stunden- oder tagelang anhalten kann. Sandstürme, so stark, dass sie Maschinen zerstören und in Gebäude eindringen können. Ich fühle, wie der Sturm sich wie ein Wurm in meinem Kopf windet, Sand ins Getriebe streut, in Ohren und Hals dringt, meterhohe Dünen auf meiner Brust auftürmt.

»Was? Was ist los?« Ich strecke die Hand aus und taste herum, bis ich den Lichtschalter finde, und ein Klick taucht das Zimmer in sanften Vierzig-Watt-Schein.

Mit zusammengekniffenen, Make-up-verschmierten Augen setze ich mich auf und schaue in Flynns und Rose' besorgte Gesichter. »Wie spät ist es?«, frage ich und greife nach dem Wasserglas, das Rose mir anreicht.

»Du hast geschrien.« Gierig trinke ich das lauwarme Wasser, das meinen staubtrockenen Mund befeuchtet und das Kratzen im Hals lindert. Mein Pyjama ist schweißnass, und die Bettlaken liegen zerknüllt auf dem Boden. Flynn hebt die weiße Bettdecke auf und legt sie gefaltet ans Fußende des Bettes.

»Geschrien? Was denn?«

»Nur geschrien«, entgegnet Flynn und setzt sich wieder auf die Matratze.

»Wie, ohne zu singen?« Rose kratzt sich am Hinterkopf, den braunroten Hoodie hat sie sich nervös über die Hände gezogen, so wie sie es früher immer mit der Strickjacke ihrer Schuluniform gemacht hat, damals, als aufgeregte Dreijährige, als sie zum ersten Mal in den Kindergarten ging.

»Ohne zu singen oder … na ja … irgendwas zu sagen.« Sie steckt sich die Haare hinter die Ohren. Ich betrachte ihre Sommersprossen, die sich über die nackte Schulter ziehen, von der ihre Jacke gerutscht ist.

Abwehrend schüttele ich den Kopf.

»Ich habe bestimmt nur schlecht geträumt. Alles in bester Ordnung.« Ich lächele in ihre besorgten Gesichter, und mir wird irgendwie anders, als ich die Blicke sehe, die die beiden sich zuwerfen. Auf die Zunge beißen, gefolgt von Achselzucken und vielsagend fragend hochgezogenen Augenbrauen. »Was? Was ist denn?«

»Mum, wir wissen es quasi«, setzt Flynn an.

»Soll heißen, wir wissen, wann du … öhm …«

»Schlecht träumst.« Flynn beugt sich vor und zupft einen dicken Fussel vom Bett. »Aber das war anders als sonst, Mum.« Unter den langen, dunklen Wimpern hervor schaut er mich an. »Du hast nur einen Ton geschrien, und zwar …«

»Wie lange, ist egal, jedenfalls war es anders, Mum. Es

war ein einzelner Ton, geschrien, nur unterbrochen von kurzen Atempausen.«

»Wie lange?«

»Ungefähr zwanzig Minuten.«

»Ich meine, wie lange wisst ihr schon, wann ich schlecht träume?«

»Nicht so lange«, antwortet Flynn ziemlich überzeugend, aber die geblähten Nasenflügel verraten, dass er schwindelt. Das hat ihn immer schon verraten, schon damals, als er gerade drei war und versuchte, mir zu verklickern, er hätte *nicht* die ganze Schokolade aus dem Adventskalender gegessen. Aber ich hake nicht nach. Diesmal nicht. Sie sollen nicht denken, dass ich mich mal wieder schuldig fühle.

»Meinst du nicht, du solltest vielleicht noch mal zum Arzt gehen? Diesen Computerscan, der doch eigentlich angesetzt war, den hast du nie machen lassen …«

»Was? Warum denn? Das Thema hatten wir doch schon so oft. Ich habe nach dem Unfall ein CT machen lassen, wisst ihr nicht mehr? Sie sagten, das hätte neurologische Ursachen und sei stressbedingt, also müsste ich einfach lernen, damit umzugehen, weiter nichts … und sie sagen ja doch immer das Gleiche, dass meine Störung …–«

»… einmalig ist«, sagen sie im Chor.

»Was ist es denn dann? Was ist los?«, fragt Flynn, dem die Sorge ins vernarbte Jungengesicht geschrieben steht. Ich wende den Blick von ihm ab und schaue auf die Uhr an der Wand, die nur ein klitzekleines bisschen schief hängt, und sage ihnen, dass ich nicht wüsste, was anders sein sollte als sonst. Mit einem übertriebenen Gähnen stehe ich auf und scheuche sie in ihre Betten, wobei ich irgendwas von einer Quiche zum Mittagessen murmele, die wohl nicht mehr gut war.

Als schließlich Tiefschlafstille das ganze Haus erfüllt, ziehe ich mir eine dünne graue Strickjacke über, um die Vier-Uhr-morgens-Kühle zu vertreiben. Es ist zwar schon Juni, aber irgendwie wird mir nie richtig warm. Ich krame in der obersten Schublade und entdecke eine zerknüllte Schachtel Zigaretten, die seit Ewigkeiten hier liegen muss, und frage mich – als ich die Treppe hinuntergehe –, ob Zigaretten eigentlich ein Verfallsdatum haben. Leise stecke ich den Schlüssel in die Tür zur Veranda und schlüpfe in ein Paar alte schwarze Flipflops. Ich mache einen Schritt nach draußen und atme den Duft von taufeuchtem Gras ein, lege den Kopf in den Nacken und schaue in den Nachthimmel, der schon die schwarze Decke zurückgeschlagen hat und sich streckt und reckt und tieforange erglüht. Ich setze mich auf die oberste der kalten Stufen, die hinunter zum Rasen führen, und beobachte das rötliche Leuchten. Ich habe seit Jahren nicht mehr geraucht, aber jetzt sauge ich den Rauch tief ein und genieße die ungesunde, beruhigende Wirkung. Ich schlinge die Arme um die Knie und puste den Qualm hinaus über die funkelnden Grashalme.

Ich lasse mir das Gespräch mit »Tom« noch mal durch den Kopf gehen.

»Hi, hier ist Tom. Tom Simmonds.« Wieder bekomme ich am ganzen Körper eine Gänsehaut, genau wie in dem Moment, als ich seine Stimme erkannte. Dieselbe Stimme, die mir immer gesagt hat, wie sehr ich geliebt werde, dieselbe Stimme, die mir langatmige Witze erzählt hat, die Pointe so tief in der mäandernden Geschichte versteckt, dass sie mir selbst an den rabenschwarzesten Tagen noch ein Lachen entlockten – so viel Zeit und Mühe, nur um mich zum Lachen zu bringen. Dieselbe Stimme, die mir gesagt hat, dass Rose ein Mädchen ist, die mir aufgeregt erzählt hat, dass Flynn angefangen hat zu krabbeln, und die mich so zaghaft gefragt hat, ob ich seine Frau werden will. »Entschuldigen Sie, dass ich mich jetzt erst melde, ich war unterwegs …« Zitternd betrachte ich das glühende Ende der Zigarette und drehe sie nach links und nach rechts, als enthielte sie irgendwelche Antworten. Wieder nehme ich einen Zug und genieße den leichten Schwindel und das Gefühl kribbeliger Erregung, das meine Sinne belebt, die in der vergangenen Woche wie betäubt waren.

Shane hat das Handy genommen, während ich nur dasaß, die geballte Faust in den Mund gedrückt. Das Blut rauschte mir in den Ohren, während ich mir vorkam wie eine Löwin, die unruhig auf und ab lief, immer auf der Hut vor einem unsichtbaren Feind, von dem sie wusste, dass er irgendwo lauerte, aber nicht, wann er zuschlagen würde. Durch das tiefe, tierische Grollen vernahm ich Shanes Stimme. Schon oft gehörte Sätze: »Tut mir leid, sie kann den Anruf gerade nicht entgegennehmen, wenn Sie mir Ihre Nummer geben, ruft sie gerne zurück«, dann »mhmmm, mhmmm, neun, acht, sechs, sieben, notiert …« Dann hat er aufgelegt und sich vorgebeugt und gefragt, ob alles in Ordnung ist. Ich habe genickt und mich entschuldigt und bin dann schnell gegangen und durch den Beton-Dschungel nach Hause getigert. Jedes Hundebellen, jedes Türschlagen kündete von Gefahr und Störung. Als ich endlich zu Hause war, habe ich die Tür hinter mir zugeschlagen und verriegelt und in die Stille hineingeschrien.

Ich drücke die Kippe auf der Treppenstufe aus und lausche auf die Geräusche des erwachenden Sommermorgens. Mit dem Handballen reibe ich mir den Schlaf aus den Augen. Mir wird klar, dass ich nicht einfach so tun kann, als wäre das alles nie passiert. Als könnte ich einfach weitermachen. Als könnte ich meine Kinder vor der Vergangenheit beschützen. So leise ich kann, schließe ich die Tür zur Veranda und koche mir eine Tasse Kaffee. Dann klappe ich meinen Laptop auf, und das Herz schlägt mir bis zum Hals, als ich nach Tom Simmonds suche.

Später, als ich scheibenweise Toast buttere und dampfend heißen Tee für die Kinder koche, überlege ich mir, was ich sagen soll, wenn ich ihn anrufe. Er wusste, wie ich heiße, schien sich aber nicht an mich zu erinnern. Und wenn er sich nicht an mich erinnert, was ist dann passiert? Aus den kurzen Interviews, die ich gelesen habe, ist deutlich herauszuhören, dass er immer noch ganz in seinen Skulpturen aufgeht, aber abgesehen von dem einen Foto finde ich keinerlei Hinweise auf sein Privatleben. Er hat zwar eine neue Heimat gefunden, aber heißt das auch, dass er wieder verheiratet ist? Dass er eine neue Frau hat? Eine neue Familie? Ich werfe das Messer heftiger als beabsichtigt in die Spüle. In dem Moment kommt Flynn grummelnd in die Küche.

»Morgen!«, begrüße ich ihn fröhlich und ziehe den Kopf ein, als ich meine betont leutselige Stimme höre, die die unbehagliche Atmosphäre zerschneidet. Mit fragend hochgezogener Augenbraue schaut er mich an, nimmt sich einen Toast und schlürft seinen Tee.

»Hast du noch ein bisschen geschlafen?«, fragt er. Seine Stimme klingt müde.

»Ein bisschen«, schwindele ich. »Und du?«

»Ein bisschen«, antwortet er und verteilt Toastkrümel auf seinem Schulhemd. Er fährt sich mit den Fingern durch die Haare, und kurz ist sein Gesicht ganz offen. »Bringst du mir nachher Kohlestifte aus dem Laden mit?« Er knuspert an der nächsten Toastscheibe.

»Warum? Willst du grillen?« Ich muss über meinen eigenen dummen Witz lachen.

»Sehr komisch«, knurrt er. Rose erscheint in der Tür, die Haare zu einem unordentlichen Dutt hochgesteckt und mit windschiefer Krawatte.

»Was ist komisch?«, fragt sie und beäugt mit gerümpftem blassem Näschen den leicht angebrannten Toast.

»Nichts«, entgegnen wir unisono.

»Oh-kaaaayyy«, brummt sie, wirft den Toast in den Müll und greift nach einer etwas angematschten Banane. »Bis später«, flötet sie und verlässt die Küche.

»Warum gehst du denn jetzt schon?«, rufe ich ihr hinterher.

»Ich treffe mich mit Lisa, wir wollen noch in den Laden«, antwortet sie dumpf, und ich höre, wie sie Schuhe aus dem Schrank unter der Treppe zerrt.

»Ach. Na dann, viel Spaß!«

»Sicher«, murmelt sie noch, dann knallt die Haustür zu. Mit hochgezogenen Augenbrauen sehe ich Flynn an, der nur mit den Schultern zuckt.

»Wie ist sie so? Diese Lisa?«

»Weiß nicht. Bisschen emo. Ein bisschen, du weißt schon, anti.«

»Ach. Meinst du, ich soll sie mal zum Tee einladen?« Er schnaubt in seine Tasse. »Was?«

»Rose ist kein Kleinkind mehr, Mum. Meinst du wirklich, sie will ihre neue …«, er malt mit den Fingern Gänsefüßchen in die Luft, »… ›coole‹ Freundin zu Nuggets und Pommes und einem Schälchen Eiscreme zu uns nach Hause einladen?« Kopfschüttelnd steht er auf und lässt den Teller in die Spüle mit dem kalten, trüben Wasser klatschen.

»Ich dachte nur, ich sollte sie mal kennenlernen. Sie

scheint gerade eine sehr wichtige Rolle in Rose' Leben zu spielen. Was ist denn mit ihren anderen Freundinnen?«

»Ich muss los«, murmelt er mit einem Blick auf die Uhr. »Bin spät dran.«

Ich stemme die Hände in die Hüften und schaue ihn stirnrunzelnd an. »Flynn?«

»Was?« Er weicht meinem Blick aus und zieht den Blazer von der Stuhllehne. »Ehrlich, ich muss wirklich los.«

»Flynn!« In der Tür bleibt er stehen und dreht sich um.

»Was ist mit ihren anderen Freundinnen?«

»Die reden nicht mehr mit ihr.«

»Was?«

Er kratzt sich am Hinterkopf und seufzt. »Nach der Sache mit dem Geld … gehen ihr alle aus dem Weg.«

»Warum sagt mir das denn keiner?«

»Muss man dir das extra sagen?«, gibt er zurück, resigniert wie ein alter Mann. Er streift sich den Blazer über und knallt die Tür hinter sich zu. Und ich stehe da, inmitten der Gerüche, die am Montagmorgen jedes Haus mit Schulkindern erfüllen, aber die Vertrautheit vermag nicht, das Gefühl vollkommener Unzulänglichkeit zu vertreiben. Ich mache mich an den Abwasch und räume die Küche auf. Flynns Krawatte liegt noch auf dem Tisch. Ich rufe ihn an, aber er geht nicht ans Handy, also hinterlasse ich ihm eine Nachricht. Der Knoten in meinem Magen wird immer dicker, Millionen Fasern, die sich zu einem Strang verfestigen, der sich in Schlaufen um meine Gedärme legt und sich immer weiter zusammenzieht. Er schlingt und schlängelt sich durch meinen Körper wie eine Würgeschlange, fester und immer fester, bis ich endlich, welch Erlösung, wie einen Wasserfall die Klaviertöne von *I Don't Like Mondays* von den Boomtown Rats höre und laut darüber nachdenke, warum ich Montage nicht ausstehen kann. Während ich singe, dass Mikrochips durchknallen, und erkläre, dass heute niemand zur Schule geht und alle zu Hause bleiben, merke ich, dass ich – ohne es richtig zu wollen – die Treppe hinauf zu Rose' Zimmer gehe. Die Hand am Türgriff führe ich aus, dass ihr Vater nichts verstanden hat und immer dachte, sie sei gut in der Schule, und bin genau wie Bob der Meinung, dass Montage einfach ätzend sind. Leise quietschend öffnet sich die Tür, und ich gehe vorsichtig hinein. Sofort empfängt mich der Duft von Haarpflegeprodukten und fruchtigem Bodyspray. Auf den Holzdielen verstreut liegen diverse Kleidungsstücke, und auf der Kommode steht eine ganze Reihe Puder und Grundierungen, die sie immer gewissenhaft aufträgt, bevor sie aus dem Haus geht – alles nur, um die verhassten Sommersprossen zu verdecken. Ich mache das Bett und hebe die Matratze an einer Ecke an, während ich gröle:

»OOOOOOH-hooooo-hooo-hooo-hooooo …« Ich unterbreche mich, und meine gute Laune geht zum Lachen in den Keller, als meine Finger ein kleines, hartes Ding unter der Matratze streifen. Ich nehme das kleine Notizbüchlein und drehe und wende es in den Händen. Es gibt keinen Grund, es zu verstecken, wenn sie nichts zu verstecken hat. Irgendein Geheimnis. Im Takt zur Musik klatsche ich zweimal in die Hände und muss an mein kleines Mädchen denken. Und während ich weiter proklamiere, Montage abgrundtief zu verabscheuen, drehe ich das Büchlein noch mal um, schlage es auf und sehe ihre auffallend schön geschwungene Handschrift. Sofort klappe ich es wieder zu und kapiere, dass es in der heutigen Lektion nicht um abgründige Gedanken geht, sondern um Vertrauen. Ich lege das Büchlein zurück an seinen Platz und streiche die Bettdecke glatt. Auch wenn ihr Vater sie nicht versteht – ich verstehe sie. Mit einem weiteren »Hoooooo-oooooh-hooooo-hoooo-hoooo« gehe ich aus dem Zimmer und The. Whole. Way. Down. Die Treppe runter.

Ich nippe an meinem Kaffee und starre das Telefon an. Das Telefon starrt mich an. Ich nehme den Hörer von der Gabel, halte ihn fest und lege ihn wieder zurück. Das Telefon starrt mich ungerührt weiter an. Das ist lächerlich. Es ist doch bloß Dev. Tom. Wer auch immer. Ich lasse den Zettel mit seiner Nummer durch meine Finger gleiten wie damals als Kind diese kleinen pelzigen Spielzeugschlangen. Eine Wolke zieht über die Sonne, und das Lächeln des Telefons verblasst. Ich trinke noch ein Schlückchen Kaffee. Ich muss das jetzt durchziehen. Ich muss ihn anrufen, während nicht gerade *I Don't Like Mondays* in meinem Kopf dudelt wie ein beunruhigendes Mantra. Entschlossen greife ich zum Telefon und tippe die Ziffern ein. Es klingelt. Ich beiße mir auf die Unterlippe. Es klingelt. Ich fahre mir mit den Fingern durch die Haare. Es klingelt. Ich spiele an der Schnur.

»Ja?«

Das Herz hämmert mir gegen den Brustkorb, und das Telefon zittert an meinem Ohr. Ich versuche, etwas zu sagen, bringe aber nur ein Quietschen heraus. »Hallo?«, fragt er. Ich atme tief durch und beruhige mich ein wenig.

»Ähm, hallo, hier ist Melody. Melody King.«

»Ja?« Ich zappele herum, und mir ist körperlich und seelisch kotzschlecht. Ich sitze auf dem Notizblock, auf dem ich herumgekritzelt habe, und ziehe ihn und mein Handy unter meinem Allerwertesten hervor.

»Ich rufe zurück. Ich, ich liebe Ihre Arbeiten …« Ich verhaspele mich. Entweder weiß er wirklich nicht, wer ich bin, oder er macht mir was vor, damit ich endlich kapiere, dass er nichts von mir wissen will. Er lacht. Ein tiefes Glucksen. Ich schlucke meine Verwirrung herunter.

»Das hört man gerne, aber …«

»Wäre es vielleicht möglich, noch mehr von Ihren Arbeiten zu sehen?« Wieder lacht er. »Ich bin ein ganz großer Fan von Ihnen.«

»Das ist wirklich sehr schmeichelhaft, aber …«

»So was habe ich mir immer schon für mein … ähm … Wohnzimmer gewünscht.« Langsam fällt mir nichts mehr ein, was ich noch sagen könnte, aber ich will das Gespräch noch nicht beenden. Irgendwie muss ich ein bisschen Zeit schinden. Nach all den Jahren seine Stimme wieder zu hören … Immer und immer wieder habe ich mir die Ansage auf seiner Mailbox angehört und ihm unzählige Nachrichten hinterlassen. Ob er die überhaupt abgehört hat?

»Wirklich? Das ist Ihr einziger Wunsch?«, fragt er mich amüsiert. Ich muss mich wie eine Verrückte anhören. Ich lege die Hand über die Muschel und schlucke die Tränen herunter. »Ich habe dich so lange gesucht.«

»Ich glaube nicht, dass ich derjenige bin, den Sie suchen, aber herzlichen Dank für Ihren Anruf«, sagt er lachend, und ich zucke zusammen. Ich dachte nicht, dass er es hören würde. Jetzt muss er mich für vollkommen durchgedreht halten.

»Moment!«

»Wollten Sie mir sonst noch was sagen?«, fragt er. Ja!, möchte ich ihn am liebsten anschreien. Ich möchte ihm sagen, wie sehr ich ihn liebe. Dass ich immer nur ihn wollte, dass ich es wunderbar fand, wie das Licht manchmal in seinen Haaren spielte, dass es aussah wie Kupferfäden. Wie viel er mir bedeutet hat, so viel, dass ich manchmal glaubte, mein Körper müsste schier überfließen vor Zuneigung zu ihm. Ich will ihn fragen, wo er die ganze Zeit gewesen ist, denn ich kann mir das alles nicht erklären. Aber am meisten beschäftigt mich die Frage, ob er allein ist oder ob er eine neue Liebe gefunden hat. Vielleicht fange ich einfach vorne an und sage ihm, wie sehr ich ihn liebe? Aber just in dem Augenblick geht mir auf, dass ich den Anruf völlig in den Sand gesetzt habe, also stammele ich nur:

»Ich wollte bloß …«, aber am anderen Ende der Leitung herrscht tiefes Schweigen, und ich merke, dass er längst aufgelegt hat.

Lautes Hämmern an der Haustür reißt mich aus dem Schlaf. Draußen plärren Martinshörner, und flackerndes Blaulicht lässt mich ruckartig auffahren. Sofort gerate ich in blau-blinde Panik. Hastig springe ich vom Sofa und werfe einen Blick auf die Uhr, die lächelnd zehn vor zwei zeigt. Ich muss wohl ein, zwei Stündchen geschlafen haben, was der verkrustete Speichelrest rechts am Kinn belegt, den ich rasch mit dem Ärmel wegwische. Auf dem Weg zur Haustür bleibe ich unvermittelt stehen, als ich durch das kleine, rechteckige Fensterchen in der Holztür die unverwechselbare Silhouette zweier Polizisten erkenne. Meine Kinder! Das Erste, was wohl jede Mutter in diesem Moment denkt. Oh Gott, hoffentlich ist ihnen nichts passiert! Starr vor Angst vor dem, was mich da womöglich erwartet, bleibe ich wie angewurzelt stehen. Ich weiß nicht, ob ich fünf Sekunden da gestanden habe oder fünf Minuten, aber die Entscheidung wird mir abgenommen, weil von draußen wieder heftig gegen die Tür gedonnert wird.

»Mrs King?« Eine tiefe Männerstimme dröhnt durch die Tür und reißt mich aus meiner Erstarrung.

»Mrs King?«, fragt eine uniformierte Frau um die vierzig, als ich endlich aufmache.

»Ja?«

»Dürfen wir reinkommen?« Erst da bemerke ich meine Nachbarin von nebenan – Mandy –, die hinter den beiden Beamten steht und der man die Sorge und die Erleichterung förmlich ansieht. Fragend sehe ich sie an, aber sie lächelt nur kurz und nickt, als hätte sie ihren Teil getan. Dann dreht sie sich um und geht, und ich schließe die Haustür.

Die beiden Polizisten betreten das Wohnzimmer. Mit ihrer steifen Haltung und den schweren, strengen Uniformen wirken sie fremd zwischen dem weichen Blaugrün und Grau, in dem wir es uns zum Eiscreme-Sonntag gemütlich machen und mit klebrigen Löffeln ganze Serien schauen.

»Tee?«, frage ich.

»Nein, danke«, dröhnt der Polizist. »Es dauert nicht lange. Sind Sie allein, Mrs King?«

»Ja. Ach, bitte, setzen Sie sich doch.« Ich weise auf das Sofa gegenüber und hocke mich behutsam auf die Kante der Couchlehne.

»Mrs King, wir sind hierhergeschickt worden, weil eine besorgte Nachbarin den Notruf gewählt hat.«

»Mandy?« Ich lächele.

»Mrs Dawson. Ja. Sie hat angegeben, Schreie aus Ihrem Haus gehört zu haben.«

»Ach so. Oh.« Mir fällt ein Stein vom Herzen. Es geht um mich, nicht um meine Kinder. Es geht um mich. Mich. Mich. Die nicht mal ein kleines Nickerchen machen kann, ohne die ganze Nachbarschaft in Alarmbereitschaft zu versetzen. Ich schüttele den Kopf und habe plötzlich vor Scham Tränen in den Augen. Die Polizistin kniet sich neben mich.

»Sind Sie verletzt, Mrs King?« Ich schüttele den Kopf. »Ist außer Ihnen sonst noch jemand im Haus?«

»Nein.« Ich hole tief Luft. »Ich habe so eine Störung, wissen Sie, wohl die Nachwirkungen eines Sturzes vor einigen Jahren. Sie äußert sich auf unterschiedliche Weise. Das neueste Symptom scheint unkontrolliertes Schreien im Schlaf zu sein.«

»Schreien?«

»Ja. Sonst eher Singen.«

»Singen?«, fragt der Polizist mit unüberhörbarer Skepsis in der Stimme.

»Ja. Hören Sie, es tut mir wirklich sehr leid, dass Sie meinetwegen umsonst gekommen sind und für einen Fehlalarm Ihre Dienstzeit verschwendet haben, aber es geht mir gut. Ich bin bloß ein bisschen verrückt.« Durch die Tränen lächele ich sie an. Unbehaglich und zweifelnd schauen sie sich an.

»Na ja, wenn Sie irgendwas brauchen, dann rufen Sie uns jederzeit an.« Die Polizistin drückt mir mitfühlend das Knie, und ich plappere doof über das Wetter, während ich sie durch den Flur zur Haustür begleite. Leise schließe ich die Tür hinter ihnen. Ich renne nach oben, die Lippen fest zusammengepresst, stopfe den Stöpsel ins Waschbecken, drehe den Wasserhahn bis zum Anschlag auf, bis das Becken fast voll ist, und tauche mein Gesicht ins Wasser. Blasen explodieren um meinen Mund und steigen in blubberndem Zorn an die Oberfläche, während ich *Creep* von Radiohead herausbrülle und das Wasser meine schreiende Wut auf mich selbst und die Welt dämpft, die mir diese Last auf die Schultern gelegt hat. Erschöpft richte ich mich schließlich auf. Von meinem Pony tropft es ins Waschbecken, und ich schaue zu, wie das Wasser im Uhrzeigersinn den Abfluss hinunterstrudelt.

»Handtuch?« Ich seufze. Natürlich ist er da. Direkt hinter mir. Ausgerechnet dann, wenn meine Zurechnungsfähigkeit sich mal wieder kurzzeitig verabschiedet hat. Abgeschlagen drehe ich mich mit ausgestreckter Hand zu ihm um, und er reicht mir das schwarze Handtuch von der Heizung.

»Was machen Sie hier?«, frage ich, während ich mir das Gesicht abtrockne und die Wimperntusche aus den Augen wische.

»Flynn ist unten. Wir hatten beide keinen guten Tag.«

»Großartig.«

Hypnotisch wirbeln die Pfefferminzteebeutel im Glasbecher herum. Flynn sitzt ruhig da, während Shane ihm einen Eisbeutel auf die rechte Hand packt.

»Besser?«, fragt er. Flynn zuckt mit den Schultern.

»Also, was ist passiert?«, frage ich und puste in meinen Tee.

»Ein paar Wichser aus meiner Klasse haben mitgekriegt, wie ich deine Nachricht abgehört habe. Vielen Dank auch dafür.« Ich höre einen Anflug von Sarkasmus heraus, was mich irritiert. Er zuckt zusammen, als er den Eisbeutel anders auf seiner Hand platziert.

»Kein Ding«, murmele ich müde und nippe an meinem Tee, in dem der Beutel träge herumdümpelt. »Und was hat meine Nachricht damit zu tun?« Mit dem Kinn weise ich auf seine Hand.

»Sie haben wieder die alte Leier angefangen, mich Muttersöhnchen genannt«, erklärt er achselzuckend. »All so was halt.«

»Na ja, das ist aber kein Grund, eine Schlägerei anzuzetteln«, sage ich verärgert.

»Aber wenn sie anfangen, Scheiße zu labern, von wegen, dass man die eigene Mutter vögelt, dann schon!«

»Was?«, frage ich entsetzt. »Weil ich dir sage, dass du deine Krawatte zu Hause vergessen hat, heißt das … egal. Was ist bloß los mit diesen Jungs?« Ich sehe Shane an, der zu Boden schaut.

»Es ging nicht um diese Nachricht, sondern um die andere«, murmelt Flynn leise.

»Welche andere?«

»Als du angerufen und mich gefragt hast, ob du es bist, die ich suche.«

»Wie bitte?«

»Is It Me Your're Looking for!«, knurrt er frustriert, wirft die Haare nach hinten und rutscht mit dem Hintern nach vorne, um das Handy aus der Hosentasche zu holen. Er wischt mit dem Finger über das Display und tippt ein paar Mal darauf herum.

»Nachricht erhalten um elf Uhr vierundzwanzig«, verkündet die arrogante Computerstimme. Und dann schallt meine Stimme durch den Raum. Minutenlang. Schmachtend gebe ich eine gefühlvolle Version von Lionel Richies Ballade *Hello* zum Besten. Mir wird schlecht, als mir aufgeht, dass das ein Mitschnitt meines Anrufs bei »Tom« sein muss. Anscheinend habe ich versehentlich Flynns Nummer gewählt, als ich das Handy unter mir hervorgezogen habe. Ich spitze die Ohren und vernehme Toms Antworten auf meine von Herzen kommende Erklärung. Kein Wort davon, wer ich bin oder über seine Arbeit, nur eine Strophe nach der anderen dieser Achtzigerjahre-Liebesschnulze. Der Augenblick, als ich ihm meine Gefühle gestehen wollte. Als ich ihn fragen wollte, wo er war und ob er allein ist. Tja, wie es scheint, habe ich das alles getan und noch viel mehr. Reglos sehe ich zu, wie mir der Becher aus den Händen gleitet und auf dem Holzboden zerschellt. Die goldgelbe Flüssigkeit läuft über die Dielen und malt eine Landkarte auf das Holz. Tausend Richtungen, in die man laufen könnte. Ich beobachte, wie ihre Freiheit immer wieder eingegrenzt wird von den scharfkantigen, gemeinen Scherben, und ganz gleich, wie sehr sie sich auch müht zu entkommen, die Scherben sind überall und lenken ihren Weg, bis die goldene Flüssigkeit schließlich resigniert innehält, reglos gefangen in der Spiegelung dessen, dem sie zu entfliehen versucht.

14

Flynn

Zehn Gründe, warum ich dich hasse:

1. Fangen wir mit dem Naheliegendsten an: Du bist abgehauen.
2. Wärst du nicht abgehauen, hättest du vielleicht an dem Morgen die Autoscheiben freigekratzt, oder du hättest Enteiser gekauft, ist doch so ein Männerding, oder? Und dann wäre Mum nicht ausgerutscht.
3. Wärst du nicht abgehauen, hättest du vielleicht die Mülltonne an die Straße gestellt, und Mum wäre nicht ausgerutscht.
4. Wäre Mum nicht ausgerutscht, wäre unser Leben jetzt nicht so ein Witz. Und ich weiß, sie meinen, es wäre neurologisch, aber es hat nach dem Sturz angefangen.
5. Wärst du nicht abgehauen, wäre Mum glücklich.
6. Wärst du nicht abgehauen, hätte Rose nicht sozialen Selbstmord begangen und würde jetzt nicht mit einem Haufen Versager abhängen.
7. Wärst du nicht abgehauen, wären wir nicht chronisch pleite, und ich hätte ein anständiges Handy, verdammt.

8. Der Unfall. Also, damit eins klar ist: Ich hasse dich nicht wegen des Unfalls. Ich bin kein Idiot, ich glaube nicht, dass es irgendwas anderes war als ein dummer Unfall. Ich hasse dich nicht dafür, wie mein Gesicht aussieht, aber ich hasse dich dafür, wie du mich immer angeguckt hast. Ich war doch bloß ein Kind, Dad, und du hast mich angesehen, als wäre ich ein Monster.
9. Ich hasse dich, weil du ein Feigling bist. Was muss man für ein Wichser sein, um bei Nacht und Nebel abzuhauen und die eigene Familie im Stich zu lassen, die einen jahrelang verzweifelt sucht und irgendwann einsehen muss, dass der Vermisste wohl tot ist, und dann einfach eine Facebook-Seite einzurichten?
10. Ich hasse dich, weil ich, statt mit meinen Kumpels abzuhängen, gerade Stubenarrest habe und mit quasi null Datenvolumen in meinem Zimmer festsitze und diese bescheuerte Liste schreibe.

15

Melody

Das Telefon klingelt, und ich gehe ran, als der Kabelreparaturmann die Tür hinter sich schließt. Es ist Shane. Und ich muss gestehen, es lässt mich nicht kalt, wie weich die Vokale bei ihm klingen, wie er das letzte Wort im Satz manchmal in die Länge zieht, wie die Worte mit einem Klicken enden. Ja, ich stehe total auf seinen Akzent.

»Hi, hier ist Shane.«

»Hi.« Ich fahre mir mit den Fingern durch die Haare und begutachte mich im Spiegel neben der Tür. Ich verdrehe die Augen. Meine Wangen sind auf einmal gerötet.

»Also, ich wollte nur mal hören, wie es geht.«

»Gut.«

»Gut?«

Wie viel soll ich ihm erzählen? Unversehens ist er kopfüber mitten in den Irrungen und Wirrungen, den Geheimnissen und Problemen meines Lebens gelandet, aber vielleicht sollte ich ihm sagen, dass seine Sorge unberechtigt ist, und es bei einer strikt professionellen Beziehung belassen – ich bin schließlich Mutter eines Jungen, mit dem er beruflich zu tun hat. Ich strecke die Zunge seitlich aus dem Mund und muss an seine Worte denken, dass er es mag, wenn ich das mache. Dann schüttele ich den Kopf, weil das einfach lachhaft ist. »Möchtest du nachher vorbeikommen?«, frage ich und knabbere am Daumennagel. Wenn er dankend ablehnt, weiß ich Bescheid.

»Klar, wann denn?«

Ich gerate in Panik. Abends würde zu sehr nach einer Verabredung klingen, also lieber am Nachmittag. Kaffee und Kekse statt Wein und Abendessen. Ganz unverfänglich.

»So gegen drei?«

»Gebongt, das ist ein Date.«

Ich lege den Hörer auf und frage mich, ob er das bloß so gesagt oder wirklich gemeint hat.

»Flynn!«, rufe ich die Treppe hinauf und hoffe, dass meine Stimme den Lärm aus seinen Kopfhörern übertönt.

»Was?«, brüllt er zurück.

»WLAN geht wieder!«, schreie ich.

»Wird auch langsam Zeit!« Herzig, so ein Dankeschön.

Ich gehe in die Küche, mache das Fenster auf und schließe es schnell wieder, als eine Hummel summend gegen die Scheibe prallt. Ich wusste, dass es ein Fehler war, den Lavendel so dicht am Küchenfenster zu pflanzen, aber Dev hatte die Wunschvorstellung, wie eine wunderbar warme Lavendelbrise durch das Haus weht und alles mit Möbelpoliturduft erfüllt. Stattdessen mache ich lieber die Küchentür auf und lasse den Wind herein. Dann setze ich mich auf die Stufe und lausche auf die Geräusche des Sommers. Ein Flugzeug sirrt hoch oben am Himmel vorbei, während fast wehmütig klingendes Vogelzwitschern das Summen weit entfernter Bienen begleitet, durchsetzt mit der lauten Melodie eines etwas forscheren Vogels. Ich atme die laue Sommerluft ein und denke an meinen Sohn, der oben in seinem Zimmer sitzt, das er kaum verlassen hat, seit er letzte Woche für vier Tage vom Unterricht ausgeschlossen wurde. Shane hat schon einige Vorschläge gemacht, um ihm den Wiedereinstieg in den Schulalltag nächste Woche so leicht wie möglich zu machen. Wobei ich nicht ganz verstehe, wozu das gut sein soll. Je schneller er diese Schule verlässt, desto besser. Er hat seine Abschlussprüfungen hinter sich, und seine Collegebewerbung wurde angenommen. Seinen Kurs – Kunst und Design – hat er schon ausgesucht. Es hat einiges an Überredungskunst und Vitamin B gebraucht, das College trotz seiner Verhaltensauffälligkeiten davon zu überzeugen, ihn aufzunehmen. Aber dank Shanes Fürsprache und Flynns überragender Bewerbungsmappe haben sie ihm schließlich einen Platz angeboten. Das Ding bei Flynn ist, er weiß ganz genau, dass er sich nicht prügeln soll, aber für ihn ist es Selbstverteidigung. Nie zettelt er von sich aus eine Schlägerei an, und ich weiß, dass es für Außenstehende klingen muss, als wollte ich ihn in Schutz nehmen. Was ich bestimmt auch tue. Aber er ist kein böser Junge. Er will sich nur selbst schützen. Und uns auch, denke ich.

Ich schlendere wieder nach drinnen, schalte den Wasserkocher ein und klappe den Laptop auf. Summend schaltet er sich ein, und ich löffele Kaffeepulver in eine angeschlagene weiße Tasse, gebe heißes Wasser dazu und lasse einen Schluck Milch hineingluckern. Ich setze mich an den Küchentisch, klicke auf das Facebook-Icon und warte. Und rede mir selbst ein, dass ich nur mal kurz schauen will, was meine Freunde und meine Familie so machen. Ich schaue mir Fotos an von fröhlich lachenden Kindern bei Tagesausflügen ans Meer. Krampfhaft bemühe ich mich, nicht daran zu denken, dass ich eigentlich nur nachschauen will, ob

Tom irgendwelche Updates auf seiner Seite gepostet hat. Meine Hand verharrt über dem Mousepad, dann klicke ich auf die Suchmaske und tippe hastig seinen Namen ein. Es gibt einen neuen Eintrag. Ich klicke auf das Veranstaltungssymbol und nippe an meinem Kaffee … Da ist sie. Meine Chance, ihn zu sehen: Er hat eine neue Ausstellung. Nur eine kleine, wie es scheint, in einer Galerie gleich am Meer, an der Küste von Cornwall. Ich lehne mich zurück. Endlich ist es so weit, nach all der langen Zeit: Ich weiß, wo er wann sein wird. Ich muss ihn sehen. Mit einem Gefühl, als könne das der langersehnte Schlusspunkt sein, schreibe ich mir rasch Datum und Adresse auf, klappe den Laptop zu und lächele zufrieden.

Als der Stundenzeiger der Uhr langsam auf die Drei zutickt, trage ich ein bisschen Lipgloss auf und ziehe zum dritten Mal ein anderes Top an. Bei dem hier ist der Ausschnitt viel zu tief. Mit zusammengepressten Lippen verteile ich das Lipgloss, dann reiße ich mir die Bluse herunter und ziehe stattdessen ein schlichtes, blassblaues T-Shirt über. Das muss reichen. Ich will ja nicht, dass er denkt, ich hätte mich für ihn aufgebrezelt. Eigentlich dürfte ich so was nicht mal denken. Mein Mann lebt schließlich noch. Beim Gedanken daran schlägt mein Herz einen Purzelbaum. Wie ein reißender Strom fluten unzählige Gefühle meinen ganzen Körper und schieben alles andere unerbittlich beiseite. Wie eine Lawine reißen sie einen gigantischen Brocken meiner scheinbar stabilen Lebenskonstruktion weg, tragen ihn fort, und auf dem Weg nach unten taumelt er krachend in andere Teile, die er dabei donnernd zertrümmert.

Es klopft an der Tür. Ich mache auf, wir gehen in die

Küche, ich koche Kaffee, wir öffnen eine Schachtel Kekse und machen Small Talk. Ganz mühelos kommen wir ins Gespräch. Mir hat das gefehlt. Mit jemand anderem reden zu können als immer nur mit den Kindern. Es fühlt sich richtig an, ihm von der Ausstellung zu erzählen. Von meinem Plan.

»Warum sagst du ihnen nicht einfach die Wahrheit?«, fragt Shane und nimmt sich noch einen Vollkornkeks, den er in den Kaffee tunkt.

»Ich will ihnen keine falschen Hoffnungen machen. Was, wenn er sie nicht sehen will?«

»Was, wenn er dich auch nicht sehen will?«

»Ich muss ihn sehen«, sage ich mit absoluter Endgültigkeit. »Ich kann nicht weiter jede Nacht im Schlaf schreien, Shane. Das kann ich ihnen nicht zumuten. Er geht mir einfach nicht aus dem Kopf. Warum er gegangen ist, weißt du?«

Das letzte Stückchen seines Kekses versinkt im Kaffee. Seufzend sieht er mich an. »Hasst du das auch so?«, fragt er.

Ich schüttele den Kopf und reiche ihm einen Löffel. Fasziniert schaue ich ihm zu, wie er versucht, den – inzwischen aufgeweichten – Keksrest herauszufischen.

»Wie geht es Joannas Mum? Hast du was gehört?«, frage ich, als er lächelnd den Teelöffel mit dem triefenden Keks hochhält, der traurig über den Rand hängt. Leider gibt der Keks just in diesem Augenblick nach, löst sich vom Löffel und stürzt sich klatschend kopfüber in die Tasse. Shane lässt die Schultern hängen.

»Nicht so gut. Jo ist seit zwei Wochen bei ihr. Ihr Hotel ist nur fünf Minuten vom Krankenhaus entfernt.« Er gibt sich schließlich geschlagen und schiebt die Kaffeetasse beiseite.

»Armes Ding, es ist furchtbar, so was ganz allein durchstehen zu müssen und dann nicht mal im eigenen Bett schlafen zu können.«

»Ja, sicher, jetzt muss sie sich mit den ganzen Fünf-Sterne-Annehmlichkeiten herumplagen.« Mit hochgezogenen Augenbrauen schaue ich ihn an. »Entschuldige. Ich weiß, das ist schlimm, ich will ja nicht zynisch klingen, aber …«, er grinst schief und kratzt sich am Kinn, »selbst unter diesen Umständen hat sie immer noch genug …«, er beschreibt mit den Händen wedelnd große Kreise in der Luft, wie ein Zauberer, der seine magischen Kräfte heraufbeschwört, ehe er einen ahnungslosen Freiwilligen aus dem Publikum über die Bühne schweben lässt, »… Kram.«

»Kram?«

»Luxus.«

»Ach.«

»Also.« Er wischt sich entschlossen die Krümel von den Fingern und wechselt das Thema. »Wann soll das sein?«

»Übernächste Woche.«

»Was willst du ihnen sagen?«

»Dass ich einen alten Freund besuche.« Er legt den Kopf schief und schaut mich an, und sein Blick zeigt mehr als deutlich, was er davon hält. »Was denn? Es stimmt doch. Sie können bei meiner Mum übernachten.«

»Ich weiß nicht, was sie dazu sagen werden.«

»Was? Dass sie bei meiner Mum übernachten müssen?« Er stützt das Kinn in die Hände und starrt mich eindringlich an. »Und was würdest du stattdessen vorschlagen? Mitnehmen kann ich sie ja schlecht!«

»Warum nicht?«

»Weil!«

»Weil was?«

»Weil ich sie dann nicht vor dem schützen kann, was er womöglich zu sagen hat.«

»Und wer schützt dich?«

»Ich brauche keinen Beschützer. Ich bin ein großes Mädchen. Ich brauche nur die Wahrheit.«

Das Telefon klingelt, und ich stehe erleichtert vom Tisch auf und spreche mit dem Krankenhaus über die Verlegung meines angesetzten Termins.

Die Wochen vergehen wie im Flug, und meine Zugreise zu dem malerischen kleinen Küstenort verläuft ruhig und angenehm. Am Morgen der Ausstellung ziehe ich mich besonders hübsch an. Während ich den schwarz-weißen Maxirock glattstreiche, betrachte ich kritisch mein Spiegelbild und frage mich, was er wohl sehen wird. Ich sprühe meine frisch gefärbten Haare, die ich zu einem losen Ballett-Dutt hochgesteckt habe, noch mal ein und zwirbele die herausgefallenen Strähnchen, die mein Gesicht rahmen, um den Finger. Ich zupfe ein Haar von der Schulter meines schwarzen figurbetonten T-Shirts und streiche behutsam über die klobige Goldkette, die Rose für mich ausgesucht hat. Dann beuge ich mich nach vorne zum Hotelspiegel und fahre mit dem Finger unter den Augen entlang, um den dunkelgrauen Eyeliner ein bisschen zu verwischen, und trage noch etwas Lipgloss auf. Ob ich viel älter aussehe, als er mich in Erinnerung hat? Ich stecke mir die übergroße Sonnenbrille in die Haare und die Ausstellungsbroschüre in meine von Cath Kidstone inspirierte Handtasche und werfe einen letzten nervösen Blick in den Spiegel. Dann mache ich mich auf den Weg zum Hafen.

Die Sonne steht hoch am Himmel, und die Essig-Salz-Luft kühlt ein wenig. Sie bringt nostalgische Erinnerungen ans Meer mit sich und lässt mich an sommerliche Tagesausflüge nach Wales denken. Dev hat immer Light-Limo getrunken, wenn wir in Urlaub waren – sonst nie. Weil er sie als Kind nur in den Ferien trinken durfte. Eine alte Familientradition, die er beibehalten wollte, nehme ich an. Seine Eltern sind bei einem Autounfall ums Leben gekommen, als er sieben war. Auf dem Weg nach Schottland wurden sie von einem betrunkenen Fahrer gerammt. Die Reise war ein spontanes Geschenk zu ihrem Hochzeitstag gewesen, so hat er es mir erzählt. Danach wuchs Dev bei seiner Großmutter auf. Sie starb, kurz nachdem wir uns kennenlernten.

Ich entdecke die Galerie, die gleichzeitig als Souvenirladen fungiert. In den Schaufenstern sind Aquarelle von Küstenlandschaften ausgestellt. Ich betrachte mein Spiegelbild zwischen den kühlen blauen Wellen und den orangewarmen Sonnenuntergängen und nehme all meinen Mut zusammen, um hineinzugehen, statt dumm hier draußen herumzustehen und die Aussicht zu bewundern. Ich trinke einen großen Schluck aus meiner Wasserflasche und betrete den klimatisierten Raum. Der Geruch nach Ölfarbe und Leinwand ist tröstlich und vertraut, selbst wenn die Motive mir fremd sind. Eine gertenschlanke, grau melierte Frau mit farbverspritztem Overall sitzt hinter dem Tresen. Als ich auf sie zugehe, lächelt sie, und ihre wasserblauen Augen bekommen Knitterfältchen. Von draußen hört man das Geschrei hungriger Möwen, das sich mit dem Gebrüll eines aufgeregten Jungen mischt, der lautstark nach einem Eis verlangt, und beides wird genauso Teil der Galerie wie die Ruhe und Gelassenheit ausstrahlenden Leinwände, die die weiß gekalkten Wände zieren.

»Kann ich Ihnen helfen? Ich bin Janet«, sagt sie lächelnd

und steckt ihren Pinsel in das blautrübe Wasser in einem Marmeladenglas.

»Hallo, ähm … ja … Ich habe gehofft, mir einige der Ausstellungsstücke ansehen zu können.«

»Ach, ein Fan, nehme ich an?« Sie weist auf ein vergrößertes Poster der Broschüre, die ich in der Hand halte. »Tom Simmonds« steht da in Art-déco-Schrift mit einer geschwungenen stahlgrauen Linie auf dem dunkelgrauen Hintergrund, die sich bei genauerem Hinsehen als Schwalbe entpuppt.

Daneben hängt ein weiteres Poster, plakativer, in knalligem Rot und Grün, darauf in verschnörkelter Schrift diagonal der Name »Georgie Hunter«. Ein blutrotes Blütenblatt fällt von dem R.

»Ja, ich meine, ich habe Toms Arbeiten schon gesehen …« Ich verstumme und frage mich, wer wohl Georgie Hunter ist.

»Tut mir leid, aber die Ausstellung ist erst ab siebzehn Uhr zugänglich. Heute ist die Vernissage.«

»Ach. Okay. Dann komme ich später wieder.« Ich schaue auf die Uhr, ich habe noch drei Stunden Zeit.

»Das Warten lohnt sich. Sind Sie Sammlerin?«, fragt sie. Ihr Blick ist an meiner Hand hängengeblieben, in der ich eine seiner kleineren Arbeiten fest umklammert halte. Die habe ich bei eBay erstanden. Letzte Woche ist sie angekommen. Ohne Entschuldigung oder Erklärung purzelte sie einfach so aus einem braunen Luftpolsterumschlag in meine offene Hand. Sie erklärte nicht, wo sie herkam, schlich sich nicht unauffällig in mein Leben wie in Ungnade gefallene Verwandtschaft, sondern hopste heraus mit einem munteren »Ta-daa!« und blinzelte mich neckisch an, als hätte sie jedes Recht, hier frank und frech in meiner Hand zu sitzen. Ohne auch nur zu ahnen, dass sie mir den Atem verschlagen hatte und ich rückwärts nach einem Stuhl hatte tasten müssen, um nicht das Gleichgewicht zu verlieren.

Es ist ein kleines Metallknäuel, das fast aussieht wie eine Rolle Zwirn, aber wenn man es im richtigen Winkel ins Licht hält, sieht man darin eine winzige Figur, zusammengeringelt wie ein Embryo. Ich wartete, bis die Kinder ins Bett gegangen waren, bevor ich seinen alten Werkzeugkoffer herauskramte, der seit Jahren unter einer dicken Staubdecke schlummerte. Ich nahm einen seiner alten Schlüsselringe, an dem ein unvollendetes Drahtgeflecht hing, und schweißte das Drahtknäuel daran fest. Der Geruch weckte Erinnerungen wie scharfe, zweischneidige Klingen, die eine noch schärfere, zweischneidige Hoffnung mit sich brachten. Früher hatte ich ihm immer dabei geholfen, wenn er mal eine Bestellung für eine »Massenproduktion« hatte.

»Nein, nein, ich … mag nur seine Arbeiten.« Sie lächelt mich an, und ich bedanke mich und gehe aus dem kühlen Raum hinaus in die strahlend helle Küstensonne.

Auf der Straße schaue ich nach links und rechts und entdecke ein kleines Café, das Panini und Kaffee anbietet, und erst jetzt merke ich, wie hungrig ich bin. Und weil ich ein paar Stunden Wartezeit totzuschlagen habe, bleibe ich kurz stehen, bis die Cabrios, aus denen fröhliche Sommersongs dudeln, vorbeigefahren sind, ehe ich die Straße überquere. Ich setze mich auf einen der eleganten schmiedeeisernen Bistrostühle. Ich überfliege die Karte und bestelle mir ein Panino mit Brie und Preiselbeeren und einen Pfirsich-Eistee. Träge schaue ich den Passanten nach und staune, wie schnell wir uns den Gegebenheiten anpassen. Die gemütliche Gangart eines müßigen Sommermorgens lässt uns die Glieder recken und strecken und ganz gemächlich, ohne

Eile, den mäandernden Biegungen und Kurven des sich entfaltenden Tages folgen. Die hektischen Arbeitstage – mit rasch heruntergestürztem Kaffee und unerbittlichem Termindruck – verblassen zu gesichtslosen Statisten im Hintergrund.

Ich krame in meiner Tasche nach dem Handy und will meine Nachrichten checken, als die junge, blonde, sonnengebräunte Kellnerin, die vor Charme und Lebendigkeit nur so strotzt, mir das Essen an den Tisch bringt. Schnell schiebe ich meine Sachen beiseite, und sie legt mir das in eine Serviette eingeschlagene Besteck und Salz, Zucker und Pfeffer in Einzelportionsbeutelchen dazu. In meiner Hast und meinem Eifer, ihr zu helfen, werfe ich meine Tasche auf den Boden, und der reichlich unglamouröse Inhalt – eine angebrochene Rolle Polo-Mints, ein Zugticketabriss, ein Handy-Ladegerät, Lipgloss und die Broschüre – ergießt sich über die Uferpromenade. Hektisch bücke ich mich, um alles einzusammeln, doch »die Hand« ist schneller. Die Hand, mit langen, schlanken Fingern und blassen, kurzen Nägeln, sammelt alles ein und steckt die Sachen wieder in meine Tasche. Die Hand nimmt die Broschüre und hält sie sich vor das Gesicht. Die Hand, die ich zum ersten Mal im Kunststudium gesehen habe, die Hand, die mir den Ehering an den Finger gesteckt hat, die Hand, die mir über den Rücken gestreichelt hat, als ich in den Wehen lag, hält mir die Broschüre hin, und das Gesicht lächelt mich freundlich an.

Um ihn herum dreht die Welt sich immer langsamer, bis sich schließlich nichts mehr bewegt und alles zum Stillstand kommt. Sogar die Zeit selbst scheint stillzustehen: Ein Traum, gesponnen in den Tiefen der Nacht, wenn ich ihn tot glaubte und in Trauer zu ertrinken drohte. Sein Gesicht ist mit frühsommerlichen Sommersprossen bedeckt, die Augen strahlend blau – und ich weiß, er muss gut geschlafen haben, denn wäre er müde, wären sie grün. Die unvermittelte Vertrautheit ist verwirrend und tröstlich zugleich. Eine leichte Brise pustet mir die zarten Haarsträhnchen ins Gesicht. Ich rieche Kaffee, warmes Brot und Sonnenmilch, und noch immer bleibt die Zeit stehen. Meine Brust hebt und senkt sich stetig. Ich sehe … ihn.

Es dauert einen Moment, bis ich merke, dass die Zeit weiterläuft, Besteck wieder auf Geschirr klappert, trotzige, überdrehte Kinder plärren und Möwen am Himmel kreisen. Ich nehme ihm meine Handtasche aus der Hand.

»Danke«, murmele ich und starre ihn unverwandt an. Sein Gesicht sieht wettergegerbter aus als beim letzten Mal. Er hat ein paar neue Fältchen um die Augen, seine Haare sind raspelkurz, und über dem Ohr sieht man eine blasse silberne Narbe.

»Wollen Sie …?«, fragt er. Seine Stimme ist wie warmes Sahnekaramell, das mir in die Ohren tropft und mich von innen wärmt. Mein Mund ist trocken, und ich suche in meinem klebrig verkleisterten Hirn nach Fragen auf die Antworten, die mich aus meinem umwölkten Unterbewusstsein anschreien. »… zu der Ausstellung?« Wieder lächelt er und hält mir die Broschüre hin.

»Ich …«, ich räuspere mich, »ja, will ich.«

»Darf ich?« Er weist auf den freien Platz neben mir, und ich nicke zustimmend. Dann nippe ich an meinem eiskalten Eistee. Die Kälte reißt mich aus meinem Delirium, und ich schüttele leicht den Kopf.

»Ähm … ja, ich meine … bitte … ähm … ja, setzen Sie sich doch.«

Er reicht mir die Hand. »Ich bin Tom.« Wieder lächelt er,

und ich bin hin- und hergerissen. Ich würde mich ihm so gern an den Hals werfen und ihn einatmen, den Duft an seinem Hals erschnuppern und ihm über das Gesicht streicheln, aber mein rasender Zorn will ihm lieber die Klauen in die Visage schlagen und ihm die Maske der Verstellung herunterreißen. Zögerlich strecke ich die Hand aus, und er ergreift sie. Die Innenseite seiner Hand ist schwielig; man merkt, dass er viel arbeitet. Der Handballen ist hart, weil er vom Werkeln immer Blasen bekommt. Meine Finger liegen klamm in seiner warmen, trockenen Hand. Er winkt der Kellnerin und bestellt eine Light-Limo. Ich versuche, mir das Lächeln zu verkneifen. Manche Dinge ändern sich nie, selbst wenn die ganze Welt kopfsteht. Er wirkt so entspannt, dass ich im ersten Augenblick ganz verdattert bin. Mir fehlen die Worte. Eigentlich fällt mir nur ein Satz ein.

»Wo warst du?«

»Ach«, brummt er mit einem Blick auf die Einkaufstaschen, die neben seinen Füßen stehen, »auf dem Markt. Es gibt hier einen wunderbaren Wochenmarkt …« Er weist in die angegebene Richtung. »Ich hoffe, es stört Sie nicht, dass ich so in Ihr Mittagessen platze.« Wieder lächelt er mich mit kleinen Fältchen um die Augen an. »Ich wollte nur mal fragen, ob Sie kommen. Heute Abend? Ich bin nicht so oft in der Galerie, wissen Sie, aber heute Abend … bin ich da.« Mir schlägt das Herz bis zum Hals. Passiert das gerade alles wirklich, oder liege ich zu Hause im Bett und träume?

»Was?«

»Die Ausstellung? Mir ist Ihr Schlüsselring aufgefallen. Entschuldigen Sie, ich möchte nicht aufdringlich erscheinen, aber es kommt nicht oft vor, dass eine meiner Arbeiten als Gebrauchsgegenstand Verwendung findet. Und da habe ich mich gefragt, was Sie wohl mit einer meiner größeren

Skulpturen anstellen würden.« Er gluckst und wirkt ein bisschen verlegen, als wolle er mich bezirzen, müsste aber einsehen, dass er damit bei mir nicht landen konnte. »Sind Sie Künstlerin?«

»Wie bitte?«

»Ob Sie Künstlerin sind? Offensichtlich können Sie mit einem Lötkolben umgehen.« Er legt den Kopf schief und weist auf meinen Schlüsselanhänger.

»Nein, bin ich nicht, aber …« Dieses Gespräch gleicht einer Fahrt auf einer steilen Riesenrutsche. Eben stand ich noch mit beiden Beinen fest auf dem Boden der Tatsachen, und plötzlich sause ich in einem Höllentempo hinunter, werde durchgerüttelt und hin und her geschleudert, und die Unterhaltung dreht sich schneller und immer schneller und wird mit jedem Satz unberechenbarer. Ich halte mich seitlich fest und kralle mich mit den Fingern an den Stuhl, bis die Welt aufhört, sich zu drehen, und ich wieder weiß, wo oben und unten ist. »Haben wir uns vielleicht schon mal irgendwo gesehen?«, frage ich ihn und schaue ihm suchend ins Gesicht. Ob er weiß, wer ich bin? Ich lockere meinen Klammergriff ein wenig und rutsche im Schneckentempo weiter.

»Wie bitte?« Er wirkt verlegen, als sei ihm das alles sehr unangenehm. Ich beuge mich nach vorne und schaue ihm geradewegs in die Augen.

»Haben wir uns schon mal irgendwo gesehen?«, frage ich langsam, laut und deutlich, weil ich auf dieser schwindelerregenden Schussfahrt etwas zum Festhalten brauche.

»Ich habe mich doch nicht aufgedrängt, oder? Herrje, es tut mir furchtbar leid, wenn ich Ihnen zu nahegetreten bin«, entschuldigt er sich aufgeregt. »Aber wenn ich sehe, dass jemand meine Arbeiten mag, kann ich einfach nicht an mich halten.« Eine tiefe Röte breitet sich auf seinem Gesicht aus, und seine Augen wirken beinahe glasig, als könne er jeden Augenblick in Tränen ausbrechen. Schnell versuche ich, seine Verlegenheit zu verscheuchen, als er aufstehen und hastig seine Tüten zusammenraffen will und dabei geflissentlich meinem Blick ausweicht.

»Nein, nein, Sie sind mir nicht zu nahegetreten.« Ich halte ihn am Arm fest, und als ich ihn berühre, kommt es mir vor, als hätte ich endlich meine Heimat gefunden, den Anker ausgeworfen … den sicheren Hafen erreicht. Seine Wärme, die Lebendigkeit, die Nähe umfangen mich wie eine Umarmung. Er lebt. Ich kann ihn sehen, ich kann ihn hören, ich kann ihn riechen. All der Schmerz und der Kummer und die Trauer angesichts des Todes eines geliebten Menschen. Was würden Sie tun, wenn Sie unverhofft den Verstorbenen wiedersehen würden? So hatte ich mir das nicht vorgestellt, als ich mir diesen Augenblick ausgemalt habe. Er weiß nicht, wer ich bin. Ich kann seine Hand nicht in meine nehmen, kann meinen Kopf nicht auf seine Brust legen wie früher an einem trägen Sonntagnachmittag. Meine Gefühle drängeln und schubsen, sie rangeln miteinander und schieben sich gegenseitig aus dem Weg, weil jedes an erster Stelle sein will. Da ist die Erleichterung, dass er nicht einfach gegangen ist. Ihr fällt ein Stein vom Herzen, während die Freude über das ganze Gesicht strahlt und der Zorn eine Entschuldigung murmelt und sich fauchend in Luft auflöst: Ich wollte nicht stören, zischt er und verraucht. Er blinzelt. Blut strömt durch seinen Körper, seine Lunge atmet Sauerstoff, sein Gehirn sendet Signale. Aber er erkennt mich nicht. Ich beiße mir fest auf die Lippen, um nicht in Tränen auszubrechen, als die Verzweiflung unversehens die Oberhand gewinnt. Er hat uns verloren. Er hat unser gemeinsames Leben verloren. Er hat unsere Kinder verloren … und ich habe ihn noch einmal verloren.

Er sieht mich an, und ich lächele und drücke sanft seinen Arm, und er tut es mir mit einem verschmitzten Grinsen gleich. Dieses Grinsen hat er auch aufgesetzt, als ich ihm einmal einen Mr Frosty zu Weihnachten geschenkt habe, weil er mir erzählt hatte, er habe als Kind keinen gehabt. Da wusste er natürlich noch nicht, was für eine Flasche Mr Frosty eigentlich war. Die Kellnerin bringt seine Limo. Eine willkommene Ablenkung. Er weiß nicht, wer ich bin. Was ist nur passiert, Dev?

»Sind Sie … sind Sie von hier?«, frage ich so beiläufig ich kann. Ein Notenwirbel hebt und senkt sich um meine Wirbelsäule und fliegt hin und her wie ein flatternder Schwarm Schmetterlinge. Ich erschaudere.

»Eigentlich komme ich aus Devon, aber inzwischen lebe ich hier. Ist Ihnen kalt?« Besorgt schaut er mich an, und ich will mich in seine Arme schmiegen.

»Nein«, ich nippe an meinem Wasserglas, »ich habe eine, eine … ach, egal.« Ich schüttele die Erklärung ab und hoffe, die kleinen Elektroden, die mir im Rücken und bis in die Schultern kribbeln, halten noch ein bisschen still. Er kommt aus Devon. Devon. Warum habe ich nie in Devon nach ihm gesucht? Wütend schelte ich mich, dass ich so einen naheliegenden Hinweis übersehen konnte, lasse es dann aber gut sein. Wie hätte ich auch auf die Idee kommen sollen, dass er in eine Gegend zieht, die genauso heißt wie er? »Wo denn in Dev…«, ich räuspere mich. »Devon?« Ich giere nach Informationen, will alles wissen über den Mann, der mir gegenübersitzt, und trinke noch einen Schluck Tee, um meine Aufregung zu kaschieren.

»Ein kleiner Ort namens Kingswear. Schon mal davon

gehört?« Ich spucke mein Heißgetränk wieder aus, als Millionen Nervenendungen entlang meiner Wirbelsäule explodieren wie ein Feuerwerk und in mir britzeln und funkeln und dann verglühen. Er grinst mich an und lacht, nimmt eine Serviette und wischt meine Teegischt von seinen Beinen und dem Tisch. Ist das sein Ernst? Das kann doch nicht sein. Devon King hat in Kingswear, Devon, gewohnt?

»Entschuldigung … ich … ich habe mich verschluckt. Wohnen Sie schon lange hier? Und arbeiten Sie auch hier?« Wieder legt er den Kopf schief und zieht eine Augenbraue hoch, und mir dämmert, wie skurril ich auf ihn wirken muss.

»Ja, ich wohne hier schon seit …« Er schaut nach oben und versucht, sich zu erinnern. »… fünf Jahren, glaube ich. Nein, sechs, und ja«, wieder lächelt er mich an, »ich arbeite auch hier. Sind Sie von hier? Mist! Ich habe Sie nicht mal gefragt, wie Sie heißen!« Er schlägt sich mit der flachen Hand gegen die Stirn.

»Mel …« Ich weiß nicht, warum, aber ich bringe es einfach nicht über die Lippen. Ich kann es nicht. »Mel-issa. Und nein. Ich komme aus Shropshire.«

»Oh, da war ich noch nie. Ist das in der Nähe von Birmingham? Ich bin wirklich schlecht …«

»… In Geografie«, beenden wir gemeinsam den Satz. Er kratzt sich am Hinterkopf, grinst schief und trinkt ein paar Schlucke Limonade. Ich bemerke, dass er nervös mit dem Bein wippt, was heißt, dass er etwas Wichtiges zu sagen hat.

»Sind Sie … also … sind Sie alleine hier? Oder mit Freunden und Familie?«, erkundigt er sich, und ich muss mich mit aller Macht zusammenreißen, um nicht meine Hand an sein Gesicht zu legen und seine Wange zu streicheln.

»Ich bin alleine hier. Kommt Ihre Familie auch zu Ihrer Ausstellung?«

»Nein, ich war nie, also …«

»Tom!« Er hält die Hand schützend vor die Augen, um sie von der Sonne abzuschirmen, und schaut rüber zur Galerie, von wo ihm ein gebräunter, durchtrainierter Arm zuwinkt. Es ist die Frau von dem Facebook-Foto. »Es wird Zeit!«, ruft sie ärgerlich. Ich beiße mir auf die Lippen, um mir das Lächeln zu verbeißen, denn ich weiß, ohne hinzuschauen, dass er keine Uhr trägt. Er findet es abstoßend, unter der Uhr zu schwitzen. Das ist fast schon so was wie eine Phobie.

»Bin gleich da!«, ruft er zurück. Er trinkt seine Limo aus und steht auf. »Nun«, sagt er und streckt mir die Hand hin, »Melissa, es war mir«, er kratzt sich mit der anderen Hand an der Wange, »ein Vergnügen.« Ich schüttele seine Hand und muss einfach zurücklächeln. Wir müssen beide lachen, weil wir immer weiterschütteln. »Sehen wir uns heute Abend?«, fragt er und hält meine Hand fest.

»Wir sehen uns«, antworte ich und will ihn gar nicht mehr loslassen. Seine Augen blitzen mich an, und dann lässt er meine Hand los, nimmt seine Einkaufstüten, dreht sich um und geht … aber nicht, ohne einen Blick über die Schulter zurückzuwerfen und mir kurz schelmisch zuzuzwinkern. Wobei er allerdings über die Bordsteinkante stolpert und aller Coolness verlustig geht, die er eben noch hatte. Verlegen schaut er mich an und schüttelt den Kopf, und ich pruste vor Lachen und will mich schier ausschütten. Ich hatte schon ganz vergessen, dass ich so lachen kann.

Nichts.

Ich trinke mein Glas aus und knabbere ein bisschen am kalten Panino herum. Die Noten von vorhin ziepen wieder leise an meinem Brustkorb. Sanfte, wehmütige Orgelklänge weichen einzeln gezupften Tönen, die aufsteigen und abfallen, als bestiege »The Edge« einen Berg, höher, höher, höher und dann wieder hinunter. Ich muss hier raus. Ich muss irgendwohin, wo ich unsichtbar bin, und ich denke noch, wie passend der Songtitel doch ist: *Where the Streets Have No Name*. Der Drumbeat legt zu – die Orgel spielt noch geisterhaft im Hintergrund – und ich will nur noch loslaufen, schnell weg, runter zur Strandpromenade. Ich muss mich verstecken, ich muss die unsichtbaren Barrieren niederreißen, die mich so lange zurückgehalten haben, ich spüre, wie die Haarnadeln, die meinen Dutt zusammenhalten, sich lösen, als ich anfange zu laufen, vorbei an den Tagesausflüglerhorden, vorbei an glücklichen Familien mit glücklichen Haustieren und glücklichen Kindern. Ich ignoriere ihre fragenden Blicke, als ich aus vollem Halse singend an ihnen vorbeirenne. Ich laufe immer weiter bis hinunter ans Meer. Erst da werde ich ein bisschen langsamer und erkläre einem älteren Paar auf einer Bank, dass ich es liebe, wenn die Sonne mir ins Gesicht scheint, und dass ich fühle, wie die Staubwolke sich auflöst, von der ich nicht wusste, dass ich mittendrin stand. Ich ziehe die Klammern aus den Haaren und lasse sie über die Schultern fallen. Freudestrahlend und mit ausgestreckten Armen drehe ich mich im Kreis. Dunkle, melancholische Wolken ballen sich zusammen, während ich zum Pier spaziere. Die ersten Regentropfen klatschen mir ins Gesicht – es kommt mir vor, als sei er ganz nahe, dieser flüchtige Ort, an dem ich frei sein kann –, wenn auch nur für einen Augenblick.

Beide Hände auf dem Geländer stehe ich am Ende des

Piers und singe über das weite Meer, dass ich noch immer aufrecht stehe, wie ein Haus, das immer noch steht, obwohl es viele Male bis auf die Grundmauern niedergebrannt wurde. Und ich weiß mit absoluter Sicherheit, wenn ich das nächste Mal davonlaufen will, dann mit ihm. Nach all der langen Zeit kann er endlich etwas tun.

Der Regen prasselt herab, und die Menschen flüchten vor dem unerwarteten Wolkenbruch. Strickjacken werden über Köpfe gezogen, klebrige, süßigkeitenverschmierte, pummelige Hände von Müttern gepackt, Väter stellen sich hastig unter. Um mich herum bricht heilloses Chaos aus, aber ich bummele unbeeindruckt weiter die Promenade entlang. Du … du … bleib bei mir. Die Straßen werden überflutet, und die Stufen, die ich hinuntersteige, beginnen zu rosten. In der eben noch glatten, samtweichen Haut des Sandstrands platzen blatterige Pockennarben auf. Der Wind wird stärker und erfasst mich und zerdrückt mich fast mit seiner Gewalt. Der Sand brennt mir in Augen und Gesicht. Ich wische ihn weg, und mit verschwommenem Blick sehe ich … Tom. Wie er auf mich zukommt. Mich an der Hand nimmt. Das Bild, wie er plötzlich vor mir steht, ist surreal, und ich frage mich ernsthaft, ob ich jetzt vollends den Verstand verloren habe.

»Ganz hoch da oben«, ruft er, und seine Stimme erdet mich, »ist ein geschützter Ort.« Er weist auf ein Haus in einiger Entfernung.

»Ein Ort?«, frage ich verdattert. Er sieht mich eindringlich an.

»Da können wir Schutz suchen«, erklärt er und schaut in den bipolaren Himmel. Der Wind wirbelt um uns herum und bläst und knüppelt uns den Meeressaum entlang.

»Bringst du mich hin?«

»Das ist ja wohl das Mindeste, was ich tun kann«, antwortet er lächelnd. Und dann machen wir uns auf den Weg zu diesem unbekannten, sicheren Ort, irgendwo hoch da oben, zu dem es mich mit jeder Faser hinzieht – und erst jetzt geht mir auf: Ich habe aufgehört zu singen.

16

Tom

Ich wusste, dass du es bist. Ich habe dich von oben aus der Galerie beobachtet. Wie du aus der Wasserflasche getrunken und so unverwandt ins Schaufenster gestarrt hast, dass es mir vorkam, als schaute ich mir selber dabei zu, wie ich ein Kunstwerk betrachte, das mich irgendwie … berührt. Ein Gefühl, das mich völlig überwältigt vor Freude und mir im selben Moment den Atem nimmt, weil ich weiß, ganz gleich, wie sehr ich es auch versuche, meine eigenen Arbeiten werden dieses Niveau nie auch nur annähernd erreichen.

Ich habe zugesehen, wie du über die Straße gegangen bist und deine Halskette im Sonnenlicht glitzerte und winzige Lichtlein auf deinem Gesicht tanzten, als du nach links und rechts geguckt und zum Café spaziert bist. Ich habe mir Janets Einkaufstüten geborgt und bin aus dem Laden gesprintet und über die Straße gehastet, damit es aussieht wie eine zufällige Begegnung. Ich war ganz außer Atem, als ich endlich bei dir war. Ich hatte keine Ahnung, was ich machen sollte. Ich hatte keinen Plan, keine vorbereitete Anmache, ich wusste nur, ich muss mit dir reden. Und dann habe ich *Mutterleib* gesehen – Teil einer Miniaturenreihe, die ich als Auftragsarbeit für eine Anwaltskanzlei gefertigt habe – und ich wusste, das ist ein Zeichen. Ich weiß, ich sollte nicht so abergläubisch sein, an so was wie Zeichen glauben, aber wenn man so verloren ist wie ich, dann lernt man, dass einem die Welt manchmal die Hand reicht und wieder auf die Füße hilft.

Noch ehe ich dich berührte, wusste ich, wie du dich anfühlen würdest. Ich wusste, deine Hand würde perfekt in meine passen, ich wusste, deine Haare würden nach grünem Apfel riechen. Ich wusste, dass ich zu dir gehöre. Ich fand es wunderbar, wie deine Brust sich beim Atmen hob und senkte und dass dein Atem nach Pfirsich roch und wie du verlegen lächeltest, als wüsstest du einen kleinen Witz über mich.

Als ich ins Atelier zurückkam, meinte Georgie, ich sähe aus wie eine Katze am Sahnetopf, und so fühlte ich mich wohl auch. Gerade als ich den letzten Eisenhaken für eine von Georgies größeren Skulpturen in die Wand geschlagen hatte, wurde es dunkel im Atelier. *Die Schmetterlingsbombe*. Benannt nach einer deutschen Bombe, die aussah wie ein Schmetterling, wenn die äußere Hülle sich geöffnet hatte, und die nie einzeln abgeworfen wurde, sondern immer im Schwarm. Aber Verheerungen kommen ja ohnehin selten allein, oder? Georgie interpretiert ihre Arbeit als Anspielung auf die enormen Rüstungsausgaben. Es ist eine gut zwei Meter große Schusswaffe aus Hunderten ineinander verschlungener bronzener Dornzweige. Auf der Waffe das unvermeidliche Kreuz aus durchsichtigem Plexiglas, darin unzählige grüne Seidenschmetterlinge. Sie stehen für das Geld, das man für etwas einsetzen könnte, das Schönheit hervorbringt und durch das kein Blut vergossen wird. Das Blut wird symbolisiert von einem scharlachroten Blütenblatt aus Glas, das zugleich der Abzug ist. Ich habe aus dem Fenster geschaut und gemerkt, dass der Himmel sich verdunkelte und ein Sommergewitter aufzog, aber ich habe nur dich gesehen. Selbst von Weitem wusste ich, dass du es bist. Dann fing es an, in Strömen zu regnen, und du hast die Haare aufgemacht und dich im Kreis gedreht, das Gesicht zum Himmel gewendet. Ich wusste, dass du lächelst und singst, weil du den Passanten zugestikuliert hast.

»Ich muss mal eben kurz raus!«, habe ich Georgie zugerufen, die gerade das Glas an einer ihrer anderen Skulpturen polierte – ein Bronzesarg mit einer einzelnen Osterglocke als Symbol der Wiedergeburt.

»Aber es schüttet wie aus Eimern!«, rief sie, doch da war ich schon zur Tür hinaus und die Straße hinunter. Einen Moment habe ich dich aus den Augen verloren, und der Wind nahm mir den Atem, aber deine Stimme übertönte selbst den Sturm. Ich habe gehört, wie du *Where the Streets Have No Name* gesungen hast, als stündest du direkt neben mir. Doch dann blieb mein Blick am Muster deines Rocks hängen, unten am Ende der Stufen, die zum Strand hinunterführen, und mir ging auf, dass du viel weiter weg warst, als ich dachte. Zwei Stufen auf einmal nehmend lief ich die Treppe hinunter, bis ich dich auf mich zukommen sah. Ich sah deine graugrünen Augen, die beinahe von innen heraus zu leuchten schienen. Du wirktest vollkommen außer dir und gleichzeitig in dir ruhend. Du hast weitergesungen, bis ich vor dir stand, wie eine Sirene aus einem alten Seefahrer-Logbuch: wunderschön, wild und gefährlich. Wolltest du mich auf die Klippen locken, damit ich zerschelle, oder hast du gewartet, auf Rettung hoffend? Du warst nass bis auf die Knochen, und ich sagte dir, wir könnten uns in einer der alten Schmugglerhöhlen oben unterstellen, und nahm dich an die Hand, als sei es das Natürlichste der Welt. Wortlos liefen wir nebeneinander her. Wortlos liefen wir in die Höhle, wortlos standen wir am Eingang und schauten hinaus in den tosenden Sturm. Ich konnte deinen Puls fühlen, der im gleichen Takt schlug wie mein eigener, als wir beobachteten, wie Blitze über den Himmel zuckten. Donner krachte wie ein Peitschenhieb, und deine Hand schloss sich um meine, als suchte sie Halt. Das Meer brodelte unter dem aufgewühlten Himmel, als wäre es der Spiegel seiner Gefühle, so wie mein Körper von den qualvollen Gefühlen zwischen uns durchdrungen war. Als es schließlich aufhörte zu regnen, hast du dich zu mir umgedreht und mir mit deinen grauen Augen forschend ins Gesicht geschaut.

»Bist du es wirklich?«, fragtest du.

»Ja«, antwortete ich. Und du hast die Hand nach meinem Gesicht ausgestreckt und meine Wange gestreichelt. Ich spürte, wie meine Bartstoppeln über deine Handfläche kratzten, und dann – warst du fort.

Ich trat aus der Dusche und wischte den Dampf vom beschlagenen Spiegel und betrachtete mich, während ich mich fragte, was du wohl gesehen hast, als du mich anschautest. Sehe ich älter aus, als ich tatsächlich bin? Ich rieb mir über die Stelle im Gesicht, die du gestreichelt hattest. Ich habe immer noch ein markantes Gesicht, aber unter den Augen sieht man die ersten verräterischen Alterserscheinungen. Zum ersten Mal seit Langem hatte ich in der Nacht mindestens fünf Stunden geschlafen, weshalb die Tränensäcke, die fast schon zum Dauerzustand geworden waren, fast verschwunden waren. Ich kratzte mich an dem bartstoppeligen Kinn mit dem blöden Grübchen, wo ich mich beim Rasieren immer schnitt, und dann am Kopf. Eigentlich lasse ich mir die Haare nur aus reiner Bequemlichkeit so kurz schneiden. Früher war es kastanienbraun und ziemlich lockig, aber ich finde, ich bin zu alt für lange Haare – und ein alternder Rockstar bin ich auch nicht.

Ich stand vor dem Bett, auf dem ich drei Hemden ausgebreitet hatte, allesamt ähnlich in Schnitt und Farbe, und wog die verschiedenen Alternativen so sorgfältig ab, als ginge es um mein Leben. Ich wollte etwas aussuchen, das dir gefallen würde. Etwas, das sich weich an deine Haut schmiegte. Ich hatte Angst, wenn der Stoff zu steif war oder zu kratzig, könnte dich das abschrecken, und ich würde dich wieder verlieren. Ich entschied mich für das hellblaue Seidenhemd, doch ich fürchtete, das könnte gockelig aussehen, also zog ich schnell ein Nirvana-T-Shirt mit dem *Nevermind*-Albumcover an und dann das Hemd darüber, in der Hoffnung, mit dem schwimmenden Baby würde es ein bisschen lässiger wirken. Dann stieg ich in meine einzige modische, zerrissene Jeans und konnte nur hoffen, dass ich darin nicht aussah, als versuchte ich verzweifelt auf jugendlich zu machen. Mein Spiegelbild bestätigte allerdings just diesen bösen Verdacht. Deshalb zog ich die Jeans wieder aus und eine schlichte dunkle Stoffhose an. Mein Blick ging zu meinem nackten Handgelenk, wo eigentlich das Armband sein sollte. Es fehlte mir. Ich wünschte, ich wüsste, wo es hingekommen ist. Das Kopfsteinpflaster, auf dem ich unsanft aufgeschlagen war, verschwamm in meiner Erinnerung. Als ich später wieder zu mir gekommen war und mich umgesehen hatte, lag ich im Krankenhaus, und es hat einen Moment gedauert, bis ich wusste, wo ich war. Ich war auf einer meiner Verkaufsreisen und meilenweit von zu Hause weg, in Taunton. Panik stieg in mir auf, wie schon einmal in meinem Leben. Es fühlte sich an, als sei ich wieder dort. Verloren. Allein. Es schüttelte mich beim Gedanken daran, mich wie ein Krimineller aus dem Krankenhaus zu stehlen, aber ich wollte nur noch nach Hause. Ohne Papiere bewusstlos aufgefunden zu werden hatte schon genug Fragen aufgeworfen, und ich wollte nicht mit weiteren Fragen über meine Vergangenheit konfrontiert werden – wer weiß, was womöglich alles ans Licht gekommen wäre? Aber am meisten tat es mir um das Armband leid, das Georgie mir geschenkt hatte. Um mich aufzuziehen, hatte sie meinen Namen eingravieren lassen. »Damit du nie mehr vergisst, wer du bist«, hatte sie lachend erklärt. Ich glaube, sie wollte, dass ich es anstelle des abgewetzten Bändchens mit der Glocke trage und endlich die Vergangenheit loslasse, aber das konnte ich einfach nicht. Der Verschluss war in der Woche schon ein paar Mal kaputtgegangen, und ich hätte ihn reparieren sollen, denn an dem Tag habe ich beide Armbänder verloren.

Seitdem war ich nicht mehr so unvermittelt umgekippt. Dieser Anflug von leichter Atemlosigkeit und Übelkeit, als ich hörte, wie die Jalousien vor den Schaufenstern ratternd heruntergelassen wurden, war kein schönes Gefühl. Vermutlich hatte ich eine leichte Lebensmittelvergiftung gehabt. Ich bin nicht unbedingt der beste Koch der Welt, und das ist noch nett gesagt.

Ich schaute auf die Uhr, trank den letzten Schluck Lager aus der Flasche und machte mich auf den Weg zum Cottage.

Das Cottage war mein Zuhause. Als ich es von George Finnegan mietete, einem älteren Herrn, dessen Familie ihn überzeugt hatte, ins Altersheim zu gehen, waren nahezu nur noch die Grundmauern übrig. Es steht dicht am Rand der Klippe und wird innerhalb der nächsten fünfzig Jahre unweigerlich ins Meer stürzen, wenn die Bodenerosion so rasant fortschreitet wie bisher. Es gibt keine Zentralheizung, nur einen sehr temperamentvollen Küchenherd – unsere Beziehung ist äußerst turbulent –, und der Garten bestand aus einer Reihe halb fertiger Gemüsebeete und einem schwer vernachlässigten Rasen. Das Cottage hat drei Schlafzimmer, zwei davon mit den ursprünglich eingebauten offenen Kaminen, die Schornsteine hatten jahrzehntelang keinen Schornsteinfegerbesen mehr gesehen. Der Teppichboden hatte ein seltsames Spiralmuster und war ausgeblichen, konservierte aber hartnäckig die Flecken aus längst vergangenen Tagen. Als George starb, bot seine Tochter Grace mir das Häuschen zum Kauf an. Ohne Bankkonto war das nicht so leicht, also einigten wir uns schließlich auf eine Art Mietkauf. Bekam ich einen fetten Auftrag, zahlte ich einen großen Batzen auf einmal. Grace ist mit einem sehr erfolgreichen Anlageberater verheiratet, also war Geld für die beiden kein großes Thema. Und Grace war glücklich, dass jemand in dem Cottage lebte, den ihr Vater noch gekannt hatte. Es schien ihr zu helfen, ihren Frieden damit zu machen – was ich heute gut verstehen kann.

Die Böden sind inzwischen alle abgeschliffen und poliert, die offenen Kamine gesäubert und saniert. Im Laufe der letzten neun Jahre habe ich mein gesamtes Mobiliar – alles Flohmarktfunde – eigenhändig restauriert und dabei festgestellt, dass ich auch an der Nähmaschine ganz geschickt bin. Alles in diesem Haus gehört mir. Alles in diesem Haus bin ich.

Ich drehte den schweren Schlüssel in der Eichentür, betrachtete die weiß gekalkten Wände und die Holzveranda, die vorne die gesamte Länge des Hauses einnimmt, und lächelte. Das Haus würde dir gefallen. Das wusste ich.

Es war schon beinahe sechs, und du warst noch immer nicht da. Der Abend war gut gelaufen, der Sturm vom Nachmittag hatte sich verzogen, und die Türen und Fenster der Galerie standen weit offen, um Geräusche und Gerüche des Meeres hereinzulassen. Ich schaute aus dem Fenster und roch Knoblauch vermischt mit Seeluft.

»Tom!« Georgie winkte mich heran. Ein Mann, der verblüffende Ähnlichkeit mit dem Weihnachtsmann hatte – allerdings in beigen Shorts und Jesuslatschen –, betrachtete gerade meine frei stehende Statue *Stability*; eine kleine Eiche, so schief gewachsen, als krümmte sie sich vor Schmerzen. Erinnerst du dich daran? Ich schüttelte seine klamme Hand.

»Diese Arbeit gefällt mir sehr gut, woher hatten Sie die Idee dazu?«

»Ich hatte einen Albtraum«, entgegnete ich. Albträume. Die Geißel meiner Existenz. Damals quälten mich meist vier oder fünf jede Nacht. Einmal war es so unerträglich, dass ich zweiundfünfzig Stunden durchhielt, ohne zu schlafen. Dabei war diese Skulptur entstanden. Ich dachte, wenn ich meinen Albtraum wahr werden lasse, kann ich ihn irgendwie beherrschen. Irre, ich weiß, aber da sieht man, was Schlafentzug bei einem Menschen anrichten kann. Ich berührte das kalte Blatt, das sich genauso krümmt wie der Baum. Die ganze Skulptur lehnt sich nach rechts, als wollte sie sich vor dem Unbekannten schützen, bis auf eine einzelne Rose, die sich dem Schmerz entgegenreckt. Mein wahr gewordener Albtraum.

Höflich lauschte ich seiner Interpretation meiner Arbeit. Vernissagen ziehen häufig Amateurkunstliebhaber an, Kunstlehrer oder pensionierte Kunsthistoriker wie in diesem Falle. Die kauen einem ein Ohr ab, kaufen aber nie was. Die stillen, gut gekleideten, die das Publikum genauso versunken betrachten wie die Arbeiten, sind üblicherweise die Käufer, aber an dem Tag interessierte ich mich nur für dich. Wieder ging mein Blick zur Uhr: zwanzig nach sechs und noch immer keine Spur von dir. Ich nahm mir ein Glas Prosecco von der provisorischen Bar und sah Georgie zu, wie sie ihre Show abzog. Die Frau ist eine Naturgewalt. Die dicken blonden Löckchen, die sie sonst meist hochsteckte, trug sie heute offen. Das eng anliegende, schwarze Kleid betonte ihre Jessica-Rabbit-Figur, und ich konnte mir das Lächeln nicht verkneifen, als ich sah, wie sie einem bebrillten, korpulenten Kerl, der der Farbe seiner Wangen nach zu urteilen bereits ein paar Gläschen Prosecco intus hatte, vertraulich die Hand auf den Arm legte. Georgie ist lesbisch. Was sie allerdings nicht davon abhält, schamlos mit Männern in einem gewissen Alter zu flirten, die ein Interesse an ihren Arbeiten zeigen.

Georgie hat mich gerettet. Als ich nicht wusste, wohin, hat sie mich aufgenommen. Ich hatte mich unter einer Überführung in Devon verkrochen, ich fror und hatte Hunger, also fing ich an, Skulpturen aus Getränkedosen zu basteln. Ich weiß nicht mehr, wann ich das Messer gefunden habe, aber wenigstens hatte ich was zu tun, um die endlos langen Tage irgendwie rumzubekommen. Manchmal brachte das genug Geld, um mir eine Tüte Pommes oder eine Tasse heißen Kaffee zu kaufen, zu mehr reichte es nicht. Ich weiß nicht, wie lange ich auf der Straße überlebt hätte. Sie war ein paar Mal vorbeigekommen und hatte mir ein Sandwich oder was zu trinken mitgebracht. An dem Tag, als sie mich rettete, war ich bewusstlos und hatte eine blutende Platzwunde am Kopf. Ich weiß nicht, was passiert ist. Ich weiß nur noch, dass mich etwas Schweres am Kopf getroffen hat, und als ich wieder zu mir kam, waren alle meine Arbeiten weg, und meine Schuhe und die paar Pfund, die ich darin versteckt hatte, auch. Immer wieder verlor ich kurz das Bewusstsein und kam wieder zu mir, bis ich mich schließlich im Krankenhaus wiederfand. Sie hatte sich zu mir gesetzt und mich mit Fragen zu meiner Vergangenheit gelöchert, und dann hat sie mir einen Job in ihrem Atelier angeboten. Als ich mich dafür bedanken wollte, tat sie es achselzuckend ab und erwiderte, das sei bloß das schlechte Gewissen einer Frau aus der gut situierten Mittelklasse.

Jetzt schaute sie über die Schulter zu mir rüber und zwinkerte mir übertrieben und sehr auffällig zu. Ich hob mein Glas und prostete ihr zu. Plötzlich hielt ich inne, weil ich dein Spiegelbild im Glas sah. Du hast vor einem der offenen Fenster gestanden, und als ich das Glas ganz leicht drehte, wurde dein Gesicht von winzigen funkelnden Lichtflecken der Lichterketten eingerahmt. Du hast gezögert und bist langsam zur anderen Seite des Raums gegangen. Das Herz schlug mir bis zum Hals, als ich es endlich wagte, mich umzudrehen und dich anzusehen.

Zuerst hast du mich nicht bemerkt und schienst ganz gebannt von *Stability*. Vorsichtig hast du die Hand ausgestreckt und bist mit den Fingerspitzen der Biegung des Baums gefolgt. Hauchzarte Strähnchen fielen dir im Nacken aus dem geflochtenen Zopf. Haare, die, das wusste ich, sich dicker anfühlen würden, als sie aussahen. Der Schwung deiner Nase, die leicht himmelwärts zeigt, mit einem zarten roten Hauch von Sonnenbrand. Und deine Augen, die weiter auseinanderstehen, als was klassisch als schön gilt, betont mit dunkelgrauem Lidschatten. Du hast dir auf die Unterlippe gebissen, die üppig und voll ist, und ich fragte mich, wie der Lipgloss, der auf ihnen schimmerte, wohl schmeckte. Du hast ein feuerrotes Fünfzigerjahre-Polka-Dot-Kleid getragen, das deine schlanken, gebräunten Beine zur Geltung brachte. Deine Hand strich über die Skulptur, und kurz vor der Rose hielt sie inne, und plötzlich verzogst du das Gesicht. Du hast die Lippen fest zusammengepresst und hattest plötzlich Tränen in den Augen. Behutsam hast du den Rosenstängel und die Blütenblätter berührt, und eine einzelne Träne lief dir über die Wange. Und dann suchten deine Augen mich in der Menge. Unsere Blicke trafen sich, und ich sah die Verzweiflung in deinen Augen. Eine Verzweiflung, die ich damals nicht begriff. Du hast die Hand gehoben, als wolltest du mich fernhalten. Ich kam auf dich zu, aber du bist vor mir zurückgewichen. Wieder sahst du dich panisch um. Ich blieb stehen, aber du bist weiter rückwärts gegangen mit flehentlichem Blick, als bätest du um Vergebung für etwas, aber ich wusste nicht, für was. Ich wollte dich warnen, aber die aufsteigende Panik machte dich blind für alles um dich herum, und du liefst rückwärts hinein in *Die Schmetterlingsbombe.* Ein schriller Misston kreischte durch die Galerie, und es wurde totenstill. Du bliebst stehen und hast aufgeschaut und gemerkt, dass du nichts tun konntest, um das schwere Kreuz festzuhalten, das langsam nach vorne kippte und dabei den Schmetterlingsschwarm freiließ. Deine Augen spiegelten die grünen Flügel, die um dich herumflatterten, und sie füllten sich mit smaragdgrünen Tränen, die sanft in deine Haare und auf deine Schultern fielen. Das leuchtende Grün schillerte und schimmerte rings um dich herum und wirkte fast ätherisch im Kontrast zu deinem knallroten Kleid. Es war das Schönste, was ich je gesehen hatte.

Der ganze Raum war noch im Schockzustand, als du plötzlich den Mund aufgemacht und zu singen angefangen hast. Ein reiner, klarer Klang und eine Melodie, die ich sofort erkannte, und gleich hatte ich dazu Sinéad O'Connors Gesicht vor Augen.

Der ganze Raum hing an deinen Lippen, als du singend erklärtest, es sei nun genau elf Jahre und sechzehn Tage her, seit jemand dir seine Liebe genommen hat. Trotzig sahst du mich an und sangst, du könntest hingehen, wo immer du wolltest. Ich war wie gebannt von deiner Stimme und wie du all deine Emotionen in diesen gefühlvollen Text legtest. Mit eleganten Gesten hast du deinen Gesang unterstrichen und mir klargemacht, du könntest ausgehen, mit wem und wann immer du willst. Deine Stimme war sanft und doch entschlossen. Zögerlich machtest du einen Schritt auf mich zu. Ich glaubte jedes Wort, das aus deinem Mund kam. Ich konnte mir genau vorstellen, wie du in teuren Restaurants zu Abend isst. Dann hast du, kopfschüttelnd und die langen Wimpern gesenkt, den Blick gehoben und mich angesehen und hast den Titel gesungen: *Nothing Compares 2 U*. Du hast mir unentwegt in die Augen geschaut, als wolltest du mich anflehen, dir zu helfen. Du hast von einem Vogel gesungen, der kein Lied mehr hat, und deine Stimme wurde zu einem verletzlichen Zwitschern. Du nicktest leicht, als deine sanfte Stimme sich über den Arzt echauffierte, der dir gesagt hat, du sollst dich mehr amüsieren. Du hast die Augen verdreht und mich schief angelächelt: Was für ein Idiot. Du kamst näher und hast die irritierten, belustigten Blicke der anderen ignoriert. Ich wusste, dass du einfach nur ein Lied singst, ein Lied, das jemand anderer geschrieben hat, aber so, wie du es gesungen hast, wollte ich dich in die Arme nehmen, dich beschützen und dir versprechen, dass ich alles tun würde, damit du nie wieder einen Grund zum Weinen hast.

Du gabst mir das Gefühl, als hätte ich wirklich Blumen in deinem Garten gepflanzt, als hätten wir ein gemeinsames Leben gehabt, aber es war nur ein Liedtext, Wörter, die den Schmerz eines Fremden beschrieben. Du hast dir die ärgerlichen Tränen aus dem Gesicht gewischt und erklärt, es sei nicht leicht, mit mir zu leben. Und die Fiktion fühlte sich an wie die Wahrheit.

Du standst vor mir und hast den Kopf geschüttelt und mir singend versichert, dass kein anderer so ist wie ich, und dann hast du die Hände an mein Gesicht gelegt und mich geküsst.

Ich spürte die Schmetterlinge in deinen Haaren um uns herum zu Boden taumeln, und deine salzigen Tränen vermischten sich mit meiner Vergangenheit, Gegenwart und Zukunft.

17

Melody

Ich sehe zu, wie die Muskeln an seinem gebräunten Rücken sich spannen, als er einen brüchigen Holzscheit ins Feuer wirft. Ich habe jedes Zeitgefühl verloren, aber die Luft ist so kühl, dass es kurz vor Sonnenaufgang sein muss. Die Meeresbrise sucht sich einen Weg durch die Lücken an den uralten Fenstern, und die schweren weißen Vorhänge bauschen sich. Ich ziehe das weiche graue Laken hoch bis zum Kinn. Er hockt sich hin und starrt in die Flammen und wirft mir über seine mit Sommersprossen bedeckte Schulter einen Blick zu. Er lächelt. Ich richte mich ein wenig auf und stütze das Kinn in die Hand. Er fährt sich mit der Hand über die Bartstoppeln, steht auf und kommt wieder ins Bett. Ich rutsche rüber, damit er den Kopf auf meinen Bauch legen kann, und streiche über die Beulen und Dellen an seinem Kopf: eine Landkarte seines Lebens vor und nach mir. Er hat neue Narben – Zeugnis seines Lebens ohne mich – und alte, an die ich mich noch erinnere. Wie die, über die ich gerade mit dem Mittelfinger fahre: eine gezackte silberne Linie fünf Zentimeter über dem rechten Ohr, als er von einer Trittleiter gefallen ist, während er mit Flynn den Weihnachtsbaum geschmückt hat. Da war ich gerade mit

Rose schwanger. Vorsichtig stecke ich einen Zeh ins eiskalte Wasser ungewisser Antworten und kann nur hoffen, dass die Strömung uns nicht unbarmherzig aus dem warmen, behaglichen Bett zieht.

»Woher hast du denn die Narbe?«, frage ich behutsam. Er legt die raue, warme Hand auf meine Finger.

»Mit zwölf beim Rugbyspielen.« Ich ziehe den Zeh heraus aus dem eisigen Wasser, zurück in den warmen Raum, und gebe mich fürs Erste damit zufrieden. Ich zögere kurz, bevor ich meine Finger mit seinen verschränke, und er hebt meine Hand an die Lippen. Das war eine Lüge.

»Hast du Kinder?«, fragt er. Wie soll ich es ihm sagen? Wie wirft man diesen verletzlichen Menschen in ein Leben mit Kindern, die er nicht mal kennt – eins davon mit Verhaltensproblemen, das andere mit weiß Gott was in seinem Teenie-Kopf – und einer Frau, die nicht mal die Straße entlanggehen kann, ohne lauthals loszusingen? Er hat ein Leben hier, ein glückliches Leben. Wer bin ich, es zu zerstören?

»Nein«, schwindele ich. »Du?«

»Nein.« Wir lügen alle beide. Wir lügen, ohne rot zu werden, während wir in den zerknüllten Laken liegen, und unser Duft und unser Lügengespinst bilden eine provisorische Barrikade gegen den Ansturm unbeantworteter Fragen.

»Erzähl mir was von dir«, sage ich zu ihm. Dieses altbekannte Ziehen im Magen ist wieder da. Der Drang, endlich zu erfahren, warum er gegangen ist und warum er sich, wie es scheint, weder an mich noch an unser gemeinsames Leben erinnert.

»Ich kann Bauchnabel nicht ausstehen.«

Ich gluckse leise. »Bauchnabel?«

»Fies, die Dinger.« Es schüttelt ihn. »Erzähl mir was von dir …« Er hebt den Kopf und schaut mich durch die langen Wimpern an, und seine Augen schimmern im Widerschein des Feuers.

»Hmmm … meine linke Brust ist größer als die rechte.«

»Echt?« Er zieht die Augenbrauen hoch. »Ich weiß nicht, ob ich dir das unbesehen glauben soll.« Er will mir das Laken wegziehen, was in ein kurzes Tauziehen ausartet – kehliges Lachen, das prasselnde Kaminfeuer und Wellenrauschen: Es ist ein perfekter Augenblick. Er streicht sich die Haare aus den Augen und gibt mir einen Kuss auf die Nasenspitze. »Ich finde es süß, dass deine Nasenspitze nach oben zeigt.«

»Was, wie bei einem Hu?«

»Einem was?«

»Einem Hu. Sag nur, du kennst Dr. Seuss nicht?«, frage ich.

»Hu?«

»Ein Hu. Genau.«

Wieder lacht er. »Ich kenne nur *Doctor Who*.«

»*Doctor Who* aus dem Tardis?« Ich muss über seine Verwirrung kichern, und eine federleichte Glückseligkeit erfüllt das Zimmer.

»Nein, ich …« Er schüttelt den Kopf und stutzt, als mein Magen unüberhörbar unter seinem Ohr knurrt wie ein hungriger Löwe.

Irritiert schaut er auf meinen Bauch. »Hunger?«

Als das gedämpfte, stählern graue Licht sich zu verändern beginnt, erwacht die Küche zum Leben, und ich bin mittendrin. Ich habe eine Tasse frisch gebrühten Kaffee in der Hand, der warm durch meinen satten Körper gluckert.

Lange totgeglaubte Körperteile recken und strecken sich ächzend. Träume aberhunderter einsamer Nächte werden vor meinen Augen Wirklichkeit. Wie er sich am Kopf kratzt, als er kurz innehält und überlegt, wo er die Eier hingetan hat. Wie er den Kopf schieflegt, als er den Gasherd anzündet, und wie er den Finger ableckt, weil er sich am Streichholz verbrannt hat. Und wie er mich ansieht. In den Monaten, als er verschwunden war, habe ich solche Momente wieder und wieder vor meinem inneren Auge abgespielt und mich gefragt, ob ich mir diesen Blick nur eingebildet, ihn womöglich romantisiert habe. Wahrscheinlich, denn wieso wäre er sonst gegangen? Und doch, da sind sie wieder. Ein schneller Seitenblick, als er den geriebenen Käse in die Pfanne streut, und es ist ganz egal, dass ich noch das Make-up von gestern Abend trage und meine Fältchen tiefer geworden sind. Dieser Blick, dieses Lächeln, und ich weiß, dass … dass ich die schönste Frau bin, die ihm je begegnet ist. Ich stelle meine Tasse vorsichtig auf dem kleinen Tischchen neben dem taubenblauen Sofa ab, das in der Bauernküche steht, und setze mich hin.

»Worcestershire-Soße? In einem Omelett?«, frage ich skeptisch, genau wie beim ersten Mal, als er für mich Omelett gemacht hat. Dieses Déjà-vu ist irgendwie beunruhigend. Er steht an der abgenutzten Kücheninsel aus Eichenholz und zeigt mit der Gabel auf mich.

»Wart's nur ab«, entgegnet er und kommt mit zwei Tellern und zwei Gabeln herüber: Frühstück für zwei. »Du wirst es mögen.« Er reicht mir den Teller und scheint kurz verwirrt. »Woher ich das weiß?«, fragt er kopfschüttelnd. Und ich überlege, ob das der geeignete Moment ist, es ihm zu sagen. Aber dann schaue ich in sein besorgtes Gesicht und muss daran denken, wie unbeschwert er vor dem Café war.

»Weil ich ein scharfes Ding bin?«, erwidere ich mit einem anzüglichen Grinsen und nehme den Teller. Er drückt sich ganz leicht gegen mich, als er sich mir gegenüber in den nicht zum Sofa passenden Sessel setzt, die Beine überkreuzt und sich gemütlich zurücklehnt. Ich spieße ein Stück der seltsam anmutenden Ei-Käse-Masse auf und versuche, mir meinen Ekel nicht anmerken zu lassen. Er sieht mich an und hält mit der Gabel in der Luft inne.

»Magst du es nicht?« Er steckt sich die Gabel in den Mund und nickt zufrieden.

»Ähm … oh … äh … doch. Schmeckt klasse …«

Wieder nickt er, und das Lächeln weicht einem besorgten Ausdruck. »Was ist denn dann?« Er beugt sich zu mir.

»Es ist … na ja … es … es sind …« Ich esse noch einen Bissen, um Zeit zu schinden. »Es sind deine Füße«, sage ich, presse fest die Lippen aufeinander und beiße mir auf die Unterlippe.

»Meine Füße?« Er wirkt schockiert. »Was ist denn mit meinen Füßen?« Er legt sie nebeneinander und dreht sie nach links und nach rechts.

»Na ja, sie sind … Himmel, man kann das einfach nicht höflich sagen. Sie sind hässlich.«

Er schluckt schwer. »Hässlich?« Ich nicke. »Hässlich? Ich habe hässliche Füße?« Stirnrunzelnd betrachtet er sie und spreizt die Zehen.

»Siehst du!« Ich weise mit der Gabel darauf. »Zehen sollten so was nicht machen! Es sind schließlich Zehen, keine Finger. Die sollte man nicht so spreizen können.«

»Ha! Hässliche Füße. Und ich bin nichtsahnend mein ganzes Leben lang in Flipflops und dergleichen herumgelaufen.« Er grinst spöttisch. »Wo wir gerade bei komischen Körperteilen sind …«

Klirrend lege ich meine Gabel weg. »Was?«, frage ich, während er absichtlich langsam kaut, sich die Hand vor den Mund hält und nach oben schaut, wie zur Entschuldigung, dass es so lange dauert. Endlich schluckt er bedeutungsvoll.

»Du hast keine Ohrläppchen.«

Ich lache. »Habe ich wohl.« Zum Beweis zupfe ich an meinem rechten Ohr.

»Nein, hast du nicht. Die gehen direkt in den Hals über und wackeln kein bisschen.«

»Wackeln nicht?«, wiederhole ich entsetzt.

»Nein.« Er stellt den Teller auf den Boden und schnippt gegen seine Ohrläppchen, um mir deren wackelpuddingartige Beweglichkeit zu demonstrieren.

»Aber meine wackeln doch.« Ich stelle klirrend den Teller auf den Boden und tue es ihm nach. Aber oh weh. Nichts wackelt da. Ich nehme meinen Teller wieder in die Hand und esse weiter.

»Schmollst du jetzt etwa?«, fragt er ungläubig, während ich schweigend das Ei in den Mund schaufele.

»Nein«, entgegne ich beleidigt mit vollem Mund. Er prustet los, steht auf und nimmt mir den Teller ab. Glucksend geht er in die Küche und stellt beide Teller in die angeschlagene Spüle. Ich lächele hinter seinem Rücken, stehe auf und schlinge ihm die Arme um die Taille, während das Spülbecken sich mit warmer Seifenlauge füllt. Ich lege den Kopf an seinen Rücken und spüre, wie seine Muskeln sich bewegen, als er die Teller abspült und zum Abtropfen im Trockengestell stapelt. Er dreht sich um, hebt mein Kinn, küsst mich sanft auf die Lippen und arbeitet sich dann bis zu meinen Ohren vor.

»Ich mag deine seltsamen Ohrläppchen«, flüstert er.

»Ich mag deine hässlichen Füße.«

»Ist es das?«, fragt er und sieht mir forschend in die Augen. »Ist es das, was alle immer meinen? Ist das die Liebe auf den ersten Blick?«

»Ist es … für den Augenblick«, entgegne ich, als er mich an der Hand nimmt und wieder ins Schlafzimmer führt.

Ich ignoriere die schrillen Schreie meines Unterbewusstseins, auf der Stelle damit aufzuhören. Es bittet und fleht mich an, nicht zu lügen. Zu gehen und nie wieder zurückzukommen. Ich schlinge die Beine um ihn, und wir sinken auf das Bett, und ich schreie zurück. Ich habe es verdient, mit ihm zusammen zu sein … verdient, ihn zurückzubekommen. Und sei es nur für einen Tag. Ich werde gehen. Ich werde nie wieder zurückkommen. Ich werde ihn vor der Wahrheit schützen. Aber für diesen Augenblick … bitte lass ihn mir.

Ich liege da und sehe zu, wie er schläft. Ich sehe zu, wie seine Brust sich hebt und senkt. Auf und ab. Lebendig. Lebend. Diesmal darf ich es glauben, darf ich es genießen. Durstig trinke ich einen letzten Schluck, ehe ich mich losreiße und aus dem Bett schlüpfe. Ich schnappe mir meine Sachen und schleiche die Steintreppe hinunter ins Wohnzimmer. Ich betrachte die Bilder an den Wänden, die zusammengewürfelten Möbel, die irgendwie doch zusammenpassen. Liebevoll streiche ich über den alten Schaukelstuhl – wie lange es wohl gedauert hat, den zu restaurieren?, frage ich mich, als ich die angefügten neuen Holzteile erblicke, die wie eine Collage anmuten. Mein Blick folgt den unebenen Bodendielen, die an Wellen auf dem Meer erinnern, sich ausdehnen und zusammenziehen mit dem Haus, das selbst zu leben und zu atmen scheint. Am Schirmständer in der Ecke hängt meine Handtasche und schmiegt sich wie selbstverständlich zwischen die Mäntel, als gehörte sie hierher. Ich nehme sie und spüre die Last des Verrats auf meinen Schultern. Bebend atme ich ein und weiß mit absoluter Gewissheit, dass ich ihn zu sehr liebe, um ihm die Wahrheit zu sagen. Ich liebe ihn zu sehr, um bei ihm zu bleiben. Behutsam schließe ich die Tür hinter mir, und der warme Wind, der vom Meer heraufweht, erfasst mich, als ich losgehe, der lächelnden Sonne und dem Gruß der Möwen entgegen. Mit den Handballen wische ich mir die Tränen aus dem Gesicht.

Als ich etwa fünf war, hat meine Oma oft mit mir gebacken: immer sonntags, und immer liefen im Hintergrund ihre Schallplatten, und immer war das Fenster offen, durch die der Duft von gebackenen Äpfeln und Kuchen nach draußen zog. Ich weiß gar nicht, wieso ich gerade daran denken muss, bis mir aufgeht, dass ich die Melodie einer sehr alten Wilf-Carter-Version von *You Are My Sunshine* trällere. Es war eins ihrer Lieblingslieder, die sie immer auf ihrem Plattenspieler laufen ließ, während die Nadel knisternd von der Vergangenheit kündete. Und nun höre ich meine Stimme, während mir brennende Tränen über die Wangen laufen, und der Song ist schwermütig und die Stimmung düster.

Der Wind trägt meine Stimme fort, und ich singe davon, wie glücklich er mich macht, mag der Himmel auch noch so grau sein. Ich verschlucke mich an einem Schluchzen und singe trotzdem weiter. Ob er je wissen wird, wie sehr ich ihn liebe?, singe ich und flehe darum, man solle mir meine Sonne nicht nehmen. Die Spiegelung der Sonne erstickt unter den hungrigen Wellen, und in meiner Tasche fängt das Handy wütend an zu vibrieren. Ich ignoriere es. Ignoriere, was ich gerade tue, und ignoriere das Leben, das mich erwartet, wenn ich nach Hause zurückgehe. Wieder und immer wieder singe ich den Refrain und sage ihm, wie glücklich er mich macht, und bitte darum, mir dieses Glück nicht zu nehmen. Ich lecke mir die Lippen und schmecke die salzige Seeluft, die sich mit meinen Tränen mischt, und schnappe unmerklich nach Luft, um schließlich den Rest des Liedes unkontrolliert auszuspucken. Ich wische mir über das Gesicht, atme ein paar Mal tief durch und wispere entschlossen den Titel: *You Are My Sunshine*.

Auf dem schmalen, steilen Weg entlang der engen Kurven und Biegungen hinunter in den Ort ziehe ich das Handy aus der Tasche. Sieben entgangene Anrufe von Shane. Erschöpft setze ich mich auf eine verwitterte Bank und rufe ihn zurück.

»Hi, ich bin's.«

»Ist alles okay? Hast du ihn gefunden? Melody?«

»Hmm?«

»Hast du ihn gefunden?«

»Ja.«

»Und?«

»Und nichts. Er hat ein neues Leben, ohne mich und die Kinder. Das war's.«

»Ist alles okay?«

»Nein, eigentlich nicht. Ich nehme den nächsten Zug nach Hause.«

»Soll ich vorbeikommen, wenn du wieder da bist?«

»Das ist wirklich nett, aber nein. Ich brauche ein bisschen …«

»Abstand?«

»Ja … Abstand.«

Ich lege auf und gehe zielstrebig zurück zum Hotel.

Auf der Bettkante sitzend vergewissere ich mich, dass meine Zugfahrkarte in der Handtasche ist, und hole das Foto von Flynn und Rose heraus, das sie letzten Monat bei der Abschlussparty der Schule in einem dieser Foto-Automaten geknipst haben. Eins der wenigen richtigen Fotos, die ich bei mir trage – die anderen hängen entweder zu Hause im Flur oder sind auf dem Computer und dem Handy. Ich muss grinsen, als ich mir das Bild ansehe. Rose schiebt die Nasenspitze mit dem Daumen nach oben, und Flynn hockt vor ihr mit einem Pappschild in der Hand, auf dem »Loser« steht und das auf seine Schwester zeigt. Die beiden sind alles, was ich habe, und das muss genügen. Ich kann mich glücklich schätzen, denke ich, als ich wieder aufstehe. Wie vielen Menschen ist ein letzter Augenblick mit dem geliebten Menschen vergönnt, lange nach seinem vermeintlichen Tod? Ich stecke das Bild wieder weg und schaue mich ein letztes Mal um in dem kleinen Zimmer mit Meerblick mit den vanillepuddinggelben Wänden und den hauchdünnen Gardinen. Dann nehme ich meine Taschen und mache mich auf den Weg zum Bahnhof.

Laut Anzeige kommt mein Zug pünktlich. Ich trinke den letzten Schluck Limonade, werfe die Dose in den Müll und halte Ausschau nach dem Zug. Mein Handy klingelt, just als am Horizont die Lok auftaucht.

»Hi, Mum …«

»Hi, wie geht es deinem Freund? Amüsiert ihr euch schön?«, fragt sie.

»Ja, ähm, alles bestens, ich bin …«

»Hör zu, Schatz, meine Freundin Veronica hat einen Wohnwagen in Wales, und eigentlich sollten Bekannte von ihr dort eine Woche wohnen, aber die haben ihr im letzten Moment abgesagt, und jetzt hat sie mich gefragt, ob ich vielleicht fahren möchte. Ich dachte, ich könnte die Kinder mitnehmen. Ich hätte ja zuerst dich gefragt, aber na ja, sie waren dabei, als sie mich gefragt hat, und die beiden wollen so gerne mitkommen …«

»Wie, eine ganze Woche … mit dir?«

»Tja, ja. Und zwar ab heute, genau genommen. Ich habe ein bisschen Geld beim Rennen gewonnen, und ich habe ihnen gesagt, das können wir dort auf den Kopf hauen. Es gibt einen kleinen Club auf dem Campingplatz, mit Pool und so ein Go-Kart-Dings, glaube ich …«

Der Zug kommt um die Ecke und hält auf den Bahnsteig zu. Und während ich noch überlege, was diese unerwartete Wende bedeuten würde, vibriert mein Handy. Ich nehme es kurz vom Ohr und sehe eine Nachricht auf dem Display aufpoppen:

Biiiiiitteeeeeeeeeee?? R+F xxx

»Und was ist mit Klamotten und so?«

»Süße, die beiden können sehr gut alleine ihre Sachen packen, und ich habe einen Hausschlüssel.«

»Aber Mum, bist du dir wirklich sicher? Flynn kann ganz schön anstrengend sein, und Rose ist …«

»Hör zu, die beiden sind brav wie die Lämmer, und wenn sie Ärger machen, bringe ich sie postwendend wieder nach Hause zurück. Es sind doch nur zwei Stunden Fahrt.«

Der Zug fährt ein, und die Türen gehen auf.

»Öhm, ich …« Ich höre Mum lachen, als die beiden im Hintergrund brüllen:

»Bitte!!!!!«

Ich lächele und beiße mir auf die Lippen. »Entschuldigen

Sie, junge Frau«, fragt ein großer, ergrauender Herr mit Bermudashorts und haarigen Beinen. »Steigen Sie ein?« Mit dem Kopf weist er auf den Zug.

»Melody?«, fragt Mum.

»Nein.« Kopfschüttelnd schaue ich den Mann mit den haarigen Beinen an, trete einen Schritt zurück und sage meiner Mum, dass ich einverstanden bin, während meine Kinder im Hintergrund jubeln und grölend *Summer Holiday* anstimmen. Ich lache, verabschiede mich und marschiere aus dem Bahnhof.

Die Haare kleben mir im Nacken, als ich um die Ecke biege und auf den Klippenpfad zusteuere. Ich stütze mich mit den Händen an den Knien ab, um wieder zu Atem zu kommen. Dann rücke ich den Rucksack und die Handtasche zurecht und mache mich im Laufschritt auf den Weg zu ihm. Der Pfad schlängelt und windet sich, mein Hals ist trocken und wund, und die schmerzhaften Seitenstiche wollen mich zwingen, stehen zu bleiben. Aber das kann ich nicht. Das Cottage kommt in Sicht, und ich gehe weiter, immer weiter, und der Wind übertönt mein heftiges Schnaufen. Ich bemühe mich, an nichts anderes zu denken als an ihn und die warnenden Gedanken zu überhören, dass ich damit alles nur noch schlimmer mache. Als das Postkartenpanorama sich vor mir öffnet, bleibe ich kurz stehen, fahre mir mit den Fingern durch die Haare und versuche, ruhig zu atmen. Ich drehe den kühlen, schweren Türknauf – der mir in diesem Augenblick wie ein rettender Anker erscheint. Wie zur Warnung rutscht meine Hand, die schweißnass ist, leicht ab, als wolle sie sagen, du gehörst nicht hierher. Du bist nicht gekommen, um zu bleiben. Ich wische mir die Handfläche an meinem blauen Blümchenkleid ab und umfasse den Türknauf fester … Ich bleibe vielleicht nicht für immer, aber jetzt bin ich da.

Ich gehe hinein. Die kühlen Farben und die frische Luft umarmen meine erhitzte Haut, und ich stelle vorsichtig mein Gepäck ab. Im ganzen Haus ist es totenstill, man hört nur das leise Rappeln der Fensterscheiben. Ein Lüster an der Decke wirft die Sonnenstrahlen zurück – eine Lichtskulptur, ähnlich den Arbeiten, die ich in der Galerie gesehen habe: zarte Muschel, die eine Kaskade aus Regenbögen an Wände und Decken zaubert.

»Hallo?« Ich ziehe die silbernen Sandalen aus und nehme sie in die Hand. Mit kleinen, leisen Schritten gehe ich in die Küche, wo noch die zerbrochenen Eierschalen und die Reste von dem geriebenen Käse herumliegen.

»Hallo?«, rufe ich abermals und fühle mich wie eine eigenartige Mischung aus Eindringling und Bewohner. Die Sandalen noch am Finger baumelnd mache ich ein paar zögerliche Schritte nach oben. Aus dem Schlafzimmer ist leises Stöhnen zu hören, und ich halte kurz inne. Das Herz schlägt mir bis zum Hals, als das Geräusch immer lauter und dringlicher wird. Das unverwechselbare Quietschen von Bettfedern lässt die Holzdielen ächzen, und meine Zehen krampfen sich leicht zusammen, als ich spüre, wie der Boden kaum merklich bebt. Er hat eine andere. Der Gedanke trifft mich wie aus heiterem Himmel und zermalmt mich. Gemeine, scharfstachelige Dornen zerkratzen meine Zufriedenheit. Die Laute werden immer tierischer, aber meine Füße gehen einfach weiter. Mein Hirn kann sie nicht aufhalten. Ich sehe meine Hand an der Tür, blassrosa lackierte Nägel auf dem Eichenholz, als gehörte sie nicht zu mir. Ich sehe den abgesplitterten Lack am Zeigefinger, als die Tür dem Druck nachgibt und aufgeht.

Die Bettlaken sind zerwühlt, und Tom liegt mitten auf dem Bett, sich windend und völlig verheddert. Er hat das Gesicht verzogen, als litte er Todesqualen. Ich stehe da, vollkommen erstarrt, und kann den Blick nicht von ihm abwenden. Wie bei einem schlimmen Unfall, bei dem man nicht anders kann, als im Vorbeifahren hinzuglotzen. Wieder schreit er. Er scheint mich nicht zu bemerken. Der Schmerz in seinem verzerrten Gesicht ist unerträglich. Behutsam strecke ich die Hand nach ihm aus und rüttele ihn leicht an der Schulter, aber als ich seine erhitzte Haut berühre, reißt er auf einmal erschrocken die Augen auf und starrt mich mit leerem, glasigem Blick an. Ich lächele, aber er glotzt mich nur an und hebt die zur Faust geballte Hand. Mir vergeht das Lächeln. Die Faust trifft mich unvermittelt. Ein stechender Schmerz, als die Haut aufplatzt, der die Wange hinauf bis zum Auge schießt, während ich mit Wucht nach hinten katapultiert werde. Mit einem Geräusch wie ein zerplatzendes Ei prallt mein Hinterkopf auf die Holzdielen. Ich bleibe reglos liegen, und der Schmerz pocht von meiner Wange über das Auge bis in den Kopf, in den Nacken, ins Herz.

»Oh Gott! Mel!« Hastig klettert er aus dem Bett und fällt neben mir auf die Knie. Der glasige Blick ist einem sorgenvollen Ausdruck gewichen. Entsetzt sieht er mich an und schlägt die Hand vor den Mund, deren Knöchel leicht gerötet sind. »Alles okay? Es tut mir so leid …« Ihm steigen Tränen in die Augen. Sanft umfasst er mein Kinn und dreht meinen Kopf zur Seite. »Alles in Ordnung?«

»Jeder …«, krächze ich, aber ich bekomme kaum die Lippen auseinander. Verdutzt fahre ich mir mit der Zunge über die Lippen und schmecke Blut. Er zuckt zusammen. »Jeder leidet mal …«, entgegne ich.

»Warte, ich hole dir ein Kühlpack. Es tut mir so leid, ich hatte schlechte Träume, Albträume, ich …«, aber ich unterbreche ihn, weil ich übersprudele mit einer schmerzerfüllten Version des alten REM-Klassikers *Everybody hurts*. Ich teile ihm mit, dass ich weiß, wie es sich anfühlt, wenn man eigentlich fürs ganze Leben genug gehabt hat und es trotzdem … irgendwie weitergehen muss. Er bedeutet mir, eben schnell Eis zu holen, aber ich packe ihn am Arm und halte ihn fest.

»Geh nicht«, sage ich zu ihm. »Wir alle weinen, und wir alle leiden … manchmal.« Er setzt sich und nimmt mich in die Arme und streicht mir über das Haar, während ich zu ihm aufschaue. Fragend sieht er mich an, als suchte er in meinem Gesicht, in meinen Worten nach einem Zeichen der Vergebung. Ich singe ihn an und erkläre ihm, dass im Leben manchmal alles falsch erscheint, und dann lache ich und stupse ihn an, damit er mitsingt, was er dann auch macht. Er singt, dass Tage zu Nächten werden und man manchmal das Gefühl hat, aufgeben zu wollen, aber dass man durchhalten soll. Erschöpft antworte ich ihm, dass er nicht allein ist. Gemeinsam singen wir das Lied zu Ende, während er mich sanft in den Armen wiegt, und mir geht auf, dass REM recht haben: *Everybody Hurts*.

18

Tom

Wir saßen im warmen Sand, und ich hatte die Arme um dich gelegt. Dein Kopf war unter meinem Kinn, und ich gab dir einen Kuss. Alles so vertraut, als sei es immer schon so gewesen. Du hast begeistert davon erzählt, wie du als kleines Kind immer Schlammkuchen gebacken hast. Ich kann mir dich nur zu gut vorstellen, mit schelmisch blitzenden Augen, schmutzigen, aufgeschürften Knien und klebrigen Fingern.

»Hast du das auch gemacht?«, hast du mich gefragt. »Irgendwie habe ich das Gefühl, heutzutage dürfen Kinder nicht mehr im Dreck spielen, bestimmt aus Angst vor E-Coli oder so …«

In dem Moment beschloss ich, es dir zu sagen. Dir zu sagen, dass ich nicht der war, für den du mich hieltest. Zwei Tage hatten wir zusammen verbracht, und schon jetzt konnte ich mir nicht mehr vorstellen, ohne dich zu sein. Ich glaube, du hast irgendwie gespürt, dass ich dir nicht die ganze Wahrheit über mich gesagt habe, denn du schienst auch nicht ganz offen zu mir zu sein – vielleicht weil du abwarten wolltest, ob ich dir vertraue. Das, was zwischen uns ist, habe ich immer für einen Mythos gehalten. Ein

Märchen. Wie kann man sich verlieben – Hals über Kopf, mit Haut und Haaren –, ohne den anderen überhaupt zu kennen? So was gab es nur in Sonetten und bei Shakespeare, in Balladen und oscarprämierten Filmen: Ich wusste, dass es dir genauso ging. Du musst es auch gespürt haben. Als ich aufwachte und sah, wie dein Kopf nach hinten flog und wie dein erschrockener Blick der Erkenntnis wich, da wusste ich, dass es dir auch so ging.

»Ich weiß es nicht.«

Du maltest mit den Fingern Spiralen in den Sand. »Ich meine, ich erinnere mich nicht.« Deine Hand hielt kurz inne und zog dann weitere Kreise. »Ich erinnere mich an vieles nicht.« Dein Rücken wurde kaum merklich steifer, aber du hast dich an mich gelehnt. Ich starrte hinaus aufs Meer und stürzte mich dann kopfüber in die Wahrheit. »Ich erinnere mich an nichts, was länger als elf Jahre her ist.« Du warst einen Moment still.

»Woran erinnerst du dich denn?«, hast du neugierig gefragt, ohne zu stutzen. Ich zog die weiße Spitze heraus, die du dir um den Haargummi gebunden hattest. Der Wind hatte es gelöst und wieder und wieder um sich selbst gedreht.

»Ich kann mich nicht wie du oder die meisten anderen Menschen an meine Kindheit oder mein Zuhause erinnern. Ich erinnere mich nicht an meine Eltern, die Schule oder das College. Ich weiß nicht, ob ich auf der Uni war oder was mein erster Job war … Meine erste Erinnerung ist, wie mir jemand in einer Unterführung in Worcester in den Bauch getreten hat.«

»Worcester?«

»Ja. So, wie ich ausgesehen habe, muss ich da wohl schon eine ganze Weile auf der Straße gelebt haben. Vielleicht auch schon immer, wer weiß? Ich weiß es jedenfalls nicht.« Ich band dir die Spitze wieder zu einer Schleife in den Pferdeschwanz.

»Womit hast du dich über Wasser gehalten?« Du hast dich leicht nach links gedreht und das Gesicht an meine Brust geschmiegt und meine Hand an deine Lippen gehoben.

»Betteln, stehlen – immer nur Essen – aber ... ich habe Dinge getan, auf die ich nicht stolz bin. Aber ich hatte keine andere Wahl. Dann hat Georgie mich gefunden: Sie hat mir Arbeit gegeben, ein Dach über dem Kopf – ein Leben.«

»Erinnerst du dich an irgendwas? Irgendwas aus deinem früheren Leben?«, wolltest du wissen, und als ich dir über die Wange strich, spürte ich feinen Sand unter meinen Fingerspitzen.

»Nichts. Aber ich frage mich oft ...«

»Ja?«, warfst du hoffnungsvoll ein.

»Ich habe immer wieder denselben Albtraum. Einen Albtraum mit einem Jungen. Bestimmt hat es nichts zu bedeuten, aber ihm fehlt die Hälfte des Gesichts. Die eine Seite ist ganz verschwommen.«

»Hast du noch andere Träume?«

»Das ist kein Traum. Es ist ein Albtraum. Er ist ganz verdreht und greift immer nach mir ... mehr Tier als Mensch. Und von einem Baum träume ich auch immer wieder. Darum habe ich *Stability* gemacht. Aus dem Baum wächst eine rote Rose, aber selbst die erscheint mir böse und bedrohlich. Manchmal will sie mich überwuchern, umschlingen und ersticken.«

»Hast du je herauszufinden versucht, wer du eigentlich bist?«

»Ich bin Tom. Ich bin Künstler, und ich lebe hier. Ich weiß, wer ich bin.«

»Tut mir leid, ich wollte nicht …«

»Entschuldige. Ich habe nur … ich habe vor langer Zeit die Entscheidung getroffen, die Vergangenheit ruhen zu lassen. Es geht mir gut. Ich war nie glücklicher, und außerdem, ich könnte womöglich etwas erfahren, das ich gar nicht wissen will.«

»Das kann ich verstehen. Wollen wir ein bisschen spazieren gehen?«

»Ein bisschen spazieren gehen?«, gluckste ich. »Ich sage dir, ich könnte vielleicht unwissentlich ein Axtmörder sein, und du fragst: ›Wollen wir ein bisschen spazieren gehen?‹« Ungläubig schüttelte ich den Kopf, und du hast mich in die Rippen gestoßen.

»Ich könnte auch eine Axtmörderin sein …«, hast du nur gesagt, und wo du recht hattest, hattest du recht. Ich wusste nichts über dich, nur dass du zu singen anfängst, sobald du gestresst bist, als Kind gerne Matschkuchen gebacken hast und … dass ich dich liebe.

Ich schamponierte dir die Haare, während du in der Löwentatzenwanne lagst, die ich mal bei einer Haushaltsauflösung in Truro gefunden hatte. Ich weiß noch, wie sich die Seifenblasen zu kleinen Schaumschlössern türmten.

»Sie wissen es nicht. Die Ärzte. Nach dem Unfall haben sie ein MRT gemacht und haben einen … wie soll ich sagen … eine Art Abszess in meinem Hirn gefunden, aber der war nicht gefährlich oder so, ich musste bloß ein Antibiotikum nehmen, und das war's. Ich war bei so vielen Spezialisten, aber niemand weiß, warum ich singe. Sie meinen, es ist eine Form von Tourette, aber … wie dem auch sei, kommen wir zu wichtigeren Fragen. Die Achtziger. Ich weiß nicht, ob es wirklich so schlimm ist, dass du dich an nichts erinnern kannst. Wobei es einige Filmklassiker gibt, die man eigentlich gesehen haben sollte …« Dein Akzent wird breiter, je entspannter du bist, das hatte ich schon gemerkt, und du hattest einen leichten Birminghamer Einschlag. Nicht ganz so ausgeprägt wie bei Frank Skinner, dem Comedian – dein Akzent ist weicher –, aber die Satzmelodie ging immer nach oben und kam mir eigenartig vertraut vor. Du hast mit den Zehen unter dem tropfenden Wasserhahn gewackelt, und da habe ich es gesehen. Ich sah dich mit den Zehen wackeln, und für den Bruchteil einer Sekunde war das Wasser grün, und deine Zehennägel waren leuchtend rot lackiert. Mir wurde kurz schlecht, und dann war es, als kippte der ganze Raum. Ich blinzelte, und alles war wieder wie vorher.

»Lackierst du dir eigentlich die Nägel?«, fragte ich, tauchte die Hand ins Wasser und griff nach dem weißen Emaillebecher.

»Ich erzähle dir von den großartigen Filmen der Achtzigerjahre, ich gebe dir *Top Gun*, und du fragst mich, ob ich mir die Zehennägel lackiere?«, hast du gelacht.

»Entschuldige, ich war nur … ach, lassen wir das.«

»Oh nein … sag mir jetzt bitte nicht, dass du einer von diesen Männern bist, die sich von ihrer Frau die Nägel lackieren lassen wollen, oder?« Du hast mich über die Schulter skeptisch angeguckt, und ich musste einfach lächeln. »Denn eins sage ich dir, Tom, ich glaube, das würde ich nicht verkraften. Axtmörder schön und gut, aber Transvestit? Ich weiß nicht, ob ich damit zurechtkäme.« Ich kippte dir den Becher Wasser über den Kopf, und du hast geprustet und gespuckt und mit der Hand nach einem Handtuch getastet.

»Geschieht dir recht«, grinste ich und reichte dir ein Handtuch. Du hast es mir um den Hals geschlungen, mich zu dir herangezogen und mich lang und leidenschaftlich geküsst. Plötzlich hast du mir einen Becher Wasser über den Kopf geschüttet. Du hast mich angegrinst, und ich habe dir das Gesicht gestreichelt und mich gefragt, womit ich es verdient habe, dass du hier bei mir bist. Du, mit deinen blauen Flecken mitten im Gesicht, und ich mit meinen, die man nicht sah.

Ich beobachtete dich, wie du die Anchovis gehackt hast, wie deine Zunge aus dem Mundwinkel hervorlugte, wenn du dich konzentriertest. Summend hast du die Klinge an einem Tuch abgewischt. Das ist mir an dir aufgefallen. Du summst, wenn du dich konzentrierst, und singst, wenn du dich aufregst. Im Schlaf summst du auch. Ich machte die Küchentür auf, um ein bisschen frische kühle Luft hereinzulassen, während du Knoblauch und Chili angebraten hast. Ob du bleiben würdest? Ich wusste, dass ich dich fragen musste, aber ich konnte es nicht. Zu sehr fürchtete ich mich vor deiner Antwort.

»Wann musst du denn wieder arbeiten?«, fragte ich schließlich zögernd, als du mir ein Glas Rotwein eingeschenkt hast. Mit dem Handrücken hast du dir über die Stirn gewischt. Du nahmst mir das Glas aus der Hand und hast einen großen Schluck getrunken.

»Jo, die Frau, bei der ich arbeite … ihre Mum ist krank, deshalb weiß ich es nicht so genau. Könnte aber sein, dass ihr zukünftiger Exmann Shane mich bittet, ein bisschen was im Haushalt zu machen.« Ich bemerkte, wie du bei »Shane« leicht rot wurdest.

»Verstehst du dich gut mit ihm? Shane?«, fragte ich, und vor Eifersucht stießen die Worte miteinander zusammen.

»Ähm … ja, er ist …«, deine Mundwinkel zeigten leicht

nach oben, »... nett.« Du hast den Kopf schief gelegt und mich angegrinst. »Bist du etwa eifersüchtig?«

»Hmmm?«, entgegnete ich, als hätte ich dich nicht richtig verstanden. Da hast du das Geschirrtuch nach mir geworfen. »Warum? Sollte ich?«

»Na ja, mal sehen: Er sieht gut aus, ist witzig, liebenswürdig ...« Mein Gesicht wurde immer länger, als ich merkte, wie aufrichtig diese Aufzählung klang. Du fingst an, schwarze Oliven zu hacken, und hast mich gelegentlich durch deine langen Wimpern angeschaut. »Aber«, fügtest du hinzu, »er ist nicht du.« Du hast die Oliven in die Pfanne geworfen, Tomatenwürfel dazugegeben und mit einem Holzlöffel umgerührt. Dann hast du den Deckel auf die Pfanne getan und den Herd heruntergedreht.

»Wart ihr zusammen? Bevor ...?« Ich wies auf dich und mich.

»Nein. Nichts dergleichen.« Du hast dein Weinglas genommen und bist zu mir gekommen und hast dich auf mein Knie gesetzt.

»Ich habe Angst, dass du wieder gehst«, murmelte ich in deinen Nacken. Entweder du hast mich nicht gehört oder du hast es ignoriert, auf jeden Fall bekam ich keine Antwort. Stattdessen hast du mich geküsst. Gegessen haben wir erst eine Stunde später.

Ich beugte mich nach vorne und wischte dir die Tomatensoße vom Kinn, während du die Spaghetti gegessen hast. Wir saßen auf der Veranda, die Sonne versank im Meer, und die Wellen unter uns warfen sich im Schlaf unruhig hin und her.

»Ich finde es hier wunderschön«, hast du gesagt.

»Du brauchst nicht wieder zu gehen«, entgegnete ich. Du hast nur kurz genickt, und auf einmal wurdest du ganz geschäftig und hast den Teller auf den Boden gestellt, dein Glas genommen und dich unter meinen Arm geschoben, den Kopf an meiner Brust, wo du dich immer am wohlsten zu fühlen schienst.

»Ich kann deinen Herzschlag hören.«

»Das ist nicht mehr meiner. Du hast ihn gestohlen.«

»Das klingt ja wie die böse Königin aus *Schneewittchen*«, meintest du kichernd.

»Wusstest du, dass sie in der Originalversion des Märchens nicht Schneewittchens Herz wollte? Sondern Lunge und Leber?«

»Iih.«

»Grimmige Gestalten, diese Grimms. Die hässlichen Schwestern haben versucht, sich die Füße abzuschneiden.«

»Was?!«

»Wirklich, im Märchen hat eine sich die Zehen abgeschnitten und die andere die Ferse, damit ihre Füße in den zierlichen Pantoffel passten.«

»Herrje. Woher weißt du das alles, wo du dich nicht mal an deinen eigenen Namen erinnerst?«

»Ich weiß es nicht. Der menschliche Verstand ist ein kurioses Ding …«

»Das kannst du laut sagen.« Der milde Wind spielte mit dem Saum deines Kleides.

»Ich kann Klavier spielen«, erklärte ich.

»Ich habe immer gesagt, du hast Pianistenhände.«

»Wann hast du das gesagt?«

»A … als ich … du … meine Sachen eingesammelt hast, als wir uns das erste Mal gesehen haben … in dem … äh … Café.«

»Das muss wohl das Erste gewesen sein, was dir an mir aufgefallen ist.«

»Ganz genau. Ich dachte bei mir, was für wunderschöne Hände du hast, wie ein Pianist. Hast du ein Klavier?«

»Noch nicht. Aber ich will mir eins zulegen.«

»Sollen wir uns morgen gemeinsam auf die Suche machen?« Eifrig hast du dich aufgesetzt. »Dann könntest du mir zeigen, wo du deine tollen Sachen findest.« Deine Augen strahlten vor Aufregung.

»Okay. Ich kenne einen Trödelmarkt, der auch dienstags stattfindet, da könnten wir hingehen, aber ich muss morgen und Mittwoch noch ein bisschen was tun. Die nächste Ausstellung ist schon im November.«

Händchenhaltend schoben wir uns durch das Gewimmel auf dem Markt. Unser Leben hatte im Laufe der vergangenen Woche seinen eigenen Rhythmus gefunden. Meist redeten wir von abends spät bis morgens früh – große Schläfer waren wir beide nicht –, und wenn der Himmel langsam heller wurde, schliefen wir tief und fest ein, ineinander verknäult und verschlungen, als hätten wir Angst, einander loszulassen. Wie ich so wach im Bett lag und die Wärme und Vertrautheit deiner Nähe mir in Herz und Seele drang, versuchte ich, mir einen Reim auf meine Gefühle zu machen. Wie konnte ich so für jemanden empfinden, den ich gerade erst kennengelernt hatte? Von Georgie einmal abgesehen, hatte ich nie irgendwem vertraut, nie irgendwen geliebt. Wie konnte es sein, dass ich dir so bedingungslos vertraute, dich so rückhaltlos liebte? Ich wischte dir eine Haarsträhne von der Wange. Ich hatte keine Erklärung für meine Gefühle, aber seltsamerweise auch keine Angst. Ich hatte nur Angst, dich wieder zu verlieren. Immer wenn ich dein Lächeln sah, immer wenn du gelacht hast, immer wenn du mich anschautest, schob ich alle rationalen Gedanken beiseite, mich selbst zu schützen. Ich wusste es vielleicht noch nicht, aber mein Körper wusste es längst. Die Synapsen in meinem Hirn mochten überwuchert sein, erstickten unter dem Narbengewebe der Amnesie, aber sie waren da, tief unten, schnappten verzweifelt nach Luft und klammerten sich an dir fest.

Morgens machte ich uns Frühstück, während du unter der Dusche gestanden hast. Danach hast du dich gerne auf die Veranda gesetzt, wo die Meeresbrise dir die Haare trocknete, hast deinen Kaffee getrunken und die Zeitung gelesen. Ich kannte dich so gut und gleichzeitig gar nicht.

Eine Stunde hatten wir bis hierher gebraucht. Eine Stunde in öffentlichen Verkehrsmitteln, eingezwängt und überhitzt. Aber das war alles egal, wir beide waren zusammen. Ein Paar. Ich war noch nie ein Paar gewesen. Nicht in dem Sinne, wie ich das Wort jetzt verstehe. Ich zahlte, du suchtest uns einen Sitzplatz. Ich nickte rüber zur Kaffeebude, du dirigiertest uns hin. Kleinigkeiten, die anderen selbstverständlich erscheinen mögen, mir aber immer unverständlich geblieben waren. Aber du hast mir gezeigt, wie spielend leicht es sein kann. Deine Augen strahlten, als du ein paar aufbereitete alte Möbel entdeckt hast. Du hast mir in die Rippen gestoßen. Als Antwort drückte ich deine Hand. Wir standen zwischen Kommoden und zerschlissenen, verwitterten Gartenmöbeln. Du hast meine Hand losgelassen und gestöbert und gekramt; hast Teekannen beiseitegeschoben und Porzellantassen, alte Computertische und halb zusammengebaute Bettgestelle, und dann fiel dein Blick auf etwas, das ich erst nicht erkennen konnte. Es war ein Spiegel. Nichts Besonderes, aber du starrtest hinein wie hypnotisiert. Ich beobachtete dich einen Augenblick, wie du von einem Fuß auf den anderen getreten bist wie ein aufgeregtes Kind. Du hast die zarten Hände zusammengeschlagen und ehrfürchtig staunend über den Rahmen gestrichen. Ich kam näher, verstand aber immer noch nicht, was dich daran so faszinierte. Der Rahmen war stellenweise abgeplatzt. Vermutlich war er beim Transport beschädigt worden, weil man ihn rücksichtslos herumgekarrt hatte. In den Ecken zierten den Teakholzrahmen kleine gewundene Spiralen. Das Glas war voller Flecken. Ich legte den Arm um deine Schultern, und du lehntest dich an mich.

»Der sieht genauso aus wie der, den meine Oma hatte«, hast du gesagt, »als ich noch klein war. Ich habe ihn kaputt gemacht, als ich mit meiner Freundin Verstecken gespielt habe. Da war ich neun.« Ich betrachtete dein Spiegelbild und bemerkte einen winzigen Haarriss, der sich diagonal über das Glas zog und uns beide zu trennen schien. Dein Lächeln verblasste, als du mir in die Augen schautest.

»Würde hübsch bei dir im Flur aussehen …«, hast du gesagt. Gemeinsam standen wir da und wiegten uns leicht und betrachteten unser gespaltenes Spiegelbild. Du hattest eine zitronengelbe Bluse an, der oberste Knopf stand offen, und dein Schlüsselbein glänzte ein wenig von der Sonnencreme, mit der du dich eingerieben hast, während ich heute Morgen Frühstück machte. Deine blauen Flecken hattest du unter einem leichten Make-up versteckt und deine offenen Haare an den Seiten mit Gänseblümchen-Spangen hochgesteckt. Ich schmiegte mich an dich, wie sich die beiden Hälften des Spiegels aneinanderschmiegten. Ich wünschte, ich könnte den Sprung im Glas kitten und den Sprung in mir genauso. Ich wünsche es mir bis heute.

»Darf ich ihn dir kaufen?«, fragtest du. »Bitte.« Da war ein Ton in deiner Stimme, den ich nicht einordnen konnte.

»Ich mache das schon.« Ich nahm den Arm von deinen Schultern und wollte das Portemonnaie aus der Hosentasche ziehen.

»Nein«, hast du sehr bestimmt gesagt. Ich zog eine Augenbraue hoch, als ich den strengen Tonfall bemerkte. »Bitte. Bitte, ich würde es wirklich gerne.« Vorsichtig hast du ihn genommen und bist damit zu dem kleinen Mann mit dem Glatzenansatz und der braunen ledernen Bauchtasche gegangen.

Umgeben von den Geräuschen und Gerüchen des Sommers nippten wir draußen vor dem Hafen-Pub zufrieden an unseren Drinks. Die Atmosphäre zwischen uns hatte sich merklich verändert. Schwerer war sie geworden, düsterer. Ich wusste, dass es Worte gab, die gesagt werden mussten, aber wir schlichen um sie herum wie Katzen um den heißen Brei und machten stattdessen belanglose Bemerkungen über die Aussicht und das Wetter.

»Tom ...«, setztest du wieder an und hast die Hand ausgestreckt, »ich ...«

»Nicht«, unterbrach ich dich. »Bitte. Sag es nicht.«

»Ich muss. Ich habe ein Leben, weit weg von hier.«

»Dann lass es hinter dir.«

»Das kann ich nicht ... es gibt Dinge, die ich dir nicht erzählen kann. Dinge, die ...«

»Du kannst mir alles sagen. So habe ich noch nie für jemanden empfunden.« Ich streichelte deine Handfläche. »Zumindest glaube ich das.« Ich lächelte, wie ich hoffte, ein bisschen schief. Du hast den Kopf geschüttelt, als wolltest du die Stimmen loswerden, die dir ins Ohr wisperten.

»Das kann ich dir nicht sagen«, hast du sehr endgültig entgegnet. »Genießen wir einfach die Zeit, die uns bleibt.

Wir haben noch eine Nacht, bis …« Deine Unterlippe zitterte, und du musstest dich zusammenreißen, um nicht zu weinen. Du hobst das Weinglas an die Lippen.

»Heirate mich.« Du hast vor Schreck in dein Glas gespuckt und dir die Sonnenbrille in die Haare geschoben. »Heirate mich«, wiederholte ich.

»Ich … das kann ich nicht.« Unbehaglich hast du dich umgeschaut, weil mehrere Pub-Besucher unser Gespräch mitgehört hatten.

Ohne groß nachzudenken, kam mir eine Idee. Ich ging auf die Knie, sehr zu deinem Entsetzen, denn du wurdest furchtbar verlegen. Ich musste dir zeigen, dass deine Störung mir nichts ausmachte, dass es mir nicht peinlich war, und ich musste dir sagen, was ich empfinde. Also räusperte ich mich und stimmte den großen Percy Sledge an: *When a Man Loves a Woman*. Ich weiß noch, dass ich dachte, wie wahr seine Worte waren. Ich konnte an nichts anderes denken als an dich, und ganz tief in meinem Herzen wusste ich, dieses Gefühl würde ich für nichts auf der Welt eintauschen wollen. Du hast den Kopf zu mir geneigt und dir auf die Unterlippe gebissen, während ich unverdrossen weitersang. Ich sah nichts als Liebe in deinem Blick, selbst als ich mich verhaspelte. Du lachtest leise und hast gelächelt, weil alle uns anstarrten, und ein bisschen den Kopf geschüttelt. Den Titel sang ich mit noch mehr Pathos und flehte dich an, gut zu mir zu sein. Die umstehende kleine Menschenmenge brach spontan in Beifall aus, als du mir die Hand gabst und mich auf die Füße zogst. Du hast mir die Arme um den Hals geschlungen und mich geküsst, sehr zur Freude unserer Zuschauer. Erst später, als du in meinen Armen lagst, ist mir aufgegangen, dass du gar nicht ja gesagt hast.

Ich fand keinen Schlaf. Der Wind wehte heftig, und du hast im Schlaf gesungen. Ich drehte mich auf die Seite und schaute dir ins Gesicht, und du hast die Stirn gerunzelt und *Without You* gesungen. Es fehlte nicht viel und du hättest den Text hinausgeschrien wie die Teilnehmer von *X Factor* beim Gesangsduell. Irgendwas stimmte nicht. Das sagte mir mein Bauchgefühl. Ich wusste es, als wir nach Hause gingen und ich laut überlegte, wie wir das Cottage umdekorieren könnten, um ein paar deiner Lieblingssachen unterzubringen. Ich sprudelte nur so vor Optimismus beim Gedanken an unsere gemeinsame Zukunft, dass mir gar nicht weiter auffiel, wie verhalten du warst. Immer wieder hast du mich zur Besonnenheit gemahnt, und obwohl du fröhlich wirktest, hatte deine Stimme einen eigenartigen Unterton. Ich habe mich wohl einfach von meiner Begeisterung mitreißen lassen. Und von der Flasche Champagner, die ich bestellt hatte. Wenn ich jetzt so an den Heimweg denke, weiß ich nicht, ob du überhaupt viel gesagt hast. Ich glaube nicht. Nicht mal, als wir den neu erworbenen Spiegel am Fuß der Treppe in den Flur hängten, gegenüber der Haustür. Ich strich dir die Haare aus der Stirn und schlich aus dem Zimmer. Die Scheiben klirrten sachte, und ein leichter Sprühregen benetzte die Fenster. Obwohl draußen der Sturm toste, war es drinnen warm und, wie ich fand, stickig. Mir tat der Kopf weh vom ungewohnten Alkohol am Nachmittag und dem rastlosen, schweren Schlaf. Ich machte den Küchenschrank auf und suchte nach einem Schmerzmittel, aber ich fand nur ein abgelaufenes Grippemedikament. Als ich noch ein paar Schränke öffnete, fiel mein Blick auf deine Tasche, die gequetscht hinter der Küchenbank stand. Ohne weiter darüber nachzudenken, sah ich hinein. Du hattest ein Schmerzmittel genommen, als wir nach Hause gekommen waren. Also kramte ich zwischen angebrochenen Bonbonschachteln und Taschentuchpäckchen herum, bis ich es endlich gefunden hatte. Ich zog die Schachtel heraus. Sie hatte sich an deinem Portemonnaie verhakt, und die Schnalle sprang auf. Münzen kullerten heraus, und ich lächelte, als sie über den Boden rollten. So dringend hattest du mir den Spiegel kaufen wollen, dass du nicht mal dein Portemonnaie richtig zugemacht hast. Ich klaubte den letzten Tenpence vom Boden, stand auf, machte das Portemonnaie ganz auf und ließ das Münzgeld hineinfallen. Ein Stück Papier schaute aus dem Scheinfach, und ich wollte es wieder hineinschieben, aber es ging partout nicht. Also zog ich es schließlich heraus. Es war ein Foto. Von einem Jungen. Eine Hälfte seines Gesichts war vernarbt. Kein Zweifel, das war der Junge, der mich seit Jahren im Traum verfolgte.

19

Melody

Ich wache auf, weil ich etwas Schweres am Fußende des Bettes spüre. Mein Hals ist rau, und als ich versuche, etwas zu sagen, bringe ich kaum einen Ton heraus. Und da weiß ich es. Ich muss hier weg.

Ich weiß, was Sie jetzt von mir denken müssen. Wie konnte ich ihn so täuschen? Wie kann ich einen Mann – noch dazu einen offensichtlich so schutzlosen, wehrlosen – mitnehmen auf eine Reise, die von vornherein dazu verdammt ist, im Nichts zu enden? An einen Ort, an dem er nicht bleiben kann? Ich kann Ihnen darauf keine andere Antwort geben, als dass es grenzenloser Egoismus war. Ihn wieder in meinen Armen zu halten machte süchtig. Dieses Gefühl, sein Geruch, sie waren wie ein einziger verhängnisvoller Schluck für einen Alkoholiker. Nur einmal daran nippen, und alles ist zu spät. Und je mehr ich bekomme, desto mehr will ich. Anfangs genügte es, nur einmal zu nippen. Ein Blick, ein kurzes Streifen der Finger, seinen Atem hören. Aber das Verlangen wird immer stärker. Und das Sättigungsgefühl verfliegt immer schneller. Bis mir, als ich so hier liege, plötzlich aufgeht, dass ich den Korken mit aller Gewalt wieder in die Flasche stopfen muss, bevor noch mehr Unheil entsteht.

Ich richte mich auf. Er sitzt auf der Bettkante, reglos, das Gesicht von mir abgewandt.

»Weißt du, dass ich nie glücklicher war als in dieser einen Woche mit dir?« Seine Stimme klingt verhalten, wie eine unausgesprochene Drohung. »Nie hatte ich das Gefühl, zu jemandem zu gehören. Dieses Haus ist das einzige Zuhause, das ich habe. So, wie ich es bisher kannte, sind diese Worte nur Schall und Rauch … aber mit dir fühle ich mich sicher. Unglaublich, wie jemand, der eigentlich niemandem vertraut, plötzlich einem wildfremden Menschen sein Vertrauen schenkt, oder? Aber doch wahr. Bis ich das hier gesehen habe.« Er dreht sich zu mir um, und seine Augen sind grün, nicht blau wie sonst. Er wirft das Foto aufs Bett, und ich bekomme keine Luft mehr. »Wer bist du?«

»Tom, das ist, ist … ist der Grund, warum ich nicht bleiben kann.«

»Woher kennst du diesen Jungen?«

»Ich kann nicht …«, sage ich flehentlich.

»Beantworte mir nur eine Frage … heißt du wirklich Melissa?« Seine Augen werden schmal, und plötzlich muss ich daran denken, wie er mich in seinem Albtraum geschlagen hat, und auf einmal begreife ich, dass ich Tom auch nicht kenne. Ich weiß nicht, wie all die Jahre ihn verändert haben. Das Leben auf der Straße. Ohne Geschichte, ohne Vergangenheit, ohne Liebe.

»Nein«, antworte ich. Er nickt und geht aus dem Zimmer. Ich zucke zusammen, als die Haustür zuknallt und das ganze Haus in seinen Grundfesten erschüttert, und höre den neuen Spiegel in tausend Scherben zerspringen.

Ich hätte nicht bleiben dürfen, das weiß ich jetzt. Ich wusste es schon damals, aber ich habe die Stimme der Vernunft ignoriert. Ich ziehe meine Jeans an, dann das Top, fasse die Haare zu einem Pferdeschwanz zusammen und schlüpfe in meine Sandalen.

Ich habe es mir anders überlegt.

Ich laufe ihm nach und erkläre ihm alles. Vielleicht vergibt er mir? Vielleicht will er die Kinder kennenlernen? Ein kleiner Hoffnungsschimmer flackert in mir auf wie eine Flamme. Doch kaum aufgeflammt, überläuft mich eiskalt die Erkenntnis, ihn aufs Schändlichste angelogen und sein Vertrauen missbraucht zu haben, die die Hoffnung mit einem Seufzen erstickt. Hastig klaube ich meine Siebensachen zusammen, werfe sie in meine Tasche und renne die Treppe hinunter: Ich will nur noch weg und bin so schnell wie ein Blitz. Ein geölter Kugelblitz. *Greased Lightning* – schießt es mir durch den Kopf. Und tatsächlich, die Tanz-Moves und mein Hüftgewackel würden Danny Zuko vor Neid erblassen lassen. Entschuldigend schaue ich mich um, höre zerbrochenes Glas unter meinen Füßen knirschen und werde ganz ruhig. Wie ein Roboter nehme ich Kehrblech und Handfeger und kehre alles sorgfältig auf, als könnte ich mit jedem Besenstrich den Schaden wiedergutmachen, den ich angerichtet habe. Ich starre auf mein zerschmettertes Spiegelbild auf dem Kehrblech, kippe die Scherben in den Mülleimer und schnappe mir die Handtasche von der Kochinsel. Wie in Trance nehme ich meinen Lippenstift heraus, gehe zu dem nackten, entblößten Skelett des Spiegels und schreibe »Tut mir leid« darauf. Drei kleine Worte, die mich beschämt mit gerunzelter Stirn angucken. Mehr hast du nicht zu sagen?, spotten sie. Ich setze mich auf die unterste Treppenstufe und drehe den Lippenstift zwischen den Händen. Was habe ich bloß angerichtet? Er hat es verdient, die Wahrheit zu erfahren, aber zu welchem Preis? Ja, es wird eine Weile wehtun – ich habe ihn angelogen –, aber sein Leben hier geht weiter. Wenn ich bleibe, wenn ich ihm von den Kindern erzähle, wenn ich ihn mitten hineinwerfe in unser chaotisches Leben mit meiner Störung … das Summen meines Telefons unterbricht mich in meinen Gedanken.

»Melody? Ach, Melody!« Die Stimme meiner Mum bricht, und sie fängt haltlos an zu weinen. Mir gefriert das Blut in den Adern, und mein ganzer Körper wird eiskalt.

»Mum?« Keine Antwort, nur unkontrolliertes Schluchzen. »Mum!«, schreie ich. Ich höre Flynns Stimme – sanft, aber bestimmt – und dann gedämpfte Geräusche, als das Telefon weitergereicht wird.

»Hey. Hör mal, Mum, du musst ins Krankenhaus kommen. In Aberystwyth. Sofort.«

»Was ist passiert? Ist was mit Mum? Ist ihr was passiert?«

»Nein, Oma geht es gut. Rose … sie, sie hat versucht, sich umzubringen.«

Das leichte Schwanken des Zugs macht alles nur noch schlimmer. Und meine fröhlichen Mitreisenden, die mit mir ins Gespräch kommen wollen. Der Schmerz, der mich zu zerreißen droht, ist eigenartig. So etwas habe ich noch nie erlebt. Schuldgefühle kennt man als Mutter ja zur Genüge, aber das hier? Diese Hilflosigkeit, diese wütenden Vorwürfe, die kenne ich noch nicht. Ich lehne den Kopf gegen die Fensterscheibe und konzentriere mich auf das Tsch-tsch-tsch, puh-tsch-tsch-tsch, puh … des Zugs. Ich bemühe mich, alle Gedanken loszulassen und nur noch dieses momotone Schnaufen und Rattern zu hören. Tsch-sch-sch-puh-tsch-tsch-tsch-puh … Mein Körper wiegt sich sanft dazu, und ich lasse nur das tiefe Tuten des Signalhorns zu mir durchdringen. Tsch-tsch-tsch-puh … Die grünen Hügel draußen werden dunkler. Hellgrün weicht Graugrün, Graugrün wird zu Olivgrün, Olivgrün zerfällt zu Flugzeuggrau, und Flugzeuggrau zerfließt zu nichts. Ich spüre, wie ich am ganzen Körper zittere, ich schlage die Augen – verklebt und wund – auf und bemerke die unbehaglichen starrenden Blicke und die schützend auf Kleinkinderohren gelegten Hände.

»Miss?« Der Schaffner rüttelt mich abermals an der Schulter. Meine Wangen und mein Kiefer schmerzen, und wieder habe ich einen staubtrockenen, rauen Hals.

»Entschuldigen Sie, Miss, aber Sie haben …« Er hüstelt verlegen.

»… geschrien wie am Spieß«, erklärt eine echauffierte Frau mit einem Helm grauer Löckchen. Ich räuspere mich und bitte um Entschuldigung, und alle widmen sich wieder dem, womit sie sich vor meinem irren Ausraster beschäftigt haben. Mit einem Pochen über dem rechten Auge kündigen sich hämmernde Kopfschmerzen an, und ich krame in meiner Tasche nach den Schmerztabletten, finde sie aber nicht. Ich recke und strecke den Hals nach links und nach rechts und setze meine unbehagliche Reise in unbehaglichem Schweigen fort.

»Entschuldigung, aber …« Die gestresste Krankenschwester hebt abwehrend die Hand und unterbricht meine Frage, um dann irgendwo anders hin zu wuseln. »Entschuldigung, könnten Sie …?« Wieder so ein »Gleich wieder da«-Blick von einem der Pförtner. »Könnten Sie vielleicht ganz kurz …«, setze ich wieder an, um einen großen Mann mit einem Namensschild, der vielleicht auch im Krankenhaus arbeitet, auf mich aufmerksam zu machen. Kopf und Körper spielen langsam nicht mehr mit. Es herrscht heilloses Chaos: Rollstühle, Laborwagen, Ärzte, Schwestern, Betrunkene, Babys mit Mittelohrentzündung, der Lärm ist einfach unerträglich. Ich habe das Gefühl, langsam den Verstand zu verlieren, während mein Schädel mich mit stumpfen Faustschlägen gegen das Auge malträtiert, bis ich glaube, es könnte gleich zerplatzen.

»Hiiiilllllllffffee!«, schreie ich wie am Spieß. Ach herrje. Schon wieder die. Wer hätte gedacht, dass ich so ein großer Beatles-Fan bin? Okay, also wieder von vorne. Nur diesmal anders. Ich bin verzweifelt. Ich muss zu Rose. Weshalb ich, als ich anfange, den Leuten zu erklären, dass ich jemanden, irgendwen, brauche, den Text nicht lustig kopfwackelnd und fußwippend singe wie die vier adretten Jungs aus Liverpool. Ich singe es eher, wie Danny Dyer es wohl tun würde. Obwohl ich – wie ich der erschrocken guckenden Schwester mitteile, die versucht, meinen Klammergriff von ihrem Kragen zu lösen – »abwarten würde, sie zu finden«, spüre ich, wie heiß mein Gesicht vor Wut wird. Ich lasse sie los und schubse sie beiseite. Dann schreie ich die beiden Wachleute an, die plötzlich aus dem Nichts aufgetaucht sind. Sie sollen sofort meine Beine loslassen, während sie mich gänzlich unbeeindruckt den Gang hinuntertragen. Meine Füße werden auf den Boden gestellt, während meine Hände auf dem Rücken fixiert sind. Ich wehre mich immer noch mit Händen und Füßen und flehe sie an, mir doch zu Hilfe zu kommen, aber sie halten mich nur umso fester. Ich will ihnen erklären, dass ich als junge Frau nie Hilfe brauchte, aber dass die Sache jetzt ganz anders aussieht. Ich werde zunehmend frustrierter, während ich mich krampfhaft bemühe, meine Stimme unter Kontrolle zu bringen. Aber es hört einfach nicht auf.

Verzweifelt versuche ich, mich ihrem Zugriff zu entwinden und ihnen klarzumachen, dass ich dringend zu Rose muss, aber das hat zur Folge, dass ich die vier Jungs aus den Sechzigern verlasse und stattdessen den Versuch unternehme, meine missliche Lage mit *Bullet in the Head* von Rage Against the Machine zum Ausdruck zu bringen. Eigentlich bin ich kein großer Fan der Band, aber Flynn hört sie immer, wenn er einen besonders schlechten Tag hat, also habe ich einen ziemlich eklektischen, wilden Mix ihrer Songs im Hinterkopf. Gerade schreie ich sie aus voller Kehle an, sie sollen tun, was man ihnen sagt. Ich habe keine Ahnung, was ich damit ausdrücken will, und weiß nur, dass ich schließlich das schlimme F-Wort kreische, ihnen sage, dass ich bestimmt nicht tun werde, was sie von mir verlangen, und schließlich den verdatterten Wachleuten ins Gesicht spucke. Zu allem Übel sehe ich dann auch noch zwei Polizisten Schrägstrich walisische Ex-Rugby-Spieler um die Ecke biegen und begreife, dass ich so sicher nicht zu Rose kommen werde. Ich werde ihr für absehbare Zeit nicht helfen können. Ich schreie immer noch »Fuck you!«, so laut ich kann, und wiederhole, dass ich nicht tun werde, was sie von mir verlangen. Wieder und wieder schreie ich sie an, und zu meiner großen Schande muss ich gestehen, dass ich dann die schlimmstmögliche Kombination mit dem F-Wort benutze und sie alle wüst kreischend »Motherfu****« (den Rest können Sie sich denken) nenne, gefolgt von irgendwas mit Töten im Namen von irgendwem. Ich merke, wie der Polizist die Lippen bewegt, Sätze formuliert, aber ich höre ihn nicht durch die Flüche und Schimpfwörter, die unaufhaltsam aus meinem Mund dringen wie Erbrochenes. Vermutlich werde ich gerade über meine Rechte aufgeklärt. Dann legt man mir grob Handschellen an und schleift mich aus dem Krankenhaus, während ich auf dem Weg nach draußen noch in echter Rock-and-Roll-Manier einen Stuhl wegtrete, um schließlich unsanft in ein Polizeiauto verfrachtet zu werden.

Ich zittere am ganzen Körper. Nervöse Energie pulsiert durch meine Adern wie Stromstöße, und ich kann einfach nicht still sitzen. Die Kopfschmerzen sind unerträglich, und auf der Polizeiwache angekommen, ist mir, als sei ich gefangen, eingeschlossen im eigenen Körper. Das Licht versengt mir die Haut, jedes Fitzelchen meines Körpers ist hyperempfindlich, die Hand in meinem Kreuz, die mich lenkt, fühlt sich an wie tausend Nadelstiche, und der Stoff meines Tops kratzt. Mir tun die Beine weh, die unter der Last meines zu schweren Körpers nachzugeben drohen. Ich taumele leicht. Sie stellen mir Fragen, aber ich bekomme kein Wort heraus. Mein Mund ist wie zugeklebt. Ich habe die Zähne zusammengebissen, und der Hals schnürt sich mir zu. Sie stecken mich in eine Zelle, aber die Mühe hätten sie sich sparen können. Ich stecke in meinem eigenen Gefängnis. Noch nie ist es so schlimm gewesen. Ich versuche, die Bilder von Rose zu verdrängen und nicht an sie zu denken. Denn dann komme ich nie hier raus. Ich lege mich auf das harte Bett, und die graue Decke fährt mir über die Wange wie ein Rechen. Ich mache die Augen zu und bemühe mich, an die Zuggeräusche von vorhin zu denken: Tsch-tsch-tsch-puh, tsch-tsch-tsch-puh …

Ich konzentriere mich auf meine Atmung, aber mit einem Mal taucht ein Bild auf: Rose, leichenblass – reglos, leblos, toter Blick. Es durchfährt mich wie ein Dolch, und ich fange wieder an, zu fluchen und zu schimpfen, bis ich schließlich den Kopf gegen die Wand schlage. Zuerst nur leicht.

Bumm. Bumm. Bumm. Aber die dumpfen Schläge klingen immer mehr wie ein Krachen, und plötzlich wird alles still und dunkel.

Als ich wieder zu mir komme, liege ich mit Klettband fixiert im Krankenhaus. Es dauert einen Moment, bis ich weiß, wo ich bin und warum. Meine Augen sind rot. Meine Lider sind schwer, ich kann sie kaum aufhalten. Mein Blick bleibt an der streng dreinschauenden Polizistin auf der anderen Seite des Raums hängen. Meine Stirn spannt, und mir geht auf, dass ich einen Verband trage. Sie hat noch nicht gemerkt, dass ich wach bin, und ich sammle mich erst mal. Deutlich sehe ich das Bild von Rose in ihrem eigenen Blut vor mir, aber ehe meine Gefühle die Oberhand gewinnen, muss ich mit dieser Frau reden. Sie ist weder Freund noch Feind. Sie kennt mich nicht, und ich weiß nicht, ob sie Kinder hat oder ob sie ihren Job mag. Die Frau kann mir vollkommen egal sein, und doch ist sie gerade der wichtigste Mensch in meinem Leben. Wenn ich zu Rose will, muss sie mir helfen. Sie wirkt stämmig, nicht dick, eher kräftig und stabil. Sie trägt eine Brille mit dickem Rahmen, und die dunkelblonden Haare hat sie zu einem festen Pferdeschwanz gebunden. Die Ponyfransen müssten geschnitten werden, denke ich, als sie die Haare entnervt zur Seite streicht. Sie schreibt irgendwas Offizielles, tippt mit dem angekauten Kuli auf das Blatt und schaut dabei aus dem kleinen Fenster.

»Hi«, sage ich lächelnd. Sie dreht sich zu mir um und zieht missbilligend die Augenbrauen hoch. »Könnte ich …«, setze ich an und weise mit einer schwachen Handbewegung auf den Becher auf dem Tischchen neben dem Bett, »… vielleicht ein Glas Wasser haben, bitte?« Meine Stimme ist heiser und belegt, und ich habe Halsschmerzen. Sie steht auf, als hätte sie nie in ihrem ganzen Leben etwas weniger gerne getan. Widerwillig setzt sie mir die Schnabeltasse an die Lippen und lässt mich trinken.

»Langsam«, sagt sie. Ihre Stimme klingt warnend und beruhigend zugleich. Ihr sanfter Ton, als sie mich ermahnt, mich nicht gegen die Fesseln zu wehren, macht mir Hoffnung. Aber das dumpfe »Okay?« danach ist mehr Befehl als Frage.

»Wie spät ist es?«

»Kurz nach halb neun. Das Frühstück haben Sie leider verpasst.« Ihre sanfte und gleichzeitig unverblümte Art irritiert mich. »Wie heißen Sie?« Ihre Stimme klingt schroff.

»Melody King. Bitte, lassen Sie mich das erklären …«

»Geburtsdatum?« Sachlich und amtlich, kein Raum für Geplänkel.

»15. Juni 1979. Tut mir leid, wie ich mich im Krankenhaus aufgeführt habe. Bin ich in Aberystwyth? Könnte ich, bin ich …« Ich bewege meine fixierten Hände. »Darf ich eben erklären, warum ich mich so aufgeführt habe?« Sie schnaubt laut und entnervt, widerspricht aber nicht meiner Bitte. »Ich hatte vor ein paar Jahren einen Unfall, von dem ich gewisse Spätfolgen davongetragen habe. Es gibt dafür keine Erklärung, die Ärzte haben alles versucht, aber sie verstehen einfach nicht, warum ich das tue … singen nämlich. Sobald ich mich aufrege.« Sie runzelt die Stirn, ob verdutzt oder ungläubig, weiß ich nicht so recht. »Früher habe ich nur gesungen, aber inzwischen betrifft es auch meine motorischen Fähigkeiten, und ich kann nichts dagegen tun.«

»Was, wollen Sie mir etwa erzählen, Sie hatten keinerlei Kontrolle darüber, als Sie …« Sie schiebt den Stuhl zurück, nimmt ein Notizbüchlein, blättert ein paar Seiten zurück und liest laut vor: »… ›den Wachleuten ins Gesicht gespuckt‹ haben?«

»Nein. Und auch nicht, als ich, oh Gott, das F-Wort benutzt habe.« Vor Scham schließe ich die Augen.

»Sie haben sich also aufgeregt?«

»Bitte, hören Sie mir zu, ehe …« Leise beginnt *I Shot the Sheriff* in meinem Nacken zu spielen. Noch sehr gedämpft, als hörte man durch die geschlossene Haustür die wilde Party dahinter. »Es könnte jederzeit wieder losgehen. Meine Tochter Rose ist ins Krankenhaus eingeliefert worden, weil sie, weil sie …« Ich schlucke schwer, und die Tür zur Party schwingt auf, fliegt dann wieder zu, und ein paar Takte von Bob Marleys Geständnis, der allerdings standhaft abstreitet, etwas mit der Sache mit dem Deputy zu tun zu haben, erklingen. »… weil sie versucht hat, sich das Leben zu nehmen. Ich war nicht dabei, sie war mit meiner Mum in Urlaub. Am Empfang wollte mir niemand weiterhelfen, und ich musste mich doch vergewissern, ob es ihr gut geht.« Ich fange an, den Kopf hektisch nach links und nach rechts zu drehen.

»Okay, okay … Melody?« Ich versuche immer noch, mich umzusehen und einen Blick auf irgendwas jenseits der blauen Vorhänge zu erhaschen, die mein Bett abschirmen. »Melody?« Ihre Stimme klingt bestimmt und beherrscht. »Sie müssen atmen.« Sie drückt den Notknopf an meinem Bett. »Einatmen durch die Nase, ausatmen durch den Mund.« Wieder drückt sie den Knopf. Ein Gartenzwerg im Arztkittel eilt herbei. »Könnten Sie ihr bitte etwas zur Beruhigung geben? Hilft Ihnen das, Melody?« Ich nicke. Neben meinem Bett wird geschäftig hantiert, ein lautes Kratzen, und Plastikbecher und Pappteller werden in den Müll geworfen, danke und bald wieder, leere Flaschen landen in der Recyclingtonne, und endlich ist die Party vorbei, und der Gastgeber sinkt erschöpft auf die Couch und fällt in einen tiefen, traumlosen Schlaf.

Entfernte Geräusche: Lachen, Räder von Servierwagen, Metallring auf Metallstange, Schubladen, die geöffnet und geschlossen werden, piepsende Geräte, rasselnder Husten, dringende Nachrichten, jemand fragt nach einem Kaffee, und ein Bonbon wird aus einem Papierchen gewickelt. Mein Kopf ist voller Krankenhausbetriebsamkeit, auch wenn meine Augen noch immer fest geschlossen sind. Blut in ihren Haaren. Blut in ihrem Mund. Eine Waffe, eine Rasierklinge. Toms grüne Augen. Ein Balkon, ein Gasherd, das Meer, Rose und dann nichts mehr.

»Melody?«

»Mum?«

»Melody … hörst du mich?«

»Mum?«

»Warum antwortet sie denn nicht?«

»Was redest du denn da? Ich antworte doch!«

»Es wird noch ein Weilchen dauern, bis sie wieder zu sich kommt. Wir haben ihr ein starkes Beruhigungsmittel gegeben. Sie hat sich sehr aufgeregt, als sie sich ein bisschen ausruhen sollte.«

»Wann wacht sie wieder auf?«

»Schwer zu sagen. Innerhalb der nächsten Stunde sollte sie wieder ansprechbar sein, denke ich.«

»Wie oft macht Melodys Störung sich für gewöhnlich bemerkbar?«

»Ich weiß nicht so genau. Ein paar Mal die Woche vielleicht.«

»Öfter, Gran.«

»Flynn?« Ich bemühe mich, mit aller Macht die Augen aufzuschlagen, aber sie sind wie zugenagelt. Der schwere Deckel meines unsichtbaren Sargs.

»Regt sie sich häufiger so auf, wenn sie schläft?«, fragt ein Mann mit einer tiefen, vollen, durchdringenden Stimme, die klingt wie ein geschliffener Saphir. Flynns Stimme ist dagegen matt und müde.

»Ja, glaub schon. Meistens singt sie nachts, manchmal immer wieder denselben Song, aber in letzter Zeit schreit sie viel. Keine Schwankungen, keine Tonvariationen, nur ein lang anhaltendes, ohrenbetäubendes Kreischen, das bloß abbricht, wenn sie kurz Luft holen muss.«

»Das muss für dich und deine Schwester nicht einfach sein«, stellt der Saphir fest.

»Manchmal«, brummt Flynn. »Aber wir sind daran gewöhnt.« Ich kann sein Schulterzucken förmlich hören.

»Ach Flynn«, murmelt meine Mum.

»Halb so wild. Jeder hat doch irgendeinen Scheiß, mit dem er klarkommen muss.«

»Du sollst nicht Scheiße sagen«, krächze ich.

»Mum?« Es dauert einen Moment, bis meine Augen sich an den Lichtkeil gewöhnt haben, der breiter und breiter wird, und ich schließlich wieder etwas sehe.

»Rose? Geht es ihr gut?«

»Mrs King, ich bin Dr. Banks.« Ich drehe den Kopf zu ihm. Er hat eine schmale Hakennase und Augen, so klein und dunkel, dass man nicht sieht, wo die Pupille aufhört und die Iris anfängt. Seine verstrubbelten Haare sind hellrot, und das Gesicht verschwindet halb hinter einem flusigen, rot-braun melierten Bart. Irgendwie erinnert er mich an ein Huhn.

»Geht es Rose gut?«

»Rose ist stabil, ja.« Ich schaue Flynn an, und alles in mir welkt wie eine Primel. Er wirkt wie erdrückt unter der Last der Ereignisse. Erschöpft und so jung. Aber als unsere Blicke sich treffen, sehen seine Augen mich an wie jemand, der schon uralt ist. Jemand, der in seinem Leben mit vielen Problemen zu kämpfen hatte.

»Was ist passiert?«, frage ich ihn.

»Sie hat sich die Pulsadern aufgeschnitten. Geritzt hat sie sich schon ewig.«

»Was? Warum wusste ich nichts davon?«

»Mach dir deswegen keine Vorwürfe«, wirft Mum ein.

»Wem soll ich denn sonst Vorwürfe machen?« Ich rutsche im Bett nach oben und merke erleichtert, dass ich nicht mehr fixiert bin.

»Wo ist die Polizistin hin? Bin ich verhaftet?« Flynn reicht mir ein Glas Wasser.

»Du bist enthaftet.«

»Was?«

»Weil du eine Wahnsinnige bist, unterstehst du bis auf Weiteres der Obhut des Krankenhauses.«

»Ach.« Ich bin ein bisschen erleichtert. »Sag schon, was ist passiert? Wusstest du, was sie vorhatte?«, frage ich Flynn. Der schüttelt den Kopf.

»Ich weiß, dass es ihr, du weißt schon, nicht so toll ging. Ich meine, in der Schule war es ziemlich hart für sie, und, na ja, als wir rausgefunden haben, dass Dad noch lebt und uns freiwillig verlassen hat … da war sie ziemlich down. Aber Ferien zu machen schien ihr gutzutun. Sie hat sich mit ein paar normalen Kids angefreundet, nicht so bescheuerte Emos wie ihre Freundinnen in der Schule. Und da war auch ein Junge.«

»Ein Junge?«

»Auf dem Campingplatz. Er schien sich für sie zu interessieren, und sie hat … du weißt schon …« Er verdreht die Augen und verzieht unbehaglich das Gesicht.

»Sie hat, du weißt schon, was? Mit ihm geschlafen?«, frage ich hysterisch. Meine Mum fasst sich mit der Hand an den Hals und fummelt nervös an ihren Perlen.

»Örks, bitte, woher soll ich das wissen? Aber ich glaube, sie hat ihn geküsst. Aber darum geht es nicht«, erzählt er hastig weiter. »Gestern habe ich ihn gesehen, wie er einem anderen Mädchen die Zunge in den Hals gesteckt hat. Die, mit der sie immer abgehangen hat.« Er reibt sich den Nacken. »Ich hätte es ihr nicht sagen sollen.«

»Flynn hat sie gefunden, Mel. Sie war bewusstlos, überall war Blut, sogar am Duschvorhang.«

»Gran.« Er unterbricht sie mitten im Satz. »Ich hätte es ihr nicht sagen sollen«, wiederholt er.

»Ach, Flynn, das ist doch nicht deine Schuld. Hat sie das schon mal gemacht? Sich selbst verletzt?«

»Ja, das sagen die Ärzte. Sie hat wohl alte Narben am Oberarm.«

Plötzlich muss ich an den roten Fleck im Badezimmer unserer Pension denken. Und ich Idiotin dachte, es sei nur nicht richtig geputzt worden. Die fehlende Gaze aus dem Badezimmerschränkchen. Wie konnte ich es bloß nicht merken? Vergeblich versuche ich, mich daran zu erinnern, wann ich sie das letzte Mal mit kurzen Ärmeln gesehen habe. Ich sehe sie vor mir. Ihr Gesicht, als sie erfahren hat, dass Dev noch lebt. Ihr Spiegelbild in der Glastür des Bahnhofs. Ihr Gesicht, als ich ins Büro des Direktors zitiert wurde … Wann habe ich sie das letzte Mal lachen gehört? Wieso habe ich bloß nicht mitbekommen, wie traurig sie in letzter Zeit war? Wie distanziert? Ich war so mit der Suche nach Dev beschäftigt, dass ich Rose ganz aus den Augen verloren habe.

»Darf ich zu ihr?«

»Melody, Sie müssen jetzt erst mal hierbleiben und sich ausruhen«, sagt Dr. Bank mit Oberlehrerton.

»Sie werden mich nicht davon abhalten, meine Tochter zu sehen!«, herrsche ich ihn an. »Sie braucht mich! Was für eine Mutter wäre ich denn, wenn ich nicht bei ihr bin, wenn es ihr schlecht geht?«

»Mum, beruhige dich …«

»Ich beruhige mich nicht. Ich will sofort zu Rose!« Ich schlage das Laken zurück und flattere herum wie ein kopfloses Huhn.

Ach, Allmächtiger.

Ich flattere herum, weil … ich bemerke, wie Flynns Augen belustigt blitzen, und Mum muss sich das Lachen verkneifen – weil ich summend den *Ententanz* tanze. Ich mache die Hände auf und zu, rudere mit den angewinkelten Armen und wackele mit dem Po.

»Ja, wenn wir alle Englein wären, dann wär die Welt nur halb so schön. Wenn wir nur auf die Tugend schwören …«, gröle ich, hake mich bei Dr. Banks unter und schwenke ihn im Kreis.

Ach, verflixt noch mal, diesen albernen Popsongs aus den Achtzigern ist auch wirklich nichts zu peinlich.

20

Rose

30. Juli

Alle wissen es. Mum, Nan, Flynn, die Leute im Krankenhaus. Alle wissen es.

Ich möchte nur eins klarstellen. Ich wollte mich NICHT umbringen, okay? Wirklich nicht. Ich bin nicht selbstmordgefährdet. Ich weiß, das klingt bescheuert, nachdem ich mich so tief geritzt habe, dass ich beinahe verblutet wäre. Aber ich wollte es ehrlich nicht. Und das ist eine Tatsache.

Das Leben ist Mist. Mein Leben. Unser Leben. Alles Mist.

Es fing schon vor einiger Zeit an. Ich weiß nicht mehr genau, warum ich es gemacht habe, aber ich habe einfach eine Büroklammer genommen, sie aufgebogen und mir damit über den Arm gekratzt. Es fühlte sich so befreiend an. Und ich war hinterher ganz ruhig, als hätte ich was genommen. Der Goldfisch, Rose King, Streberin, Feuermelder, das war alles egal. Nein, das stimmt nicht ganz. Es war nicht egal, aber es war nicht mehr so wichtig. Es war nicht mehr so wichtig, dass ich in meinem letzten Physik-Test nur neunzig Prozentpunkte hatte. Es war nicht mehr so wichtig, dass ich nicht mal ein Paar Schuhe mit Mum shoppen konnte, ohne wie eine wandelnde Freakshow angestarrt zu werden. Und es war nicht mehr so wichtig, dass Dad uns freiwillig verlassen hat. Er ist nicht gestorben, er ist nicht verschwunden, er ist einfach gegangen.

Und deswegen komme ich mit diesem ganzen Kram überhaupt klar. Ich ritze mich, und ich komme klar. Obwohl ich von Anfang an wusste, dass es falsch war, wurde es damit ein bisschen weniger wichtig. Das ist meine Art, damit umzugehen. Ich nehme keine Drogen, ich rauche nicht, so wie viele andere Kids an der Schule, und ich trinke nicht. Also, ist das wirklich so schlimm?

Ich bin nicht blöd. Ich weiß selbst, dass ich zu weit gegangen bin. Und es tut mir leid. Es tut mir leid, dass Flynn das jetzt auch noch mitmachen musste, als hätte er selbst nicht schon genug am Hals. Aber ich konnte einfach nicht aufhören.

Es wurde besser. War besser geworden. Ich habe mich bestimmt einen Monat lang nicht mehr geritzt. Lisa als neue beste Freundin zu haben, hat geholfen. So akzeptiert zu werden, wie ich bin, und mich nicht verstellen zu müssen, so wie früher, als Megan meine beste Freundin war, hat geholfen. Und die Woche ohne Mum. Ich weiß, das klingt furchtbar, aber es war sooo schön, Ferien zu machen wie eine ganz normale Familie. Es war schön, mit anderen Mädels abzuhängen, die mit mir abhängen wollten. Die wussten nichts von Mum oder davon, wie gut ich in der Schule bin. Sie wollten einfach nur ganz normale Sachen machen. An den Strand gehen, Schlagball spielen. Bodyboarden. Es war so toll. Und dann kam Alex. Er kam am Dienstag, und er kannte Courtney ... ihre Familie und seine Familie haben ihre Campingwagen auf dem Platz stehen, und sie kennen sich schon seit Ewigkeiten. Er, na ja, er sieht super aus, ein bisschen wie Justin Bieber, und wir haben uns auf Anhieb gut verstanden. Wir saßen alle am Strand und haben über das Video auf Vine mit der Katze geredet, und er fing an, Sand auf meine Füße zu schaufeln.

»Du hast hässliche Füße«, meinte er, und ich prustete vor Lachen.

Unsere kleine Gang wurde immer größer, und am Freitag waren wir schon zu siebt. Ich, Courtney, Alex, George, Dylan, Katie (die mit ihren aufgemalten Augenbrauen und dem aufgeblasenen Schmollmund aussieht wie eine Mini-Version von Katie Price) und Ella. Aber Alex und ich, wir haben oft zusammengesessen, haben Eis gegessen und sind gebodyboarded … immer hingen wir zwei zusammen ab. Er hat oft meine Haare um den Finger gewickelt, und dann am Freitagnachmittag, als wir in den Dünen saßen, da hat er mich geküsst. Zuerst fand ich es eklig, aber dann hat es mir doch gefallen. Aber egal, am nächsten Tag war er dann mit Katie in den Dünen.

Es ist ja nicht so, als wäre er die Liebe meines Lebens oder so was. Ich bin nicht blöd, aber ich dachte wenigstens, er mag mich. In echt. Flynn wollte ihm eine reinhauen, aber ich habe nur gelacht und gesagt, er soll sich mal locker machen. Ich hätte das doch auch gemacht, wenn mir ein heißerer Typ über den Weg gelaufen wäre, habe ich gesagt. Dann habe ich gewartet, bis er und Gran zum Einkaufen in den Supermarkt gefahren sind, habe mich im Duschraum eingeschlossen, und das war es dann.

Aber egal. Wie gesagt, jetzt wissen es alle. Die Frage ist also, was nun?

21

Melody

Zu Hause. Ich starre durch das Küchenfenster in meinen finsteren Garten und lausche auf die vertrauten Geräusche meines Zuhauses. So ein kleines Wort, so eine große Bedeutung. Schaut man sich die Definition dazu an, liest man in etwa so etwas: »Der Ort, an dem man dauerhaft als Mitglied einer Familie oder eines Haushalts lebt. Wohnsitz, Unterkunft, Besitz, Dach über dem Kopf.« Ich weiß noch, wie ich Flynn einmal mit der Definition geholfen habe. Da war er zehn. »Heim: Einrichtung für Menschen, die professioneller Pflege oder Aufsicht bedürfen; ein Ort, an dem etwas gedeiht, wo es typischerweise zu finden ist.« Die Beschreibung hat ihn verwirrt, und er hat mich gefragt, warum da nichts von dem Gefühl der Sicherheit steht, das man hat, wenn man zu Hause ist.

»Ich kapier das einfach nicht!« Frustriert hat er den Kuli auf den Tisch geworfen.

»Was verstehst du nicht?«, habe ich gefragt und verzweifelt den lichten Augenblick herbeigesehnt, an dem ihm ein Licht aufgehen würde. Flynn hat immer schon einen kleinen Schubs gebraucht, um gewisse Dinge zu begreifen, und wenn der Groschen dann gefallen ist, grinst er schief und sagt: »Ach so … warum hast du das denn nicht gleich gesagt?«

»Ein Ort, an dem etwas gedeiht.« Ich sage es mir still vor. Das ist unser Zuhause. Gedeihen meine Kinder? Blühen sie auf? Und was ist mit mir?

Rose liegt oben in ihrem Bett und schläft. Sie hat fast den ganzen Tag geschlafen, und Flynn und ich schleichen auf Zehenspitzen herum. Durch das Haus. Unser Heim. Umeinander herum. Keiner von uns will darüber reden, keiner von uns will den dicken Eispanzer aufbrechen, der über der Eiseskälte des Unaussprechlichen liegt, das geschehen ist.

Die Waschmaschine ist durchgelaufen, und ich hocke mich davor und ziehe ein Schulshirt aus der Wäschetrommel – das einzige weiße T-Shirt, das Flynn besitzt –, eine cremefarbene Cargohose, eine Bluse, eine Unterhose und einen BH. Alles hat sich in einem Stück weißer Spitze verheddert. Ich schiebe die Erinnerung beiseite, an seine Hände, die mir den Stoff in die Haare binden, den warmen Sand, der durch meine Finger rieselt, den Duft seiner Haut und seinen warmen Atem in meinem Nacken. Das gehört hier nicht her zwischen all unsere Sachen. Diese Erinnerung ist ein unerwünschter Eindringling, ein ungebetener Besucher. Mit gespreizten Beinen sitze ich da und mache mich daran, die Spitze zu entwirren, aber sie hat sich um einen Knopf gewickelt, in einem Reißverschluss verhakt, sich fast unentwirrbar in unserem Leben verstrickt. Ich versuche, die Sachen mit Gewalt voneinander zu lösen, aber je fester ich ziehe, desto mehr verheddern sie sich.

»Arrrgh!«, stöhne ich entnervt, stehe auf und reiße die Küchenkrimskramsschublade auf. Ich nehme die Schere und zerschneide die Spitze in winzige Schnipsel, und endlich fallen die befreiten Kleidungsstücke auf den Boden.

Ich schließe die Augen und versuche, mich zu beruhigen und tief durchzuatmen, damit ich nicht unvermittelt noch einen Hit von Black Lace anstimme. Erst als ich mir sicher bin, nicht gleich Conga zu tanzen, schlage ich die Augen wieder auf und merke, dass ich mir in den Finger geschnitten habe. Langsam öffne ich die Hand und starre auf die blutgetränkte Spitze und frage mich, wie sich etwas, das so makellos und schön und mit Liebe gemacht war, in null Komma nichts in einen wertlosen Lumpen verwandeln kann.

Bläschen steigen im Glas auf, als ich kaltes Wasser hineinlaufen lasse. Das Gewicht der beiden Pillen wiegt schwer in meiner Hand. Fluoxetin. Da war ich schon mal. Ich kenne die schwerwiegenden Nebenwirkungen: die bleierne Müdigkeit, die Übelkeit, die Appetitlosigkeit. Aber diesmal bleibt mir keine andere Wahl. Ich kann Rose nicht helfen, wenn ich mir selbst nicht helfe. Also stecke ich mir entschlossen die Pillen in den Mund und schlucke.

»Mum?« Verlegen steht sie in der Ecke meines Schlafzimmers. Ich schlage die Bettdecke zurück, und sie zögert kurz, bevor sie zu mir ins Bett schlüpft. Ich hebe den Arm, und sie kuschelt sich an mich wie damals als kleines Mädchen, wenn sie einen Albtraum oder Fieber hatte. Mit den Fingern fahre ich ihr durch die dicken Haare.

»Alles okay?« Sie seufzt. Ich weiß nicht, was ich sonst sagen soll. War es meine Schuld?, will ich eigentlich wissen.

»Fragst du mich das jetzt alle fünf Minuten?«, gibt sie zurück. Aber ich höre das Lächeln in ihrer Stimme.

»Ich weiß nicht, was ich sonst fragen soll«, antworte ich. Stundenlang habe ich mir den Kopf zerbrochen, wie ich mit diesem neuen »Zwischenfall« umgehen soll, und die einzige Lösung, auf die ich gekommen bin, ist, ehrlich zu sein. Wir haben immer alles überstanden, was das Leben uns vor die Füße geworfen hat, weil wir ehrlich zueinander waren. Aber jetzt stellt sich die Frage, wann wir damit aufgehört haben.

»Erkundige dich lieber, was ich morgen essen will.«

»Was willst du morgen essen?«

»Weiß nicht. Fajitas vielleicht?«

»Okay. Wollen wir einen Filmabend machen?«

»Gern.«

»Was wollen wir uns ansehen? Was Lustiges oder lieber was Spannendes?«, frage ich.

»Wie wäre es mit einem Splatterfilm?«

»Was?!« Sie muss lachen. Ein Lachen, das ganz tief aus dem Bauch kommt. Ich spüre, wie sie sich entspannt und vor Glucksen schüttelt. Ihr Lachen ist ansteckend, und ich kann nicht anders, ich muss mitlachen, auch wenn andere womöglich den Kopf schütteln würden über unseren schrägen schwarzen Humor. Flynn steckt den Kopf zur Tür herein.

»Was gibt's denn hier zu lachen?«, fragt er, fährt sich mit der Hand durch die Haare und guckt verwirrt.

»Wir überlegen gerade, was für einen Film wir uns morgen anschauen.« Und dann prusten wir schon wieder los.

»Wie wäre es, wie wäre es …«, Rose kriegt kaum ein Wort heraus, »… mit *Scarface – Das Narbengesicht*?« Angesichts der politischen Unkorrektheit dieser ganzen albernen Unterhaltung kommen uns fast die Tränen, und wir kriegen kaum noch Luft vor lauter Prusten und Schluchzen. Kopfschüttelnd setzt Flynn sich auf die Bettkante.

»Du weißt, dass das emotionaler Missbrauch ist, Mutter, ja?« Ich versuche, mich zu entschuldigen, aber ich blöke vor Lachen.

»*Moulin Rouge?*«, schlägt er mit einem schiefen Grinsen vor. »Nein?«

»*Evita?*«, platzt Rose heraus.

»*Big Mamas Haus?*«, sagt Flynn, und abrupt höre ich auf zu lachen.

»Das geht dann doch ein bisschen zu weit, Flynn«, erwidere ich ein wenig pikiert. »So fett ist mein Hintern nicht.«

»Wenn du meinst«, grinst er. »Soll ich Wasser aufsetzen?«

»Ja, mach mal. Eigentlich wollte ich ein bisschen schlafen, aber das kleine feuerrote Spielmobil hier lässt mir keine Ruhe.« Ich drücke meinen Kopf an den von Rose.

»Kriege ich auch einen Tee?«, fragt Rose. Flynn verdreht die Augen.

»Kay.« Er rutscht vom Bett.

»Und Kekse!«, rufe ich ihm nach.

»Ganz sicher, Mum? Bei deinem ausladenden …« Mit einem gezielten Kissenwurf bringe ich ihn zum Schweigen.

»Daneben.« Er streckt mir die Zunge raus und flüchtet aus dem Zimmer, als Rose ein weiteres Kissen nach ihm wirft. Die federleichte Fröhlichkeit verfliegt mit einem Schlag, als der Ärmel ihres Nachthemds hochrutscht und darunter der Verband an ihrem Arm zum Vorschein kommt, der den Schmerz, den Ekel, das Unbegreifliche verdeckt. Sie bemerkt meinen Gesichtsausdruck und zieht rasch den Ärmel herunter.

»Nicht«, sage ich sanft. Sie sieht mich durch die hellen Wimpern an. »Glaub nicht, du müsstest es verstecken.«

»Aber …«

»Es gibt nichts, wofür du dich schämen müsstest. Nichts.« Ich streichele ihre Wange. »Das …«, sie versteift sich, als ich den Ärmel hochschiebe, »… heißt nur, dass es dir beschissen ging und du irgendwie einen Weg finden musstest, damit umzugehen. Es war vielleicht nicht der beste, aber du hast es überlebt.« Ich drücke ihr einen Kuss auf die Stirn. »Du bist immer noch da. Wir sind immer noch da.«

Einen kurzen Moment ist ihr Gesicht ganz offen, und ich sehe sie als kleines Mädchen vor mir. Das entzückende Kind, das aus voller Kehle »Santa Claus is coming tooooo toooowwwwwnn!« kräht und fordert: »Klatschen, Mummy, klatschen!« Und weil wir ihr einfach nicht widerstehen konnten, haben wir immer geklatscht, und dann verbeugte sie sich, ganz leicht nur und doch mit großer Geste, als hätte sie gerade einen umjubelten Auftritt in der Royal Albert Hall absolviert. Wieder und immer wieder machte sie das, und je mehr wir klatschten, desto lauter und grandioser wurden ihre Auftritte. Und desto mehr kicherte sie, und desto mehr betonte sie die Worte, bis sie schließlich erschöpft auf meinen Schoß krabbelte und sich zufrieden ankuschelte, mit der Zunge schnalzte und die Haare um den Finger wickelte. Ich wünschte, ich könnte sie heute noch so glücklich machen, einfach indem ich in die Hände klatsche.

Wir trinken Tee, knabbern Kekse, und ich lese ihr etwas vor. Ein altes Buch mit Märchen und Fabeln, das sie schon als kleines Kind mochte. Es kommt mir so natürlich vor, auf dem Bett zu liegen und meinem Kind Geschichten vorzulesen. Wann haben wir eigentlich aufgehört mit den Gutenachtgeschichten? Ich lese, bis die Wärme des Tees verflogen ist und meine Arme und Beine zu kribbeln anfangen. Ich lese, bis ihr Atem ruhig wird und schwer und sie leise zu schnarchen beginnt. Behutsam rutsche ich ein Stückchen von ihr ab und lege mich auf meine Bettseite, schließe leise das Buch und betrachte die unzähligen Figuren auf dem Einband: Figuren aus längst vergangenen Zeiten, neu erfunden von Disney oder Pixar. Mein Herz schlägt schneller.

»*Ich kann deinen Herzschlag hören.*« Ich schließe die Augen. Ich höre das Wellenrauschen, spüre das leichte Prickeln der Chili-Schärfe von der Spaghettisoße auf den Lippen.

»*Das ist nicht mehr meiner. Du hast ihn gestohlen.*« Ich höre seine Stimme, als wäre er hier bei uns im Zimmer.

»*Das klingt ja wie die böse Königin aus* Schneewittchen …« Ich schlage die Augen auf, streiche mit den Fingern über den Einband und lege das Buch auf das Nachttischchen. Ich drehe mich auf die Seite und sehe Rose beim Schlafen zu und denke an ihn und an das Cottage, in dem nur noch er ist. Ganz allein. Wo er alleine kocht, das Bett macht, auf der Veranda sitzt. Wie es ihm wohl geht? Was muss er sich gedacht haben, als er zurückkam und meine bescheuerte Entschuldigung entdeckt hat? Ob er sich gefragt hat, wo ich bin? Ob er es überhaupt wissen will? Ich streiche Rose über das zarte Gesicht. Die blasse Haut wirkt beinahe durchscheinend. Winzige blaue Adern, die unter der Haut pulsieren. Adern, die sie sich aufgeschlitzt hat. Ich habe das Richtige getan, ihn vor alldem zu schützen. Aber habe ich auch das Beste für die beiden getan? Ich sehe sein Gesicht, als er vor mir auf die Knie gegangen ist, sein Lächeln morgens nach dem Aufwachen. Ich schließe die Augen, lege den Arm um Roses Taille und falle in einen tiefen Schlaf.

Schlagartig werde ich wach, und einen wunderbaren wirren Augenblick glaube ich, noch bei ihm zu sein. Dass ich mich nur umzudrehen bräuchte und sein verschlafenes Lächeln sehen würde. Dass ich den Wind hören würde, der eine sanfte Melodie pfeift, wenn er durch die uralten Ritzen und Spalten der meergepeitschten Fensterrahmen weht.

Dass Rose und Flynn fröhlich Ferien machen und ausnahmsweise alles in bester Ordnung ist. Aber dann erblicke ich den Verband, höre die Müllmänner draußen vor der Tür, nicht das Brechen der Wellen oder Möwenkreischen. Mit zusammengekniffenen Augen spähe ich auf die Uhr an der Wand und stelle fest, dass ich zehn Stunden durchgeschlafen habe. Mir wird speiübel, und eigentlich sollte ich ruhig liegen bleiben, bis die Übelkeit wieder verflogen ist, aber das kann ich nicht. Um elf haben wir einen Termin beim Psychiater. Sanft rüttele ich Rose an der Schulter, und sie stöhnt – typisch Teenager –, es sei noch viel zu früh, und zieht sich die Bettdecke über den Kopf. Ich dusche und versuche, nicht an ihn zu denken. Ich versuche, nicht an ihn zu denken, als ich angeekelt den Teller mit meinem Toast wegschiebe. Ich versuche, nicht an ihn zu denken, als ich meine Pillen schlucke. Versuche, nicht an ihn zu denken, als ich etwas zum Anziehen raussuche, in dem ich nicht wie eine Versagermutter aussehe. Aber er ist da. Immer ist er da. Bei jedem Bürstenstrich, bei jedem Schüsselchen, das ich abspüle, jedes Mal, wenn ich die Treppe runtergehe, und jedes Mal, wenn ich etwas sage. Er ist in jedem Atemzug, den ich tue.

Ach, verdammt. *Every Breath I Take*. Das hat mir gerade noch gefehlt.

»Mum, das ist echt mal ein gruseliger Song«, bemerkt Rose und spuckt die Zahnpasta aus. »Willst du mich jetzt rund um die Uhr überwachen?« Ich verdrehe die Augen und trällere munter weiter.

»Natürlich nicht«, meint Flynn, der plötzlich mit verstrubbelten Haaren und Kissenfalten im Gesicht neben uns auftaucht. »Hast du geschlafen?«, fragt er. Sie nickt.

»Tief und fest. Und du?«

»Ja. Keine mitternächtlichen Serenaden?«

»Nein, die Pillen scheinen zu wirken.« Ungläubig fuchtele ich mit den Armen, während sie sich unbeeindruckt weiter unterhalten, als sei ich bloß ein Radio, das im Hintergrund einen nervigen Song dudelt.

»Herrje, langes Lied, was?«, brumme ich, nicke und stapfe die Treppe hinunter, während ich unüberhörbar verkünde, Rose in absehbarer Zukunft keinen Moment mehr aus den Augen zu lassen.

»Hör auf zu zappeln«, ermahnt Rose mich, während wir warten.

»Entschuldige.« Ich falte die Hände.

»Rose King?«

Wir stehen auf, folgen der lächelnden Sprechstundenhilfe in den Behandlungsraum und setzen uns. Es sieht genauso aus wie jedes andere Arztzimmer. Wobei ich ehrlich gesagt nicht so genau weiß, was ich eigentlich erwartet habe. Eine dicke Ledercouch vielleicht? Ach nein, das sind Psychologen, oder?

»Also, Rose …« Ich zucke leicht zusammen, als ein großer, leicht ergrauter Mann, gewaltig wie ein mittelalterliches Schlachtross, den Raum betritt. Er schreitet durchs Zimmer, steif und förmlich, nimmt Platz und lehnt sich zurück. »Wie geht es Ihnen?« Seine Stimme ist sanft und freundlich und will so gar nicht zu seinem imposanten Äußeren passen. Eher würde man einen dröhnenden Stadtschreier erwarten.

»Ähm … ganz gut, eigentlich.« Er lächelt, und ich muss mich beherrschen, um nicht in meine Handtasche zu greifen und ihm meinen Apfel anzubieten. (Flynns Bemerkungen über mein Hinterteil sind nicht spurlos an mir vorbeigegangen.)

»Es geht ihr sehr gut.« Ich streiche ihr über den Arm und tätschele ihn. Ihr Blick geht zu meiner Hand, und sie verzieht das Gesicht, als wollte sie sagen: »Was zum Teufel soll das?«

Eine ganze Weile sagt er nichts. Rose und ich sehen uns mit hochgezogenen Augenbrauen fragend an.

»Rose … ein schöner Name. Wirklich wunderschöne Blumen, nicht wahr? So zarte Blütenblätter … aber vor den Dornen muss man sich hüten, stimmt's?« Wieder lächelt er. »Meinen Sie, Sie sind eher ein Blütenblatt oder eine Dorne, Rose?«

»Dorne.«

»Finden Sie sich schön, Rose?«

»Nein«, kommt es wie aus der Pistole geschossen.

»Aber das bist du, Rose, du bist …«, setze ich an.

»Mrs King, ich möchte Sie gerne bitten, nach draußen zu gehen. Wenn Sie nichts dagegen haben, Rose.« So, wie er das sagt, kann man ihm einfach nicht böse sein. Ich frage mich, ob man mit so einer Stimme überhaupt jemanden kränken kann.

Sie nickt. Eine kurze, schnelle Zustimmung. Überraschend kommt das nicht. Man hat mir schon gesagt, dass die meisten Sitzungen Rose allein absolviert.

»Natürlich«, sage ich und versuche, seinen Tonfall nachzuahmen, wobei ich leider bloß wie eine Telefonsexdame klinge. Wieder schaut Rose mich an, als wollte sie sagen: »Was soll das?« Leise gehe ich nach draußen und bemühe mich, nicht an das herzzerreißende Gespräch zu denken, das hinter dieser verschlossenen Tür geführt wird.

»Alles okay?«, frage ich, als wir die Einkäufe in die Küche tragen.

»Hörst du jetzt endlich auf, mich ständig zu fragen, ob alles okay ist?«, schreit sie mich an, lässt die Einkaufstüten – mit den Zutaten für die Fajitas und dem Knabberkram für den geplanten Filmabend – fallen und stürmt die Treppe hinauf in ihr Zimmer. Ich stelle die Tüten auf den Küchentisch und folge der Stimme eines aus unerfindlichen Gründen aufgeregt herumschreienden Amerikaners nach nebenan ins Wohnzimmer.

»Du musst echt mal chillen«, brummt Flynn mit einem Mund voller Toastkrümel und starrt auf das YouTube-Video auf seinem Handy.

»Ich habe nur gefragt, weil die Tüten so schwer waren. Nicht weil ich dachte, sie schlitzt sich womöglich gleich wieder die Pulsadern auf.«

»Ach.«

»Ist bei *dir* alles in Ordnung?«, frage ich, auch auf die Gefahr hin, ein weiteres Mal angeschrien zu werden.

»Ich, meine liebe Mutter, habe ein heißes Date, wenn du es ganz genau wissen willst.« Ein leichtes, neckisches Lächeln spielt um seine Mundwinkel, als er sich die Krümel vom Shirt und der schwarzen Jeans wischt. Ich hocke mich auf die Sofalehne.

»Also wirklich, Casanova, erzähl, wer ist die Schönheit, von der Ihr sprecht?«

»Herrje, Mum, du bist echt schräg. Warum redest du auf einmal so geschwollen?«

»Keine Ahnung. Aber egal, erzähl schon: Wer ist sie?«

»Du kennst sie nicht. Sie ist das Mädchen aus dem Zug.«

»Ach Gott. Gibt es nicht einen Thriller, der so ähnlich heißt?« Er guckt mich an und verdreht die Augen.

»Die von deiner *Don't Stop Me Now*-Einlage.«

»Oh. Ooooh. Die war hübsch.«

»Wir sind schon länger FB-Freunde.«

»FB-Freunde?«, frage ich entgeistert. Fuck Buddies? Eine reine Fickfreundschaft?! Wie konnte das passieren, ohne dass ich was davon mitbekommen habe? Ach, verflucht. Wie soll ich ihm denn jetzt erklären, dass solche Freundschaften nie funktionieren? Am Ende zahlt immer einer drauf.

»Flynn, das freut mich zu hören, dass du … ähm … dir die, ähm, Hörner abstößt und so und dass du Spaß hast an … diesem …«, ich mache eine Geste, die entfernt an eine windschiefe Windmühle erinnert, »… ungebundenen … ähm … Ding. Aber so was geht auf Dauer nie gut. Man kann nicht …«, verlegen deute ich einen vielsagenden Hüftschwung an, um zu illustrieren, was ich meine, »… ohne irgendwie gefühlsmäßig involviert zu sein.« Er guckt mich an, als hätte ich ihm gerade auf die Schuhe gekotzt. Unbeirrt rede ich weiter. »In jeder Beziehung gibt es immer einen, der mehr für den anderen empfindet. Aber schön für dich, dass du … in den Sattel gestiegen bist.« Ich klopfe ihm anerkennend auf die Schulter.

»Mum?«

»Hmmmm? Ach ja, und bitte denkt unbedingt daran …« Ich tue so, als risse ich eine Kondomverpackung auf und zöge ein Kondom lang wie einen Ballon vor dem Aufblasen – warum, weiß ich selbst nicht so genau, denn ich bin mir ziemlich sicher, dass ich in meinem ganzen Leben noch nie ein Kondom in die Länge gezogen habe wie einen Luftballon – »euch zu schützen.«

»Mum!«

»Ja bitte?«

»Was meinst du, was FB-Freunde bedeutet?«

»Na ja.« Ich mache mit Daumen und Zeigefinger einen

Kreis und ramme den Zeigefinger der anderen Hand hinein. »Ohne, du weißt schon«, ich male Gänsefüßchen in die Luft, »›Exklusivanspruch‹.« Nennen die Amis das nicht so? Seine Augen werden groß, und er prustet vor Lachen.

»Ach, Mum.« Er steht auf und strubbelt mir durch die Haare. »Du bist echt süß.« Wieder muss er lachen. »Aber dass du ernsthaft glaubst, ich könnte mit einem Mädchen eine Fickbeziehung haben, ist schon ziemlich irre. Selbst für deine Verhältnisse. Wenn ich ehrlich sein soll, hoffe ich, ich darf sie ein bisschen befummeln, bevor sie mein Gesicht aus nächster Nähe sieht und schreiend wegläuft. Aber danke, dass du glaubst, sie würde mit mir …« Und dann ahmt er meinen Hüftstoß von eben nach und geht leise vor sich hin glucksend die Treppe hinauf.

»Wir treffen uns in Wolverhampton. Sie wohnt in Birmingham!«, ruft er über die Schulter.

»Und was heißt denn jetzt FB-Freunde?!«, rufe ich ihm nach.

»Facebook-Freunde!«, antwortet er.

Ach.

Ich höre, wie er leise an Rose' Tür klopft und sie hinter sich schließt. Ich stehe unten an der Treppe und lausche, erst auf das tiefe Grummeln von Flynns Stimme und dann auf Rose' glockenhelles Lachen.

Ich schalte den Wasserkocher aus, weil sich mir allein beim Gedanken an Kaffee der Magen umdreht. Derweil fährt der Laptop hoch. Ich krame in meiner Handtasche und hole die Unterlagen heraus, die Rose mir in die Hand gedrückt hat, als sie aus dem Besprechungszimmer des Psychiaters kam, und gehe auf die Selbsthilfeseite. Nach ihrer Sitzung bei Dr. Osborne hat er mich zu sich hineingebeten und mir erklärt, er sei der Ansicht, Rose bräuchte noch keine medikamentöse Behandlung und er wolle es erst mit einer kognitiven Verhaltenstherapie versuchen und einer Technik, die er als »Achtsamkeitsübung« bezeichnete. Rose werde fürs Erste der Aufsicht des CAMHS unterstellt, dem *Child and Adolescent Mental Health Service*, der sich um Kinder und Jugendliche kümmert, die Verhaltensauffälligkeiten oder emotionale Schwierigkeiten haben. Und einer ihrer Mitarbeiter werde uns zukünftig ein Mal die Woche besuchen. Ich klicke auf den Reiter »Achtsamkeit« und lese mich ein wenig ein. Mir wird ganz schwindelig bei dem Versuch zu verstehen, worum es dabei geht. Achtsamkeit bedeutet wohl, im Moment zu bleiben. Sich seiner Umgebung bewusst zu werden und im Hier und Jetzt zu sein, statt um Sorgen und Ängste zu kreisen. Okay, kapiert. Ich spüre den warmen Laptop unter den Händen. Ich spüre den harten Holzstuhl unter dem Po. Gut. Was dann? Ach ja, Atemtechniken. Die mag ich, mit denen habe ich auch schon versucht, meinen Blues zu vertreiben, wenn Sie den Kalauer entschuldigen. Oh. Ich soll mich auf meinen Bauch konzentrieren – eher ungern, aber ich kann's ja mal versuchen. Ich konzentriere mich darauf, wie er sich hebt und senkt, konzentriere mich auf die Atmung: ein und aus. Mist, soll ich immer noch gleichzeitig auf den Stuhl achten? Ich atme weiter und versuche, achtsam den Stuhl wahrzunehmen, während mir langsam der Hintern einschläft. Mein Hinterteil ist eingeschlafen, es sitzt auf einem harten Holzstuhl, mein Atem fließt rein und raus, und ich achte darauf, wie mein Bauch sich hebt und senkt. Verdammt, habe ich das Hühnchen in den Kühlschrank gelegt? Egal, bleib im Moment, nimm deinen eingeschlafenen Hintern, den Stuhl, die Atmung, den Bauch wahr. Herrje, das ist aber echt anstrengend. Hör auf damit, zurück in den Moment, eingeschlafener Hintern, warmer Laptop, tief einatmen, tief ausatmen. Ich muss pupsen. Ich bin mir bewusst, dass ich pupsen muss. Ich bin mir bewusst, wie mein Bauch sich hebt und senkt, aber ich muss den Bauch anspannen, sonst pupse ich. Ich bin mir meines eingeschlafenen Hinterns bewusst und dass ich pupsen muss, dass der Stuhl hart ist und der Laptop warm – ach ja, und dass ich ein- und ausatme und … upps. Ich habe gepupst. Ich bin mir bewusst, dass ich gepupst habe und ich einen warmen, eingeschlafenen Hintern habe. Ich bin mir eines unangenehmen Geruchs in der Küche bewusst. Ich atme den unangenehmen Geruch ein und erleichtert wieder aus. Wieder ein … okay, das reicht. Ich muss das Fenster aufmachen und meinen eingeschlafenen Hintern bewegen. Ich stehe auf und reibe mir das Kreuz und bemühe mich, den Schwindel und die Übelkeit zu ignorieren, als ich das Fenster aufreiße.

»Tut mir leid, dass ich vorhin an die Decke gegangen bin«, murmelt Rose im Vorbeigehen, holt eine Dose Cola aus dem Kühlschrank und macht sie mit einem metallischen Knacksen und einem Zischen auf.

»Schon okay.«

Angewidert verzieht sie das Gesicht. »Was stinkt denn hier so?«, fragt sie.

»Egal, komm mal her.« Sie sinkt in meine Arme, und erst jetzt merke ich, dass ich die ganze Zeit, in der ich achtsam gewesen bin, kein einziges Mal an ihn gedacht habe.

22

Tom

Also, wo war ich beim letzten Mal stehen geblieben? Ach ja, ich war allein zu Hause.

Georgie rief: »Tom? Tom?! Himmel, das ist ja der reinste Saustall hier.« Ich sah zu, wie sie schmutzige Teller stapelte und Wasser in die Spüle laufen ließ. Sie schüttelte den Kopf und schnüffelte misstrauisch an einem Teller.

»Hi.« Sie drehte sich auf den Absatz um, und ich konnte ihr an der Nasenspitze ansehen, dass ich auch schon besser ausgesehen hatte. Viel besser.

»Ach, Tom.« Sie drehte den Wasserhahn wieder zu, wollte sich die Hände an einem Geschirrtuch abwischen, überlegte es sich aber anders und wischte sie an ihrer makellosen Jeans ab. »Du hast doch nicht die Grippe, oder?« Ich schob die Dreckwäsche auf den Boden und ließ mich aufs Sofa fallen. »Wann hast du das letzte Mal geschlafen?« Ich machte die Augen zu und rieb mir den verspannten Nacken. Dann schlug ich die Augen wieder auf, die rot waren und brannten. Blinzelnd schaute ich sie an. Ihr stand die Sorge ins Gesicht geschrieben.

»Ganz ehrlich? Ich weiß es nicht.« Meine Stimme war matt, heiser, brüchig.

»Also gut, du gehst jetzt nach oben und duschst. Rasierst dich, putzt dir die Zähne. Ich mache hier unten klar Schiff und koche dir einen Kaffee.«

»Ich …«

»Tu einfach, was ich dir sage. Du machst mir Angst.« Sie drehte sich um und suchte das Geschirrspülmittel. Seufzend wuchtete ich mich vom Sofa und schleppte mich nach oben.

Der Wasserstrahl der Dusche war heiß und kraftvoll, aber ich bemerkte ihn kaum. Das Geklapper, das Georgie in der Küche veranstaltete, hatte mich aufgeschreckt, und ich war in Alarmbereitschaft. Ich wollte nicht in Alarmbereitschaft sein, ich wollte mich weiter wie betäubt fühlen. Ich wollte sie nicht hierhaben. Triefnass stieg ich ohne Handtuch aus der Dusche und tappte ins Schlafzimmer. Überall lagen Sachen verstreut. Ich bin nicht blöd. Ich wusste, dass ich ein Wrack war, ich wusste, dass es mir nicht gut ging, aber es war mir egal. Die Tür vom Küchenschrank schlug zu, und ich zuckte zusammen. Sie musste wieder gehen. Ich wollte nicht gerettet werden. Ich wollte nur meine Ruhe.

Ich ging die Treppe hinunter, und der Lärm wurde unerträglich: Die Waschmaschine schepperte und schlürfte, die Kaffeemaschine zischte und tropfte. Georgie hatte das Radio eingeschaltet, und das Lachen und die laute Stimme eines DJs hallten durchs Haus. Ich versuchte, mich immer nur auf eine Sache zu konzentrieren, aber der Lärm war überall. Ich hielt mir die Ohren zu, doch selbst das Rascheln der Mülltüte knisterte überlaut in meinem Kopf.

»Es reicht!«, schrie ich sie an, und dann kippte sie. Der ganze Raum kippte, und es wurde dunkel.

»Autsch.« Ich zuckte zusammen, als sie mir einen Eisbeutel an den Kopf drückte. Meine Oberlippe war geschwollen, und mein Arm tat höllisch weh.

»Pssst.« Sie hielt den Eisbeutel fest und schaute mich an, als sei ich ein Fremder.

»Mir geht es bestens. Du kannst wieder gehen.« Sie lachte, ein kaltes, hohles Lachen.

»Es geht dir nicht bestens, Tom. Es geht dir alles andere als bestens. Ich habe den Arzt gerufen.«

»Was? Ich brauche keinen Arzt. Ich brauche nur ein bisschen Frieden und meine Ruhe.«

»Nein, brauchst du nicht. Du brauchst jemanden, und außerdem, er ist längst pensioniert. Du kannst dich also nicht wie sonst immer herausreden. Er ist ein alter Mann, der sich zu Tode langweilt und dem es egal ist, ob du auf dem Papier existierst oder nicht.« Unwirsch schob ich den Eisbeutel beiseite und stand auf.

»Was weißt du?« Ich schaute sie misstrauisch an. »Weißt du, wer ich bin?«

»Tom …«

»Weißt du es?«, schrie ich sie an.

»Tom, beruhige dich doch, wenn du bloß …«

»In Wirklichkeit heiße ich nicht mal Tom!«

»Reg. Dich. Ab«, sagte sie und hob die Hand, als redete sie mit einem trotzigen kleinen Kind. »Ich weiß, wer du bist. Du bist ein netter, sanftmütiger Mann, dem das Leben übel mitgespielt hat. Du bist ein bemerkenswerter Künstler und ein wunderbarer Freund.«

Verzweifelt schlug ich die Hände über dem Kopf zusammen und rappelte mich vom Boden auf. Dann fing ich an, im Kreis zu laufen, und suchte nach Worten.

»Ich habe jemanden kennengelernt. Die Frau von der

Vernissage. Ich kannte sie. Irgendwie …« Frustriert kratzte ich mich am Hinterkopf. »Ich weiß nicht, wie ich es erklären soll, aber ich habe … es hat einfach … wie soll ich sagen … gepasst. Mel, sie war … sie ist … perfekt. Wir haben über dieselben Sachen gelacht, blödes Zeug, aber es fühlte sich irgendwie echt an, so wirklich. Ich wusste, dass irgendwas nicht stimmte, aber ich denke, ich wollte es einfach nicht wahrhaben. Also habe ich getan, als wäre alles … in bester Ordnung. Ich habe nie an Liebe auf den ersten Blick geglaubt, aber das fühlte sich genauso an. So wie ich es mir immer vorgestellt habe jedenfalls. Ich habe sie gefragt, ob sie meine Frau werden will.« Sie zog ungläubig die Augenbrauen hoch. »Guck mich nicht so an. Ich wollte nicht, dass sie wieder geht. Ich wusste, dass sie wieder gehen würde, aber ich …« Ich krame in der Tasche meiner Jeans und ziehe das Foto heraus. »Ich habe das gefunden.« Ich gab es ihr und sah, wie es ihr langsam dämmerte. Natürlich wusste Georgie von meinen Albträumen. Wie oft hatten wir darüber geredet. Vor allem, als ich an *Stability* arbeitete.

»Wer ist das?«

»Ich weiß es nicht. Sie heißt nicht mal wirklich Melissa.«

»Sondern?«

»Ich weiß es nicht. Sie ist weg. Ich hätte nie gedacht, dass sie einfach so verschwindet.«

»Wie. Spurlos?«

»Sie hat mir eine Nachricht hinterlassen, sozusagen.«

»Und zwar?«

»Es tut mir leid.«

»Weiter nichts?«

»Nein.«

»Willst du sie suchen?«

»Kann ich nicht.« Ich hebe die Hand und zähle an den Fingern ab. »Ich weiß nicht, wie sie heißt. Ich weiß nicht, wo sie wohnt, außer irgendwo in Shropshire. Ich weiß, dass sie als Kind Matschkuchen gebacken hat, aber ich habe nicht mal ihre Telefonnummer. Ich weiß, dass sie meine Füße hässlich findet, aber ich weiß nicht, wie sie mit Nachnamen heißt. Oh Gott, Georgie … Ich weiß nur, dass ich sie liebe, aber ich weiß nicht, wer sie ist und warum sie mir nichts von diesem Jungen gesagt hat.« Meine Knie schlugen hart auf den Boden, als meine Beine nachgaben. »Wer ist er? Was, wenn … was, wenn ich ihm etwas angetan habe, ehe ich das Gedächtnis verloren habe? Was, wenn er diese Narben von mir hat?«

Es klopfte an der Tür, und sie stand auf und ließ Dr. Rider herein. Wie gewöhnlich bekam er erst mal einen Tee angeboten. Er stellte umständlich die Tasche ab. Man plauderte ein wenig über das Wetter, dann setzte er sich und schaute mich über seine Brille hinweg an.

»Wann sind Sie das erste Mal bewusstlos geworden?«

»Vor ein paar Monaten.«

»Gut. Und wie lange hat es etwa gedauert, bis Sie das Bewusstsein zurückerlangten?«

»Schwer zu sagen. Eine Weile vermutlich, ich bin nämlich erst im Krankenhaus wieder zu mir gekommen.«

»Hmmm. Was passiert, bevor Sie bewusstlos werden?«

»Krach.«

»Wie meinen Sie das, Krach?«

»Na ja, beim letzten Mal hörte ich ein Eisengitter an einem Laden herunterrasseln, und das war's. Pfft.«

»Und heute?«

»Ähnlich, denke ich. Ich hatte auch, ich weiß nicht, ziemlich lange nicht mehr geschlafen, und ohne Schlaf macht mir Lärm wirklich schwer zu schaffen. Jetzt geht es wieder. Ein bisschen Ruhe, und ich bin wieder wie neu.« Ich lächelte.

»Hmmm. Na ja, ich glaube, vielleicht würde ein pflanzliches Schlafmittel aus der Apotheke helfen. Ich würde Sie gerne in einer Woche wiedersehen. Mal schauen, ob es mit etwas mehr Schlaf wirklich besser wird.«

Ohne Rücksicht auf die Blasen und Schwielen an meinen Händen arbeitete ich unermüdlich weiter an den Skulpturen. Deine Augen schauten mich aus drei verschiedenen dekonstruierten Dimensionen an. Der Schwung deiner Augenbrauen, und deine Wimpern bogen sich ganz leicht nach rechts. Ich hämmerte auf den Stahl ein, die Augen im Dämmerlicht zusammengekniffen, immer weiter, die eine Kante schmaler als die andere, um daraus den Bogen deines Augenlids zu formen. Ich habe mich nur auf die flüchtige Erinnerung konzentriert. Wie du mich angeschaut hast, als wir das erste Mal miteinander geschlafen haben. Dein staunender, ungläubiger Blick – als sei ich das Wunderbarste, das dir je passiert ist. Ich fügte ein schmales Metallstück an – die Falte in deinem Lid, tief und schwer. Meine Schultern fingen an zu brennen, und meine Hände wurden zittrig. Ich hätte dringend aufhören sollen, aber ich konnte es einfach nicht. Der Geruch des Lötkolbens, das Gefühl des Metalls und das Gewicht des Werkzeugs: Das ist alles, was mich mit meiner Vergangenheit verbindet. Ich wusste es ganz tief in meinem Herzen. Ich stellte die Skulptur neben ein paar alte Farbeimer, die ich im Schuppen stehen hatte, dann ballte ich die Hände zu Fäusten und öffnete sie wieder, um etwas Gefühl hineinzubekommen. Und auf einmal sah ich dich. Wie ein Donnerschlag, wie ein Blitz: Du, mit gelber Farbe in den langen Haaren – sie gingen dir fast bis zum Po. Und du lachtest. Das Bild war so klar und deutlich, dass es mich fast umhaute, und dann verschwand es wieder. Ich schloss die Augen und bemühte mich, es zurückzuholen, aber es gelang mir nicht.

Ich legte das Werkzeug beiseite und machte Feierabend. Das Haus war leer und kalt ohne dich. Ich schaltete den Fernseher ein und zappte mich durch die Sender, aber mein Kopf kam einfach nicht zur Ruhe. Wer warst du? Warum warst du hergekommen? Wer war dieser Junge? War das alles nur eine einzige große Lüge? Ich schaltete den Fernseher aus und ging nach oben. Ich ließ mir ein Bad ein und zuckte vor Schmerz zusammen, als ich mich bückte, um den Stöpsel in den Abfluss zu tun. Ich griff nach einem Schaumbad, und mein Rücken erinnerte mich eindringlich daran, dass ich kein junger Hüpfer mehr war. Wie konnte ich ein halbes Leben gelebt haben, wenn dieses halbe Leben nicht meins war? Kanntest du mich? Sind wir uns zufällig begegnet? Hast du nach mir gesucht?

Ich schleuderte meine Sachen in eine Ecke des Zimmers, stieg behutsam in die Wanne und wollte nicht daran denken, wie du darin gelegen und über die Achtziger gequasselt hast. Meine Augen prickelten hinter den geschlossenen Lidern, und mein Körper verspannte sich, als ich ins warme Wasser glitt, und ließ dann endlich ein wenig von seiner Anspannung los.

Ein sengender Schmerz schoss durch meine Nasenlöcher, und ich hustete und spuckte. Das Badewasser war nur noch lauwarm. Ich musste eingeschlafen sein. Ich hatte Wasser in den Hals bekommen, und mein Herz klopfte heftig. Ich war panisch und desorientiert wie schon lange nicht mehr. Wie ich es nie wieder sein wollte. Bibbernd stieg ich aus der Wanne und sah mich dabei im Spiegel. Meine geisterhafte Vergangenheit spiegelte sich darin. Ich konnte nicht mehr. Ich konnte nicht dorthin zurück, und ich konnte auch nicht weitergehen.

Ich wickelte mich in die Laken und vergrub den Kopf unter deinem Kissen. Ich konnte noch deine Haare riechen, deine Haut, und selbst mit dem bitteren Beigeschmack der Täuschung roch es immer noch nach Zuhause. Schweres Schluchzen schüttelte meinen ganzen Körper, trockene Schluchzer ohne Tränen. Körperliche Erleichterung. Selbstmitleid war noch nie mein Ding. Das Leben ist scheiße, aber man muss das Beste daraus machen. So habe ich mich die letzten elf Jahre durchgeschlagen. Man kann sich selbst irre machen, wenn man immer mit dem vermeintlich grüneren Gras auf der anderen Seite des Zauns liebäugelt. Das Glas ist halb voll, so habe ich das immer schon gesehen, solange ich zurückdenken kann. Dann konnte ich mich eben nicht an meine Vergangenheit erinnern. Und wenn schon. Ich hatte eine gute Freundin, einen Beruf, einen Ort, der mein Zuhause war. Selbstmitleid gehört zu den Dingen, deren Sinn sich mir nicht erschließt. Aber in diesem Augenblick, als das Schluchzen schließlich zu einem tränenreichen, matten Wimmern wurde, fragte ich mich: Was hatte ich in meinem ersten Leben getan, um das zu verdienen? Natürlich konnte es auch am Schlafentzug liegen, der tückisch seinen Tribut forderte. Aber hinter dieser schützenden Fassade aus positiven Gedanken wusste ich doch ohne Zweifel, dass der Junge mit der Narbe der Grund dafür sein musste. Der Grund für mein mieses Karma.

Als ich wieder aufwachte, schien die Mittagssonne heiß auf meine Haut, und ich roch nach Schweiß. Ich fiel halb aus dem Bett, schaute mich um, sah das Chaos und war schockiert. Die abgestandene Luft stank nach Depression. Himmel noch mal, reiß dich jetzt endlich zusammen, sagte ich mir streng. Ich zog die Vorhänge zurück, schob die Fenster auf und spürte die frische Meeresluft durch den Raum wehen, die die Staubmäuse unter dem Bett aufscheuchte. Ich zog die Laken ab, nahm einen Stoß Dreckwäsche und ging nach unten.

Zum ersten Mal seit Tagen hatte ich wieder Appetit, nicht nur auf Essen, sondern auf Antworten. Ich setzte Wasser auf, briet Schinkenspeck in der Pfanne an, steckte ihn zwischen zwei altbackene Sandwichscheiben und nahm mir vor, nachher einkaufen zu gehen. Ich lehnte mich gegen die Kücheninsel, lehnte das Foto gegen den Salz- und Pfefferstreuer und aß mein Bacon-Sandwich. Irgendwo musste ein Hinweis versteckt sein. Eine ganze Weile starrte ich das Mädchen im Zaubererkostüm an und fragte mich, ob sie vielleicht seine Freundin war. Nein, dafür sah sie ein bisschen zu jung aus. Einfach nur eine Freundin? Ich betrachtete das »Loser«-Schild und bemerkte, dass die Ecke ein bisschen eingerissen war. Ich schlürfte meinen Tee und untersuchte das Foto nach Hinweisen, wo es aufgenommen worden sein könnte, fand aber nichts. Ich kippte den letzten Schluck Tee in den Ausguss, und plötzlich kam mir die zündende Idee. Diese Fotoautomaten waren doch gerade der letzte Schrei auf jeder Party, oder? Ich fragte mich, wie viele davon es wohl in Shropshire geben mochte.

Ungeduldig trommelte ich mit den Fingern auf dem Laptop herum, während ich darauf wartete, dass das Ding endlich warm wurde und hochfuhr. Und dann dauerte es noch mal eine Ewigkeit, sich ins WLAN einzuloggen, was mich sonst herzlich wenig störte, weil ich es selten bis nie benutzte. Georgie kümmerte sich um den ganzen technischen Kram. Irgendwann konnte ich schließlich auf Google klicken und nach mietbaren Fotoautomaten in Shropshire suchen. Dreck. Die gab es wie Sand am Meer. Seufzend nahm ich mein Skizzenbuch und fing an, eine Liste zu schreiben. Ich klickte ein paar an. Manche Fotos waren uralt, die konnte ich getrost gleich wieder von der Liste streichen. Wieder nahm ich das Foto unter die Lupe. Die Requisiten sahen nicht gerade berauschend aus, es musste also wohl einer der billigeren Anbieter sein. Nach ungefähr einer Stunde Recherche hatte ich die Liste auf fünf mögliche Treffer zusammengestrichen. Doch was nun?

Ich schrieb sämtlichen Anbietern eine kurze, knappe E-Mail und erklärte, ich würde nur über ein begrenztes Budget verfügen, hätte aber einen der Automaten bei einer Teenie-Party gesehen und würde mit dem Gedanken spielen, mir für den sechzehnten Geburtstag der Tochter eines Freundes ein Gerät auszuleihen. Darunter schrieb ich meine Kontaktdaten, und bevor ich schließlich auf »Senden« klickte, fügte ich rasch noch ein PS hinzu und bat darum, einige ihrer Requisiten gezeigt zu bekommen, damit ich mich vergewissern konnte, dass diese auch altersgemäß seien. Dann versendete ich die Nachrichten und klappte den Deckel zu.

Danach räumte ich das Haus auf und machte einen kleinen Spaziergang. Der Wind war teuflisch, durchscheinende weiße Wolken fegten an ihren schwerfälligen, grauen Verwandten vorbei, und die Sonne musste mit ihnen rangeln, um hin und wieder ein Schlaglicht hindurchzuwerfen. Ich folgte dem Küstenpfad, grüne geometrische Rechtecke, eingebettet in Blautöne, die in geordnetem Chaos miteinander verschmolzen. Das Titelbild eines Kinderbuchs kam mir in den Sinn: ein Elefant mit kunterbuntem Karomuster. Ich schüttelte das Bild ab und konzentrierte mich auf die Gespräche, die wir miteinander geführt hatten. Akribisch nahm ich jedes einzelne auseinander in der Hoffnung, ein wenig Klarheit zu erlangen, eine Erklärung zu finden.

»Ich habe immer gesagt, du hast Pianistenhände.« Meine Schritte wurden langsamer. Irgendwie hast du geklungen, als müsstest du dich verteidigen. Ich blieb stehen und legte die Hände auf das hölzerne Geländer, das den Fußpfad begrenzte, und schaute auf die grünen Hügel und hinunter in die sich brechenden Wellen. Du hast herumgestammelt.

»A… als ich … du meine Sachen eingesammelt hast, als wir uns das erste Mal gesehen haben … in dem … äh … Café.«

»Das muss wohl das Erste gewesen sein, was dir an mir aufgefallen ist.«

»Ganz genau, und ich dachte bei mir, was für wunderschöne Hände du hast …«

Du kanntest mich, nicht wahr?

Wieder spulte ich im Kopf das Gespräch ab. Konzentrierte mich auf deine Stimme, wie du erst kurz gezögert und dann hastig und übereilt geantwortet hast. Meine Hände schlossen sich um den hölzernen Holm, und ich spürte die kleinen Dellen, die der Hammer hinterlassen hatte, als die vom Meer verrosteten Nägel hineingetrieben wurden. Die Risse in den verwitterten Planken, die kühle, glatte Oberfläche, abgeschliffen von den Elementen. Am Ende des Gesprächs hast du nicht mehr gestockt, und deine Stimme klang ruhig und entspannt – hast du die Wahrheit gesagt? Waren meine Hände wirklich das Erste gewesen, was dir an mir aufgefallen war?

Ich ließ den Zaun wieder los und kletterte weiter den steilen Pfad hinauf, so schnell, dass ich ein wenig außer Atem geriet und meine Waden anfingen zu brennen. Ich wünschte, ich hätte dich nie gesehen, und ich wünschte, du wärst nie gegangen. Ich erreichte den höchsten Punkt des Pfades oben auf den Klippen, aber hatte kein Auge für die Aussicht. Ich ging einfach weiter. Die Sonne hatte die Schlacht verloren, und der Himmel zog sich immer mehr zu. Ein Schnürsenkel meiner Wanderstiefel hatte sich gelöst, und ich bückte mich, um ihn wieder zuzubinden. Wie ein Blitz zuckte dein Gesicht vor mir auf, als ich um deine Hand angehalten habe. Die Liebe in deinen Augen. War sie echt gewesen? Ich folgte dem Pfad nach unten und dachte an unser Spiegelbild, als wir auf dem Trödelmarkt nebeneinandergestanden hatten, das Gefühl von Zugehörigkeit, das ich gehabt hatte, und wie du darauf bestanden hast, den Spiegel für mich zu kaufen, und wie entschlossen du danach gesucht hast. Nach etwas Besonderem. Du wärst so oder so gegangen, oder? Ich glaube, du hast es da schon gewusst, tief in deinem Herzen, aber ich war zu sehr in meine Gefühle verstrickt gewesen. Wie berauscht von dir, von uns. Konnte ich dich loslassen? Ich konnte die Vergangenheit nicht ignorieren, wie so viele Male zuvor, ich konnte nicht akzeptieren, wer ich war, und weitermachen wie bisher. Es gab zu viele Geheimnisse und zu viel zu vergessen. Du wusstest, wer ich bin. Ich war mir ganz sicher. Aber … ich wusste nicht, wer du warst.

Der Regen prasselte wütend gegen die Scheiben. Das war kein sanftes Plätschern, sondern es goss wie aus Eimern. Die Vorboten des Herbstes hämmerten gegen die Wände und klopften an die Tür, als verlangten sie zornig Einlass. Ich aß Pommes und klickte auf meinen Mail-Eingang. Ich trank einen Schluck Bier, dann beugte ich mich vor. Zwei Antworten. In einer stand, dass die Firma inzwischen pleitegegangen war wegen der düsteren britischen Wirtschaftslage. Die andere klang schon vielversprechender. Sie enthielt eine Liste mit möglichen Terminen, und am Ende stand, ihre Automaten erfreuten sich bei Veranstaltungen für Jugendliche und Heranwachsende in der Gegend zunehmender Beliebtheit und man würde sich freuen, von mir zu hören. Ich trank noch einen Schluck Bier. Was nun? Eine weitere Mail erschien mit einem Ping in meiner Mailbox. Sie hatte einen Anhang. Mit einer Fritte wischte ich das Salz aus der Mikrowellenverpackung auf und trank das Bier aus, während ich darauf wartete, dass der Anhang heruntergeladen wurde. Zuerst waren es nur grob gepixelte, unvollständige Puzzle mit vielen fehlenden Teilen, weil das Wetter die Internetverbindung störte. Aber irgendwann waren die Bilder vollständig heruntergeladen, und unter einer gigantischen Sonnenbrille blitzte ein Schild hervor. Darauf stand der Schriftzug »Loser«, und an einer Seite war es ein kleines bisschen eingerissen.

»Und was willst du dann da?«, fragte Georgie ungeduldig, während ich wahllos Klamotten in eine grüne Reisetasche stopfte. Sie war hier aufgekreuzt, kurz nachdem ich hastig mein Frühstück heruntergeschlungen hatte, um sich zu vergewissern, ob ich inzwischen ein bisschen geschlafen hatte.

»Sie finden. Oder ihn.«

»Tom, weißt du eigentlich, wie irre das ist? Du hast sie gerade mal eine Woche gekannt, und offensichtlich hat sie dir so einiges verheimlicht. Sie könnte wer weiß wer sein!«

»Egal«, brummte ich und schaute mich im Schlafzimmer nach meinem Rasierer um.

»Tom, jetzt bleib doch mal bitte kurz stehen.« Ich ignorierte sie und drehte mich im Kreis auf der Suche nach dem Ladegerät für den Rasierer. »Tom!«

»Was?!« Ich blieb wie angewurzelt stehen und sah in ihr verwirrtes, besorgtes Gesicht.

»Ich mache mir ernsthaft Sorgen um dich.« Ich nahm sie in den Arm.

»Ich weiß, aber ich muss. Ich kann nicht einfach weitermachen wie bisher und tun, als sei nichts gewesen. Meine Vergangenheit, meine Herkunft verleugnen, nur im Moment leben. Das kann ich nicht. Ich habe mich verändert.« Ich legte ihr die Hände auf die Schultern und schob sie ein Stückchen von mir weg. Sorgenvoll blickte sie mich an.

»Aber was, wenn du etwas erfährst, das du lieber nicht wissen willst?«, fragte sie leise.

»Dann muss ich wohl damit leben ... Ich liebe sie, Georgie. Ich muss sie finden, sie ist das einzige Glück, das ich je gekannt habe. Bald werde ich vierzig. Glaube ich. Ich kann nicht den ganzen Rest meines Lebens leben, ohne die erste Hälfte zu kennen.« Sie nickte niedergeschlagen.

»Also.« Sie nahm das Ladegerät und reichte es mir. »Was willst du machen, wenn du da bist? In Birmingham? Kannst du das nicht telefonisch erledigen?«

»Nein, ich muss da hin. Ich fahre zu der Foto-Firma und versuche herauszufinden, wo dieses Foto aufgenommen wurde.«

»Und dann?«

Ich kratzte mich am Hinterkopf und zuckte mit den Achseln.

»Mal sehen, was ich herausbekomme.«

»Und was ist mit der Ausstellung?«

»Die ist so weit fertig.«

»Wie? Alles?«

Ich wich ihrem Blick aus.

»Ich habe nicht viel geschlafen.« Rasch schaute ich auf die Uhr an der Wand. »Ich zeig's dir.«

Das Licht im Schuppen flackerte, und ich studierte aufmerksam Georgies Gesicht, während sie behutsam die Skulpturen betastete.

»Tom, die sind …« Sie drehte das Auge, das an einem Draht hing. Jede Dimension hatte eine andere Ebene, figurativ wie gegenständlich. Die Augenbraue war aus einem schweren, angelaufenen Teil, das ich im Müll gefunden hatte; die Lider waren im Fünfundvierzig-Grad-Winkel dazu aufgehängt und bestanden aus gezogenen Metallfasern aus einigen dicken Kabeln, die ich am Strand gefunden hatte. Ich hatte sie miteinander verzwirbelt, damit jedes einzelne Teil genauso gebogen war wie ihr echtes Vorbild. »… toll.« Sie ging zu der großen Platte, die dastand wie eine Schneiderpuppe. Sie glich der sanften Wölbung deines Bauchs, mit einer blitzenden Meerglasscherbe als Bauchnabel. Meerglas mochte ich genauso wenig wie Bauchnabel. »Das ist *sie*, oder?«, fragte Georgie, als sie mit dem Finger über deine leicht geöffneten Lippen fuhr, zwischen denen die zarte Zungenspitze, aus Maschendraht geformt, gerade so eben im Mundwinkel zu erkennen war.

Ich nickte. Sie schaute mich an und lächelte verständnisvoll. »Beeil dich lieber, sonst verpasst du noch den Zug.« Ich gab ihr rasch einen Kuss auf die Wange und machte mich auf den Weg. Zu dir.

23

Flynn

Ausnahmsweise läuft in meinem Leben mal alles super. Ich habe einen Platz am College und kann machen, was ich will. Keine dämlichen Algebra-Stunden oder sich auf Französisch beschweren, dass das Radio kaputt ist (mal ehrlich, wann werde ich das jemals im Real Life brauchen?). Jeden Tag Malen und Zeichnen. Tun und lassen, was ich will. Langsam finde ich meinen Platz. Weit weg von den Flachpfeifen, die mir seit Jahren nur Stress machen. Alles läuft prima. Und ich habe jemanden kennengelernt. Sie heißt Kate. Als sie mir das erste Mal geschrieben hat, dachte ich, sie will mich verarschen, aber seitdem haben wir ein paar Mal geskypt, und sie kommentiert ständig meine Posts auf Facebook. Irgendwie versteht sie mich. Wir lachen über dieselben Sachen, und wir mögen dasselbe Zeug in der Glotze. Unser Musikgeschmack ist komplett inkompatibel, aber wir nehmen uns damit dauernd gegenseitig hoch. Aber ich fühle mich schuldig. Wegen Rose. Und wegen Mum.

Da war so viel Blut. Ich brauchte nur ein paar Mal mit der Schulter gegen die Tür zu drücken, um reinzukommen, aber ich wusste, ich muss da rein, weil es schon unter der

Tür vom Wohnwagen durchsickerte. Eine ganze Pfütze. Ich wusste ja, dass sie ständig beschissene Laune hatte, aber ich dachte, na ja, das ist Mädchenkram. Sie hat zusammengesunken an der Wand unter dem Fenster gelehnt, es roch nach Schimmel, so ein feuchter, muffiger Geruch, gemischt mit Imperial-Leather-Seife, so wie es in Wohnwagenduschkabinen eben immer riecht. Ihre Beine waren voller Blutspritzer. Blass ist sie ja immer, sie hat so eine helle Haut, wie Rothaarige sie halt haben, fast durchsichtig. Aber sie war richtig grau im Gesicht. Im ersten Moment dachte ich, sie ist tot, bis sie mich so komisch angelächelt hat. Sie war total weggetreten, aber das Lächeln war, ich weiß auch nicht, als wollte sie sagen, upps, wie ist das denn passiert … ich Dummchen. Nicht: Hilfe, was habe ich bloß getan? Nur so ein … Upps. Sie schämt sich nicht dafür, aber ich bin wirklich besorgt, dass es ihr keine Angst macht. Sie will es vor Mum geheim halten. Und sie hat nicht damit aufgehört, zumindest glaube ich das. Als ich neulich in ihr Zimmer gegangen bin, nachdem sie Mum angeschrien hat, weil die sie gefragt hatte, ob alles okay ist, hat es in ihrem Zimmer so seltsam gerochen … schwer zu erklären, wonach genau, aber da war so ein Geruch. Ich wollte sie am liebsten anbrüllen, ihr sagen, wie scheiße dämlich sie ist, aber das konnte ich nicht. Ich muss aufpassen, was ich sage, weil es allein meine Schuld ist, dass sie das überhaupt gemacht hat. Na ja, nicht meine Schuld, dass sie so eine blöde Kuh ist, aber dass sie das mit diesem Vollpfosten rausgekriegt hat.

Am Samstag sehe ich Kate. Sie wohnt in Birmingham, also treffen wir uns in der Mitte, in Wolverhampton. Aber sie muss arbeiten. Sie arbeitet in einem Schuhladen und fängt erst nachmittags an – im Lager oder so was. Ich habe ein bisschen was von dem Geld gespart, das Gran uns in den Ferien gegeben hat, damit kann ich das Zugticket bezahlen und noch was von McDoof. Superromantisch, oder?

Ich habe dieses Bild von Mum im Kopf, wie sie sich im Halbschlaf einen Tee kocht, mit einem kleinen Zettel in der Hand, lächelnd. Ein Post-it mit Dads verschnörkelter Handschrift. Ich habe sie gefragt, warum sie lächelt. Es kam mir komisch vor, dass sie so lächelte, weil sie doch gerade erst aufgestanden war und mit verstrubbelten Haaren gähnend in der Küche stand. Dad war nicht da, das weiß ich noch, weil seine Schuhe nicht unten an der Treppe standen. Da stellte er sie sonst immer ganz ordentlich hin. Sie sagte, wegen eines Gedichts, und gluckste. Ich kann mich auch noch an andere Post-its erinnern, die am Badezimmerspiegel klebten, und immer lachte oder lächelte sie, wenn sie sie entdeckte, und murmelte irgendwas von »bekloppter Kerl« oder »bescheuerter Romantiker«. Aber nach dem Unfall kann ich mich an keine Post-its mehr erinnern. Ich weiß nicht, warum mir das gerade jetzt einfällt, vermutlich wegen Kate, weil ich daran denken muss, wie Mum war, als Dad noch bei uns lebte. Vielleicht weil ich Kate auch gerne so zum Lachen bringen würde wie er Mum.

Ich bin ein bisschen nervös wegen der Verabredung ... was, wenn sie mich sieht und gleich wieder abhaut? Na ja, mal abwarten.

24

Tom

Ich kramte in der Tasche meiner einzigen vorzeigbaren Jeans, zog einen Zehner heraus und bezahlte den Kaffee zum Mitnehmen und das warme Panino – und legte noch schnell einen Haferriegel dazu. Dann flitzte ich über die Straße und hockte mich vor den Schatten jenes Mannes mittleren Alters, der ich einmal war.

»Hier.« Mit seinem blauen, zugeschwollenen Auge schaute er mich an. In der Luft lag der Geruch der Verzweiflung. Mit zitternden Händen nahm er den Kaffee und nippte vorsichtig an dem Becher. Sein blasses Gesicht bekam ein bisschen Farbe, als wärmte der Kaffee ihn von innen. Ich legte das Panino und den Haferriegel neben ihn, während er mich weder misstrauisch noch ablehnend ansah. Ich erwiderte seinen Blick und legte den Zipfel seiner durchgewetzten Decke über die Sachen. Nur zu gut kann ich mich noch an dieses Gefühl erinnern. Das Gefühl, sich alles, was man in die Finger bekommt, sofort in den Mund stopfen zu wollen. Hunger, der einen von innen auffrisst. Wenn man an nichts anderes mehr denken kann als an Essen. Aber Hunger ist ein Gaukler. Er drängt sich in deine Gedanken, wenn du wach bist, und verschlingt dich im

Schlaf. Der Hunger, den ich meine, ist nicht das Magenknurren, das Sie kennen. Nicht das Gefühl, ich hätte doch besser was gefrühstückt, bevor ich aus dem Haus gegangen bin. Ich meine einen alles verzehrenden Schmerz gemischt mit glückseliger Gelöstheit. Manchmal gaukelt der Hunger einem vor, nie wieder etwas essen zu müssen. Es wird einem übel von ihm. Er ist dein Freund. Er ist dein Feind. Man will es mehr als alles andere, aber – wenn man dann endlich etwas zu essen bekommt, kann der Körper nicht damit umgehen, also würgt er es wieder heraus. Einmal hatte ich so einen unerträglichen Hunger, dass ich kurz davor war, mein eigenes Erbrochenes zu essen, in dem noch die Reste eines halb gegessenen Würstchens zu sehen waren, das ich im Müll gefunden hatte. Ich war so hungrig gewesen, dass ich es fast ungekaut heruntergeschluckt hatte.

Rasch ging ich wieder. Es konnte gefährlich sein, wenn jemand Wind bekam von meiner kleinen Spende. Ich hätte ihm Geld anbieten können, aber auf der Straße ist es mitunter gefährlicher, Geld zu haben als keins. Was wohl seine Geschichte war? Wusste er, wer er war? Hatte er den Verstand verloren, oder saß er da und wusste, was er einmal gehabt und verloren hatte?

In einem Schaufenster sah ich mein Spiegelbild und musste daran denken, wie es mir in der Zwischenzeit ergangen war. Meine Haare waren länger als vorher. Die Locken kamen gerade wieder heraus und ringelten sich um den schwarzen Hemdkragen. Vorne standen die Haare wegen einem Wirbel seltsam ab. Manchmal, wenn ich mir durch die Haare fuhr, hatte ich für den Bruchteil einer Sekunde das Gefühl, als müsste ich das Gewicht dicker, schwerer Locken zwischen den Fingern spüren. Und immer wollte ich sie mir hinter die Ohren streichen. Ich guckte weg, als zwei Frauen auf mich zukamen, untergehakt, in engen Jeans und unsicher auf hohen Hacken herumstöckelnd. Ihre Blicke waren eindeutig. Mir war es eigentlich immer ziemlich egal, wie ich aussah. Ich schaute eher in den Spiegel, um in meinem Gesicht nach irgendwelchen Hinweisen auf meine Herkunft zu suchen, denn aus Eitelkeit. Meine Augenbrauen waren so ebenmäßig, dass ich mich fragte, ob ich sie früher regelmäßig gezupft hatte. Habe ich mir vielleicht auch die Fingernägel maniküren und die Brusthaare mit Wachs entfernen lassen? Ich sah ganz passabel aus, das wusste ich, aber es kümmerte mich eigentlich nicht. Außer wenn ich mich fragte, ob ich die Augen wohl von meiner Mutter, das Lächeln von meinem Vater hatte. Wer weiß, womöglich hatte ich die hässlichen Füße von meinem Großvater. Aber vielleicht gab es auch schon längst keine Familie mehr. Niemand hatte mich gefunden. Vielleicht hatte niemand nach mir gesucht. Vielleicht hatte ich keine in Tränen aufgelöste Mutter, keinen stoischen General von einem Vater, der mit einem Whisky in der Hand vor dem heimischen Kamin stand und krampfhaft versuchte, angesichts der Tragödie Haltung zu bewahren. Verstehen Sie mich nicht falsch, ich hatte ein paar One-Night-Stands, und wenn ich nicht allein sein wollte, fand sich immer eine Frau, die die Nacht mit mir verbrachte. Aber die Frauen in der Stadt mit ihrem selbstbewussten Auftreten machten mich immer schon nervös.

Vor einem McDonald's blieb ich stehen und schaute auf den Stadtplan. Ich schob mir die Sonnenbrille in die Haare und folgte mit dem Finger den Straßen auf der Karte. Der Himmel verdunkelte sich kurz, und die aufkommende Brise hatte schon etwas Herbstlich-Bissiges und kniff den Sommer in die Waden. Einen Augenblick überkam mich das Gefühl, beobachtet zu werden. Ich schaute auf, sah über die Schulter, aber da war nur mein Spiegelbild im Schaufenster, hinter dem sich die Massen samstäglicher Fastfood-Esser drängten. Dann kam die Sonne wieder hervor, und ich holte das Handy heraus und schaltete die Ortungsfunktion ein. Einer der Fotoautomaten-Verleiher hatte mir gesagt, ihr Automat stehe heute zu Werbezwecken in der Stadt. Es war ein kleines Unternehmen, und der Inhaber war persönlich vor Ort, um, wie er sagte, potentielle Kunden anzusprechen. Auf dem Stadtplan fand ich den Straßennamen nicht, also stand ich eine ganze Weile da und fluchte über meine Unfähigkeit, die Technik meines Smartphones zu bedienen, bis ich schließlich einen kleinen blauen Pfeil sah, der mich in die richtige Richtung wies. Ich kam mir vor wie ein Vollidiot, mit dem Handy in der Hand herumzulaufen. Wie ein müder alter Mann, der sich bei jemand anderem unterhaken muss, der ihn wieder nach Hause bringt. Fünf Minuten dauerte es, bis ich die richtige Straße gefunden hatte. Geräusche und Gerüche prasselten auf mich ein, und um mich herum tobte das geschäftige Stadtleben von Birmingham. Es war einfach zu viel, zu laut. Ich kam an einem Trupp Jungs, anscheinend alle Schüler, vorbei, die schubsend und rempelnd zusammenstanden und alle, so laut sie konnten, brüllten und lachten und palaverten. Sie standen nicht mal einen Meter voneinander entfernt. Mit dieser Lautstärke hätte man ein Fußballstadion füllen können. Ob ich als Jugendlicher auch so gewesen war?

Ich glaubte, fast zu ersticken an dem schrillen Gekicher und ohrenbetäubenden Geschnatter von dem Grüppchen Teenie-Mädels, das ganz in der Nähe stand und sich über Lipgloss und Jungs unterhielt, und versuchte, das Gegacker zu überhören, während ich auf einen korpulenten Mann mit leutseligem Gesicht zusteuerte, der auf einem Klappstuhl hinter einem Tapeziertisch saß. Darauf waren alle möglichen Gegenstände arrangiert: ein leerer vergoldeter Bilderrahmen, Lesebrillen in allen erdenklichen Formen und Farben, eine Matrosenmütze, Schnauzbärte an Stöcken und nicht zuletzt – wie schon erwartet – Schilder mit diversen netten Unverschämtheiten und Ausrufen. Der Mann erinnerte mich an einen Maulwurf aus einem Zeichentrickfilm – kleine Augen, Brille auf der Nasenspitze und gütiges Gesicht.

»Hej, junger Mann«, begrüßte er mich jovial, »was kann ich für Sie tun?« Er sprach mit einem breiten Akzent, aber Satzmelodie und Singsang kannte ich von dir. Ich hatte schon ganz vergessen, wie Georgie mich früher immer wegen meines Akzents aufgezogen hatte. Sie konnte mich täuschend echt nachäffen und klang fast wie jemand aus Liverpool. »Du redest, als hättest du zu viel Spucke im Mund«, meinte sie einmal. Von dem Akzent ist wohl heute nicht mehr viel übrig.

»Ja, ich wollte mich gerne erkundigen, für welche Art von Veranstaltungen Sie für gewöhnlich gebucht werden.«

»Ach, alles Mögliche: Hochzeiten, Partys … Vor ein paar Wochen sogar eine Beerdigung.« Sein herzliches Lachen schüttelte seinen ganzen Körper. »Manchmal auch Schul-Discos, Jahrmärkte, Rummelplätze, all so was.«

»Schul-Discos?«, fragte ich, und mein Herz schlug schneller, und mein Atem wurde flacher vor Aufregung.

»Ja, vor ein paar Monaten waren wir in Telford – entschuldigen Sie bitte.« Er hob eine Federboa auf, die eins der Schulmädchen versehentlich vom Tisch gewischt hatte. »Vorsicht bitte mit den Requisiten, Mädels.« Er lächelte gutmütig.

Telford.

»Dürfte ich …?« Ich wies mit dem Kopf auf den Tisch und zuckte erschreckt zusammen, als sich ein pummeliges Mädchen mit langen dunklen Haaren kreischend die überdimensionierte Sonnenbrille auf die Nase setzte. Ich kramte in den bunt zusammengewürfelten Requisiten, bis ich das gesuchte Schild endlich in der Hand hatte. Ich wollte nicht unhöflich erscheinen oder gar seltsam, also ließ ich mir von ihm eine Broschüre geben, reichte ihm die Hand und ging mit dem falschen Versprechen, mich bei ihm zu melden.

Ich steckte meine Kopfhörer ins Handy und stellte einen Klassiksender ein. Irgendwie musste ich mich vor dieser unerträglichen Reizüberflutung schützen. Zwar hatte ich nicht die Befürchtung, gleich wieder ohnmächtig zu werden, aber die Gerüche – gebratene Zwiebeln – und die Geräusche – eine Steelband – machten mich ganz kirre. Ich hatte immer schon eine Abneigung gegen Menschenansammlungen, und das Gewimmel unserer heimischen Strandpromenade reicht mir. Ich bin einfach nicht gerne unter so vielen Menschen. Ich zog den Kopf ein und verließ mit schnellen Schritten zielstrebig das Stadtzentrum, während ich, so gut es ging, die lauten »Dad«-Rufe, das Geschrei trotziger Kleinkinder und den Lärm und Trubel eines Samstagnachmittags in der Stadt ausblendete. Ich wusste nicht, wie lange ich gelaufen war. Doch schließlich schaute ich auf und stand unversehens vor einem Gebäude. Genauso stellte ich mir eine Hochzeitstorte vor, würde ich sie gestalten. Drei rechteckige Etagen, nach oben hin schmaler werdend, und alle, wie es schien, mit ineinander verschachtelten Drahtkreisen umhüllt. Ich legte den Kopf in den Nacken und bewunderte die außergewöhnliche Konstruktion. War ich in meinem früheren Leben womöglich Architekt? Ich schüttelte den Kopf: Idiot, ohne Taschenrechner konnte ich nicht mal meine Einkäufe zusammenrechnen, geschweige denn die Zahlen und komplexen Zusammenhänge berechnen, um ein Gebäude zu entwerfen. Das Schild vor dem Gebäude wies es als Bibliothek aus.

Ich spazierte auf das beeindruckende Bauwerk zu und stand unvermittelt mittendrin – ringsherum Glas, und überall waren alte und neue Stilrichtungen miteinander kombiniert. Es war wuseliger und lauter, als ich es von einer Bibliothek erwartet hätte, aber von ihren Mauern umgeben fühlte ich mich geschützt und geborgen. Ich passierte endlose Bücherreihen und ließ die Hand über den Handlauf der Rolltreppe gleiten, als ich schließlich nach oben fuhr und mich auf die Suche machte. Ich weiß gar nicht so recht, was ich eigentlich suchte. Ich wusste nichts über Telford, nur dass es dort ein Shoppingcenter gab, weil ich schon häufiger Werbung dafür gesehen hatte … Ich weiß noch, dass ich davon ausging, dass es da irgendwo eine Brücke geben musste, die irgendwas mit der industriellen Revolution zu tun hatte. Eine halbe Stunde später hatte ich die Abteilung für Regionalgeschichte gefunden und las mich ein über die Ironbridge. Der Ort war nach Thomas Telford benannt, der besagte Brücke über den Fluss Severn entworfen hatte. Aber viel wichtiger war, ich hatte in Erfahrung gebracht, dass es dort nur vierzehn weiterführende öffentliche Schulen gab. Daneben auch ein paar Privatschulen, aber von dem Billiganbieter für Foto-Automaten schloss ich messerscharf, dass es wohl keine von denen gewesen sein konnte. Ich schrieb gerade Namen und Adressen heraus, als mich wieder dieses Gefühl überkam, als würde ich beobachtet. Ich schaute über die Schulter, aber sah nur eine sich vorwärtsschiebende namenlose

Menge, jeder mit seiner samstäglichen Erledigungsliste beschäftigt.

Mein Magen knurrte. Seit dem Frühstück hatte ich nichts mehr gegessen, und der Kopf fing an, mir wehzutun. Deshalb packte ich meine Sachen zusammen, warf die Notizen, die ich nicht mehr brauchte, in den Papierkorb und schulterte meine Tasche. Ich ging zum Hotelzimmer zurück und gönnte mir den Zimmerservice, eine Dusche und ein Nickerchen.

Als ich wieder wach wurde, war es dunkel, und im ersten Augenblick wusste ich nicht, wo ich war. Ich griff nach dem Wasserglas auf dem Nachttischchen. Ich hatte von dir geträumt. Ich spürte immer noch deine Hand, wie sie meine festhielt. Dein Gesicht war schmerzverzerrt, hochrot und verschwitzt. In meinem Traum hatte ich keine Angst um dich; in meinem Traum habe ich dir gesagt, du sollst durchhalten. Deine Augen waren groß und glupschig, und ich vernahm den Schmerz in deiner Stimme, als du mich anflehtest, ich solle machen, dass es aufhört. Dass der Schmerz aufhört. Du sahst anders aus, jünger.

Mein Telefon sagte mir, es war halb sechs morgens. Die Stadt erwachte allmählich, und aus den Nebenzimmern war Husten zu hören. Gedämpftes Gemurmel des Hotelpersonals und das Summen und Zischen der Busse auf ihrer Morgenrunde sickerten ins Zimmer. Barfuß tappte ich ins Badezimmer. Ich drehte die Dusche auf und stellte mich unter die heißen Wasserstrahlen. Ich schloss die Augen, aber die Bilder meines Traums verblassten bereits. Und plötzlich fiel es mir wieder ein: Im Traum hast du mich nicht Tom genannt, im Traum hast du einen anderen Namen gesagt. Der kräftige Wasserstrahl trommelte gegen meinen Rücken, während ich verzweifelt versuchte, mich an den Namen zu erinnern. Aber er verflog wie der heiße Wasserdampf. Während ich mir mit einem steifen, weißen Hotelhandtuch die Haare frottierte, kniff ich fest die Augen zusammen und wollte mein Hirn zwingen, seine Arbeit zu tun und die Lücke in meinem Gedächtnis zu schließen. Und mit einem Mal sah ich deine Hände. Ich sah einen silbernen Ring mit dem Solitär-Diamant an deinem Finger und einen Ehering, auch in Silber.

»Ich bin allergisch gegen Gold.«

Es war nur ein Traum. Mein Hirn, das den Gedanken in meinem Kopf irgendeinen Sinn zu geben versuchte. Im Traum hast du mich angefleht, endlich damit aufzuhören – aber das war nur mein Unterbewusstsein, das mir sagte, wie irre es war, jemanden zu suchen, der nicht gefunden werden wollte. Die Ringe an deinen Fingern waren nichts als ein Wirrwarr aus Erinnerungen, Hoffnungen, meinem gescheiterten Heiratsantrag. Das Silber – nur das Echo einer Unterhaltung, die wir mal geführt hatten. Ich schüttelte das Gefühl ab, es könnte mehr dahinterstecken. Wir alle kennen solche Träume. Vielleicht ein Traum von einem Streit, der sich täuschend echt anfühlt, oder das Gefühl, wenn man mit pochendem Herzen aufwacht, weil man vor irgendwas im Dunkeln davongelaufen ist. Träume können manchmal fast übermächtig sein.

Nach dem Frühstück ging ich zurück auf mein Zimmer und schaute mir die Liste mit den Schulen an. Was sollte ich jetzt machen? Die Schulen waren alle geschlossen, weil noch eine Woche Sommerferien waren, fiel mir ein, was eine schnelle Google-Suche bestätigte. Außerdem wollte ich doch wohl nicht allen Ernstes vor irgendwelchen Schultoren lauern wie ein Pädophiler, oder? Aber mir wollte auch partout nichts Besseres einfallen. Ich nahm Bleistift und Notizblock aus der Tasche und stellte eine Liste auf, was ich tun könnte, um dich zu finden. Allzu lang war die Liste nicht. Von der Schule mal abgesehen hatte ich keine weiteren Hinweise. Und selbst wenn ich ihn ausfindig machte, hieß das noch lange nicht, dass ich dich damit auch gefunden hätte, oder? Im Kopf erstellte ich eine Gedächtniskarte über das, was ich von dir wusste, in der Hoffnung, dass irgendwas, irgendein Hinweis mich anspringen würde. Wieder holte ich das Foto heraus und starrte in das Gesicht des Jungen. Er schien fröhlich. Ein Teenager. Nicht der finstere Bösewicht, als der er mir in meinen Albträumen erschienen war. Ja, trotz der auffälligen Narben sah er gut aus. Und er hatte lange, schmale Finger, genau wie ich.

»Ich habe immer gesagt, du hast Pianistenhände.«

Was genau suchte ich eigentlich? Mit einem Mal musste ich lachen. Wie konnte ich das bloß übersehen? Das Mädchen hatte den Arm gehoben, und man erkannte die Tasche ihres Schulblazers, und darauf, ganz unten in der Ecke, war ein knallrotes Emblem zu erahnen. Nur ein kleines Fitzelchen, aber das sollte doch wohl reichen, um zweifelsfrei festzustellen, um welche Schule es sich handelte, oder? Das Adrenalin trieb meine Ungeduld schreiend vor sich her, während ich eine Schule nach der anderen in der Gegend von Telford absuchte, bis ich sie – ich traute meinen Augen kaum – tatsächlich gefunden hatte. Der rote Bogen einer Brücke: Summerfell Academy.

Nun konnte ich bis Schulbeginn in einer Woche nichts weiter tun. Und selbst dann wusste ich nicht so recht, wie ich weiter vorgehen sollte. Ich fing an, meine Sachen zu packen. Suchte den nächsten Zug nach Hause heraus. Schloss die Tür hinter mir. Es war richtig gewesen, nach

Birmingham zu kommen, weil ich ein Schrittchen weitergekommen war auf der Suche nach dir und wohl auch nach mir selbst.

An der Rezeption wartete ich hinter einer Junggesellinnenabschiedsgesellschaft, dann gab ich meinen Schlüssel ab und bückte mich, um meine Tasche zu nehmen.

»Ach, Mr Simmonds?«

»Hmmm?« Ich sah die zierliche kleine Rezeptionistin an, die kaum über den Schalter gucken konnte. Sie trug eine kurze blonde Pixie-Frisur und war tadellos mit der universellen Hoteluniform bekleidet. Ihre perfekten Augenbrauen hatte sie zu einem freundlichen Fragezeichen hochgezogen.

»Hier ist eine Nachricht für Sie.«

»Eine Nachricht? Das muss ein Missverständnis sein.« Ich erwiderte ihr Lächeln.

»Zimmer siebenundzwanzig A?«

»Ja, aber ...«

»Dieser Brief wurde gestern Abend für Sie abgegeben.« Sie tippte etwas in ihren Computer. »Ach ja, hier steht es, wir wollten Sie benachrichtigen, aber Ihr Telefon stand auf ›Bitte nicht stören‹.«

»Oh, ja, ich war müde und wollte ... egal.« Sie reichte mir einen gefalteten Zettel. »Wissen Sie, wer ihn abgegeben hat?«, fragte ich. Mir lief ein nervöses Kribbeln über den Rücken.

»Bedauere, nein. David war gestern hier, tut mir leid. Gute Reise.« Sie lächelte zum Abschied und begrüßte dann ein älteres Ehepaar, das langsam an die Rezeption schlurfte. Ich trat beiseite, den Brief fest in der Hand, und ging hinüber zum Restaurant. Ich setzte mich. Die Hotelangestellten räumten die letzten Überbleibsel der Spätfrühstücker ab, verkaterte Wochenendausflügler, die was haben wollten für ihr Geld, obwohl sie viel lieber in einem stillen dunklen Kämmerlein gelegen und ausgeschlafen hätten.

Ich legte den Brief auf den Tisch und starrte ihn an. Es war nur ein gefaltetes Blatt Papier. Ich merkte, dass es Kartuschenpapier von einem Skizzenblock sein musste. Ich atmete tief durch, bevor ich es aufklappte.

Lieber Mr Simmonds,
ich weiß, wer Sie sind und was Sie vorhaben. Sie will Sie nicht in ihrem Leben, wir wollen Sie nicht in unserem Leben. Wenn wir Ihnen irgendwann mal einen Scheiß bedeutet haben, lassen Sie uns verdammt noch mal in Ruhe.
Bitte. Wenn Sie sie je geliebt haben, halten Sie sich von ihr fern.

Sämtliche Härchen auf meinem Körper sträubten sich. Ich schaute mich um und erwartete, dass mich jemand heimlich beobachtete. Alles drehte sich in meinem Kopf. Die Handschrift war krakelig, aber selbstbewusst und die Botschaft unmissverständlich.

Ich weiß, wer Sie sind.

Wieder hatte ich das Gefühl, beobachtet zu werden. Ich schnappte mir meine Sachen, ging aus dem Hotel und schob mich durch die geschäftigen Straßen. Ich misstraute jedem Blick, jedem mit einer Zeitung in der Hand, jedem mit einem Handy am Ohr. Warst du das? Wie viele Leute beobachteten mich? Ich fühlte mich besudelt. Nichts schien mehr richtig. Nichts schien mehr echt. Ich fing an zu rennen.

Wenn wir Ihnen irgendwann mal einen Scheiß bedeutet haben.

»Passen Sie doch auf!«, schimpfte ein Anzugträger, den ich mit der Schulter angerempelt hatte.

»Hey!«, brüllte eine Frau mit Kaffeebecher in der Hand. Ich rannte zum Bahnhof, stopfte meine Fahrkarte in den Entwerter vor dem Drehkreuz. Ich musste nach Hause. Es war falsch hierherzukommen. Falsch, dich finden zu wollen.

Endlich auf dem Bahnsteig angekommen, schnaufte ich schwer, und mir war übel. Ich hockte mich vornübergebeugt auf die Kante einer Bank, um wieder zu Atem zu kommen. Allmählich beruhigte sich mein Puls.

Bitte. Wenn Sie sie je geliebt haben … Ich ließ mir diesen Satz wieder und wieder durch den Kopf gehen. *Bitte …* Und dann fiel es mir wie Schuppen von den Augen. Die Nachricht. Das war keine Drohung. Das war eine Bitte. Eine Bitte, sich fernzuhalten. Wer auch immer diesen Brief geschrieben hatte, kannte dich und wollte dich schützen. Vielleicht ein anderer Mann, vielleicht jemand, mit dem du eine Beziehung hattest … aber ich fragte mich, warum derjenige glaubte, dich vor mir schützen zu müssen?

Plötzlich sah ich dein Gesicht vor mir, die Augen weit aufgerissen vor Entsetzen, als ich dich schlug. Das schmerzverzerrte Gesicht aus meinem Traum, das mich anflehte, ich solle endlich aufhören. Was für ein Monster war ich gewesen?

25

Melody

Der erste Schultag. Ich finde es furchtbar, wenn die Kinder wieder in die Schule müssen und ich Pausensnacks einpacken muss. Ich lege Rose ein Schächtelchen Rosinen in die Box und nehme sie dann wieder heraus. Ist sie schon zu alt für Rosinen? Sollte ich lieber Superfood-Trockenobst einpacken oder … Himmel, wann ist das eigentlich alles so kompliziert geworden?

»Bäh, Rosinen.« Sie guckt mir über die Schulter, und ihr angeekeltes Gesicht beantwortet meine ungestellte Frage.

»Aber du mochtest doch immer Rosinen.«

»Ja, mit … was weiß ich … sieben vielleicht.«

Ich lege die Rosinen beiseite. »Ach. Okay, was möchtest du denn stattdessen?«

»Ein Apfel reicht, Mum, ehrlich. Und vielleicht einen Wrap und einen Schokoriegel. Ich werde sowieso kaum dazu kommen, alles zu essen.«

Fängt das schon wieder an. Mein ganzer Körper tut weh vor Müdigkeit, und doch muss ich jeden ihrer Sätze sezieren und auf verborgene Bedeutungsebenen untersuchen. Warum hat sie keine Zeit? Muss sie sich mit einer Rasierklinge in einem Toilettenabteil einschließen? Kokain schniefen? Ich kann mein nörgelndes Misstrauen ihr gegenüber einfach nicht mundtot machen. Nie im Leben hätte ich gedacht, sie würde sich selbst verletzen, und somit stehe ich jetzt allein auf weiter »Was, wenn«-Flur: Dort drüben steht das »Was, wenn sie Drogen nimmt?« und auf der anderen Seite das »Was, wenn sie raucht?«. Sie sind einfach überall. Was, wenn sie mit Jungs ins Bett geht? Was, wenn jemand sich ihr Vertrauen erschleicht und sie zu sexuellen Handlungen zwingt?

»Was geht?« Flynn kommt hereinspaziert, die klobigen schwarzen Kopfhörer um den Hals. »Ooh, Rosinen.« Er schnappt sich ein Schächtelchen. Er nimmt sein Essen jetzt in einer Plastiktüte mit – Lunchboxen sind anscheinend nicht mehr angesagt. Er gibt mir einen stoppeligen Kuss auf die Wange und verabschiedet sich mit einem lässigen: »Bis später.«

»Wann kommst du nach Hause?«, rufe ich ihm hinterher.

»Gegen halb zwei, heute Nachmittag habe ich frei!« Die Tür schlägt hinter ihm zu.

»Das ist nicht fair. Warum hat der auf dem College so viele Freistunden?«

»Nicht mehr lange, dann gehst du auch da hin.«

Wirklich? Wird sie mal aufs College gehen oder in einem betreuten Wohnprojekt leben? Ich schüttele mir die Watte aus dem Kopf und setze mich. In letzter Zeit bin ich immer so müde. Müde bis in die Knochen.

Er fehlt mir.

»Also, was steht heute an?«

Sie verharrt mit dem Löffel Wheetabix vor dem Mund. »Englisch, Bio und Reli«, sagt sie und stopft sich den tropfenden Löffel in den Mund. »Willst du auch was davon, Mum?« Sie nimmt die Müsli-Schachtel und wedelt mir damit vor der Nase herum.

»Nö.« Wie eine Welle überkommt mich die Übelkeit.

»Machst du irgendeine komische Diät?«

»Was? Nein! Wie kommst du denn darauf?«

»Na ja, in letzter Zeit isst du irgendwie kaum noch was.«

»Das liegt an den Tabletten.«

»Ach so.«

Sie kippt noch was von den Wheetabix in ihre Schüssel, gießt Milch drauf und überhäuft das Ganze mit Zucker.

»Ich könnte immer essen«, erklärt sie, und ein paar Tropfen Milch laufen ihr aus dem Mundwinkel. »Ich esse und esse und bin trotzdem nie satt.« Sie zuckt die Schultern und grinst mich mit dicken Hamsterbacken fröhlich an.

»Das ist so, wenn man ein Teenager ist.«

»Ja, oder?« Ihr Blick geht auf die Uhr. »Scheiße, ich komme zu spät.«

»Du sollst nicht Scheiße sagen«, murmele ich matt und reibe mir die Beine, die seltsam pochen. In einem Wirbel aus wehendem Blazer, schlenkernder Tasche und Bodyspraywolke fliegt sie zur Tür hinaus. Mit dem Finger male ich Muster in den verstreuten Zucker. Immer im Kreis durch die süßen herumkullernden Kristalle. Ich versuche, nicht an ihn zu denken. Jede wache Minute ist er in meinen Gedanken, tagsüber genau wie nachts, wenn ich mich rastlos im Bett wälze und einfach keinen Schlaf finde. Ich habe mir angewöhnt, mir kleine Zeitfenster zu gestatten, in denen ich an ihn denke. Das sind jetzt gerade meine fünfzehn Minuten. Ich schließe die Augen, und die nächste Viertelstunde liege ich in seinen Armen, halte mit ihm Händchen am Strand, sehe ihm beim Kochen zu. Ich habe wohl immer schon gewusst, dass unsere Beziehung etwas ganz Besonderes ist.

Jedenfalls wusste ich, dass sie anders war als die vieler unserer Freunde. Wenn ich nur hörte, wie meine Freundinnen über ihre Ehemänner redeten und dabei entnervt die Augen verdrehten und theatralisch seufzten. Die unverhohlene Abneigung, wenn ihre bessere Hälfte ohne sie verreiste und sie ihre Unsicherheit hinter dummen Witzchen versteckten. Ich wusste es, wenn ich bemerkte, wie er mich anschaute, wenn er morgens aufwachte oder wenn ich mir die Wimpern tuschte (unwillkürlich sperrte er immer den Mund auf, während er mir gemütlich mit einer Tasse Tee im Bett sitzend dabei zuguckte … und fragte mich, warum ich das mache). Seine Witzchen, mit denen er mich immer zum Lachen brachte, selbst wenn ich nur drei Stunden geschlafen hatte, weil Flynn die ganze Nacht geweint hatte. Wenn ich auf die Uhr schaute und mich schon freute, weil er in zehn Minuten nach Hause kommen würde. Wie glücklich und zufrieden ich war. Und selbst nachdem er gestorben war … hatte das nichts an meinen Gefühlen für ihn geändert. Es war alles noch da.

Als die Zeit um ist, stehe ich auf und räume den Tisch ab. Mein Hirn ist wie vernebelt, und ich ertappe mich dabei, wie ich im Wohnzimmer stehe und überlege, was ich da eigentlich wollte. Der Spiegel hat einen Fleck in der Ecke, den ich mit dem Ärmel abwische. Ich sehe älter aus, dünner – unglücklicher. Ich weiß nicht, wie lange ich so dastehe und mein spitzes Gesicht begutachte und die tieferen Falten um die Augen, aber irgendwann verschwimmt alles vor meinen Augen.

Okay. Ich muss etwas tun. Heute Abend koche ich mir was Anständiges und zwinge mich, es auch zu essen. Rose hat recht, ich esse kaum, ich schlafe kaum, und wenn, dann habe ich verstörende, viel zu realistische Träume.

Und langsam merkt man es mir an.

Ich klappe den Laptop auf. Schwere Wolken ziehen über

den Himmel, und das Kobaltblau draußen verschwindet hinter dem künstlichen Blau des Bildschirms. Ich weiß genau, was ich suche. Ich habe die ersten Anzeichen schon früher recherchiert: die morgendliche Übelkeit, die Müdigkeit, die lebensechten Träume, die Konzentrationsstörungen. Ich spüre, wie es wächst. Wie lange es wohl schon da ist? Ein winziges Etwas, das wächst und immer größer wird und sich von mir ernährt. Natürlich könnte es auch tausend andere Gründe haben. Die Antidepressiva beispielsweise, die ständige Sorge um Rose oder der Kummer, der mich immer wieder übermannt.

Ich kann mich nicht ewig verstecken. Ich muss mich zusammenreißen. Entschieden nehme ich mich selbst an die Hand, rufe den Arzt an und vereinbare einen Termin für den Nachmittag. Vielleicht kann der mir wenigstens was gegen die ständige Übelkeit verschreiben und mir einen Termin für eine Computertomografie geben.

Ich schalte den Fernseher ein, und die Teletubbies winken mir fröhlich zu. Ich weiß noch, wie Flynn hier auf seinem kleinen blauen Plastikstuhl saß, immer auf zwei Beinen balancierend und im Damensitz: Die pummeligen Füße schauten unten aus dem Fleece-Pyjama mit den lustigen Lokomotiven raus, die blauen Augen über den roten Pausbäckchen riesengroß, und so starrte er über die Lehne seines Stühlchens und beobachtete staunend, was Dipsy und ihr Hut mal wieder ausheckten – ein angebissenes Stück Toast in der Hand. Ich erinnere mich an das Gefühl seiner warmen, moppeligen, klebrigen Hände und daran, wie er den Kakao aus der Schnabeltasse schlürfte, und den süßlichen Duft seiner feinen Haare.

»Noch mal, Mommy, bitteeeeee!«, bettelte er immer.

Noch mal. Noch mal.

Im Supermarkt ist es ruhig. Der Trubel der Schulferien und der Run auf die allerletzten Schulpullover und -hemden sind vorüber. Jetzt tummeln sich nur noch Kleinkinder in den Gängen, in Buggys geschnallt oder ungeschickt mit Obst und Gemüse hantierend. In meinem Einkaufswagen stapeln sich frische Zutaten für die Lasagne, die ich heute Abend kochen will. Einkaufen hat etwas Beruhigendes: Nahrung zur Versorgung der Brut zu sammeln befriedigt meinen mütterlichen Beschützerinstinkt. Aus einer Laune heraus überlege ich, noch eins ihrer Lieblingsdesserts mitzunehmen. Ich gehe rüber zur Backwarenabteilung, wo eine einzelne Torte einsam im Regal steht. Es ist ein seltsames Ding. Eine grasgrüne Kuppel aus Fondant über luftigem Biskuit, mit frischer Schlagsahne überzogen – ich weiß gar nicht mehr, wann wir die zum ersten Mal gegessen haben –, aber wir nennen sie nur »die grasgrüne Bombe«. Irgendwie passend, wenn man bedenkt, was in unserem Leben gerade so alles passiert. Explosionen überall, alles fliegt uns um die Ohren, aber wenigstens das hier kann ich kontrollieren.

Ein kleines blondes Mädchen von vielleicht drei Jahren mit langen Locken, die ihr bis auf den Rücken fallen, taucht unvermittelt auf und greift mit beiden Händen grob nach der letzten Torte im Regal. Was mir deutlich mehr gegen den Strich geht, als es eigentlich sollte. Das kleine Mädchen trifft keine Schuld. Es trägt ein Kleidchen wie Disneys Eisprinzessin aus *Frozen*, das Krönchen sitzt ihm ein bisschen schief auf dem Kopf, und das Gesicht ist mit Schokolade von den Drops verschmiert, die sie gerade in sich reingestopft hat – die Verpackung liegt achtlos weggeworfen neben ihr auf dem Boden. Aber in dem Moment, als sie sich die Torte krallt, verliert sie mit einem Schlag alle engelsgleiche Unschuld und bedroht den heiligen Frieden meines sorgfältig geplanten Familienabends. Ich stehe neben ihr und schaue auf sie herab. Schelmisch grinst sie mich an. Ein Grinsen, das überdeutlich zeigt, diese kleine Prinzessin ist es gewohnt, dass die ganze Welt sich nur um sie dreht. Ein Grinsen, das eine behütete Kindheit offenbart, nachgiebige Eltern und ein rosarotes Kinderzimmer. Geh einfach weiter, sage ich mir, aber ich bleibe wie angewurzelt stehen. Warum soll das Gör die Torte bekommen? Ein unermessliches Gefühl von Ungerechtigkeit überkommt mich, das ich eigentlich der kleinen Prinzessin gegenüber nicht empfinden sollte. Aber trotzdem. Ich will diese Torte. Meine Kinder haben sie verdient. Sie haben sie viel mehr verdient als dieser verzogene, verwöhnte kleine Fratz mit Glitzer auf den klebrigen Pausbäckchen und silbern glänzenden Schuhen.

»Lass los«, befehle ich. Nervös schaue ich mich um und stelle erleichtert fest, dass ihre Mutter – in Designer-Jeans und teuren Stiefeletten – gerade damit beschäftigt ist, auf ihrem überdimensionierten Smartphone herumzuwischen. Das Prinzesschen lächelt mich an.

»Ich bin Elsa«, erklärt es strahlend.

»Lass los«, sage ich abermals streng, und dann … dann lege ich los. Sie haben sich bestimmt schon gedacht, dass das jetzt kommt. Aber ich hatte ja keine Ahnung, dass ich das überhaupt in meiner internen Playlist habe. Ich fange an, von Bergen zu singen und von Fußspuren im Schnee und irgendwas von einem »König auf einer Eiskreation«. Das kleine Mädchen dreht sich mit seinem Prinzessinnenkleid lustig im Kreis und singt lauthals mit und verkündet strahlend: »Ich bin die Königin.« Mich panisch umschauend schmettere ich weiter, vom Wind und der Einsamkeit und dass es ganz egal ist, was ich sage. Das kleine Mädchen hüpft aufgeregt herum und kreischt, der Schnee störe sie »überhaupt gar nicht«. Endlich stellt sie die Torte ab und verbeugt sich vor der kleinen Menschentraube, die sich um uns gebildet hat. Die Mutter, merke ich erst jetzt, hat uns die ganze Zeit gefilmt – so wie sie zweifellos jede Sekunde ihrer heiß geliebten Mini-Primadonna filmt, seit sie die Augen aufgeschlagen hat: jeden Schritt, vom ersten Babybrei bis zur Hauptrolle im Krippenspiel der Kita. Die Menge klatscht kurz und zerstreut sich dann wieder, und die Prinzessin ist ganz versunken in das Video auf dem Handy. Unbemerkt nehme ich die Torte und haste zur Kasse, ehe mich der unwiderstehliche Drang überkommt, mitten im Supermarkt einen Schneemann zu bauen.

Die Ärzte haben mir wie erwartet zeitnah einen Termin für ein CT gegeben. Mehr kann ich nicht tun, außer meinen Kindern – zumindest fürs Erste – glaubhaft zu versichern, dass alles in bester Ordnung ist. Beim Zwiebelschneiden kullern die Tränen, die ich bisher heruntergeschluckt habe. Es dauert länger als eigentlich nötig, aber ich habe keine Eile, denn endlich weinen zu können ist eine Erleichterung. Ich werfe die Zwiebeln ins Olivenöl und rühre so lange, bis ihre anfängliche Bitterkeit sich in goldene Süße verwandelt. Dann gebe ich Hackfleisch, Knoblauch und Oregano hinzu, und als Rose schließlich die Schultasche auf den Tisch wirft, steht auf dem Herd ein Topf köstlich blubbernder Tomatensoße.

»Was gibt's zum Essen?«

»Lasagne. Willst du mithelfen?«

Sie zuckt mit den Schultern. »Okay.«

»Wie war es in der Schule? Holst du mal die Form?« Wieder zuckt sie mit den Schultern und holt die ofenfeste

Glasform heraus, stellt sie auf die Arbeitsplatte und reißt eine Packung Lasagneplatten auf.

»Ganz okay, eigentlich. Soll ich anfangen zu schichten?«

»Ja, aber pass auf, die Soße ist heiß.« Mit den Zähnen reiße ich die Packung Käsesoße auf und gebe nach und nach Milch in den Topf.

»Ich habe einen Freibrief bekommen. Das heißt, wenn ich gestresst bin«, sie gibt die Hackfleischsoße in die Form, »kann ich aus dem Klassenzimmer gehen und mit Mrs Ford sprechen.«

»Mrs Ford? Ist das die neue Schülermentorin? Die wirkte sehr nett. Das ist doch gut.«

»Ja, denke schon.« Sie legt Lasagneplatten auf die Soße. »Aber eigentlich brauche ich das nicht.« Ich rühre weiter in der Käsesoße.

»Ach nein?« Ich gebe mir Mühe, nicht allzu interessiert zu klingen. Zu viel Interesse, und sie verstummt wie eine Auster.

»Na ja, in der Schule ist immer so viel Rummel, da hatte ich nie das Bedürfnis, da habe ich nie …« Sie gibt noch mehr Soße auf die Platten. »In der Schule habe ich es … also … da habe ich es nie gemacht.« Ich widme mich ganz der Käsesoße und rühre energisch mit dem Schneebesen darin herum. »Wie viele Platten?«

»Hmmmm? Ach, so viele, wie du meinst. Du musst sie nur überall dick mit Soße bedecken, sonst wird es zu trocken. Meinst du vielleicht, du brauchst für zu Hause ein Hobby, eine sinnvolle Beschäftigung? Würde das helfen?«

»Weiß nicht. Kann sein.« Ich trete neben sie und gieße Soße in die Auflaufform. »Soll ich den Käse reiben?«

»Ja, bitte.« Sie geht an den Kühlschrank, und ich zwinge

mich, ihr keine weiteren Fragen mehr zu stellen. So offen hat sie schon lange nicht mehr mit mir geredet.

»Ich habe … ähm … wie viel?«

»Noch ein bisschen.«

»Ich habe angefangen … reicht das so?«

»Noch mehr. Käse kann man nie genug haben …«

»Ich habe ein paar … äh … Geschichten geschrieben. Du weißt schon, so Kurzgeschichten. Ich habe mir den alten Laptop aus der Garage geholt.« Mir schlägt das Herz bis zum Hals.

»Welchen, den alten von Flynn?«

»Mmhmm.«

»Wundert mich, dass der noch geht.«

»Na ja, da läuft nur Word, ins Internet oder so komme ich damit nicht.«

»Ich wusste gar nicht, dass du gerne schreibst. Seit wann schreibst du Geschichten?«

»Weiß nicht, wir hatten mal eine Unterrichtsstunde, da mussten wir uns einen kurzen Animationsfilm ansehen und dann unsere eigene Geschichte dazu schreiben, und ich glaube … na ja, die Stunde war so schnell um, und ich war ein bisschen enttäuscht, als es zur Pause geklingelt hat.«

»Ach ja. Die Wunder des modernen Bildungssystems.« Ich lächele.

»Also dachte ich, da ich doch bald Geburtstag habe, ob ich mir vielleicht einen neuen Laptop wünschen kann?«

»Das reicht mit dem Käse. Ähm … ja … ich meine, du musst mir zeigen, welchen du willst, und es kann sein, dass es nur für ein gebrauchtes Modell reicht.« Sie schlingt mir die Arme um den Hals, und ich verliere fast das Gleichgewicht. Ich umarme sie fest und atme den Geruch von

Schule und Haarspülung ein. Wir umarmen uns länger als bei einem kleinen Dankeschön nötig.

»Du riechst gut«, meint sie lachend.

»Danke, das ist mein neues Bodyspray.«

»Nein, ich meinte, du riechst nach Knoblauch.« Und damit küsst sie mich auf die Wange und geht glucksend aus der Küche.

Ich stelle die Form in den Ofen und lächele. Das erste echte Lächeln seit ziemlich langer Zeit.

Meine Bettlaken sind schweißnass, als ich an dem Morgen, an dem ich zum CT muss, aufwache. Und wie nicht anders zu erwarten habe ich einen rauen Hals. Wahrscheinlich habe ich mal wieder die ganze Nacht gesungen. Ich bin viel früher auf als die Kinder und kann, so lange ich lustig bin, im Bad herumtrödeln. Ich gebe mir mit dem Make-up und den Haaren besonders Mühe und bereite mich mental auf das Ergebnis der Untersuchung vor. Das Telefon klingelt just in dem Moment, als ich mir nach meinem allmorgendlichen Rendezvous mit der Kloschüssel den Mund abwische, und klingelt unbeirrt weiter, während ich mit Mundspülung gurgele.

»Mum! Shane ist am Telefon!« Ich streiche mir die verschmierte Wimperntusche unter den Augen weg, lasse mir kaltes Wasser über die Handgelenke laufen und straffe die Schultern.

»Hi, ist alles okay?«, frage ich nach kurzem Räuspern.

»Hallo. Und, bei dir alles okay? Du klingst nicht so toll.«

»Halskratzen. Also, was gibt's?«

»Nichts, ich … ich dachte bloß, es wäre nett, sich mal wieder ein bisschen zu unterhalten. Du weißt schon, ich erzähle dir, wie Flynn auf dem College klarkommt und so.

Ich hätte mich schon viel früher gemeldet, aber in den Ferien war ich in Birmingham und habe ein Programm für junge Studierende geleitet.«

Ich frage mich, ob das wirklich stimmt oder ob er, genau wie ich, einfach ein wenig Abstand brauchte. Ich höre seine Stimme und merke, dass ich jetzt ganz anders darauf reagiere. Vorbei der Impuls, sofort in den Spiegel zu schauen, falls er unangemeldet hereinschneit wie so oft in den Wochen vor Cornwall. Es war schon fast zur Gewohnheit geworden. Er kam mit einer Schachtel Kekse vorbei, und ich kochte Kaffee. Ich ließ die Pizza anbrennen, er machte Salat. Ich lehnte mich an ihn, er ließ mich. Wir waren sehr entspannt miteinander. Und ich habe Angst, ihn jetzt zu verlieren, weil meine Gefühle für ihn sich verändert haben.

Tom zu finden war vor meiner Abreise eigentlich nur eine fixe Idee gewesen. Aber dann habe ich ihn gesehen, ich habe ihn gefunden. Ob Shane gemerkt hat, dass ich nicht mehr dasselbe für ihn empfinde? Er ist ein paar Tage, nachdem Rose aus dem Krankenhaus entlassen worden war, hier gewesen. Ob ihm aufgefallen ist, dass ich stocksteif geworden bin, als er mich umarmte und mir fragend und besorgt ins Gesicht schaute? Oder dachte er, das sei bloß wegen der ganzen Aufregung um Rose? Merkte er, dass meine Gefühle für ihn zu kippen drohten, die Seite gewechselt, die Grenze von prickelnder Anziehung zu Freundschaft überschritten hatten?

»Ooh, wie cool«, sage ich und muss lächeln, weil man sogar durch den Hörer sein stolzes, verlegenes Grinsen spürt.

»Klingt aufregender, als es eigentlich ist, glaub mir.«

»Kein Problem, ich habe nicht damit gerechnet, dass du dich in den Ferien meldest. Er kommt ganz gut zurecht, oder? Ist alles okay?« Ich werde plötzlich panisch. Frage mich, ob ich ihn vielleicht vernachlässigt habe. Ob sich meine Gedanken zu sehr um Rose gedreht haben?

»Ja, nein, ja. Es scheint ihm gut zu gefallen. Ich wollte nur … na ja … mal hören, ob alles okay ist, nach … deiner Reise. Du bist ja nicht dazu gekommen, in Ruhe davon zu erzählen, wegen der ganzen Sache mit Rose.«

»Mir geht's gut.«

»Ganz bestimmt? Jo sagte mir nämlich, dass du seitdem nicht mehr bei ihr warst.«

»Mir geht es in letzter Zeit nicht so gut, und … ich habe das Gefühl, ich sollte Rose lieber nicht so oft allein lassen. Flynn hat gesagt, er hat mit dir darüber geredet?«

»Ja. Ich glaube, es beschäftigt ihn. Ich glaube, ihn beschäftigt gerade so einiges, um ganz ehrlich zu sein.« Ich muss an die Tomografie denken und daran, wie sie damit umgehen werden, wenn ich es ihnen sagen muss. Vielleicht sollte ich vorher mit Shane reden, abklären, wie Flynn gerade drauf ist. Wie würde es sich wohl anfühlen, die Gedanken auszusprechen, die unaufhörlich in meinem Kopf kreisen? Ich seufze und fühle mich mit einem Mal sehr alt und müde und muss mir eingestehen, dass es wirklich gut wäre, mit irgendwem darüber reden zu können. Nein, nicht mit irgendwem. Mit Shane. Ihm kann ich vertrauen, und er kennt Flynn und weiß, was hinter diesen dunklen Augen vor sich geht. Vermutlich besser als ich.

»Wann könntest du denn?«

»Hast du nachher Zeit? Vielleicht gegen eins?«

»Okay. Willst du rüberkommen?«

»Klar. Dann bis später.«

Ich lege auf und sehe, wie Rose und Flynn wimpernklimpernd vielsagende Blicke wechseln. Flynn wirft die

Haare nach hinten, und Rose wickelt ihre neckisch um den Finger und macht große Rehaugen.

»Willst du rüberkommen?« Die beiden prusten vor Lachen.

»Ha, ha. Sehr witzig.«

»Wirklich, Mum. Jetzt rede schon mit ihm.« Sie kichern, und Flynn stößt Rose in die Rippen.

»Wir sind bloß Freunde«, erkläre ich und hoffe inständig, dass das, was ich Shane zu sagen habe, nichts daran ändern wird.

»Wenn du es sagst«, meint Rose und zuckt die Achseln. Meine wunderbaren Kinder. Wie es ihnen damit gehen wird? Wie sie wohl damit klarkommen?

Ich werfe die zweite leere Wasserflasche in den Mülleimer vor dem Krankenhaus und beobachte die sanft auf und zu gleitenden Türen. Menschen rein. Menschen raus. Und jeder von ihnen stemmt die Füße in den Hang des Berges, der unser ganzes Leben lang steil vor uns aufragt: betagte Paare kurz vor dem Gipfel, wackelige Kleinkinder, die gerade die ersten unsicheren Schritte machen. Der allgegenwärtige Schatten, den wir hinter uns herziehen und der länger und immer länger wird, je näher wir dem Licht kommen. Ich stecke die Hände in die Taschen meiner Jeans und fummele mit dem Daumen am Knopf meiner geblümten Bluse herum. Ach, was soll's. Bringen wir's hinter uns. Finden wir heraus, wie schlimm es um mich steht.

Eine seltsame Ruhe ist über mich gekommen, während ich auf Shane warte. Ich habe in den Spiegel geschaut und sehe aus wie immer. Haare, Augen, Körpergröße. Alles ist unverändert und gleichzeitig ganz anders. Verwundbar. Entblößt. Das Wasser, mit dem ich den Wasserkocher fülle, kommt aus denselben Leitungen, demselben Wasserspeicher, und doch ist es anders. Ob es kontaminiert ist? Ob ich einen Wasserfilter kaufen sollte? Der Kaffee, den ich in meine Tasse gebe – und über den ich mir nie Gedanken gemacht habe –, ist ganz normaler Kaffee aus dem Supermarkt. Nun beäuge ich ihn misstrauisch. Hätte ich vielleicht besser entkoffeinierten Kaffee trinken sollen? Welche Schäden habe ich womöglich unwissentlich angerichtet? Ich rieche den fauligen Gestank aus dem Mülleimer, den durchdringenden Mief nach überreifem Obst und angebrochenen Chipstüten. Ich leere den Abfall und besprühe den Deckel mit einem antibakteriellen Reiniger. Plötzlich halte ich inne und betrachte nachdenklich die Flasche. Sollte ich ihn noch benutzen? Die giftigen Dämpfe einatmen? Könnte das der Rädelsführer sein? Der General, der Armeen von Giftstoffen in meinen wehrlosen Körper einschleust? Es klopft an der Tür, und ich bin froh, dass ich Shane gebeten habe herzukommen. Froh, mit jemandem reden zu können, ehe ich mich völlig verrückt mache.

»Kaffee?«

»Gerne.« Er setzt sich an den Küchentisch und packt eine Schachtel Chocolate Chip Cookies aus, während ich das Gefühl abzuschütteln versuche, dass er mich beobachtet. Ob er es mir ansieht?

»Also«, sage ich und stelle die Tassen auf den Tisch. »Wie kommt er zurecht? Ganz ehrlich?«

»Bisher ganz gut. Ich habe mit seiner Klassenlehrerin gesprochen, und sie meinte, er sei sehr fleißig, tut, was man ihm sagt, und legt sich mächtig ins Zeug.« Er lächelt. »Als ich ihr sagte, ihm könnte die Umstellung womöglich schwerfallen, war sie ganz verdattert und antwortete, sie könnte keinerlei Verhaltensauffälligkeiten feststellen. Manchmal ist er wohl ein bisschen abweisend, aber nur weil er sich so auf seine Arbeit konzentriert.«

»Gut. Dann ist ja alles in Ordnung. Vielleicht musste er nur einfach raus aus seiner alten Schule.«

»Wir sollten keine voreiligen Schlüsse ziehen ... schließlich sind es erst zwei Wochen, aber ja«, Shane reibt sich über das Kinn, »das College scheint ihm wirklich zu liegen.« Er nippt an seinem Kaffee und schaut mich an. »Wie macht er sich zu Hause?«

»Gut. Na ja, du weißt schon, Flynn halt. Er brummt, er reißt Witze, er ... tja ... er ist einfach er. Er sitzt viel am Computer, aber wohl auch für seinen Kurs, oder? Schreibt sich mit seiner neuen Freundin. Hat er dir von ihr erzählt?«

»Ja. Klingt nett. Schön für ihn und gut für sein Selbstbewusstsein. Ich weiß nicht, aber irgendwie habe ich das Gefühl, dass bei ihm noch was im Busch ist. Er macht sich Sorgen. Um dich und Rose. Und ich ...«

»Na, das war ja abzusehen. Er hat sie halb bewusstlos und blutverschmiert gefunden. Da ist es doch verständlich, dass man sich Sorgen macht.«

»Ja, das stimmt, aber er macht sich auch um dich Sorgen.«

»Um mich? Mir geht es viel besser. Ich nehme Antidepressiva, ich schlafe ein bisschen mehr ...«

»Er fühlt sich für dich verantwortlich. Will sich um dich und Rose kümmern. Und ich frage mich, ob das womöglich zu viel ist für ihn.«

»Was schlägst du also vor? Wie ist deine ...«, ich lehne mich nach hinten, verschränke die Arme und werde plötzlich sehr sarkastisch, »... Meinung als Fachmann? Bitte, klär mich auf, denn ich dachte eigentlich, dass ich das ganz gut hinkriege, wenn man bedenkt, dass meine Tochter sich selbst verletzt, ich durchgeknallt bin und sein Dad … na ja, sein Dad ist …« Ich hebe die Hände und beiße mir auf die Unterlippe.

»Was ist passiert, als du zu ihm gefahren bist?«

»Er weiß nicht, wer ich bin.«

»Wie meinst du das?« Ich stehe auf und drehe ihm den Rücken zu, schaue raus in den Garten, sehe die ersten Blätter fallen.

»Er ist glücklich. Er ist witzig. Er ist so, wie er früher war. Aber er erinnert sich nicht an mich oder an uns. Er hat keinerlei Erinnerungen an seine Kindheit.« Ich schlinge mir die Arme um die Schultern.

»Dann hast du also mit ihm gesprochen?«

»Ja, ich habe mit ihm gesprochen.«

»Und hast du es ihm gesagt?«

»Es ihm gesagt?« Ich lache trocken auf. »Nein. Ich habe es ihm nicht gesagt. Ich habe ihm nicht gesagt, dass er zwei Kinder hat. Von denen eins sich selbst verletzt und das andere nicht nur mit seiner eigenen Wut klarkommen muss, sondern darüber hinaus auch noch die Last der Verantwortung für seine Familie trägt. Ich habe ihm nicht gesagt, dass ich die letzten elf Jahre im Schlaf nach ihm geschrien und gelernt habe, mit seinem Tod zu leben. Er hat ein Leben. Ein gutes Leben. Er ist so unglaublich verletzlich, Shane. Er hat sich aus dem Nichts ein neues Leben geschaffen. Er lebt in einem Cottage, das er quasi mit eigenen Händen gebaut hat.« Ich schließe die Augen und bin wieder bei ihm, und die Meeresbrise streicht durch die Vorhänge. »Man hört das Meer von seinem Schlafzimmer, und man kann …«

»Von seinem Schlafzimmer?« Entsetzt reiße ich die Augen auf, als seine Stimme mich jäh aus meinen Tagträumen holt.

»Ja. Seinem Schlafzimmer.«

»Melody … wie lange warst du bei ihm?« Entnervt wische ich mir eine Träne weg. »Melody?« Ich nehme die Sorge in seiner Stimme wahr. »Wie nahe seid ihr euch gekommen, du und Dev?«

»Tom. Er heißt Tom. Dev ist tot.«

»Melody?«

Ich hole tief Luft, und dann sage ich es ihm. Wie Tom mich angesehen hat, als wir uns vor dem Café begegnet sind. Wie betrogen ich mich fühlte, Dev gefunden und doch verloren zu haben. Ich erzähle ihm von den Skulpturen und dass ich weiß, dass sich ein winziger Teil ganz tief in Toms Unterbewusstsein noch an uns erinnert. Wie ich mit Tom nach Hause gegangen bin und dass es sich vollkommen falsch und gleichzeitig vollkommen richtig angefühlt hat.

Ich unterbreche mich, lausche auf Shanes Atem. Eigentlich sollte ich mich zu ihm umdrehen. Ob meine Worte ihn verletzt haben? Oder hat er immer schon geahnt, dass er mich nie ganz haben kann, ich für immer Dev gehören werde? Ich erzähle ihm von den Tagen, die ich in Toms Armen am Strand verbracht habe, den Nächten, in denen wir stundenlang geredet und in die flackernden Flammen geschaut haben. Ich erzähle ihm von dem Antrag und dass Tom das Foto gefunden hat und ich Hals über Kopf geflüchtet bin.

Endlich drehe ich mich zu Shane um. Er sitzt da, den Kopf in die Hände gestützt. Traurig sieht er aus, aber nicht wütend. Ich setze mich ihm gegenüber, er nimmt meine Hände und streicht mit dem Daumen über meine Finger.

»Es tut mir leid«, murmele ich. »Ich wollte …« Ich beende den Satz nicht. Ich weiß gar nicht, was ich eigentlich sagen wollte: … dir keine falschen Hoffnungen machen? Tut mir leid, dass unser verkorkstes Leben sich in deins gedrängt hat?

»Du brauchst dich nicht zu entschuldigen.« Er beugt sich nach vorne und lehnt die Stirn gegen meine. Ich schließe die Augen, spüre seine Kraft, seine Wärme. Er wischt mir eine Träne von der Wange, und ich richte mich auf.

»Sagst du es ihm?«, fragt er.

Vor vielen Jahren, als Pauline und ich noch beste Freundinnen waren, hat sie mal zu mir gesagt, man wüsste gar nicht, was Liebe ist, bis man Kinder hat. Damals war ich gerade mit Flynn schwanger. »Aber ich liebe Dev«, habe ich eingewendet.

Sie hat sich ein Glas Wein eingeschenkt und den Kopf geschüttelt. »Das ist nicht dasselbe«, erwiderte sie. »Wenn du erst mal Kinder hast, garantiere ich dir: Würde, sagen wir mal, dich ein Irrer mit einer Knarre bedrohen und dich zwingen, dass du dich zwischen deinen Kindern und deinem Mann entscheidest, würdest du ohne zu zögern antworten: ›Erschieß meinen Mann.‹«

Lange nachdem ich mich mit Devs Tod abgefunden hatte, erinnerte ich mich an dieses Gespräch, erinnerte mich an ihre Worte. Ich liebe meine Kinder mehr, als ich sagen kann, aber hätte dieser Irre mit seiner Knarre vor mir gestanden, ich hätte mich nicht gegen Dev und für die Kinder entschieden. Ich hätte gesagt: »Erschieß mich.« Ich liebe Dev genauso sehr wie meine Kinder, und ich will ihn genauso beschützen wie sie. Ich will nur das Beste für alle drei.

Das versuche ich Shane zu erklären.

»Aber du schützt ihn doch nicht, du lässt ihm keine Wahl! Du lässt deinen Kindern keine Wahl. Denk doch nur mal, was das für sie bedeuten würde zu wissen, dass er sie nicht einfach so im Stich gelassen hat.«

»Aber was würde das denn verändern? Sie wissen, dass er gegangen ist. Sie haben es akzeptiert und schauen nach vorne.«

»Das kannst du doch gar nicht mit Gewissheit sagen. Denk doch nur mal, was es ihnen bedeuten könnte zu wissen, dass er das Gedächtnis verloren hat und nicht aus freien Stücken gegangen ist.«

»Denk doch nur mal, was das für ihn bedeuten würde! Du machst dir ja keine Vorstellung, wie verletzlich er ist, keine Vorstellung, was er alles durchstehen musste, um sich ein neues Leben aufzubauen. Zu erfahren, was wir durchgemacht haben, womit wir alles zu kämpfen hatten und dass er dafür verantwortlich ist, das könnte zu viel sein. Er ist kein Vater, er weiß nichts übers Vatersein, über Teenager, über selbstverletzendes Verhalten und Verhaltensauffälligkeiten.«

»Dann sag es ihnen, dann können sie selbst entscheiden, ob sie sich bei ihm melden wollen oder nicht. Überlasse ihnen diese Entscheidung.«

»Nein.« Entschieden schüttele ich den Kopf. »Die Neugier würde ihnen keine Ruhe lassen. Es ist besser für sie, wenn sie ihn einfach hassen. Er hat auf der Straße gelebt, Shane.« Ich sehe sein Gesicht vor mir, als er mich geschlagen hat. »Ein Vater, der nicht weiß, dass es dich gibt, ist ein Fremder. Sie können gerade keinen Fremden in ihrem Leben gebrauchen. Sie haben so schon genug Mist, mit dem sie klarkommen müssen.« Ich hole tief Luft und fahre fort: »Da ist noch etwas.«

Und dann erzähle ich ihm von der Untersuchung.

26

Flynn

Die Verabredung mit Kate lief ein bisschen anders als gedacht. Ich meine, die Verabredung mit Kate war perfekt. Sie ist perfekt. Als ich aus dem Zug stieg, stand sie am Bahnsteig und hat schon auf mich gewartet, und ich habe bemerkt, wie sie an dem Ärmel von ihrer rosa Strickjacke herumgezupft hat. Rosa klingt jetzt nach albernem, haarewerfendem Girlie, aber sie trug dazu Jeans-Leggings und hatte ein Tuch in die Haare gebunden. Sie sah einfach megacool aus. Sie ist einfach megacool. Und sie war nervös. Ich ging zu ihr und habe die ganze Zeit nur auf ihre roten Converse gestarrt. Die waren ganz abgewetzt und zerschlissen. Aber nicht wie bei manchen von den College-Mädels, die alles versuchen, damit ihre Sneaker getragen aussehen, obwohl jeder weiß, dass ihre steinreichen Eltern ihnen in dem Monat schon bestimmt zwanzig neue gekauft haben. Sie waren einfach, na ja, normal.

»Hey«, habe ich zu ihren Füßen gesagt. Meine Stimme war ganz quietschig, und ich kam mir vor wie ein Vollpfosten. Ich habe meinen ganzen Mut zusammengenommen und hochgeguckt. Sie hat nichts gesagt und mich nur angestarrt. Ich weiß noch, wie ich dachte, gleich dreht sie sich um und rennt weg, so schnell sie kann. Ich stand dumm da und habe mich verlegen geräuspert.

»Ich bin Flynn.« Sie bewegte den Mund, aber es kam kein Laut heraus. »Möchtest du vielleicht was trinken?«, fragte ich sie, und dann habe ich losgelabert und von der Zugfahrt erzählt und von diesem Pärchen, das sich die ganze Zeit nur gestritten hat.

Sie steckte die Hände in die Taschen und lächelte mich an, was ich als Aufforderung verstand weiterzureden. Ich spürte förmlich, wie sie mich anstarrte, als wir losgingen, und habe nur noch mehr und noch planloser totalen Schwachsinn abgesondert. Ehrlich, ich habe mich gewundert, dass sie überhaupt mitgegangen ist. Ein Mal ist sie gestolpert – ich war gerade halb durch das McDonald's-Angebot inklusive der Sonderangebote –, also habe ich sie am Arm gepackt und festgehalten, und sie ist knallrot geworden. Wie ein Ausschlag, der am Hals anfing und sich über ihr ganzes Gesicht zog. Ich spürte ihre Fingernägel – blassrosa lackiert, kurz und quadratisch. Sie leckte sich die Lippen und machte ein Geräusch wie ein leises Pfeifen.

»Da … da … da …« Sie schloss kurz die Augen. »Danke.« Und da wusste ich Bescheid. Sie war nicht das perfekte, hübsche blonde Mädchen. Sie war alles andere als perfekt. Die Stotterei machte sie zur Außenseiterin. Man konnte es ihr ansehen, wie sie sich schämte. Sie starrte auf ihre Füße, als hoffte sie, dass sich der Boden unter ihr auftut und sie verschluckt.

»Kein Ding.« Sie lächelte und schaute mich an, so richtig. Und ich habe nicht weggeguckt wie sonst immer. Es war, als wären wir durch das Gestotter plötzlich auf Augenhöhe. So, als hätten wir beide Narben, nur dass man meine auf den ersten Blick sieht.

Dann saßen wir da und haben gegessen (sie hatte so ein Fisch-Dings), und ich habe sie gefragt, warum sie nicht den Big Mac genommen hat. Sie stotterte nur noch ein kleines bisschen, und ich hatte das Gefühl, es wird immer weniger, je besser sie mich kennt. Aber vorhin, als sie ihre Bestellung aufgegeben hat, da ist es beispielsweise wieder passiert, und ich habe gesehen, wie die Frau hinter der Kasse rumgezappelt und ihrer Kollegin verstohlene Blicke zugeworfen hat. Jedenfalls sind wir mit unserem Essen an einen Tisch gegangen und haben uns hingesetzt und unsere Burger-Beläge verglichen, und als ich mich kurz umgeschaut habe, ist er mir aufgefallen. Zuerst war ich mir nicht ganz sicher, und ich weiß auch gar nicht, warum mir ein alter Sack auffallen sollte, der dumm dasteht und auf einen Stadtplan guckt. Aber er war es. Man muss es mir wohl angesehen haben, weil Kate nämlich aufhörte zu essen und mich fragte, ob irgendwas nicht stimmt.

»Nimm dein Essen«, meinte ich nur, und wir schnappten uns unsere Sachen. Sie schlürfte noch ihren Milkshake, als wir auf der Straße standen. Kate kennt die ganze Geschichte mit meinem Dad. Von Rose und so habe ich ihr noch nichts gesagt, aber … na ja, Mum und ihre Macken hat sie hautnah miterlebt. Darüber haben wir schon bei unserem ersten Messenger-Chat geredet. Ihr Dad ist auch so ein Loser.

»Wa… wa… was ist denn?« Ich habe mich paranoid umgeguckt wie ein totaler Freak. »Flynn? Was ist los?«

»Ich glaube, entweder ich drehe durch, oder ich habe eben meinen Dad gesehen.« Ihre Augen wurden groß.

»Und wieso denkst du, dass er es war?«

Warum eigentlich? »Schwer zu sagen, irgendwie hat er den Kopf so schief gelegt, als er auf den Stadtplan geguckt hat, keine Ahnung, er kam mir so … bekannt vor.«

Auf den Straßen wimmelte es nur so vor Menschen, aber ich sah noch, wie er um eine Ecke bog. Ich packte Kates Hand und zog sie mit ihrem Milkshake hinter mir her. Irgendwann verloren wir ihn aus den Augen. Wir gingen immer langsamer und blieben schließlich stehen. Mir war gar nicht aufgefallen – jedenfalls nicht so richtig –, dass ich immer noch ihre Hand hielt. Ich suchte die Straße nach ihm ab und guckte mich mit dem einen guten Auge in alle Richtungen um. Aber er war spurlos verschwunden.

»Er ist weg.« Ich muss schrecklich enttäuscht geklungen haben, denn ehe ich mich versah, hob sie meine Hand an ihre Lippen. Sie trug Lipgloss, und ich spürte den klebrigen kleinen Stempelabdruck, den ihr Kuss auf meinen Fingerknöcheln hinterließ, als wir uns umdrehten und in die andere Richtung gingen. Aber keine zehn Minuten später entdeckten wir ihn plötzlich wieder, und ohne nachzudenken, schrie ich: »Dad!«

Ich weiß auch nicht, was ich erwartet habe. Dass er sich umdreht und mir zuwinkt? Sich entschuldigt, dass er so lange weg war? Außerdem hatte er Kopfhörer auf, er konnte mich also gar nicht hören.

»Was willst du ihm denn sagen, wenn du ihn einholst?«, fragte Kate, und ich umklammerte ihre Hand noch fester. Wir gingen etwas langsamer, denn jetzt war er gut zu sehen, und er ging nicht besonders schnell.

»Weiß auch nicht.«

»Willst du ihn überhaupt zurückhaben in deinem Leben? Er ist doch einfach so abgehauen.« Mir schlug das Herz bis zum Hals, und ich hörte die Sorge in ihrer Stimme. »Flynn, kannst du mal bitte ein bisschen langsam machen? Du hast gesagt, du hasst ihn, und wenn er nicht abgehauen wäre, wäre a… a… a… a… alles anders gewesen.« Ich biss die

Zähne zusammen und nickte. »Willst du ihn zurückhaben? Will deine Mum ihn zurückhaben?« Ich war ganz durcheinander. Ihn nach all den Jahren – wir hatten ihn so lange gesucht – auf einmal unerwartet wiederzusehen. Ich konnte nicht logisch denken. Wie würde Rose damit zurechtkommen, wenn sie erfuhr, dass er die ganze Zeit in der Nähe gewesen war und sich nicht mal die Mühe gemacht hatte, sich bei uns zu melden? Und Mum … Scheiße, man konnte sich die Playlist ja vorstellen.

»Wir gucken einfach mal, was er macht, und dann sehen wir weiter.«

Also folgten wir ihm in kurzem Abstand bis zur Bibliothek. Er ging hinein.

»Und jetzt?

»Wir gehen rein. Oder nicht?«

»Und wenn er dich sieht? Ihm draußen auf der Straße nachzulaufen ist eine Sache, aber da drin?« Sie hatte recht, das war mir klar. Aber ich musste rausfinden, was er vorhatte. Ständig kreisten meine Gedanken darum, ob er wirklich hier lebte, keine halbe Stunde Zugfahrt von uns entfernt.

»Ich gehe rein«, sagte sie. »Du bleibst hier, und ich beobachte ihn und erstatte Bericht, was er macht. Das wird lustig, ich bin …«, sie zog sich die langen Ponyfransen über ein Auge, und ich musste lachen, weil sie mich so gut nachmachte, »… inkognito.« Sie zwinkerte mir zu, und es war, als würde ich sie schon immer kennen. »Ich halte dich auf dem Laufenden.« Sie setzte wieder dieses Lächeln auf, bei dem sie ein Grübchen in der einen Wange bekommt, und ohne viel nachzudenken oder nervös zu werden, wollte ich sie auf die Wange küssen. Doch in diesem Augenblick hat sie den Kopf gedreht, und wir haben uns auf die Lippen geküsst.

»Erwischt«, wisperte sie, drehte sich um und ging rein.

Es kam mir vor, als hätte ich eine Ewigkeit draußen auf der Bank gesessen und gewartet. Ununterbrochen bekam ich Nachrichten von ihr. Sie schrieb so komische Sachen wie *Er kratzt sich an der Nase, Er setzt sich hin, Jetzt steht er auf*, und zwischendurch schickte sie mir Selfies, auf denen sie so einen übertriebenen Schmollmund machte wie die eingebildeten Mädels auf ihren bescheuerten Profilbildern. Eigenartiges Gefühl, dass er da drinnen war. Mein Dad. Mein richtiger, echter Dad. *Er kommt jetzt raus*, verriet mir die blaue Sprechblase auf dem Handy. Ich bin aufgestanden und habe mich so hingesetzt, dass ich ihn beim Rausgehen sehen konnte. Ich habe nur den Kopf ein bisschen weggedreht, damit er mich nicht entdeckt. Kate kam kurz nach ihm raus, und er hat sich die Kopfhörer aufgesetzt und ist an mir vorbeigegangen. Nur einen halben Meter entfernt. Ich hätte ihn ansprechen, ihn anfassen können. Aber ich habe mich nicht vom Fleck gerührt.

»Er hat sich in der Abteilung für Regionalgeschichte umgesehen. Hier.« Sie gab mir einen zusammengeknüllten Zettel, und ich hatte das Gefühl, als hätte mir jemand in den Bauch geboxt. Das war seine Schrift. Dieselbe Handschrift wie damals auf den vielen Post-its im ganzen Haus.

Es war eine Liste mit Schulen. Schulen in Telford. Er sucht uns, mich und Rose. Aber warum jetzt, und warum kommt er nicht einfach bei uns zu Hause vorbei? Wir wohnen immer noch da, wo wir schon immer gewohnt haben. Er will Mum nicht sehen! Was für ein Feigling muss man sein, um die eigenen Kinder zu stalken, nur weil man seiner Frau aus dem Weg gehen will? Der Frau, die er ohne irgendeine Erklärung bei Nacht und Nebel verlassen und die ihn jahrelang gesucht hat. Wir wollen ihn nicht. Wir brauchen ihn nicht in unserem Leben.

Wir folgten ihm bis zu einem Hotel. Kate ging ihm wieder nach und belauschte aus sicherer Entfernung sein Gespräch mit der Rezeptionistin.

»Zimmer siebenundzwanzig A«, erklärte sie grinsend, als sie wieder rauskam. Sie schaute auf die Uhr. »Ich muss los, Flynn. Mum macht einen Riesenaufstand, wenn ich zu spät komme.«

»Klar, ich meine, ja, sicher.« Dieses flaue Gefühl im Bauch war neu. Ich wollte nicht, dass sie ging. »Ich hinterlasse ihm einfach eine Nachricht, er soll sich verdammt noch mal fernhalten.« Wieder schaute sie auf die Uhr. »Ich helfe dir noch schnell, dann muss ich mich auf die Socken machen. Wenn ich den nächsten Zug verpasse, kriege ich tierischen Ärger, und wer weiß, wann ich dich dann wiedersehen darf.« Ich musste grinsen, als sie das sagte. Sie wollte mich wiedersehen. Ich kramte meinen Skizzenblock raus und schrieb eine Nachricht.

Wieder sah ich das Blut auf dem Boden vor mir. Wir gingen ins Hotel, hinterlegten die Nachricht für ihn und rannten Hand in Hand zum Bahnhof.

27

Melody

»Jo?« Ich lege den Schlüssel auf die Kommode im Flur, krempele die Ärmel hoch und tappe in die Küche, während ich den dumpfen Kopfschmerz ignoriere, der über meinem rechten Auge pocht.

»Bin gleich da!« Ich muss wieder einmal lächeln, wie sauber und aufgeräumt ihr Putzschrank ist und wie gut sortiert ihre Vorräte, und nehme die Mülltüten heraus (verschiedene Größen für verschiedene Abfalleimer, extra reißfest und parfümiert) und mache mich an meine Runde durchs Haus, um die Mülleimer zu leeren. Sogar ihr Abfall ist ordentlich. Ich folge der Duftwolke ihres Parfums und entdecke Jo oben in ihrem Büro, umgeben von Papierkram.

»Oh, hallo! Entschuldigung, ich habe mich ablenken lassen.« Sie steht auf und umarmt mich kurz. »Alles okay? Wie geht es Ihnen?«

»Oh, ganz gut, danke. Wie geht es Ihrer Mum?«

»Oh, schon viel besser, sie wird morgen aus dem Krankenhaus entlassen.«

»Ich mache dann mal weiter, Sie sehen sehr beschäftigt aus«, sage ich und weise auf die zu diversen Papierstapeln aufgetürmten Unterlagen.

»Das sind Mums und Dads Sachen. Ehrlich, ich habe versucht, alles zu ordnen, bevor Mum nach Hause kommt, aber unter guter Organisation verstehen meine Eltern, freitags früh genug vorm Fish-'n'-Chips-Laden in der Schlange zu stehen, bevor der abendliche Rummel anfängt.«

Ich leere die Abfalleimer und wische eben schnell ein bisschen Staub, dann muss ich mich dringend hinsetzen. Etwas zittrig gieße ich mir ein Glas Wasser ein und nippe vorsichtig daran und hoffe, dass ich es ausnahmsweise bei mir behalten kann. Mein Blick geht zur Uhr, und ich stelle enttäuscht fest, dass ich gerade mal seit einer halben Stunde hier bin. Ich könnte schon jetzt ein Nickerchen machen. Lange kann ich es nicht mehr für mich behalten. Ich werde es ihnen bald sagen müssen. Aber jeden Tag fallen mir neue Gründe ein, es nicht zu tun: Rose schreibt morgen einen Test in Naturwissenschaft. Oder Flynn hat eine Verabredung mit Kate, und ich will ihm die Vorfreude nicht verderben. Wir sind fast unmerklich wieder in einen geregelten Alltagstrott zurückgefallen, ruhig und banal. Wie ein verschneiter Morgen, wenn alles so still und friedlich wirkt. Reglos. Eingehüllt. Behaglich. Bis man versucht, den Wagen anzulassen, um zur Arbeit zu fahren, oder nach den lange vergessenen Stiefeln und dem Sack Streugut wühlt, die sich irgendwo in den Untiefen der Garage verstecken müssen. Dann verwandelt sich die makellose Unbeflecktheit nur allzu bald in schmutzigen Schneematsch und tückisches Glatteis.

»Himmel, Sie sehen ja furchtbar aus, ist alles in Ordnung?« Ich habe gar nicht gemerkt, wie sie in die Küche gekommen ist.

»Alles in Ordnung, nur ein kleiner Virus.«

»Sie hätten nicht herkommen sollen, Mel, wenn es Ihnen

nicht gut geht. Wirklich, die Putzfrau kommt nächste Woche aus dem Urlaub.«

»Es ist alles in Ordnung, wirklich«, versuche ich sie zu beruhigen.

»Na ja, wenn Sie unbedingt bleiben wollen, dann können Sie sich setzen und mir helfen, die Post zu sortieren.« Dankbar tue ich, was sie verlangt, während sie mir einen Pfefferminztee kocht. Sie plaudert angeregt. Dann öffnet sie die Post und reicht sie mir weiter, damit ich sie entweder zerreiße oder in eine Plastikhülle stecke, falls sie sie noch braucht und abheften muss. Sie erzählt von dem kleinen Ort, wo ihre Eltern leben, und ich bin dankbar für ihr unablässiges Geplapper, weil ich dadurch im Hier und Jetzt bin und nicht in die Zukunft mit ihren stacheldrahtumwickelten Versprechungen abschweife.

»Mist. Die habe ich ganz vergessen.«

»Was ist das?« Sie hält einige Tickets in die Höhe und lässt die Schultern hängen. »Ich habe für Mum und Dad eine Fahrt im Heißluftballon organisiert. Mist, das ist schon übermorgen. Zu spät, um die Karten jetzt noch zurückzugeben. Und in ihrem Zustand kann Mum auf gar keinen Fall mitfahren.«

»Ach, wie schade. Vielleicht können sie das ja nächstes Jahr nachholen, wenn sie sich wieder erholt hat?«

»Ja, vielleicht. Hier, nehmen Sie sie.« Sie schiebt mir die Karten über den Tisch zu.

»Was? Doch nicht im Ernst!«, lache ich.

»Wenn nicht, landen sie im Müll, und ehe Sie danach fragen, nein, ich möchte nichts dafür haben. Hören Sie, die Tickets sind für drei Personen, eigentlich wollte ich mir mit meinen Eltern einen schönen Tag machen. Nehmen Sie Ihre Kinder mit, die finden das bestimmt klasse.«

»Echt? Du lieber Himmel. Wirklich?«, frage ich ungläubig. Ich bin aufgeregt wie ein kleines Kind am Weihnachtsmorgen. Nur noch einen Tag, dann sage ich es ihnen, aber oh, was könnte das für ein Tag werden.

Seit vier Uhr früh bin ich auf den Beinen, ganz kribbelig vor Aufregung und Vorfreude auf diesen Tag. Die erste Tasse schwarzen Kaffee habe ich schon wieder von mir gegeben, aber die zweite scheint drinzubleiben. Ich putze mir die Zähne, und dann stelle ich uns ein kleines Picknick zusammen, das wir essen können, wenn wir wieder mit beiden Beinen auf der Erde gelandet sind. Draußen liegen dicke Nebelschleier über der Welt, aber laut Vorhersage soll der Dunst sich bald auflösen, und der Himmel wird hoffentlich wolkenlos sein.

In Flynns Zimmer riecht es nach Socken und Deo, und ich wäre beinahe über einen achtlos stehen gelassenen, toastverkrusteten Teller gestolpert, als ich zu der unförmigen Gestalt unter der Bettdecke schleiche.

»Flynn.« Ich rüttele ihn an der Schulter. Sein Mund steht halb offen, und die Haare stehen wirr in alle Richtungen ab. »Flynn? Aufwachen.« Er verzieht das Gesicht und legt die Arme auf die Augen.

»Mmnnnughhh.«

»Auf, auf zum fröhlichen Jagen, mein Lieber … ich habe eine Überraschung für euch.«

»Gnnkkkmm.«

Die Tür zu Roses Zimmer knarzt. Das fahle Morgenlicht kriecht durch eine Ritze in den Vorhängen und taucht die Wände in weiches, warmes Licht. Ich klettere über einen Hindernisparcours aus Nagellack, Haarglätter und verstreuten Klamotten, bis ich endlich vor dem Bett stehe. Zusammengerollt wie ein Croissant schläft sie tief und fest und hat ein friedliches Gesicht.

»Rose.« Ich streiche ihr die Haare aus dem Gesicht und muss lächeln, weil sie so makellos und lieblich aussieht. »Süße, aufwachen.«

»Mmnnughh.«

»Zeit zum Aufstehen. Ich habe eine Überraschung für euch.«

»Gnnkkmm.«

»Zieh dir was Praktisches an, wir machen einen Ausflug.«

»Was für einen Ausflug?«

»Einen lustigen. Am besten trägst du Zwiebellook.«

Ich werkele geschäftig in der Küche herum, als die beiden schließlich zerknittert und verdattert hereinschlurfen. Rose trägt einen waldgrünen Hoodie zu Skinny-Jeans und Flynn einen marineblauen Hoodie über einem schwarz-weiß karierten Hemd, das über der schwarzen Jeans rausguckt. Entzückt klatsche ich in die Hände.

»Perfekt. Sind eure Handys geladen? Ihr werdet die Kameras brauchen.« Flynn grinst Rose träge zu, und sie zieht eine Augenbraue hoch.

»Wo wollen wir denn um halb sieben morgens hin?«, fragt sie, und man hört einen Anflug von Nervosität heraus, die ihre sonst so weiche Stimme schärfer klingen lässt.

»Wartet's ab.« Draußen hört man ein Auto kurz hupen. Jo hat mich einer Nachbarin als Bügelhilfe empfohlen, deren Mann Taxifahrer ist. Als Gegenleistung bekomme ich eine kostenlose Fahrt zum Startplatz, der etwa zwanzig Minuten entfernt liegt.

Die ganze Fahrt über verstecken meine Kinder ihre Aufregung unter Kopfhörern und hinter Facebook-Status-Aktualisierungen, unterbrochen von Getuschel und geflüsterten Vermutungen. Als sie mitbekommen, wohin die Reise geht, reißen sie die Augen auf und die Kopfhörer von den Ohren. Der Blinker tickt, und wir biegen in einen Schotterweg ein, der zum Ballon-Startplatz führt. Noch liegt ein leichter Dunst über der Wiese, die von dichtem Wald umgeben ist.

»Alter, nicht im Ernst?«, fragt Flynn mich mit ungläubigem, etwas misstrauischem Gesicht. »Sind wir … ähm … gucken wir den Ballons beim Start zu?«

»Mum?«, fragt Rose, und ich merke, wie sie sich an Flynn klammert.

»Ja, wir gucken zu … aus der Luft.«

In dem Moment fallen alle Ängste und Sorgen ihres Teenie-Lebens von ihnen ab, und sie brechen vor Freude und Aufregung in unschuldiges, fröhliches Lachen und schrilles Kreischen aus. Und ich weiß, dass es richtig war, noch zu warten, denn heute lassen wir uns Flügel wachsen, wir schweben über den Dingen, über der Welt und ihren Problemen, und lassen alles hinter uns.

Wir werden gefragt, ob wir zuschauen wollen, wie der Ballon mit Luft gefüllt wird, und werden zu dem Korb gebracht, der auf der Seite liegt und aus dem sich ein gewaltiges, knallrot sich bauschendes Nylon-Meer ergießt. Rose hakt sich bei mir ein, während wir zusehen, wie die gigantischen Ventilatoren beginnen, sich zu drehen. Es klingt wie ein Dutzend Haartrockner, die Luft hineinblasen. Gebannt stehen wir da, als der flatternde Stoff zum Leben erwacht wie ein schlafender Drache, der sich träge gähnend reckt und streckt. Flügel und Schwanz werden von drei Männern in Form gezogen, die geschäftig herumwuseln – fast sieht es aus, als wollten sie ihn besänftigen –, bis er sich endlich majestätisch in die Luft erhebt, um sich in seiner ganzen

Pracht und Herrlichkeit zu zeigen. In einem Zustand zwischen Wachen und Träumen brüllt der Drache laut los. Feuerspeiend faucht er die Männer an, die an den Zügeln zerren und ihn im Zaum halten. Langsam richtet er sich wieder auf, und wütendes Schnauben entfährt seinem Maul, bis er sich endlich fügt und aufsteigt und den Ballon mitzieht wie eine Fußfessel.

Flynn befiehlt, wir sollten uns neben ihn stellen und für ein rotbackiges, windzerzaustes Selfie ins Handy lächeln. Man macht uns mit unserem Piloten Timothy bekannt. Er zeigt uns, wie man in den Korb steigt, indem man die Füße in die Aussparungen setzt. Danach macht er uns mit einigen simplen Sicherheitsvorkehrungen vertraut. Nicht nach Ästen oder Blättern greifen, sollten wir darüber hinwegfahren, nichts aus dem fahrenden Ballon werfen und nicht aussteigen, solange der Ballon noch in Bewegung ist. Über uns erwacht der wie aus Flicken zusammengesetzte Himmel, und als wir schließlich in den Korb steigen, hat die Sonne schon einen Katzenbuckel gemacht. Der Lärm und die Hitze der Brenner sind heftiger als erwartet. Ich höre kaum, was Flynn sagt, aber irgendwas von wegen »supercool«. Rose schweigt, aber ihr breites Grinsen und die strahlenden Augen sprechen für uns alle.

Man hat uns erklärt, dass wir in Richtung Westen fahren, und schon als wir langsam aufsteigen, weiß ich, dass diese Ballonfahrt einer der schönsten Augenblicke meines Lebens werden wird. Behäbig lösen wir uns vom Boden, und die wenigen Zuschauer und anderen morgendlichen Ballonfahrer winken uns nach, als die Flammen uns immer höher hinaufsteigen lassen. Der Ballon streift die Spitzen des tiefgrünen Waldes, und Blätter liebkosen den Korb, während die Vögel in ihren Nestern munter weiterträllern.

Ich rieche den erdigen Geruch des Bodens unter uns und das Gas über uns. Alles erscheint strahlender, klarer, als hätte ich mein halbes Leben verschlafen und erlebte erst jetzt die leuchtend bunten Farben und die Düfte dieser traumhaft schönen Welt. Ein unbeschreibliches Gefühl. Eigentlich habe ich gedacht, hier oben würde ein harscher Wind blasen, aber da wir mit dem Wind reisen, ist es vollkommen reglos und still. Erst als die Brenner sich abschalten und wir in absoluter Stille weiterschweben, merke ich, dass ich singe.

»Echt jetzt, Mum? Westlife?« Ich muss wohl schon eine ganze Weile gesungen haben, denn ich war schon bei der zweiten Strophe. Ich singe von den Gesichtern meiner Kinder und den Augen meines Geliebten. Flynn und Rose stehen neben mir (und Timothy hinter uns, der entweder so tut, als bekäme er von meinem Gesinge nichts mit, oder uns taktvoll ein bisschen Privatsphäre lassen will). Wir halten uns alle am Korb fest. Ich singe weiter übers Fliegen ohne Flügel, während wir über Shropshires liebliche Landschaft schweben. Über einer zweispurigen Schnellstraße steigen wir noch etwas höher, und als ich mit Ronan und seinen Jungs durch bin, merke ich, wie Rose angespannt das Gesicht verzieht.

»Alles okay?« Ich will nach ihrer Hand greifen. Haltsuchend krallt sie sich fest. Ihre Knöchel sind weiß.

»Wir sind so hoch ...«

»Mum, das ist echt krass«, plappert Flynn munter, der offensichtlich nichts mitbekommen hat. »Ich kann die Leute da unten reden hören.« Rose und ich drehen den Kopf. Einige Bauern stehen um einen Traktor herum, der meilenweit entfernt zu sein scheint, umgeben von leuchtend gelb blühendem Raps. Alle Farbe ist aus Roses Gesicht gewichen, und man sieht ihr an, dass sie kurz davor ist, eine Panikattacke zu bekommen.

»Sing.«

»Was?«, fragt sie verdattert.

»Sing. Das hilft, versprochen.« Ich schaue nach unten und sehe den Fluss Severn, der sich windet und schlängelt, flankiert von Wiesen mit taugrünem Gras und goldenen Ähren. Uralte Bäume stehen in militärisch geraden Reihen Wache. Flynn schaut Rose kurz an, bevor er (mit dramatischer, von theatralischen Gesten unterstützter Opernstimme) loslegt und *You Lift Me Up* singt. Rose prustet vor Lachen und singt dann lauthals mit. Und ich bin ausnahmsweise nur die unbeteiligte Dritte und merke, wie das unsichtbare Band zwischen meinen Kindern in der frühen Morgensonne funkelt und glitzert, die ihnen ins Gesicht scheint und ihre Haut golden leuchten und ihre Augen strahlen lässt. Ein Lächeln legt sich auf mein Gesicht, als sie davon singen, auf Berggipfeln zu stehen und die stürmische See zu bezwingen. Die großen Gesten werden immer theatralischer und die Stimmen immer höher, bis sie endlich zum Schluss kommen und einander hoch und heilig versprechen, immer füreinander da zu sein … und plötzlich weiß ich es. Sie werden das zusammen durchstehen. Der Schatten unseres Ballons huscht über ein Weizenfeld. Mir fällt ein Stein vom Herzen, weil sie die Nachricht verkraften werden, die sie bald schon im freien Fall wird abstürzen lassen, und sie haben nur einander, um den harten Aufprall abzumildern.

Gut vierzig Minuten gleiten wir durch die Luft und bestaunen, wie sich am Horizont die Farben mit den Linien der Bewässerungsrohre biegen. Wir sehen der Welt beim Arbeiten zu, und das hektische Leben zieht unter uns vorbei, während wir lautlos vorbeischweben in unserer stillen, ruhigen, friedvollen kleinen Seifenblase.

Als wir schließlich hinabsinken, wird Rose wieder unruhig, aber sie beherrscht sich diesmal, atmet tief durch und murmelt irgendwas vor sich hin. Sie benutzt die Achtsamkeitsübungen, die wir gemeinsam praktiziert haben, und als wir auf den Landeplatz zusteuern – ein überwachsener Acker gleich neben der Hauptstraße –, höre ich sie flüstern:

»Ich spüre den rauen Korb, ich spüre die Stärke meiner Familie, ich höre die Autos auf der Straße …«

Der Korb neigt sich nur ganz leicht, weil kaum Wind weht, aber wir halten uns trotzdem gut fest, als er holprig auf dem Boden aufsetzt. Rose' Anspannung weicht allmählich, und in Flynns Blick liegt ehrfürchtiges Staunen angesichts der Wunder, die das Leben noch für ihn bereithalten mochte.

Etwas zittrig vom Adrenalin, das noch immer durch unsere Adern pumpt, werden wir zurück zum Startplatz gefahren, zu einem kleinen Picknick-Bereich mit Holzbänken und Tischen mit rot karierten Tischtüchern, auf denen Frühstücksgebäck, Obst und Gläser mit Sekt-Orange und Orangensaft stehen. Aufgeregt durcheinanderredend setzen wir uns. Unser Frühstückstisch steht inmitten der lieblichen englischen Natur, und nebenan steigen drei weitere Ballone, einer bunt, einer dunkelblau und der andere rot wie unserer, gemächlich und majestätisch in den Himmel. Ich nehme ein Blätterteigteilchen mit Pecannuss und Aprikose, während Flynn und Rose sich wie erwartet auf alles Schokoladige stürzen. Beide plappern immer noch darüber, wie gut man dort oben selbst entfernte Geräusche hören konnte, was dann irgendwie zu einer Diskussion über Superman und seine Superkräfte führt und schließlich zu dem altbekannten Streit, den sie seit damals ausfechten, als Rose sieben war und Flynn zehn: Welcher Superheld ist der beste? Kondensierte Wassertropfen laufen an meinem langen schlanken Stielglas herunter, und das glatte, schwere Glas funkelt in meiner Hand, als ich es langsam ansetze. Ich lege den Kopf in den Nacken und beobachte die Ballone, die immer weiter wegschweben. Die Bläschen kribbeln auf meiner Zunge, und die Säure der Orangen kitzelt meinen Gaumen. Ich sehe zu, wie die winzigen Perlen nach oben steigen. Mein Herz schlägt ruhig, dum, dum. Ein ganzer Schwarm Bläschen schwebt schwerelos nach oben und zerplatzt an der Oberfläche: dum, dum. Ping. Wie hypnotisiert starre ich auf die Luftperlchen, die sich unten vom Glas lösen und nach oben treiben, ihr kurzes goldgelbes Leben ein einziger Kampf vom Boden bis zum Rand, während sie in all ihrer winzigen Herrlichkeit unbeirrt nach oben streben, um sich an der Oberfläche der goldenen Flüssigkeit zu sammeln: dum, dum. Ping. Ein perfekter Augenblick, wenn sie aus der Tiefe nach oben kommen und die kostbare Freiheit schmecken. Einen Augenblick der Stille nach ihrer kurzen Reise: dum, dum. Und ping. Dann sind sie für immer verschwunden.

»Mum?!«

»Bringt sie in die stabile Seitenlage.«

»Mum?«

»Geht bitte beiseite.«

»Mrs King?«

»Wie heißt sie mit Vornamen?«

»Melody.«

»Melody? Hören Sie mich, Melody? Ich drehe Sie nur ganz leicht auf die Seite.«

»Ruft bitte jemand einen Notarzt?«

»Nein«, keuche ich. Ich nehme den Geruch von feuchtem Gras und Zigarettenrauch wahr und muss würgen. Angewidert schüttele ich den durchdringend nach Nikotin stinkenden Mantel ab, mit dem sie mich zugedeckt haben. Ich bin auf allen vieren, und mein Mund füllt sich mit süßlicher Galle, bevor saures Erbrochenes aus meinem Mund sprudelt. Ich strecke die Hand aus, um das gut gemeinte Tätscheln auf dem Rücken abzuwehren, und mein lautes Würgen zerschmettert das zuckersüße Idyll. Meine Hände versinken im feuchten Gras, meine Nägel sind schmutzig.

Ich nehme das angebotene Papiertuch, wische mir den Mund ab und schaue mich mit verlegenem Lächeln entschuldigend um. Flynn und Rose stehen ein bisschen abseits, und Flynn hat den Arm schützend um Rose' schmale Schultern gelegt. Ich versuche, ihm zu vermitteln, dass hier gerade viel Lärm um nichts gemacht wird. Aber sein Gesicht ist verschlossen, er lässt sich nichts anmerken, und seine Miene bleibt starr und kritisch. Dann wendet er den Blick ab und flüstert Rose etwas ins Ohr. Sie kramt in ihrer Tasche und zieht das Handy heraus, während ich mich schon wieder nach vorne beuge und auch noch das letzte bisschen Würde herauswürge.

Es bedarf all meiner Überzeugungskunst, den Ersthelfern vor Ort glaubhaft zu versichern, dass sie keinen Krankenwagen zu rufen brauchen. Zu viel Sekt-Orange und Aufregung auf nüchternen Magen, erkläre ich ihnen. Nein, nein, wirklich, es geht mir gut. Mein Gott, ist die Aussicht nicht fabelhaft?, begeistere ich mich schwärmerisch. Wir sollten wirklich öfter herkommen und Ballone beobachten. Tatsächlich? Seltene Vogelarten, was Sie nicht sagen! Klingt himmlisch. Wenn ich Sie vielleicht nur eben um ein Glas

Wasser bitten dürfte, dann bin ich gleich wieder auf den Beinen. Ich höre mich, ich sage diese Worte, aber eigentlich bin ich gar nicht da. Ich bin ein Wirt. Eine Hüterin. Gezwungen, sich zu kümmern, zu nähren, zu schützen. Meine Gedanken sind schwer und träge, mein Kopf fühlt sich an wie mit zähem Zuckerrübensirup gefüllt. Nur mit großer Mühe kann ich mich konzentrieren und schaue rüber zu Flynn und Rose, die immer noch zusammenstehen. Rose hat schützend die Augen gegen die Sonne abgeschirmt und blickt den Schotterweg entlang. Flynn lehnt gegen einen Baumstamm. Er erwidert meinen Blick nicht und kaut an seinem Fingernagel. Ich will aufstehen, zu ihm gehen, aber meine Beine zittern, und ich habe Angst, womöglich hinzufallen. Rose winkt einem Auto zu, das über den holprigen Weg auf uns zukommt, und mir rutscht das Herz in die Hose, als ich merke, dass es kein Taxi ist, sondern Shane.

Er steigt aus dem Wagen, schiebt die Sonnenbrille in die Haare und winkt. Er trägt eine beigefarbene Cargohose und einen dicken Norwegerpulli mit weißem Rollkragen. Viel schicker als sonst, und ich frage mich, wo er wohl hinwollte. Vielleicht zu einer Verabredung? Der Gedanke, wie wenig ich ihn eigentlich kenne, während er beinahe alles über mein Leben und das meiner Kinder weiß, stimmt mich traurig. Sein Gesicht ist von Sorge und Ärger gezeichnet. Er hat eine steile Falte zwischen den Augen.

Als ich ihm neulich von Tom erzählt habe, hat er mir klipp und klar gesagt, dass ich das Rose und Flynn erzählen müsse. Meine Worte konnten ihn nicht überzeugen. Er wusste nicht, wie schwer Tom gekämpft hatte, um sich selbst zu finden, um wieder irgendwo dazuzugehören, und er verstand nicht, was für ein unverzeihlicher Betrug es für ihn gewesen sein musste, als ich einfach gegangen bin, ohne Erklärung. Als ich ihm vom Ergebnis der Untersuchung und meiner Entscheidung erzählte, wurde er noch wütender. Verzweifelt hat er die Hände über dem Kopf zusammengeschlagen, als ich ihm sagte, ich bräuchte keine Hilfe, ich käme schon allein zurecht. Er hat mir vorgeworfen, ich würde die Kinder zu sehr belasten, ihnen zu viel Verantwortung aufbürden. »Sie sind doch noch Kinder, Melody«, hat er gesagt, meine Hand genommen und mich flehentlich angeschaut.

Aber hier auf der Wiese, als Flynn sich von dem Baumstamm löst und mit großen Schritten auf Shane zugeht, weiß ich, sie werden sehr bald mehr sein müssen als »Kinder«. Sie drehen mir den Rücken zu, und Rose hält sich im Hintergrund und lässt Flynn alles erzählen.

Kurz darauf kommt sie, die Hände tief in den Taschen vergraben, zu mir. Sie hat den Kopf gesenkt, und ihr roter Pferdeschwanz schwingt hin und her.

»Sei nicht sauer«, murmelt sie.

»Ich bin nicht sauer.« Ich klopfe neben mir auf den Boden, damit sie sich zu mir setzt. »Aber ihr hättet ihn nicht zu rufen brauchen. Wirklich nicht.« Ich nehme ihre kühle Hand. »Es geht mir gut. Ehrlich.« Sie schaut mich durch die getuschten Wimpern an; eine schwarze Schicht, die ihr wunderschönes, natürliches Leuchten verdunkelt.

»Nein, Mum. Das stimmt nicht.« Sie lehnt den Kopf gegen meine Schulter, und wir sitzen da, umgeben von angeregtem Geplapper und dem Geruch nach Gas und Gras, und keiner von uns will dieses Gespräch weiterführen. Ich starre zu Boden, bis ein Paar braune Wanderstiefel und ein Paar schwarze Doc Martens auftauchen.

»Also.«

»Also«, erwidere ich und schaue trotzig auf. Er hat die Stirn gerunzelt, als wolle er zum Ausdruck bringen: Hab ich dir doch gleich gesagt.

»Wie geht es dir?«

»Jetzt wieder prima, danke. Das war nur die Aufregung. Mir geht es schon viel besser ... Hast du gesehen, wie sie die Heißluftballone aufblasen? Pass auf, gleich startet wieder einer ...«

»Bist du dir ganz sicher, dass du nicht lieber nach Hause fahren und dich ein bisschen ausruhen möchtest?« Er hockt sich vor mich, und ich rieche sein Shampoo. Seine Haare sind noch feucht.

»Noch nicht ...« Ich schaue ihm unverwandt in die Augen. »Es ist so ein schöner Tag, und schau mal, da gibt es so viele leckere Sachen zu essen. Wann bekomme ich, bekommen wir, je wieder solch eine Gelegenheit?«

Er bläst die Backen auf und pustet langsam die Luft hinaus, dann schüttelt er den Kopf und grinst.

»Okay, aber ich kriege das letzte Croissant.«

Die Abende werden kürzer, denke ich, als wir todmüde nach Hause kommen. Ich knipse das Licht an und freue mich über das lustige Geplänkel zwischen den dreien. Das Gespräch ist auf den Superhelden-Streit gekommen, und Shane ergreift leidenschaftlich Partei für Captain America.

»Auf keinen Fall! Der ist ja nicht mal ein echter Superheld.«

»Okay, und was macht einen echten Superhelden aus?« Rose – rational wie immer.

»Du denkst zu viel, Rose.« Flynn wirft seinen Hoodie über den Küchenstuhl.

»Tue ich nicht. Los, mach schon, zähl mir, sagen wir,

drei Merkmale auf, die einen echten Superhelden ausmachen.«

»Sie müssen von einem anderen Planeten kommen.«

»Auf keinen Fall, das stimmt nicht!«, schnaubt Shane und wirft seinen Schlüssel auf die Arbeitsplatte.

»Das sagt er nur, weil er meint, Superman schlägt sie alle.«

»Und was ist mit Spiderman? Der ist eindeutig ein Superheld, und der ist kein Außerirdischer.«

»Wie wäre es damit, dass sie ihre Superkräfte durch Zufall bekommen haben müssen?«, werfe ich ein. Ich hole Tassen aus dem Küchenschrank und werfe in jede einen Teebeutel.

»Gute Idee, Mum, damit ist Captain Armleuchter aus dem Rennen«, meint Flynn lachend. Meine Augen sind trocken und wund. Mein konvexes Spiegelbild im Edelstahl-Wasserkocher bestätigt meine Vermutung, dass ich genauso mitgenommen aussehe, wie ich mich fühle. Ich lasse die drei weiterdiskutieren und suche in der Krimskramsschublade nach einem Schmerzmittel. Ich weiß, ich sollte nichts Stärkeres nehmen als Paracetamol, aber ich kippe fast um vor Erleichterung, als ich das Co-Codamol finde. Mit einem großen Schluck aus der halb vollen Limoflasche im Kühlschrank spüle ich die Tablette herunter, und die Kälte fährt mir schneidend durch Hals und Brust. Ich entschuldige mich und gehe nach oben ins Bad, schließe die Tür hinter mir und lehne mich dagegen. Ich schließe die Augen und lasse den Tränen freien Lauf. Lautes Lachen von unten wärmt die kalten Fliesen, und ich muss durch den Sturzbach lächeln. Freude und Angst lassen die Waagschalen in meinem Kopf hin und her pendeln und drohen, zu kippen und mich aus dem Gleichgewicht zu bringen. Ich weiß, dass es jetzt so weit ist und ich es ihnen sagen muss. Meine Schonzeit ist vorüber.

Warten. Warten ist ein Verb. Ein Tätigkeitswort. Ich warte, wir warten, wir haben gewartet. Ich warte, bis der Film zu Ende ist. Die Vorhänge werden zugezogen, der letzte Schluck Tee ist in den Tassen kalt geworden, und überall im Wohnzimmer liegen Kekskrümel verstreut. Ein Gähnen, ein Strecken. Wie beginnt man so ein Gespräch?

»Also …«, setze ich an, schalte den Fernseher aus und hocke mich im Schneidersitz auf den Boden. Rose und Flynn sitzen auf ihren angestammten Plätzen auf der Couch, Ellbogen auf der Lehne und Kinn in die Hand gestützt. »Wegen heute.« Sie zappeln herum und setzen sich gespannt auf. »Es ist sicher nichts Neues, wenn ich euch sage, dass ich in letzter Zeit ein bisschen daneben war, dass es mir nicht besonders gut geht …« Sie schauen sich an und dann mich. Die Worte bleiben mir im Hals stecken wie Stacheldraht und Rollsplit.

»Ich … ich … ähm … also, die Sache ist die …«

»Was denn, Mum?«, fragt Rose.

»Ich, na ja, ich habe Krebs.«

28

Melody

Krebs kann viele Formen annehmen, wie das Sternzeichen, das genauso heißt. Wie Wasser, das aus einem Hahn tropft: nervig, aber leicht zu beheben – eine starke Hand, ein kurzes Drehen – Problem gelöst. Wasser ist still, in tiefem Frieden mit seiner spiegelglatten Haut. Aber wenn ein Klumpen – eine Masse – hineinplumpst, schlägt es Wellen: kleine Kreise, die immer größer und größer werden, an Stärke gewinnen und alles schlucken, bis sie schließlich über einem zusammenschlagen und alles zerstören, was ihnen in den Weg kommt.

Menschen mit dem Sternzeichen Krebs sind angeblich sehr häuslich und geradezu gluckenhaft mütterlich. Ihre größte Freude ist es, Haus und Heim zu schützen. Aber dabei sind sie oft manipulativ, rachsüchtig und genau wie das Krustentier ziehen sie sich allzu leicht in ihre schützende Schale zurück … und verstecken sich.

Genau das hat mein Tumor auch gemacht.

Er hat sich versteckt.

An dem Tag, als Flynn die erste Verabredung mit Kate hatte, bin ich zu der Ärztin gegangen, um meine Testergebnisse zu besprechen. Es war ein komisches Gefühl, im

Sprechzimmer zu sitzen. Ihr verlegenes, sentimentales Gesicht, als sie sich an den Schreibtisch setzte, umgeben von Heile-Welt-Fotos ihrer Kinder und ihres Mannes. An der Tür klebten Handabdruck-Bilder. Die Tür, die eine Frau ohne Krebs hereinließ und eine Frau mit Krebs in die Welt hinausschickte: eine Welt, die vor dieser zwanzigminütigen Besprechung anders war. Als sie es mir sagte, konnte ich den Blick nicht von der Leinwand mit dem Sonnenuntergang am Strand losreißen. Ich roch förmlich die Holzkohlegrills und die schlaffen, nassen, sandigen Handtücher, in die wir uns gewickelt hatten: sonnenverbrannte Schultern, Möwengeschrei über unseren Köpfen, die wogenden Wellen, von der untergehenden Sonne in ein tiefes Blutrot getaucht. Eine friedliche Szene. Aber ich wurde den Gedanken nicht los: Wie viele andere Patienten hatten vor mir schon hier gesessen und an glücklichere Zeiten gedacht, während sie in diesen flammenden Himmel schauten, der mit den Wellen verschmolz und sich dabei selbst auslöschte?

Ich habe nicht geweint, ich habe genickt und aufmerksam zugehört, als sie versuchte, sich zu rechtfertigen und zu erklären, warum er bei so vielen vorherigen Untersuchungen übersehen worden war. Und dass das, was lange für ein psychisches Problem gehalten worden war, tatsächlich neurologische Ursachen und mit der Wucherung in meinem Gehirn zu tun hatte. Sie sagte mir, die Befunde seien bemerkenswert und Merkmale des Tourette-Syndroms erkennbar, was – wenn es einer eingehenderen Untersuchung standhielte – die Ursachenforschung bei Tourette-Patienten nachhaltig verändern könne. Der Schlag auf den Kopf, der Unfall, das war einfach nur eine schwere Gehirnerschütterung gewesen. Sie redete über die Computertomografie und das Gewebe, das sie sehen konnte, die

Wucherung. Sie sprach über eine Biopsie und darüber, realistisch zu sein und sich auf das Schlimmste gefasst zu machen. Aber ich hörte immer nur »Krebs«.

Mit einem Stapel Broschüren in der Hand schloss ich schließlich die Tür hinter mir, und es war, als wäre mein ganzer Körper in Alarmbereitschaft. Eigenartig, wenn man gesagt bekommt, dass man sterben wird. Natürlich wissen wir alle, dass es eines Tages so kommen wird. Diese schreckliche Angst, wenn man als Kind auf einmal begreift, dass Mummy oder Daddy vielleicht eines Tages nicht wiederkommen. Die alles verschlingende Angst, wenn man als Kind im Supermarkt hochschaut und merkt, dass die Person, neben der man steht, nicht die Mama ist, sondern ein vollkommen fremder Mensch. Die plötzliche Angst, einfach verlassen zu werden. Ja, der Tod ist immer schon unausweichlich gewesen, aber zu wissen, dass er bald eintreten wird, ist damit nicht zu vergleichen. Die Tür zum Wartezimmer mit der bronzefarbenen Vertäfelung scheint geradezu zu schillern. Die Lichter strahlen ein wenig heller. Man sieht die Liebe in den Augen einer übermüdeten Mutter, die ihr kleines Mädchen liebevoll dafür tadelt, dass es sich auf den schmuddeligen Boden wirft. Man übersieht, dass das Kind in Räuberzivil herumläuft, und bemerkt stattdessen, wie wach und lebendig die strahlend blauen Augen blitzen. Die Welt draußen ist plötzlich wie ein Film in HD. Das Gezwitscher der Vögel klingt melodischer, ihr lieblicher Gesang steigt über den Bäumen auf, die sich sanft im Wind wiegen und voreinander verbeugen und einander Komplimente machen: das perfekte Accessoire zu ihrer uralten Garderobe. Ich setze meine Schritte mit Bedacht und spüre, wie meine Füße in den schwarzen Nylonstrümpfen in den kniehohen Stiefeln herumrutschen. Der Duft meines

Parfums ist blumiger, als mir bewusst war. Wie meine Augen blinzeln: winzige Stop-Motion-Filme, die jeden Tag unbemerkt vor uns ablaufen – das Wunderwerk des menschlichen Körpers. Ein Bus fährt an mir vorbei: ausdruckslose, gelangweilte Gesichter, die aus dem Fenster starren, werden zu Menschen, die Geburtstagsfeiern planen, die daran denken, wie sie das erste Mal mit dem neuen Lover geschlafen haben, die überlegen, was sie zum Abendessen kochen sollen, damit es der ganzen Familie schmeckt. Alles ist kostbarer, alles ist heiliger.

Die Kinder sind noch verschlossener geworden. Das habe ich nicht anders erwartet. Ich lasse Rose nicht mehr aus den Augen, kontrolliere Flynns Fingerknöchel auf Anzeichen einer Schlägerei. In der Nacht haben wir kaum geschlafen. Ich habe ihre Fragen beantwortet und erklärt, was die Ärztin gesagt hat. Das Leben geht weiter, ziemlich unverändert. Der erste Schritt zu meiner Genesung ist eine Operation. Eine Hirn-OP. Ich kann es nicht sagen, ohne zu lachen, es klingt so ernst. So absurd. Danach könnte sich alles ändern. Ich schalte das Frühstücksfernsehen aus, als Flynn die Treppe herunterkommt.

»Ich schmeiße das College«, lässt er beiläufig fallen, als würde er mir sagen, was er zum Frühstück will.

»Nein. Das tust du nicht.« Ich stehe auf und gebe ihm einen Kuss auf den Kopf. Dieses Gespräch führen wir nicht zum ersten Mal, und darum besteht Shane auch darauf, dass ich mich mit Tom in Verbindung setze. Können Sie sich vorstellen, wie dieses Telefonat verlaufen würde? Hallo, ich bin's. Melody. Wobei, stimmt, du dachtest ja, ich heiße Melissa ... Also, die Sache ist die, wir beide sind verheiratet, mmhmm, ja, genau, wir haben zwei Kinder, von denen eins seit einem Autounfall, den du verschuldet hast, halb blind ist … ja, das ist er, der Junge, der dich in deinen Albträumen verfolgt. Ach ja, und hab ein Auge auf deine Tochter – Rose –, sie könnte sich jederzeit wieder ritzen … ach … und übrigens, habe ich schon erwähnt, dass ich eine ziemlich fiese Krebsform habe? Ja, Hirntumor. Ich werde demnächst operiert, also wollte ich dich fragen, ob es dir was ausmachen würde, in der Zwischenzeit hier den Haushalt zu führen, während ich weg bin? Du weißt schon, Wäsche waschen, bisschen staubsaugen? Das wäre super.

»Flynn, wir haben doch schon darüber geredet, warten wir doch erst mal die Behandlung ab.«

»Hast du geschlafen?«

»Ja«, schwindele ich.

»Lügnerin.« Er lächelt mich traurig an.

»Wie geht es Kate?« Das Gespräch auf Kate zu bringen ist die mächtigste Waffe in meinem gesamten Arsenal. »Tee?«

»Ja, bitte. Gut, danke.«

Es scheint was Ernstes zu sein, letzte Woche hat er nämlich zum ersten Mal gefragt, ob er sie mit nach Hause bringen darf.

»… zum Übernachten«, hat er gesagt, mir unverblümt in die Augen geschaut und mir unmissverständlich deutlich gemacht, was er damit meinte. Ich habe mir ziemlich viele Gedanken gemacht. Habe ich mich richtig entschieden? Ist es eine dieser Entscheidungen, gegen die andere Eltern Sturm laufen würden? Hätte ich darauf bestehen sollen, dass sie auf der Couch übernachtet? Nein. Ich vertraue ihm, und seien wir ehrlich, wenn sie es schon tun, dann lieber bei uns zu Hause als wer weiß wo.

»Aber bitte sorg dafür«, habe ich beharrt, »dass sie es ihren Eltern sagt.«

Wir aßen Pizza vom Lieferdienst, und sie stammelte und stotterte und wurde jedes Mal knallrot, wenn ich sie etwas fragte. Aber wenn Flynn mit ihr redete, selbst bei belanglosen Sachen, wie ob sie noch eine Cola wolle, antwortete sie flüssig. Wenn man die beiden so zusammen sieht, merkt man sofort, dass zwischen ihnen etwas ganz Besonderes ist. Es sind die kleinen Dinge, die Seitenblicke, das leichte Streichen über den Arm, der Tupfer Mayo auf der Pizza, weil er weiß, dass sie das mag. Und jede Kleinigkeit macht ihre Freundschaft umso stärker. Wenn man den eigenen Sohn als Baby im Arm hält, im babyblauen Strampler, mit runzeliger, zarter Haut, kommt man gar nicht auf den Gedanken, in ihm den Mann zu sehen, der er einmal sein wird … Gerade zieht er sich noch am Sofa hoch, und ehe man es sich versieht, muss man ihm Rasierschaum kaufen.

Als Kate das erste Mal bei uns übernachtet hat, haben Rose und ich das, glaube ich, ganz gut gemacht. Wir sind lange unten im Wohnzimmer geblieben und haben die neueste romantische Komödie geschaut, den Fernseher laut aufgedreht und uns große Mühe gegeben, nicht nach oben an die Decke zu starren, wenn wir es quietschen hörten. Beim Frühstück am nächsten Morgen wurde es dann ein bisschen peinlich, als ich *Like a Virgin* von Madonna gesungen habe.

»Ich übernachte heute bei ihr, wenn du nichts dagegen hast.«

»Ach. Ähm, okay.«

»Ihre Eltern sind nicht da, also …«

»Wissen sie, dass du bei ihr übernachtest?«

»Ja, die haben kein Problem damit. Ihr Zimmer ist in der Garage, mit eigenem Badezimmer, also sind wir sowieso nicht viel bei ihnen im Haus.«

»Und sie haben nichts dagegen, dass du bei ihrer Tochter im Zimmer schläfst?«

»Denke nicht.«

»Oh. Gut. Aber bitte benimm dich und sei höflich … und passt bitte auf.«

»Was soll *das* denn heißen, Mutter? Dass ich mir die Schuhe abputze, ehe ich ins Haus gehe?« Er lacht.

»Du weißt genau, was ich meine.«

»Vielen Dank auch«, sagt er lachend.

Mist, verdammt. Ich singe *Teenage Dirtbag* von Wheatus, den Song über eine Highschool-Liebe zwischen einem Außenseiter und einem beliebten Mädchen.

»Sie mag keine Rockmusik, Mum.«

In dem Moment kommt Rose in die Küche, mit Superman-Shorts und Trägerhemd, darüber eine lange, abgewetzte Strickjacke, die Haare nachlässig hochgesteckt. Sie schaut erst mich an und dann Flynn, zuckt die Achseln und stimmt mit ein und röhrt, was sie verpassen würde, während die beiden sich mit dem Rücken aneinanderlehnen und Luftgitarre spielen und einander anflehen, einer mittelalterlichen Folterapparatur zu lauschen.

»Ooooooh, yeah …errrrrrr…«

Wir singen über Karten für ein Konzert und betonen noch mal, dass sie nicht weiß, was sie verpassen würde …

Und am Ende können wir nur noch kichern und glucksen.

Ich stecke den Kopf in Rose' Zimmer. Sie liegt auf dem ungemachten Bett und wischt mit konzentriertem Stirnrunzeln auf dem Handy herum. Auf dem Boden liegt der unvermeidliche Klamottenberg, und man hört ihre Haarglätter leise summen. Noch hat sie nicht gemerkt, dass ich in der

Tür stehe, und ich genieße es, sie so unbemerkt zu beobachten. Sie hat die Ärmel hochgekrempelt, was an sich schon ein großer Fortschritt ist. Sie guckt auf ihr Handy und schnaubt und grinst – so breit, dass sie Grübchen bekommt. Mein Blick geht zur Uhr, ich muss mich beeilen. Heute Morgen habe ich einen Besprechungstermin mit dem Chirurgen. Beim Gedanken daran wird mir ganz anders, aber ich lasse mir noch ein wenig Zeit und koste den Moment aus, der sonst verhunzt würde vom Gejammer über das nasse Handtuch auf dem Boden oder dass wir uns beeilen müssen oder sie zu spät zur Schule kommen, während ich nach unten hetze und mich selbst verfluche, weil ich vergessen habe, dass sie heute Sport haben.

»Rose? Wir müssen los. Wir können dich auf dem Weg ins Krankenhaus mit dem Taxi absetzen.« Sie nickt, und ihr Gesicht wird wieder ernst, und ich wünschte, ich hätte sie weiter grinsen lassen, über welches Video sie auch immer gerade grinste.

»Mrs King?« Eine rundliche Empfangsdame mit lila Dauerwelle ruft mich auf, und ich folge ihr, als sie langsam den Krankenhauskorridor hinunterwatschelt. Ich werde in ein Besprechungszimmer geführt, und ein strahlendes Dritte-Zähne-Lächeln bittet mich zu warten.

Ich setze mich, und mein Blick wandert zu einem Bett mit Vorhang, das auf der einen Seite des Raums steht. Ein junger Pfleger Anfang zwanzig kommt herein und zieht einen Rollwagen hinter sich her, und ich werde gewogen, mein Blutdruck wird gemessen, und dann werden mir ein paar Ampullen Blut abgenommen. Ich stehe da, nur mit einem Wattebausch in meiner Armbeuge und einem vagen Gefühl drohenden Ungemachs. Irgendwann werde ich in einen anderen Raum gebracht, wo ich auf den neurochirurgischen Facharzt warten soll, Mr Rudd.

»Entschuldigen Sie bitte, dass Sie warten mussten.« Ein leiser Mann Anfang dreißig kommt in den Raum und knabbert Nacho-Chips mit Käsegeschmack. Die Tüte knüllt er zusammen und wirft sie in den Papierkorb – oder vielmehr knapp daneben. Was mich nicht unbedingt beruhigt. Er geht zu dem kleinen Waschbecken an der Wand und wäscht sich die Hände, dann setzt er sich hinter den Schreibtisch. »Mrs King? Ich muss schon sagen, Sie haben uns alle in helle Aufregung versetzt.« Er lächelt mir über das Drahtgestell seiner Brille zu. Na toll. Ein Hirnchirurg mit Brille. Mit hochgezogenen Augenbrauen schaue ich ihn an, und er wird wieder amtlich.

»Ich kann leider nicht unbedingt behaupten, dass es mich in helle Aufregung versetzt, einen Hirntumor zu haben.« Ich weiß, wie unhöflich das ist, aber es ist einer dieser Tage, an denen ich mir solche Bemerkungen nicht verkneifen kann.

»Verständlich. Ja, also, wollen wir einfach alles von vorne durchgehen? Sie hatten also einen Unfall im Januar 2013?«

»Mmhmm.«

»Und danach wurde vermittels einer Computertomografie ein Abszess im Gehirn diagnostiziert, den wir hier drei Tage lang intravenös behandelt haben, was das Problem anscheinend behoben hat …«

»Den Hirnabszess ja, die Singerei nein.«

»Nein, nein, richtig … und wie es scheint, sind wir zu der Ansicht gelangt, dass es sich dabei eher um ein psychologisches Problem handelt als um ein neurologisches. Danach sind Sie, wie ich sehe, einige Male zu verschiedenen

Fachärzten überwiesen worden und haben einige Sitzungen bei Dr. Ashley absolviert?«

»Ja, allerdings bin ich länger nicht bei ihm gewesen.«

»Warum sind Sie nicht mehr hingegangen?«

»Weil es nicht geholfen hat. Stress scheint der Hauptauslöser zu sein, weshalb ich verschiedene Methoden ausprobiert habe, mit meinen Ängsten umzugehen, und was wirklich geholfen hat, habe ich mir alles selbst erarbeitet.«

»Verstehe. Ich sehe hier auch, dass Sie zu drei angesetzten Terminen für eine Kernspintomografie nicht gekommen sind und wir Sie deshalb wieder an Ihren Hausarzt zurückverwiesen haben.«

»Mein Sohn hatte Probleme in der Schule, und ich ging zur Therapie, was zeitweilig zu helfen schien, und man hatte mir ja bereits gesagt, dass das Problem nicht in meinem Kopf ist, also nein, ich bin nicht hingegangen.« Ich knabbere am Daumennagel wie ein ungezogenes Schulmädchen.

»Okay. Also gut. Dann sprechen wir doch über die Befunde seit Ihrer Einlieferung ins Krankenhaus im August.« Er blättert in den Unterlagen in dem großen braunen Ordner, doppelklickt mit der Maus und starrt auf den Computerbildschirm. »Sie sind unter Polizeigewahrsam eingeliefert worden. Können Sie mir sagen, wie es dazu gekommen ist?«

»Meine Tochter zeigte bei einer Ferienreise selbstverletzendes Verhalten, und Sie können sich sicher vorstellen, wie sehr mich das aufgeregt hat. Als ich schließlich im Krankenhaus ankam, konnte ich ... meine Störung kaum noch kontrollieren und habe *Help* von den Beatles gesungen. Leider folgten danach noch einige aggressivere Songs, und am Ende habe ich die zu Hilfe gerufenen Polizeibeamten angeschrien und musste gewaltsam festgehalten werden.«

»Die Lieder, die Sie singen, passen also zu Ihrer jeweiligen Stimmung?«

»Ja. Meistens jedenfalls, ja.«

»Interessant. Was empfinden Sie beim Singen?«

»Ich fühle mich angesäuselt.« Er nickt.

»Als wir die Kernspintomografie gemacht haben, da haben Sie gesungen, bis Sie ganz ruhig wurden. An diesem Punkt zeigt das Computerbild einen Dopamin-Überschuss.«

Ich schaue ihn verständnislos an.

»Dopamin ist das Wohlfühlhormon. Das würde auch erklären, warum Sie sich ein bisschen berauscht fühlen, wenn Sie singen.«

»Ah. Okay. Und das hat mit dem Tumor zu tun?«

»Wir glauben, ja, aber nach der Operation wissen wir es ganz genau. Der interessante Punkt aus unserer Sicht ist, dass Ihre Symptome verblüffend dem Tourette-Syndrom ähneln, das sich üblicherweise bereits recht früh im Leben der Betroffenen einstellt. Noch nie hatten wir einen Fall, der sich erst später entwickelt hat, und schon gar nicht einen, der im Zusammenhang mit einem Tumor steht. Die hohen Dopamin-Werte werden damit in Zusammenhang gebracht, aber Ihr Basalganglion …«

»Mein … bitte was?«

»Entschuldigen Sie, ich schweife ab.«

»Könnten Sie … ähm … also, die Sache mit dem Krebs macht mir wirklich Sorgen. Könnten Sie vielleicht …«

»Sicher, sicher. Ich muss mich entschuldigen. Wie Sie von der Untersuchung ja bereits wissen, weist das Gewebe, das wir sehen konnten, mit hoher Wahrscheinlichkeit darauf hin, dass es sich um einen bösartigen Tumor handelt.«

»Entschuldigen Sie, aber mir wurde gesagt, dass es Krebs

ist. Wollen Sie damit sagen, es könnte womöglich etwas anderes sein?«

»Mrs King, es ist mir wichtig, Ihnen keine falschen Hoffnungen zu machen. Die Computerbilder sind sehr deutlich. Eine Biopsie wird uns endgültige Gewissheit liefern, aber anhand dessen, was wir bisher herausgefunden haben, sind wir uns beinahe sicher. Nun müssen wir ermitteln, um welche Art von Krebs es sich handelt und ob wir den Tumor entfernen können.«

»Ja, das hat man mir bereits gesagt. Und dass er an einer Stelle sitzt, an der er sich nur schwer entfernen lässt.«

»Eins nach dem anderen. Als Erstes müssen wir herausfinden, was es für ein Tumor ist, und dann sehen wir weiter.«

»Okay.«

»Also, der Ablauf am Donnerstag wird folgendermaßen sein …«

»Nur eine Frage … wie konnte der Tumor denn bei der Computertomografie übersehen werden, die bei mir gemacht wurde? Ich frage deshalb, weil meine Kinder das nicht verstehen. Sie haben so viele Fragen …«

»Wir sind der Ansicht, dass der vermeintliche Hirnabszess tatsächlich ein kleiner Tumor war, der in einer Tomografie leider manchmal wie ein Abszess erscheinen kann. Bei einer Kernspintomografie hätte man ihn leichter identifizieren können.«

»Und ich bin nicht hingegangen.«

Ich spüre, wie sich in mir eine Feder aufzieht, fester und immer fester. Ein Notenschwarm flattert, so scheint es, zu einem Ohr herein und zum anderen wieder hinaus.

»Okay, also, zurück zu Donnerstag?« Ich versuche, achtsam zu sein. Aber achtsam wahrzunehmen, dass ich in diesem Raum sitze, achtsam wahrzunehmen, dass ich einem Neurochirurgen gegenübersitze, und achtsam wahrzunehmen, dass wir uns gerade über meinen Hirntumor unterhalten, ist nicht besonders hilfreich.

»Eigentlich ein ganz einfacher Eingriff.«

Ich stehe auf und bedenke den Arzt mit einem »Juckt-mich-nicht«-Schulterzucken. Mr Rudd legt den Kopf schief und kneift konzentriert die Augen zusammen, als ich mit Kopf und Schultern, Knie und Füße anfange – ganz zu schweigen von Augen, Ohren, Nase, Mund. Ich gehe das ganze Lied durch, von vorne bis hinten, und mache jedes Mal leise brummend »Mmmm«, wenn ich versehentlich Körperteile überspringe, bis ich schließlich schweigend die Hände auf Kopf, Schultern, Knie und Füße lege und endlich wieder beim Refrain angekommen bin. Eins muss man ihm lassen, er zuckt nicht mit der Wimper und wartet geduldig ab, bis ich mich wieder setze.

»Unter Narkose«, fährt er fort, als hätte ich nicht gerade mehrere Minuten lang Turnübungen vor ihm gemacht, »bohre ich ein kleines Loch in Ihre Schädeldecke, damit ich mit einer sehr, sehr dünnen Nadel eine Probe des Tumors entnehmen kann, und dann«, er legt die Fingerspitzen aneinander und lehnt sich zurück, »warten wir die Ergebnisse ab und legen dann gemeinsam fest, wie es weitergeht.«

»Muss ich über Nacht hierbleiben?«

»Ja. Wir könnten die OP auch ambulant machen, aber angesichts Ihrer anderen Symptome bin ich dafür, dass Sie zur Überwachung bis zum darauffolgenden Tag hierbleiben.«

»Oh. Okay.«

»Lässt sich das einrichten?«

»Das sollte gehen, ja. Ich muss meine Mum bitten, ob sie für ein paar Tage aus Wales zu uns kommen kann …«

»Melody.« Er beugt sich nach vorne. »Der Kampf gegen den Krebs ist ein langer, steiniger Weg, und bei einem Hirntumor kann es zu unvorhersehbaren Komplikationen kommen. Sie werden zu Hause Hilfe brauchen.«

Ich schiebe das Gespräch, das ich mit Shane geführt habe, in die hinterste Ecke meines Hirns und nicke sehr bestimmt.

Zu Hause gieße ich Badeschaum in das laufende Wasser und sehe den Seifenblasen zu, wie sie lustig schäumen. Zum dritten Mal versuche ich, meine Mutter anzurufen. Sie geht noch immer nicht ans Telefon, also wische ich mir die Schminke mit einem Wattebausch aus dem Gesicht und ziehe mich aus. Gerade als ich ins warme Wasser sinke, klingelt mein Telefon, und ich wische mir den Schaum von den Händen und fahre über das Display. Sie klingt ganz atemlos, was zu erwarten war. Meine Mutter ist immer in Bewegung.

»Entschuldige, dass es so lange gedauert hat, ich dusselige alte Kuh habe mir den Knöchel gebrochen.« Mir rutscht das Herz in die Hose, und ich sinke noch tiefer in die Wanne. »Wie geht es dir, Liebes? Wie war es bei der Besprechung?«

»Okay … aber sie wollen mich über Nacht dabehalten. Meinst du, du kannst herkommen?«

»Ach, Melody, du weißt, ich würde sofort kommen, aber mit dem eingegipsten Fuß kann ich nicht Auto fahren, und was würde ich dir so schon nützen? Sie kommen doch sicher auch allein zurecht. Flynn ist siebzehn, und Rose ist so ein vernünftiges Mädchen.« Ich verdrehe die Augen und muss mir auf die Zunge beißen, um nicht zu sagen »war«. »Flynn passt auf sie auf, und du hast doch selbst gesagt, dass es ihr viel bessergeht …«

»Ja, ja … sie kommen sicher auch allein zurecht.« Vor Enttäuschung und Verzweiflung habe ich Tränen in den Augen. »Egal, ich muss Schluss machen, Mum, es hat gerade an der Tür geläutet.« Wir legen auf, und ich brülle so laut, dass mir der Hals wehtut, und schleudere das Telefon mit voller Wucht durch das Badezimmer und höre es mit einem metallischen Aufschlag auf den weißen Fliesen zerschellen. Ich lasse mich unter Wasser gleiten und höre nur noch das Gluckern in meinen Ohren.

29

Flynn

Ich hörte Mum mit Shane streiten. Fast wie in einem ganz normalen Zuhause. So, wie ganz normale Paare sich hin und wieder mal streiten, weil, weiß auch nicht, einer die Wäsche nicht aufgehängt hat oder … Mann, worüber streiten sich Paare eigentlich normalerweise? Kinder? Geld? Ich habe jedenfalls getan, was die meisten anderen auch getan hätten, ich habe sie belauscht. Es hat eine Weile gedauert, bis ich kapiert habe, worum es eigentlich ging, aber irgendwann habe ich es dann geschnallt. Mum hat sich mit ihm getroffen. Ich verstehe, warum sie das gemacht hat. Ich meine, wenn man jahrelang nach einem Menschen gesucht hat und irgendwann zu dem Schluss gekommen ist, dass er tot sein muss, fährt man natürlich da hin und will ihn sehen. Aber ich verstehe nicht, warum sie uns nichts davon gesagt hat. Das erklärt einiges. Warum er versucht hat, uns zu finden, beispielsweise. Jetzt komme ich mir ein bisschen gemein vor, dass ich ihm diesen fiesen Brief geschrieben habe. Ich habe unten an der Treppe gehockt und versucht, mir alles zusammenzureimen und zu verstehen, was das zu bedeuten hatte. Sie sagte immer wieder, das könne sie ihm nicht antun, ihm von uns zu erzählen, und ich wollte schon sagen, danke, Mum, aber dann wurde sie stinksauer auf Shane und hat ihn angefahren, er würde das einfach nicht kapieren, dass Dad oder Tom, wie auch immer, nicht damit zurechtkäme … dass er nichts mehr von uns weiß, was wohl heißt, dass irgendwas mit seinem Gedächtnis nicht stimmt. Ha, und mein Englischlehrer meinte immer, ich wäre nicht so gut im Interpretieren.

Mum sagte, sie will es ihm nicht sagen, weil sie ihn zu sehr liebt. Das zu hören war verdammt komisch. Als sie anfing zu weinen, habe ich die Haustür laut zugeknallt, als wäre ich gerade erst nach Hause gekommen, und bin nach oben in mein Zimmer gegangen.

Ich habe Hirntumore gegoogelt. Klar habe ich das. Ätzende Drecksdinger, was? Ich und Rose müssen jetzt wohl ran, denke ich. Wir werden uns um Mum kümmern müssen. Auf Gran ist kein Verlass. Ich meine, sie ist echt cool, wenn wir bei ihr sind, aber sie will bestimmt nicht herkommen, sie hat ihre Grüppchen und Vereine und ist in der Kirchengemeinde und all so'n Zeugs. Sie hat ihr eigenes Leben. Sie war immer schon so. Es ist ein bisschen so, als wäre Mum eine alte Freundin von ihr, die sie sehr mag, aber als wir letztes Mal im Krankenhaus waren, hat sich auch wieder alles nur um sie gedreht. Nach dem Motto, was sollen ihre Freundinnen denken, wenn sie hören, dass ihre Enkeltochter sich ritzt, und dann auch noch im Wohnwagen ihrer Freundin. Und dann ihr Gesicht, als sie erfahren hat, dass Mum von der Polizei verhaftet wurde. Ich meine, echt jetzt, das Erste, was sie fragte, war, ob das in den Nachrichten kommt. Nix mit: »Ist meiner Tochter was passiert?«

Ich weiß, was ich zu tun habe, ob das ihm gegenüber fair ist oder nicht. Ist mir eigentlich auch scheißegal, wenn ich ganz ehrlich bin. Mum hat sich lange genug allein durchgeschlagen, und wenn er sie liebt oder sie ihm wenigstens nicht ganz egal ist, wovon ich eigentlich ausgehe, dann braucht sie ihn jetzt.

Es hat mich nicht weiter gewundert, als Mum sagte, Gran könne nicht für sie einspringen. Am Donnerstag muss sie ins Krankenhaus, was echt doof ist, weil Rose' und meine Lehrer bei einer Fortbildung sind und wir zu Hause hätten abhängen können. Aber sie hat Shanes Ex gefragt, ob wir bei ihr übernachten können, und das ist echt schräg. Ich meine, wir kennen sie doch gar nicht. Mum muss echt verzweifelt sein. Shane kann nicht einspringen, weil das nicht korrekt wäre, er arbeitet ja immer noch mit mir und so, also ist er raus. Ich muss Tom Schrägstrich Dad finden. Ich kenne den Kerl zwar nicht, aber Mum schon, und gerade braucht sie jede Hilfe, die sie kriegen kann. Und wer weiß? Vielleicht macht er sie sogar glücklich, vielleicht ist er wirklich der, den wir gesucht haben. Laut seiner Facebook-Seite lebt er in Cornwall und arbeitet gerade an einer neuen Ausstellung, deshalb werde ich ihn wohl dort finden. Das Problem ist, Rose allein zu lassen. Kate meint, ich soll ihr erzählen, was ich rausgekriegt habe, aber ich weiß nicht … Was, wenn er sich als totaler Scheißkerl entpuppt und uns sagt, wir sollen Leine ziehen? Als wäre es nicht schon schlimm genug mit Mum und dem großen »K«.

Okay, als ich dann geantwortet habe, dass ich es Rose nicht sagen werde, ist Kate stinksauer geworden, was irgendwie ganz süß war. Ich habe sie noch nie wütend erlebt, und sie bekam so rötliche Flecken auf den Wangen. Jedenfalls findet sie es noch schlimmer, wenn Rose hinterher erfahren würde, dass weder Mum noch ich ihr die Wahrheit erzählt haben … Daran hatte ich noch gar nicht gedacht, aber sie hat recht. Sie hätte sich wohl noch ausgegrenzter gefühlt, deswegen habe ich Rose von Mums Streit mit Shane erzählt und dass ich ihn gesehen habe. Sie wurde fuchsteufelswild, weil ich ihr das verschwiegen habe, und hat mich beschimpft, ich wäre ein »totaler Wichser«, und dann hat sie ein bisschen geweint. Und sie hat mich mit Fragen bombardiert, ob er uns ähnlich sieht und was er anhatte und so weiter. Danach hat sie ein paar Tage nicht mehr mit mir geredet. Gott steh dem Mann bei, der die mal abbekommt. Bei meiner Schwester nimmt Schmollen olympische Ausmaße an. Aber mittlerweile hat sie sich wieder eingekriegt, weil ich hinfahren und ihn ausfindig machen will.

Mich heute Morgen von Mum zu verabschieden war echt hart. Ich habe sie zum Abschied umarmt und gespürt, wie sie gezittert hat, obwohl sie uns wie üblich ermahnte, wir sollen »nicht fluchen« und »immer schön höflich sein«. Rose hat sich besser gehalten als befürchtet, aber wahrscheinlich nur wegen meines Plans, alles wieder geradezubiegen. Das braucht sie. Das Gefühl, alles unter Kontrolle zu haben. Sonst schwitzt sie Blut und Wasser (Sorry, der musste sein)… Sie braucht was zum Festhalten, sonst rutscht sie ab. Wie in dem Moment, als sie sich nicht mehr an der Suche nach Dad festhalten konnte.

Mann, dieses Haus ist das reinste Museum. Mum hat andauernd davon geschwärmt, wie superschön es ist und wie gerne sie irgendwann mal so ein tolles Haus hätte, aber mir kommt es … weiß auch nicht … so tot vor. Es hat überhaupt keine Persönlichkeit, keine Macken in der Tür von einem wütenden, unbeherrschten Tritt, keine Kratzer in der Tapete von misslungenen Skateversuchen im Haus, weil es draußen geregnet hat. Und die ganze Bude stinkt nach Lufterfrischer oder Raumspray oder was weiß ich. Joanne ist aber anscheinend ganz okay. Zum Mittagessen durften wir uns beim Pizzadienst bestellen, was wir wollten. Was ziemlich cool war, weil wir sonst nie Extrabelag oder Nachtisch bestellen dürfen. Und sie hat tausend Fernsehsender. Nachher tue ich so, als hätte ich Kopfschmerzen, und gehe ins Bett (jedes Gästezimmer hat ein eigenes Bad!). Rose soll mich decken (sie soll ein paar Bemerkungen machen, von wegen, dass Jungs in meinem Alter sich gerne mal auf ihr Zimmer verziehen und so … um sie hoffentlich davon abzuhalten, dass sie hochgeht und in mein Zimmer kommt), und dann bin ich hier raus. Hundertfünfzig Tacken für das Ticket. Ein Haufen Geld. Ich hoffe bloß, der Arsch ist es wert.

Also … Folgendes ist passiert. Kate hat am Bahnhof schon auf mich gewartet, als ich ankam. Ich hatte einen dicken Kloß im Hals, als ich sie gesehen habe. War eigentlich gar nicht abgemacht, dass wir uns treffen. Ich wollte das allein durchziehen. Sie hat mich so angelächelt, wie sie das immer macht, und mich mit gesenkten Wimpern angeguckt. Ein Gefühl, als würde jemand an meinen Innereien ziehen. Ich weiß, das klingt total schnulzig, aber sie ist so hübsch … Ich kann einfach nicht fassen, dass ich sie küssen darf, geschweige denn sonst was.

»Hey«, habe ich gekrächzt.

»Hey.« Sie griff in ihre Tasche und zeigte mir freudestrahlend ihre Fahrkarte. Ich nickte und lächelte zurück und traute mich nicht, irgendwas zu sagen. Der Kloß in meinem Hals war so groß, dass ich Angst hatte, sie könnte merken, dass ich kurz davor war loszuheulen.

»Wie hast du …?«, quetschte ich schließlich mit komisch schriller Stimme hervor. Sie zuckte nur die Achseln.

»Erspartes.«

»Aber …«

»Ich will nicht, d… d… d… dass du g… g… g… g… ganz allein da hinfährst. Vielleicht ist er ja ein A…«

»Arschloch?«

»Axtmörder.«

Der Zug fuhr ein, und sie nahm ihren Rucksack. Der sah aus, als wollte sie den Everest besteigen, so vollgestopft war er. »Allzeit bereit«, meinte sie nur lachend, als sie mein verdattertes Gesicht bemerkt hat.

Im Zug war ein Tisch mit vier Plätzen frei, und wir haben uns nebeneinander gesetzt. Ich habe ihr den Fensterplatz überlassen, und sie fing sofort an, in ihrem Rucksack rumzukramen, und hat eine Familienpackung Flips und M&Ms rausgeholt. Ich hatte eine Literflasche Cola in meinem Rucksack. Wir grinsten uns an, lehnten uns aneinander und legten die Köpfe zusammen. Ich wusste eigentlich gar nicht, was wir machen würden, wenn wir erst mal angekommen waren. Ich hoffte nur, dass die Galerie noch offen war – der letzte Zug sollte um zehn da sein, und bis elf fand eine Privatbesichtigung der Werke eines ortsansässigen Malers statt. Es war eine lange Fahrt, und irgendwann muss ich eingeschlafen sein, denn das Nächste, woran ich mich erinnere, war, dass sie meinen Namen rief und mich wachrüttelte.

»Flynn?«

Mein Mund war trocken, und die eine Seite von meinem Gesicht war heiß und juckte.

»Wir sind gleich da.« Ich setzte mich auf und trank einen Schluck abgestandene Cola. Draußen war es dunkel, und unsere Spiegelbilder starrten uns aus dem Fenster entgegen. Mein Handy-Akku war fast leer, und ich schickte Rose schnell noch eine Nachricht, dass wir gleich ankommen würden. Dann stöpselte ich das Handy in meine Powerbank. Unser Halt wurde angesagt, und wir stiegen aus. Frische Meeresluft wehte uns entgegen. Kate schaltete das Navi in ihrem Handy ein, und wir liefen durch die verlassenen Straßen von dem kleinen Küstennest. Sie hielt meine Hand fest, und zum ersten Mal im Leben hatte ich jemanden, der mir vertraute. Wobei mir insgeheim kotzübel war. Was, wenn die Galerie schon geschlossen hatte? Darüber hatte ich mir vorher keine Gedanken gemacht, weil ich davon ausgegangen war, ich wäre allein unterwegs. Dann hätte ich einfach … ich weiß auch nicht … in einem Bushäuschen geschlafen oder so. Aber jetzt, mit ihrer winzig kleinen Hand in meiner, bekam ich langsam Panik. Die Wellen schlugen gegen den Strand, und wir mussten uns gegen den Wind stemmen. Wir gingen immer weiter, und sie sagte kein Wort, obwohl sie bestimmt Angst hatte. Wieder bogen wir um eine Ecke, und dann sahen wir, dass die Lichter in beiden Geschossen des Hauses brannten.

»Das m… m… m… m… m… das mmm… m…m… m… muss es sein.« Sie drückte meine Hand, und wir liefen auf das Haus zu, als auf einmal die Lichter im obersten Stock ausgingen. Ich hämmerte gegen die Tür. Auf dem Schild stand »Geschlossen«, aber es musste noch jemand da sein. Ich habe so lange mit der Faust gegen die Tür gehämmert, bis ich den Schatten einer Frau auf uns zukommen sah.

»Wir haben geschlossen!«, rief sie durch die Tür. Ich kann es ihr nicht verübeln, dass sie uns nicht aufmachen wollte. Ich hatte die Kapuze meiner Jacke ins Gesicht gezogen und trug von Kopf bis Fuß Schwarz.

»Bitte, hätten Sie einen Moment Zeit?« Ich habe versucht zu klingen wie Rose, wenn sie mal wieder ihren Kopf durchsetzen will. So, wie sie damals mit den Polizisten geredet hatte.

»Kommen Sie morgen wieder«, antwortete sie misstrauisch durch die geschlossene Tür.

»Bitte, wir suchen jemanden, einen engen Freund der Familie … jemanden namens Tom Simmonds.«

»Was wollen Sie von Tom?« Sie trat näher an die Tür.

»Ich …« Sie öffnete, sah mich an, und die, wie ich glaube, Neugier in ihrem Gesicht wich … ich weiß auch nicht … nacktem Entsetzen? Das hat mich fast umgehauen. Ist schon länger her, seit mich jemand angeglotzt hat wie einen totalen Freak. »Ich bin sein Sohn.«

»Sie kommen wohl besser rein.« Sie hielt uns die Tür auf, und wir gingen nach drinnen und standen verlegen rum, wie bestellt und nicht abgeholt. Überall waren Arbeiten von ihm. Ich habe Kates Hand losgelassen und mir ein Foto von einer seiner Skulpturen angesehen. Es war ein Baum. Der Baum von dem Unfall. Anscheinend war das Foto in der Galerie gemacht worden. Und ich stand da und habe es mit zusammengekniffenen Augen angestarrt und bekam eine Gänsehaut an den Armen. Eine Rose … er musste sich also doch noch an uns erinnern.

»Sie heißt *Stability*«, erklärte die Frau.

»Das ist der Baum von dem Unfall.« Ich drehte mich zu Kate um. »Und guck mal … da ist auch eine Rose.«

»Eine Rose?« Ich schaute die Frau an. Sie sah echt gut aus für eine Frau in ihrem Alter. Sie hatte dichte, lockige blonde Haare, die aussahen, als müssten sie mindestens eine Tonne wiegen.

»So heißt meine Schwester.«

»Allmächtiger.« Sie fuhr sich mit der Hand durch die Stirnlocken und seufzte. »Ihr kommt wohl besser mit.« Sie ging mit uns nach oben und goss sich ein großes Glas Rotwein aus einer offenen Flasche ein, die auf dem Tisch stand. »Bedient euch«, murmelte sie und wies auf die Flasche und die Überreste des halb aufgegessenen Büfetts. Ich hab nur den Kopf geschüttelt und gewartet, bis sie den Wein runtergekippt hatte. »Setzt euch.« Sie deutete auf zwei Stühle, bei denen ich mir nicht sicher war, ob es Ausstellungsobjekte oder Wohnmöbel waren, wir setzten uns. Sie waren genauso kalt, hart und unbequem, wie sie aussahen.

»Tom weiß nicht, wer du bist.« Wieder goss sie sich Wein in ihr Glas. »Er erinnert sich an nichts aus seinem früheren Leben. Nichts, was länger als elf Jahre her ist. Er lebte auf der Straße, hatte keinen Penny und war total am Ende, als ich ihn kennengelernt habe.«

»Aber …«

Sie hob die Hand und unterbrach mich. »Er hat … Träume. Er träumt immer wieder von einem Jungen, dem das halbe Gesicht fehlt … Das musst du sein.« Sie neigte das Glas in meine Richtung.

»Ich … ich denke schon. Ich weiß nicht, sind Sie … Sie wissen schon … seine Freundin?«

Sie lachte schallend; es war ein tiefes, kehliges Lachen. »Nein, nein. Ich bin Georgie, wir arbeiten zusammen, ich bin Künstlerin.«

»Oh, verstehe. Cool. Ich bin Flynn, und das ist meine Kate.«

»Deine Kate? Süß.« Ich wurde rot. Ich konnte richtig spüren, wie meine Wangen anfingen zu glühen.

»Wie seid ihr zwei denn hergekommen? Ich meine, ist ja schon ziemlich spät.«

»Mit dem Zug. Können Sie uns zu ihm bringen? Entschuldigung, ich wollte nicht … Sie wissen schon … unhöflich sein oder so, aber ich muss mit ihm über Mum reden.«

»Mum? Melissa?«

»Nein.«

»Was?«

»Sie heißt Melody.«

»Melody. Komisch … ich meine … ach, vergiss es. Hört mal, es ist schon ziemlich spät, und er wohnt … na ja, es ist im Dunkeln schwer zu finden. Wo übernachtet ihr denn?«

»W… w… w… w… w… ich habe einen Schlafsa…«

»Wir wollten einfach …« Betreten gucke ich weg.

»Ach du Schande. Weiß irgendwer, dass ihr hier seid?«

»Nicht so richtig.«

»Was soll das denn heißen? Nicht so richtig?«

»Rose weiß es.«

»Und deine Mutter?«

»Sie ist … darum müssen wir ja mit ihm reden. Tom. Dad. Wie auch immer.«

»Verstehe. Na ja, ich kann euch ja schlecht auf der Straße schlafen lassen, was? Ihr könnt bei mir übernachten.«

»Wir kommen schon klar, wir können einfach …«

»Flynn?« Ich nickte. »Tu mir einen Gefallen. Ich bin hundemüde, die Füße tun mir weh, und ich will nur noch in die Badewanne. Tom ist ein sehr, sehr besonderer Freund, und wir kennen uns schon eine gefühlte Ewigkeit, und dann soll ich seinen Sohn, von dem er noch nichts ahnt, auf der Straße übernachten lassen? Er würde mir ganz gewaltig in den Arsch treten. Also nehmt euren Kram und lasst uns gehen.«

Kate versuchte, sich das Lächeln zu verkneifen.

»Okay, nur kein Stress.« Ich grinste sie breit an.

»Herrje, du siehst ihm so ähnlich.« Georgie schüttelte den Kopf, leerte ihr Weinglas und knipste das Licht aus.

30

Rose

»Wo ist er?« Jo schaltete das Licht im Schlafzimmer an, und ich legte den Arm über die Augen. So wurde ich heute in aller Herrgottsfrühe geweckt.

»Wer?«

»Stell dich nicht dümmer, als du bist. Ich bin vielleicht nicht eure Mutter, aber ich bin bis morgen für euch beide verantwortlich. Weißt du, wo er ist?« Sie stand da in ihrer Designer-Skinny-Jeans, und aus ihrer marineblauen Steppweste schauten die langen weißen Ärmel hervor. Es war weit nach Mitternacht, und sie sah immer noch aus, als sei sie gerade einem Marks-and Spencers-Katalog entstiegen. Fehlte nur noch die überdimensionierte Sonnenbrille in den Haaren, die sie zu einem glänzenden Pferdeschwanz zusammengebunden hatte. Ich zuckte die Achseln. »Vielleicht ist er einfach bloß zu seiner Freundin?« Ich nickte. »Okay, ich schicke ihren Eltern schnell eine Messenger-Nachricht und frage eben nach …«

Blödes Facebook. Früher, als es noch kein Internet gab, muss es viel einfach gewesen sein, mit kleinen Schwindeleien durchzukommen.

»Okay, okay … da ist er nicht.«

»Wo denn dann?«

Ich setzte mich auf und kaute am Fingernagel. »Das kann ich Ihnen nicht sagen.«

»Nein, Rose, das stimmt nicht. Du kannst es mir sagen, du willst es nur nicht.« Ich schaute weg und starrte auf die Vorhänge, die mit fliegenden Vögeln bedruckt waren. Teurer Shabby Chic, nicht schäbiger Schick wie bei uns zu Hause. »Also gut. Dann rufe ich jetzt Shane an.« Sie stürmte aus dem Zimmer, und ihr Parfum umwehte sie wie ein wallendes Cape in einem Disney-Film. Ich bin aufs Klo gegangen und hab mich da erst mal eingesperrt. In solchen Momenten fehlt es mir am meisten. Es wäre so einfach gewesen. Ein bisschen Druck ablassen, ein bisschen Kontrolle. Ich hab den Kopf geschüttelt und mich auf meine Achtsamkeitsübungen konzentriert. Es hat funktioniert. Es war nicht einfach, aber als sie schließlich wieder ins Zimmer platzte, war ich ruhig und beherrscht.

»Ist er abgehauen, um euren Dad zu suchen?« Ich strich mir die Haare hinter die Ohren und zog die Pyjama-Ärmel runter. Sie gab sich Mühe, nicht auf meine Arme zu starren, aber ich konnte ihre Blicke trotzdem spüren. Sie tat, als müsste sie niesen, und ging nach nebenan ins Bad, »um sich ein Taschentuch zu holen« – das war so durchschaubar und aufgesetzt, dass ich laut lachen musste. Als sie wieder zurückkam, machte sie ein gründlich angepisstes Gesicht. »Hör zu, Rose. Ich weiß selber nicht, wie ich in diese Situation reingeraten bin, aber so ist es nun mal. Wenn du mich nicht verarschst, verarsche ich dich nicht. Deal?« Ich war ein bisschen geschockt über ihre Wortwahl, aber ich habe schnell genickt. »Gut. Krempel die Ärmel hoch.«

»Was? Nein!«

»Solltest du irgendwelche Dummheiten machen, werde

ich sofort den Krankenwagen rufen. Ich will mir meine Karriere nicht versauen, nur weil du was Blödes machst, während ich auf dich aufpasse, kapiert?«

»Schon gut.« Ich schob die Ärmel bis zu den Ellbogen hoch und schaute Jo mit hochgezogenen Augenbrauen an. »Gut so?«

»Ganz hoch. Du kannst dir auch ein Achselshirt anziehen, wenn dir das lieber ist.« Herausfordernd guckte sie mich an.

»Zufrieden?«, fragte ich und drehte die Arme.

»Gut. Und jetzt«, sie setzte sich zu mir auf die Bettkante, »sagst du mir, wo er ist, sonst muss ich die Polizei einschalten.« Entnervt verdrehte ich die Augen und seufzte.

»In Cornwall.«

»Wie zum Teufel ist er denn nach Cornwall gekommen?«

»Mit dem Zug.«

»Aber das kostet doch bestimmt …«

»Er hat das Ticket mit seinem Geburtstagsgeld bezahlt.« Plötzlich wurde ihr Gesicht weich. »Also gut, pack deine Sachen, wir müssen los.«

»Was?«

»Nach Cornwall. Ich nehme an, du weißt, wo er hinwollte?«

»Irgendwie schon, aber …«

»Na dann los. Komm schon, dalli, dalli.« Sie stand auf und schaute sich um. Mit besorgter Miene fasste sie sich ans Kinn. »Brauchst du Snacks und so was für unterwegs? Und alle halbe Stunde eine Toilettenpause?« Ich musste mir auf die Lippen beißen, um nicht laut loszulachen. Einen Augenblick lang wirkte sie hilflos und heillos überfordert. Die Fassade der kühlen Geschäftsfrau bröckelte.

»Ein, zwei Stunden halte ich sicher durch.« Da lächelte sie, fast als freute sie sich darauf, stundenlang mit einem launischen halbwüchsigen Mädchen, das sie kaum kannte, durch die Nacht zu gurken.

Zuerst war es schon ziemlich komisch. Sie hat mich ständig blöde Sachen über die Schule gefragt und über die Winzschule in Wales geblubbert, auf die sie damals gegangen ist, und dass sie nie das ganze Zeug hatte, das die anderen Kinder hatten. Sie sagte, sie könnte sich noch daran erinnern, wie sie sich einmal, als es regnete, ein Stück Pappe in die Schuhe gesteckt hat, weil die ein Loch in der Sohle gehabt hatten. Langsam habe ich mich entspannt. Wir hielten an einer Tankstelle, und ich durfte mir im Shop aussuchen, was ich wollte, und wir merkten, dass wir beide dieselben Sachen mochten. Sie war gar nicht so pingelig, wie ich dachte, von wegen mit Krümeln im Auto und so. Irgendwann ist mir eine angefangene Packung Chips aus der Hand auf den Boden gefallen, und sie hat nur abgewunken, als ich mich entschuldigen wollte, und meinte, das Auto müsste sowieso dringend gereinigt werden. Wir haben über Klamotten und all so was geredet, und schließlich kamen wir auf ihre Hochzeit zu sprechen, und sie erzählte, dass eine ihrer alten Tanten ihre Medikamente nicht genommen hatte, damit sie bei der Feier Alkohol trinken konnte, und am Ende hatte sie die anderen Gäste mit Zuckermandeln beworfen. Ich erzählte ihr, dass Mum im Schlaf singt, und dann … Ich weiß auch nicht, warum, vielleicht weil sie am Steuer saß und mich nicht angucken konnte oder weil sie mich nicht dazu zwang, irgendwelche doofen Fragen zu beantworten, jedenfalls fing ich an, mit ihr über Sachen zu reden, über die ich sonst nicht rede. Ich habe ihr beschrieben, wie es war, als wir rausgekriegt haben, dass Dad … wie soll ich sagen … sich ein neues Leben ohne uns aufgebaut hat und damals einfach abgehauen ist. Sie erzählte mir, dass sie immer Kinder wollte, aber keine kriegen konnte. Und wie schlimm das war. Die Enttäuschung bei jedem negativen Schwangerschaftstest. Es fühlte sich an, als säßen wir beide in einer kleinen Blase aus … gegenseitigem Vertrauen. Fünf Stunden im Auto eingesperrt zu sein ist eine lange Zeit. Sie sprach davon, wie Shane so getan hatte, als würde es ihm nichts ausmachen, aber das stimmte nicht. Sie war schrecklich wütend, weil er sich immer mit aller Kraft bemühte, glücklich zu sein, obwohl sie es nicht waren. Wie sie es gehasst hatte, wenn er ihr von den Kindern erzählte, mit denen er arbeitete. Denn für sie fühlte es sich wie eine Strafe an, weil sie ja nicht schwanger werden konnte.

Sie redete über ihren Job und wie es ist, so viel Verantwortung zu tragen und für das eigene Auskommen sorgen zu müssen, und wie unglaublich toll es ist, einfach in einen Laden spazieren und sich was Besonderes gönnen zu können, und zwar weil man es sich selbst erarbeitet hat. Nur man selbst und sonst niemand.

»Ich bin ein bisschen enttäuscht, Rose«, sagte sie, als wir das Auto auf einem mit Schlaglöchern übersäten Parkplatz abstellten.

»Was?«

»Na ja, du hast kein einziges Mal gefragt: ›Sind wir schon da?‹«

Ich stieg aus dem Wagen und streckte mich. Die Sonne ging gerade auf, und ich hörte die Möwen schreien und das Rauschen der Wellen, die sich unten am Strand brachen. Gegenüber auf der anderen Straßenseite war eine Bäckerei mit angeschlossenem kleinem Café. Wir liefen über die menschenleere Straße und standen vor der Tür, in der natürlich ein »Geschlossen«-Schild hing. Sie klopfte.

»Was machst du denn da?«, fragte ich peinlich berührt. »Das steht doch geschlossen.«

»Regel Nummer eins: Nicht einfach alles hinnehmen.«

Eine müde aussehende Frau schloss die Tür auf.

»Ja bitte?«

»Hallo, entschuldigen Sie bitte die Störung, ich weiß, Sie haben sicher zu tun, aber wir sind seit Stunden unterwegs und …«

»Wir machen erst um acht auf.«

»Sicher, sicher, es ist nur so, meine Tochter hat Diabetes, und ihr Blutzuckerspiegel ist ein bisschen niedrig … aber egal, ich glaube, ich habe vorhin einen Süßigkeitenautomaten gesehen, aber, ach, ich habe gar kein Kleingeld! Entschuldigen Sie bitte die Umstände, wenn Sie mir vielleicht einen Fünfziger wechseln könnten? Dann sind wir gleich wieder weg.« Das Gesicht der Frau wurde schlagartig wacher. »Tut mir schrecklich leid, Sie haben sicher alle Hände voll zu tun.« Jo setzte eine zerknirschte Miene auf, als wollte sie sagen: Wir müssen jetzt ganz tapfer sein.

»Na ja, ich wollte sowieso gerade die Kaffeemaschine einschalten, dann kann ich wohl auch mal eine kleine Ausnahme machen.«

»Aber nein, nein, bloß nicht, wenn Sie erst um acht aufmachen, wir wollen Ihnen nicht zur Last fallen …«

»Nein, nein, das macht keine Umstände. Ich kann Ihnen eine heiße Schokolade anbieten. Oder vielleicht ein Croissant? Ich könnte gleich welche in den Ofen tun.«

»Das wäre …«, dramatisches Luftholen, »einfach perfekt. Ich danke Ihnen, Sie sind wirklich zu freundlich.« Und damit marschierte sie zielstrebig in das kuschelig warme Café. »Ich wette, dieser Laden ist berühmt für ein ganz besonderes Brot oder ein Gebäck, Rose …«

»Oh ja. Wir sind bekannt für unser Plundergebäck.«

»Das ist sicher fantastisch!«

»Das können Sie laut sagen. Wenn es Ihnen nichts ausmacht, ein halbes Stündchen zu warten, könnte ich Ihnen rasch welches machen. Wenn Sie es gerne probieren möchten?«

»Oh nein, wirklich, das wollte ich damit nicht sagen …«

»Es ist überhaupt kein Problem, ehrlich. Ich muss ohnehin welches machen.«

»Sie sind zu gütig. Langsam verstehe ich, warum alle immer so von dieser Gegend schwärmen, die Menschen sind einfach entzückend«, sagte Jo schmeichelnd und legte der Frau leicht die Hand auf den Arm. Als sie sich umdrehte, zwinkerte Jo mir verschwörerisch zu. »Siehst du, man sollte nie etwas einfach so hinnehmen.«

Ich trank gerade meinen Kakao aus, als mein Blick auf ein örtliches Gemeindeblättchen fiel, das an einer Kork-Pinnwand aushing. Eine der Geschäftsanzeigen sprang mir ins Auge. Ich stand auf und schaute sie mir genauer an. Es war die Anzeige einer Galerie. Ich setzte mich wieder und legte das Blättchen zwischen uns auf den Tisch. Von einem Foto lächelte Dad mich fröhlich an.

»Sieh mal.« Ich schob ihr die Zeitung zu. »Das ist er.«

»Ooh, der sieht aber gut aus.«

»Oh, bitte.«

»Entschuldige.« Sie wischte sich die Krümel von der Jeans und überflog den Artikel. »Da steht, dass eine Galerie in London ihm eine eigene Ausstellung angeboten hat. Wow. Klingt, als hätte er sich einen Namen gemacht.«

»Und?«

»Und nichts. Ich finde nur, also, wenn ich das wäre, und ich würde mein eigenes Ding machen und hätte Erfolg damit, na ja«, sie nippte an ihrem Kaffee, »dann wird das ein ganz schöner Brocken für ihn sein, mehr nicht.«

»Dann würdest du es also lieber nicht wissen wollen?« Sie zuckte mit den Schultern. »Egal, ihm bleibt jetzt keine andere Wahl. Mum braucht ihn. Er ist unser Vater. Er muss es erfahren.«

»Aber sie wollte nicht, dass er es erfährt.«

»Meinst du, es ist falsch, es ihm zu sagen?«

»Das weiß ich nicht.«

Mein Telefon pfiff.

»Endlich!« Ich schrieb Flynn zurück, warum er das Handy ausgeschaltet hatte und dass wir in Cornwall waren, weil ich es Jo einfach hatte erzählen müssen.

Scheiße, schrieb er zurück.

Sie standen vor der Galerie, als wir ankamen. Flynn entschuldigte sich sofort bei Jo, und ich war froh. Sie schimpfte, er sei ein verlogenes kleines Stinktier, aber dann lächelte sie und meinte, das sei alles Schnee von gestern oder so was in der Art. Dads Freundin, Partnerin, was auch immer, ist echt hübsch. Wie das Model aus der Parfumwerbung mit dem vielen Gold … irgendwas Adore? Jedenfalls sieht sie der Frau ziemlich ähnlich. Darum mache ich mir auch ein bisschen Sorgen, Sie wissen schon, wegen Mum. Natürlich ist Mum hübsch und alles, aber sie ist eben kein Model. Sie ist eher süß als schön.

»Und was machen wir jetzt?«, fragte Georgie. »Ich glaube, am besten gehe ich erst mal allein zu ihm und rede mit ihm. Er hasst Überraschungen, und das hier ist ein Riesending. Vielleicht braucht er einen Moment, um es zu verdauen.«

Flynn guckte finster und sah mich an. Ich blickte Jo an, die nickte.

»Ja. Ich denke, das wäre wohl das Beste.« Ich richtete mich kerzengerade auf.

Flynn sah nicht gut aus. Genau in solchen Situationen geht er gerne in die Luft. Ich guckte ihn eindringlich an, um ihm zu sagen: »Alter, bleib jetzt ganz ruhig.« Kate hakte sich bei ihm ein und schaute zu ihm auf. »Ich weiß, du willst schnell wieder nach Hause, aber wenn du das schon durchziehen willst, dann richtig.« Sie lächelte ihn an.

»Oh Mann, habt ihr kein Zuhause«, brummte ich, und wir gingen zu einem Auto, das wohl Georgie gehörte. Jo tippte im Gehen eine Nachricht.

»Eure Mum ist gerade aus dem OP gekommen. Alles ist gut verlaufen. Sie schläft jetzt.«

»Weiß Shane, dass wir hier sind?«, fragte Flynn.

Jo nickte. »Er sagt, ich soll euch …« Grinsend schaute sie auf das Display. »Shane hat mich nie anlügen können, weil ich es immer gleich gemerkt habe, also …« Sie reichte ihm das Handy, auf dem ein Emoji zu sehen war, das ein High Five gab. Flynn lachte.

Wir hielten am Straßenrand kurz hinter einem alten Cottage. Es stand hoch oben auf einem Hügel, und der Garten dahinter fiel steil ab. Im Garten stand ein windschiefer alter Schuppen mit Wellblechdach. Georgie ging hinein und sagte, wir sollten hier draußen warten. Wir stiegen aus und gingen an den Rand der Klippe und schauten runter aufs Meer. Es war schön, trotz der vielen Wolken am Himmel. Ich drehte mich um und betrachtete das Haus. Es wirkte ein wenig wie aus einem amerikanischen Film, es fehlte nur noch eine alte Holz-Hängematte vorne auf der Veranda. Allerdings war das ganze Ding weiß verputzt und erinnerte an einen Geburtstagskuchen. Ich rieb mir die Arme, stellte mich neben Flynn und legte ihm die Hand auf die Schulter.

»Kannst du fassen, dass er da drin ist?«, fragte ich ihn.

»Ja. Er ist da drin, und Mum ist im Krankenhaus.«

»Ich weiß, aber wenn es stimmt, was Georgie sagt, dann hat er sie nicht sitzengelassen, oder? Und es wäre irgendwie auch ein bisschen deine Schuld, dass er nicht weiter nach ihr gesucht hat.«

»Danke auch.«

»Na ja, aber es stimmt doch. Führ dich also nicht wie ein wild gewordener Affe auf.«

»Mache ich nicht. Ich meine auch nur«, er guckte auf sein Handy, »es ist schon fast acht, und heute Nachmittag kommt Mum aus dem Krankenhaus. Bis dahin schaffen wir es nicht nach Hause.« Er schaute über die Schulter zum Schuppen. »Wie lange dauert das denn noch?«, fragte er. Allmählich verlor er die Geduld. Er bückte sich, nahm einen Stein und warf ihn im hohen Bogen über die Klippen. Wir anderen beugten uns nach vorne und sahen ihm nach, hatten ihn aber aus den Augen verloren, noch bevor er unten aufschlug.

»Hat sie jetzt eine kahlrasierte Stelle auf dem Kopf?«, fragte ich niemand Bestimmten.

Kate nahm noch einen Stein und gab ihn Flynn, und so vertrieben wir uns die Zeit, bis Flynn schließlich die Nase gestrichen voll hatte vom Warten.

»Jetzt reicht's mir mit diesem Mist«, knurrte er und warf den letzten Stein über die Klippe, »wir haben keine Zeit mehr zu verlieren.« Er drehte sich um und marschierte zum Haus, und ich lief hinter ihm her.

31

Tom

Selbst da hatte ich die Hoffnung noch nicht aufgegeben. Das sollst du wissen. Und du sollst wissen, dass ich nie aufgehört habe, an dich zu denken, und dass ich jeden Morgen aufgewacht bin und dich vermisst habe, die Wärme deiner Haut, deinen Rücken an meinem. Nichts hatte sich verändert, seit ich dich das letzte Mal gesehen hatte. Als ich mit den Arbeiten, zu denen du mich inspiriert hattest, fertig war, meldete ich mich zu einem Wettbewerb an … Gewonnen habe ich zwar nicht, aber ich bekam daraufhin einen Anruf von einer der größten Galerien in London, die einige meiner Arbeiten ausstellen wollten. *Stability* hatte ich bereits zu einem ordentlichen Preis verkauft, und wenn ich auch noch ein paar der anderen Stücke verkaufen konnte, würde es mir das Leben in finanzieller Hinsicht enorm erleichtern. Damit könnte ich dir beweisen, was für ein Mensch ich geworden bin. Erfolgreich. Zuverlässig. Kein Loser ohne Vergangenheit und ohne Zukunft. Ich könnte dir zeigen, dass ich in der Lage war, für uns beide zu sorgen, und dass der Kerl, vor dem du weggelaufen bist, nicht mehr existierte.

An dem Tag war ich seit fünf Uhr früh auf den Beinen

gewesen. Ich hatte angefangen, morgens regelmäßig zu laufen, weil mir die Ärzte das gegen die ständige Schlaflosigkeit empfohlen hatten. Es funktionierte ganz gut – meistens jedenfalls. Und auch meine Ernährung hatte ich umgestellt. Ernährte mich nicht mehr nur von Mikrowellenfraß und Koffein. An dem Morgen musste ich zum ersten Mal die Neonröhre im Schuppen anschalten, ein untrügliches Zeichen, dass es langsam Winter wurde. Ihr Sirren wurde bald übertönt vom Kreischen und dem Funkenflug der Schleifmaschine, mit der ich mein Werkzeug schärfte, wie meistens, ehe ich mit der Arbeit anfing. Ich drehte das Metall, und die Funken stoben über meine Fingerspitzen, und wieder huschte eine flüchtige Erinnerung vorbei. Ein Lagerfeuer, rote Handschuhe, die eine Wunderkerze halten, und der Duft nach Hotdogs. Das musste eine Kindheitserinnerung sein, ganz bestimmt. Ich bemühte mich, sie festzuhalten, sie auf mögliche Hinweise zu sezieren, aber ich sah nur die Funken und den Handschuh, weiter nichts. Die Nackenmuskeln taten mir weh, aber immer, wenn ich eigentlich Pause machen wollte, musste ich an dich denken. Mit jedem Kunstwerk, das ich formte, mit jeder Schwiele an der Hand, kam ich dem Mann einen Schritt näher, den du verdientest. Die Scheibe drehte sich immer langsamer, und ich legte den geschärften Meißel beiseite, und der Duft von Hotdogs wich dem metallischen Geruch des Stahls.

»Tom?« Georgie schloss die Schuppentür hinter sich, als ich mir die Hände an der uralten, fleckigen Arbeitsjeans abwischte.

»Bisschen früh für dich, oder?« Ich schaltete den Wasserkocher an, der auf einer wackligen Holzplanke stand, die als provisorische Miniküche hinten im Schuppen fungierte. Ich griff nach einer der Tassen. Meine schmuddeligen Fingerabdrücke waren auf dem Henkel, und sie hatte einen braunen Teefleck. Ich zuckte die Achseln und kippte ein bisschen entkoffeiniertes Kaffeepulver hinein. »Kaffee?«, fragte ich.

»Ja. Ich meine, nein. Tom …« Sie stand reglos an der Tür und rang die Hände. Es sah aus, als wüsste sie nicht, ob sie lieber gehen oder bleiben sollte. Dampf quoll aus dem Wasserkocher, und ich goss Wasser in die Tasse.

»Mist, ich weiß gar nicht, wo ich anfangen soll …«

»Wie wäre es am Anfang?« Ich lehnte mich mit dem Rücken gegen die Holzplanke. Georgie lief auf und ab.

»Zwei Kinder sind gestern Abend in die Galerie geschneit.« Sofort wurde mir flau im Magen. Wenn wir ausgeraubt worden waren, hatten sich alle meine Pläne erledigt. All meine Einnahmen müssten in die Galerie fließen.

»Der Junge …«, sie schaute mich an, »… der Junge hat eine große Narbe im Gesicht, und er ist blind … auf einem Auge. Tom, er hat die Narben von einem Autounfall. Ein Auto, das in eine Eiche gekracht ist.«

Der Raum kippte wie der Horizont auf einem Schiff, das von einer wütenden Welle hochgerissen wird.

Sie zog den Stuhl zu mir rüber, nahm mir den Becher aus den Händen und sagte, ich solle mich hinsetzen. Dann nahm sie meine Hände in ihre und fing an zu reden.

»War ich … war ich das?« Der Geruch nach billigem Kaffee und Metallstaub kratzte mir im Hals.

»Ja, Tom, du hast das Auto gesteuert, in dem er saß.«

»Ich bin gefahren …«

»Tom.« Sie öffnete meine Hand und legte sie in ihre und malte mit dem Daumen kleine Kreise auf den schmutzverkrusteten Linien in meiner Handfläche. »Tom, du bist gefahren, weil du sein Dad bist.«

»Sein was?«

»Du bist sein Vater, Tom.« Der grobkörnige Staub in meinen Augen, eine Erinnerung flackerte auf; der Raum, von dem ich geträumt hatte, der Raum, in dem du gelegen hast, nur konnte ich diesmal ein Baby sehen. Ein Baby, blutverschmiert und blinzelnd, in ein weißes Handtuch gewickelt, das man mir in die Arme legte … *»Du bist jetzt Papa.«* Es war ganz still geworden um mich herum. Ich konnte unseren Atem hören, die Möwen draußen am Strand, das Raunen der Wellen tief unten.

Georgies Worte waren klar und verständlich. *»Du bist sein Dad.«* Wie können vier kleine Worte die ganze Welt auf den Kopf stellen? Es war, als hätte sich in mir unvermittelt ein riesengroßes schwarzes Loch aufgetan, das ich nur füllen konnte, indem ich alles in Erfahrung brachte über dieses Kind. Mein Kind. Ich bin nicht mehr nur ich. Irgendwo habe ich mal gelesen, dass die Weltbevölkerung sekündlich um vier Kinder anwächst. Was für ein Gedanke. *»Du bist jetzt Papa«* – viermal die Sekunde. Überall auf der Welt: Ein Vater in Italien rast ins Krankenhaus, und seiner Frau kleben die langen, dunklen, verschwitzten Haare im hochroten Gesicht. Morgens hatte er ihr noch zugeschaut, wie sie sich einen dicken Zopf geflochten hatte. Hände und Gesicht waren ölverschmiert, als er die Worte hört: *»Sei un padre«*, und man ihm das winzige Bündel in die Arme legt. Eine Französin bückt sich und übergibt einem mitgenommenen jungen Paar, das sich die Geburt ihres ersten Kindes ganz anders vorgestellt hat, ein in eine rote Strickjacke gewickeltes Baby. Unerwartet und verfrüht ist es auf dem Parkplatz vor einer Gaststätte auf die Welt gekommen statt wie geplant im Krankenhaus: *»Vous êtes un père.«* Die Witwe eines gefallenen britischen Soldaten steht mit gesenktem Kopf, gramgebeugt, vor seinem Grabstein: »*You are a father.*« Rund um den Globus werden diese kleinen, unscheinbaren Worte in sechstausend verschiedenen Sprachen gesprochen – »Du bist jetzt Papa« – wie eine *La Ola*, die mitten hineinbricht ins Leben und hohe Wellen der Begeisterung und der Angst schlägt.

»Ich habe ein Kind?«, fragte ich ungläubig.

»Genau genommen sogar zwei.« Sie hatte Tränen in den Augen und schaute mir forschend ins Gesicht. »Du hast nämlich auch noch eine Tochter … Rose.«

»Rose. Und der Junge?«

»Flynn. Er sieht genau aus wie du, wenn er lächelt.«

»Ach. Flynn und Rose.« Ich kratzte mich am Hinterkopf. »Ist ihre Mutter …«, setzte ich an und traute mich fast nicht, die Frage auszusprechen. Aber ich musste es unbedingt wissen. Ich hoffte es mit jeder Faser meines Seins. Dass du es bist. Du musstest es einfach sein. »Ist … ist sie die Mutter?«

Georgie schniefte leicht und nickte. »Ja. Melody.«

Melody. Der Klang dieses Namens hallte durch den Raum und brachte Licht auch in die dunkelste Ecke. Ich habe eine Familie. Wir haben eine Familie. Ich bin nicht allein.

»Mel …«, ich musste lachen. Georgie guckte zuerst ein bisschen verunsichert, aber dann stimmte sie in mein Lachen mit ein. Doch das sollte mir gleich wieder vergehen, denn zur Tür herein kam das Gesicht, das mich seit Jahren in meinen schlimmsten Albträumen verfolgte. Viel weniger furchteinflößend, viel weniger bedrohlich und mir ziemlich ähnlich.

Ohne mein Kommando abzuwarten, gingen meine Füße zielstrebig auf ihn zu, und er machte zunächst einen Schritt nach hinten. Er sah mich an. Ich streckte ihm die Hand hin, und er nahm sie. Das Loch in mir begann sich zu füllen, als ich die Wärme in meiner Hand fühlte, seine Haut, noch weich und unversehrt. Das Loch trank durstig seinen Geruch, moschusartig und schwer. Es war unersättlich und verschlang seine Augenfarbe, die Haare, die breiten Schultern. Es war eine förmliche Begrüßung, aber es war noch viel mehr. Unvermittelt schien er fast das Gleichgewicht zu verlieren und nach vorne zu kippen. Er war mir vollkommen fremd, und doch hatte es sich nie so selbstverständlich angefühlt, einen anderen Menschen zu umarmen. Seinen schlaksigen Körper festzuhalten, während er heiser »Dad« krächzte. Ich schaute über seine Schulter und sah ein Mädchen hereinkommen. Es war zart und blass und hatte lange rote Haare, die ihr auf die Schultern fielen. Und ich wusste sofort, dass sie meine Tochter ist. Noch ein Puzzleteil, von dem ich nicht gewusst hatte, dass es fehlte. Ich sah es an den schweren Augenlidern, den hohen Wangenknochen und den vollen Lippen, die mir morgens aus dem Badezimmerspiegel entgegenlächelten. Sie hatte Tränen in die Augen, schaute angestrengt auf ihre Füße und scharrte mit ihren Sneakers verlegen auf dem Boden herum. Flynn trat einen Schritt zurück und konnte mir nicht in die Augen sehen.

»Das ist Rose …«

Seine Stimme war tiefer als erwartet, er klang mehr wie ein Mann als wie ein Junge. Als ihr Bruder ihren Namen sagte, schien ein Ruck durch sie zu gehen: Sie richtete sich kerzengerade auf und hatte plötzlich ein Blitzen in den Augen. Mit entschlossenen Schritten kam sie auf mich zu und streckte die Hand aus. Ich war verdattert über diese förmliche Bergrüßung.

»Schön, dich kennenzulernen, Tom«, sagte sie mit fester Stimme. »Wir sind hier, weil wir dich um Hilfe bitten wollten.«

»Rose …«, brummte Flynn.

»Unsere Mutter hast du ja schon kennengelernt, wie ich gehört habe. Melody.«

»Rose!«, fuhr Flynn sie an. Wutentbrannt guckte sie ihn an. Sie atmete heftig. Sie war also gar nicht so ruhig, wie sie sich gab. Verstohlen beobachtete ich, wie die beiden sich ansahen, wie sie dastanden, wie sie ohne Worte miteinander redeten, und mein Blick ging zwischen den beiden hin und her.

»Lass uns … ähm … können wir uns … hier irgendwo unterhalten?«, fragte Flynn mich.

»Ja, gehen wir … gehen wir doch rüber ins Haus. Ich mache uns einen Tee.« Ich vergrub die Hände in den Taschen und ging hinaus. »Mögt ihr … Tee?«, fragte ich, und der Wind verschluckte fast meine Worte. Mein Sohn war direkt hinter mir. Mein Sohn. Eigentlich hätte sich das eigenartig anhören müssen. Tat es aber nicht. Im Gegenteil, es fühlte sich an, als hätte ich das Wort mein ganzes Leben lang falsch ausgesprochen und jetzt erst gelernt, wie man es richtig sagt. Sohn. Ich lächelte.

Es fing an zu nieseln – winzige Tröpfchen fielen auf die am Wegrand geparkten Autos. Ich sah ein Mädchen und eine hübsche schlanke Frau, die gegen einen Audi lehnten und zu warten schienen.

»Ja, ich mag Tee«, antwortete er und sprach ein bisschen lauter, um gegen das Meeresrauschen und den Wind anzukommen, während er meinem Blick folgte. »Das ist meine Freundin.«

»Bisschen alt für dich, findest du nicht?«

»Nicht die – ach!« Er sah mich an und kapierte, dass es nur ein Witz war. »Das ist Mums Chefin, sozusagen.«

»Ist sie auch hier? Eure Mutter?«

»Nein«, antwortete Rose hinter mir. Ich schaute über die Schulter zurück, und sie erwiderte grimmig meinen Blick, sodass ich lieber schnell wieder wegguckte. Wie es wohl für sie gewesen sein musste, all die Jahre nicht zu wissen, wo ich war? Die Art, wie Flynn mich umarmt hatte, beantwortete alle meine Fragen, was für ein Mann ich wohl früher gewesen war. Wie er sich an mich geklammert hatte, verriet große Erleichterung. Aber der Ausdruck in Rose' Gesicht sprach eine ganz andere Sprache.

»Möchten eure Freunde vielleicht mit reinkommen?«, fragte ich Flynn. »Kann ganz schön frisch werden hier draußen.« Er nickte und winkte ihnen zu. Meine Hände zitterten ganz leicht, als ich die Tür aufmachte. Ich trat beiseite, um sie durchzulassen, und musterte sie im Vorbeigehen: meine Kinder. Flynn schlurfte eher – das tut er bis heute –, und Rose machte große, bestimmte Schritte, aber hielt Kopf und Blick gesenkt. Sie streckte die Hand nach den Blumen aus, die ich auf das Fensterbrett gestellt hatte. Ihr Gesicht wurde weich, als sie die roten Blüten der Rosen in der Vase berührte. Aber als sie aufschaute und mich ansah, verfinsterte sich ihre Miene schlagartig.

»Ich mache uns Tee …«, stammelte ich, aber Georgie legte mir die Hand auf den Arm.

»Ich mache das, du solltest wohl lieber …« Nickend wies sie rüber zur Couch, auf der Flynn kauerte. Seine Freundin hielt seine Hände in ihren. Rose hockte neben ihrem Bruder auf der Armlehne. Jo ging mit Georgie in die Küche, und ich hantierte geschäftig herum und legte noch einen Scheit in den Ofen. Im Hintergrund hörte ich, wie Flynn seine

Schwester leise anraunzte, was zum Teufel nur mit ihr los sei. Ich rieb mir die Hände und setzte mich ihnen gegenüber auf die Sesselkante. Kurz wurde es still.

»Soll ich anfangen?«, fragte ich. Meine Stimme klang beherrschter, als mir zumute war. Flynn nickte, und Rose zuckte mit den Schultern. »Also … ich heiße Tom Simmonds, aber das wisst ihr ja schon, und ich … ich habe vor elf Jahren das Gedächtnis verloren. Meinen richtigen Namen kenne ich nicht, ich erinnere mich weder an meine Eltern noch an meine Kindheit. Ich bin Künstler – Bildhauer –, und das hier ist mein Zuhause: das einzige Zuhause, das ich kenne.« Als ich das sagte, guckte Rose Flynn von der Seite an. »Georgie hat mich gefunden, als ich auf der Straße lebte, sie hat mir ein Dach über dem Kopf gegeben und einen Job, und das … na ja … das war's eigentlich auch schon … Vor ein paar Monaten allerdings habe ich die wunderbarste Frau der Welt kennengelernt. Sie hatte ein Foto dabei von dem Jungen, von dem ich immer geträumt habe, und dann ist sie verschwunden, ohne mir zu sagen, wie sie wirklich heißt oder wo sie wohnt …«

»Dann erinnerst du dich also an Flynn?«, fragte Rose.

»Nicht so richtig. Ich habe von einem Jungen geträumt, dessen eine Gesichtshälfte verletzt ist, und ich habe von einem Baum geträumt, aus dem eine Rose wuchs, also habe ich mich wohl irgendwie auch an dich erinnert, wenn man so will.«

»An Mum erinnerst du dich gar nicht?«

»Nein … aber ich hatte immer ein paar … ich glaube, es waren Erinnerungen, an eure Mum … Weiß sie Bescheid? Weiß sie, dass ihr hier seid?« Die beiden schauten einander an. Ein stummes Zwiegespräch mit aufgerissenen Augen und hochgezogenen Brauen. Schließlich sah Rose zu mir rüber und schüttelte den Kopf. »Hat sie euch erzählt, dass sie bei mir war?«, fragte ich, und wieder schüttelte Rose leicht den Kopf. Ich ließ die Schultern hängen und lehnte mich zurück. »Soll ich euch meine Seite der Geschichte erzählen?« Es war beeindruckend, die beiden zusammen zu sehen: Geschwister, die sich so gar nicht ähnlich sehen, die sich aber ohne Worte verstehen und einander blind vertrauen. Flynn antwortete als Erster.

»Okay, Tom. Wir wissen Folgendes …« Flynn und Rose erzählten mir alles, was sie wussten – von dem Unfall, meinem Verschwinden und deiner Suche nach mir … bis zu dem Tag, als du schließlich aufgegeben und dich damit abgefunden hattest, dass ich tot bin. Rose berichtete von eurer Reise nach Taunton und was ihr dort über mich in Erfahrung gebracht und euch zusammengereimt hattet. Und Flynn sagte, dass du nicht wolltest, dass ich von den Kindern erfahre – er meinte, du seist überzeugt, das sei mir gegenüber nicht fair.

»Warum will sie denn nicht, dass ich von euch weiß?«

Flynn druckste unbehaglich herum, dann seufzte er.

»Sie hat gemeint, sie liebt dich zu sehr, um es dir zu sagen.«

»Tja, jetzt weiß ich es.«

»Jetzt weißt du es«, bestätigte er.

»Eins habt ihr mir aber noch nicht gesagt … wie heiße ich eigentlich?«

Da musste Rose lächeln, ein echtes Lächeln, bei dem sie Grübchen in den Wangen bekam. Während ich ihnen die Geschichte meines Lebens seit meiner Amnesie erzählt hatte, war es mir so vorgekommen, als dudelte im Hintergrund ein Radiosender, der nicht richtig eingestellt war. Aber in dem Moment, als sie mich anlächelte, hatte ich das

Gefühl, als hätte jemand an einem Knopf gedreht, und endlich verschwand das Hintergrundrauschen.

»Devon. Oder Dev. Du heißt Devon King.« Sie strahlte mich an, und es war, als breche die Sonne durch den wolkenverhangenen Himmel.

»Und … seid ihr auch alle Kings?«, fragte ich, und beide nickten.

»Dann sind wir also verheiratet? Melody und ich?« Wieder nickten sie, und ich fing an zu lachen. »Es heißt doch immer, die Geschichte wiederholt sich.«

Die beiden sahen sich verdattert an, und Georgie sagte: »Er hat ihr einen Heiratsantrag gemacht, als sie hier war.«

Rose und Flynn guckten wie Kühe, wenn es donnert.

»Aber sie war doch nur eine Woche hier …«, wendete Rose erstaunt ein.

»Habt ihr noch nie was von Liebe auf den ersten Blick gehört?« Vor Glück hatte ich plötzlich Tränen in den Augen. Flynn kratzte sich am Kopf und schüttelte ihn dann. »Also, los geht's.« Ich klatschte in die Hände. Endlich hatte ich, wonach ich mich so lange gesehnt hatte. Ich wusste, wer ich war, ich hatte eine Familie, ich gehörte zu jemandem, und ich hatte dich. Und du liebtest mich.

»Sie liebt mich auch, oder, stimmt's?« Beide nickten im Takt, und ich sprang lachend auf. »Sie liebt mich, und jetzt weiß ich endlich, wer ich bin, und herrje, fühlt sich das so an? Ganz … normal zu sein?« Rose und Flynn guckten sich besorgt an.

»Unsere Familie ist alles andere als normal …«, murmelte Flynn, aber mich durchlief ein Kribbeln von Kopf bis Fuß, eine wilde Euphorie, vor der ich schier überschäumte. Ich musste zu dir. Mit einer Handbewegung wischte ich seinen Einwand beiseite.

»Ich packe nur schnell ein paar Sachen, und dann, Himmel, ich kann es gar nicht erwarten, sie endlich wiederzusehen. Ihr könnt euch nicht vorstellen, wie es ist, einen Menschen so zu lieben, der dann spurlos verschwindet. Das ist …«

»Unerträglich«, sagten Flynn und ich gleichzeitig. Ich wünschte, ich hätte einen Moment nachgedacht, bevor ich so was herausposaunte. Natürlich konnten die beiden sich das nur zu gut vorstellen. Ich bemerkte den Schmerz in ihren Augen, und endlich verstand ich, was sie durchgemacht hatten, und mir wurde klar, dass das, was ich gerade erlebte, nur ein winziger Wassertropfen in einem gewaltigen Ozean war verglichen mit dem, was sie durchgestanden hatten.

»Tom, es gibt da noch etwas, das du wissen solltest.« Sein Ton war scharf und klang wie das Ratschen einer Kugel, die man in einen Gewehrlauf steckte. »Hör zu, am besten setzt du dich noch mal kurz hin, bevor wir uns auf den Weg machen, okay?«

Mein Blick ging zur Tür. Ich wusste, wie irrational ich mich benahm. Dass ich mich wie ein Narr aufführte. Aber ich konnte an nichts anderes denken, als möglichst schnell bei dir zu sein.

»Du kannst es mir unterwegs erzählen«, sagte ich fast atemlos. »Wenn wir gleich losfahren …«

»Dad!« Rose stand auf, und das Wort klang in meinen Ohren genauso fremd, wie es für sie sein musste, es auszusprechen. Sie leckte sich über die Lippen, als schmeckte sie es zum ersten Mal. Sie korrigierte sich und wurde rot vor Verlegenheit. »Tom … bitte setz dich. Darum sind wir hier.« Georgie stand plötzlich neben mir und legte mir beruhigend die Hand auf die Schulter. Mit sanftem Druck brachte sie mich dazu, dass ich mich hinsetzte. Ich bemerkte, wie Kate Flynn über die Hand strich und wie sein Knie nervös auf und ab hüpfte. Rose holte tief Luft, schaute Flynn an und setzte an zu erzählen.

»Wenn Mum eine ganze Woche hier war, musst du sicher auch was mitbekommen haben von ...«

»Der Singerei? Ja, sie hat *Nothing Compares 2 U* gesungen.« Ich musste lächeln, als ich an das rote Kleid dachte, die grünen Schmetterlinge, und wie unser Kuss geschmeckt hatte.

»Ja. Ihre Störung. Hat sie dir erzählt, woher das kommt?«

»Sie ist auf dem Eis ausgerutscht, ja, aber ...«

»Na ja, inzwischen wissen wir mehr. Wir haben erfahren, dass der Schlag auf den Kopf bloß eine harmlose Gehirnerschütterung war.«

»Ach. Und ...«

Sie schluckte, und ihre Fingernägel vergruben sich in ihrer Handfläche. Flynn legte seine Hand auf ihre und sah sie mit hochgezogenen Augenbrauen an, als wollte er sie fragen, ob alles okay war.

»Es gibt einfach keine schonende Art, dir das beizubringen ...«, wandte Rose sich an mich. »Mum hat einen Hirntumor. Sie ist im Moment im Krankenhaus und erholt sich gerade von einem Eingriff. Sie haben ihr eine Nadel in den Kopf gebohrt, um ein Stück des Tumors zu entnehmen.«

Ich schloss die Augen, während ihre Worte unerbittlich meine glückseligen Gedanken zertrampelten. Ich weiß noch, wie dein Haar sich anfühlte, als du es mit einem Spitzenband zusammengebunden hast, wie es nach Äpfeln duftete und wie du vor Glück geseufzt hast, als ich dir in der Badewanne die Haare gewaschen habe. Doch dann verdrängt ein anderes Bild meine Erinnerungen, das Bild eines

Skalpells und deiner blutverschmierten Haare, und ich höre dich schreien. Die Frage, die ich stellen muss, bleibt mir fast im Hals stecken, und ich ringe um Worte.

»Ist es Krebs?«

»Ja … sie hat eine langwierige Behandlung vor sich und …«

Ich stellte mir vor, wie dir die Haare büschelweise ausfielen, wenn ich hindurchfuhr, ich sah dich in einem Krankenbett liegen und haltsuchend die Hand nach mir ausstrecken.

»Ohne Hilfe schafft sie das nicht«, setzte Rose hinzu. »Ohne dich schafft sie das nicht … wir schaffen das nicht.«

Ich zögerte keine Sekunde. Ich wusste, was ich zu tun hatte.

»Also, worauf warten wir noch?«

Georgie stand in der Tür zu meinem Schlafzimmer. Sie strich sich über die Haare und sah schweigend zu, wie ich wahllos Sachen in eine Tasche stopfte.

»Du weißt, dass ich da hinmuss«, sagte ich zu ihr, ohne sie anzusehen, und klaubte eine getragene Socke vom Boden.

»Ich weiß.«

»Aber?« Hastig zog ich eine Schublade auf, nahm einen Stapel T-Shirts heraus und legte ihn auf das Bett. Ich starrte auf die Tasche und suchte dann unter dem Bett nach dem Koffer. .

»Ein Koffer?« Mit hochgezogenen Augenbrauen sah sie mich an. »Wie lange willst du denn bleiben?«

»Ich weiß es nicht.« Das Bild von dir auf dem OP-Tisch nahm mir fast die Luft zum Atmen.

»Und was ist mit unserer Ausstellung? Du kannst doch

nicht einfach abhauen, Herrgott noch mal! Du kennst diese Leute doch kaum!«

»Sie sind meine Familie.« Ich drehte mich zu ihr um. »Was soll ich denn deiner Meinung nach tun? Sagen, nett, euch kennengelernt zu haben, tut mir leid, dass eure Mutter Krebs hat, aber ich habe viel zu tun?«

»Na ja, irgendwie schon. Du bist nicht dieser ›Devon‹, du bist Tom. Du gehörst hierher.«

Ich musste an das denken, was Georgie für mich getan und was für ein glückliches Leben ich gehabt hatte. Sanft legte ich ihr den Arm um die Schultern, und sie lehnte sich an mich. Ich sagte ihr, dass ich gehen müsse. Selbst wenn ich das mit den Kindern nicht erfahren hätte, ich wäre trotzdem zu dir gefahren.

»Teenager sind angeblich der wahr gewordene Albtraum, und Jo meint, die beiden können ganz schön anstrengend sein.« Sie schniefte, und ich merkte, dass sie weinte.

»Das sind meine Kinder, Georgie. Und ich bin ja nicht aus der Welt … ich komme wieder. Vielleicht schmeißt sie mich auch gleich hochkant wieder raus, wenn sie mich sieht.«

»Pffft. Wohl kaum«, meinte sie.

»Ich rufe dich heute Abend an, okay?«

»Bitte … vergiss nicht, wer du bist. Lass dich nicht verbiegen. Tom Simmonds ist nämlich der Beste. Und zwar so, wie er ist.« Mit dem Handrücken wischte sie sich über das Gesicht und verschmierte dabei ihre Wimperntusche, dann gab sie mir einen Kuss auf die Wange.

Wir stiegen ins Auto, und ich drehte mich noch mal um nach dem Cottage – meinem Zuhause –, wo Georgie mit verschränkten Armen in der Tür stand. Der Wind wehte ihr die Haare ins Gesicht, und ich winkte ihr zu, ehe ich mich auf den Beifahrersitz des Audis quetschte.

32

Melody

Ich bin sicher und geschützt, eingehüllt in meine eigene Welt. Ich gehe durch eine Wiese mit knöchelhohen Gänseblümchen. Es ist Sommer. Der Geruch nach frisch gemähtem Gras und das Summen weit entfernter Hummeln erfüllen mich mit Hoffnung, wie der erste Sommertag, wenn man die Vorhänge aufmacht und sich freut, dass er endlich, endlich da ist. Da, ein Summen. Ein Summen, dass einem die Zähne klappern. Ich schaue in den Himmel und schirme die Augen gegen die gleißende Sonne ab. Meine Hand riecht nach warmen Zitronen, meine Füße sind nackt, und Grashalme kitzeln mich zwischen den Zehen. Am Himmel versuche ich, die Quelle des Gesummes auszumachen. Weit entfernt entdecke ich eine Maschine, die aussieht wie ein Mähdrescher. Die messerscharfen sensenartigen Klingen drehen sich, und die Sonne spiegelt sich darin. Sie kommt auf mich zu. Ich schaue nach unten und bemerke, wie die Blumen sich wegducken vor dem Lärm. Das Summen wird immer lauter, aber über allem höre ich ein Schreien. Es sind die Blumen, tausende und abertausende von ihnen, die schreien vor Schmerzen, alle gleichzeitig, laut und schrill. Ich renne auf den Mähdrescher zu und will ihn aufhalten, will ihm sagen, er soll aufhören, ihm sagen, dass die Gänseblümchen leben. Im Laufen halte ich mir die Ohren zu. Mir schnürt es die Kehle zu, ich bekomme keinen Ton heraus, ich versuche es, aber meine Stimme gehorcht mir nicht, wie Kaugummiblasen blubbert sie aus meinem Mund, die dann zerplatzen. Das Gras unter meinen Füßen verwandelt sich in Schlamm, und als ich nach unten blicke, sehe ich, dass der Matsch sich grellrot gefärbt hat. Die Blumen bluten, aber die Maschine kommt unaufhaltsam näher. Ich stecke fest, meine Füße versinken im blutigen Schlamm, und das Schreien wird lauter und immer lauter, und das Summen vibriert durch meinen ganzen Körper. Bis zum Horizont dehnt sich das Schlachtfeld, der eben noch so klare Himmel ist staubig trüb. Blütenblätter – abgerissen vom Stängel – schweben durch die Luft. Die Glücklichen, die entkommen sind. Die Sonne scheint auf sie, und sie verwandeln sich, aus Blütenblättern werden goldene Musiknoten, die den Himmel füllen und immer höher hinauffliegen und immer strahlender leuchten, bis ich die Augen schließen muss.

»Melody? Melody? Sie sind im Krankenhaus. Sie können einmal tief durchatmen, die OP ist gut verlaufen ...«

Der Himmel knistert und kracht, und das grelle Krankenhauslicht reißt mich heraus.

Die Schwester schiebt mich auf eine andere Station, und während ich immer wieder einnicke und aufschrecke, höre ich das hektische Kommen und Gehen der Pfleger und Schwestern, die streng auf die renitenteren Patienten einreden und sanft die ängstlicheren beruhigen. Der Kopf tut mir weh, und bei der nächsten Schmerzmitteldosis schlummere ich wieder ein.

Als ich aufwache, sitzt Shane bei mir am Bett.

»Ich hoffe, es ist okay, dass ich hergekommen bin. Die Kinder …«

»Ich habe ihnen gesagt, sie sollen nicht kommen. Es ist schön, dass du da bist.« Meine Stimme klingt heiser. Ich setze mich ein Stück auf, und er reicht mir einen blauen Plastikbecher mit Wasser. »Ich wollte nicht, dass sie mich im Krankenhaus sehen. Schon wieder. Ich habe Angst, dass es Rose zu sehr belastet und sie an das letzte Mal erinnert.«

»Du siehst aus wie eine Komparsin in einer Dokumentation über den amerikanischen Bürgerkrieg.« Er grinst mich schief an. Vorsichtig hebe ich die Hand und betaste den Verband an meinem Kopf. Eine umwerfend hübsche Frau mit samtweichem jamaikanischem Akzent taucht neben ihm auf. Ihre Haut scheint zu leuchten. Sie strotzt nur so vor Gesundheit.

»Melody … Schön, Sie wiederzusehen. Ich bin Dr. Malone, ich habe Mr Rudd eben bei der OP assistiert. Wir haben eine leichte Schwellung festgestellt, also haben wir die Steroid-Gabe ganz minimal erhöht, aber davon abgesehen ist alles komplikationslos verlaufen.« Sie lächelt mit ihren perfekten, gerade Zähnen und vollen Lippen. »Wir konnten Sie schon ein paar Stunden nach der Operation von der Intensivstation auf Station Achtzehn verlegen, was ein gutes Zeichen ist. Über Nacht bleiben Sie zur Beobachtung bei uns, und morgen dürfen Sie, wenn nichts Unvorhergesehenes geschieht, wieder nach Hause. Die Gewebeprobe haben wir an unser internes Labor hier im Krankenhaus geschickt. Der Pathologe schaut sich das unter dem Mikroskop an, und dann wissen wir, mit was für einem Tumor wir es zu tun haben.«

»Wie lange dauert es, bis …?« Ich muss die Frage gar nicht stellen. Die Frage, vor der es mir graut und die mir doch Hoffnung gibt. Sobald sie beantwortet ist, wird die Hoffnung sterben, aber trotzdem, ich kann es nicht erwarten, endlich eine Antwort zu bekommen.

»Nicht lange. Einen Tag oder so.«

Sie kritzelt etwas in ihre Tabelle, bedenkt mich mit einem strahlenden Model-Lächeln und sagt mir, ich solle mich noch ein wenig ausruhen. Shane weicht nicht von meiner Seite, während ich immer wieder einnicke. Fragt nach Hilfe bei den Kreuzworträtseln. Erzählt mir den neuesten Tratsch aus den Klatschblättchen. Irgendwann schlafe ich ein, und als ich das nächste Mal aufwache, ist er verschwunden und das Licht auf der Station ist gedimmt. Unwillkürlich wandern meine trägen Gedanken zu der Woche mit Tom. Ich schließe die Augen und versuche, mir die Sonne in seinem Gesicht vorzustellen, seine Hand – rau und schwielig – in meiner, das Gefühl seiner harten Schulter an meiner Schläfe, als wir gemeinsam in die Brandung schauten, die näher und näher kam. Ich muss an Rose und Flynn denken, wie sie Seite an Seite auf dem Sofa sitzen und sich gegenseitig anschubsen, auf die gleiche Art lachen, auf die gleiche Art den Kopf schief legen. Abermals falle ich in einen tiefen sedierten Schlaf.

Am nächsten Morgen bin ich hellwach und kann es kaum erwarten, endlich nach Hause zu kommen. Der Lärm im Krankenhaus dringt in alle meine Poren, und ich sehne mich nach ein wenig Ruhe. Stille. Der Gedanke an den Krebs macht mir Angst. Klar, man denkt immer gleich an ausfallende Haare und unerträgliche Schmerzen und Schwäche und Gebrechlichkeit, aber nie denkt man an die ständige Unruhe auf einer Krankenstation. Als ich damals mit Rose in den Wehen lag, war ich mit zwei weiteren Frauen auf einem Zimmer; eine links, eine rechts. Die eine redete immer so laut, dass ich über jedes noch so kleine Detail ihrer Schwangerschaftsbeschwerden genauestens Bescheid wusste. Die geschwollenen Füße, die Morgenübelkeit, alles schön ausgewalzt. Während ich mich auf meinen Atem konzentrierte, plapperte sie munter und unbeirrt weiter. Auf der anderen Seite lag eine Frau, ungefähr im fünften Monat, der ständig übel war. Sie übergab sich, und kurz ging es ihr besser. Wahllos stopfte sie alles in sich rein, was sie in die Finger kriegte. Sie raschelte mit Chipstüten, stieß Freudenschreie aus, wenn der Essenswagen kam, und dann, unvermeidlich, gab sie alles wieder von sich. Das hatte ich vergessen, weil ich mich nur noch an die Schmerzen erinnerte und an die Freude, als Rose endlich da war. Aber jetzt fällt mir wieder ein, wie unerträglich diese ständige Geräuschkulisse wildfremder Menschen war.

Shane kommt herein und sieht ein bisschen zerknittert aus, und ich frage mich, welchem auf Abwege geratenen Jugendlichen er dieses Schuljahr wohl wieder auf die Beine hilft. Er wirkt geistesabwesend und scheint sich etwas unbehaglich zu fühlen, weil er eigentlich etwas anderes zu erledigen hätte.

»Du hättest nicht herzukommen brauchen, Shane. Ich werde doch sowieso nachher entlassen …«

»Zurück in die Zivilisation?«, fragt er grinsend.

»Ha, ha … Ich kann mir auch ein Taxi nehmen. Meine Beine funktionieren tadellos.« Ich wackele mit den Zehen.

»Sei nicht albern. Ich war eh gerade auf dem Weg nach Hause. Wie geht es dir?«

»Gut. Ein bisschen groggy von den Medikamenten, aber ganz okay … Ich will unbedingt in die Badewanne.«

»Gib's zu, du brauchst mal wieder ein bisschen *Agadoo*, was?« Ich strecke ihm die Zunge raus, und er lacht, aber das Lachen erreicht nicht die Augen, und wieder frage ich mich besorgt, womit er sich bei der Arbeit wohl gerade herumschlägt. »Würde es dir was ausmachen, wenn ich mir eben schnell einen Kaffee hole? Es war ein anstrengender Tag.« Mehrmals nimmt er das Handy von einer Hand in die andere, als müsste er dringend eine Nachricht lesen, wollte das aber nicht vor mir tun.

»Klar. Bringst du mir bitte auch einen mit, wenn es dir keine Umstände macht?«

»Einen Latte?«

»Bitte.« Er geht nach draußen. Sein Duft hängt noch in der Luft, schwer und männlich, bis der durchdringende Geruch des Handdesinfektionsmittels aus dem Spender ihn auslöscht.

Wir halten bei mir vor dem Haus. Den größten Teil der Fahrt hat er geschwiegen, nervös auf dem Lenkrad herumgetrommelt und dauernd leise über den Verkehr geflucht. Wir bleiben noch einen Augenblick sitzen, während der leichte Nieselregen die Windschutzscheibe sprenkelt. Der Motor tickt, als er langsam abkühlt. In der Einfahrt, die schon seit über einem Jahr verwaist ist, steht Jos Auto.

»Ist irgendwas?«, frage ich. Er nimmt die Hand vom Lenkrad und seufzt. Nervös guckt er rüber zum Haus und wieder zu mir.

»Was?«, frage ich. »Ist was mit den Kindern?«

»Den Kindern geht es gut, es ist … lass uns einfach reingehen.«

Hinter der Tür Geplapper wie Luftpolsterfolie, die meine Schritte und die schlimmen Vorahnungen dämpft und zerplatzt, als ich die Tür hinter mir schließe. Flynn kommt aus dem Wohnzimmer, betrachtet kurz meinen Kopf, ehe er hastig auf mich zutritt und mich fest in seine Arme umschließt. Ich spüre sein Schlüsselbein, das gegen meine Stirn drückt, die Muskeln in den Oberarmen, so wie ich früher immer die kleinen Grübchen an seinen Knien gespürt habe. Der Duft nach Babyshampoo ist längst verflogen, er riecht nach Mann. Er drückt mir einen Kuss auf den Kopf und hält mich auf Armeslänge von sich weg.

»Flipp jetzt bitte nicht aus, okay, aber du hast Besuch.« Ich schaue auf und bemerke, wie Shane sich abwendet, meinem Blick ausweicht und rüber zu Jo geht, die mich aus der Küche schüchtern anlächelt. »Du hast dir doch die Zähne geputzt, oder?«, fragt Flynn mich grinsend.

»Was?« Habe ich womöglich Besuch von meinem Zahnarzt bekommen?

Er füllt den ganzen Raum. Bis in den letzten Winkel. Er ist das fehlende Möbelstück, das man immer schon haben wollte. Der gerahmte Spiegel, den man über den Kamin hängt; die Beistelltischchen in der Zimmerecke, die man untereinander schieben kann; die Decke auf der Sofalehne und der dicke Teppich. Das Zimmer sah ganz annehmbar aus, aber dieses kleine i-Tüpfelchen macht daraus … ein Zuhause.

Er sitzt auf dem Sofa, Rose neben ihm. Im ersten Augenblick bin ich vollkommen baff. Die beiden sehen sich so ähnlich. Warum ist mir das vorher nie aufgefallen? Mein Blick wandert zu seinen Händen. Er hat ein Pflaster am Ringfinger.

»Du hast dir den Finger verletzt«, sage ich ruhig und leise. Langsam hebe ich den Kopf, und er steht auf und kommt auf mich zu.

»Du hast dir den Kopf verletzt.« Er weist auf den Verband. Ich verschränke meine Finger behutsam mit seinen.

Wie habe ich es bloß geschafft, die ganze Zeit ohne ihn zu überleben? Es fängt in den Zehenspitzen an zu kribbeln, und dann breitet sich das Kribbeln in winzigen Wellen in meinem ganzen Körper aus. Langsame Synthesizer-Noten wabern durch mich hindurch.

»*Stay*«, sage ich. Shakespeare's Sister also … was ist eigentlich aus denen geworden? Unvermittelt fange ich an zu singen und halte dabei seine Hände fest. Ich streichele sein Gesicht und versichere ihm, mit ihm würde ich überall hingehen. Singend warne ich ihn, mich nicht zu verlassen, weil ich das nicht verstehen würde. Ich möchte, dass er bleibt. Ich halte den Ton und wiederhole es noch mal. Ich weiß, wie das wirken muss. Schmalzig, gelinde gesagt. Aber mit knödelnder Stimme flehe ich ihn an, nicht zu gehen. Wieder und immer wieder. Er streicht mir eine Haarsträhne aus dem Gesicht, die sich gelöst hat. Meine Gedanken gehen wild durcheinander und liefern sich erbitterte Straßenschlachten. Ich brauche ihn, will ihn, unbedingt, aber dann muss ich an die Welt denken, die er sich aufgebaut hat; die Welt, aus der ich ihn herausreiße. Bilder blitzen auf, Flynn in einer Schlägerei, Rose voller Blut. Und dann ich. Mit diesem kranken Ding in mir drin. Ich verziehe das Gesicht zu einer finsteren Fratze und sage ihm unheilvoll, er solle lieber beten, wieder in sein altes Leben zurückkehren zu dürfen. Ich schiebe seine Hände weg, und meine Stimme klingt verbittert. Ich muss daran denken, wie er sich im Schlaf unruhig im Bett herumgeworfen hat. Ich muss daran denken, wie er aufgeschrien hat, als er glaubte, es sei niemand da, der ihn hört. Vielleicht wäre das besser für ihn. Allein zu sein. Kann ich das meinen Kindern zumuten? Sollen meine Kinder nachts seine Schreie hören? Ich wiege mich im Takt der Musik, zu dem Instrumentalteil, den nur ich hören kann, und gerate in Panik, weil mir aufgeht, dass ich gleich versuchen werde, einen hohen, schrillen Ton zu treffen, der eindeutig nicht zu meinem Repertoire gehört. Ich stecke mir die Finger in die Ohren und schaue die anderen entschuldigend an, und dann lege ich los:

»Iiiiiiiigghhhhhhhhhhhhhhh!«

Zum Glück gehen keine Fensterscheiben zu Bruch. Die Umstehenden kneifen bloß mit schmerzverzerrten Gesichtern die Augen zusammen und halten sich die Ohren zu. Ich bin froh, dass das restliche Lied eigentlich nur aus leisem Gegrummel meinerseits besteht. Ich seufze verzweifelt auf und sehe ihn schulterzuckend an, als wollte ich sagen: Da hast du's. Bist du dir wirklich ganz sicher?

»Okay«, sagt er. »Aber nächstes Mal warnst du mich bitte, wenn du noch mal versuchst, diesen Ton zu treffen.« Ich lehne den Kopf gegen seine Brust, und er legt die Arme um mich, und ich höre, wie die Haustür leise zugezogen wird. Ich schaue mich um. Shane und Jo sind gegangen und haben mich mit meiner Familie allein gelassen. Meiner ganzen Familie.

»Tom? Nimmst du Zucker in den Tee?«, fragt Rose zögerlich von der Tür.

»Ähm, nein, danke, ich versuche gerade, meinen Zuckerkonsum ein bisschen zu reduzieren«, antwortet er. Wir sitzen auf dem Sofa, und ich lächele, weil ich seine vibrierende Stimme an meinem Gesicht spüre. Flynn platzt zur Tür herein, beladen mit Keksen und einer Tüte Tortilla-Chips zwischen den Zähnen. Umstandslos lässt er alles auf den Couchtisch fallen. Hinter ihm kommt Rose mit dem Tee herein.

»Nervennahrung. Ich gehe mal davon aus, dieses Gespräch wird länger dauern.« Flynn schlürft hörbar seinen Tee und lässt sich auf das kleine Sofa fallen. Er reißt eine Packung Schoko-Vollkornkekse auf und tunkt einen in die Tasse.

»Schwein.« Rose, die neben ihm steht, rümpft angewidert die Nase und knabbert geziert an ihrem Keks.

»Erkennst du irgendwas wieder, Tom?«, fragt Flynn, dem der Rest seines Kekses in den Tee plumpst. »Scheiße.«

»Du sollst nicht Scheiße sagen«, murmele ich.

»Ich wünschte, ich könnte ja sagen. Kann ich aber leider nicht.«

»Komisch.« Rose stupst Flynn mit der Hüfte beiseite und setzt sich zu seinen Füßen auf den Boden.

»Woran kannst du dich denn aus der Zeit vor dem Unfall erinnern, Flynn? Wenn das nicht, du weißt schon, wenn du lieber nicht …«

»Nein, schon gut. Du warst, na ja, lustig … und mega im Lego.«

»Mega?«

»Teenager-Sprech für gut«, erkläre ich.

»Du hast getanzt.« Rose lächelt mich von unten an. »Du und Mum, ihr habt oft miteinander getanzt.«

»Hä, du meinst, wie bei *Strictly Ballroom*?« Flynn verschluckt sich fast an seinem Tee, und Rose prustet vor Lachen.

»Himmel, nein. Du hast … Ich weiß! Soll ich die DVD einlegen?« Ich merke, wie mein ganzer Körper sich verkrampft.

»Ich weiß nicht, ob es nicht vielleicht noch etwas zu früh dafür ist, Rose.«

»Es gibt eine DVD?« Er beugt sich über mich und sieht mich an.

»Ja, aber … Ich weiß. Wie wäre es, wenn ich ein paar Fotos hole? Du weißt schon, damit du mit allem langsam vertraut wirst?«

Ich kaue auf der Innenseite meiner Wange herum und beobachte, wie er jedes einzelne Foto begierig aufsaugt, jede Szene einer ihm fremden Welt, die so ganz anders ist als die ihm vertraute. Wir haben uns auf eine kleine chronologische Bildertour geeinigt und sind gerade erst am Anfang, als wir uns kennengelernt haben. Er hält ein Foto in die Höhe, auf dem wir beide vor einem kleinen Club stehen, Bierflaschen in den hocherhobenen Händen, und sieht mich kopfschüttelnd an.

»Was denn?«, frage ich und unterdrücke ein Lächeln, als ich seinen unbehaglichen Gesichtsausdruck bemerke.

»Was habe ich mir bloß dabei gedacht? Diese Frisur!«

»Ich mochte die Frisur! An dem Abend sind wir zu einem Rockkonzert gegangen.«

»Aber meine Haare sind so … toupiert! Wie war die Band denn?«

»Furchtbar.« Ich schüttele den Kopf.

»Vergiss die Frisur«, meint Rose und lehnt sich an ihn. »Was ist mit den Koteletten?«

»Hmmm, ja, da sagst du was. Die mochte ich auch nicht besonders.« Ich muss lachen.

Beim nächsten Bild strahlt er plötzlich. Darauf bin ich zu sehen, wie ich mich aus dem Fenster unserer ersten gemeinsamen Wohnung lehne, und im Fenster unter mir sitzt eine winkende goldene Glückskatze im Schaufenster des chinesischen Imbisses.

»Haben wir da gewohnt?«, fragt er aufgeregt. »Haben wir das Wohnzimmer gelb angemalt?«

»Ja, das haben wir, weißt du das noch?«

»Ich hatte einen kleinen Flashback. Eine Erinnerung würde ich es nicht nennen, eher einen Schnappschuss, aber mit Geruch.«

»Was, wie bei diesen Parfumproben in den Zeitschriften?«, fragt Flynn.

Tom lacht träge. »Ja, so ähnlich. Ich habe dich auf einer Leiter stehen sehen, mit gelber Farbe in den Haaren, und konnte das chinesische Essen riechen.«

»Dann ist es also noch irgendwo da drin«, sage ich und klopfe mit der Faust behutsam gegen seinen Schädel. Ich muss gähnen.

»Wollen wir es für heute gut sein lassen? Du solltest dich ausruhen«, sagt er und sieht mich besorgt an.

»Nein, schon okay, wir können …« Er legt die Hand an meine Wange.

»Du solltest dich ausruhen.« Hochzufrieden sehen Flynn und Rose sich an. Guck, scheint ihr Blick zu sagen, wir haben genau das Richtige gemacht. Flynn streckt sich übertrieben, und Rose steht auf und nimmt den letzten Schokokeks, bevor Flynn ihn in die Finger bekommt.

»Ha, zu langsam, lahme Ente.« Er reißt ihr den Keks aus der Hand.

»Hey! Mum, er hat mir gerade …«

»Flynn, gib deiner Schwester den Keks zurück.«

»Aber …«

»Sofort«, sage ich und stehe auf.

»Okay, okay.« Er tut so, als würde er ihr den Keks zurückgeben, bevor er ihn sich unvermittelt in den Mund stopft und aus dem Zimmer rennt.

»Der ist so ein …«

»Rose …«, ermahne ich sie.

»Schon gut.« Sie hebt die Hände. »Egal. Nacht.«

»Gute Nacht«, entgegnen Tom und ich. Ich sehe ihn an, als wollte ich sagen »Kinder!«, und unsere Blicke treffen sich. In seinen Augen spiegelt sich nichts von meiner Belustigung wider. Der Ausdruck darin erinnert mich an jemanden, der über den Rand einer Klippe in den gähnenden Abgrund schaut, kurz bevor er hinunterspringt.

»Alles okay?« Er fängt an, das Geschirr abzuräumen, und nickt, ohne mich anzuschauen. »Tom.« Ich lege ihm die Hand auf den Arm. »Alles okay?« Er steht auf, die Tassen in der Hand, und schaut sie an, als könne er sich nicht erinnern, wie sie dahingekommen sind.

»Es ist bloß ...« Mit langsamen Bewegungen lässt er den kalten Tee in der Tasse kreisen. »Ich habe keine Ahnung vom Vatersein.«

»Genau dasselbe hast du auch an dem Abend gesagt, als wir mit Flynn aus dem Krankenhaus nach Hause gekommen sind.«

Er schaut mich durch die dichten Wimpern an. »Und was hast du geantwortet?«

Ich gebe ihm einen Kuss auf die Nasenspitze und entgegne: »Das kommt schon noch.«

33

Melody

Händchenhaltend stehen wir vor der Tür zu meinem Schlafzimmer. Unserem Schlafzimmer.

»Soll ich dich über die Schwelle tragen?« Er wirkt nervös. Tom macht immer Witzchen, wenn die Stimmung angespannt ist. Dev hätte gezögert und erst mal gründlich nachgedacht und dann vielleicht einen Witz versucht. Aber meistens wusste er, wie man das Problem am besten löst: indem man die Spannung löst, als durchtrennte man ein straff gespanntes Seil. Ich mache die Tür auf. Mein Bett funkelt mich finster an. Wer ist der Typ?, fragt es streng. Er rührt sich nicht vom Fleck. »Soll ich lieber unten schlafen? Vielleicht verstört das die Kinder.« Bei seinen Worten muss ich lachen.

»Du wirst schon noch merken, dass meine Kinder …«, ich korrigiere mich, »unsere Kinder schon recht … ich möchte nicht sagen, erwachsen sind, aber … doch eigentlich sind sie erwachsen.« Ich schalte die Nachttischlampe ein. »Wenn ich sie mit anderen Jugendlichen in ihrem Alter sehe, fällt mir immer wieder auf, wie anders sie sind. Wie viel eigenständiger. Was an sich erst mal nicht schlecht ist, immerhin hatte es auch etwas Gutes, dass sie das alles durchmachen mussten.«

Müde setze ich mich auf das Bett und klopfe neben mir

auf die Matratze. Als er sich in dem Zimmer umsieht, bricht eine Gefühlsflut über mich herein, die mich fast bewegungsunfähig macht. Er versucht, sich nicht anmerken zu lassen, wie verzweifelt er nach Hinweisen sucht, nach Antworten. Er hält kurz inne und scheint sich zu beruhigen. Sein Gesicht entspannt sich, und er lächelt, als sein Blick auf eine seiner frühen Skulpturen fällt. Es ist die Taube, die er damals in dieser schicksalhaften ersten Kursstunde angefertigt hat, als ich ihm – wie hypnotisiert – dabei zusah, wie er den dünnen Draht drehte und zwirbelte und aus dem Nichts etwas Wunderschönes erschuf. Zögerlich steht er vom Bett auf und geht rüber in die Zimmerecke.

»Diesen Teil von dir hast du nie vergessen. Sonst hätte ich dich nicht wiedergefunden.«

Behutsam stupst er den Taubenflügel an.

»Bist du froh, dass du mich gefunden hast?«, fragt er und sieht zu, wie der Vogel sich dreht wie ein Kreisel und dabei das Licht reflektiert.

»Ja und nein«, antworte ich ehrlich.

»Nein?« Er legt den Kopf schief.

»Wenn ich nur an mich denke, ja, dann bin ich froh, dass ich dich gefunden habe. Ich habe mich immer … unvollständig gefühlt, seit du weg warst. Die Welt hat nie wieder so gestrahlt wie vorher.« Er runzelt die Stirn. »Es war, als schaute man einen Film auf einer alten Videokassette statt in HD … verstehst du, was ich meine? Aber dann sehe ich dich an und weiß, wie sehr du dich verändern musst, um wieder Teil dieser Familie zu werden, Teil unseres Lebens, und dann denke ich, es wäre vielleicht besser gewesen, ich hätte dich nie gefunden.«

Er lässt die Taube los und kniet sich vor mir auf den Boden.

»Hättest du mich nicht gefunden … dann hätte ich nie erfahren, was HD eigentlich ist.«

»Tom, es gibt noch so vieles zu erklären. Die Kinder haben ihre Baustellen, ihre Probleme …«

»Melody?« Er unterbricht sich. »Lassen wir das bis morgen … Heute Abend lass uns einfach nur wir selber sein.«

Ich nicke und traue mich kaum, etwas zu antworten, aber plötzlich fällt mir etwas ein. »Ich habe was für dich«, sage ich, strecke mich und mache die Nachttischschublade auf. Meine Finger schließen sich um das kalte Messing der Glocke. Als ich meine Hand öffne, reißt er die Augen auf. Er sieht mich an, seine Lippe zittert, und er versucht krampfhaft, nicht die Beherrschung zu verlieren. Er streckt den Arm aus, und ich lege ihm behutsam das Armband ums Handgelenk. Das Glöckchen spielt seine Melody-Melodie und ist endlich wieder da, wo es hingehört. Langsam steht er auf, zieht mich hoch und wickelt vorsichtig den Verband von meinem Kopf. Und plötzlich bin ich hellwach und wie elektrisiert: Ich höre das leise Rascheln des Verbands, spüre, wie sich die Härchen auf meinem Unterarm aufstellen und das statische Knistern in meinen Haaren, als er sie glatt streicht. Ich lehne mich an ihn, und er legt die Arme um mich, und für den Bruchteil einer Sekunde fühle ich mich sicher und geborgen. Mit seinem Körper schützt er mich vor meinen Sorgen und Problemen, wie eine Barriere, die alles Böse fernhält. Für einen Augenblick erlaube ich mir, in glückseliges Vergessen zu versinken, nur um gleich wieder daran erinnert zu werden, dass die größte Gefahr in seinen Armen liegt, in mir, in meinem Kopf ist.

Als ich aufwache, ist das Bett leer. Es ist nach acht. Ich strecke die Hand aus. Die andere Bettseite ist kalt. Von unten sind Stimmen zu hören. Seltsam, so frühmorgens ein Bassduett in der Küche zu hören. Die Sonne fällt zaghaft durch die Vorhänge, und da, wo einer der Haken von der Stange gefallen ist, sammelt sich eine Lache in meiner Hand. Ich schließe die Finger darum, aber natürlich kann ich das Licht nicht festhalten. Es fließt über meine Knöchel, über die kleine Delle im Finger, wo der Ehering saß. An einem Tag wie heute habe ich mir manchmal überlegt, was normale Familien wohl so machen. In den vergangenen beiden Jahren habe ich sämtliche Familien-Freiluft-Aktivitäten tunlichst gemieden, aus Angst, einen wildfremden Menschen mit einem Song zu beleidigen oder die Kinder über Gebühr in Verlegenheit zu bringen, aber heute, als ich meine Familie unten höre, verspüre ich einen beinahe unwiderstehlichen Drang, etwas Normales zu unternehmen und einen kleinen Ausflug zu machen. Rose' Lachen tanzt die Treppe herauf, und ich bleibe einen Moment ruhig liegen und schlucke die aufsteigende Übelkeit herunter. Heute ist sie nicht allzu schlimm, und meistens lässt sie gegen elf Uhr nach. Ich bewege mich langsam, schwinge die Beine über die Bettkante, wackele mit den Zehen und suche meine Sachen zusammen. Ein kleines Lächeln huscht über mein Gesicht, als ich an den vergangenen Abend denke.

Der Kaffeeduft lässt mich würgen, als ich kurz darauf auf Zehenspitzen die Treppe hinunterschleiche.

»Ist sie deine erste Freundin?«, fragt Tom.

»Ja, hallo, was denkst du denn?«, entgegnet Rose. »Als würden die Mädchen bei ihm Schlange stehen, bei der Visage!«

Entsetzt ziehe ich den Kopf ein. Ich weiß, dass das nur ein Witz ist, aber ich befürchte, Tom könnte Rose' Bemerkung gemein und herzlos finden.

»Du musst es ja wissen, Feuermelder«, entgegnet Tom ungerührt.

Die Kinder sitzen am Frühstückstisch, und Flynn beißt gerade in einen riesengroßen Toast, während Rose an einem Apfel knabbert. Tom trägt immer noch die Jeans von gestern und das graue T-Shirt, das ganz zerknittert ist von der Nacht auf dem Schlafzimmerfußboden. Er dreht mir den Rücken zu und fummelt am Herd herum, um die Gasflamme anzuzünden. Mit einem Klick und einem Wusch flackert die blaue Flamme auf und leckt unten an der Bratpfanne. Ich halte mich im Hintergrund und sehe zu, wie er das Öl in der Pfanne herumschwenkt, ein Ei aufschlägt und es hineingibt. Wieder Eier. Irgendwie spürt er wohl, dass er beobachtet wird. Er schaut über die Schulter und lächelt mir zu. Dann widmet er sich wieder der Pfanne, spritzt ein bisschen Öl über den Dotter und lässt das Ei auf eine Scheibe Toastbrot gleiten, die er in zwei Dreiecke schneidet. Er nimmt den Teller und kommt damit, nicht ohne Stolz, auf mich zu, hält ihn mir vor die Nase und fragt, ob ich einen Tee dazu möchte. Meine Antwort bleibt leider aus, denn ich kotze ihm unvermittelt direkt auf die Füße.

»Du hättest auch einfach nein danke sagen können.« Er schüttelt den Kopf und wischt mir mit dem Daumen über den Mundwinkel. »Rose, würdest du bitte nach oben gehen und deiner Mutter ein Bad einlassen, ich mache das hier in der Zwischenzeit weg.« Er kramt in seiner hinteren Hosentasche und reicht mir einen Kaugummi. »Möchtest du ein Glas Wasser?« Ich nicke, sprachlos angesichts der stoischen Ruhe, mit der er die Situation meistert. Er führt mich zum Stuhl, und Flynn schiebt mir ein Glas Wasser über den Tisch zu, als wäre es ein Whisky in einem Saloon.

»Danke. Geht bestimmt gleich wieder, heute ist es nicht

so schlimm.« Tom beißt in das Sandwich, kaut nachdenklich und guckt auf seine Schuhe.

»Du hast nicht zufällig Schuhgröße acht, oder, Flynn?«

»Ich ... ähm ... doch. Ich hole dir schnell ein paar von meinen alten Sneakers.« Toms Gesicht verzieht sich zu einem breiten Grinsen, und mir geht auf, dass er glücklich ist ... obwohl er gerade ein kaltes Spiegelei auf Toast isst und Kotze auf den Schuhen hat.

Ich muss kichern, als Tom die Treppe hochruft.

»Mel? Wo ist denn der Wischmopp?«

»Im Schrank unter der Treppe!«, rufe ich zurück. Das ist echt eigenartig. Mit dem Fuß drehe ich das heiße Wasser ab und wasche mir die Haare. Wir haben uns überlegt, mit den Kindern zum Picknick in den Park zu gehen und uns dann einen Film im neuen Open-Air-Kino anzuschauen, was für mich nicht ganz so beängstigend ist, weil ich mich einfach ein bisschen abseits hinsetzen kann, sollte ich wieder anfangen zu singen. Die Dinge, die noch zu besprechen sind, müssen warten. Morgen ist auch noch ein Tag. Morgen muss ich mich im Krankenhaus den Dingen stellen, und den Dingen, die wir übereinander wissen müssen. Aber all diese Dinge, haben wir beschlossen, können bis morgen warten. Ich steige aus der Badewanne, wickele mich in das Handtuch und krame im Schrank. Ich ziehe eine Jeans und ein schwarzes Poloshirt an und ignoriere die Kopfschmerzen, die mir unter die Kopfhaut kriechen, und genieße stattdessen die Geräusche und Gerüche eines Hauses, das vor Leben nur so brummt. Das Dum, Dum, Dum von Flynns Musik, Rose' schrilles Kreischen und ihr Gekicher, als sie mit Lisa telefoniert, und Toms Gesumme, der neben mir seine Sachen in den bis eben noch leeren Schrank räumt. Ich sprühe mich mit einem Parfum ein, das ich jahrelang nicht mehr aus der Schachtel nehmen konnte. Es war das letzte Geschenk, das er mir gemacht hat. Der Duft, den ich immer getragen hatte und bei dem ich das Gefühl bekam, es würde mir das Herz aus dem Leib reißen. Aber heute ist alles anders. Tausend Erinnerungen werden aufgewirbelt, die wie Schneeflocken herumfliegen: die Schachtel, die er so sorgfältig in Geschenkpapier gepackt hatte und die doch aussah, als hätte ein Kleinkind sie eingepackt. Der erste gemeinsame Einkauf, als wir beide nicht wussten, ob wir für die Vorhänge die gesamte Breite des Fensters ausmessen mussten oder nur die Hälfte. Als ich im Streit mit einem Marmeladensandwich nach ihm geworfen habe, das ihn nur knapp verfehlte und stattdessen gegen das Küchenfenster klatschte, und sein verdattertes Gesicht, als es langsam die Scheibe hinunterrutschte.

»Du hattest einen schwarz-rot karierten Rock an, an dem ein Knopf fehlte.« Ich drehe mich um. Er steht da und schaut mich mit schief gelegtem Kopf an, er hat sich leicht nach vorne gebeugt, als würde er jeden Augenblick das Gleichgewicht verlieren.

»Ja.« Ich habe plötzlich Tränen in den Augen. »Du hattest ihn abgerissen.«

»Wie das?« Mit dem Kopf zur Seite geneigt, sieht er aus, als denke er über die Lösung einer komplexen mathematischen Formel nach.

»Aus wilder Leidenschaft.« Ich seufze verführerisch und muss lachen, als er verwirrt die Stirn runzelt. »Du hast ihn mit meiner flauschigen Strickjacke in die Waschmaschine gesteckt, und er hat sich verhakt ... und du dachtest wohl, lieber den Rock ruinieren als mein armes Krankenjäckchen.«

»Wieso denn Krankenjäckchen?«

»Das war die Strickjacke, die ich immer anhatte, wenn ich krank war, du Dummie. Sie war …«

»Grün! Dunkelgrün und flauschig?«

»Du erinnerst dich an meine Strickjacke, aber nicht an deine eigenen Kinder? Was für ein armer kranker Irrer bist du eigentlich?« Er schlingt die Arme um meine Taille und zieht mich aufs Bett, während ich mich mit Händen und Füßen zu wehren versuche.

»Mum? Darf ich mir deine Haarglätter ausleihen?« Rose kommt hereinspaziert, den Blick wie immer auf das Display ihres Handys geheftet. Sie schaut kurz auf und verzieht angewidert das Gesicht.

»Igitt, das ist ja ekelhaft. Macht wenigstens die Tür zu.« Kopfschüttelnd nimmt sie die Haarglätter, geht aus dem Zimmer und schließt die Tür hinter sich, wobei sie sich das Grinsen kaum verkneifen kann.

Heute ist ein guter Tag. Die Sonne scheint, und es ist ungewöhnlich warm für die Jahreszeit. Wir gehen in den örtlichen Park, und die Eltern, die plauschend mit Coffee-to go-Bechern in der Hand auf den Parkbänken sitzen, umgibt ein Hauch von Freiheit. Vor der Eisbude hat sich eine lange Schlange gebildet, und die Kinder genießen die letzten Ausläufer des Sommers, der eigentlich längst vorüber sein sollte. Auf den Basketballplätzen tummeln sich sportliche Jugendliche in grellbunten Turnschuhen und angesagten Markenklamotten, und Skater führen ihre Tricks an der Rampe vor, während die Mädels in Grüppchen danebenstehen und sich große Mühe geben, entweder Interesse zu heucheln oder vollkommen desinteressiert zu tun. Die Kinder gehen voraus – Rose mit wippendem Pferdeschwanz,

Flynn mit der typischen Kopfbewegung, damit der Pony über die linke Seite seines Gesichts fällt – wir steuern auf den See zu. Tom hält meine Hand und fährt mit dem Daumen über meinen Zeigefinger. Meine Gedanken gehen ihre eigenen Wege und betreten gefährliches Terrain: Womöglich spaziere ich das letzte Mal im Sonnenschein durch diesen Park. Mein Kopf hämmert schon wieder, und ich versuche, die leisen Stimmen zu ignorieren, die mir sagen, ich solle erst gar nicht auf unerwartete Ergebnisse und eine kleine Atempause von den endlosen Hürden hoffen, die ich nur unter größten Mühen bewältige. Es dreht sich alles, und ich halte Toms Hand noch ein bisschen fester und klammere mich an das Hier und Jetzt. Wir erreichen einen kleinen Flecken Gras neben dem See. Ein Grüppchen Pilates-gestählter Frauen dehnt sich rechts von uns unter einem Baum, und auf einem geschlängelten Pfad gehen Pärchen mit schlenkernden Taschen und quengelnden Kindern zum Shoppingcenter. Ich schaudere leicht, als die Noten von *Feeling Good* über meine Haut rinnen und Michael Bublé und Nina Simones Versionen mit der von Muse ringen. All meine Sinne sind in Alarmbereitschaft, als meine Stimme ganz tief ansetzt und dann durch mehrere Oktaven aufsteigt, während ich meine Familie frage, ob sie verstehen, was ich empfinde. Auch der Sonne stelle ich diese Frage, genauso wie dem Wind. Ich recke das Kinn und starre in den Himmel und stelle fest, dass es der Beginn eines neuen Tages, eines neuen Lebens ist, und als ich den Songtitel heraustrompete, fühle ich mich in diesem Augenblick wahrlich gut.

Ich halte inne und lächele Tom und den Kindern zu, die sich umgedreht haben und gerade die mitgebrachte Decke ausbreiten. Mit einem Schulterzucken lässt Flynn sich neben Rose fallen, und die beiden schnippen mit den Fingern, und Flynn summt dazu »Duuuumm … dum-duuuumm … dum-du-uuum«. Tom sieht mich an, meine Hände in seinen, und ich wiege mich im Takt zu ihrem Fingerschnippen und erzähle von Fischen und Flüssen, Blütenknospen an Bäumen und dass ich mich wirklich gut fühle. Er grinst und wackelt mit den Schultern, und im Hintergrund dudelt Flynn wie ein Saxofon. Ich muss den Kopf schütteln, so absurd ist diese ganze Situation. Rose macht ein Gesicht, irgendwo zwischen Verlegenheit und Stolz, während sie mit den Fingern schnippt und mit dem Fuß den Takt klopft. Und als ich schließlich ein allerletztes Mal meine großartige Gefühlslage bekräftige, stimmen alle mit ein. Lachend setzen Tom und ich uns schließlich hin, und die Endorphine, die durch meinen Körper pulsieren und all meine Ängste beiseiteschieben, lindern ein wenig meine hämmernden Kopfschmerzen.

Rose kramt in ihrem Rucksack, während wir schon mal die Würstchen im Schlafrock und die Chipstüten rausholen, und zieht schließlich ein Fotoalbum heraus.

»Die Babyjahre«, verkündet sie, kreuzt die Beine und streicht sich eine lose Haarsträhne hinter das Ohr. Ich setze mich zwischen Toms Beine und kuschle mich an ihn, und gemeinsam schauen wir uns das Album an.

»Herrje, wir hatten es aber ganz schön eilig, was? Wie alt bist du da?« Er zeigt auf ein Bild, auf dem ich im siebten Monat mit Flynn schwanger bin und mit einem Eis in der Hand auf einer Brücke in Shrewsbury stehe. Ich trage Leggings und ein blaues Jeanshemd, das über meiner Babykugel flattert. »Wie alt warst du da?«

»Einundzwanzig.« Er streichelt mit dem Finger über das Foto.

»Waren wir da schon verheiratet?« Sein Daumen fährt über das Eishörnchen auf dem Bild. An meiner Hand, die das Eis hält, ist deutlich der Ehering zu sehen.

»Ja. Da waren wir schon ein ganzes Jahr verheiratet. Das war eine Woche, bevor wir in unser Haus gezogen sind.«

»Das, in dem ihr jetzt noch wohnt?«

»Mmhmm.«

Flynn wischt sich Blätterteigkrümel von der Jeans, beugt sich zu uns rüber und blättert die Seite um.

»Sehet, das hässlichste Baby, das je das Licht der Welt erblickt hat«, verkündet Rose. Müde lächele ich in die Kamera. Ein sehr zerknautschter Flynn mit rosarotem Gesicht und kahlem Kopf guckt unter einer himmelblauen Babydecke hervor.

»Ich habe davon geträumt. Davon, wie du mit Flynn in den Wehen liegst.«

»Echt?«, fragt Flynn und macht ein hocherfreutes Gesicht.

»Zumindest glaube ich das, ich weiß nicht, ob es eine Erinnerung war oder nur ein Traum.«

»Woran erinnerst du dich noch?«, frage ich.

»Viel ist es nicht. Du hattest ein rotes Oberteil an?«

»Das stimmt. Mit kleinen Scottish-Terriern …«

»Auf der Tasche«, beendet er meinen Satz.

»Ganz genau, ja … dann erinnerst du dich also wirklich.«

»Scheint so.«

Munter plaudernd sehen wir uns das ganze Album an, zuerst die Fotos vom pummeligen Flynn, wie er alleine sitzen kann, und dann von Dev am Strand mit ihm auf den Schultern, während ich, hochschwanger mit Rose, lächelnd zu den beiden aufblicke.

»Wo wir gerade bei hässlichen Babys sind, schaut euch

das mal an! Herrje, du warst echt eine kleine knallrote Feuerwanze.«

Rose funkelt Flynn finster an, aber dann muss sie grinsen. »Das nehme ich als Kompliment, mein liebster Bruder, weil das wohl heißt, dass es heute nicht mehr so schlimm sein kann.« Mit seinen eigenen Waffen geschlagen, verdreht Flynn bloß die Augen.

»Sie war ein kleines Wutknäuel … feuerrote Haare und immer ein knallrotes, zorniges kleines Gesicht.«

Tom muss lachen, als er das nächste Foto studiert, auf dem ich anscheinend versuche, Rose mit radioaktiven Erbsen zu füttern. Sie hat den Kopf weggedreht, und das grimmige Gesichtchen ist zu einer zornigen Fratze verzogen. Angewidert macht sie eine kleine Schnute.

»Womit willst du mich denn da füttern?«

»Avocado, glaube ich«, antworte ich.

Graue Wolkenfetzen schieben sich vor die strahlende Oktobersonne und erinnern uns daran, dass der Herbst vor der Tür steht. Flynn schaut auf dem Handy nach der Uhrzeit, und wir beschließen, zusammenzupacken und ins Open-Air-Kino zu gehen, das eigentlich bloß ein Parkplatz ist mit einem kleinen Grünstreifen vorne, für einen Tag wie heute, an dem man nicht im schützenden Auto zu sitzen braucht. Ich schlucke noch ein paar Pillen, und dann machen wir uns auf den Weg – ich und meine kleine Familie. Wie wir wohl auf Außenstehende wirken? Wie eine glückliche Familie, die einen kleinen Ausflug nach einer langen Arbeitswoche unternimmt? So, als wäre es nie anders gewesen? Ob sie uns beneiden? Ich würde sie bestimmt beneiden. Wie einträchtig Rose und Flynn nebeneinander hergehen, reden und lachen und Grimassen schneiden. Das muss doch selbst ein Fremder sehen, wie gut die beiden sich verstehen, oder? Und Tom und ich? Das gut aussehende Paar? Werden die Leute denken, er könnte was Besseres haben, jetzt, da mir die Müdigkeit tiefe Falten ins Gesicht gräbt und ich dicke Tränensäcke unter den Augen habe? Nehmen sie das klaffende Loch in unserer Beziehung wahr, das uns voneinander trennt, oder nur die Liebe, die uns verbindet?

Tom geht zur Kasse und bezahlt die Karten, und Stolz schleicht sich in seine Stimme, als er »Zwei Erwachsene und zwei Kinder« sagt. Die Wolken ballen sich zusammen, sie drängen sich aneinander, gemeinsam fühlen sie sich stark. Der Parkplatz ist nicht einmal zur Hälfte gefüllt, der Film hat keine besonders guten Kritiken bekommen, bloß ein ganz gewöhnlicher Familienfilm über einen Mann, der in die Neunziger zurückgesaugt wird und am Ende – man ahnt es schon – herausfindet, dass er Einfluss auf den weiteren Verlauf seines Lebens nehmen kann. Aber der Film ist mir egal. Wichtig ist nur, wie sich das mit uns gerade anfühlt. Wie eine ganz normale Familie. Wir haben unsere Kapuzenjacken zugemacht, und Flynn kommt mit Nachos und Popcorn beladen von der Snackbar zurück. Mitten im Film fahren die ersten Autos weg, und es fängt an zu tröpfeln. Die Klappstühle sind uns schnell unbequem geworden, und wir fläzen uns auf der mitgebrachten Decke. Flynn bewirft mich mit Popcorn und grinst, und Tom startet gleich einen Vergeltungsschlag, und ein Popcorn prallt von Flynns Nasenspitze ab. Rose prustet laut los. Es ist ein Lachen, das aus dem Bauch kommt, bei dem man sich nicht mehr beherrschen kann und keine Luft mehr bekommt und nur noch grunzt, bis einem die Tränen in Strömen übers Gesicht laufen. Noch mehr Autos fahren vom Parkplatz, und aus den einzelnen Tropfen droht ein waschechter

Landregen zu werden. Es dauert nicht lange, und die Wolken haben eine undurchdringliche Wand gebildet und bewerfen uns mit dicken, fetten Wassertropfen. Im Handumdrehen sind unsere Haare durchgeweicht und kleben uns klatschnass am Kopf. Rose' Eyeliner ist verschmiert, und der Regen tropft von Flynns Wimpern, als wir eilig aufspringen. In den Schlaglöchern des Parkplatzes steht das Wasser, der Film ist zu Ende, und während des Abspanns läuft *Yellow* von Coldplay. Hastig packen wir unsere Sachen zusammen und nehmen eine Abkürzung quer über den Parkplatz. Gemeinsam laufen wir los, Tom und ich, aber ich bleibe abrupt stehen und drehe mich um, als ich das Lachen und schrille Quietschen der Kinder höre, die – wie im Kindergarten – ausgelassen in die Pfützen springen. Ein fröhliches Lachen dringt aus meinem Mund: Der Abspann auf der Leinwand im Hintergrund, das Donnergrollen in der Ferne und das unbeschwerte Lachen und Quieken meiner sorgengeplagten Teenies lösen bei mir ein so eigenartiges, vertrautes Gefühl aus, dass ich mich nicht mehr vom Fleck rühre. Tom nimmt meine Hand, und das Wasser tropft von unseren Fingern. Er dreht sich zu mir um und sagt (während Chris Martins seelenvollem Bekenntnis): »HD.«

34

Tom

Glaube. Ich bin kein besonders religiöser Mensch, bin ich wohl nie gewesen. Selbst in meinen dunkelsten Momenten auf der Straße kann ich mich nicht daran erinnern, je gebetet, IHN je um Hilfe angefleht zu haben. Aber an diesem Tag hätte ich die Zuversicht gebraucht, die ein unerschütterlicher Glaube einem geben kann. Wie sehr wünschte ich mir das, als wir durch den Haupteingang ins Krankenhaus gingen, uns setzten und auf unseren Termin warteten. Ich hatte mal im Radio gehört, dass nur zwei bis fünfzehn Prozent der Weltbevölkerung nicht an einen Gott glauben. Wie ist das möglich? Wie können Menschen so unerschütterlich an etwas Unbegreifliches glauben? Was ist ihr Geheimnis? Wie erstaunlich, wirklich daran zu glauben, dass es etwas gibt, das uns leitet und behütet. Wie wunderbar muss es sein, die Zuversicht zu besitzen, dass Gott uns in allem beisteht, uns das ganze Leben lang begleitet, und selbst in schlechten Zeiten darauf zu vertrauen, dass es einen guten Grund für alles Leiden gibt, den es nur zu erkennen gilt. Verstehe die Lektion, die es aus den Unbillen des Lebens zu lernen gilt, erfahre Vergebung und stolpere weiter mit diesem blinden Gottvertrauen in der Tasche durchs Leben. Es hieß auch, dass einundachtzig Prozent aller Vietnamesen nicht an Gott glauben, und ich weiß noch, wie ich dachte, vielleicht haben die so viele Grausamkeiten miterleben müssen, dass ihnen der Glaube abhandengekommen ist: gestohlen, verborgen wie der Vietcong, abwartend in die Schatten. In dem Moment, als ich spürte, wie du neben mir gezittert hast, wie du leise *Knockin' on Heaven's Door* (in der Guns-N'-Roses-Version) vor dich hin summtest, wünschte ich mir diesen Glauben, behütet und beschützt zu sein und ein Zeichen zu bekommen und irgendwie alles begreifen und annehmen zu können. Aber als der Arzt sagte, du müsstest dich einer Operation mit lebensverändernden, wenn nicht gar lebensgefährlichen Risiken unterziehen, merkte ich, dass mir dieser Glauben an ein allmächtiges, allwissendes, göttliches Wesen fehlte. Die Operation werde sich schwieriger gestalten als zunächst angenommen, weil der Tumor an einer schwer zugänglichen Stelle wuchere, und die Chancen, ihn vollständig zu entfernen, seien verschwindend gering. Er erklärte, du müsstest eine Kapsel mit einem Kontrastmittel schlucken, um den Tumor sichtbar zu machen. Er müsse ein Loch in deine Schädeldecke sägen. Er werde Metallklammern einsetzen und anschließend die Kopfhaut wieder über das Loch ziehen. Ich musste an Indianer denken, an Marterpfähle und Skalpierungen, und fragte mich, ob er wohl eine Trophäensammlung hatte mit den Skalps seiner Patienten. Du hattest aufgehört zu summen. Ich hatte mich eigentlich auf einen ganzen Liederreigen eingestellt, aber du wirktest erstaunlich ruhig. Als ob wir über Scherenschnitte redeten, nicht über Schädelstücke und Skalps. Du fragtest nach dem Shunt, der zur Drainage eingesetzt werden sollte – wohin die Flüssigkeit dann abliefe? Wieder zurück in den Körper, hieß es. Erinnerst du dich noch? Wie ruhig und gefasst du warst? Das Wort Strahlentherapie hallte von den Wänden wider, als du wissen wolltest, wie oft du zur Bestrahlung müsstest. Ein Mal in der Woche, und du hast gesagt, zum Glück – Glück! – sei das Krankenhaus ja ganz in der Nähe.

»Tom? Tom?« Du hast meine Hand festgehalten. Mir war gar nicht aufgefallen, dass ich damit auf den Tisch geklopft hatte wie ein Presslufthammer. Die Klimaanlage rauschte in meinen Ohren, und der dumpfe Lärm des Krankenhauses schien irgendwie lauter, die Brust tat mir weh, und es fiel mir schwer, mich zu konzentrieren. Dieses Gefühl hatte ich schon mal gehabt: dich nicht beschützen zu können, das Problem nicht lösen zu können. Der Facharzt hockte vor mir, er sprach langsam und deutlich und erklärte mir, ich hätte gerade eine Panikattacke und ich solle versuchen, ruhig weiterzuatmen, durch die Nase ein und durch den Mund wieder aus. Ich starrte in deine besorgten Augen, während er beruhigend auf mich einredete und mir versicherte, in ein paar Minuten sei alles überstanden und ich solle mich nur auf meine Atmung konzentrieren. Ich kam mir vor wie ein Vollidiot. Du warst diejenige, die Krebs hatte, die womöglich sterben würde, und mir musste man sagen, wie ich atmen sollte.

»Mir geht es gut«, versicherte ich dir.

»Ist das schon mal passiert?«, fragte er dich.

»Ja«, hast du geantwortet. »Nach dem Unfall kam das häufiger vor …« Du hast den Blick abgewendet.

»Und Sie waren bei Ihrem Hausarzt, nehme ich an? Wegen dieser Angstzustände?«

»Ich habe mich untersuchen lassen, ja. Es ist nichts, ich bin nur hin und wieder ein bisschen kurzatmig. Nichts weiter.«

»Es ist nicht nichts, Tom, du hattest das ständig, ehe du verschwunden bist … Vielleicht solltest du zu deinem alten Hausarzt gehen? Jetzt, wo du wieder da bist, du bist immer noch versichert, ich meine, du bist nie offiziell für tot erklärt worden.«

»Tot?«, kreischte der Arzt fast. Du hast nur geseufzt und ihm ganz kurz die ganze Geschichte geschildert.

»Sie haben Amnesie? Und Sie sind bei keinem niedergelassenen Arzt in Behandlung?«, fragte er entsetzt.

»Hören Sie, es geht mir bestens. Allmählich kommt mein Gedächtnis wieder, und …«

»Darf ich ganz offen sein?« Wir nickten beide. »Die nächsten Monate, wenn nicht Jahre, werden für Sie, Melody, körperlich sehr belastend werden und für Sie beide eine enorme emotionale Herausforderung darstellen. Wenn Sie Ihre Frau so gut es geht unterstützen möchten, sollten Sie sich erst mal selbst sortieren.« Ich nickte. »Und zwar bald«, fügte er hinzu.

Den ganzen Weg nach Hause warst du still und in dich gekehrt. Du hast dich tapfer gehalten. Na ja, zumindest nachdem du eine von Herzen kommende Version von Rick Astleys Hit *Never Gonna Give You Up* geschmettert hattest. Als du es den Kindern gesagt hast, war ich erschüttert. So etwas hatte ich noch nie erlebt. Sonst waren die beiden eigentlich immer erstaunlich gelassen, wenn du mal wieder einen deiner Ausbrüche hattest, aber diesmal war nicht zu übersehen, wie Flynn die Zähne zusammenbiss. Rose schien sehr beherrscht, auch wenn sich ihre Fingernägel immer tiefer in die Handflächen bohrten. Doch als Flynn sie am Arm packte und ihr etwas ins Ohr flüsterte, schien sie fast zusammenzubrechen. Du bist zu Rose gegangen und hast sie in den Armen gehalten, und bist plötzlich – wie ein Tier, das aus seinem Käfig ausbricht – mit einer festivalreifen Darbietung von *Mr Brightside* von den Killers herausgeplatzt. Aus tiefster Seele hast du über etwas gesungen, das dich umzubringen und in seine Gewalt zu bringen drohte, es war eine der grausamsten Darbietungen deiner Störung, die ich je miterlebt habe. Flynn trat ans Fenster und drehte uns den Rücken zu. Ich stand in der Tür und kam mir vor wie ein unerwünschter Eindringling. Er drehte sich um und funkelte mich finster an. Atemlos bist du zum Wasserhahn gegangen und hast dir ein Glas Wasser geholt.

»Also, was willst du jetzt machen?«

»Also, ich … ich … wir alle müssen jetzt …« Ich hörte, wie dünn meine Stimme klang, als ich über meine Worte stolperte.

»Wenn du nicht damit klarkommst, solltest du lieber gehen. Jetzt.«

»Es reicht, Flynn«, hast du zu ihm gesagt.

»Nein. Was soll er denn hier, wenn er nicht mal weiß, was er machen soll? Ich meine, letztes Mal ist er ja auch abgehauen, als es hart auf hart kam«, erwiderte Flynn wütend, und die Spannung im Raum war fast mit den Händen zu greifen.

»Ich weiß nicht, warum ich letztes Mal gegangen bin, aber ich verspreche, dieses Mal bleibe ich«, sagte ich mit fester Stimme. »Streitereien sind wirklich das Letzte, was deine Mum gerade braucht. Wir müssen jetzt alle zusammenhalten und uns gegenseitig unterstützen, gemeinsam, als Team.« Er kam auf mich zu und baute sich so dicht vor mir auf, dass ich den Spiritus an seinen Händen riechen konnte, mit dem er seine Pinsel reinigte.

»Sag mir nicht, was meine Mum braucht.«

»Flynn«, sagte Rose sanft. »Bitte, lass es einfach.« Er schaute die beiden an und dann wieder mich und stürmte hinaus. Die Tür fiel krachend ins Schloss, sodass das ganze Haus bebte.

Ich stand auf und schlang die Arme um deine Taille.

»Der kriegt sich schon wieder ein. Es fällt ihm nur manchmal schwer, mit gewissen Dingen zurechtzukommen … Kommt, bestellen wir uns was zu essen und gucken einen Film … Rose, worauf hättest du Lust?«

»Ich habe eigentlich gar keinen Hunger, aber macht ihr beiden mal. Ich gehe nach oben, muss sowieso noch Hausaufgaben machen.«

»NEIN.« Noch nie hattest du in meinem Beisein die Stimme erhoben, und ich zuckte erschrocken zusammen. Ein eigenartiger Blick huschte über Rose' Gesicht. Sie wirkte einen Augenblick gekränkt. Dann sah sie dich ungläubig an.

»Echt jetzt, Mum? Meinst du wirklich, ich würde mir *jetzt* was antun? Kennst du mich denn überhaupt nicht? Herrgott noch mal!« Sie sprang auf und rannte an uns vorbei.

»Rose, ich …«

»Schon okay.« Mit der Hand auf dem Türknauf drehte sie sich um. »Flynn kann mit geballten Fäusten rausrennen, aber mich kann man nicht allein lassen, ohne dass …«

»Rose, so war das nicht gemeint …«

»Doch, war es wohl. Genau so war es gemeint. Keine Sorge, ich lasse die Tür auf. Dann könnt ihr mich kontrollieren, wie ihr wollt.«

»Scheiße«, hast du geseufzt, dich von mir gelöst und bist dir mit der Hand durch die Haare gefahren, fast als erwartest du, sie würden jetzt schon anfangen auszufallen. »Weißt du was? Machen wir uns doch eine Flasche Wein auf.«

»Bist du dir sicher, dass das eine gute Idee ist?«

»Was soll schon passieren? Meinst du vielleicht, es könnte mir schaden?« Du hast hohl aufgelacht und dich an mir vorbeigeschoben und bist in die Küche gegangen.

»So habe ich das nicht gemeint, ich dachte, du könntest wieder Kopfschmerzen bekommen.«

Du hast in den Küchenschränken gekramt. Ich blieb in der Tür stehen und ließ dich in Ruhe machen.

»Ich habe sowieso ständig Kopfschmerzen. Rot oder weiß?«

»Ähm, rot. Mel, lass uns …«

»Weißt du eigentlich, dass du erst begonnen hast, Rotwein zu trinken, als ich mit Flynn schwanger war?« Du hast den Deckel abgeschraubt und klirrend zwei Gläser auf die Arbeitsplatte gestellt. »Und du hast Stilton gegessen. Urplötzlich mochtest du die beiden Dinge, auf die ich ständig die schlimmsten Schwangerschaftsgelüste hatte.« Der Wein gluck-gluck-gluckerte in die Gläser, und du hast einen großen Schluck getrunken und mich über den Rand beobachtet. Ich nahm das andere Glas und folgte dir zurück ins Wohnzimmer. Du hast nach oben geschaut, als du an der Treppe vorbeigegangen bist.

Ich sank auf das Sofa, und du hast dich auf den Boden gesetzt, die Flasche Wein neben dir.

»Also … ich nehme an, jetzt ist der Moment, um über die Dinge zu reden, vor denen wir uns die ganze Zeit gedrückt haben.«

»Ja, vermutlich. Was glaubst du denn, was Rose Schlimmes tun könnte?«

Du hast noch einen Schluck getrunken und mir dann erzählt, was damals passiert ist, als du so plötzlich aus Cornwall verschwunden bist. Wie du im Krankenhaus verhaftet wurdest und was Rose und du gemeinsam unternommen habt, damit es nie wieder so weit kommt. Ich glaube, dir war gar nicht bewusst, wie oft dein Blick nach oben ging, während du gesprochen hast, als müsstest du dich vergewissern, dass alles in Ordnung war. Nach dem zweiten Glas bist du die Treppe hinaufgegangen, und ich hörte ein Flüstern, das Bett quietschen, als du dich hingesetzt hast, und dann das Türklicken, als du wieder aus dem Zimmer gegangen bist. Dass du die Tür hinter dir zugemacht hast, war ein Vertrauensbeweis. Du wirktest aufgewühlt und hast auf deinem Handy herumgetippt.

»Flynn geht nicht ran«, hast du gesagt, ohne aufzuschauen.

»Er ist ein Teenager, ist das nicht ganz normal? Dass er sich mit Kumpels rumtreibt, bis es dunkel wird?« Du hast von deinem Handy aufgeblickt, als redete ich plötzlich Japanisch. »Rose schaut mich auch immer so an, und ich sehe dich so sehr in ihr, Mel, dass es wehtut.«

»Flynn nicht. Ich habe Kate gerade geschrieben, ob sie weiß, wo er steckt.«

»Und warum Flynn nicht?«, fragte ich.

»Weil er keine Freunde hat.«

»Wieso? Er ist doch so …«

»Weil er keine Geduld hat und Idioten nicht ausstehen kann.« Ich zuckte die Achseln. »Er schlägt sich, Tom. Oft. Seine Selbstverteidigungsstrategie. Er ist von klein auf von den anderen Kindern wegen seines Gesichts gehänselt worden und neuerdings natürlich auch wegen seiner verrückten Mutter.«

»Und am College hat er auch keine Freunde gefunden?«

»Ich glaube nicht. Er ist zu verschlossen. Er konzentriert sich ganz auf seine Kunst. Was er macht, ist wirklich gut. Das lenkt ihn ab. Kate ist nicht nur seine *Freundin*-Freundin, sie ist auch seine einzige Freundin, abgesehen von mir und Rose, und wir zählen nicht … ach ja, und Shane, aber Shane hat ja eigentlich beruflich mit ihm zu tun. Ich schreibe ihm und frage, ob er was von ihm gehört hat.«

»Und er ist Flynns was?«

»Sein zuständiger Sozialarbeiter. Ende letzten Schuljahrs konnte Flynn nicht mal mehr mit seinen Klassenkameraden in dieselbe Klasse gehen. Zu viele der anderen Kinder haben ihn getriggert.«

Du hast das ganz nüchtern erzählt. Ich musste mich zusammenreißen, um nichts zu sagen. Ich musste um deinetwillen ruhig bleiben. Aber es schossen mir so viele Fragen durch den Kopf, dass es mir schwerfiel, mich auf deine Worte zu konzentrieren. Oben ging die Tür zum Badezimmer zu. Du hörtest kurz auf, deine Nachricht ins Handy zu tippen, und schautest wieder nach oben.

»War es immer schon …«

»Pscht«, hast du mich angefahren und den Kopf schief gelegt und die Augen zugemacht. Eine gefühlte Ewigkeit hast du gelauscht, bis du vor Erleichterung in dich zusammensacktest, als die Toilettenspülung ging und Rose' Schritte auf dem Flur zu vernehmen waren.

»Rose?«, hast du gerufen. »Könntest du Flynn bitte anrufen? Er geht nicht ran.«

»Kay«, rief sie vollkommen unbeteiligt zurück. Du hast noch einen Schluck Wein getrunken, ganz langsam diesmal, und dich wieder hingesetzt.

»Soll ich … den Fernseher anmachen?« Du hast mich angeschaut mit einem Blick, als wolltest du sagen, bist du wirklich so dämlich?

»Nein, ist wohl besser … hast du Hunger? Ich könnte uns ein Omelett machen.«

»Himmel, nein. Bloß nicht schon wieder Eier.« Dein Handy vibrierte, und du gingst ran und sprachst mit jemandem. Du klangst verzweifelt. Es musste wohl Shane sein. Du bist in die Küche gegangen und hast dir den Arm gerieben, und ich stand da, mitten im Wohnzimmer, aber nicht mitten in deinem Leben. Ich wusste nicht, wohin mit mir, also bin ich nach oben getrottet, in dein Schlafzimmer. Ich konnte dich riechen. Nicht dein parfümiertes Ich, sondern dein ursprüngliches, urtümliches Wesen. Es umfing mich, als ich auf das Fußende des Bettes sank, ein schwer zu beschreibender Duft, ein bisschen wie frische Wäsche und Regen. Es gibt Studien, die belegen, dass der Duft eines anderen Menschen uns magisch anziehen kann. Pheromone, glaube ich, nennt sich das, was uns ködert, und sie helfen uns auch, einen genetisch kompatiblen Partner zu finden. Vielleicht wusste ich deshalb, dass du die Richtige für mich bist?

»Tom?« Ich guckte hoch und sah Rose blass und nervös in der Tür stehen. »Darf ich reinkommen?«

»Klar.« Sie setzte sich neben mich und zupfte am Saum ihres Hoodies.

»Hat Mum es dir gesagt? Das mit mir?« Ich nickte und wollte ihr in die Augen sehen, aber sie hielt den Blick gesenkt. »Willst du jetzt weg?« Zögerlich schaute sie zu mir auf und starrte mich auf einmal herausfordernd an.

»Nein.«

»Warum? Warum willst du dir das antun?« Sie fuhr sich mit den Fingern durch die Haare.

»Weil mir keine andere Wahl bleibt«, antwortete ich mit einer Klarheit, die ich gerade erst zu begreifen begann. »Ich liebe sie.«

»Aber woher willst du das wissen, wenn du dich gar nicht an dein früheres Leben erinnern kannst?«

»Ich weiß es nicht. Ich weiß nur, ich würde mich lieber für ein Leben mit meiner Familie entscheiden, mit allem, was dazugehört, als für ein Leben ohne euch drei.« Ich legte die Hand auf die Brust und versuchte, es ihr zu erklären. »Ich war leer, aber seit ihr mich gefunden habt, fühle ich mich … erfüllt. Kannst du das irgendwie verstehen?«

»Aber was, wenn sie stirbt? Willst du uns dann immer noch?«

Doch noch ehe ich antworten konnte, kamst du zur Tür hereingestürzt. »Er hat sich wieder geprügelt.«

»Ach, was für eine Überraschung.« Rose streckte die Beine aus und band sich die Haare zum Pferdeschwanz zusammen. »Mit wem?«

»Weiß ich noch nicht, ich habe Shane angerufen. Er bringt ihn nach Hause, wenn Flynn sich ein bisschen frisch gemacht hat.« Du hast an deinem Daumennagel gekaut. »Er hat dem anderen Jungen wohl eine dicke Lippe verpasst.«

»Tja, typisch Flynn. Erst zuschlagen, dann denken.«

»Er kann nichts dafür, er ist sauer auf mich und …«

»Warum tust du das immer? Ihn in Schutz nehmen? Er kann sehr wohl was dafür.« Die Worte schienen dir einen Stich zu versetzen. »Es ist seine Entscheidung, jemanden zu schlagen, immer entscheidet er sich so, und er muss damit aufhören, denn wenn irgendwas passiert …« Ihre Stimme versagte, und die Worte blieben ihr im Halse stecken, »wenn dir irgendwas passiert, was will er dann machen? Was soll ich machen, wenn er im Knast landet, Mum?«

»So weit wird es nicht kommen«, warf ich ein. Noch während ich das sagte, merkte ich, wie eigenartig diese Worte klangen, wie sehr ich ein Außenseiter war. »So weit wird es nicht kommen«, wiederholte ich, »ich bin da, ich helfe ihm.«

»Auf dich wird er bestimmt nicht hören.«

»Vielleicht nicht, aber auf dich scheint er ja auch nicht zu hören.« Ich fürchtete fast, ich wäre zu weit gegangen. Aber du nicktest langsam.

»Vielleicht hast du recht, vielleicht hört er auf dich ... Er hat schon als kleines Kind mir immer mehr widersprochen als dir.« Du hast traurig gelächelt und die Stirn gegen meine gelehnt und Rose den Arm um die Schultern gelegt.

»Wir schaffen das ...«, sagtest du leise, aber weder Rose noch ich erwiderten etwas, sondern wollten – nur für diesen Augenblick – an deine Worte glauben.

»Ich weiß, ich war ... lange weg.« Ich löste mich. »Aber ich habe dich wiedererkannt, und das muss irgendwo aus meinem tiefsten Inneren gekommen sein. Und du hast es ja schon erwähnt, ich werde lernen, geduldiger zu sein. Wie ist Flynn denn so, wenn er nach so einer Sache nach Hause kommt? Ich habe vielleicht keine Ahnung vom Vatersein. Aber ich weiß, wie es ist, ganz unten zu sein. Ich weiß, wie es ist, wenn die schlimmsten Seiten in einem zum Vorschein kommen. Ich habe gesehen, zu was Menschen fähig sind, wenn Logik und Verstand sie verlassen. Ich mag vielleicht nicht in der Lage sein, ihn zu beschützen, aber vielleicht kann ich ihn verstehen.«

Es war schon spät, als der Schlüssel ins Schloss gesteckt wurde. Du warst auf meiner Brust eingeschlafen, während ich auf den stumm geschalteten Fernseher starrte. Rose war kurz vorher ins Bett gegangen und hatte dir im Hinausgehen einen Kuss auf die Stirn gegeben, als seist du das Kind und sie die Erwachsene.

»Flynn?«, murmeltest du groggy, kaum dass die Tür ins Schloss fiel. Du hast dir die Augen gerieben. Er stand an der Tür, die Hand noch auf der Klinke. Schnell und etwas ungeschickt bist du zu ihm gegangen und hast seine Hände in deine genommen und sie umgedreht und die aufgeschürften Knöchel begutachtet. Am Bein seiner Jeans war getrocknetes Blut, und ich fragte mich, ob es seins war oder das des anderen Jungen. »Ach, Flynn. Was ist denn passiert? Was haben sie gesagt?« Er zuckte nur die Achseln, und ich wurde plötzlich stinksauer auf ihn. Du hast die Stirn gerunzelt und die Augen zusammengekniffen. Bestimmt hattest du wieder Kopfschmerzen. Du hättest oben im Bett liegen sollen, um dich auszuruhen. Du hättest nur einen Gedanken haben sollen – dass es dir bald wieder bessergeht –, statt dich mit den unkontrollierten Gewaltausbrüchen eines fast erwachsenen jungen Hitzkopfs herumärgern zu müssen.

»Nichts.«

»Na ja, irgendwas werden sie doch gesagt haben. Also was?«

»Es war nichts. Ich habe nur … ich musste nur … es war nur ein Streit um ein Handy.«

»Wieso, was war denn mit dem Handy?«

»Ryan meinte, die App, die ich benutze, um Musik runterzuladen, sei Scheiße, also …«

»Du hast ihn geschlagen, weil er eine App blöd fand?«, fragte ich. Ich hörte den Ärger vernehmlich an meiner Stimme kratzen.

»Er sagt oft solche Sachen, nur um Flynn zu ärgern«, sprangst du ihm bei. »Schon vor dem Unfall …«

Mir fiel es zunehmend schwer, all meine Gedanken und Gefühle für mich zu behalten. Den Drang, das Richtige zu tun, in Schach zu halten. Sollte ich mich wie ein Vater verhalten? Buchstäblich mit der Faust auf den Tisch schlagen? Ihm drohen ... womit? Stubenarrest? Oder sollte ich mich wie ein Außenstehender aus allem raushalten und es dir überlassen, dieses Schlamassel zu schlichten? Sie haben mich gesucht, sie sind so weit gefahren, um mich zu finden, und wozu? Damit ich einkaufen gehe und das Haus putze?

»Es reicht«, sagte ich leise, aber sehr bestimmt. Verdattert habt ihr mich beide angeschaut. »Es reicht«, wiederholte ich und sah Flynn eindringlich an. Er hatte die Schultern gestrafft: das Alpha-Männchen im Haus. Langsam fingen wir an, uns zu umkreisen, wie es Wölfe und Gorillas, Löwen und Tiger, Väter und Söhne seit Urzeiten tun. Das Spiel von Dominanz und Unterwerfung. Ich machte einen Schritt auf ihn zu.

»Sie braucht Ruhe, du solltest ihr Zeit geben, Flynn. Wieso gehst du nicht lieber auf dein Zimmer, hörst ein bisschen Musik, malst, zeichnest, egal ... aber geh jetzt auf dein Zimmer und fahr erst mal runter.«

»Sag mir nicht, was ich zu tun habe.«

»Ich sage dir nicht, was du zu tun hast, ich will nur, dass du deiner Mum ein bisschen Ruhe gönnst.« Seine Schultern sackten herunter, er senkte den Blick und stapfte die Treppe hinauf.

Am nächsten Morgen kam er in die Küche, als ich gerade mit dem Arzt telefonierte.

»Ja, bitte, heute noch, wenn irgend möglich.« Ich hielt eine Tasse hoch und schaltete den Wasserkocher ein, und er nickte knapp. Auf der Suche nach den Teebeuteln machte ich die falsche Schranktür auf. Er reichte mir eine cremefarbene Keramikdose mit der Aufschrift »Tee«. Ein Lächeln, ein Dankeschön. »Mein Name ist… Dev? Ähm, Devon King.« Schamhaft wendete ich den Blick ab und kam mir vor, als hätte Flynn mich auf frischer Tat dabei ertappt, wie ich mich als jemand anderer ausgab. Ein Hochstapler. »Geburtsdatum?« Ich wiederholte die Frage der Sprechstundenhilfe. Flynn machte eine Küchenschublade auf und gab mir die Kopie einer der Vermisstenmeldungen, die Rose mir tags zuvor gezeigt hatte. Ich überflog die Informationen und las mein Geburtsdatum vor. »2. März 1975.« Ich goss das kochende Wasser in die Tasse und ließ mir den nächstmöglichen freien Termin am späten Nachmittag geben.

»Danke«, sagte ich zu Flynn, nachdem ich aufgelegt hatte, und goss Milch in beide Tassen. »Wie geht's deiner Hand?«, fragte ich, ohne mich umzudrehen, und rührte angestrengt im Tee. Er schüttete sich Cornflakes in eine Schüssel. Ich wandte mich um und gab ihm die Milch. Seine Fingerknöchel waren geschwollen, und am Ringfinger hatte er eine kleine Abschürfung. Er bemerkte meinen Blick und schaute schnell weg.

»Ich weiß, ich hätte nicht aus dem Haus gehen sollen«, murmelte er leise. »Alles, was du mir gesagt hast, weiß ich doch selbst.«

»Okay.« Schweigend tranken wir unseren Tee. »Kannst du heute Nachmittag mitkommen?«

»Was, zum Arzt?«

»Ja. Hast du freitags zwischendurch irgendwelche Freistunden?«

»Ähm, ja, aber wäre das nicht ein bisschen… wie soll ich sagen… seltsam?« Er warf die Haare auf eine Seite.

»Ich dachte nur, es wäre gut, wenn du dabei wärst, du

weißt schon, falls ich was gefragt werde und die Antwort nicht weiß. Mel ist müde, sie braucht vor der OP am Montag ihre Ruhe. Ich glaube, sie will eigentlich den ganzen Tag liegen bleiben und schnulzige Liebesfilme gucken.«

Rose kam herein und heftete ihre Ausweiskarte an das Revers ihres Blazers. Sie sah uns und funkelte Flynn finster an.

»Gut gemacht, Vollpfosten. Das hat gestern gerade noch gefehlt.«

Er zeigte ihr den Mittelfinger. »Ist das deiner?«

»Sehr witzig.« Sie ging zu ihm und nahm seine Hand, fest, aber doch vorsichtig, und drehte sie um, genau wie du es in der Nacht zuvor getan hattest. »Gar nicht so schlimm, dann hat die Wand dir also gestern nichts getan?« Er schüttelte den Kopf und murmelte »Sorry«. Sie zuckte die Schultern. »Wer war's diesmal?«

»Ryan.«

»Na toll, ich hab mit seiner Schwester Französisch, das wird die reinste Freude, mit der in einer Klasse zu sitzen.« Sie nahm sich eine braun gesprenkelte Banane, schälte sie und warf die Schale in den Mülleimer. Dann schnappte sie sich ihre Tasche, blieb etwas befangen neben mir stehen, stellte sich auf die Zehenspitzen und drückte mir rasch einen Kuss auf die Wange.

»Bis später«, rief sie und schloss die Tür hinter sich.

»Okay«, antwortete Flynn. »Aber von mir kriegst du kein Küsschen auf die Backe.« Er grinste und rempelte mich leicht mit der Schulter an, nahm die Schüssel mit den Cornflakes und verzog sich auf sein Zimmer.

35

Flynn

Es war komisch, ihm zuzusehen, wie er beim Arzt das Anmeldeformular ausfüllte. Einmal guckte er mich an und fragte mich, ob er seinen zweiten Vornamen, Sebastian, richtig geschrieben habe. Und er wollte, dass ich die Adresse überprüfe. Kleine, belanglose Nebensächlichkeiten, die für andere ganz selbstverständlich sind, waren für ihn ein großes Ding. Er ging alles noch mal ganz genau durch, und sein Gesicht erinnerte mich ein bisschen an das von Mum, wenn Rose mit ihrem Zeugnis nach Hause kommt.

Schließlich saßen wir schweigend nebeneinander und warteten. Ich wollte ihn in Ruhe lassen und habe mir die Kopfhörer in die Ohren gesteckt und gehofft, dass er merkt, dass er nicht auf Teufel komm raus Smalltalk mit mir betreiben muss. Aber ich habe keine Musik angemacht … Gott sei Dank, weil er nämlich überhaupt nicht reagiert hat, als er aufgerufen wurde. Ich habe einen Stöpsel aus dem Ohr gezogen und ihn angestupst. Er ist richtig zusammengezuckt, als er den Namen auf der Anzeige sah: »Devon King – Raum 2«.

Uns am Schreibtisch gegenüber saß Dr. Grey. Kennen Sie das, wenn in einem Cartoon die Figuren sprechende

Namen haben, wie, weiß nicht, The Flash oder Dr. Doom? Na ja, der Name passte jedenfalls zu ihm, denn Dr. Grey war vor allem eins … grau und farblos. Er war blass und – was sagt Rose immer über ihre Beratungslehrerin? – fade. Ja, genau, das war's. Als könnte ihm eine Behandlung mit einem Dampfreiniger nicht schaden. Sein Atem roch durchdringend nach Kaffee, und selbst ich bemerkte, dass er sich dringend die Nasenhaare stutzen und ein sauberes Hemd anziehen sollte.

»Also, Devon … was kann ich für Sie tun?« Mit hochgezogenen Augenbrauen sah ich Tom an und wartete ab, dass er den ganzen Scheiß erklärte, der gerade in unserer Familie abging.

»Das ist eine etwas längere Geschichte«, setzte Tom an.

»Unsere Termine sind im Fünf-Minuten-Abstand getaktet, vielleicht könnten Sie sich also kurzfassen?«

Ich schüttelte den Kopf. Er tat mir leid – Tom, meine ich. Das war für ihn ein großes Ding. Nach der ganzen langen Zeit hatte er gerade erst erfahren, wer er eigentlich ist. Und jetzt sollte er sich »kurzfassen«? Mann, Erwachsene können manchmal echt so scheiße sein.

»Okay, also, ich habe in den vergangenen elf Jahren unter Amnesie gelitten, und bis vor Kurzem wusste ich nicht, wer ich bin. Ich wusste nicht mal, wie ich heiße.«

Grey blinzelte, und man konnte ihm förmlich ansehen, dass er sich insgeheim wünschte, er hätte sich die blöde Fünf-Minuten-Bemerkung verkniffen.

»Ohne das Vorliegen einer konkreten Diagnose ist Amnesie ein großes Wort.« Arsch.

»Das stimmt wohl … also, wie würden Sie es denn nennen, wenn jemand sich an nichts erinnert, was länger als elf Jahre her ist?« Guter Konter. Dr. Grey lehnte sich zurück und rieb sich die Hände wie jemand, der gerade gesagt bekommen hat, was es Leckeres zum Abendessen gibt.

»Aber jetzt erinnern Sie sich wieder?«

»Nein, ich meine, ja, ich erinnere mich an Bruchstücke, kleine Flashbacks, aber manchmal weiß ich nicht, ob sie wahr sind oder ich sie nur geträumt habe. Meine Familie«, er sagte das, wie ein Schauspieler vielleicht »Oscar« sagen würde, »hat mich ausfindig gemacht. Sie helfen mir, meine Erinnerungslücken zu füllen und zu rekonstruieren, wer ich vor meinem Verschwinden war.«

»Verstehe.« Dr. Grey beugte sich nach vorne und tippte auf seinem Computer herum. »Dann ist das also Ihr …?«

»Sohn.«

»Woran erinnern Sie sich im Zusammenhang mit Ihrem Vater, bevor er verschwunden ist? Könnte irgendwas ihn dazu veranlasst haben zu gehen?«

»Wir hatten einen Unfall.« Ich schob die Haare ein bisschen zur Seite und zeigte ihm die Narbe. »Danach war er nie wieder der Alte.«

»Was war das für ein Unfall?«

»Ein Verkehrsunfall.«

»Hat Ihr Vater irgendwelche Kopfverletzungen erlitten?«

»Nein. Ich war der Einzige, der bei dem Unfall verletzt wurde … Ich war nicht angeschnallt.«

Okay, ich weiß, wir hätten Tom wohl etwas mehr über den Unfall erzählen sollen. Aber ehrlich gesagt rede ich nicht gerne darüber. Immer geht es nur um den Unfall, wenn Leute mich kennenlernen. Jeder neue Lehrer, den ich bekomme, fragt danach, jede Freundin von Rose … Verdammt, sogar die Gesichter der Menschen auf der Straße scheinen alle nur dieselbe Frage zu stellen: »Was ist bloß mit dem armen Jungen passiert?« Wie gesagt, ich rede nicht gerne darüber.

»Wer ist gefahren?«

»Ich«, sagte Tom und straffte die Schultern, als müsse er sich jeden Moment mit den Fäusten verteidigen. Das erste Mal bemerkte ich, dass er dieselbe Angewohnheit hatte wie ich.

»Erinnern Sie sich noch an den Unfall, Devon?«

»Tom, ich heiße Tom. Ich erinnere mich nicht, Devon gewesen zu sein, jedenfalls noch nicht, und nein, an den Unfallhergang kann ich mich nicht erinnern, aber irgendwo da drin muss er sein …« Er schlug leicht mit der Faust gegen seinen Schädel, als klopfe er auf Holz.

»Wieso das?«

»Weil ich eine Skulptur gemacht habe; einen Baum, aus dem eine Rose wächst.«

»Eine Rose?«

»Meine Schwester heißt Rose.«

»Und ich hatte Albträume. Ich habe immer wieder von dem Baum geträumt, gegen den wir geprallt sind.«

»Hmmm, und haben Sie noch andere Symptome?«

Tom erzählte ihm von den Panikattacken.

»Okay. Fürs Erste kann ich Ihnen ein paar Broschüren ausdrucken, wie Sie am besten mit den Angstzuständen umgehen können. Sollten sie dennoch anhalten, versuchen wir es vielleicht mal mit Antidepressiva?« Tom nickte. »Aber vorher würde ich Sie gerne an einen Psychologen überweisen.«

Ich schnaubte verächtlich. Ich konnte es mir nicht verkneifen. Bin ich echt der Einzige in dieser verkorksten Familie, der nicht zum Seelenklempner geht?

»Vielleicht kriegen wir Mengenrabatt«, brummte ich fast unhörbar.

»Wie bitte?«, fragte Dr. Grey und schlürfte seinen Kaffee.

»Nichts«, erwiderte ich.

Als wir wieder nach Hause kamen, fühlte ich mich ziemlich mies. Ich steckte den Kopf durch die Tür zu Mums Schlafzimmer. Im Fernseher lief irgendein Schnulzenfilm, aber sie war eingeschlafen. Ich schaltete den Fernseher aus, blieb stehen und sah sie eine ganze Weile an. Irgendwie kam es mir vor, als wäre sie geschrumpft. Und erst da traf mich die Erkenntnis wie ein Schlag, dass meine Mum krank war. Ich meine, ich kannte die Diagnose der Ärzte und wusste, dass sie diese seltsamen Symptome hatte, aber erst in diesem Moment sah ich es mit eigenen Augen. Ihre Haut war fahl, irgendwie gräulich, und ihre Lippen waren so blass. Mir war bisher gar nicht aufgefallen, wie krass sie abgenommen hatte, bis ich die Decke ein bisschen höher zog und ihre spitzen Schultern bemerkte, die aus Toms T-Shirt herausguckten … Meine Mum. Ich beugte mich ein bisschen weiter zu ihr runter. Sie hatte aufgehört zu schnarchen, und sang jetzt leise über Milch und Honig und ein zuckersüßes Mädchen. Ich musste lächeln, weil sie wohl gerade was Schönes träumte.

Der Gedanke, die eigene Mutter womöglich zu verlieren, schleicht sich immer von hinten an und sticht zu, wenn man es am wenigsten erwartet. Kleine Erinnerungsfetzen fliegen vorbei wie Papierschnipsel im Wind, während man gerade Toast in den Toaster steckt oder im Wäschekorb nach sauberen Socken sucht. Wie sie mir früher immer einen Comic gekauft hat, wenn ich krank war, und mir vor dem Einschlafen heiße Milch mit Honig gemacht hat … Ich weiß noch, wie ich in der Schule mal Streit hatte deswegen. Unsere Lehrerin hatte uns gefragt, was uns das Gefühl von

Sicherheit vermittelt, und ich habe das mit Mum und der heißen Milch erzählt. Und dieser kleine beschissene Kotzbrocken, ich weiß gar nicht mehr, wie er hieß, hat mich einen Freak genannt und ein Muttersöhnchen. Ich glaube, kurz danach haben seine Eltern ihn von der Schule genommen. Das Veilchen, das ich ihm verpasst habe, war eins meiner besten. Ich glaube, da muss ich ungefähr neun gewesen sein. Und ich erinnerte mich daran, wie ich als kleiner Junge mal ins Krankenhaus musste: ihr Gesicht an meinem Bett und wie sie mir die Haare aus dem Gesicht gestrichen und mir einen Kuss auf die Augenbraue gegeben hat, ehe sie ging. Wie stolz sie gelächelt hat, als ich in der Schulversammlung aufgestanden bin und über mein grottenschlechtes Bild referiert habe, auf dem ein dilettantisch gemaltes Blatt zu sehen war. Als hätte ich meine erste Ausstellung in der Tate Gallery und nicht vor der versammelten Schule.

Ich streichelte ihr über die Haare und küsste sie auf die Augenbraue und schluckte das Schluchzen herunter, das mir plötzlich im Hals saß. Ich hasse dieses Gefühl. Wenn in unserer Familie was schiefläuft, kriegen wir es meistens irgendwie wieder hin. Wir überlegen uns, was wir tun können, damit es allen wieder bessergeht. Aber ich kann einfach nichts tun. Meine Schultern verkrampften sich vor Anspannung, und mein Magen brannte. Das Letzte, was unsere Familie jetzt braucht, ist, dass ich wieder eine Schlägerei anzettele, aber ich weiß einfach nicht, was ich machen soll, wenn dieses Gefühl in mir hochkommt. Ich musste mich zusammenreißen, um meine Zimmertür nicht laut hinter mir zuzuknallen, dabei hätte ich sie am liebsten brüllend aus den Angeln gerissen. Mit voller Wucht prügelte ich ein paar Mal mit der Faust auf die Matratze ein, aber die

Tränen liefen mir trotzdem in Strömen übers Gesicht. Ich lief im Zimmer auf und ab und versuchte, meine unbändige Wut auf die ganze Welt in den Griff zu kriegen und ruhiger zu atmen.

Es klopfte an die Tür, und Tom kam rein, noch ehe ich einen Pieps gesagt hatte. Ich weiß, ich muss schlimm ausgesehen haben, wie ich da rumgestiefelt bin und geheult habe wie ein Baby. Wie ein trotziges Kleinkind, das sich schreiend vor Wut auf den Boden wirft. Aber er hat kein Wort gesagt, er hat sich nur aufs Bett gesetzt und eine Rolle Draht und eine Zange aus der Tasche geholt. Dann fing er an, zu knipsen und den Draht zu verbiegen, während ich die Hände zu Fäusten ballte und wieder öffnete. Das hat Shane mir vor einiger Zeit empfohlen gegen die angestaute Spannung. Aufmachen, schließen. Aufmachen, schließen. Er kramte in seiner Tasche und zog einen Skizzenblock und ein paar abgenutzte Pinsel heraus. Mir war klar, was er damit wollte, aber ich war viel zu aufgewühlt, um zu zeichnen. Aufmachen, schließen. Aufmachen, schließen. Meine Fäuste entwickelten fast ein Eigenleben, während ich in dem kleinen Zimmer auf und ab ging. Aber ich konnte nicht anders, wie gebannt musste ich auf seine Hände starren und ihnen bei der Arbeit zusehen. Er formte etwas, das wie ein Gesicht aussah. Aber ich fand, die Stirn war zu hoch. Mein Atem ging schnell und heftig, und mein Puls raste. Irgendwann störte mich die hohe Stirn bei der Skultur so sehr, dass ich was sagen musste.

»Die Stirn ist zu hoch.« Ich nahm den Block und skizzierte grob das Gesicht, das er gerade formte, und machte die Stirn etwas schmaler. Tom sagte nur »Ha!« und veränderte dann die Proportionen des Gesichts.

»Weißt du was, das konnte ich noch nie. Ohne Foto oder

Spiegel kriege ich die Proportionen bei Gesichtern einfach nicht richtig hin. Außer bei deiner Mum.« Er lächelte, nahm seine Sachen und ging, und im Rausgehen lehnte er das Gesicht gegen die Raumschiff-Lavalampe, die in meinem Zimmer steht, seit ich acht bin. Langsam wurde es dunkel im Zimmer, und ich ging ans Fenster und wollte die Vorhänge zuziehen, und auf einmal sah ich mein Spiegelbild, das mich in der Scheibe anglotzte. Ich starrte es eine Weile an, und plötzlich hätte ich am liebsten irgendwas gegen das Fenster geschmissen. Ohne weiter nachzudenken, nahm ich den Skizzenblock und fing wie wild an zu zeichnen. Die Linien waren zackig und verwackelt, weil mir vor Wut die Hände zitterten. Ich riss die erste Seite raus, die war Mist, und begann noch mal von vorne. Ich merkte gar nicht, wie die Zeit verging. Eine Seite nach der anderen malte ich voll, schattierte unter den Augen, schraffierte die Umrisse meines Kiefers, die gezackte Narbe und das eine Auge, das immer aussieht, als würde es ein bisschen runterhängen. Ich streckte mich und drehte den Kopf, um die Anspannung in den Schultern zu lösen, und dann studierte ich mich weiter wie noch nie zuvor. Das Spiegelbild in der Fensterscheibe war nicht scharf genug, also zog ich die Vorhänge zu und schaltete die Nachttischlampe an und holte den Spiegel, den ich sonst zum Rasieren benutze. Ich setzte mich im Schneidersitz auf den Boden, nahm einen anderen Bleistift und fing noch mal von vorne an. Die Linienführung wurde schärfer, präziser. Ich lächelte kurz, weil ich daran denken musste, wie Kate mir einen Kuss auf das Grübchen gegeben hatte, das ich immer bekomme, wenn ich grinse, und machte eine schnelle Skizze von meinem lächelnden Gesicht. Es ist ein komisches Gefühl, mir selbst zuzulächeln, aber wenn ich ein halbwegs passabler Künstler werden will, muss ich an meiner Technik arbeiten. Zumindest sagt das mein Tutor. Irgendwann hatte ich mich völlig verloren im leisen Kratzen des Bleistifts auf dem Papier. Mein Herz schlug ruhig und gleichmäßig.

Vorsichtig ging die Tür einen Spaltbreit auf, und Mum stand da, in der Hand einen Teller mit einem Stapel Sandwichs mit Wurstsalat, eine Tüte Bacon-Chips und eine Cola. Sie stellte alles auf den Nachttisch und setzte sich zu mir. Sie hob eine der ersten Skizzen auf und hielt sie mir hin. Mein Gesicht war hässlich, die Lippen nur dünne Striche. Die Linien waren schwerfällig, ich hatte mit dem Stift viel zu fest auf das Papier gedrückt, und die gezackten Brauen über den Augen wirkten düster. Sie lehnte sich gegen die Wand und sah zu, wie ich zum Anfang des Blocks zurückblätterte. Auf den ersten beiden Blättern war mein Gesicht wutverzerrt und meine Wangen nass vor Tränen. Auf dem nächsten Bild wirkte mein Gesicht schon entspannter, die Linien waren exakter, und auf dem nächsten war ich relaxed und runzelte hochkonzentriert die Stirn. Dann sah mein Gesicht wieder anders aus. Überhaupt nicht mehr bedrohlich. Im Gegenteil, ich wirkte ruhig und gelassen, der Kopf war nach rechts geneigt, als versuchte ich mich selbst aus einer neuen Perspektive zu sehen. Und dann kamen die, auf denen ich grinste wie ein Depp, und ich stellte fest, dass die eine Gesichtshälfte eigentlich gar nicht so übel aussah. Die andere verdeckte ich mit der Hand, nahm den Spiegel und hielt ihn mittig auf das Blatt, wodurch das Bild komplett und von der Narbe nichts mehr zu sehen war. Mum, die hinter mir die Blätter zusammenschob, legte ihre Hand auf meine und zog den Spiegel weg. Dann legte sie das erste Bild auf das letzte.

»Nicht die Narbe macht dich hässlich, Flynn.«

Und ich schaute hin, und was ich sah, gefiel mir ganz und gar nicht.

Ich klopfte an Jos Tür und wartete. Jo machte auf und bemühte sich, ihre Überraschung zu überspielen.

»Hi, um, entschuldige bitte die Störung, aber ich muss dringend mit Shane reden, und er antwortet nicht auf meine Nachrichten, und da habe ich gedacht, ob sein Handy vielleicht kaputt ist?«

»Ja, das stimmt, ich … also, ich habe seine Jeans gewaschen, und das Handy war in der Tasche.« Sie verzog das Gesicht, halb schuldbewusst, halb wie ein ungezogenes Schulmädchen. »Er ist gerade oben, komm doch rein …« Sie machte die Haustür weit auf, und beim Reingehen fiel mir auf, dass es im Haus ganz anders roch. Wie bei uns, wenn wir abends Fajitas gemacht und das Geschirr über Nacht in der Spüle stehen gelassen haben. Ganz angenehm, eigentlich, und mir echt lieber als dieser künstliche Raumsprayduft.

»Shane! Flynn ist hier!« Sie sah auch anders aus, ein bisschen entspannter vielleicht? Ich weiß nicht, ihre Haare saßen irgendwie nicht so perfekt wie sonst. »Wie geht es deiner Mum? Möchtest du einen Kaffee?«

»Ihr geht es ganz gut, glaube ich. Sie ist müde. Morgen ist die große OP. Ja, bitte.« Sie drehte so einen Metallhalter, in den diese kleinen Kapseldinger passen.

»Okay, also, ich habe Cappuccino, Latte, Caramel Latte, Macchiato?«

»Ähm …«

»Oder vielleicht lieber eine heiße Schokolade? Mokka?«

»Öhm, einfach nur einen schwarzen Kaffee. Bitte.«

»Americano. Okay. Wie geht es ihr damit?«

»Ich glaube, sie hat ein bisschen Angst.«

»Verständlich ... und dir und deiner Schwester? Wie läuft es mit Tom? Bestimmt irgendwie seltsam, oder?« Ich schaute ihr verlegen zu, wie sie von Küchenschrank zu Küchenschrank flitzte und Tassen, Zucker und Kekse herausnahm. »Und wie geht es Kate? Sie ist echt eine Hübsche, was?«

»Ihr geht es gut, sie ist diese Woche nicht da. Familienbesuch.« Ich kratzte mich am Hinterkopf und versuchte, nicht jedes Mal zu grinsen wie blöde, wenn jemand sagte, wie hübsch Kate war.

»Hey.« Shane kam rein, mit nassen Haaren und nach Duschgel riechend. Jo grinste ihn schief an, dann drehte sie sich um, nahm die Kaffeetasse aus der Maschine und tat eine neue Kapsel für Shane hinein. »Alles okay?«

»Ja, eigentlich schon, denke ich ... ich ... ich brauche ein bisschen Hilfe bei was.«

»Okay ...«

Jo stellte uns den Kaffee hin und entschuldigte sich, sie müsse oben noch ein paar Sachen aussortieren oder so was in der Art.

»Ich muss aufhören, mich zu prügeln.« Er lachte, trank einen Schluck Kaffee und verzog angewidert das Gesicht.

»Igitt, Karamell.« Er schob den Kaffee weg, als wäre Arsen drin. »Und wie kommst du plötzlich auf die abwegige Idee, sich zu prügeln wäre irgendwie verkehrt?« Er grinste mich spöttisch an. Nicht abfällig oder so, nur ein bisschen sarkastisch. Einer meiner anderen Sozialarbeiter hatte mir mal erklärt, man würde ihnen beibringen, einen großen Bogen um alle Arten von Sarkasmus zu machen, weil das »leicht missverstanden werden« könnte. Und ich weiß noch, wie ich dachte, was für ein Quatsch.

»Ich habe mich ein wenig mit mir selbst beschäftigt, das alles jetzt mit Mum und so … Da kann sie meinen Mist nicht auch noch gebrauchen, und, na ja, realistisch betrachtet kann sich das mit ihrer Krankheit ziemlich lange hinziehen, und ich weiß, ich muss mich ändern. Ich weiß nur nicht, wie. Wenn ich die Beherrschung verliere, habe ich das Gefühl, als würde alles im Nebel versinken, und ich hab keine Ahnung, was ich machen soll.«

»Wir haben doch schon darüber geredet, wie du lernen kannst, deine Wut besser zu beherrschen …«

»Ja, aber bis jetzt habe ich es noch nicht so richtig ernsthaft versucht.« Er zog die Augenbrauen hoch und machte »Ts, ts, ts«.

»Klar habe ich es versucht, aber ich habe es nicht so richtig ernst gemeint, wenn du verstehst, was ich meine.«

»Okay, womit hast du es nicht so richtig versucht?«

»Hmmm, ich habe bis zehn gezählt.«

»Und?«

»Na ja, ich hab halt ziemlich schnell gezählt.«

»Okay, und was ist mit Fäuste ballen?«

»Ja, das hat funktioniert, irgendwie.«

»Und die Ballons?«

»Alter, ich werde ganz bestimmt keine Ballons aufblasen und dann loslassen. So bescheuert bin ich nicht.«

»Ich glaube, du musst selbst rausfinden, was für dich funktioniert. Was hältst du davon, Tagebuch zu führen, damit du erst mal rausfinden kannst, was dich triggert? Schreib alles auf: wie lange du geschlafen hast, was du gegessen hast, wie du dich in verschiedenen Situationen gefühlt und verhalten hast.«

»Okay. Ich muss wirklich versuchen, na ja, normal zu werden.«

»Warum willst du denn normal sein? Das ist doch öde. Warum willst du nicht einfach ein neuer, besserer Flynn sein?«

Als ich wieder nach Hause kam, hörte ich, wie Mum und Tom sich leise im Wohnzimmer unterhielten. Neben der Treppe stand ein kleines Köfferchen – vermutlich schon für morgen. Rose saß auf der obersten Stufe. Sie legte den Zeigefinger auf die Lippen und flüsterte »Pssst«. Ich ging nach oben und setzte mich neben sie.

»Alles okay?«, wisperte sie.

»Ja, alles gut … oder bald, zumindest. Ich werde es versuchen, Rose, wirklich.«

»Gut, ich brauche dich nämlich hier, bei mir. Ich habe auch ganz schön zu kämpfen.«

Wir lehnten uns aneinander wie früher, als wir noch klein waren.

»Hast du wieder damit angefangen?«

»Nein. Aber ich wollte.«

»Das ist gut. Also, dass du es wolltest, aber es nicht gemacht hast … Warum flüstern wir eigentlich?«

»Hör mal …«

Ich hörte Mums Stimme, weich und entspannt.

»Als Rose drei war, hatte ich genug Geld gespart, um mit den beiden für eine Woche nach Borth zu fahren. Das Wetter war fast die ganze Zeit scheußlich, also habe ich ihnen die Gummistiefel angezogen – Rose' hatten kleine Blümchen drauf –, und dann sind wir losgestiefelt. Und dann ganz unvermittelt schlug das Wetter um, die Sonne kam raus, und wir haben uns stundenlang am Strand getummelt … Rose lief im rosa Unterhöschen herum, und ihr kleines weißes T-Shirt mit Spitzensaum wurde pitschnass, als sie in den Wellen herumgehopst ist. Flynn war die ganze Zeit mit seinem Pfadfinderkram beschäftigt und ist auf einem Steinhaufen herumgeklettert und hat nach alten Tauen und Treibholz gesucht, mit denen er Feuer machen wollte. Ich erinnere mich noch daran, wie Rose gelacht hat – sie hatte so ein verschmitztes, kehliges Lachen –, als sie ins Wasser fiel. Flynn hatte aus einem Stock und einem Stück Fischernetz eine Fahne gebastelt, und er lachte und winkte uns zu. Es war das erste Mal, nachdem du verschwunden warst, dass ich ohne dich glücklich war, aber trotzdem stellte ich mir immer vor, wie du hinter mir stehst, die Arme um meine Taille legst und unseren wundervollen Kindern zusiehst … dem Besten, was wir je hervorgebracht haben.«

»Es tut mir leid, dass ich nicht da war.«

»Irgendwie warst du es ja doch, jedenfalls für mich … Ich habe Angst, Tom.«

»Ich weiß.«

»Was, wenn bei der OP irgendwas schiefgeht? Was, wenn ich sie nie wiedersehe, nie wieder einen Tag am Meer verbringen kann?«

»Alles wird gut.« Toms Stimme klang gedämpft, als drückte er die Lippen in ihre Haare. »Alles wird gut«, versicherte er ihr.

Rose und ich schauten uns an.

»Aber was, wenn nicht?«, fragte sie und hatte plötzlich Tränen in den Augen.

»Dann müssen wir es ohne sie schaffen. Sonst wäre alles umsonst gewesen, was sie für uns getan hat.«

36

Rose

19. Oktober

Ich zog die Vorhänge zurück, obwohl ich wusste, dass es noch sehr früh am Morgen war. Der Himmel war matt und schwer, und es tröpfelte. Ich fand immer schon, dass das ein blödes Wort für Regen ist. Ich meine, wenn man das Wort im Zusammenhang mit Essen benutzt, klingt es lecker und verlockend. Man tröpfelt Schokoladensoße über Eis oder Zuckerguss auf Kekse – klebrig und köstlich – oder tröpfelt ein Dressing auf den Salat, womit selbst Grünzeug genießbar wird. Aber wenn es aus den Wolken tröpfelt? Dann ist es bloß nass und kalt und ungenießbar.

Mum musste heute ins Krankenhaus.

Ich setzte mich auf die Bettkante und stemmte mich dagegen, um meine innere Anspannung abzubauen. Dann fuhr ich mit den Fingern über meine Narben und drückte fest darauf. Das klingt jetzt vielleicht bescheuert, aber das war wie ein Ventil, um schnell ein bisschen Druck abzulassen. Die Narben sind längst zu dünnen silbernen Strichen verblasst und sehen auf eigenartige Weise eigentlich schön aus. Fast wie eine Tätowierung. So sehe ich sie jetzt, als Tattoos. Körperschmuck. Damit fühle ich mich nicht so sehr als Außenseiterin oder Sonderling. Ich meine, schließlich haben doch viele Leute Tätowierungen, die sie lieber wieder los wären, oder? Einmal besoffen mit den Kumpels in ein Tattoo-Studio getorkelt, und schon prangt da der Name der Freundin, die inzwischen längst die Ex ist. Das hier ist mein kleiner Fehltritt, meine verflossene Liebschaft. Was nicht heißt, dass ich nicht manchmal sehnsuchtsvoll daran zurückdenke, so wie manche reifere Frau sich bestimmt auch zurücksehnt nach … wo sind die Leute damals hingefahren? Mallorca? Ibiza? Egal, ich wette jedenfalls, wenn sie mal wieder die schreienden Kinder durch den Supermarkt zerren, wünschen sie sich insgeheim, sie könnten mal wieder einen Saufurlaub mit den Freundinnen machen oder eine letzte heiße Liebesnacht mit einem Ex-Lover verbringen.

Heute könnte ich sie verlieren. Ich weiß, ich hätte es nicht machen sollen, aber ich konnte nicht anders: Ich habe Hirntumor gegoogelt und was passiert, wenn man sie entfernt. Die möglichen – nein, nicht möglichen, die wahrscheinlichen – Nebenwirkungen sind endlos, angefangen bei dem Kontrastmittel, das sie schlucken muss, damit der Tumor lichtempfindlich wird. Es kann zu Leberversagen und Kreislaufkollaps führen, und da hat die eigentliche OP noch gar nicht angefangen. Ich schaute auf die Uhr. Ihre leuchtenden Zeiger gingen auf halb fünf zu. Am liebsten hätte ich mich in ihr Zimmer geschlichen und mich an sie gekuschelt, so wie früher immer, aber das ging nicht, weil Tom da war. Ich hörte gedämpfte Stimmen unten, hörte das Wasser in den Leitungsrohren rattern, hörte, wie der Wasserkocher gefüllt wurde, und dann das Klicken des Schalters, und wie der Kocher ächzte und stöhnte, während er das Wasser aufheizte. Ich band mir die Haare zum Pferdeschwanz, schaute mich seufzend im Zimmer um und wünschte, ich wäre nicht so schrecklich unordentlich. An den geschlossenen Türen vorbei huschte ich ins Bad, putzte mir die Zähne und lauschte auf Mums leises Schnarchen von der anderen Seite der Wand. Ihre Schlafzimmertür war nur angelehnt, und ich drückte ganz leicht dagegen, als mir aufging, dass Tom wohl unten sein musste. Ich wollte sie nicht wecken, aber ich wollte auch nicht, dass sie ins Krankenhaus ging. Mir wurde ganz flau im Magen bei dem Gedanken, es könnte das letzte Mal sein, dass ich sie schlafen sehe, das letzte Mal, dass ich mich an sie kuscheln kann. Das Bett gab ein bisschen nach, als ich über die Decke krabbelte und darunterkroch. Die Laken rochen nach Tom, was irgendwie komisch war, aber nicht schlimm. Aber als ich dann den Arm um Mums schmale Taille legte, versank ich plötzlich in einer Wolke einzigartiger Mama-Gerüche.

In Biologie haben wir gelernt, dass ein Baby den Geruch der Mutter schon wenige Tage nach der Geburt anhand der Aminosäuren erkennen und ihn von dem eines Fremden unterscheiden kann. Zuerst hielt ich das für völligen Quatsch, aber dann bin ich ins Grübeln gekommen und habe überlegt, na ja, stimmt, meine Mum würde ich bestimmt sogar mit verbundenen Augen am Geruch erkennen. Ich schloss die Augen und bemühte mich mit aller Kraft, mir Mums Duft einzuprägen, denn wenn ihr was zustoßen sollte, kann ich mir immer noch Fotos und Videos und so von ihr anschauen, aber riechen kann ich sie nicht mehr.

Komisch, früher habe ich mir manchmal vorgestellt, wie Dad wohl riecht. Jetzt war sein Duft überall, aber der Geruch von Mum verschwand womöglich. Regungslos lag ich da und lauschte mit geschlossenen Augen auf ihr Schnarchen und dachte über alles Mögliche nach, beispielsweise über meine erste Begegnung mit Tom. Als ich gesehen habe, wie er Flynn umarmte, kam plötzlich ein furchtbarer Hass in mir hoch, eine unglaubliche Wut, was irgendwie eigenartig ist, wenn man bedenkt, dass ich jahrelang wie besessen war von dem Gedanken, ihn ausfindig zu machen. Aber als Flynn fast anfing zu flennen wie ein kleines Kind, das sich die Knie aufgeschlagen hat, war ich auf einmal stinkwütend. So nach dem Motto, wie kann er es wagen, Flynn jetzt zu umarmen, obwohl er jahrelang nicht da gewesen war, als wir ihn gebraucht hätten? Ich kann es nicht ausstehen, wenn mein Bruder so aufgewühlt ist, aber noch schlimmer finde ich es, wenn er verzweifelt ist ... Aber dann hat Tom uns erzählt, dass er sich an nichts mehr erinnern kann. Und als er über Mum geredet hat, ist sein Gesicht auf einmal ganz weich geworden. Es war wie im Film. Man sah ihm richtig an, wie sehr er sie liebt. Ich weiß, das klingt jetzt ein bisschen kitschig, aber es stimmt.

»Oh, hey«, flüsterte er und kam mit zwei Tassen Tee zur Tür herein. Eine stellte er behutsam auf Mums Nachttischchen und ging dann zur anderen Seite und stellte seine Tasse ab. »Alles okay?«, fragte er und lehnte sich an das Kopfende des Bettes. Ich schüttelte leicht den Kopf. »Nein, kann ich mir vorstellen.«

»Was machen die heute mit ihr?«

»Genau das, was wir besprochen haben. Sie bekommt ein Kontrastmittel, und ein paar Stunden später wird sie operiert ...«

»Rasieren sie ihr die Haare ab?«

»Nur an einer Stelle.«

»Sieht bestimmt komisch aus.«

»Gut möglich, dass sie danach noch eine Chemo braucht, also ...«

»... kriege ich eine Glatze«, murmelte Mum. Sie streckte

sich und gab mir einen Kuss auf den Kopf. »Guten Morgen, wie spät ist es?«

»Viertel vor sechs. Da steht dein Tee«, sagte Tom lächelnd.

»Darf ich doch nicht, ich muss nüchtern sein, weißt du nicht mehr?« Er zog ein langes Gesicht und sah aus, als hätte er versehentlich ein Kleinkind überfahren, nicht eine Tasse Tee gemacht.

»Entschuldige.« Er kletterte aus dem Bett.

»Nicht schlimm, Tom, wirklich.« Kopfschüttelnd sah Mum ihn an und verdrehte mit einem Grinsen die Augen, und er nahm die Tasse von ihrem Nachttisch, so vorsichtig, als könne sie jeden Augenblick in seiner Hand explodieren, und stellte sie aufs Fensterbrett. Dann stieg er wieder ins Bett, beäugte noch einmal misstrauisch die Tasse und deckte sich zu.

»Alles okay?«, fragte sie mich.

»Bei dir?«, gab ich zurück.

»Ich habe Angst.«

»Dito.«

»Was habt ihr nur mit diesem Wort?«, fragte Tom. »Dito?«

Mum lachte leise. »Teenie-Talk. Das sagen die heute so. Heißt, ›ich auch‹.«

»Hallo! Aber deffo.«

»Deffo?« Tom zog die Augenbrauen hoch und lächelte mich an. Manchmal ertappe ich ihn dabei, wie er mich anschaut. Nicht komisch, ich weiß auch nicht, eher, als wäre er angenehm überrascht. Womit ich nicht sagen will, wie toll ich doch bin. Eher so, wie wenn man morgens aufwacht und denkt, man muss zur Schule, bis einem wieder einfällt, dass Sonntag ist … so in der Art.

»Glatze also, hm? Wickelst du dir dann einen Turban um den Kopf oder gehst du oben ohne?« Ich stützte mich auf einen Arm und drehte eine Strähne von ihren Haaren um den Finger.

»Weiß nicht … ich könnte ja auch lustige Perücken tragen.« Sie lächelte, aber ein bisschen halbherzig.

»Du kannst auch kahlköpfig bleiben, finde ich, du hast so schöne Augen.«

»Du hast immer gesagt, mit meinen Augen sehe ich aus wie ein Alien, Rose.«

»Ja, aber wie ein schöner Alien.«

Sie strich mir über die Haare.

»Vielleicht sollte ich es mal mit Rot versuchen?«

»Bloß nicht«, protestierte ich heftig. »Nein, nein, nein … Man muss erst ein Initiationsritual bestehen, wenn man ein Rotschopf sein will. Wir Rothaarigen haben uns das hart erkämpft. Man muss erst jahrelang klaglos dumme Bemerkungen ertragen wie: ›Schnell, ruft die Feuerwehr! Die brennt ja!‹ oder ›Mach dir nichts draus, im Alter werden sie grau‹ oder ›Husch, husch in die Schachtel, Streichholz‹.«

»Feuerrotes Spielmobil«, ergänzte Tom.

»Feuermelder … die Liste ist endlos.«

»Okay … wie wäre es mit Lila?«, fragte sie lächelnd. Sie schaute auf die Uhr. Bald war unser gemütlicher kleiner Bettplausch vorbei. Tom nippte an seinem Tee und versuchte, alle Anzeichen zu ignorieren. Heute Morgen machte sie gar keine Anstalten, es runterzuschlucken. Es dauerte einen Moment, bis ich die ersten Zeilen erkannte. Es war ein ziemlich langsames Lied, und die ersten Töne waren sehr tief. Mum sang darüber, dass sie nicht schlafen und lieber wach bleiben wollte, um auf meinen Atem zu lauschen. Sie sah Tom an und sang davon, dass sie ihn im

Schlaf lächeln sah, wenn er träumte, und auf einmal erkannte ich es. Es war aus einem uralten Film, *Armageddon – Das Jüngste Gericht*, in dem eine Handvoll Ölbohrexperten in den Weltraum geschossen werden, um die Erde zu retten, die von einem Meteoriten bedroht wird … Wussten Sie, dass die NASA diesen Film angeblich zu Trainingszwecken einsetzt? Ihre Rekruten sollen alle Fehler darin erkennen. Ich weiß, es klingt, als wollte ich mich ablenken, weil ich über die NASA rede, aber manchmal, wenn sie singt, will sie es einfach bloß hinter sich bringen, und manchmal meint sie das, was sie singt, auch wirklich so. Flynn war reingekommen und hatte sich quer über das Fußende des Bettes gelegt. Trotzdem ragten seine großen haarigen Füße noch über die Bettkante. Inzwischen war sie beim Refrain angekommen, und sie weinte, als sie sang, sie wolle nie mehr die Augen schließen, wolle nie mehr einschlafen, weil sie uns vermissen würde und sie keinen Moment verpassen wolle. Als sie schließlich fertig war, murmelte sie »Sorry«, ging hinaus und schloss sich im Badezimmer ein. Wir blieben alle, wo wir waren, und dachten an den Liedtext und hofften, wir würden sie nicht verlieren.

»Ich habe eine Idee«, brummte Tom und kratzte sich am Hinterkopf. Flynn rappelte sich auf und setzte sich im Schneidersitz auf das Bett und linste durch seine Ponyfransen. Entschlossen sprang Tom auf.

»Was denn?«, fragte ich, während er Schubladen aufzog und zuknallte, bis er endlich gefunden hatte, was er suchte. Er stellte sich vor den Spiegel, steckte den Stecker in die Dose und schaltete den Rasierer ein. Mit hochgezogenen Augenbrauen und einer einzigen schnellen Handbewegung rasierte er sich in der Mitte die Haare ab. Flynn prustete und schüttelte den Kopf, und wir beobachteten, wie

Toms Haare um ihn herum auf den Boden fielen. Als er fertig war, fuhr er sich mit der Hand über die kurz geschorenen Stoppeln.

»Cool, aber bei dir nicht weiter schlimm, weil deine Haare eh schon so kurz waren.«

Tom zeigte mit dem Rasierer auf Flynn und guckte ihn herausfordernd an. Entsetzt wich Flynn zurück. Ich hatte plötzlich einen Knoten im Magen. Ich glaube nicht, dass Tom weiß, wie wichtig Flynn seine Haare sind. Hinter ihnen versteckt er sich, das ist – und war immer schon – seine Rüstung, sein Schutzschild. Er strich sich die Haare aus dem Gesicht und schaute erst mich und dann wieder Tom an.

»Mach schon«, brummte er.

»Flynn, ich …« Ich wollte ihm sagen, er soll es nicht tun, dass es eine bescheuerte Idee war, aber ich bekam kein Wort heraus. Tom schien das Ganze mit einem Mal sehr unangenehm zu sein.

»Hey, war nur Spaß«, sagte er glucksend, zog den Stecker und wickelte das Kabel um den Rasierer.

»Ich meine es ernst. Los, mach schon«, knurrte Flynn.

»Denk lieber erst mal drüber nach«, warnte ich ihn, aber ich wusste, es war zu spät. Die Worte konnte ich mir sparen. Flynn war wild entschlossen. Wenn er sich was in den Kopf gesetzt hatte, überlegte er es sich nur selten noch mal anders.

»Ich habe doch gesagt, ich werde mich ändern, oder?«

»Ruf wenigstens vorher Kate an und frag sie, was sie davon hält.« Das war das Einzige, was mir spontan einfiel, was ihn eventuell noch davon abhalten konnte.

»Warum? Meinst du, sie ist mit mir zusammen, weil ich so gut aussehe?«

»Na ja, bestimmt nicht wegen deinem Charme.« Ich

grinste ihn sarkastisch an. Er stand auf und stellte sich neben Tom und schaute in den Spiegel. Mein Blick ging zur Wand, hinter der man die Dusche rauschen hörte. Flynn fixierte sein Spiegelbild und fasste die Haare mit beiden Händen am Hinterkopf zusammen.

»Ich glaube, wir sollten … ich sollte … erst mal deine Mum fragen.« Tom klang nervös, als bereute er seinen Vorschlag aus tiefstem Herzen.

»Warum? Du bist doch mein Dad, oder?« Flynn ließ die Haare los und zog die Schublade auf, in der Mum Schere und Verbandszeug und Geburtstagskarten für den Notfall aufbewahrte. »Oder?«, fragte er noch mal und sah Tom unverwandt an.

»Ja, stimmt.«

»Gut, dann kannst du mich nämlich vor Mum in Schutz nehmen, denn die wird komplett ausflippen, wenn sie gleich aus der Dusche kommt.« Und damit hielt er seinen Pony hoch und schnitt ihn ab. Ich machte ein komisches Schluckgeräusch und fing an zu lachen, so ein leicht hysterisches Lachen. Hilflos schaute ich zu, wie eine Haarsträhne nach der anderen auf den Boden fiel. Tom wickelte das Kabel wieder ab und brachte das Massaker zu Ende.

»Scheiße«, keuchte Flynn, als er sich im Spiegel betrachtete und sich mit der Hand über den Schädel fuhr, so wie Tom vorhin.

»Du musst jetzt sagen: ›Du sollst nicht Scheiße sagen‹«, tadelte ich Tom.

»Ach … ähm … du sollst nicht Scheiße sagen.« Tom hielt sich die Hände ans Gesicht. Er erinnerte mich an die Figur aus *Scream*. »Aber, Scheiße.«

»So schlimm?«, fragte Flynn sein Spiegelbild.

»Was? Nein! Wir sehen … wir sehen uns bloß so ähnlich,

das ist total irre«, meinte Tom lachend. Ich stand vom Bett auf und stellte mich zu ihnen. Die beiden sahen sich wirklich sehr ähnlich. Flynns Narbe ließ sich jetzt natürlich nicht mehr verstecken, aber ganz ehrlich, es war nicht so schlimm wie erwartet. Und mir dämmerte, dass ich als Einzige außen vor war. Mal wieder. Es war keine bewusste Entscheidung, und ich habe überhaupt nicht darüber nachgedacht, was passieren würde, wenn ich in die Schule komme oder wie dämlich ich aussehen würde … Ich habe einfach die Schere genommen und drauflosgeschnibbelt. Eine richtige Schneise mitten auf dem Kopf, da, wo Mum die kahle Stelle haben würde.

»Rose, nein!«, rief Flynn entsetzt und wollte mir die Schere aus der Hand reißen, aber es war schon zu spät. Einmal damit angefangen, konnte ich nicht mehr aufhören. Tom sah aus, als müsste er sich gleich übergeben, als meine dicken roten Haare auf den Boden fielen. Ich bekam kaum mit, wie das Wasser in der Dusche abgedreht wurde, während ich weiterschnibbelte und, oh Gott, es fühlte sich so gut an. Das Gewicht der Haare, das plötzlich weg war. All diese furchtbaren Bemerkungen, die Hänseleien, die »Goldfisch«-Kommentare. Alles fiel von mir ab. Ich hörte, wie Mum im Badezimmer würgen musste, und streckte die Hand nach Toms Rasierer aus.

»Lass mich das machen, dann kannst du mir die Schuld geben«, sagte er nervös und guckte über die Schulter zum Badezimmer. Er schüttelte den Kopf, und der Rasierer surrte wieder los.

Und dann standen wir drei da und beäugten uns im Spiegel. Wir sahen aus wie Lagerinsassen.

»Ich werde echt froh sein, wenn ich nicht mehr alle paar Minuten ko… Aarghhhh!« Gleichzeitig drehten wir uns zu

Mum um. Sie hatte die Hand vor den Mund geschlagen und die Augen unter dem weißen Handtuchturban weit aufgerissen. »Was habt ihr bloß gemacht?«

»Ähm … eine kleine Solidaritätsbekundung«, erwiderte Flynn vorsichtig.

»So-li-da-ri-tät?! Ich weiß gar nicht, was ich sagen soll. Wie ihr ausseht. So …«

»Kahl?«, schlug ich vor.

»Na ja, ja, aber mein Gott …« Und dann drehte sie sich auf dem Absatz um, rannte ins Bad und übergab sich.

Wir saßen gemeinsam am Küchentisch, aßen unser Müsli und strichen uns andächtig über die rasierten Köpfe. Mum kam herein und schaute von einem zum anderen. Sie fing an zu lachen, und die Tränen liefen ihr über das Gesicht, und sie bekam einen Schluckauf. Ihr Lachen war ansteckend, und wir mussten einfach mitlachen. Ich musste so prusten, dass mir die Milch durch die Nase schoss, und wir mussten nur noch mehr lachen. Es dauerte eine ganze Weile, bis wir uns wieder beruhigt hatten und sprechen konnten. Aber irgendwann merkten wir, dass uns die Zeit, wie so oft, davonlief. In zehn Minuten würde das Taxi vor der Tür stehen, um Mum und Tom ins Krankenhaus zu bringen, und Flynn und ich mussten in die Schule und aufs College. Also räumten wir den Tisch ab, und Mum vergewisserte sich, dass sie alles eingepackt hatte, und ging Tom auf die Nerven, er solle genug Lesestoff mitnehmen, weil die OP auf vier Stunden angesetzt war und sie nicht wollte, dass er sich langweilte. Toms Handy vibrierte. Das Taxi war da. Er ging hinaus und redete mit dem Fahrer, der ausstieg und Mums Gepäck im Kofferraum verstaute. Linkisch standen wir drei in der Tür, während Mum sich hektisch umschaute, als suchte sie irgendwas.

»Bist du so weit?«, fragte Tom, und sie nickte kurz, und mit einem Mal fing sie an, *Final Countdown* zu singen. »Diddu-der-duuuuh-di-duh-duh-du-duuuh«, und dann »Dumm, du-du-dumm, der, dumm, bedudump-pum-pum-pum-puuuuuum!« Sie sah richtig aufgebracht aus, als könnte sie es nicht fassen, dass sie ausgerechnet in diesem Moment Achtzigerjahre-Softrock singen musste. Dann umarmte sie uns, gab uns einen Kuss auf den kahlen Schädel und sagte, dass sie uns lieb hat und alles gut wird. Sie ging mit Tom zum wartenden Taxi. Wir folgten ihnen und stellten uns an die Bordsteinkante. Ich weiß nicht, wie ich beschreiben soll, was ich in dem Augenblick empfunden habe, als ich sie in das Auto steigen sah. Alle schlimmen Dinge, die ich gelesen hatte, alle Risiken, die eintreten konnten, brachen über mir zusammen wie eine alles verschlingende Welle. Ich überlegte, ob sie sich lieber nicht operieren lassen und erst mal nur eine Chemotherapie machen sollte. Das wäre doch sicher bedeutend weniger riskant, als sich den Schädel aufsägen zu lassen. Die Autotüren schlossen sich mit einem gedämpften Klack, und sie hantierte mit dem Sitzgurt herum. Bestimmt haben ihr die Hände gezittert, denn Tom beugte sich zu ihr rüber und half ihr, sich anzuschnallen. Völlig verängstigt blickte sie uns an und versuchte, uns beruhigend zuzulächeln, aber ihre Hand tastete nach dem Türöffner, als kämen ihr Bedenken, als wollte sie schnell wieder aussteigen, doch da fuhr das Taxi auch schon los. Sie schaute durch das Rückfenster, und ehe ich mich versah, lief ich hinter dem Auto her. Flynn packte mich noch am Arm, aber ich schüttelte ihn ab. Ich erinnere mich undeutlich, dass er meinen Namen rief. Ich war barfuß, und der Straßensplitt bohrte sich in meine Fußsohlen, als ich hinter dem silbergrauen Taxi herrannte. Natürlich war es schneller als ich, aber nach etwa einer Minute hielt es vor den Sozialbauten mit den Flachdächern, die von unterernährten Rauchern und schwangeren Teenies bevölkert werden. Mum sprang aus dem Taxi und nahm mich in ihre Arme, und ich schluchzte und flehte sie an, nicht zu gehen. Die Betonbunkerinsassen sahen uns an, dann drehten sie uns den Rücken zu und verschwanden wieder in ihren Haftanstalten.

Wenn ich jetzt so darüber nachdenke, hätte ich wohl kaum was Schlimmeres machen können. Aber immerhin war ich nun etwas ruhiger, als sie wieder ins Taxi stieg, weil ich mich wenigstens richtig verabschiedet hatte. Flynn hatte mich inzwischen eingeholt und legte mir den Arm um die Schultern.

Ich bin froh darüber, denn als ich schließlich in der Schule ankam, war ich wie betäubt. Ich machte mir überhaupt keine Gedanken mehr, was die anderen über mich sagen würden. Ich hörte Gelächter und merkte, wie sie sich in die Rippen stießen, als ich durch den Korridor zur Schulversammlung ging, aber es war mir egal. Ich konnte an nichts anderes denken als daran, meine Mum womöglich nie wiederzusehen.

In der Schulversammlung ging es witzigerweise um Sicherheit im Straßenverkehr, und ich blendete das monotone Geleier des stellvertretenden Direktors, der erzählte, man solle immer links, rechts, links gucken, bla, bla, bla, völlig aus. Endlos schwadronierte er, und dann kam irgendwas mit Schuluniformen, und plötzlich kapierte ich, dass er über mich redete. Die ganze Schule schien schadenfroh zu kichern, und ich wurde knallrot.

»Rose King, ich hoffe, du hörst gut zu!«, sagte er gerade, zog die Stirn kraus und wippte auf den Fußballen vor und zurück wie ein kleines Stehaufmännchen. »Extreme Frisuren gehören zu den Themen, die wir erst kürzlich angesprochen haben, und wie im letzten Rundschreiben erwähnt, werden wir sie an dieser Schule nicht dulden. Geh also bitte und warte in meinem Büro.«

Mit zitternden Beinen stand ich auf. Irgendwie kam es mir fast vor, als stünde ich neben mir … Vermutlich hatte ich einen Schock oder so. Aber egal, ich blieb jedenfalls einfach stehen und sagte: »Nein.«

»Ich höre wohl nicht recht?!«, brüllte er. Sämtliche Köpfe in den vorderen Reihen drehten sich nach mir um, und die Lehrer auf beiden Seiten der Aula schauten sich mit schockierten Gesichtern an.

»Nein«, wiederholte ich laut und deutlich und sehr entschieden. »Das ist keine ›extreme Frisur‹.« Ich blickte in die höhnisch grinsenden Gesichter, eins nach dem anderen, damit sich alle angesprochen fühlten. »Meine Mum hat Krebs. Krebs. Das ist zwar kein Schimpfwort, aber niemand hört es gerne. Niemand redet darüber. Doch ich bin mir ziemlich sicher, dass jeder Einzelne von euch irgendwann in seinem Leben damit konfrontiert werden wird. Meine Mum ist heute Morgen ins Krankenhaus gefahren, und in diesem Moment wird ihr vermutlich gerade der Schädel aufgebohrt, und sie stochern in ihrem Gehirn rum, um den Tumor rauszuholen.« Das höhnische Grinsen wich Betroffenheit und mitleidigen oder mitfühlenden Blicken. Ich wusste es nicht so genau. »Aber die Wahrscheinlichkeit ist groß, dass sie ihn nicht komplett entfernen können, und dann muss sie zur Chemotherapie, und ihr werden die Haare ausfallen. Darum habe ich diese …«, ich malte Gänsefüßchen in die Luft, »… ›extreme Frisur‹. Weil ich ihr zeigen möchte, dass ich hinter ihr stehe, damit sie sich nicht wie eine Aussätzige vorkommt … Wenn also irgendjemand abfällige Bemerkungen darüber machen oder mir irgendwelche Spitznamen geben möchte, nur zu, denn wenn es einen Menschen gibt, der glaubt, Krebs zu haben wäre lustig, und Witze darüber reißen möchte, ist mir das schnurzpiepegal. Das ist kein Witz, es ist nicht lustig, und man kann nicht darüber lachen.« Bei den letzten Worten spürte ich, wie meine Beine zitterten, und ich hatte Angst umzukippen. Aber in dem Moment fing Miss Singh an zu klatschen und stand auf … und die anderen Lehrer auch, und dann, okay, manche der anderen Kids machten ein arschiges Gesicht, aber sie standen alle klatschend und lächelnd um mich herum.

Nach der Schule fing Megan mich ab und fragte mich, ob ich am Dienstag mit ihr zu KFC gehen will. Sie meinte, ihr würde es fehlen, wie früher mit mir zu quatschen. Ich antwortete nur, ich würde ja gerne, aber ich wäre mir nicht sicher, ob ich Zeit hätte. Eigentlich hätte ich am liebsten gleich ja gesagt, doch es tut immer noch ein bisschen weh, wie sie mich damals alle fallen gelassen haben. Lisa sagte, ich sähe aus wie ein Freak. Aber sie hat das nett gemeint, und sie erzählte, dass alle darüber reden, was für eine coole Aktion das war, Mr Greene vor der ganzen Schule zusammenzufalten. Sorry, dass ich jetzt so viel gelabert habe, aber ich versuche, ein bisschen Zeit totzuschlagen, während wir darauf warten, dass Tom sich endlich aus dem Krankenhaus meldet. Ah, jetzt klingelt endlich mein Handy!

Das war Tom. Sie konnten den Tumor nicht ganz entfernen.

37

Melody

Ich wachte im Krankenhaus auf und war allein. Komisches Wort, allein. Es kann so vieles bedeuten. Allein ist man, wenn man abends die Kinder ins Bett gebracht hat und sich eine Flasche Wein aufmacht und einen ein Gefühl von Frieden und Ruhe und Erleichterung überkommt. Man hat es sich verdient. Oder der Moment, wenn man mit einem guten Buch in der Badewanne liegt, zufrieden und entspannt. Allein im Auto, während der Lieblingssong aus dem Radio dröhnt und man aus vollem Halse mitsingt. Und wenn man von Menschen umgeben und trotzdem allein ist: der erste Schultag, wenn man Mums Hand loslassen und durch die Tür ins Klassenzimmer gehen muss. Wenn man neu in einen Kurs kommt und sich vorstellen muss. Oder die Müdigkeit und das schmuddelige Gefühl, wenn man nach der Arbeit auf dem Weg nach Hause allein im Zug sitzt. Als ich in dem Krankenbett lag, umgeben von Hunderten von Menschen, fühlte ich mich so allein wie wohl noch nie in meinem Leben. Ich wusste es. Natürlich wusste ich, dass sie den Tumor nicht vollständig hatten entfernen können. Ich wusste es, weil ich einen Song übers Alleinsein sang, wieder ein Powerballaden-Klassiker aus den Achtzigern, diesmal von den Rockgöttinnen von Heart. Ich wusste es, als ich sang, dass die Uhr tickt und niemand ans Telefon geht, und dann – während mein inneres Background-Tape einen Powerakkord anschlug – erklärte ich herzzerreißend, dass ich bis vor Kurzem immer gut allein zurechtgekommen bin und es mir nichts ausgemacht hat, bis ich ihn kennengelernt habe. Und dass es mir durch Mark und Bein ging. Als eine müde wirkende Schwester (die nicht viel älter gewesen sein kann als Rose) den Vorhang zurückzog, fragte ich sie, wie ich denn nun ganz allein zurechtkommen solle.

Seitdem ist viel Zeit vergangen. Mein Körper wurde von den warmen Strahlen der Strahlentherapie liebkost, die mit ihrer geballten Energie die Krebszellen zerstören und gleichzeitig die gesunden Zellen schonen soll. Währenddessen lag ich immer still da, eine Maske auf dem Gesicht – mit der ich aussah, als wollte ich zu einem Fechtkampf –, während die radioaktiven Teilchen auf mich einprasselten. Zu Beginn jeder Sitzung musste ich mich zusammenreißen, um nicht laut »*En garde!*« zu rufen.

Meine Haare habe ich noch eine ganze Weile behalten, aber als sie in Büscheln ausfielen, machte ich es wie der Rest meiner verrückten Familie und rasierte sie ratzekahl ab. Sie sollten mal die Gesichter sehen, wenn wir vier zusammen unterwegs sind.

Einmal gingen wir zu einer Veranstaltung von Flynns College, das eine vor jungen Talenten nur so strotzende Abteilung für darstellende Künste hat. Flynn war gebeten worden, das Bühnenbild für die Aufführung mitzugestalten, also hat er vorgeschlagen, dass wir alle hingehen und uns dort für wenig Geld einen schönen Abend machen. Wir standen in der Schlange, die sich einmal quer durch die Schulmensa schlängelte, wo Anti-Drogen-Plakate einträchtig gleich neben den Essensplänen hingen, und konnten nicht umhin, das Gespräch hinter uns mit anzuhören. Ein Paar – ungefähr Ende vierzig – zerriss sich gerade genüsslich das Maul über uns. Jemand murmelte Flynns Namen und setzte viel lauter hinzu: »Tja, was will man auch erwarten, wenn die ganze Familie aussieht wie eine Horde Hooligans? Es liegt immer an den Eltern.« Ich wollte mich schon empört umdrehen, aber Flynn verdrehte nur die Augen. Ihn kratzten die abfälligen Bemerkungen nicht. Tom allerdings hatte Flynns Beschwichtigungsgeste nicht mitbekommen und wandte sich zu den Stänkerern um.

»Hat es Ihnen eigentlich immer schon an gesellschaftlichem Benimm gefehlt oder kam das erst im fortgeschrittenen Alter?«, fragte er. Rose, Flynn und ich waren allesamt tief beeindruckt von diesem Beleidigungs-Doppel-Whopper schon im Eröffnungssatz.

»Wie bitte?«

»Oh, entschuldigen Sie, soll ich ein bisschen lauter reden?« Er räusperte sich und trompetete übertrieben laut: »SIE HAT KREBS, WIR HABEN UNS DIE HAARE ABRASIERT, DAMIT SIE NICHT TRAURIG IST, WEIL IHR DIE HAARE AUSFALLEN.« Worauf alle die Köpfe zu uns umdrehten und ich verlegen wurde. »VORNE AM EINGANG STEHT EINE SPENDENBOX FÜR DIE KREBSFORSCHUNG, WENN SIE VIELLEICHT IHR PORTEMONNAIE ZÜCKEN MÖCHTEN, DENN DAS WÄRE EINE TOLLE ENTSCHULDIGUNG DAFÜR, EINE TODKRANKE FRAU ZU BESCHIMPFEN.« Sie wanden sich unbehaglich unter den angewiderten Blicken der Umstehenden, und meine Verlegenheit verflog angesichts ihrer beschämten Gesichter. Nach der Veranstaltung haben sie wohl fünfzig Pfund in die Spendenbox gesteckt.

Aber es gab auch andere Reaktionen, wie einmal, als wir zum Einkaufen im Supermarkt waren und ein kleiner Junge von vielleicht vier Jahren mit dem Finger auf uns zeigte und seine Mummy fragte, warum wir alle keine Haare hätten. Woraufhin seine Mutter sich zu ihm hockte und ihm erklärte, das läge daran, dass wir krank seien. Sie schaute uns an und sagte sehr bewegt und teilnahmsvoll: »Ich wünsche Ihnen viel Kraft.«

Rose war stinksauer und schwor, nie wieder Nude-Lippenstift zu tragen, wenn sie damit aussah, als sei sie todsterbenskrank.

In den ersten Wochen der Bestrahlung ging es mir weder besser noch schlechter, aber meine Störung verschlimmerte sich, wohl wegen der Schwellung im Gehirn. Ohne ersichtlichen Grund fing ich plötzlich an, Songs aus Musicals zu singen, angefangen mit *Don't Cry For Me Argentina* (während ich gerade die Spaghetti abgoss) bis hin zu *Jesus Christ Superstar* (die »Bog mit einer Yamaha um die Ecke«-Version) mitten im Gartencenter. Tom und die Kinder wirkten in der ersten Woche mitgenommener als ich, was nicht weiter verwunderlich ist, wenn man stundenlang eine schlecht gesungene Version von *The Music of the Night* aus *Phantom der Oper* um die Ohren gehauen bekommt. Schließlich bat ich Jo, die Kinder eine Weile zu sich zu nehmen.

Shane war auch da, als wir ankamen, und man sah an den Blicken, die sie sich zuwarfen, und dem unverhohlenen Grinsen, dass irgendwas im Busch war. Wie sie sich anschauten, als sie mir fast schüchtern sagten, sie wollten der Liebe noch eine Chance geben. Als erklärten sie ihren Eltern, dass sie »zusammen« waren. Irgendwann ging Shane dann, und sofort wechselte Jo in den Teenie-Klatsch-Modus und gestand mir, sie wären frisch verliebt und hätten an dem Tag, als ich von der Biopsie nach Hause gekommen war, die ganze Nacht lang geredet. Zart errötend erzählte sie, seither könnten sie die Finger nicht mehr voneinander lassen. Sie wirkte so viel entspannter und gelassener. Und sie hatte ein paar Pfund zugenommen und wirkte viel weicher, was ihr außerordentlich gut zu Gesicht stand. Liebend gerne nahmen sie die Kinder bei sich auf. Nach einer Woche klangen meine Symptome langsam ab. Und nach einer weiteren Woche ließ die Singerei endlich so weit nach, dass die Kinder wieder bei uns schlafen konnten. Doch dann setzten die anderen Nebenwirkungen ein.

Gegen die Übelkeit halfen die Tabletten, obwohl ich das Gefühl von anhaltender Reisekrankheit nie ganz loswurde, aber die Müdigkeit machte – macht – mir am meisten zu schaffen.

Jetzt ist bald Weihnachten, und um es mit Wham! zu sagen, das wird mein *Last Christmas* sein.

Die Behandlung schlägt nicht an. Der Tumor ist zu aggressiv.

»Mum?! Wo ist denn der Christbaumschmuck?«, leitet Rose Toms Frage aus den Untiefen des Dachbodens weiter.

»Neben dem …« Ich suche nach dem Wort, aber kann es partout nicht finden. Es ist quadratisch und braun, und es steht »Schulbücher« drauf, aber mir will einfach nicht einfallen, wie es heißt … Die Buchstaben entgleiten mir wie Papierschnipsel, die der Wind davonweht. Ich schließe die Augen und will sie festhalten, ich erwische ein »K« und versuche, die anderen Teile zu erhaschen. Unvermittelt reiße ich die Augen auf. »… Karton! In dem Karton mit den Schulbüchern.«

Das passiert mir in letzter Zeit öfter. Dass ich Dinge vergesse. Die Zeit vergesse. Gestern stand ich in der Küche und habe eine Kartoffel geschält, und dann, zack, lag ich auf einmal auf dem Sofa und habe geschlafen. Und ich kann mich beim besten Willen nicht daran erinnern, wie ich aus der Küche auf die Couch gekommen und eingeschlafen bin.

Ich habe es ihnen noch nicht gesagt ... das kann warten.

Es ist das erste Weihnachten mit der ganzen Familie, an das Rose sich erinnern wird. Flynn kann sich bruchstückartig an frühere Weihnachtsfeste mit seinem Dad erinnern, aber Rose war da noch viel zu klein. Zwei Wochen, dann ist es endlich so weit, und ich will jeden Moment genießen, jeden Hauch von Tannen- und Fichtenduft, jede glitzernde Schneelandschaft auf Weihnachtskarten, jedes aufgeregte Kind auf der Straße, als Hirte oder König verkleidet.

Der Kampf gegen den Krebs ist die größte Schlacht, die man als Mensch im Leben schlagen kann. Er frisst den Körper, er verschlingt die Gedanken. Aber am allerschlimmsten ist die Hoffnung: Sie baumelt einem vor der Nase wie eine Karotte an der Angel. Sie ist da, wenn man aufwacht, sie ist da, wenn man mit Strahlen beschossen wird, sie ist da, wenn man zu erschöpft ist, um auch nur den Arm zu heben, um sich zu kratzen. Sie flüstert einem ins Ohr, dass man sich ausruhen soll, damit man sich schneller erholt. Dass man sich heute noch gar nicht übergeben musste, weil er auf dem Rückzug ist. Überleg nur mal, raunt sie, wie hellwach du morgens bist, er muss einfach schrumpfen. Aber jetzt hat man mir die Hoffnung genommen. Und es ist wie eine Erlösung. Jetzt brauche ich keine Kraft mehr darauf zu verschwenden, für mich selbst zu hoffen, und kann stattdessen auf die Zukunft meiner Familie hoffen. Und das ist viel schöner.

Ich werde nicht dabei sein, wenn meine Kinder Kinder

bekommen oder heiraten. Ich werde nicht dabei sein, wenn sie ihren Abschluss machen. Ich werde nicht mit Tom alt werden. Wir werden kein altes Ehepaar, das immer noch verliebt Händchen hält und in geselligem Schweigen auf seiner Lieblingsbank im Park sitzt. Aber … ich kann für all diese Gelegenheiten vorsorgen.

Das Gute an einer unheilbaren, tödlich verlaufenden Krankheit ist, dass die Leute einem keinen (mit Tränen in den Augen und zitternder Unterlippe vorgetragenen) letzten Wunsch abschlagen können. Weshalb ich Jo und Shane gebeten habe, heute Nachmittag vorbeizukommen, während die anderen beim Einkaufen sind, um meine ellenlange Liste abzuarbeiten. Bisher habe ich Geburtstagskarten für alle Geburtstage der Kinder bis zu ihrem einundzwanzigsten geschrieben. Ich habe versucht, mir Geschenke auszudenken, die ihnen ein kleines Lächeln ins Gesicht zaubern. Ganz alltägliche, kleine Dinge. Nichts Ausgefallenes wie beispielsweise einen Stern nach ihnen zu benennen oder so. Rose habe ich zum Achtzehntem meine zwölf Lieblingsromane bestellt, einen für jeden Monat ihres neuen Lebensjahrs. Sie liest viel, im Moment fast ausschließlich irgendwas mit Vampiren und Teenie-Spioninnen, aber ich wollte ihr immer schon meine Lieblingsbücher ans Herz legen, wenn sie alt genug ist. Flynn habe ich zum achtzehnten Geburtstag Fahrstunden gebucht. (Ich habe mich erkundigt, und ja, er darf Auto fahren, auch wenn er auf einem Auge blind ist.) Und zu Weihnachten bekommt er drei Runden in einem Formel-1-Wagen. Die sentimentaleren Geschenke gibt es zu den bedeutenden Lebensereignissen. Zur Geburt ihres ersten Kindes habe ich kleine Quilts aus ihren Babysachen nähen lassen (Flynns erster Strampler war beige mit kleinen Häschen drauf, und Rose' war zartgelb mit Entenküken), eingefasst mit der Spitze meines Brautkleids. Wenn Rose in ihre erste eigene Wohnung zieht, bekommt sie meine Kochbücher (voller Schokokuchen- und Weihnachtsessenflecken)… Sie glaubt, ich hätte sie alle ins Altpapier getan, und war am Boden zerstört, weil die Rezepte für ihre Lieblingskuchen unwiederbringlich verloren waren. Und für den Abend vor ihrer Hochzeit habe ich jedem von ihnen eine DVD aufgenommen, mit meinen liebsten Erinnerungen, und, Sie verstehen schon, Mama-Kram halt.

Rose kommt herein, und ihre Weihnachtsstrumpf-Ohrringe blitzen unter den kastanienroten Stoppeln. Im Arm hat sie den Christbaumschmuck. Flynn sucht gerade Weihnachtslieder als Hintergrundmusik aus, und dann betritt Tom das Zimmer, hinter zwei Metern Plastiktanne versteckt, die wir an unserem ersten gemeinsamen Weihnachten gekauft haben. Wie eine warme Woge überkommt mich die Liebe zu ihm. Und ich muss daran denken, wie mein Magen sich immer verkrampft hat an den ersten einsamen Weihnachtsfesten nach seinem Verschwinden. Wie ich alles versucht habe, mit den Kindern beim Baumaufstellen einen großen Spaß zu veranstalten, obwohl mir eigentlich nach Heulen und Schreien zumute war.

»Was ist los?« Er kniet sich neben mich auf den Boden, kleine Schnipsel vom Plastiktannenbaum auf den Schultern. Im Jahr zuvor war ein ganzer Ast abgefallen, aber ich wollte mich trotzdem partout nicht davon trennen. Wir haben ihn einfach so vor die Wand gedreht, dass man das Loch nicht mehr sah.

»Nichts«, murmele ich und wische mir mit dem Ärmel die Tränen aus dem Gesicht. »Es ist nur so schön, dich mit dem Baum hereinkommen zu sehen.« Er runzelt die Stirn.

»Den haben wir gekauft, als wir das erste Mal gemeinsam Weihnachten gefeiert haben, und es war immer so schwer, ihn jedes Jahr ohne dich aufzustellen. Aber jetzt bist du wieder da.« Ich lache trotz der Tränen. George Michaels samtweiche Stimme erfüllt den ganzen Raum mit »Whuu-uuu-huuuuu-uuuuuh-uhhhhhhh-hu-huuuuu ...«. Flynn nimmt eine Flasche Punsch und schneidet eine Orange in Scheiben und gibt alles zusammen in den Topf, so wie letztes Jahr. Rose sucht die Zimtkerze und zündet sie an und erklärt Tom streng, er dürfte nicht, unter gar keinen Umständen, anfangen, den Baum zu schmücken, bis – wie wir drei im Chor sagen – »es im Haus nach Weihnachten riecht«.

Vorsichtig richtet er die verbogenen Äste des Baums und setzt ihn zusammen, während ich am heißen Punsch nippe. Flynn entwirrt das rote Lametta, und ich mache kurz die Augen zu und schwelge in den Geräuschen, Gerüchen und Geschmäckern: Ich sauge sie auf, damit ich sie bei mir habe und jederzeit herauskramen kann, sollte ich sie brauchen. Ich bin keine Heilige, ich weiß, ich erzähle hier ständig von den schönen Seiten des Sich-damit-Abfindens, aber ich habe auch Angst. Ich weiß, in nicht allzu ferner Zukunft wird meine Zeit kommen. Ich werde schwach werden, ich werde nicht mehr für mich selbst sorgen können, und ich weiß mit vollkommener Gewissheit, dass ich sterben werde.

Vor dem Tod selbst habe ich keine Angst. Ich bin kein frommer Mensch, und ich bin froh darüber. Die Vorstellung vom Jüngsten Gericht würde mir eine Heidenangst machen. Einmal bin ich mit den Kindern übers Wochenende weggefahren und habe den Hamster vergessen, der daraufhin jämmerlich in seinem kleinen Käfig verhungert und verdurstet ist. Würde ich dafür in Dantes neun Höllenkreise verbannt, wegen fahrlässiger Vernachlässigung eines Nagetiers mit Todesfolge? Oder was ist mit meinem Sportlehrer, in den ich auf der Oberschule so verschossen war? Das war Wollust, ganz eindeutig, ich träume ja heute noch manchmal von seinen strammen Oberschenkeln. Was haben wir noch? Völlerei, Gier, Zorn. Schaffe ich alles an einem einzigen Freitagabend, indem ich eine ganze Packung Eiscreme wegfresse und hinterher stinksauer auf mich bin, weil alles weg ist. Ich glaube, der einzige Höllenkreis, für den ich ein wasserdichtes Alibi hätte, wäre Mord. Aber plötzlich fallen mir die zahllosen Spinnen ein, die unter meinem Pantoffel ihr matschiges Ende gefunden haben, und ich muss einsehen: Ich wäre rettungslos verloren. Und Betrug und Heimtücke hätten wir auch noch. Oder wie soll man es sonst nennen, wenn man sich älter macht, als man eigentlich ist, um an Alkohol zu kommen? Habe ich als Jugendliche nämlich öfter mal gemacht. Also bleibt wohl nur noch Häresie. Ob dazu auch zählt, mehr auf Prince Harry zu stehen als auf William? Wie dem auch sei, was ich damit sagen will, ich bin froh, dass ich kein gläubiger Mensch bin, weil ich mir sonst wegen all solcher Dinge den Kopf zerbrechen würde. Und ich will nicht darüber grübeln, was ich im Leben falsch gemacht habe, sondern möchte das Schöne in vollen Zügen genießen, bis es irgendwann vorbei ist. Ich möchte nicht als Geist herumspuken und alles nur mit ansehen und nicht wirklich daran teilhaben. Wenn ich sterbe, erwarte ich nicht, in ein helles Licht zu gehen und von spalierstehenden, lange verstorbenen Verwandten empfangen zu werden, die mich mit offenen Armen willkommen heißen. Ich erwarte gar nichts. Deshalb will ich jede Minute genießen, solange ich lebe, und in dem Wissen gehen, dass ich meiner Familie, selbst wenn ich nicht mehr für sie da sein werde, immer noch ein Lächeln ins Gesicht zaubern kann.

»Das ist von dem Ausflug nach Wales an Flynns zehntem Geburtstag, als es die ganze Zeit nur geregnet hat«, sage ich und reiche Tom einen Christbaumanhänger in Form eines Schafs, auf dem auf Walisisch »Frohe Weihnachten« steht. »Und der hier …« Ich fahre zärtlich mit den Fingerspitzen über eine Ballerina aus Glas. »… ist von damals, als Rose mit sechs bei einer Aufführung vom *Nussknacker* getanzt hat. Und der …« Ich greife nach einem altmodischen Weihnachtsmann mit ellenlangem Bart. »… war der Erste, den wir beide zusammen gekauft haben … fünf Pfund hat der gekostet, das war damals eine Menge Geld für uns.« Ich muss lächeln, und Tom nimmt ihn behutsam und hängt ihn an den Baum.

»Und das?« Tom hält eine Styropor-Glocke hoch, mit einem grünen Pfeifenreiniger als Klöppel und kreuz und quer aufgeklebten Pailletten.

»Flynns erstes Meisterwerk«, kichert Rose. Ich lehne mich zurück und seufze zufrieden. Vom Wein werde ich schläfrig, und das Feuer knackt leise im Kamin, und ich bin selig und schlafe schließlich tief und fest ein.

Als ich wieder aufwache, ist der ganze Raum festlich dekoriert. Die Kiefernzweige mit den Zapfen und die Stechpalmen liegen um den Kamin, und der elektrische Lichterbogen steht auf dem Fenstersims, während ein kitschiger Weihnachtsmann mit Saxofon in einer Zimmerecke Stellung bezogen hat. Mein letztes Weihnachten.

Flynn sitzt am anderen Ende des Sofas zu meinen Füßen und guckt *Kevin – Allein zu Haus*. Ich folge seinem Blick, aber auf dem Fernseher fehlen große Stücke. Ich reibe mir die Augen und setze mich ein bisschen auf, aber es fehlen ganz eindeutig Teile. Das Blut rauscht mir in den Ohren, und ich höre Flynn über den weihnachtlichen Klamauk auf der Mattscheibe glucksen, doch ich sehe nur die fehlenden Bruchstücke. Irritiert schaue ich mich im ganzen Zimmer um, und alles verschwimmt vor meinen Augen, und es ist, als fließe Strom durch meinen Körper. Ich höre noch, wie Flynn panisch »Dad!« schreit, und ehe ich mich versehe, liege ich vor der Couch auf dem Boden. Rose weint, und Tom erklärt am Telefon, ich sei ganz steif und zittere.

Es ist, als sei ich gar nicht richtig da. Die Dekorationen wirken grell und schreiend, und die Gerüche sind fast unerträglich penetrant. Das Bein tut mir weh und eine Seite vom Gesicht.

Die nächsten Minuten, oder vielleicht auch Stunden, schwebe ich zwischen Wachen und Schlafen. Irgendwann merke ich, dass sich Rettungssanitäter über mich beugen und ich mich aufgesetzt habe und rede. Ich muss schon eine ganze Weile reden, aber ich erinnere mich an kein einziges Wort. Jo und Shane sind da und halten sich aneinander fest, worüber ich lachen muss. Ich fühle mich wie angetrunken, mir ist übel, ich fühle mich … krank. Ich will mich dagegen wehren, als sie mir sagen, dass ich ins Krankenhaus muss, aber meine Worte sind verdreht und unverständlich. Ich versuche zu sagen »Das hilft auch nichts«, aber heraus kommt nur »Ffnich«.

Im Krankenhaus werde ich auf ein Einzelzimmer gebracht. Ich sage Tom, er soll nach Hause gehen.

»Nein, ich glaube, ich sollte besser bleiben«, gibt er zurück.

»Ich will aber nicht, dass du hierbleibst.«

»Die Kinder sind versorgt, Shane und Jo haben gesagt …«

»Ist mir egal, was die sagen!«, brülle ich aufgebracht. »Deine Kinder brauchen dich. Ich will dich nicht hier haben!«

»Mel, ich glaube, ich sollte hierbleiben.«

»HAU AB!«, kreische ich schrill und werfe einen Plastikbecher mit Wasser quer durch das Zimmer. »Kapierst du das denn nicht? Hier kannst du überhaupt nichts tun. Sie brauchen dich mehr als ich.« Er nimmt ein Handtuch aus der hastig zusammengepackten Tasche, wischt das Wasser auf und stellt den Becher wieder auf den Beistellschrank. Er nickt langsam, gibt mir einen Kuss auf die Stirn und geht.

»Wie geht es Ihnen, Melody?« Ich wende mich ab von der sanften Stimme des Arztes, der die Tür hinter sich schließt. Ich will jetzt nicht reden, ich bin fuchsteufelswild, weil der Krebs alle meine Pläne durchkreuzt und mir meinen »perfekten Tag« versaut. »Melody? Verstehen Sie, dass Sie einen Krampfanfall hatten?« Ich nicke. »Die Wahrscheinlichkeit ist hoch, dass sich das wiederholt. Ich habe mit Ihrem zuständigen Facharzt gesprochen, Mr Rudd, und er hat mir mitgeteilt, er hat mit Ihnen darüber gesprochen, was passieren wird, wenn wir die Behandlung abbrechen.« Wieder nicke ich. Ich könnte ihm nicht antworten, selbst wenn ich es wollte. Tief in meinem Inneren hat ein wehmütiges Klavier zu klimpern begonnen, und Lou Reed raunt mir von einem *Perfect Day* ins Ohr, an dem ich im Dunkeln hätte Sangria trinken und dann nach Hause gehen können. Unser Duett ist bittersüß und tieftraurig, voller Zuversicht und Niedergeschlagenheit. Ich bin froh, dass ich den Tag mit ihnen verbracht habe. Es war wirklich ein fast perfekter Tag: ein perfektes, fröhliches Wochenende. Es wäre ein perfekter Tag gewesen, aber wissen Sie … der Krebs hängt an mir, krallt sich fest, stiehlt mir mein perfektes Wochenende und lässt mich vergessen, wer ich bin. Er macht mich zu jemand anderem. Er hängt sich an mich wie eine Klette, dieser Krebs, diese Wucherung. Er kann nicht entfernt, kann nicht herausgeschnitten oder dezimiert werden – er wird bleiben, in mir, für immer.

Leise schließt der Arzt die Tür hinter sich, und ich schluchze in das Kissen und starre von meinem weißen, frisch gestärkten Sarg die nackten Wände an.

38

Flynn

Das College ist super. Meine Arbeiten werden immer strukturierter und sind »sehr vielschichtig«, wie mir gesagt wurde. Ich klinge schon wie ein eingebildeter Schnösel, aber die künstlerische Arbeit hilft mir sehr. Sie hilft mir damit klarzukommen, was gerade mit Mum passiert.

Sie stirbt.

Als sie den ersten Krampfanfall hatte, kurz vor Weihnachten, dachten wir noch, sie würde sich wieder erholen. Aber die Anfälle kamen immer öfter, und dann erklärte sie uns, sie wolle sich nicht mehr weiter behandeln lassen. Na ja, da braucht man kein Genie zu sein, um sich auszumalen, was passieren wird. Bald ist Valentinstag, und ich fahre übers Wochenende mit Kate in Dads Cottage, nur wir beide. Wobei ich irgendwie auch gar nicht wegwill – ich meine, was, wenn Mum … na ja … geht und ich bin nicht da, um mich zu verabschieden? Aber andererseits denke ich, was, wenn sie geht und ich bin nicht da? Dann muss ich mich nicht verabschieden. Wie macht man das überhaupt? Sich endgültig von seiner Mum verabschieden? Manche Tage sind besser als andere, wie gestern, da war sie ein paar Stunden wach und ganz klar, hat mich nach Kate gefragt und gesagt, ich soll ihr was von meinen Arbeiten zeigen. Und dann gibt es Tage wie letzten Dienstag, da hatte sie, während ich mir die beiden letzten Folgen von *The Walking Dead* angesehen habe, drei Anfälle. Zuzusehen, wie sie auf einmal stocksteif wird und anfängt zu zittern, das ist scheiße, Mann … das ist der blanke Horror. Sie verdreht die Augen, bis man nur noch das Weiße sieht, und manchmal hat sie Spucke im Mundwinkel.

Laufen geht auch nicht mehr, sie ist einfach zu schwach. Wir haben einen Treppenlift eingebaut. Ich meine, verdammt, einen Treppenlift! Vor einem Jahr um diese Zeit war sie noch ganz normal … hm, normal nicht unbedingt, aber gesund und so … Sie ist nicht mal mehr sie selbst, abgesehen von den wenigen lichten Momenten, wenn sie wach ist und nicht total breit von dem ganzen Zeugs, das die Schwester ihr gibt. Das ist komisch, dass jetzt eine Krankenschwester bei uns ein und aus geht, die schon frühmorgens kommt, noch bevor wir überhaupt aufgestanden sind. Einfach schräg.

Meistens weigert Mum sich, im Bett zu bleiben, aber an anderen Tagen? Ich glaube, sie weiß nicht mal, dass sie manchmal vierzig Stunden am Stück durchschläft.

Dad ist wirklich der Hammer, mit ihr und auch mit uns. Er wäscht sie und füttert sie und redet ständig mit ihr, auch wenn sie ihm höchstwahrscheinlich überhaupt nicht zuhört. Manchmal starrt sie einfach nur aus dem Fenster und sitzt reglos da und ist so still, dass ich mich nicht traue, zu ihr zu gehen, weil ich Angst habe, es könnte so weit sein. ES. Wir reden ziemlich oft darüber, wann ES so weit sein könnte.

Unser Haus steht zum Verkauf.

Als sie uns gesagt hat, dass sie das Haus verkaufen will,

waren Rose und ich stinksauer. Wie konnte sie auch nur im Traum daran denken, unser Haus zu verkaufen?, habe ich sie gefragt. Ich will ehrlich sein, ich dachte, sie ist vielleicht ein bisschen benebelt von den vielen Medikamenten, die sie nimmt, aber sie hat es uns an einem ihrer klaren, wachen Tage erklärt.

»Als ich dachte, euer Dad sei tot, hatte ich so viele Erinnerungen an ihn in diesem Haus, und das hat es mir umso schwerer gemacht, damit zurechtzukommen. Ich habe in den Garten geschaut und mich an seine großen Pläne erinnert. Ich sah einen kleinen weißen Fleck an der Wand in der Ecke hinter einem Bild und musste daran denken, wie wir uns gekugelt haben vor Lachen, weil uns auf den letzten Zentimetern die Farbe ausgegangen war. Ich musste daran denken, wie es an dem Tag, als wir den Teppich fürs Schlafzimmer aussuchen wollten, in Strömen geregnet hat und wie wir uns Hals über Kopf für irgendeinen entschieden haben, weil wir klatschnass waren und nur noch nach Hause wollten, und wir den Teppich eigentlich nie mochten. Schlussendlich lag er in unserem Schlafzimmer. Oder dass wir das Tischchen, das oben an der Treppe stand, nur gekauft haben, weil uns die Frau an dem Marktstand so leidgetan hat und wir sie ein bisschen aufmuntern wollten. Es waren schöne Erinnerungen, die ich hatte, und ich fand das schon schwer genug. Ich will nicht, dass ihr einen Fleck auf dem Teppich seht und denkt, da hat Mum mal ein Glas Cola umgekippt, als sie einen ihrer Anfälle hatte, oder da hat sie sich den Kopf gestoßen. Ich will nicht, dass ihr bei dem blöden Treppenlift denkt, wie ich ohne Haare immer an der Wand lang nach oben gefahren bin, oder in dieses Zimmer starrt und denkt, hier ist sie gestorben. Das will ich nicht.« Sie hat meine Hand ganz fest gedrückt und Rose übers Gesicht gestreichelt. »Ich will, dass ihr zu eurem Dad zieht. Ich will, dass ihr ganz von vorne anfangt.«

Rose und ich haben nichts dazu gesagt, wir haben uns nur angeschaut. Sie will, dass wir hier weggehen, weg aus unserem Haus, weg von unseren Freunden. Rose ist ganz still geworden, ich meine, sie steht kurz vor ihrem Abschlussjahr und hat gerade erst wieder Anschluss bei ihren Freundinnen gefunden. Und ich, na ja, das mit dem College ist nicht so schlimm. Ich komme gut zurecht und kann mich genauso gut um einen Collegeplatz in Cornwall bewerben. Dad sagt, er könnte sein Atelier vergrößern, damit ich einen eigenen Raum zum Arbeiten habe.

Für das Haus werden wir einen ordentlichen Batzen Geld bekommen. Millionäre sind wir dann nicht, aber es reicht, um Atelier und Haus auszubauen. Ich freunde mich gerade mit dieser Idee an, und Kate hatte sich schon vorher an der Uni dort beworben, also wären wir wohl näher beieinander, als wenn sie dort leben würde und ich hierbliebe. Ja, ich muss zugeben, langsam gewöhne ich mich an den Gedanken. Das Dumme an der ganzen Sache ist nur, wenn ich mir ausmale, wie es sein wird, stelle ich es mir immer mit Mum vor. Nur wird sie dann nicht mehr bei uns sein.

Neulich habe ich mir ein paar Fotos auf dem Handy angesehen, von dem Tag, als wir mit dem Heißluftballon gefahren sind. Mum sieht darauf so anders aus. Sie hatte kleine Knitterfältchen um die Augen, wenn sie lachte. Jetzt ist ihr ganzes Gesicht verknittert. Wie mein Schulhemd, wenn ich es in der Waschmaschine vergessen habe. Und ihre Augen, ich weiß gar nicht, wie ich die beschreiben soll, ohne das Wort »tot« zu benutzen, aber so sehen sie aus … tot. Vor allem wenn sie wieder so seltsam weggetreten ist. Vor ein paar Tagen habe ich sie hochgehoben, damit Dad das Bett abziehen konnte. Sie ist nur noch Haut und Knochen, sie kann nicht viel mehr als eine Fünfjährige wiegen, und sie hatte kaum die Kraft, die Arme um mich zu legen.

Meistens kommt Georgie übers Wochenende her, und ich bin froh, dass Dad sie hat. Er redet mit uns darüber, was danach sein wird, und stellt uns viele Fragen über die Vergangenheit, als versuchte er, sich ein möglichst genaues Bild zu machen von unserem Leben, bevor er verschwunden ist, bevor sie verschwunden ist. Inzwischen ist er echt unser Dad geworden. Am Anfang hat er sich viel zu sehr bemüht, immer das Richtige zu sagen, das Richtige zu tun. Aber mittlerweile ist alles ganz entspannt und normal. Als Mum den ersten Anfall hatte, habe ich das erste Mal »Dad« zu ihm gesagt. Ich habe nicht darüber nachgedacht, es war einfach, ich weiß auch nicht … Instinkt? Ich hatte so eine Scheißangst, als sie einfach so vom Sofa gerutscht ist, steif und zitternd. Und da brauchte ich wohl einfach meinen Dad. Ich brauche meinen Dad wirklich. Ich bin so froh, dass wir ihn gefunden haben. Dass wir ihn gesucht und gefunden haben. Er hält uns alle zusammen, und ich glaube, Georgie hält ihn zusammen. Es ist ein gutes Gefühl, dass er sich um uns kümmert, weil Mum und ich das jahrelang alles allein wuppen mussten. Obwohl sie immer versucht hat, alles zu regeln, hatte ich oft das Gefühl, dass das meine Sache ist, weil ich ja »der Mann im Haus« war.

Als Georgie neulich da war, habe ich gehört, wie er im Wohnzimmer saß und weinte, und ich habe überlegt, wie viel er wohl vor uns zu verstecken versucht. Ich wollte ihm so gerne sagen, dass es okay ist, dass wir es gewöhnt sind, mit allem möglichen Kram klarzukommen, aber ich wollte mich nicht aufdrängen und bin nicht reingegangen.

Das klingt alles ganz schön deprimierend, und eigentlich

will ich das gar nicht. Ihren Sinn für Humor hat Mum noch nicht verloren. Vor ein paar Tagen, als Gran uns besuchte, war sie wach genug, um aufzustehen. Ich mag es nicht, wenn Gran herkommt, weil sie immer alles schwarzmalt. Natürlich ist alles ganz furchtbar, aber bei ihr klingt es immer noch viel furchtbarer. Als sei Mums Tod buchstäblich das Ende der Welt. Okay, irgendwie klingt das total bescheuert, ich weiß selbst, wie schrecklich es ist. Das Schlimmste ist, wenn Mum stirbt. Wir haben unsere eigene, komische Art, damit umzugehen, aber wenn Gran da ist, bekommt man das Gefühl, die ganze Menschheit stirbt aus und die Erde verwandelt sich in eine trostlose, öde Wüste. Wie dem auch sei, als sie wieder weg war, brauchten wir dringend ein bisschen Normalität, also haben wir die Keksdose rausgeholt und Tee gekocht und uns vor den Fernseher gesetzt und eine dieser Serien geguckt, wo die Leute ihr eigenes Haus bauen. Mum hatte einen Mordsspaß und sprach davon, was wir alles mit dem Cottage anstellen könnten, als würde sie das noch selbst miterleben. Wirkt jetzt vielleicht ein bisschen … weiß auch nicht … morbide? War es aber nicht. Es fühlte sich ganz selbstverständlich an. Als überlegten wir wie jede andere normale Familie, unser Häuschen zu renovieren. Jedenfalls ist sie irgendwann müde geworden, und als die Sendung vorbei war, half Dad ihr zum Treppenlift und ging noch eben einen von ihren Vitamindrinks holen. Der Treppenlift surrte leise los, und plötzlich fing sie an, aus voller Kehle zu singen, so laut, dass wir in den Flur rannten. Und der Song war so passend und gleichzeitig so unpassend, dass wir alle laut losprusten mussten. Sie sang *Spirit in the Sky* von Doctor and the Medics. Ein Lied darüber, wo man nach dem Tod hingeht.

Zuerst wirkte sie total angepisst, was sie da für einen

Quatsch sang, und wollte sich den Mund zuhalten. Aber plötzlich musste sie kichern und zwischen den Zeilen lachen und führte mit den Armen einen eigenartigen Tanz auf, wobei sie immer wieder an den Knopf des Treppenlifts kam. Immer wenn sie zum Refrain kam, hielt der Lift ruckelnd an und fuhr dann wieder los. Als sie schließlich fast ganz oben »im Himmel« angekommen war, war sie total erschöpft, und Dad half ihr aus dem Sitz, aber er lachte die ganze Zeit hoch und schrill wie ein Schulmädchen. Als Mum wieder Luft kriegte, machte sie einen auf beleidigt und meinte zu ihm, sie könne sich noch nicht zur letzten Ruhe begeben, weil ihr ätzender Ehemann zu sehr damit beschäftigt sei, seine arme sterbende Ehefrau auszulachen, statt sie an den Ort zu bringen, wo es am schönsten sei.

Aber egal, wie schon gesagt, bald ist Valentinstag, und wir wollen ihn für Mum zu etwas ganz Besonderem machen. Ich und Dad bereiten das schon eine ganze Weile vor, und eigentlich müsste jetzt alles so weit fertig sein für den großen Tag. Rose hat sich auch um einiges gekümmert. Mum hat uns immer erzählt, Dad sei ein hoffnungsloser Romantiker … Ich weiß nicht, wie er auf diese Idee gekommen ist, aber sie ist perfekt. Alles wird perfekt, und ich kann es gar nicht erwarten, ihr Gesicht zu sehen.

39

Melody

Es ist fast da … das Ende.

Ich bin nicht traurig, also sollten Sie es auch nicht sein. Das Ende ist selten etwas Schlechtes. Am Ende eines guten Essens ist man satt und zufrieden, am Ende einer Reise kann man endlich hundemüde ins Bett fallen, und am Ende eines guten Films streckt man sich und denkt, den muss man unbedingt weiterempfehlen. Das Ende kann auch bittersüß sein: das Ende einer turbulenten Beziehung – gute Erinnerungen, von schlechten überschattet – oder das Ende einer Serie, wenn man wehmütig Abschied von den Figuren und der ganz besonderen Atmosphäre nimmt und noch keine neue gefunden hat, die sie ersetzen kann. Das Ende eines guten Buchs, wenn man die letzte Seite umblättert und unbedingt wissen muss, wie es ausgeht, aber es gleichzeitig gar nicht wissen will.

Mein Ende kommt mit süßen, wunderbaren Träumen. Mein Leben, meine Erinnerungen verstecken sich hinter meinen geschlossenen Augenlidern. Ich stehe im Garten und sehe Rose im geblümten rosa Pyjama herumstapfen, der unten in die Gummistiefel gestopft ist, wie sie mit ihrem Plastikgießkännchen das Unkraut gießt. Flynn – mit aufgeschürften Knien und Superhelden-T-Shirt – hängt mit geschlossenen Augen kopfüber in einem Baum wie eine Fledermaus. Ich schmecke den Kaffee in der weißen Tasse, auf die Flynn mit sechs Jahren eine windschiefe Blume mit Fingerfarben gemalt hat, und höre das Radio in der Küche *Single Ladies* von Beyoncé dudeln. Dev kommt herein und setzt sich zu mir, und ich lehne den Kopf an seine Schulter.

»Sie werden langsam erwachsen«, sage ich zu ihm.

»Ja, das stimmt«, antwortet er und gibt mir einen Kuss auf den Kopf.

»Ist es Zeit zu gehen?«, frage ich. »Ich habe das Gefühl, ich sollte woanders sein.«

»Noch nicht, ich habe eine Überraschung für dich.«

»Was für eine Überraschung?« Flynn zieht sich wieder hoch, und er ist kein schmuddeliger hagerer Jungspund mehr, sondern ein selbstbewusster junger Mann. Er lässt sich vom Baum fallen, und Rose stellt ihre Gießkanne beiseite, der Pyjama verwandelt sich in eine hippe Boho-Shorts, und sie hat die Haare ganz kurz. Sie lächeln mich an. Ich drehe mich zu Dev um, und er streckt mir die Hand hin.

Es dauert eine Weile, bis ich die Augen aufmachen kann, kostbare Minuten, die vergehen, während ich versuche, meine Augenlider zu öffnen und mich aus meiner Traumwelt zu lösen.

»Aufwachen, Mum, wir haben eine Überraschung für dich.« Rose trägt ein schulterfreies Kleid in Dunkelrosa mit zartem Spitzenbesatz in derselben Farbe. Flynn hat einen dunkelgrünen Anzug an. Im ersten Augenblick bin ich ganz verdattert und wate durch meine klebrigen Gedanken auf der Suche nach einer Einladung oder Ankündigung, die ich verschusselt haben muss, doch dann versteht mein müdes, kaputtes Hirn endlich das Wort »Überraschung«, und ich weiß, dass ich es nicht vergessen habe. Zögerlich, aber sehr bestimmt hilft Flynn mir, mich im Bett aufzusetzen, und stopft mir noch ein paar Kissen in den Rücken, während Rose sich zu mir setzt und lächelnd ihr Schminkköfferchen öffnet.

Von irgendwoher höre ich klassische Musik hereinwehen, während sie hochkonzentriert die Lippen zusammenpresst. Ich möchte sie fragen, was sie da macht, aber es kostet mich schon so viel Kraft, wach und aufrecht sitzen zu bleiben, dass ich mich damit zufriedengebe zu schweigen. Sie sagt mir, ich soll die Augen zumachen, und ich spüre, wie der Lidschatten mir ein bisschen Farbe auf die leblose, blasse Haut zaubert. Ich schmecke den süßen Kirsch-Lipgloss, der meine aufgesprungenen Lippen liebkost, und das Rouge, das meine Wangen sanft erröten lässt. Flynn hilft mir hoch und muss dann draußen warten, während mir das hellblaue Nachthemd ausgezogen und ein cremefarbenes weiches Baumwollkleid über den Kopf gestreift wird. Ich schaue an mir herunter und merke, dass darauf winzige Tauben sind, die auf kleinen Rosenbüschen sitzen, und sofort weiß ich, dass Tom es entworfen haben muss. Der zähflüssige Schlick in meinem Hirn zieht sich und schmatzt und weicht unvermittelt scharfer, glasklarer Klarheit.

Das ist ein Brautkleid. Adrenalin pulst durch meine Adern und zwingt meinen vergehenden Körper zu einer Reaktion, und ich werde mit einem Lächeln belohnt, als mein Gesicht ausnahmsweise meinen Gedanken gehorcht, ohne die Bestechungsversuche und den konzentratorischen Kraftakt, deren es sonst dazu bedarf. Meistens braucht es einen schriftlichen Antrag, um diesen zerfallenden Kadaver dazu zu bringen, dass er tut, was ich ihm sage.

Flynn kommt wieder ins Zimmer und lächelt mich mit

traurig-fröhlichen Augen an. Er fragt, ob ich so weit bin. Ich konzentriere mich und nicke, und er hebt mich hoch, so mühelos und selbstverständlich, wie ich es früher so oft mit ihm gemacht habe. Das Kleid dämpft ein unbehagliches Stöhnen meiner kaputten Knochen, als er mich zum Treppenabsatz trägt. Die Musik wird lauter, und der Duft nach – ich krame in meinem kranken Hirn nach der richtigen Verbindung – frisch gemähtem Gras parfümiert meine Gedanken, und ich schnappe nach Luft, als ich sehe, was sie vorbereitet haben. Das Treppengeländer ist mit frischem Grün und Lichterketten umwunden, und ich muss kichern, weil selbst der verhasste Treppenlift und die Diele sich festlich herausgeputzt haben. Mein kleines bescheidenes Reihenhäuschen hat sich in ein englisches Landhaus verwandelt. Flynns Bilder hängen an den Wänden, und auf jeder Treppenstufe steht eine Vase mit langen Gräsern, Wiesenkerbel und Butterblumen. Der Treppenlift steht vor einem gemalten Oldtimer, dessen Haube mit einer dreidimensionalen traditionellen Hochzeitsschleife geschmückt ist. Ich will so vieles sagen, aber heraus kommt nur irgendwas zwischen Schluckauf und Heulen. Mein Körper bringt meine Gefühle dafür umso deutlicher zum Ausdruck: Ich lächele und lache, als Flynn mich in den Autositz setzt. Ich halte mich an seinem Arm fest und versuche ihm zu zeigen, wie dankbar ich bin und wie stolz. Er lehnt seine Stirn gegen meine und sagt: »Gerne.«

»Ach, warte!« Rose stürzt in ihr Zimmer und kommt mit zwei Gänseblümchenketten zurück. Kurz frage ich mich, wo um alles auf der Welt sie im Februar Gänseblümchen herhat, aber dann fällt mir der Tag wieder ein, an dem wir unseren eigenen Rekord für die längste Gänseblümchenkette geknackt hatten und wie wir es nicht übers Herz brachten, sie einfach wegzuwerfen. Wir haben sie eingefroren, um lebendig zu erhalten, was längst tot war.

Sie setzt erst sich eine auf den Kopf – wie eine Krone sitzt sie auf den raspelkurzen Haaren – und dann mir. Das Gewicht drückt mich nieder, als trüge ich die Kronjuwelen der Königin, aber gleichzeitig möchte ich den Kopf ein bisschen höher tragen, mich ein bisschen gerader halten.

Auf dem Weg nach unten durch die blühenden englischen Landschaften sehe ich meine Umgebung immer klarer, und ich nehme alle Details begierig in mich auf – die Maus, die aus der Geländerhecke herauslugt, die wir an Rose' siebtem Geburtstag gesehen haben – bis zu dem Heißluftballon, der majestätisch über Weizenfelder schwebt. Drei Passagiere betrachten von oben die Schönheit dieses besonderen Tages. In der Ferne lockt ein Strand, darauf Rose mit ihren Gummistiefeln und einem Kescher in der Hand … Ich komme an Flynn vorbei, der die Frösche in dem alten Teich vor Mums Haus jagt, und sehe durchs Fenster mich und Rose, wie wir Lebkuchenmännchen für den Mittelaltermarkt der Schule ausstechen. Daneben lassen wir drei einen Drachen steigen. Flynn verzieht hochkonzentriert das Gesicht, und Rose schaut hoffnungsvoll zu, wie ich – in Blue Jeans und blau gestreiftem Top, das ich schon ganz vergessen hatte – den Drachen in die Lüfte entlasse. Immer weiter geht es hinunter, vorbei an einer Aquarell-Rose, die auf einem kleinen Pfad lustig Rad schlägt. Daran habe ich gar nicht mehr gedacht, wie oft sie das als Kind gemacht hat: Sie ging einen Weg entlang und fing unvermittelt an, Rad zu schlagen. Von allen Seiten bin ich umgeben von der Kindheit meiner Kinder, und ich weiß – sollte ich je auch nur den Anflug eines Zweifels gehabt haben –, dass ich von ganzem Herzen geliebt werde.

Am Fuß der Treppe führt ein Kiesweg zur Wohnzimmertür, die sich in eine zweiflügelige Eichentür verwandelt hat. Auf beiden Seiten sind bunte Kirchenglasfenster, und statt weiß gekalkter Wände erblicke ich die verwitterten alten Backsteine einer Kirche. Die Kombination aus Flynns Malerei und Toms Skulpturen kreiert einen atemberaubenden Effekt.

Zarte Lichterketten glitzern in den Tannen links und rechts der Türen – unverkennbar Rose' Handschrift inmitten der Kunstwerke von Vater und Bruder.

Flynn nimmt mich auf den Arm, und Rose legt mir einen kleinen Strauß aus Wiesenkerbel, Butterblumen und Gräsern in die Hand, und dann gehen die Türen auf.

Das Wohnzimmer hat sich in eine Kirche verwandelt: Die Stühle stehen in Reihen angeordnet wie Kirchenbänke, an deren Ende jeweils ein hölzernes Herz hängt. Ich werde hineingetragen. All meine Freunde und Verwandten sind da. Meine Mum, von Kopf bis Fuß in Pfirsichrosa, schnieft unter dem ausladenden pfirsichfarbenen Hut in ein Taschentuch. Shane und Jo haben sich feingemacht und stehen lächelnd neben Georgie und Kate und den übrigen Gästen, meinen Kindern. Meinen Kindern in allen nur erdenklichen Formen und Größen. Flynn hat im Hintergrund eine Collage geschaffen, die aussieht wie die Innenansicht einer Kirche, in deren Bänke sich Kirchgänger drängeln – aber sämtliche Gesichter sind die von Rose und Flynn, die mich strahlend anlächeln. Vom pummeligen Säugling bis zum pickeligen Teenager ist alles dabei. Und bei genauerem Hinsehen entdecke ich sie auch in reiferen Jahren. Flynn hat sie altern lassen, damit ich sehe, wie sie einmal ausschauen werden, mit zwanzig, mit vierzig. Rose mit Doktorhut, Flynn händchenhaltend mit Kate, Rose mit dicker

Schwangerschaftskugel und weiter hinten beide mit kleinen Kindern an der Hand. Einige komische Schnappschüsse von Tom sind auch darunter, mit Sprechblase über dem Kopf, darin ein Fragezeichen, und einem Stadtplan in der Hand. Und es ist auch ein Bild von uns beiden dabei, grauhaarig und faltig. Und ganz vorne stehen Dev und ich an unserem Hochzeitstag. Ich schaue zum Altar, und da steht er und wartet auf mich, wie ich so viele Jahre auf ihn gewartet habe. Flynn räuspert sich, und das *Ave-Maria* setzt ein, während mein Sohn mich zum Altar trägt.

Flynn übergibt mich an Tom, und ich brauche all meine Kraft, um die Hand auszustrecken und sein Gesicht zu berühren. Ich höre die Stimme des Geistlichen, der vor uns steht, aber was er sagt, klingt viel zu kompliziert, also versuche ich erst gar nicht, es zu verstehen. Stattdessen betrachte ich Toms Gesicht und studiere es ganz genau: die Fältchen um den Mund, das Grün seiner Augen, das Grübchen im Kinn. Er sagt »Ja«, und ich bemühe mich, es ihm gleichzutun. Er streichelt mein Gesicht und sagt, ich brauche nichts zu sagen, aber ich mache den Mund auf und genieße den Klang dieses einen kleinen Wortes. »Ja.« Mit Tränen in den Augen strahlt er mich an und dreht sich mit mir zu den Gästen um, die fröhlich klatschen und lachen.

Ich will ihr Lachen erwidern, aber das Sprechen hat mich so angestrengt, dass ich kurz die Augen schließen und erst wieder zu Kräften kommen muss.

Als ich aufwache, stehen die Stühle wieder an ihrem angestammten Platz, der Altar ist verschwunden, und an seiner Stelle ist ein Büfett aufgebaut. Ich höre Gläserklirren und gedämpftes Geplauder. Tom sitzt zu meinen Füßen und dreht eine Sektflöte in der Hand, und Rose hockt auf der Sofalehne neben mir. Flynn sitzt auf der Couch gegenüber, er hat den Arm um Kates Schultern gelegt und lächelt, als er merkt, dass ich ihn anschaue. Ich lächele zurück und schließe wieder die Augen.

Mum rüttelt mich sanft an der Schulter, und ihr vertrauter pudriger Duft bringt Kindheitserinnerungen zurück. An den ersten Tag im Kindergarten, als ich ihre Hand partout nicht loslassen wollte. An den »Zauberwaschlappen«, den sie mir immer auf den Kopf legte, wenn ich krank war. Und daran, wie sie in die Hände geklatscht hat, wenn sie aufgeregt war. Ich mache mir Sorgen, ob sie meinen Tod verkraften wird. Sie war immer eine hoffnungslose Optimistin. Sogar jetzt noch gibt sie mir jedes Mal, wenn sie sich verabschiedet, einen Kuss auf die Wange und verspricht, mich nächste Woche wieder zu besuchen. Man könnte fast meinen, sie mag nicht glauben, dass ich wirklich sterben werde. Als hätte ich mir nur einen fiesen Virus eingefangen und bräuchte mich nur mal gründlich auszukurieren. Ich wünschte, sie könnte mir den Zauberwaschlappen auf die Stirn legen, und alles wäre wieder gut. Der Krebs hat mir alles genommen. Sogar meine letzten Worte. Ich möchte ihr sagen, sie soll ihr Leben leben und die Zeit mit ihren Enkeln genießen. Ich will ihr sagen, wie lieb ich sie habe und wie glücklich ich mich schätze, dass ich sie als Mutter gehabt habe, aber stattdessen sabbere ich nur, als ich meine Oberlippe bewege.

Es dämmert schon, als ich wieder aufwache. Der Raum ist jetzt ringsum mit Lichterketten erleuchtet, und hinten wird eine angeregte Diskussion um die Auswahl der Songs für die Playlist geführt.

»Aber das Lied ist so deprimierend!«, stöhnt Rose.

»Wie wäre es mit …«

»Nein, nein, nein! Dad, dir ist schon klar, dass es auch

Songs aus anderen Jahrzehnten außer den Neunzigern gibt, oder?«

»Wie wäre es mit dem?«

»Oh ja, Mum liebt dieses Lied.«

Ich habe Durst, aber ich möchte sie nicht unterbrechen, ich möchte ihnen zuhören, wie sie sich über banal Alltägliches unterhalten. Ich will mich ein bisschen aufrichten, aber es geht nicht. Meine Arme sind zu schwach, um meinen Körper hochzuwuchten, und ich gurgele entsetzlich, als ich versuche, mich aufzurappeln. Die drei sind sofort bei mir und gucken besorgt und sagen »Hebt sie hoch« und »Holt ihr ein Glas Wasser«. Anweisungen, die wie messerscharfe Klingen die Normalität durchschneiden, die eben noch den Raum beherrschte. In diesem Augenblick beschließe ich, dass ich sterben will. Ich will gehen, weg von ihnen, damit sie ihr Leben weiterleben können, damit sie nicht ständig flüstern müssen, weil ich gerade schlafe, damit sie nicht alle paar Minuten nach mir sehen müssen. Ich konzentriere mich auf ihre Gesichter, während sie mich hin und her rücken, behutsam wie eine Marionette, deren Nähte jeden Augenblick aufzuplatzen drohen. Tom wischt mir vorsichtig den Speichel vom Kinn und nimmt mich in die Arme.

»Lass uns ins Bett gehen.«

Ich will nicht nach oben, ich will in diesem wunderschönen Zimmer bleiben, umgeben von den Bildern einer verheißungsvollen Zukunft. Ich versuche zu sagen, ich möchte das nicht, aber mein Mund sabbert unkontrolliert. Ich will den Kopf schütteln und die Arme heben, aber das sorgt nur für Verwirrung.

»Meinst du, sie bekommt wieder einen Krampfanfall?«, fragt Flynn.

»Leg sie wieder aufs Sofa, Dad«, weist Rose ihn an. Tom schaut erst Flynn und Rose an und dann mich. Ich bleibe ganz ruhig, damit er merkt, dass ich keinen Anfall bekomme. Das Lied, von dem wohl eben die Rede war, erfüllt das Zimmer.

Es ist mein Lieblingslied. *This Woman's Work* von Kate Bush.

Man muss mir irgendwie ansehen, wie sehr ich mich freue, denn sie lachen alle leise. Die ersten Töne ihrer Stimme streicheln meine müde Haut mit »Ah-haaaaaaaa-oooo-ooh-huh-hooooo ...ah-haaaaaaaa-ooooooh-oooooh-hooo«.

»Ach!« Rose schlägt die Hand vor den Mund und grinst breit. »Ihr habt noch gar nicht euren Hochzeitstanz getanzt.«

Tom lächelt auf mich herab.

»Ist es so bequem für dich? Oder soll ich dich wieder absetzen?«

Ich grunze und hoffe, dass es nach Ablehnung klingt, und alle lachen. »Darf ich bitten?«, fragt er und streichelt mir die Wange. Mit dem letzten bisschen Kraft nicke ich, und er gibt mir einen Kuss auf den Kopf.

Ich komme jetzt zu euch.

Während ich in den Armen meines Mannes über die Tanzfläche schwebe, mache ich einen Schritt aus meinem Körper heraus, der so zerbrechlich ist, als wäre er aus Glas. Ich bleibe stehen und beobachte die Szene. Die letzte Szene meines Lebens auf dieser Erde. Rose lehnt den Kopf an Flynns Schulter, und er legt den Kopf an ihren, während den beiden stumm die Tränen übers Gesicht laufen. Wie ich so danebenstehe und mein Körper wieder ist, wie er einmal war, bemerke ich, wie Tom mich ansieht, als sei ich das wunderbarste, wunderschönste Geschöpf auf der ganzen Welt. Es wird nicht leicht für ihn, Vater zu sein. Und eine tiefe Traurigkeit erfüllt mich, als er mir zuflüstert, ich hätte noch ein wenig Leben in mir, ein wenig Kraft.

Eigentlich müsste ich jetzt weinen, aber ich will mir meine Traurigkeit nicht anmerken lassen.

Er redet über das, was er mir alles hätte sagen können, über all die Orte, die wir zusammen hätten aufsuchen können, wenn er nicht verschwunden wäre, und über all die Dinge, die ich gebraucht hätte, aber die er mir nicht hatte geben können.

Wie gern will ich ihm sagen, dass der Schmerz, mir dabei zuzusehen, wie ich langsam dahinsieche, bald vorüber sein und er endlich finden wird, was er so lange gesucht hat: das Gefühl von Zugehörigkeit.

Er wird zu ihnen gehören.

Ich schaue mich um und sehe die Bilder meines zukünftigen Ichs, die mich verfolgen wie Schreckgespenster vergangener Fehler, Fehler, die ich nicht mehr ändern kann – genauso wenig wie die Zukunft. Stattdessen blättere ich in meinen Erinnerungen wie in einem Fotoalbum: Schneemann bauen mit meiner Mum. Rose, die schreit wie am Spieß, als ich sie in ein Prinzessinnenkleid stecken will – das krebsrote kleine Gesicht voller Glitzer – und Flynn … mit blutenden Fäusten und schuldbewusstem, verwirrtem Ausdruck in den Augen, dieselben Augen, die klebrige Marmeladenspuren geweint hatten, als ich das Aua wegküsste, nachdem er als Knirps gestürzt war. Und ich wünschte … ich wünschte, ich könnte mir einen dieser Tage zurückwünschen. Ich wünschte, ich könnte einen dieser Tage noch ein einziges Mal erleben.

Ungläubig sieht Tom mich an, als er merkt, dass mein

Körper in seinen Armen noch lebloser wird und meine Brust sich bald nicht mehr hebt. Nun wird meine Stimme kein Lied mehr singen. Er schaut von meinem Gesicht auf und sieht die Kinder an. Rose schlägt die Hand vor den Mund, und Flynn senkt den Blick, als er versteht, dass *This Woman's Work* – das Werk dieser Frau – nun getan ist.

Epilog

Devon

Heute bist du auf den Tag genau sechs Jahre fort.

Alles Liebe zum Valentinstag, Mel.

Ich kann mir lebhaft vorstellen, wie ich auf die anderen Trauernden auf dem Friedhof wirken muss, wie ich hier im Februar auf Knien Wildblumen säe. Ich meine, wer pflanzt schon im Februar Blumen? Was soll ich sagen, Mel? Du hast nie eine Herausforderung gescheut, hast immer für alles gekämpft, und das hier machen wir zusammen, gemeinsam trotzen wir dem Schicksal. Wenn wir dich an deinem Geburtstag im Juni besuchen, freuen wir uns jedes Mal schon darauf zu sehen, welche Blumen du dir diesmal ausgesucht hast. Es ist fast so etwas wie ein kleiner Wettbewerb geworden, und wir schließen Wetten darauf ab, welche Blumen das Rennen machen. Der Gewinner bekommt einen Monat den Wäschedienst erlassen. Letztes Jahr waren es die Löwenmäulchen, ein ganzer Strauß voll, die Wette hat Flynn gewonnen – mal gucken, was uns dieses Jahr blüht.

Wenn ich dich besuche, sehe ich oft ein älteres Ehepaar an einem Grab stehen. Neben den Grabstein haben sie einen knuddeligen Teddybären hingestellt. Letztes Mal habe ich nachgeschaut, und das kleine Mädchen, May, ist 1957 gestorben, mit gerade mal sechs Jahren. Traurig, was? Bestimmt betrachten sie mich genauso mitleidig wie ich sie. Bestimmt schauen sie mich an und bedauern den armen Mann, der am Valentinstag ein Grab besucht. Aber ihr Mitleid könnte nicht unangebrachter sein. Ich weiß, das klingt jetzt bestimmt bescheuert, aber ich bin glücklich. Ich bin gerne hier.

Nach all den Jahren sind die Kinder endlich mit mir einer Meinung, dass es die richtige Entscheidung war, das Haus zu verkaufen und deine Asche auf dem Kirchhof zu begraben, wo du schon als kleines Mädchen Grabinschriften abgepaust hast. Heute verstehen sie, warum du damals strikte Anweisungen hinterlassen hast, dich nicht dort zu begraben, wo wir uns verpflichtet fühlen würden, dich mindestens einmal die Woche auf dem Friedhof zu besuchen, sondern nur wie jetzt zwei Mal im Jahr. Ich komme gerne her und erzähle dir meine Geschichten: Wie ich dich das erste Mal gesehen habe, als du aus der Wasserflasche getrunken und dir die Schaufenster der Galerie angeschaut hast, wie du dastandst, als die grünen Schmetterlinge um dich herum zu Boden taumelten, dich umflatterten in deinem roten Kleid, wie schön du aussahst.

Ach, und es gibt Neuigkeiten. Endlich habe ich eine Diagnose, willst du sie hören? Psychogene Amnesie/dissoziative Amnesie (kommt darauf an, welcher Arzt mit einem redet), angeblich eins der Symptome einer posttraumatischen Belastungsstörung. Ich weiß, ich, der nicht mal einen Kriegsfilm anschauen kann, weil sie ihm zu grausam sind. Okay, also, langer Rede kurzer Sinn und ohne medizinisches Kauderwelsch, das du ja hasst wie die Pest, im Grunde genommen heißt das, durch die Stressbelastung des Unfalls – hauptsächlich wohl die heftigen Schuldgefühle und die immer wiederkehrenden Bilder von Flynn, wie er nach vorne fliegt, und die Panik, weil ich meine Kinder beinahe umgebracht hätte – hat mein Gehirn sämtliche Erinnerungen unterdrückt. Womöglich hat es auch mit dem Tod meiner Eltern zu tun. Es gibt jede Menge Studien zu diesem Thema, aber eigentlich bin ich einfach nur froh zu wissen, dass ich dich nicht verlassen habe, weil ich ein widerlicher Mistkerl bin, sondern weil ich die Angst nicht ertragen konnte, unseren Kindern etwas anzutun. Dadurch kann ich mir selbst verzeihen, dass ich dich und die Kinder verlassen habe, und sie können mich besser verstehen – vor allem Flynn. Es tröstet sie, dass ich sie nicht verlassen habe, weil ich sie nicht liebe, sondern weil ich sie *so sehr liebe*. Posttraumatische Belastungsstörungen betreffen Menschen, die die verschiedensten grauenhaften Dinge mit ansehen oder erleben mussten, aber in meinem Fall? Meine Kinder in Lebensgefahr zu bringen war wohl das Traumatischste und Entsetzlichste, was ich mir überhaupt vorstellen konnte. Jetzt, da ich das weiß, habe ich auch die Panikattacken besser im Griff. Wenn ein Geräusch mich aufschreckt oder ich das Gefühl habe, die Wände kommen auf mich zu, rede ich beruhigend auf mich ein und sage mir immer wieder, warum das jetzt gerade passiert.

Lass mich nur eben schnell die Blumenzwiebeln wegmachen. Wie oft habe ich deiner Mutter schon gesagt, dass du Osterglocken nicht ausstehen kannst, aber sie pflanzt die vermaledeiten Dinger immer wieder. Ihr geht es übrigens blendend – sie hat jemanden kennengelernt, James heißt er und ist ganz nett … ein etwas zu großer Bahn-Fan, wenn du mich fragst, aber die beiden wirken glücklich. Sie ist zu uns gekommen und eine Weile geblieben, als Rose, du weißt schon, eine schwere Zeit durchgemacht hat.

Aber egal, zurück zu mir, als du gestorben bist … es war schwer, Mel, ich will nicht lügen. Es gab Tage, an denen haben wir kein Wort miteinander gesprochen, wir haben einfach nur funktioniert. Für die Beerdigung war alles arrangiert – wann bitte hast du das eigentlich alles organisiert? Und dann der Hausverkauf. Den Kindern hat das sehr zugesetzt, ein paar Mal haben wir uns angebrüllt, bis wir fast heiser waren, aber ich weiß nicht, wie du sie erzogen hast, irgendwann mussten sie immer lachen oder haben mich oder sich gegenseitig aufgezogen, obwohl sie sich keine Minute vorher noch die schlimmsten Beschimpfungen an den Kopf geworfen hatten. Das hat uns in dieser Zeit zusammengehalten: sich streiten und dann wieder vertragen zu können, mit einem Witz, einem Stups in die Rippen oder – wie Flynn es gerne macht – mit einer Tasse Tee oder einer Dose Bier, die er einem wortlos hinschiebt. Das ist wohl seine Art, ohne Worte ein Friedensangebot zu machen.

Herrje, es ist aber echt kalt.

Sie werden bald hier sein. Wir versuchen immer, einander ein bisschen Raum zu lassen, wenn wir herkommen und dich besuchen, damit jeder dich auch mal ganz für sich hat, aber diesmal sind wir sogar einzeln angereist. Was wohl heißt, dass sie langsam erwachsen werden, denke ich, und unabhängiger. Flynn kommt nach seiner Ausstellung – von der erzähle ich dir später – mit dem Auto her und Rose dann heute Nachmittag. Es geht ihr inzwischen wieder viel besser, und sie hat große Neuigkeiten für dich.

Der Schulwechsel ist ihr nicht halb so schwergefallen, wie ich befürchtet habe, denn dort wusste niemand von Flynn und der ganzen … na ja … Geschichte mit der singenden Mutter – verzeih, Liebes –, und sie hat sich prima eingelebt. Sie hat neue Freunde gefunden und angefangen zu surfen. Sie ist eine richtige Wasserratte, und so nah am Meer zu leben, tut ihr sichtlich gut. Weißt du noch, dass ich dir erzählt habe, dass sie lauter Einsen hat? Wo hat sie bloß dieses helle Köpfchen her? Die Sache mit Rose ist die, man denkt, es ist alles in Ordnung, und dann … du weißt ja selbst nur zu gut, wie es ist. Das letzte Jahr war wirklich hart für sie, aber inzwischen geht es ihr wieder besser, und sie hat eine neue konstruktive Möglichkeit gefunden, damit umzugehen. Sie hat einen Ausbildungsplatz bei einer Lokalzeitung ergattern können, und die Arbeit macht ihr großen Spaß. Entschuldige, ich wiederhole mich sicher schon wieder. Aber egal … alles läuft prima. Ich muss dann gleich mal los. Kate kommt und bleibt über Nacht, und das Haus sieht aus, als sei eine Bombe eingeschlagen. Die beiden werden sicher bald zusammenziehen, denke ich. Flynn verdient ganz ordentlich mit den Verkäufen seiner Bilder, und Kate hat eine Stelle in einer Rechtsanwaltskanzlei in der Nähe bekommen, also … Aber er wird mir fehlen; wir beide sind ein gutes Team. Er sagt mir, wenn er meint, meine Proportionen stimmen nicht, und ich sage ihm, wenn seine Linienführung nicht klar genug ist – und außerdem haben wir kochen gelernt. Ich weiß, nicht bloß Eier und so, obwohl ich immer noch ein gutes Omelett mache. Meistens kochen wir abends zusammen, und Rose räumt hinterher die Küche auf. Wir kommen wirklich gut miteinander aus, Mel. Du wärst so stolz auf deine kleine Familie. Ständig ziehen sie mich damit auf, dass ich immer noch Single bin, und drängen mich, ich soll mich »ein bisschen umschauen«, aber so weit bin ich noch nicht. Weißt du, es ist nämlich so, ich finde immer mehr Erinnerungsstücke.

Inzwischen erinnere ich mich fast jeden Tag ein bisschen

mehr, und die Erinnerungen sind so eindringlich, als sei ich mittendrin und erlebte alles noch einmal. Jeden Morgen frage ich mich beim Aufwachen, was wir heute wohl zusammen erleben werden, so wie gestern, als ich mir die Schuhe zugebunden habe, und plötzlich warst du da, so klar und deutlich, du hast hinter Flynn gestanden und seine beiden kleinen Hände über seinem Kopf festgehalten und ihm geholfen, die ersten unsicheren Schrittchen auf mich zuzugehen. Du hast aufgeschaut und mich angesehen, die Haare fielen dir ins Gesicht, und du hast gestrahlt und ihn ermuntert, zu seinem Daddy zu laufen. Ich konnte den Weichspüler in meinen Sachen riechen und im Hintergrund das Kinderprogramm im Fernsehen hören, und plötzlich warst du verschwunden… aber du bleibst nie lange weg. Also, Mel, für mich bist du nicht fort, du wartest nur auf mich, wartest darauf, dass ich mich erinnere, dass ich mich daran erinnere, dass ich Devon King heiße, dass ich ein anständiger Kerl bin und ein guter Vater, und am allerwichtigsten, wie sehr ich geliebt wurde.

Flynn

Hey, Mum. Moment, warte kurz, ich muss nur eben ein paar Blumensamen aussäen. Eigentlich wollte ich dieses Jahr Wicken pflanzen, aber warum es den anderen leicht machen, wenn es doch so gut funktioniert? Also, Löwenmäulchen vor! Mann… ich kann es kaum glauben, dass du schon seit sechs Jahren nicht mehr bei uns bist. Komisch, irgendwie, einerseits kommt es mir vor, als wärst du erst letztes Jahr gestorben, andererseits ist in der Zwischenzeit so viel passiert, dass es mir wie eine Ewigkeit vorkommt. Ich hatte gerade meine zweite Einzelausstellung, und sie ist wirklich gut gelaufen. Ich meine, natürlich nicht annähernd so gut wie Dads Ausstellungen, wenn er seine Skulpturen zeigt, aber ich habe ein paar Stücke verkauft, und ich war nicht mehr ganz so nervös wie beim ersten Mal.

Shane und Jo waren auch da, und Mann, ist die kugelrund geworden! Ehrlich, Mum, sie sieht aus, als wäre sie von einem ganzen Bienenschwarm gestochen worden, aber wenn man mit Zwillingen schwanger ist, sieht man wohl zwangsläufig aus wie ein Wal. Sie war auch hier, wie ich sehe, man kann sich spiegeln im Granit. Ich frage mich nur, wie sie ihr Haus sauber halten will, wenn die Mädels erst mal da sind – ich habe dir doch erzählt, dass es Mädchen werden, oder? Aber egal. Kate hat eine Stelle als Anwaltsgehilfin bekommen. Ich hätte nie gedacht, dass sie den Nerv zu so was hat, vor allem … na ja … bei ihrem Gestotter und so, aber sie hat sich dazu entschlossen, und bald wird sie gutes Geld verdienen.

Im Sommer wollen wir zusammenziehen. Ich habe es Dad noch nicht gesagt. Ich glaube nicht, dass er damit ein Problem hat, und ich hoffe, ich darf das Atelier weiter mitbenutzen. Was wir uns bisher angesehen haben, war alles ganz in der Nähe, ich könnte also problemlos jeden Tag hinfahren. Aber er wird mir fehlen, wenn wir nicht mehr zusammenwohnen. Ich werde das Klingeln deines Glöckchens vermissen, wenn er durchs Haus geht – er trägt das Armband immer noch, weißt du. Man könnte meinen, auf die Dauer würde es nerven, wenn es ständig bimmelt, sobald er sich bewegt, aber es gehört zu ihm, *du* gehörst du ihm.

Das Auto, das du mir zum einundzwanzigsten geschenkt

hast, ist nicht totzukriegen. Kate behauptet, ich sei total vernarrt in den Wagen, was natürlich nicht stimmt, sie ist bloß eifersüchtig, weil ich das Auto »Schätzchen« nenne und Kate nur … Kate halt.

Bestimmt wird es dich freuen zu hören, dass ich seit mittlerweile fünf Jahren keine Schlägereien mehr angezettelt habe. Ich glaube, Dads Idee, im Anbau einen Boxsack und ein paar Trainingsgeräte aufzubauen, war meine Rettung. Ich meine, klar bin ich immer noch aufbrausend, aber das Training hilft, mich zu beherrschen, und wenn ich mal einen schlechten Tag habe wie, als ich mich von der alten Dame aus dem Dorf habe anheuern lassen, weil ich dachte, hey, warum nicht. Stinkend reicher, alter Geldadel und wohnt in so einem uralten, riesengroßen Herrenhaus außerhalb des Ortes. Ich dachte, ich soll ein Landschaftsbild malen, weißt du. Wie die aus meiner Ausstellung, mit meinem eigenen kleinen Kunstgriff, durch die ein Riss im Himmel läuft, durch den man eine andere Landschaft dahinter sehen kann. Ich habe dir doch davon erzählt, oder? Man sieht sie nicht auf den ersten Blick, die Risse, man muss genau hinschauen, was natürlich erklären könnte, warum sie dachte, ich sei ein völlig gewöhnlicher Landschaftsmaler, aber als ich dann hinkam, sollte ich allen Ernstes ihren Hund malen. Mum. Einen Hund, verdammt noch mal. Einen Irish Setter, genau genommen. Jedenfalls bot sie mir ein ordentliches Honorar, und weil ich und Kate nach Italien fahren wollten, der Urlaub war großartig, Mum – es hätte dir bestimmt gefallen – aber egal, Himmel, für dieses Bild habe ich … eine … halbe … Ewigkeit gebraucht, bis es endlich fertig war. Der Boxsack hat bestimmt einen Monat lang täglich Prügel bezogen, aber hey, besser der als irgendein dahergelaufener nichtsahnender Typ, der mich zufällig schief anguckt. Einen der weniger gelungenen Versuche habe ich Rose zum Geburtstag geschenkt: mit ihrem Gesicht auf dem Hundekopf. Sie musste lachen, weil es ihr wirklich ähnlich sah, und sie hat es im Büro an die Wand gehängt, also muss es ihr wohl gefallen. Es geht ihr wieder besser, hat Dad dir das schon erzählt? Sie müsste auch bald da sein.

Dad geht es gut. Hat er dir erzählt, dass sein Gedächtnis langsam wiederkommt? Neulich saßen wir beim Abendessen, und plötzlich prustete er laut los vor Lachen. Rose und ich wussten gar nicht, was plötzlich so witzig sein sollte, bis er uns erklärte, ihm sei wieder eingefallen, wie du einmal, als er vor einem Konzert auf der Straße hingefallen ist, so laut lachen musstest, dass du aus Versehen gepupst hast, und je mehr du gelacht hast, desto lauter hast du gepupst. An dem Abend hat er sogar noch leise vor sich hin gegluckst, als ihr schlafen gegangen seid. Wir finden, er sollte langsam mal wieder ein bisschen rauskommen und sich umschauen, meinst du nicht? Er ist glücklich und alles, aber wir machen uns Sorgen, dass er sich einsam fühlen könnte, wenn wir ausziehen. Aber er braucht wohl noch ein bisschen Zeit. Irgendwie ist es fast, als sei eure Beziehung gerade wieder ganz frisch.

Nachts fehlst du mir am meisten. Wenn ich aufwache und im ersten Augenblick denke, dass du singst, aber meistens ist es bloß Dad, der schnarcht.

Also gut, ich sollte lieber los. Ich muss Kate gleich noch abholen, sie kommt übers Wochenende her, und Dad und ich haben ihr versprochen, dass wir Chili kochen und überbackene Kartoffelecken, und so langsam muss ich loslegen.

Ich hab dich lieb.

Rose

Hi Mum. Augenblick, ich muss nur schnell ein paar Wicken aussäen. Auf gar keinen Fall lasse ich Flynn noch mal gewinnen – ernsthaft, kein Mädchen sollte gezwungen werden, die Hosen ihres Bruders zu waschen. So. Die Wicken werden siegen.

Es fühlt sich irgendwie anders an hierherzukommen. Als könnte ich dich besser verstehen als je zuvor.

Deinen Jungs geht es gut. Flynn ist ganz anders als der Junge, den du kanntest. Ich glaube, ohne ihn hätte ich das letzte Jahr nicht überstanden.

Es war mir gar nicht aufgefallen – es wieder spüren zu wollen, diesen Drang nach Kontrolle, nach Erleichterung. Ich habe versucht, es zu ignorieren, das Flüstern zu überhören, »Einmal ist keinmal«, aber irgendwann ist es doch passiert, die Entscheidung wurde mir abgenommen. Ich habe gespült und habe mich mit einem Messer in den Finger geschnitten. Dauernd sage ich ihnen, sie sollen keine Messer in die Spüle legen, aber sie hören nicht auf mich. Jedenfalls stand Flynn nur stocksteif da und hat mich angestarrt. Und ich habe ihn gefragt: »Was denn?« Er hat ein Pflaster geholt, und ich habe mir ein Küchentuch um den Finger gewickelt. Flynn hat meine Hand genommen und mir das Pflaster auf den Finger geklebt wie einem kleinen Kind. Es war einfach komisch, und das habe ich ihm auch gesagt. »Du singst«, hat er geantwortet und gelächelt. Und tatsächlich. Ich habe gesungen, ohne es zu merken. Es war ein Lied, das du immer gesungen hast, als ich mich noch geritzt habe, deshalb kannte ich es wohl. Ich habe es gegoogelt, und es ist von Cat Stevens und heißt *The First Cut is the Deepest*. Das Gefühl der Klinge und dieses Brennen waren wie ein Rausch, so übermächtig, Mum, genauso muss ein Junkie sich fühlen, wenn er sich einen allerletzten Schuss setzt, aber plötzlich warst du da, als stündest du neben uns, und hast mich getröstet, genauso wie damals, als du noch am Leben warst. Der Zeitpunkt hätte schlechter nicht sein können, um wieder abzurutschen, ich hatte nämlich gerade eine Stelle bei einer Lokalzeitung angetreten. Jetzt verstehe ich ein bisschen, wie sich das anfühlt. Diese herrliche Erleichterung, wenn man aufgeregt oder gestresst ist. Wirklich wie eine Droge.

Danach habe ich mich entschlossen, dieses Gefühl in etwas Positives zu verwandeln, und habe angefangen, einen Blog zu schreiben. Er ist für Menschen mit Angststörungen gedacht. Dich habe ich auch schon ein paarmal erwähnt, ich hoffe, du hast nichts dagegen. Ich habe versucht, einige der Achtsamkeitsübungen einzubauen, die wir damals gemacht haben, und zu singen, weil man dabei Dopamine – Glückshormone – freisetzt. Ich habe meine alten Tagebücher ausgegraben und mit ihrer Hilfe versucht, anderen nahezubringen, unter welchem enormen Druck man als Dreizehnjährige stehen kann, und ich habe stundenlang mit Dad und Flynn darüber geredet, was sie damals gedacht und gemacht haben. Ich kann dir gar nicht sagen, wie gut es sich anfühlte, in diesem Moment in meinem Leben plötzlich wieder einen Sinn und einen Zweck zu haben. Selbst wenn ich nur einem einzigen Menschen da draußen helfen kann, ist es die ganze Mühe wert. Und ich fühle mich dir näher, weil ich diese Zeit noch einmal durchlebt habe, als könnte ich besser verstehen, wer du warst, als Mensch, als Frau, wie du mit mir und Flynn umgegangen bist, und all die Sorgen und Probleme, die du unseretwegen hattest. Wie egoistisch wir waren und wie schwer es für

Dad war, unser Vater zu werden, nachdem er so lange darum gekämpft hatte, sein Gleichgewicht zu finden, und einen Ort, den er Zuhause nennen konnte. Er hat mir einige entsetzliche Geschichten erzählt über das Leben auf der Straße. Ich habe ihn sogar dazu überreden können, einen kleinen Artikel zu schreiben über die grässlichen Dinge, die er erleben musste; wie wertlos er sich fühlte, wie verloren.

Und was mich angeht, Mum – ich wollte danke sagen. Ich danke dir aus tiefstem Herzen.

Melody

Ich habe ja schon erzählt, was meiner Meinung nach mit mir geschehen würde, nachdem ich gestorben bin. Ich habe gesagt, dass da wahrscheinlich nichts sein wird, kein weißes Licht, keine Heerscharen von Ahnen, aber woran ich nicht gedacht hatte, war meine Energie. Man sagt, dass sie einem am Ende einer langen Arbeitswoche fehlt. Man sagt, dass man Energie abbauen muss, wenn man zu viel davon hat, aber was passiert wirklich mit ihr, mit dieser Energie? Einstein hat gesagt, dass Energie nie verschwindet, sie verwandelt sich nur, und ich denke, Folgendes ist mit meiner Energie passiert: Als ich noch lebte, floss alle Energie in meine Familie, meine Gedanken, meine Sorgen, meine Freude und meine Traurigkeit. Wie kann das alles einfach so verschwinden? Einstein behauptet, dass es nicht so ist, und wer bin ich, einem Genie zu widersprechen? Als ich also meinen letzten Atemzug getan habe, ist sie da mit mir gestorben? Ich glaube, das konnte sie gar nicht. In der Physik geht man davon aus, dass sie sich in etwas anderes verwandelt.

Kennen Sie das, wenn Sie sich vollkommen auf etwas konzentrieren, und plötzlich ist da dieses Lied, diese eine Melodie, die man einfach nicht mehr aus dem Kopf bekommt? Tja, da haben Sie es. Mein Geschenk an Sie: eine Melodie/Melody im Kopf.

Gerade bin ich *Walking on Sunshine* und »woow-oooh« … ist das Leben nicht schön?